Un beau mariage

ÉDITIONS
DU CYGNE

André Mathieu

Un beau mariage

Éditions du Cygne,
C.P. 351,
Saint-Eustache.
J7R 4Z1

En tout, 4 romans, chacun **complet en lui-même** et ne requérant pas la lecture d'un ou des autres, raconteront la vie entière de **Paula.** Leur a servi de prologue *Un amour éternel*, paru en 1980.

Livre 1: *La Voix de maman*, celui de son enfance et de sa jeune adolescence (1939-1958), paru en **1987.**

Livre 2: *Un beau mariage*, paru en **1990**, celui de sa vie de grande adolescente et de jeune mère (1958-1970).

Livre 3: *Femme d'avenir*, portant sur sa prise d'autonomie et son accomplissement (1970-1991). À paraître en **1991.**

Livre 4: *Une chaumière et un coeur* qui anticipera sur ses automnes (1991-2011). À paraître...

Tous les raisonnements d'un homme
ne valent pas
le sentiment d'une femme.
Voltaire

Quand la femme
vraiment femme
avance dans la vie,
ses grâces émigrent du corps
à l'esprit.
George Sand

Chapitre 1

Saint-Honoré, Beauce, fin août 1957.

Les ombres longues et décharnées des arbres grands étendaient leur nostalgie sur l'étroit cimetière et jusqu'au fond des regards intérieurs de la jeune fille.

Le passé, par vagues successives, comme une marée agitée et têtue, mouillait ses souvenirs, les rafraîchissant, leur prodiguant des couleurs neuves.

C'était soir de rappel. De prière. Et de consultation du ciel. La famille Nadeau, à la suggestion bienveillante de la nouvelle mère de la maison, rendait visite à la tombe de Rita, la première mère avant le temps d'Hélène.

Paula, l'aînée des trois enfants, maintenant âgée de dix-huit ans, avait discuté de son avenir avec son père et sa belle-mère la veille au cours de la soirée. Le travail à la manufacture de chemises lui pesait de plus en plus lourd et elle aurait voulu faire une autre année d'études pour acquérir un diplôme de douzième commerciale bilingue. Mais il y avait des objections de taille. Une secrétaire gagnait moins qu'une travailleuse de la manufacture et les postes ne couraient pas les rues dans un coin aussi rural. Puis elle devrait vivre aux crochets de ses parents au moins un an. Et si ensuite, elle ne trouvait pas d'emploi, on ne la reprendrait sûrement pas à la manufacture, le contremaître, personnage féroce, clamant très fort qu'une

11

déserteuse, à moins d'une raison de force majeure, signait automatiquement son nom sur une liste noire de candidates à éviter au grand jamais. Mais le plus contrariant, c'était que la douzième commerciale ne se donnait qu'à Saint-Georges et que Paula devrait donc y pensionner durant la semaine tout comme les filles fréquentant l'Institut familial.

"Des gros coûtements!" avait soupiré son père.

"On est capables, Rosaire! Suffit de vouloir hein!" avait soutenu Hélène, une jeune femme solide et saine, et à la bonne poigne, surtout celle qui, depuis qu'elle l'avait connu, s'étendait sur ce jeune veuf devenu son mari le mois précédent dans la petite chapelle du lac.

Il était probablement trop tard dans l'été pour prendre une telle décision. Les classes seraient toutes remplies. Les soeurs du Bon-Pasteur de l'Institut où se donnait également le cours commercial pour les filles refuseraient très sûrement une inscription aussi tardive et, de surcroît, par quelqu'un de l'extérieur de Saint-Georges.

Les énergies débordantes d'Hélène et son jugement sûr ne la mettaient pas à l'abri d'une piété superstitieuse. Elle avait suggéré que l'on rende visite à la tombe de celle qui avait été longtemps l'âme de la maison et qui ne manquerait pas d'y jeter ses bienfaisantes lumières.

Tous y étaient, ce mercredi soir qu'un soleil rouge en train de se noyer au bout de l'horizon rendrait indélébile dans les archives de la mémoire, comme un sceau officiel sur un document d'importance. Rosaire qui, malgré tout son respect pour sa défunte, réfléchissait sur le prix élevé de ce gros monument gris bleu. Julien venu à reculons et attendu par des amis chez l'un d'eux qui avait transformé un hangar en salle de culture physique et d'haltérophilie. Lucie, distraite dans ses treize ans qui avaient toujours l'air autre part dans des inquiétudes connues d'elle seule. Et Hélène, cette grande personne forte à la noire beauté qui rayonnait dans le foyer reconstitué.

Paula les regardait tour à tour sans trop les voir tels qu'ils étaient maintenant. Lui revenaient en tête ces deux marques profondes que son père avait burinées en son âme, cette punition excessive qu'il lui avait servie parce qu'elle avait brisé une vitre à l'âge de neuf ans et cette honte qu'il lui avait infligée devant tous un beau soir d'été au terrain de jeux du village. Et pourtant, jamais elle ne lui tiendrait rigueur pour ces injustices; elles lui avaient enseigné que son père était un être humain hélas! très faillible comme tant d'autres... Du reste, la seconde correction l'avait fait se redresser et dire, l'âme terrorisée mais dire quand même son premier grand NON volontaire devant un homme, devant un être plus fort et abusant de son pouvoir.

Hormis ces erreurs grossières, Rosaire, sans doute rendu meilleur par la très longue maladie de Rita, son hospitalisation de 1948 à 1953 et la douleur de la perdre, s'était montré un bon père de famille. Et c'est ainsi que, l'amour ne nuisant pas à son examen d'Hélène, il en avait évalué soigneusement toutes les caractéristiques autant en fonction du bonheur des enfants que de lui-même avant de la demander en mariage.

Hélène avait bien apprivoisé les trois enfants, y compris le ténébreux Julien qui, de toute manière, était devenu un homme de par son intention d'abandonner prochainement de l'école, de par sa musculature de véritable Québécois de bonne souche et surtout de par son désir de se payer au plus vite une décapotable tout comme bien d'autres gars de la paroisse qui allaient se la gagner à Montréal ou Valleyfield la semaine et revenaient la parader fièrement dans le village à la sortie de la grand-messe du dimanche. Son départ de la maison pour la grande ville ou même les États-Unis n'était plus, semblait-il, qu'une question de mois, ce qui ne faisait pas beaucoup l'affaire de son père qui répétait que le pire ennemi de la terre, était le tape-à-l'oeil américain des voitures de sport ou de grand luxe.

Paula se montrait elle-même d'une coquetterie sans frein, surtout depuis que la fréquentait, et pour de bon, Gaétan Bolduc, personnage elvisien fumant cigare énorme au volant de sa flamboyante Bel-Air, voiture malgré tout déjà vieille de deux ans. Il fallait bien les plus ravissants accoutrements pour s'appareiller avec les couleurs et les tissus chatoyants de la décapotable. Et toutes ses payes y passaient.

Mais ce soir-là, elle portait un pantalon beige un brin défraîchi et un chemisier à motif de fleurs et pois. Des vêtements de travail. Gaétan ne viendrait tout de même pas à Saint-Honoré au beau milieu de la semaine. Et se balançait en cadence sous ses mouvements de tête la queue de cheval de cheveux d'un châtain qui avait foncé imperceptiblement depuis quelque temps.

Pendant un moment son attention fut retenue par le frémissement du feuillage sous des relents d'une brise perdue. Puis, à nouveau seule dans des pensées bien terre à terre qui passaient pour du profond recueillement, elle s'abandonna au vagabondage de par les contrées encore peu peuplées de son esprit, des images les plus chromées.

—Bon, si vous voulez, on va dire trois Avé, suggéra Hélène qui en déclama aussitôt la première partie d'un.

La voix de Rosaire enterra les autres à la réponse. Sans savoir pourquoi, sans avertissement, la solution à son problème d'avenir vint à l'esprit de Paula. C'était décidé et c'était très net, elle irait chercher son diplôme de douzième année commerciale.

—Que les âmes des fidèles défunts reposent en paix!
—Par la miséricorde de Dieu. Ainsi soit-il!

Le groupe se défit de quelques pas. Hélène s'approcha de Paula et lui dit:
—Et alors?
—Et alors quoi?
—Tu retournes à l'école ou non?
—Oui.
—Ta décision est prise?
—Hum hum.
—Depuis quand?
—Depuis deux minutes.
—Pendant qu'on priait?
—Hum hum.
—Je te l'avais dit que de venir consulter ta mère, t'apporterais la réponse, dit la femme, les yeux allumés comme des diamants noirs.

Malgré l'évidence, il y avait quand même une sorte de doute aux allures scientifiques au fond de l'esprit de Paula qui voulait bien croire que ce soit un bienfait de la prière mais qui se disait que ce pouvait être aussi autre chose. Et si le mûrissement de la décision avait simplement fait son temps? Et si l'ensemble des éléments analysés depuis quelques semaines avait eu besoin de ce moment familial et tranquille pour donner son résultat éclatant? Et puis non, c'était sûrement sa mère qui veillait sur elle depuis l'au-delà tout comme sa généreuse belle-mère s'inquiétait pour elle dans la vie réelle... La foi est autrement plus confortable que le doute...

*

Aussitôt après la courte prière, Julien s'évapora. Venu à bicyclette, il gagnerait du temps pour retourner à la maison après les exercices car le gymnase amateur se trouvait à l'autre extrémité du village, et qu'il aurait donc perdu une belle demi-heure à s'y rendre puis à marcher jusque chez lui ensuite.

Des personnages apparurent à l'entrée du cimetière, de l'autre côté du calvaire, d'entre les monuments. Paula reconnut la vieille demoiselle Bernadette, une amie des morts depuis toujours et qui leur rendait visite quatre ou cinq fois par semaine, allant saluer tout haut, d'un lot à l'autre, ses grands-parents, ses parents, ses frères et soeurs enterrés, en plus de tous ces gens de la paroisse qu'elle avait si bien connus et si bien servis au magasin général depuis près de quarante ans, leur rapportant les dernières nouvelles, plus souvent les naissances que les décès, décès. Et l'autre, c'était le vicaire Labrecque. La soutane noire sautait aux yeux et son absence de bedaine imposante le différenciait du bon curé Ennis à voir ainsi seulement de loin.

On se suivit à la queue leu leu dans les allées étroites que balisaient en certains endroits des clôtures à peine hautes comme les chevilles. Rosaire et sa femme, au mariage encore tout chaud, allaient sur les talons l'un de l'autre en se parlant de la mère d'Hélène qui, elle, reposait pour l'éternité dans le cimetière de Saint-Benoît, la paroisse voisine, à moins de sept milles. On irait fleurir sa tombe le dimanche suivant en revenant du dernier gala de lutte de l'été présenté au lac Poulin et qu'on ne saurait manquer puisque Maurice Richard arbitrerait un autre combat épique entre l'Anglais Don Leo Jonathan et le Québécois Paul Baillargeon tout comme celui, si mémorable, qui avait servi de toile de fond le jour heureux où ils avaient fait connaissance.

15

Paula suivait, bavardant avec Lucie. Elles se parlaient d'Esther Létourneau qui avait enseigné pendant deux ans à l'aînée et qui serait, pour sa huitième année, la maîtresse de Lucie au couvent.

—J'ai assez peur, dit l'adolescente avec un grand regard gris-bleu.

—Elle est sévère mais elle est bonne, affirma Paula. Et c'est ça l'important. Une maîtresse molle comme de la guenille, ça ne vaut rien pour ses élèves.

—Mais les devoirs... longs comme ça, dit Lucie dans un geste des mains que sa soeur ne vit pas.

—Non, elle les dose très bien. Moi, j'avais tout le travail de la maison à faire en plus et je réussissais quand même à passer à travers de mes devoirs et à les bien faire.

—Oui, mais toi, tu es intelligente, ce n'est pas pareil.

—Et toi, tu es une idiote peut-être?

—Non, mais pas bonne comme toi.

—Ne t'inquiète donc pas avant de voir, Lucie Nadeau!

—Je croyais que tu pourrais peut-être m'aider un peu mais tu seras partie. Moi, l'algèbre...

Paula éclata d'un rire qu'elle rattrapa aussitôt pour ne pas trop insulter les morts comme si elle les eût pris pour des personnages toujours sérieux comme des vivants:

—Tu ne penses toujours pas que je vais m'empêcher d'aller étudier à Saint-Georges parce que toi, tu as peur de l'algèbre.

—Sûr que non, mais...

Paula cessa de converser. Son coeur soudain se mit au trot. Sur le court de tennis à côté du presbytère il y avait maintenant des joueurs qui ne se trouvaient pas là à leur arrivée au cimetière. L'un, grand, frisé, large d'épaules et très bavard leur faisait dos heureusement. C'était André, le premier amour de l'adolescente et qui jouait contre son amie de longue date maintenant, Martine Martin, détestable rivale de Paula sur bien d'autres plans. On avait beau être du même patelin, une distance s'accentuait entre les adolescents et qui avait pour signes, parmi d'autres, le degré d'études, le métier du père et son occupation à soi.

André se distinguait de plus en plus par le cours classique dont le prestige, comme celui de travailler un jour ou l'autre à Radio-Canada ou au Devoir, auréolerait le front avisé de milliers de Québécois jusqu'au jour de leur enterrement, vanité cultivée par les prêtres-professeurs et qui se transformerait plus tard en beau grand nationalisme arriviste éminemment profitable à tous ceux et celles qui le pratiqueraient.

Martine buvait bien du lait comme tout le monde, mais elle n'avait jamais eu à s'abaisser pour traire une vache comme Paula; et cela lui conférait peut-être bien une petite hauteur que ses amours avec André avaient étagée et augmentée.

Rosaire avait eu l'idée malencontreuse de stationner l'auto dans un étroit chemin à l'autre bout du cimetière de sorte que Paula devrait suivre celui longeant le court de tennis pour s'y rendre. Et ça ne lui souriait pas. Les rares occasions où elle aurait pu croiser André ces dernières années, il lui avait été possible de se montrer occupée à autre chose comme le matin du mariage de son père dans la décapotable de Gaétan alors que son ancien petit ami de coeur musardait assis sur le perron du magasin général... comme à dessein pour la surprendre sans doute avec un regard réprobateur.

Il survint pire à la grille d'entrée. Bernadette, dans ses grands éclats habituels, ouvrit son coeur aux arrivants qu'elle connaissait si bien. Rosaire qu'elle avait vu bébé. Sa femme Rita qu'elle avait vue mourir. Paula enfant, Paula grandissant, Paula presque femme. Et puis c'était grâce à sa maison de pension, donc à elle, si Hélène et Rosaire s'étaient retrouvés au pied de l'autel, ce qui la rendait particulièrement volubile puisque toute sa vie, elle avait vécu l'amour par procuration.

—Si c'est pas la famille Nadeau quasiment au grand complet! Il manque rien que le fils. Je viens de le voir partir en bicycle.

Demoiselle collée à la cinquantaine, Bernadette parlait toujours pointu mais avec une chaleur débordante et un sourire qui ne cédait le pas sur son visage qu'à des rires intempestifs à l'oeil droit fermé et à la moue faussement coupable. Car elle adorait tout ce qui pouvait croustiller un peu sur les bords: les mots d'esprit, les sous-entendus, les calembours. Elle poursuivit en baissant le sourire et le ton d'un cran:

17

—Vous devez être venus prier un peu sur la tombe de madame Rita. Ça fait déjà quatre ans, n'est-ce pas? Si le temps passe vite, mon Dieu moi!

À travers ses exclamations, il y avait eu les salutations échangées entre l'abbé Labrecque et les Nadeau. Le prêtre prit la parole après avoir appuyé un regard sur Lucie:

—C'est bien ça: c'était en 53 et nous sommes en 57.

—J'en reviens pas, monsieur le vicaire, une pareille mémoire! s'étonna la demoiselle aux yeux agrandis.

—C'est que j'ai des moyens de me souvenir.

—Dites-nous les. Il faut nous les dire.

—Ah! ça, c'est secret... Non, sérieusement, c'est la section du cimetière qui en donne une bonne idée et en voyant la famille Nadeau là-bas j'ai pensé à 1953: simple comme bonjour!

—Si ce n'est pas la mémoire, c'est donc l'intelligence, affirma Rosaire pour faire plaisir au prêtre.

Bernadette qui cherchait moyen d'éclater de rire prit cette phrase comme prétexte, sachant bien aussi que cette approbation plairait au prêtre.

L'abbé frotta les rigueurs de sa repousse de la barbe qu'il eût fallu raser deux fois par jour tant elle était drue. Il laissa couler furtivement un autre regard sur la juvénile féminité de Lucie tout en changeant le propos:

—Notre cimetière, il va falloir l'agrandir...

Le ton et les pas de chacun firent que le bavardage se divisa en deux groupes, celui du prêtre et du couple d'une part, et l'autre de la demoiselle et des adolescentes.

—Et toi, Paula, tu travailles toujours à la manufacture? Je ne devrais pas te poser la question, je te vois passer devant le magasin et la maison presque tous les jours.

—Mais là j'achève.

—Ah!?

—Je retourne à l'école si je peux avoir ma place.

—Ça c'est beau, je te félicite. Mais il me semble que tu étais allée au bout de ce qui peut s'étudier par ici.

—Je vais aller à Saint-Georges si je peux avoir ma place.

—Et toi, Lucie, tu vas être en quelle année?

—En huitième.

—Pas en huitième? Déjà?

—J'ai commencé l'école un an avant le temps.

18

—Oui, oui-oui, oui-oui... Ah! mais c'est très beau, les filles! Instruisez-vous mieux que nous autres et vous allez vivre mieux que nous autres. Plus ça va, plus ça va coûter cher pour vivre. Si ça va prendre de l'argent tout à l'heure! Je te voyais, Paula, avec ton ami dans son auto. C'est une automobile qui doit bien coûter deux, trois mille dollars, hein, ça?

—Quasiment quatre mille, répondit Rosaire qui avait entendu la question et que le sujet intéressait toujours au plus haut point.

En fait, le chiffre n'intéressait en rien Bernadette et elle eût préféré ne pas recevoir de réponse précise à sa question chiffrée pour que l'importance de la chose ne soit pas dépréciée. Elle s'exclama néanmoins sans y penser:

—Mon Dieu moi, mon Dieu moi!

Puis, son regard brun, luisant et bon, parti dans un autre monde, elle demanda aux filles:

—Et puis, votre mère, elle va bien?

Paula comprit qu'elle voulait savoir si les relations étaient bonnes entre Hélène et les enfants. Elle dit:

—Très, très bien...

Bernadette s'esclaffa en serrant les jambes sous sa robe fleurie et son rire se répercuta d'un monument à l'autre jusqu'au fond du cimetière:

—Voyons donc, qu'est-ce que je suis en train de dire là? J'avais dans la tête que votre vraie mère était encore de ce monde. La pauvre... il y a longtemps qu'elle dort en paix.

Paula lorgna vers le court de tennis. Martine et André changeaient de côté après une partie ou un set. Bernadette poursuivait:

—C'est une bienheureuse, cette femme-là, elle a tant souffert. C'est comme mon frère Armand. Lui, il a fait une pleurésie hémorragique. Épouvantable! Le sang partout... C'est comme si les poumons crevaient comme ça, tout d'un coup, pouf!

Lucie qui n'écoutait guère et avait de l'ennui écrit dans les paupières de l'oeil droit, laissa tomber platement:

—On s'en va, Paula?

Bernadette, à l'affût des volontés, avait l'habitude de ces gens qui désiraient prendre congé d'elle et aussitôt, elle intervint:

—J'ai un petit quelque chose à arranger sur la tombe de... de mon frère Armand justement.

Elle espaça quelques pas penchés et claudicants mais s'arrêta aussitôt à l'autre groupe et glissa dès la fin d'une phrase du vicaire:

—Vous allez trouver que je ne me mêle pas de mes affaires, monsieur le vicaire, mais on dirait que vous avez maigri. C'est peut-être rien que la brunante qui vous fait paraître comme ça? Madame Létourneau, pourtant, elle tient monsieur le curé dodu depuis longtemps...

Le prêtre jeta un coup d'oeil par-dessus son épaule, en direction de Paula et Lucie qui descendaient la petite pente entre les battants de la barrière métallique verte. Il dit, dubitatif:

—Ce sera une carence de quelque chose...

—Une quoi?

—Un manque... Des vitamines peut-être...

Paula fit en sorte que sa soeur marche à sa droite c'est-à-dire entre elle et le court de tennis, et elle accéléra le pas. Il eût fallu un fantôme et encore pour échapper à l'attention de Martine qui, tout miel, l'interpella:

—Salut Paula, comment vas-tu? dit-elle en se relevant après avoir ramassé une balle près du grillage entourant l'enclos.

—Salut!... Oui, ça va bien, répondit Paula sans conviction et sans s'arrêter.

—Attends, viens me voir un peu, ça fait une éternité qu'on ne s'est pas parlé.

Paula était traquée. Elle s'arrêta mais demeura sur le gravier du chemin à dix pas de pelouse du court de terre battue. Un coup d'oeil sur André lui montra qu'il n'avait sans doute pas l'intention de s'approcher puisqu'il tapait sur une balle entre sa raquette et le sol, et qu'il avait tout l'air d'y consacrer toute son attention.

—Sais-tu, on va peut-être avoir l'occasion de se parler plus, là, parce que je vais aller étudier à Saint-Georges, moi aussi.

—Non! fit Martine sur le ton de l'ébahissement le plus complet. Et où? Pas à la Dionne Spinning Mills toujours? Non, c'est une farce... Mais où ça?

—Douzième commerciale.

—À l'Institut?

Le nez fin et long, le front bombé, Martine avait ramassé ses cheveux blonds en toque sur le pignon de sa tête, ce qui ajoutait à ses airs supérieurs.

—C'est ça... si on m'accepte...

Martine plissa le front, mit sa tête en biais.

—Tu n'es pas encore acceptée?

—Je vais téléphoner demain pour m'inscrire.

—Ah! là, ma vieille, j'ai bien peur que ce soit trop tard... bien trop tard. Il faut faire son inscription en juin. Et puis, il n'y a pas de pensionnaires pour le cours commercial... seulement pour les filles de l'Institut comme moi...

—Je peux toujours essayer.

—Et puis ça coûte cher de pensionner à Saint-Georges.

—J'ai des oncles.

Martine avait envie de paniquer. S'il fallait que cette pimpêche de Paula Nadeau réussisse son coup, cela pourrait mettre ses amours en péril. Paula et André, c'était l'histoire d'un premier amour et ces sentiments-là, elle le sentait confusément, sont indéracinables du coeur humain. Il y aurait tous ces voyages en autobus du vendredi soir et du dimanche. Et puis Paula serait externe comme André. Il lui fallait à tout prix ruser, s'habiller le sourire de la plus belle robe de séduction qui soit et surtout, surtout trouver quelque chose pour empêcher cela.

—Voudrais-tu que j'appelle pour toi? Je connais très bien Soeur Anna qui s'occupe des inscriptions et qui elle, connaît très bien la soeur qui s'occupe de celles du cours commercial.

—Mais non, il faut que j'appelle moi-même...

Lucie prit dans sa poche de robe une pomme verte qu'elle avait apportée et croqua dedans puis dit en mangeant:

—Moi, je m'en vais à l'auto, Paula...

Sa soeur acquiesça d'un signe de tête et, l'oeil contrarié et avertisseur, elle reprit à l'intention de Martine:

—Même que c'est le contraire et que ça aurait l'air drôlement fou de me faire... inscrire... par... par quelqu'un d'autre.

—Pas inscrire, Paula, introduire, ce n'est pas du tout mais pas du tout pareil voyons. Sans me vanter, je suis presque la meilleure élève de l'Institut et te faire ouvrir la voie par moi, ça pourrait compter. Pour entrer à ce temps-ci là-bas, il va falloir que tu te lèves de bonne heure, de très bonne heure.

Elle n'attendit pas un commentaire et cria à son copain qui en l'attendant s'était assis sur la poutre de bois dans laquelle la tubulure de la clôture était ancrée.

—André, André, viens nous voir donc! C'est Paula, viens nous parler. Es-tu devenu sauvage?

—Je ne voudrais pas être indiscret, moi.

—Mais non, viens...

Il se jeta sur ses jambes et courut vers le filet par-dessus lequel il sauta d'un bond alerte, olympique, qui le fit ensuite se sentir meilleur; et quelques enjambées de plus, il fut derrière Martine, de biais.

—Salut Paula! Comment ça va?

—Bien.

—Toujours à la manufacture?

—Peut-être pas pour longtemps.

—Sais-tu, coupa Martine, je suis assez contente, Paula va venir à l'Institut... je veux dire au commercial. Elle va voyager avec nous autres les fins de semaine et tout... Bien sûr si elle a sa place. Je lui disais qu'elle devrait me laisser dire un bon mot pour elle là-bas. Ça lui donnerait une chance, tu ne trouves pas, toi?

Incrédule un instant, il le lui fit répéter. Puis il donna son opinion:

—Moi, je dis qu'elle serait mieux de s'inscrire toute seule. Autrement, ça ferait bizarre. Au fond, ça ne changerait pas grand-chose. Ils vont se fier sur l'espáce qu'ils ont s'ils en ont et sur ses résultats scolaires passés. Et comme elle a toujours été quasiment une fille de tête, je ne vois pas...

Martine coupa, incisive, pointue:

—T'as jamais entendu parler de ça, toi, de références? C'est ça que je me trouverais à donner sur elle.

—En langue française, on dit recommandations, pas références. Pour ça, je pense qu'elle serait mieux d'aller voir les soeurs du couvent d'ici... ou encore mademoiselle Esther...

Martine regarda le ciel:

22

—La noirceur nous tombe sur la tête et on ne voit presque plus nos balles. Va donc allumer les projecteurs si tu veux qu'on joue encore.

Il se rendit compte qu'il avait contrarié la jeune fille et il obéit après avoir annoncé qu'il ferait vite et demandé à Paula de ne pas s'en aller tout de suite. Martine reprit:

—Moi, je dis ça pour t'aider, Paula, mais si tu veux faire à ta manière... Sors-tu toujours avec Gaétan Bolduc?

—Hum hum.

—T'auras peut-être pas besoin de voyager en autobus. Il va te reconduire dans sa belle décapotable...

—Bon, en tout cas, on va se revoir, hein?

Et Paula se remit en marche.

—Ça va être plaisant si tu peux avoir ta place, dit l'autre, trop heureuse de la voir s'en aller avant que ne revienne André, rendu à l'autre bout du court où se trouvait la boîte des commutateurs.

—À plus tard, là!

—C'est ça...

Le jeune homme actionna la manette et les quatre projecteurs alignés au centre au-dessus de l'enclos jetèrent sur toute la surface du court une foule de pieds-chandelles qui noyèrent ceux d'un soleil oblique même plus visible directement parce que caché par l'édifice de la salle paroissiale, une bâtisse aux murs malades et renflés par l'âge, recouverts de papier brique jaunâtre et noirâtre.

D'où il était, il pouvait, lui, voir le disque rouge du soleil caler à moitié dans une érablière du bout de l'horizon. Mais l'éclat qui lui sauta aux yeux fut celui d'une décapotable flambant neuve qui parut soudain tout près de lui au bout de la sacristie. Au premier coup d'oeil, il ne remarqua guère son conducteur lunetté de verres fumés sous des cheveux noirs brillantinés non plus que son compagnon aux mêmes allures typiques d'une époque où la jeunesse du monde commençait d'exister comme clan universel dans son code rock and roll simplifié et efficace. L'auto, une Mercury Turnpike Cruiser 57 d'un jaune très pâle tirant sur le vert n'était pas celle de Gaétan Bolduc, la Bel-Air 55, et c'était tant mieux, pensa André. Il regarda rouler les larges flancs blancs des pneus noirs où il n'y avait de poussière que sur la semelle, flamboyer le pare-chocs avant, les enjoliveurs de roues, les garnitures, le contenant de la roue de secours collé à la malle arrière. La formidable jument chromée et retenue, bien bridée pour le moment hennissait pour tout Saint-Honoré un air de Buddy Holly et les Crickets, *Oh, boy!*

Le véhicule progressa à pas d'escargot vers l'entrée du cimetière puis tourna à droite et c'est rendu là seulement qu'André en reconnut le conducteur qui venait d'insérer entre ses lèvres un cigare indiquant par sa longueur qu'il ne pouvait pas avoir été acheté ailleurs que chez un marchand spécialisé de Sherbrooke ou Montréal.

L'ami de Paula avait donc changé de voiture.

Du même coup, il vit que Paula ne l'avait pas attendu. On avait beau faire son cours classique, on ne pouvait se battre avec la prétention de vouloir gagner contre une Mercury décapotable en 1957 surtout quand Buddy Holly venu tout droit de son Texas flamboyant noyait le coeur du village au soir qui tombe. Le choeur des Crickets en était rendu à:

Dam bee dee dam dam, oh, boy!
Dam bee dee dam dam, oh, boy!

Fort en latin, l'adolescent voulut se consoler en tâchant de traduire en français les mots de Buddy Holly jetés dans un américain texan tordu comme un véhicule accidenté:

Stars appear in the shadows of...
And you can hear my heart callin'
A little bit o'love makes ev'rytin' right
And I'm gonna see my baby tonight.

Il n'avait manqué que le dernier mot du premier vers. À chercher, il finirait bien par trouver. Ce mécanicien du village voisin, lui, ne devait pas comprendre un traître mot de ce qu'il écoutait à la radio. À quoi sert-il à l'être humain d'entendre s'il ne peut rien comprendre, se servit-il avec un point final sur sa presque rencontre avec Paula et qui, une fois encore, coupait au plus court.

*

Esther Létourneau, institutrice au couvent, fille de la ménagère du curé, femme qui venait à peine de franchir le

24

cap de la trentaine, se donnait quinze ans de plus par ses robes austères et sombres, les rides de la nostalgie qui barraient son front et ses cheveux réunis en chignon sur sa nuque. Forcée de se faire doter de lunettes, elle avait choisi des verres ronds à montures fines comme si son monde et sa mode en avaient été d'un demi-siècle passé. Et sa peau restait à l'année couleur de lait, plus blanche encore que celle des soeurs protégées du soleil par leurs guimpes et leurs cornettes.

Son visage contrastait fort avec celui de Lucie Nadeau avec qui elle conversait depuis quelques instants. D'abord indécise quand l'institutrice l'avait abordée au pied de l'escalier de la cuisine du presbytère, l'adolescente se laissa peu à peu amadouer par la majesté souffrante de cette femme dont la triste histoire d'amour avec le vicaire précédent circulait sous le manteau des ragots pieux depuis aussi loin qu'elle se souvienne soit 1950. (*Un amour éternel*, roman, 1980)

Quand Paula les rejoignit, Esther savait déjà par sa soeur son intention de retourner à l'école. Elle l'en félicita et devant son inquiétude à cause de sa décision tardive, l'institutrice lui promit pour les prochains jours une lettre de recommandation non seulement signée par elle mais, et cela aurait beaucoup de poids, par le curé Ennis luimême, personnage imposant et fort respecté par toutes gens de robe vingt-cinq milles à la ronde, ce qui incluait Saint-Georges et la communauté des soeurs du Bon-Pasteur.

—C'est bon de votre part, mais j'aimerais mieux entrer làbas par mes propres valeurs, objecta Paula.

—Ça, je comprends, fit Esther le regard agrandi par son visage fin comme une fleur fragile.

On ne put se dire que ces quelques mots lorsque parut la voiture de Gaétan qui émit trois soupçons de coups de klaxon afin que l'attention de Paula soit éveillée. Il fit accélérer vivement la voiture sur quelques pieds puis appliqua les freins de manière que les roues bloquées traînent sur le chemin, laissant après elles des traces brunes et lisses.

—Tiens, qu'est-ce que tu fais par ici? s'écria Paula avec un sourire émerveillé.

—Je te cherchais.

Elle s'approcha, s'appuya le ventre à l'aileron avant. Il sourcilla un peu. Pouvait-elle faire une égratignure sur la peinture de sa voiture avec sa ceinture?

—C'est à qui? demanda-t-elle en montrant l'auto-vedette d'un geste de la main et d'un demi-sourire.

Il fit baisser le ton à Buddy Holly et elle dut répéter sa question qu'il n'avait, semblait-il, pas comprise mais bien sûr devinée.

—C'est à Claude? dit-elle en désignant l'ami dont Gaétan était flanqué.

L'autre ne dit rien et garda un sourire figé derrière ses lunettes noires impassibles, complice de l'aveu imminent de l'ami de Paula.

L'oeil pétillant, Gaétan alluma son cigare avec l'allume-cigarette, il expulsa une 'poffe' noire digne de la pipe du curé et, le coeur noyé d'une fierté rose qui s'étendait discrètement sur ses joues, il annonça en laissant tomber les mots de manière parfaitement désinvolte:

—À moi. Changé hier. Venu l'essayer...

—Es-tu fou? Sérieux?

Il fit un geste désabusé.

—Sérieux? Comme un pape.

—Elle est deux fois plus belle que l'autre, hein Lucie, trouves-tu?

Esther se sentit de trop. Elle gravit les trois marches de l'escalier et dit avant de rentrer:

—À la semaine prochaine, Lucie, et n'oublie pas mon offre pour la lettre de recommandation, Paula.

À l'intérieur, le curé qui avait fureté dans les coins de rideaux se renseigna sur ces jeunes étrangers. Esther dit qu'il s'agissait de l'ami de Paula. Derrière des lunettes tout aussi rondes que celles de la femme, le prêtre qui tenait sa bouffarde d'une main près de son ventre en forme de croissant et son nationalisme paroissial au bout de l'index de l'autre main déclara sans ambages:

—C'est donc dommage que des bonnes petites filles de notre belle paroisse sortent avec des jeunes gens venus d'ailleurs... que c'est donc dommage, que c'est donc dommage! Comme si Saint-Honoré manquait de beaux grands jeunes hommes...

Et il croqua dans le tuyau en S de sa pipe dont le four-
neau fulminant se mit à grésiller et à lancer des braises de
tabac.

*

—Venez faire un tour! lança le copain de Gaétan un
blondin aux cheveux en brosse qu'agglutinait en épis durs
et luisants une abondante couche de graisse.

Aussitôt il ouvrit la portière, rejeta la banquette en
avant et se projeta lui-même au fond de la banquette
arrière mais dans des gestes mesurés et remplis des égards
dus aux cuirs odorants et aux tapis d'un luxe moelleux
d'une décapotable flambant neuve.

Paula hésita à cause de Lucie. Hélène et Rosaire arrivaient sur les entrefaites. On se parla naturellement de la
voiture puis le jeune homme promit qu'il ramènerait les
jeunes filles à la maison dans au plus tard vingt minutes
après deux allers et retours d'un bout du village à l'autre.

Rosaire le visa de l'index et, le sourcil gros et menaçant
l'avertit:

—Pas de vitesse, hein! Les filles ont pas besoin de savoir
qu'une voiture comme celle-là, ça peut aller cent vingt
milles à l'heure. Ou si elles veulent le savoir, suffit que tu
le leur dises et... sans les vanter trop trop, elles sont assez
intelligentes pour comprendre. En tout cas, elles vont te
croire sur parole...

—Jamais dépassé soixante-dix avec Paula... hein Paula?

—Papa le sait, assura-t-elle.

L'autre garçon enchérit:

—Et puis une décapotable, c'est plaisant en bas de quarante, autrement le vent est trop fort et faut remonter la
toile, hein Gaétan?

—Certain!

—Oui, j'ai déjà entendu ça, dit Rosaire, la voix tout em-
preinte d'une incrédulité plus que certaine.

La permission étant donnée implicitement, Lucie monta
dans la voiture et prit place, émue, sur la banquette
arrière, son corps formant angle dans le coin tout comme
celui de Claude dans l'autre, et Paula s'assit devant puis
referma la portière. À cause de son bras trop lourd comme
toujours, le bruit que fit le contact des aciers bardés de
caoutchouc se répercuta jusque dans l'âme de Gaétan qui

27

se demanda pour la centième fois comment lui montrer à se faire précautionneuse avec une automobile de ce prix et de cette qualité, sa deuxième en trois ans.

La voiture repartit de son roulement silencieux, le bruit du moteur pas plus agressif que le bourdonnement d'un taon. Lucie pensa que les premiers devant lesquels il fallait absolument se faire voir étaient Martine et André, et pour cela, on devrait faire un retour en U. Elle le demanda:

—Allons de l'autre côté d'abord... je veux envoyer la main à Martine...

Paula sourit intérieurement. À croire que sa jeune soeur avait lu dans ses pensées. Gaétan fut enchanté; il avait bien vu malgré la raideur de sa nuque ces jeunes s'adonnant au tennis, un sport qu'il ne connaissait pas et qui, ma foi, faisait bien pâle figure à côté de la balade en décapotable.

Pat Boone entama *A wonderful time up there*. Gaétan tourna le bouton de contrôle du volume du son et la musique très rythmée se répandit par les alentours, jusqu'aux bêtes dans la grange du curé, par les portes ouvertes du presbytère jusque dans le bureau du prêtre occupé à rédiger un document officiel, puis de par la totalité du champ des morts y compris le secteur enchaîné où étaient enterrés les enfants morts sans baptême et dont l'âme croupissait dans les limbes en attendant la fin des temps.

Le curé appuya sur sa plume en grognant. Cette musique était si peu catholique. Il ne comprenait pas l'anglais et donc ignorait que la chanson de la radio en était une à la gloire du ciel. André, lui, traduisit une des phrases de Pat Boone:

Tout le monde aura du temps merveilleux là-haut...

Ce qu'il appréhendait se produisit. La voiture reparut au bout du presbytère. Paula et même Lucie se trouvaient avec ces prétentieux chromés. Quelle tristesse! Un jour, quand il serait ingénieur, il en aurait deux décapotables, lui! Et ce gars-là de l'autre paroisse n'aurait jamais rien de plus dans la tête que de l'huile et des boulons.

—Salut Martine! cria Lucie par-dessus la musique.

—Salut! répondit l'autre sans trop savoir sur quel pied danser. Alors elle s'approcha du treillis et dit à Paula:

—Tu m'appelleras pour me dire si tu es acceptée.

Mais la musique enterrait ses paroles. Paula fit un signe de tête affirmatif sans savoir à quoi elle disait oui.

André n'avait d'autre choix que de concentrer toute son attention sur le jeu. Il lança une balle au-dessus de sa tête et la frappa du coeur de sa raquette lancée par une sorte de moulinet du bras qui doublait la vitesse de la balle, coup qu'il n'utilisait que contre des partenaires masculins. Encore à moitié occupée par les gens de l'auto, Martine aperçut la balle au dernier moment, trop tard pour éviter qu'elle ne cingle sur sa cuisse et rebondisse jusqu'au treillis où, chose rare, elle pénétra dans une ouverture de fil métallique et resta coincée.

La souffrance la fit s'accroupir et elle tomba assise dans la poussière blanche du terrain en gémissant tandis que son compagnon se morfondait en excuses et que le vicaire curieux sortant du cimetière, regardait alternativement la décapotable qui s'en allait et Martine qui pleurnichait. Le prêtre avait pu se rendre compte de la puissance du coup et il imaginait la douleur de l'adolescente. Il s'approcha du treillis et dit dans un demi-sourire:

—Les as d'André, ça ne fait pas toujours de bien, n'est-ce pas?

Ce qu'on disait n'avait pas d'importance pour Martine qui se frottait vigoureusement la cuisse, aidée sans le savoir par le regard sacré de l'abbé qui frottait aussi, frottait et frottait encore...

Sur le chemin longeant l'église, un homme, canne blanche à la main 'picossant' à gauche, à droite, venait à pas rapides à la rencontre de la voiture. Gaétan mordit dans son cigare, une sérieuse interrogation au-dessus de la tête. Cet aveugle risquait d'égratigner la tôle, pire, de s'enfarger dans le pare-chocs. Il arrêta, klaxonna. L'homme qui savait déjà qu'une auto se trouvait à quinze pas bifurqua de quelques pieds sur un espace herbeux très étroit séparant le chemin de la longue bâtisse. La trajectoire de la canne dit à Gaétan que sa décapotable courait un danger certain. S'avancer à droite n'était pas possible à cause d'une clôture basse séparant le chemin du terrain de jeux. Il descendit de voiture. Le mieux était de surveiller de près cette canne aveugle quitte à en recevoir un coup sur les tibias. Il referma la portière et alla se dresser comme un paravent au coin de l'aileron avant. Tout juste avant d'arriver à sa hauteur, l'aveugle comme s'il avait eu d'immenses projecteurs dans ses globes éteints et qu'il avait vu bien mieux que ces voyants-là cachés derrière leurs verres fumés, cessa de diriger sa canne dans les deux sens et il en colla le bout à la tôle de l'église en travers sans diminuer d'une simple nuance la vitesse de son pas.

Le jeune homme haussa les épaules et remonta dans son véhicule. Pat Boone céda la place dans les trois haut-parleurs à Elvis Presley qui, là comme en des millions d'endroits à travers le monde, au même moment, chantait *Don't be cruel.* Il prit son peigne et fit à son image dans le rétroviseur une retouche qu'au même moment à travers le monde, des millions de jeunes gens...

Une vision d'horreur lui apparut soudain par le miroir. Son premier mouvement fut de faire taire la radio. Un bruit plus horrible encore lui parvint et qui lui parcourut toute l'échine comme un frisson insupportable semblable à ceux causés par des ongles longs qui grattent la surface d'un tableau. L'aveugle, manoeuvre impensable et contre toute attente, pour une raison qui n'appartiendrait qu'à lui seul pendant toute l'éternité, avait rebroussé chemin et le voilà qui tâtait l'arrière de la voiture du bout de sa canne maléfique.

—Tabarnac de tabarnac! grommela Gaétan qui mit en marche avant et accéléra.

Au bout du chemin, rendu sur la grand-rue, il stoppa et descendit voir les dommages.

—C'est brisé? s'inquiéta Claude qui partageait la misère de son ami.

—Difficile à voir. Fait plus trop clair.

Il eut beau ôter ses lunettes, examiner de près, il n'aperçut aucune lacération de la tôle aimée. Alors il frotta le brillant nickel de l'enveloppe de la roue de secours puis il regagna sa place derrière le volant.

—Je ne comprends pas qu'il n'ait pas entendu la radio, dit Lucie.

—Il aura pensé que c'étaient les haut-parleurs du terrain de jeux, commenta Paula.

—Ce que je me demande, moi, dit Gaétan, c'est qu'est-ce qu'il niaise sur ce chemin-là à cette heure-là.

—C'est lui qui va porter le courrier du jour à monsieur le curé, dit Lucie.

L'incident disparut avec la remise en marche de la voiture et l'abandon des âmes à une chanson sur pas beaucoup plus que trois notes de Buddy Knox. Gaétan remit ses verres fumés malgré la brunante montante. Sur la galerie de l'épicerie du coin, des adolescents curieux supputèrent sur les caractéristiques mécaniques de l'auto. Et voilà que venait le point le plus chaud: le restaurant où se trouvaient une douzaine de jeunes, flânant dehors, le derrière appuyé aux voitures de taxi garées dans la cour, tétant cigarettes ou cigarillos, Pepsi à la main, l'esprit bourré de rêve immenses et le cerveau rempli de boucane.

Paula se sentait embarrassée. Un remords rôdait parfois dans sa tête parce qu'elle sortait avec un gars d'une autre paroisse. Cet agacement la frôla du bout de son aile. La jeune fille eût voulu que la voiture accélère un peu. On la dévisagerait trop. Mais le pied de Gaétan demeura aussi imperturbable que toute sa personne et même son cigare.

—Ça, c'est une Turnpike 57, dit un chauffeur de taxi qui connaissait tous les modèles de voitures au monde.

Toutes les têtes nerveuses s'arrêtèrent, tous les regards convergèrent sur l'auto. Si bien que pas un gars ne vit les jeunes filles tant accaparait chacun l'éclat superbe de la chose. Seule Denise, grande amie de Paula, les aperçut depuis l'intérieur du restaurant par la grande vitrine. Elle courut hors de chez elle et rattrapa le véhicule que Gaétan, pour permettre aux amies de se parler, arrêta dans la cour d'un commerce voisin.

Pendant que les deux jeunes filles s'échangeaient des banalités, les chauffeurs de taxi et plusieurs jeunes gens s'approchèrent et examinèrent par le devant et par le travers cette merveille qui injectait dans les veines de tous d'immenses doses d'envie et de désir.

Plus loin, des villageois se berçant sur leur galerie s'étirèrent le cou pour tâcher de connaître la raison de l'attroupement. En face, deux joueurs de dames qui manoeuvraient leurs pièces à train d'enfer sur un jargon inaccessible aux non initiés ne levèrent même pas la tête.

Un grand éclat de rire, signe de victoire de l'un d'eux, surpassa très nettement la voix de Ricky Nelson, pleureuse et lancinante, que la radio de la voiture diffusait en semi-sourdine.

—Tiens, papa qui vient de gagner sa partie! s'exclama Denise de sa bonne voix souriante comme pour excuser le tonitruant rire paternel.

Gaétan consulta sa montre. Il répondit à une question de loustic concernant la puissance de son moteur. Puis il mit doucement en marche après avoir dit à Paula que les vingt minutes promises à son père en étaient déjà rendues à moitié.

Les ombres des maisons et des arbres s'étirant sur la rue par la vertu des rayons résiduels d'un soleil qui bâillait ses derniers bâillements conféraient à la tôle citron pâle des tons citron foncé, mais ce furent surtout les chromes qui commencèrent à parler fort.

Plus loin, on passa devant deux maisons que le modernisme avait poussées loin de la rue. Des résidences d'hommes d'affaires qui vendaient du bois aux Américains. Les deux seules du village derrière lesquelles il y avait une piscine. Des gens parfaitement snobs mais fort populaires dans leur patelin. L'un d'eux, casquette légère et pantalon pâle, petit bonhomme d'à peine trente ans à dos voûté et au pas serré, pratiquait le golf à coups retenus sur sa pelouse drue, renforcée par les meilleurs engrais chimiques. Il jeta un oeil sur la voiture en se demandant si on avait seulement vu l'adresse du coup qu'il venait tout juste de réaliser.

Sur la galerie de la maison suivante, deux têtes vieillardes aux airs noirs et semblant ne pas posséder de corps se parlaient de ciel, leurs mains cachées par la garde pleine, et qui palpaient avec une sorte de fébrilité langoureuse les gros grains noirs d'un chapelet de soeur. À travers leurs propos sacrés, elles récitaient un Avé pour chaque passant. Ce fut au-delà de cette demeure que Gaétan trouva ses verres trop opaques, qu'il les ôta et les accrocha à son rétroviseur. Aussitôt, Claude enfouit les siennes dans sa poche de chemise.

—La Paula Nadeau, elle va se ramasser à la Crèche! murmura derrière un rideau de salon une dame d'âge moyen à son mari du même âge et qui pensait généralement comme elle.

—Ou bien se marier obligée comme la Huguette Larochelle, dit l'homme, l'oeil petit, noir et luisant.

—Qu'est-ce que tu veux, les jeunes, ils ont plus rien que ça dans la tête.

—C'est à se demander où c'est qu'on sera rendu dans trente ans.

—Bah! nous autres, on sera même pas là!

—C'est encore drôle; on n'aura même pas quatre-vingts, toi et moi...

—J'aime autant pas y penser. C'est sur le diable qu'on s'en va, pas ailleurs.

Cinq maisons plus loin, un troupeau d'enfants s'aligna le long de la rue pour voir venir et passer le nec plus ultra de la beauté matérielle nord-américaine.

—J'en ai vu une pareille longue de même, dit un gamin à un autre en montrant les dimensions d'un jouet.

—Je te crois pas, bougonna l'autre.

—T'as vu qui c'est qui s'en vient, c'est Tit-Georges Veilleux, dit Lucie en touchant l'épaule de sa soeur.

L'idiot du village avait une dent et une grosse contre les automobiles, et personne ne savait ni ne comprenait pourquoi. Il leur parlait tout haut, leur montrait le poing et parfois même, quand elles étaient stationnées quelque part le long de la rue ou aux environs de l'église, leur administrait-il, à l'insu même de leur propriétaire, des ruades formidables dignes d'un bronco sauvage.

—T'es mieux de faire attention, avertit Paula, il pourrait foncer sur nous autres. Va un peu plus vite.

—Qui ça? s'enquit Gaétan qui cherchait la bête.

—Tit-Georges Veilleux, là.

L'idiot, personnage de la mi-quarantaine à cheveux gris, venu de nulle part comme toujours, marchait sur le trottoir la tête en avant, plié par le milieu, marmonnant, jargonnant, vitupérant contre toute l'humanité. À l'occasion, il s'arrêtait tout net et sec, et il regardait lentement derrière lui comme pour vérifier si un véhicule ne le suivait pas sur les talons. Et il reprenait son pas en hochant la tête et en crachouillant sur cette maudite rue qu'il haïssait traverser, ce qu'il devait pourtant faire dix fois par jour.

33

Gaétan se braqua. Ce n'est pas un fou braque qui le forcerait à appuyer sur le champignon. Cette auto lui appartenait et le chemin était à tout le monde, surtout les automobilistes qui, après tout, ne s'accaparaient pas du trottoir, eux. Il garda la nuque raide à hauteur de Tit-Georges qui s'arrêta et se mit à regarder l'auto de travers et seulement dans son champ de vision périphérique, des rugissements se construisant dans son âme brumeuse.

—Tu ferais mieux d'avancer plus vite, redit Paula.

—Pourquoi?

—Il pourrait venir frapper l'auto.

"Non, mais quelle sorte de maudit village que c'est ça?" soliloqua Gaétan. Un aveugle qui 'graffigne' les autos avec le bout de sa canne, des joueurs de dames qui s'en moquent d'une décapotable neuve et ne la voient même pas, et maintenant un fou qui se pense dans une arène espagnole... Si ces gens-là étaient trop colons pour s'émerveiller devant quelque chose de beau, il s'en irait se promener dans son village de La Guadeloupe où les gens avaient l'esprit un peu plus de leur temps.

Tit-Georges se mit à égrener une litanie de jurons comme des Avé rapides et odorants:

—Maudite machine à poil de baptême... D'hostie de viarge de christ... Va chier maudite machine à poil... T'as d'jenque l'air d'un tas d'marde.

Instruit jeune des choses de la religion et de l'hygiène auxquelles s'ajoutaient les nuances de l'intolérance subtilement prêchée par le curé, Tit-Georges se laissait aller aux excès de son tempérament verdoyant, d'une couleur en tout cas qui n'était pas si loin que ça de celle de la décapotable.

Gaétan perdit momentanément toute fierté et son âme devint raide comme un deux par quatre.

—Arrête, on va lui montrer, lança Claude en rage qui regardait Tit-Georges renifler, se tordre le nez et jurer comme un damné.

—Il n'est pas responsable, protesta Paula.

—Mais nous autres, on est responsables, dit Claude avec certitude.

Gaétan se montra raisonnable, d'autant qu'il considérait toujours hautement l'avis de Paula. Il accéléra sous les invectives grandissantes de Tit-Georges, lesquelles, par bonheur, furent sérieusement amenuisées par la distance croissante.

Les maisons grises succédèrent aux maisons basses et aux autres plus hautes, imitation couvent, revêtues de grandes tuiles d'amiante blanchâtre.

Sur un balcon de la dernière maison du village, un personnage se berçait en regardant les voitures passer faute de piétons puisque les marcheurs du soir se rendaient rarement jusque si loin. Il était nu jusqu'à la taille, velu comme un gorille, noir comme un corbeau, sourd comme un pot et doté d'un appareil d'audition, solitaire et farouche. Un homme à craindre, disait-on aux jeunes filles. Il lui arrivait de se soûler et alors de se rendre pieds nus au terrain de jeux pour y faire sa loi chancelante, ce qui le plus souvent se terminait en bagarre verbale avec le vicaire et avec Dieu. Alors il se lançait dans des crises blasphématoires qui faisaient redresser les cheveux à tous ceux qui l'approchaient ou l'entendaient.

Lucie rencontra son regard et elle frissonna. Elle ne put y lire que de la dureté et quand elle s'en détacha, cette dureté se transforma dans son imagination en cruauté. L'homme possédait un garage qu'il opérait sans employés, incapable d'en tolérer un plus de trois jours. Et on disait que parfois, il sortait la tête d'un moteur pour adresser au ciel les jurons les plus terribles allant du traditionnel 'hostie toastée' à 'mon Jésus-Christ de par en-haut, je t'en clouerais ben un ou deux de plus', en passant par 'putain de sainte Viarge, j'te montrerai ce que c'est de coucher avec un homme quand je s'rai d'ton bord, ma sacrée salope'.

Et pourtant, le curé lui-même était un de ses fidèles clients. On disait qu'il estimait que si l'homme avait beaucoup de caractère, il n'était pas un si grand pécheur pour autant et puis qu'il ne manquait jamais la basse messe du dimanche. De plus, il faisait des prix de faveur au presbytère qui comptait deux voitures et cela ne nuisait pas à son image.

Gaétan accéléra jusqu'à quarante. On irait tourner dans la cour du premier cultivateur de la grande ligne vers Saint-Martin, un maquignon.

Bien que les choses ne fussent maintenant plus que silhouettées par le clair-obscur, Paula reconnut de loin l'auto de ses grands-parents stationnée dans l'entrée. Ils étaient venus de Saint-Éphrem, sans doute pour acheter ou vendre des chevaux puisque sa grand-mère Clara avait elle-même fait une longue carrière encore active de femme-maquignon. La jeune fille baissa le son de la radio une fois encore et dit à son ami:

—Arrête dans la cour, je veux voir grand-père Joseph qui est ici.

Gaétan leva les mains du volant en disant:

—Comme tu voudras, mais faudra pas que ton père me chante pouilles.

—T'inquiète pas pour ça!

Elle descendit et sa soeur aussi. On fureta dans les vitres de la vieille auto noire puis les gens de l'intérieur de la maison prirent conscience de leur présence. Alors apparut dans le moustiquaire de la porte cet homme joyeux et volubile qui était intervenu avec tant de bonté et d'amour dans des épisodes dramatiques de l'enfance de Paula, et qui avait montré à Rosaire qu'on ne dompte pas un enfant comme on dresse un cheval.

—Bonsoir grand-p'pa! dit Paula au pied de l'escalier.

—C'est Paula et Lucie... On doit justement arrêter chez vous tout à l'heure. Clara, c'est nos petites-filles qui ont reconnu notre auto.

—Bonsoir les filles, cria la dame qui parut à côté de son mari dans des vêtements d'homme qui surprenaient toujours les gens.

—Et comment ça va, Paula? demanda Joseph.

—Bien.

—Toujours à la manufacture?

—Pas pour longtemps.

—Ah?

—Je veux aller faire ma douzième commerciale à Saint-Georges.

—Ça, je te félicite, dit Clara. Tu ne le regretteras pas. Et plus tard, tu te lanceras dans la business. Les hommes, il faut leur montrer ce qu'on peut faire.

Les grands-parents sortirent de la maison et vinrent s'appuyer à la garde, six marches d'escalier plus haut.

—Et toi Lucie? s'enquit l'homme qui paraissait dix ans de moins que sa proche soixantaine dans un corps musculeux et toujours alerte.

—Je retourne au couvent en huitième année.

L'auto était bien visible sous la lumière-sentinelle de la cour et Joseph passa de la pommade à son propriétaire qu'il connaissait depuis la noce de Rosaire le mois précédent.

—C'est toi, Gaétan? As-tu changé d'auto?

—Bah! L'autre commençait d'avoir du millage...

—Laisse-moi te dire que t'as du goût. Hein Clara! T'as du goût en torrieux! Jamais vu une belle de même, hein Clara?

Passionnée depuis toujours d'autos comme de chevaux, sans pour cela en changer aussi souvent, Clara, mince, droite, le cou long et fin, dit, la ligne de l'oeil rétrécie au minimum:

—Je pense que c'est la plus belle que j'ai jamais vue...

Le cigare de Gaétan lui faisant envie, elle poursuivit:

—Et je la trouverai encore deux fois plus belle si mon futur petit-fils m'offre un de ses cigares.

—T'es 'bumeuse' vrai! s'étonna faussement Joseph.

—Certain! cria Gaétan que les plaisirs de la fierté entraînaient au moins dans les fumées du troisième ciel.

Il sortit un cigare d'une boîte se trouvant sur le tableau de bord et demanda à Lucie de le tendre à sa grand-mère.

—Ah! je vais t'aimer encore bien plus si tu viens me l'allumer, dit Clara.

—Certain!

Le jeune homme arrêta le moteur et descendit. Il monta sur la galerie, tendit le cigare à la vieille dame qui se le mit à la bouche. Et il fit jaillir la flamme d'un briquet. La tête légèrement penchée, elle aspira en habituée et les poffes de fumée sortirent bientôt d'entre ses lèvres à la queue leu leu jusqu'à ce que le feu ait solidement embrasé le tabac. Puis elle s'exclama en regardant alternativement le cigare et le jeune homme:

—Pour avoir du goût, ça, t'en manque pas, toi. L'auto, Paula et ça: de la qualité A-1.

Resté seul dans la voiture, Claude serait tombé en bas de la banquette si cela eût seulement été possible. Une femme, et une femme de cet âge, fumer la pipe, il avait déjà entendu parler, mais le cigare, ça, jamais! À son tour de se demander quelle sorte de monde de fous était donc Saint-Honoré de Beauce.

On se parla encore un peu puis, sur les avertissements de Gaétan, il fallut se remettre en route. On se reverrait un peu plus tard. L'auto accéléra jusqu'à soixante et entra dans le village à cette vitesse que le défilé des habitations rendait inutilement élevée. Les occupants de la banquette arrière protestaient en silence par leurs yeux noyés d'eau et Paula le fit verbalement:

—Va pas si vite! On s'en va pas chez le diable.

Il montra sa montre.

—On a une bonne excuse, dit-elle.

Il décéléra aussitôt.

—Pas pressé?

—Absolument pas!

—O.K.!

Et à la première rue transversale, il l'emprunta.

—Faut pas exagérer non plus, là! Avec toi, c'est d'un extrême à l'autre.

Il leva les mains et fit une moue.

—Fais-toi une idée.

—C'est ça: juste entre les deux.

Au bout de la rue qui ne contenait que trois bâtisses distancées, il tourna dans la cour d'une petite demeure aux allures tristes sur la galerie de laquelle se trouvaient quatre enfants tranquilles, assis comme des pantins cloués à leur chaise, deux garçons et deux filles de cinq à douze ans, et leur mère, une femme d'au plus trente ans au regard éteint, au visage émacié et blême, mariée à un alcoolique. D'abord on les aperçut dans la pénombre puis les phares de la voiture les balayèrent l'un après l'autre, chacun se cachant les yeux avec l'éblouissement comme prétexte mais avec la peur et la honte comme habitude. On racontait qu'à deux reprises, les prêtres avaient dû intervenir alors que le père brandissait sa scie mécanique depuis une demi-heure, tournant autour de la maison et menaçant de tronçonner femme et enfants. La famille vivait de secours direct. Heureusement qu'elle demeurait au fin fond de cette rue, à l'écart des autres: ainsi les paroissiens pouvaient mieux oublier son existence et rire aux beautés de la vie sans avoir à se faire chatouiller la conscience au terrible spectacle d'une misère aussi noire et abjecte.

—Sont gênés, on dirait! fit Gaétan après avoir repris la rue vers le village.

—Font assez pitié! dit Paula. Ils mangent rien que du gras et des patates.

—Des enfants battus, enchérit Lucie que l'image des sévices qu'ils pouvaient endurer et dont on jasait à mots pas toujours clairs dardait au coeur et en plein dans sa sensibilité trop vive.

Gaétan ne comprenait pas que ces gens-là ne puissent trouver moyen de se sortir de leur dèche. Il soupira et remit la flamboyante Mercury à son luxueux et docile roulement.

—Le monde dans la misère, ils courent après, claqua Claude sur la discussion devenue trop lourde.

*

Les adolescents achevaient leurs exercices d'haltérophilie dans le hangar-gym des amis de Julien. Ils étaient quatre à se défier sans se le dire, à appesantir les poids afin de trouver le meilleur. Et le meilleur, le plus musclé, le plus agile pour arracher les haltères, les soulever puis les pousser au bout de sa puissance, c'était Julien. D'autant qu'il prenait la chose plus au sérieux que les trois autres.

Quand il fut évident une fois de plus qu'il était le plus fort et qu'arrivait l'heure de partir, il perdit ses sourcils froncés et se jeta dans un rire que n'importe quel mot, tout geste d'un de ses amis accentuaient.

Il y avait là les deux frères Gaboury, charmants avec l'humanité entière et qui donnaient à Julien l'impression qu'ils lui vouaient une admiration sans borne. Robert, une frisette brune sur le front, s'occupait à ranger les poids, aidé par l'ami du voisinage. Quant à son frère Gilles, grand et carré, plus jeune de deux ans que Robert, il avait gardé son visage de bébé à joues rondes et roses; les bras croisés comme un personnage au-dessus de ses affaires, il bavardait avec Julien près de la grande porte ouverte. Ses yeux lancèrent des lueurs de la plus grande contrariété quand il aperçut venir la décapotable dans sa lenteur insultante. C'est que s'y trouvait avec un autre gars Lucie Nadeau, la blonde qu'il voulait avoir. Une tête qu'il ne connaissait pas en plus. Il en ressentit le coup en pleine poitrine. Elle avait refusé d'aller à des danses avec lui, n'avait pas voulu qu'il la reconduise chez elle ni à bicyclette ni à pied ni autrement et voilà qu'elle se baladait avec ce chromé qu'il pourrait sûrement soulever à bout de bras par le chignon du cou, même pas un chromé de Saint-Honoré.

—Ouais, ça ressemble du beau-frère! s'exclama Julien que la voiture intéressait au plus haut point surtout que grâce à Paula, il pourrait sûrement s'y balader de temps à autre.

Il sauta sur sa bicyclette et il s'élança à la poursuite de l'auto qu'il n'eut aucun mal à rattraper à la hauteur du restaurant où il n'y avait plus beaucoup de gens pour s'ébahir.

Pour Gaétan, ce fut un nouveau plaisir que d'émerveiller le frère de Paula. Quand Julien pédalant à ses côtés lui demanda le prix du véhicule, son propriétaire répondit:

—Quatre-vingt-douze par mois.

*

Dans la cour de la maison, Lucie descendit après avoir poussé la banquette sur le dos de sa soeur. Elle se rendit à l'intérieur et avertit Hélène et son père de la venue imminente de grand-père, ce qui justifia la durée prolongée de la randonnée par rapport à ce qui avait été prévu.

Pendant ce temps, Paula et Gaétan discutaient de cette décision qu'elle avait prise de reprendre ses études, ce qui n'avait pas trop l'air de sourire au jeune homme. Elle perçut son désaccord et voulut en savoir la raison mais sans succès. Il se montra moins loquace encore que d'ordinaire surtout là en présence d'un tiers qui n'avait pas à sentir dans ses chaudrons. On en parlerait plus tard, ou bien au téléphone ou en fin de semaine.

Ils s'embrassèrent vivement. Elle salua et rentra à la maison avec sa décision restée inébranlable.

******

Chapitre 2

Dans un bruit incessant de machines à coudre qui se mettent en marche et s'arrêtent, véritable capharnaüm de sons piétinés se chevauchant, se boutonnant les uns aux autres comme pour mieux s'entraîner, se faufilant, se pourchassant aussi, Paula tirait et poussait le poignet sous l'aiguille tandis que le bout de son pied appuyait sur le bouton de commande de sa machine. Un autre de fait. Elle le mit sur la pile et prit les morceaux du suivant à composer sur l'autre pile de sa table, un tas énorme à la fois stimulant et décourageant. Car un être intelligent, pensait-elle, ne saurait avoir l'esprit constamment fixé dans sa journée de travail sur l'argent à produire pour soi-même et pour les autres. Ce que croyait fermement le contremaître, lui, cependant. Et c'est pourquoi il occupait ce poste.

Blond roux à visage sanguin, l'homme s'approcha d'elle. Il consulta sa montre puis, l'oeil rond, jaugea la pile des poignets achevés. Il fronça les sourcils.

"Je suppose que la chère mademoiselle est menstruée aujourd'hui," se dit-il à lui-même en constatant, comme la veille, que son rythme, à celle-là, avait bel et bien plafonné et que si elle ne débloquait pas à la hausse, elle ne ferait jamais une couseuse de poignets valable et rentable pour l'industrie. Responsable du rendement de chacune des travailleuses, son travail à lui consistait justement à leur pousser dans le dos sans relâche sans quoi, les indolentes, elles se seraient toutes assises le fessier sur leur petit salaire de base. S'il les tançait régulièrement, se disait-il, c'était tout autant pour leur propre bien que pour celui du patron.

Il renifla et les relents que son nerf olfactif capta le persuadèrent que la jeune fille était, à n'en pas douter, dans sa période de règles. Ce qui était faux. Et si c'eût été vrai, il ne l'aurait jamais su au nez puisque Paula avait appris jeune, grâce à sa mère puis aux nécessaires précautions à prendre face à la tuberculose, à faire un cas presque tatillon de son hygiène corporelle. Du reste, elle-même souffrait de ce mélange nauséabond qui flottait toujours dans l'air de la manufacture par la faute d'une minorité, et qui, certains jours, lui donnait carrément la nausée. Ce fait entrait d'ailleurs dans la liste des raisons pour lesquelles il lui était devenu impérieux de quitter ces lieux qui chaque jour la chosifiaient trop.

Il contourna la machine et se planta devant, le bras levé pour faire voir qu'il regardait sa montre. Les voisines restèrent indifférentes. C'était simplement le tour de Paula de se faire enguirlander par le petit 'boss' aux grands airs. Lui prêter attention faute de l'entendre, et elles auraient risqué aussi un coup de varlope sur-le-champ. Leur tour viendrait bien assez vite. Livrées aux appels pressants de leur machine, elles n'avaient pas de temps à utiliser et à perdre pour regarder leurs consoeurs pleurer sous une pluie d'invectives.

Paula leva la tête et s'arrêta. L'homme se composa un sourire de mépris et de défi. Il adorait ce concept: relever un défi. Il faudrait bien qu'un jour tous l'aient en tête, que la télévision répande l'expression, que les gens les meilleurs c'est-à-dire les gagnants de ce bas monde disent et redisent toute leur vie durant: "Moi, j'aime les défis et je les relève!" Il y avait là-dedans quelque chose de pur et dur en même temps que de chevaleresque. Relever le gant. Grimper sur la pyramide humaine pour atteindre les sommets. Piétiner les mous. Comme un juif dans une chambre à gaz! Au moins 'grafigner' le plafond faute de

42

pouvoir s'en sortir! Laisser sa marque! Ça, c'était vivre! Vivre en homme! Vivre solide!

La jeune fille questionna du regard. Le regard bleu glace de l'homme jeta des lueurs dominatrices et pleines de menace. Il montra la pile avec son index qui pointait comme un bec de coq et désignait ensuite l'heure sur la montre noire à bracelet d'argent. Paula l'entendait penser: "T'es pas capable de te grouiller le cul mieux que ça?" Elle retenait toutes sortes d'impulsions dans ses mains et jusqu'au bout de ses doigts. Lui jeter tous ces poignets au visage pour qu'il se mouche avec. Elle lui voyait la bouche cousue par une machine.

L'homme tisonnait sa propre tension artérielle, son pouls grimpait, son visage passait du rose au cramoisi. Drogué à l'adrénaline, il n'arrivait d'ailleurs plus à s'en passer et cela rendait plus facile sa dure tâche de motivateur professionnel dans ce paradis du travail à la chaîne que le populo désignait sous le nom très québécois mais pas trop français de 'shop de ch'miz'.

Il se pencha au-dessus de la machine. À cette distance, elle n'aurait aucun mal à tout entendre et clairement. Il dit:

—Non, mais t'es pas capable de te grouiller le cul! Tes étiquettes d'hier, hein, mais ça vaut pas de la marde, ça. As-tu la corde du coeur trop longue ou si c'est parce que t'es malade?

Les regards se croisaient comme des épées, brillant comme des lames. Habituellement, il arrachait les larmes après deux ou trois phrases au plus. Paula semblait se 'contrecrisser' du contremaître. Un sourire esquissé aux commissures de ses lèvres, elle battait des paupières pour être sûre qu'un regard fixe ne cause pas ce que, triomphant, il aurait pu prendre pour des larmes. Puis, accoudée, elle s'appuya le menton sur son poing comme pour le défier.

—Dis donc, la petite, aurais-tu envie de me défier ou quoi? Y'a personne qui m'a jamais monté sur la tête. Si t'es pas contente, passe au bureau, on va te faire ta paye de vacances. Quatre pour cent, ça va te donner un bon dix, quinze piastres... tu vas pouvoir faire la belle vie un bon bout de temps...

La menace du congédiement entamait généralement les cuirasses les plus dures. Elle devait être sur le point de craquer. Il ajouta des jurons:

—Hostie de christ, va pas penser que si tu te fais 'clairer' tu vas pouvoir te trouver de l'ouvrage autour. Tu vas être brûlée trente milles à la ronde. Une fille qui fait pas l'affaire dans une manufacture, elle fait l'affaire nulle part... parce qu'on se communique entre nous autres... Sais-tu ça?

Paula fit un moue soupirante et hocha la tête comme pour montrer la feinte d'une contrariété sans nom. Le contremaître se gratta la lèvre supérieure sous le nez, entre les deux 'vailloches' de sa moustache claire. Il jeta un oeil à gauche, à droite pour savoir si on observait et par crainte de perdre la face. Alors il dit:

—À cinq heures, toi, tu viendras au bureau du patron.

—Comme vous voudrez, répondit-elle la bouche et les épaules hautes.

*

Paula demanda à une collègue de prévenir Gaétan qui l'attendrait à la sortie de la manufacture, de son retard de dix ou quinze minutes à cause de son entrevue. Et elle se rendit au bureau.

Le grand patron, personnage de fort belle apparence, n'engueulait jamais personne. Il était la voix ultime, la motivation souriante quand l'autre, la dure, avait échoué.

—Bonjour Paula. Comment vas-tu Paula? Assieds-toi là, Paula. J'ai su que ton père s'était remarié...

Il multipliait le prénom pour montrer son amitié...

Dehors, Gaétan regardait défiler les filles sans en donner l'air, languissamment allongé sur la banquette, embusqué derrière ses verres fumés, enveloppé d'une chanson jetée à pleins poumons par la voix des Everly Brothers. Elles aussi, discrètement, remarquaient cet idéal de garçon, beau, indépendant, mystérieux, habillé d'une telle voiture sportive et de luxe, et surtout qui sortait avec une des leurs et pas si extraordinaire que ça.

L'une d'elles, une nouvelle, en tout cas pour lui qui venait attendre Paula chaque vendredi soir et mesurait les passantes quand elle n'était pas dans les premières à sortir,

44

frôla de plus près que les autres la décapotable à toit ouvert. Petite, rondelette, des cheveux courts, d'or et de tous les scintillements, et des seins magnifiques, elle jeta un coup d'oeil en biais sur l'auto, sans sourire, le visage faussement dur et défiant. Il sortit son peigne et parut s'en servir mais c'était un prétexte pour la voir aller par son rétroviseur. Même sans maquillage, il fallait lui reconnaître un très beau visage sensuel à la Marilyn Monroe, avec des pommettes roses et une bouche en coeur de sucre.

Il faudrait que Paula le laisse aller plus loin que des petites caresses religieuses de la poitrine, soliloqua-t-il. C'était trop dur de rester mou durant les baisers et la tentation qu'ils alimentaient de leurs accélérants explosifs; les filles devraient comprendre ça, bon Dieu de bon Dieu!

—Madeleine, Madeleine, attends-moi, cria une fille qui pressa le pas.

Gaétan la vit rejoindre cette superbe femme d'au plus vingt ans. Et après, pensa-t-il, c'était Paula, la sienne. Mais il imprima néanmoins ce nom joyeux de Madeleine dans sa mémoire. Simple curiosité. La prochaine fois, il ferait en sorte de lui barrer la route avec l'auto ou quelque chose du genre, juste pour voir si elle sourirait. L'amour de l'une pouvait-il empêcher le sourire des autres? Pas pour un gars en tout cas.

Paula parut quelques minutes plus tard. Elle était la dernière à sortir et sans doute que la plupart des autres arrivaient chez elles au même moment. Elle monta. Ils s'échangèrent un baiser bref. Il mit le véhicule en marche sans demander quoi que ce soit, mais l'invitant à dire quelque chose par la réduction du son de la radio.

—Je me suis fait engueuler par le contremaître mais je m'en fiche comme de la merde du pape Pie XII.

—Comment ça?

—Bah! c'était mon tour. En plus que j'ai eu droit au grand patron. Par chance qu'il est là, lui, parce que la bâtisse se viderait demain matin.

La voiture accéléra. Le jeune homme écoutait Paula et en même temps il cherchait à retracer quelque part une possible retardataire aux yeux noisette. On parla peu des choses de la manufacture et plutôt de la décision de Paula de reprendre ses études pour une année. Elle lui exposa ses arguments principaux. Ne plus se laisser abrutir par un travail à la chaîne. Envisager un travail de bureau. Peut-être même se lancer un jour dans les affaires.

—Une femme... d'affaires?

—Et quoi? Ma grand-mère Clara s'est toujours bien débrouillée, elle?

—Ouais... Des fumeuses de cigares, ça ne court pas les rues. C'est pas une femme trop trop, ça.

—Je te demande pardon. Tu devrais entendre grand-père Joseph quand il nous parle d'elle.

L'auto tourna dans la rue du rang de Paula. L'odeur de l'élevage de renards des frères Dulac leur parvint, s'ajoutant bientôt de celle de la porcherie voisine puis de celle de la beurrerie. Rien de bien romantique et Gaétan préférait les effluves de l'huile à moteur et de l'essence dont il n'avait pas eu le temps, après sa journée de travail, de nettoyer à fond ses mains.

—Tu pars quand?

—Si je suis acceptée.

L'auto s'arrêta dans la cour et aussitôt Paula reçut sa réponse par la bouche d'Hélène qui se dépêchait de sortir sur la galerie pour lui annoncer la bonne nouvelle.

—J'ai eu un téléphone pour toi, fit-elle éclatante de bonheur, tu es acceptée... Et j'ai même eu un appel de mon oncle Henri-Louis et ils sont prêts à te pensionner pour l'année. Ils ont une chambre libre et le prix sera très raisonnable.

Paula sauta au cou de son ami qui ne sut trop comment réagir. Puis elle descendit et courut embrasser Hélène...

*

Le soir était très frais. Parfois même une feuille d'arbre épuisée avant son temps se détachait, encore verte, et tombait au hasard des mouvements légers de l'air. Pourtant septembre n'achevait que son troisième jour.

Les deux valises de Paula et une housse de ses vêtements étaient déjà dans l'auto. Et Rosaire l'y attendait. La jeune fille fut la première à se présenter; et elle monta derrière. Puis vint Hélène qui dit que Lucie avait de la peine de voir partir sa grande soeur et n'avait pas l'air de se rendre compte qu'il ne s'agissait pas du tout d'un grand départ définitif.

—Dans deux, trois ans, ce sera son tour, dit Paula.

Elle-même avait des petits chatouillements dans l'âme quand elle traversa le village où elle avait le sentiment de laisser les derniers morceaux de son enfance. Les samedis et les dimanches n'en seraient que plus appréciés. Elle avait réintégré la chorale féminine dirigée par Esther Létourneau malgré certains déplaisirs qui, dans le passé, lui avaient été procurés par Martine Martin et sa mère organiste en titre de la paroisse.

À Saint-Benoît, on s'arrêta quelques minutes chez le père d'Hélène puis, fort peu de temps après, l'on arrivait chez son oncle à Saint-Georges, et qui habitait dans une maison blanche juchée haut sur le bord de la rivière Chaudière.

Moins de sept minutes, avait-on dit, séparaient la demeure des Bourque et l'école fréquentée par Paula qui avait elle-même le nez presque dans le flanc de la grande église prestigieuse et pleine de majesté de Saint-Georges ouest.

Henri-Louis Bourque était un homme chauve à part une couronne autour de la tête, replet et souriant, avec une voix très forte et invitante. Sa femme, un tout petit peu plus jeune quoique vers la mi-quarantaine, cachait bien sa timidité naturelle derrière une voix douillette et plein de questions sur l'autre comme si elle n'avait jamais rien eu à dire d'elle-même... ou voulu dire. Une lumière s'alluma sur la galerie quand Rosaire stationna l'auto sur la rue devant la maison et le couple sortit pour mieux accueillir l'arrivante que l'on attendait d'une minute à l'autre.

La conversation s'engagea aussitôt et roula bon train jusqu'à l'intérieur où les deux hommes furent les derniers avec les bagages de Paula. On était dans une grande cuisine fortement éclairée par deux néons, ouverte sur un salon où la télévision diffusait le premier épisode de la saison du feuilleton Le Survenant. S'y trouvaient deux personnes dans la pénombre et que Paula devina être Élise, une jeune fille de son âge et Marc, un garçon de seize ans, les deux seuls enfants encore à la maison mais que la pensionnaire ne connaissait pas plus que par ouï-dire.

La mère conduisit aussitôt Paula à sa chambre du deuxième étage où elle l'aida à installer ses choses. L'on conversa. En fait la jeune fille répondit aux interrogations de sa grand-tante par alliance. Son âge. Son enfance. Les responsabilités qu'elle avait eues si jeune. Sa famille que l'on connaissait un peu aussi par l'entremise d'Hélène et bien entendu parce qu'on s'était rencontré au moins une fois à la noce de Rosaire quelques semaines auparavant. Puis la femme partit ayant invité Paula à descendre dès qu'elle aurait terminé pour lui faire aconnaître ses enfants et aussi qu'elle puisse saluer son père et sa belle-mère avant leur départ.

Paula se rendit à la fenêtre et souleva la toile. Elle avait souvent vu Saint-Georges et sa rivière, mais jamais sous cet angle et dans cette si belle tranquillité du soir tombé. Diverses lumières se posaient sur l'eau pour la faire scintiller, celle de la lune dont le croissant était enfargé dans la flèche du séminaire sur la plus haute colline de l'est, l'autre plus blanche des projecteurs éclairant l'arche double du pont en contrebas et la moins diffuse, celle des sentinelles surveillant les arrières de magasins sur la rive droite et qui tombait en pans sur les eaux minces dormant au fond de leur lit de pierres.

Si les beautés neuves de la nuit georgeoise s'infiltraient en douceur dans l'âme de la jeune fille, son esprit vagabond courait encore sur les hauteurs de son village natal. Elle n'avait pas salué Grippette avant de partir. Le chien était introuvable. Parti voir ses blondes, avait dit Rosaire. Pourvu que dérangé par son départ, il ne connaisse pas le même sort que Toupette, cette si bonne bête avec laquelle elle avait traîné sa première enfance et qu'une auto avait blessée à mort juste devant la porte, et qu'il avait fallu achever d'une balle.

Comment un aussi vieux et pénible souvenir pouvait-il en un tel moment d'espérance et de renouveau venir la hanter et la faire souffrir? Était-ce l'image affreuse du petit chien aux reins brisés et hurlant son mal qui donnait mal à Paula ou bien, au contraire, était-ce la douleur d'une rupture qui allait chercher dans ses mémoires un vieux drame pour lui redonner vie en l'actualisant dans son coeur?

Sans doute qu'avant d'habiter ailleurs, il nous faut nous délivrer de ce qui nous habite, pensa-t-elle. Alors elle remit la toile à sa place et détailla sa chambre, une pièce étroite aux murs bleus, délicatement éclairée, meublée sobrement de commodes blanches fraîchement peintes à poignées en argent. Sur un lit double recouvert d'une courtepointe multicolore, il y avait ses deux valises grises, ouvertes, béantes et vides. Tout avait trouvé sa place déjà. On verrait aux changements mineurs plus tard. Elle ferma les valises et les rangea dans une garde-robe puis retourna en bas où elle fut accueillie par la voix de celle que déjà elle appelait sa tante, et qui la conduisit au salon.

Les présentations furent faites. Élise possédait beaucoup de la timidité de sa mère et le large sourire de son père. Marc, rond comme une boule et noir comme un corbeau, salua; il eût tôt fait de disparaître, ennuyé par ce petit cercle féminin. Paula fut invitée à prendre sa place.

La télévision, après Le Survenant, présentait maintenant une émission en anglais. Ou si peu puisqu'il s'agissait du quart d'heure hebdomadaire du pianiste Liberace. Les quelques mots tout miel de l'artiste entre les pièces n'avaient pas besoin d'être entendus pour être devinés. Son spectacle se transforma en toile de fond, même quand on avait l'air d'y prêter attention.

Élise en savait davantage sur l'arrivante que Paula n'en savait à son sujet. Elle fréquentait l'Institut familial et connaissait bien Martine Martin pour l'avoir forcément côtoyée depuis deux ans. Leur échange de vues sur l'absente dont chacune excusa les particularités de caractère, leur permit de s'évaluer un peu l'une l'autre. Paula comprit qu'elle s'entendrait bien avec cette jeune fille dont elle partagerait le milieu familial pendant toute une année.

Puis Hélène et Rosaire annoncèrent leur départ. Paula les raccompagna jusqu'à l'auto.

—Besoin de quoi que ce soit, tu nous appelles, avertit Hélène en abaissant sa vitre de portière.

—Je n'y manquerai pas... mais autant que possible, je vais tâcher de me débrouiller par moi-même.

Plus tard, dans sa chambre, Paula eut du mal à s'endormir. Autre lit. Autre chambre. Autre atmosphère.

Et le surnaturel peut-être différait-il aussi. Car elle se sentait moins près de sa mère défunte là que chez elle dans les lieux qu'elles avaient toutes deux habités et s'étaient partagés, et où la pauvre femme avait rendu l'âme quatre ans auparavant.

Elle retourna à sa fenêtre et s'inséra un moment entre la toile blanche et les noires brillances de la petite ville. Des autos allaient parfois sur le pont, dans un sens ou dans l'autre. Chaque étoile lui donna à penser à une âme. Elle en choisit une, à la magnitude modeste, pas loin d'une autre beaucoup plus scintillante et qui permettrait de repérer plus facilement la première. Celle-là, peu voyante et fort discrète, ce serait désormais l'esprit de sa mère...

*

La première journée de classe en fut une d'organisation. Paula présenta ses attestations d'études et certificats. Puis elle se rendit dans une salle commune où elle parvint, le pas hésitant et perdu. S'y trouvaient déjà la plupart des filles de l'Institut et du cours commercial, à pépier, à se raconter les faits marquants de leur été, plusieurs espérant que leur amie dise ou découvre qu'elles s'étaient fait un boy-friend au cours de la belle saison.

Au fond de la salle régnait en maîtresse des lieux une grande statue de la vierge Marie dont les pieds éclairés d'un lampion électrique foulaient le cou et le corps d'un vilain serpent à la forme phallique.

Paula explora du regard, cherchant à repérer Élise ou une autre tête connue. C'est elle qui fut trouvée. Une voix éclata près d'elle:

—Salut Paula! Comme je suis contente! Viens que je te présente des bonnes amies.

Paula sourit faiblement à Martine et s'approcha de son petit groupe.

—Une fille de par chez nous. Du commercial...

Paula salua, sourit à l'une, à l'autre. Il y avait Pierrette, petite, pétulante, les joues fleuries et souriantes. Et Danielle, grande et peu bavarde. Et Lisette qui fut la seule à tendre la main. Paula fut étonnée de voir que le bleu des blazers n'était pas toujours marin comme le sien et que plusieurs filles en portaient un bleu royal sur leur jupe grise. De plus, la jupe craquée était admise, ce qu'elle ignorait jusque là. Mais si les différences existaient, elles n'incitaient pas à l'excès et aux rivalités quant à des choses mineures, et la compétition entre filles se ferait sur le plan des habiletés mentales et non pas des possessions matérielles de chacune, ce qui en ferait sûrement des êtres meilleurs, plus forts moralement et moins égoïstes.

On n'eut guère le temps de se coudoyer davantage puisqu'une soeur se présenta à un microphone debout sur une estrade donnant sur la cafétéria; elle demanda l'attention avec sa voix à la bienveillance aéroportuaire et son sourire accrocheur. Elle avait pour tâche de former les groupes puis de les livrer aux directrices: celle de l'Institut et la régente du cours commercial qui toutes deux s'adonneraient ensuite à leurs laïus d'accueil.

—Mesdemoiselles, un peu se silence s'il vous plaît? Un-peu-de-silence...

La moitié des jeunes filles se turent. La soeur gratta le grillage du micro et le frappa du médius avec un sourire coupable comme pour s'excuser de déranger ainsi et de couper toutes ces envolées d'une jeunesse aux énergies intarissables.

Les classes de l'Institut furent d'abord formées puis ce fut le tour de la douzième commerciale dont la responsable serait soeur Alberta, personnage d'âge moyen au visage engoncé dans une cornette aux airs de chalet suisse et qui ne sourit pas sous ses lunettes à verres épais. Elle quitta le groupe des enseignantes et vint se placer devant les rangs de ses filles, sans plus.

La directrice générale, une autre soeur à peau blanche et farinacée que pas grand-chose ne distinguait des autres sinon l'ajout de rides au front, prit la parole un peu après. De sa voix un peu chevrotante et saccadée, elle souhaita une bienvenue dépourvue de toute passion, comme si elle avait débité un texte millénaire ou lu une sorte de charte des lois de l'Institut. Des règlements raisonnables mais qu'il faudrait respecter sous peine d'exclusion définitive pure et simple. Les jeunes filles de l'établissement constituaient l'élite des paroisses et on ne s'attendait pas à s'y heurter à quelque tête forte.

La directrice du commercial fut brève et absolument technique. Dès la fin de son exposé, les divers groupes s'écoulèrent dans le silence exigé, les uns à la suite des autres par la porte du bout de la salle, celui de Paula l'avant-dernier.

Soeur Alberta précéda le sien dans l'escalier large en bois usé aux marches craquetantes mais qui sous son poids à elle ne laissaient entendre aucun gémissement comme par une sorte de magie de la légèreté ou de miracle aérien. Seul son chapelet caché dans les replis de sa robe faisait entendre un bruit discret de chapelle apte à tenir les gardiens du ciel en alerte pour que l'on n'oublie pas d'enregistrer dans le grand livre du mérite humain les bons chiffres en regard de son nom, de sorte que le bilan final soit éminemment positif.

Paula ne connaissait aucune des jeunes filles de son groupe. Elle marchait dans le rang double à côté de Suzanne Poirier dont elle ne connaissait que le nom qu'il fallait bien qu'elle se souvienne puisqu'il avait suivi le sien à l'appel et que l'autre était donc venue la pairer dans l'alignement. Heureusement que c'était silence car elle n'aurait pas su quoi lui dire à part lui demander d'où elle venait.

Le couloir avançait vers elle, plutôt large, plutôt sombre et aux murs tapissés d'encadrements des mosaïques des anciennes de l'institution, le plus âgé datant de 1928, année de fondation de l'École Ménagère devenue Institut familial par la suite..

Soeur Alberta s'arrêta enfin à la porte de sa classe, la dernière d'une série de quatre. Elle bloqua l'entrée de sorte que les filles s'arrêtèrent à leur tour dans un semi-carambolage qui en fit rire quelques-unes, de ce rire étouffé de jeune fille qu'un rien provoque surtout quand le danger rôde. Mais la soeur ne sourcilla aucunement. Elle dit:

—Mesdemoiselles, voici votre classe. Vous allez vous asseoir non pas à un bureau de votre choix mais selon l'ordre de vos rangs en commençant par le fond de la classe, vous voyez. Notre-Seigneur a dit: les premières seront les dernières et vice-versa. Nous n'allons pas le faire mentir la première journée de classe.

Pince-sans-rire, la religieuse n'obtint aucune réaction. On l'avait prise au sérieux. Elle rajouta:

—Plus tard, demain, la semaine prochaine, nous allons vous redistribuer dans la classe, selon votre acuité visuelle et auditive, votre taille et même en considérant votre choix personnel.

Paula se retrouva sur la deuxième rangée près d'une fenêtre qui donnait sur la rue et, de l'autre côté, le cimetière collé à l'église. Son premier soin fut de compter le nombre de filles dans la classe. Elles étaient dix-sept. Quand toutes furent debout derrière leur bureau, aucune n'osant s'asseoir avant la maîtresse, que soeur Alberta eut déposé ses documents sur le sien surélevé par une tribune, un silence total s'étendit sur la classe c'est-à-dire un mutisme des gestes s'ajoutant en complément à celui des cordes vocales présent depuis les commandements reçus dans la grande salle.

—Mesdemoiselles, dit la soeur en croisant les doigts devant elle dans le signe millénaire de la résignation et de la foi, nous allons offrir cette journée et cette nouvelle année scolaire à la vierge Marie, Notre-Dame-de-l'Avenir, patronne de cette institution et dont vous avez pu voir la statue dans la grande salle. Si vous regardez derrière vous, sur le mur arrière, vous verrez le portrait de notre sainte patronne... mais... si durant l'année, vous avez le besoin de prier la vierge, il ne sera pas nécessaire de vous retourner car elle sait que vous êtes là, car elle vous voit, car elle lit dans votre coeur et même... dans vos cahiers. Et bien sûr, comme son nom l'indique, elle connaît votre avenir qui ne saurait être que beau et heureux si vous l'aimez et la priez tous les jours de votre vie...

Soeur Alberta fit une pause toute petite qu'elle remplit d'un sourire panoramique lequel reprit à Notre-Dame-de-l'Avenir l'attention des étudiantes, et elle entama ensuite la vraie prière:

—Au nom du Père, et du Fils, et du Saint-Esprit. Oh! vierge Marie, mère de notre bon Pasteur, Notre-Dame-de-l'Avenir, notre sainte et honorée patronne, nous, de la douzième commerciale, déposons à tes pieds nos intentions les plus pures comme autant de fleurs d'une gerbe collective. Nous voulons que par nos efforts et votre protection et vos lumières, cette année scolaire soit belle et bonne et nous conduise au succès, à la réussite, aux meilleures notes dans cette vie et dans l'autre. Je vous salue Marie, pleine de grâces...

Paula, les yeux fermés et les mains jointes, se souvint du vil serpent sous le pied sacré de Notre-Dame-de-l'Avenir dans la grande salle. Ne risquait-il pas de s'emparer des fleurs et de les flétrir? Quelle idée abracadabrante pour une première minute dans son année scolaire! Elle la chassa impitoyablement et relança son attention dans la prière de la soeur, cet Avé d'amour opposant la grandeur et la gloire des élus à la mauvaiseté des êtres humains débouchant sur la nécessité pour eux de s'abandonner à la bonté divine et à la hiérarchie de ceux ayant pour mission sacrée de la faire rayonner sur la terre pour les hommes de bonne volonté.

Quand le 'Ainsi soit-il' fut prononcé, la religieuse prit place puis elle invita les jeunes filles à faire de même. Le bruit terminé, elle prit la parole tout en regardant son monde dans un mouvement orbiculaire des yeux:

—Vous remarquez que vous disposez de bureaux à dessus droit, contrairement aux plus jeunes des autres classes qui travaillent sur un meuble à dessus ouvrant...

L'expression rappela à Paula le toit de la voiture de Gaétan. Mais cette pensée spontanée lui parut presque vénielle tant son nouvel environnement la plongeait dans un monde sérieux et sacré.

—Cela est le signe que vous êtes passées dans un monde d'adultes. Je sais déjà d'ailleurs qu'il se trouve parmi vous des jeunes filles de dix-neuf et même vingt ans...

La phrase était lente et le ton se balançait dans de grands mouvements musicaux coupés de pauses permettant aux filles de tout absorber.

—Car certaines parmi vous ont quitté l'école puis ont décidé, et cela les honore, de reprendre leurs études dans l'espoir de se préparer un meilleur avenir. Nous allons maintenant procéder, si vous le voulez, aux présentations individuelles. Chacune va décliner son nom, le nom de sa paroisse de même que son âge. Et nous commençons par vous, mademoiselle...

Elle désigna l'étudiante de la première rangée près de la porte, une jeune fille rousse au visage rempli de taches et qui annonça en hésitant:

—Anne-Marie Fortin, dix-sept ans, Saint-Georges est.

La soeur grimaça un brin. Elle dit:

—Mesdemoiselles, s'il vous plaît, n'utilisez donc pas ces qualificatifs 'est' ou 'ouest' car nous faisons tous partie, enfin celles d'ici, de la grande famille 'georgeoise'. La rivière Chaudière ne sépare pas ses deux rives, elle les unit. Le pont ne divise pas nos villes jumelles, il les rattache. Nous sommes comme les deux pages voisines d'un livre de comptabilité: l'une ne va pas sans l'autre.

—Marielle Quirion, ai dix-huit ans, de Saint-Gédéon, marmonna la suivante que désigna soeur Alberta.

Paula lui trouva l'air d'une crucifiée dans son regard pénible comme si la jeune fille venait de s'accuser d'exister. La religieuse fit une autre remarque:

—Il faut parler clair et fort. Un mot, c'est comme un chiffre, il faut lui donner SA place. Le concevoir dans SON cerveau, le bien fabriquer dans SA bouche et le lancer fermement, sans agressivité mais sans hésitation. Vous êtes d'accord?

"Mais nous sommes des pécheurs, pensa Paula, et donc nous ne pouvons pas avoir une confiance en soi qui empêche les reprises et les hésitations!" Encore de la niaiserie venue dans sa tête malgré sa volonté, qu'elle se dit aussitôt, et elle s'empressa de jeter pareille incongruité par la fenêtre.

Un mélange de 'oui' et de 'hum hum' répondit à l'interrogation de la soeur. Ce fut ensuite Carole Veilleux de Beauceville, âgée de seulement seize ans. Un petit génie, se dirent les regards de celles qui la connaissaient déjà. Puis Diane Bégin, originaire de Saint-Côme: dix-sept ans, noiraude, courte et ronde, et qui riait tout, même son nom. Éliane Auclair, Saint-Prosper, vingt ans, belle comme l'aurore, souriante comme une métaphore, à la voix douce et chantante, aux cheveux d'or.

—Éliane nous revient après deux années à travailler, n'est-ce pas, dit soeur Alberta, le regard ému.

—Oui, ma mère.

—Et vous?

—Francine Lessard, dix-neuf ans, Saint-Georges oues... Saint-Georges.

—Et mademoiselle?

—Gemma Labrecque, Saint-Georges, dix-neuf ans, fit sèchement une adolescente à cheveux raides et comme taillés à la hache.

—Ensuite?

—Paula Nadeau, Saint-Honoré, dix-huit ans.

—Ah! mais voilà bien notre retardataire, n'est-ce pas? Heureusement que monsieur le curé Ennis nous a dit beaucoup de bien de vous et de votre famille, autrement une inscription aussi tardive n'aurait peut-être pas été acceptée, vous savez.

Paula hocha la tête en souriant. Elle n'écouta pas les noms qui suivirent. Quelqu'un avait donc orchestré cette intervention du curé malgré sa volonté. Elle s'en trouva à la fois heureuse et contrariée. Heureuse bien sûr car le commentaire de la soeur indiquait fort bien que sans la voix du presbytère de Saint-Honoré, elle se trouverait sans doute encore à coudre des poignets sous le regard furibond d'un contremaître sanguinaire. Et contrariée car son mérite était moins d'avoir de bonnes notes scolaires que celui d'avoir un bon curé.

Des noms traversèrent sa tête, d'une oreille à l'autre. Liliane Gilbert, Nicole Perron, Estelle Grégoire, Amélie Desjardins, Hélène Paquet...

*

Le vendredi arriva comme une flèche. L'autobus s'arrêtait devant l'Institut aussitôt après les classes. Paula avait apporté sa valise à l'école le matin. Elle fut la première dans le vestibule d'entrée à regarder dehors par la porte vitrée. Martine fut bientôt là elle aussi.

—Allô, Paula! s'exclama-t-elle en arrivant avec à la main gauche sa valise, à la droite une serviette contenant ses cahiers et livres requis pour les travaux du week-end et une sacoche à l'épaule qu'elle s'empressa d'ouvrir après avoir déposé à terre ses deux autres fardeaux.

—Ça va, et toi?

—Tu serais fine de m'aider. Veux-tu tenir mon miroir?

Elle le tendit à Paula et se le fit braquer à trois pouces du visage tandis qu'elle sortait de sa bourse un tube de rouge à lèvres.

—Qu'est-ce que tu fais?

—Tu vois bien, Paula, fit-elle, lancinante.

—Le règlement dit: pas de rouge à lèvres à l'Institut.

—Mais la semaine est finie. Penses-tu que je vais prendre l'autobus avec l'air d'une soeur?

Oser se maquiller ainsi dans le vestibule d'entrée: Paula en fut épatée. Martine avait plus de cran qu'elle et cela suscitait son admiration. En réalité, sans la présence anticipée d'André Veilleux dans l'autobus, Martine n'aurait pas outrepassé la règle, mais l'amour est un sentiment qui fait prendre bien des risques...

Le rouge glissa sur la lèvre supérieure, foncé, brillant, et le visage en fut éclairci. Puis l'autre lèvre fut couverte. La bouche fit un 'ba-be-bi-bo-bu', la tête se balança. Paula souriait en coin. Martine la regarda.

—Tu veux t'en mettre? Tiens, je vais tenir le miroir à mon tour.

—Non...

—T'as peur ou quoi?

—J'ai pas besoin d'en mettre.

—T'es assez belle sans ça, je suppose?...

—Non... je ne veux pas dire ça... mais on s'en va pas danser, on retourne à Saint-Honoré.

Martine pensa alors qu'il valait mieux qu'elle soit la seule avec une belle bouche et elle remit ses accessoires de beauté pêle-mêle dans sa sacoche bleue.

—C'est comme tu veux...

Il y eut une pause pleine de demi-sourires de part et d'autre puis Martine fit une proposition:

—T'as pas le goût qu'on aille attendre dehors? Ça peut prendre encore quinze minutes avant que l'autobus arrive. Regarde, les filles de Saint-Benoît sont là, sur le banc.

—Si tu veux.

—Écoute, je ne veux pas te forcer, là, mais je ne veux pas non plus te laisser ici toute seule comme une dinde.

—Allons-y!

Martine se montra désagréable envers les étudiantes de Saint-Benoît. C'était sa façon d'exprimer son nationalisme paroissial. Comme ça, Paula lui en serait reconnaissante ou du moins redevable.

L'autobus, blanc à motifs bleu foncé, arriva. C'était son premier arrêt après son point de départ, un terminus voisin d'une salle de cinéma, et personne hormis le chauffeur ne s'y trouvait encore. Paula attendit que les trois autres fussent à bord et aient pris leur billet avant de monter elle-même. En croisant les filles de Saint-Benoît déjà assises, elle leur adressa une moue signifiant: il faut lui pardonner, elle est comme ça. Elles comprirent et le firent savoir en acquiesçant par des demi-sourires.

Au moment de prendre une place, Paula commit la maladresse de s'asseoir sur la banquette jumelle de celle de Martine qui lui lança aussitôt:

—Si ça te fait rien, j'aimerais mieux rester seule. Tu vois que c'est pas la place qui manque...

Paula ne se laissa pas tordre le bras et elle alla s'asseoir plus loin vers l'arrière. L'autobus descendit lentement dans la pente conduisant au pont tandis que la jeune fille examinait cette sculpture dorée de saint Georges tuant le dragon érigée devant l'église sur une stèle haute. Elle comprit en retard que Martine gardait la place à côté d'elle pour son ami André; et elle se mordit les doigts de n'y pas avoir pensé.

Le véhicule tricota un peu dans les rues de l'est puis s'engagea dans les pentes dures conduisant au séminaire. Le vendredi et le dimanche, on faisait un détour spécial par là pour accommoder les étudiants de Saint-Benoît, Saint-Honoré et La Guadeloupe. La montée fut lente et longue. Martine en profita pour se mettre un soupçon de poudre sur les joues et à l'aide de son miroir, elle questionna encore une fois le rouge de ses lèvres. La klaxon annonça l'arrêt et appela les voyageurs dont deux se trouvaient déjà au pied du grand escalier central menant à la porte principale du séminaire. Paula ne connaissait ni l'un ni l'autre. Elle crut entendre le second dire que les manquants seraient au terminus de la ville. Martine devint nerveuse comme une poule effarouchée. Sa tête se tournait vite dans toutes les directions, se penchait, s'étirait, semblait menée par des tics secs. Le chauffeur tira sur la poignée qu'une tige reliait à la porte et il remit son véhicule en marche.

Trois autres étudiants montèrent au terminus central. Mais point de André! Le pont fut traversé à nouveau et l'autobus en longeant la rivière prit la direction de Saint-Benoît. Martine ne savait plus à quel saint se vouer. Elle était tiraillée par le besoin de savoir et l'orgueil de ne rien laisser paraître aux yeux de qui que ce soit, encore moins de Paula Nadeau. Elle croisa les bras et jeta ses regards de dépit dans l'eau de la Chaudière mais, hélas, on la priva aussitôt de son exutoire puisque l'autobus bifurqua et s'éloigna de la rivière comme il se devait pour se diriger vers la côte des quarante arpents menant dans les terres et les hauteurs.

Autant dormir, maugréa la jeune fille qui ferma les yeux en s'appuyant la tête dans le coin de la banquette. Un premier arrêt eut lieu quelques milles plus loin et une étudiante descendit. Martine rouvrit à peine les yeux puis les referma en se promettant de ne se réveiller que rendue dans son village. Il y eut un second arrêt et elle s'entêta dans sa somnolence. À peine rouvrit-elle les yeux quelques secondes au terminus de Saint-Benoît pour voir s'en aller ceux-là de cette paroisse.

Elle reprit conscience quand l'autobus s'arrêta à un mille de Saint-Honoré pour quitter le rang de Saint-Benoît et tourner à angle droit sur la grande ligne menant au village. Elle s'étira les bras, se tourna de côté et se mit le nez dans l'espace étroit entre les deux banquettes; alors elle aperçut la chevelure frisée de son ami visiblement assis avec Paula. Un énorme rugissement surgit dans son âme comme depuis un cratère volcanique. Il fallut bien qu'elle le retienne et pour cela le transforma en violentes crispations des mains qui s'agrippèrent au bras de la banquette.

—Bon, je pense que je vais aller réveiller Martine, l'entendit-elle dire.

Elle se retourna et feignit à nouveau l'assoupissement. On lui toucha l'épaule. Elle ouvrit les yeux.

—Martine, on arrive, dit-il avec un sourire satisfait.

Elle feignit la surprise:

—Que fais-tu dans l'autobus?

—J'ai fait un bout de chemin en auto-stop et je suis monté entre Saint-Benoît et Saint-Georges, mais tu dormais dur et j'ai décidé de te laisser te reposer. J'étais là, avec Paula...

—Pourquoi ne pas m'avoir réveillée?

—Parce que tu dormais.

—C'est pas une réponse. Tu peux toujours pas me réveiller quand je ne dors pas.

Il s'esclaffa de son rire qui donnait l'air d'une capitulation:

—T'as raison, t'as raison. Mais ça faisait un million d'années que je n'avais pas parlé à Paula. Et toi et moi, on se voit chaque semaine depuis... quasiment la deuxième guerre mondiale...

—T'es drôle!

—En tout cas, profitons-en, il me reste trois minutes avant de descendre chez moi.

Il baissa le ton et se pencha vers elle. La jeune fille se prépara à des mots agréables, peut-être même une belle confidence enveloppante. Il dit:

—Tant qu'à faire, faut que je te dise qu'on pourra pas se voir en fin de semaine. Je retourne à Saint-Georges demain. Je vais aider mon oncle à 'peinturer'...

—Mais le cinéma demain soir. C'est *Le Roi et moi* avec Yul Brynner, tu le sais.

Il haussa les épaules et fit de grands yeux impuissants:

—Que veux-tu?

—De la peinture? Ça ne peut pas attendre la semaine prochaine. Le film ne nous attendra pas, lui.

—Vas-y avec... des filles.

Martine éprouva quelque chose de bizarre, un pressentiment qu'il se tramait quelque chose dans le coeur du jeune homme, une de ces impressions qui naissent dans l'intuition féminine et dont ces pauvres gars sont privés toute leur vie, une cogitation de l'inconscient.... C'était ça: il se préparait à casser avec elle et Paula en était la cause. Elle se souvint de cette même pensée qu'elle avait eue au tennis quelques jours plus tôt quand cette garce lui avait annoncé son retour aux études. Un diplôme de douzième année qu'elle voulait, cette intrigante, peuh! Il paraissait que c'était plutôt un gars de Philo 1 qu'elle cherchait à encadrer. Eh bien, elle devrait s'aiguiser les ongles, celle-là, en attendant de se mordre les doigts et d'avoir à se les fourrer dans les yeux jusqu'aux oreilles.

—Comme tu voudras!

Aussitôt, elle se mit à genoux sur la banquette et lança à Paula:

—Qu'est-ce que tu fais demain soir? Veux-tu qu'on aille voir *"Le Roi et moi"* ensemble?

—Je serai avec Gaétan demain, tu sais bien.

—Ah! parce que tu sors encore avec lui? Je pensais qu'en reprenant tes études, étant donné que c'est un peu... disons une classe de monde un petit peu plus au-dessus de la moyenne... disons différente si tu veux... ben que ça se trouvait à mettre fin à tes sorties avec lui...

Paula se hérissa:

—T'es folle ou quoi?

Martine interrogea André, les yeux agrandis:

—Y a-t-il quelque chose de fou dans ce que j'ai dit?

Hein, il devrait se compromettre, prendre parti d'un côté ou de l'autre! se dit-elle. Il eut un bref éclat de rire à nuance un brin paterne et répondit:

—Oui, c'est un peu fou étant donné que la classe qu'une personne peut avoir dépend pas mal moins de ses connaissances ou de l'argent qu'elle possède que de ses qualités morales.

—C'est justement: si t'es pauvre et cruche, tu ne peux pas posséder de grandes qualités morales, donc t'as pas de classe! prononça-t-elle à haute vitesse avant de se rasseoir les bras croisés comme pour mettre fin à sa participation à la conversation.

Elle comptait bien que son ami prendrait place avec elle pour le petit mille qu'il restait à parcourir avant le premier arrêt dans le village devant chez lui. Il n'en fit rien.

—On se revoit la semaine prochaine, dit-il sans grande conviction.

Et il retourna chercher son sac.

—Je compte sur toi pour que ça reste entre nous deux, dit-il à Paula en repartant pour l'avant du véhicule.

Il avait parlé sans aucune discrétion en tournant la bouche vers Martine comme pour être sûr qu'elle entende. Elle entendit. La douleur et la colère se jetèrent ensemble sur son âme. L'orgueil lui commandait de transformer toute la peine en hargne. Elle se renfrogna. André lui fit un petit signe en passant. L'autobus s'arrêta. Il descendit après avoir salué bruyamment le chauffeur.

Après le terminus, ce fut l'arrêt pour Martine juste après le magasin général du centre du village. Elle quitta sans regarder Paula qui, la sachant malade de dépit, ne lui adressa pas la parole. Et enfin, Paula descendit à l'arrêt fait pour elle à l'entrée de sa rue et de son rang. En traversant la chaussée, elle aperçut au loin la jeune fille en rage restée plantée debout sur le trottoir devant chez elle. Mais la distance était trop grande pour permettre de deviner pourquoi elle restait là et pour lire les frustrations sur son visage.

Car le martyrologe des coeurs amoureux bafoués s'additionnerait bientôt de celui de Martine. Paula le savait par André qui le long du trajet lui avait confié qu'il sortait maintenant plutôt avec une jeune fille de Saint-Benoît du nom de Ghislaine Pomerleau qu'avec Martine Martin.

Ce mot 'plutôt' qu'il avait utilisé et ses autres propos montraient la disparition de son intérêt pour Martine et indiquait que le courage lui manquait de le lui avouer. C'est pourquoi, pour faire passer la vérité, il se servait malgré elle de l'intermédiaire de Paula. Mais elle se promit de ne rien dire. Qu'il se tienne donc debout devant ses décisions! S'il voulait jouer sur deux tableaux, qu'il se débrouille! Oui, Martine se montrait souvent désagréable, mais Paula le lui pardonnait, sachant qu'elle le faisait par manque de confiance en elle-même. Et elle n'avait aucune envie de la blesser doublement en lui annonçant ce que le jeune homme devait lui avouer lui-même.

******

Chapitre 3

Paula et Martine s'entraperçurent de loin. La première ouvrait la porte de l'église tandis que l'autre sortait de chez elle pour se rendre elle aussi à la pratique de la chorale du vendredi soir.

Martine comprit le coup d'oeil de l'autre comme une flèche acérée, un air supérieur et une menace. Elle lui en ferait voir, et pas plus tard qu'après la pratique, se marmonna-t-elle en rapetissant son pas et en l'asséchant tout en évitant comme toujours les lignes de séparation entre les carreaux de trottoir: superstition d'enfant que même une fois grande adolescente, elle n'avait jamais pris le temps de réfléchir.

On préparait déjà la messe de minuit même si on était encore à plusieurs mois de Noël.

Cette chorale mixte, c'était l'unique passion d'Esther Létourneau outre son travail d'enseignante. C'est par ses chants, par sa beauté, par la finition, presque la perfection de son expression qu'elle parvenait le mieux à traverser le mur du temps et de la distance pour épouser son rêve de l'amour éternel là-bas au bord du fleuve immuable comme la mort et s'écoulant doucement comme la vie, là-bas où le prêtre avait choisi, lui, de vivre son sacrifice loin de ce morceau d'âme qu'il avait laissé pour toujours dans tous les êtres du presbytère et les lieux si tranquilles du coeur du village.

Au jubé de l'orgue rôdait une vague odeur de cierge brûlé et des parfums des choristes féminines. S'y trouvaient déjà une quinzaine de personnes se parlant à mi-voix, des hommes d'âge certain, des jeunes filles, quelques femmes de la trentaine et de la quarantaine et aussi des fillettes dont les voix de cristal enchanteraient les coeurs fragiles des fidèles la nuit de Noël.

Paula arriva en haut de l'escalier derrière l'orgue. Elle regarda par des vitres étroites donnant sur la rue. Martine avait disparu. Sans doute avait-elle pressé le pas et même couru pour la rattraper...

Ce soir-là, Esther cajolait en son coeur une pensée de Musset qu'elle avait lue, acquise et gravée en sa mémoire à jamais un de ces jours brumeux de la fin de l'été alors qu'elle s'était rendue jusqu'à la pinède au bout de la terre de la fabrique pour s'y envelopper de rêve et de l'odeur des conifères.

L'amour est immortellement jeune, et les façons de l'exprimer sont et demeurent éternellement vieilles.

Assise au clavier de l'orgue, elle était penchée sur des feuilles de musique mais ne les lisait pas. Les mots du poète lui revenaient comme en écho, tournoyaient dans son esprit, s'habillaient d'une musique étrange, céleste et suave et repartaient en spirale vers des mystères sublimes dégagés du temps et de la substance matérielle.

—Bonsoir Esther, souffla-t-on à son oreille.

Elle n'eut pas à relever la tête pour savoir qu'il s'agissait de Paula Nadeau, la seule personne de toute la paroisse plus jeune qu'elle à la désigner ainsi par son prénom, ce qui n'incluait pas cependant le tutoiement. Pas encore. C'est que Paula, par les responsabilités que la vie lui avait jetées sur les épaules, montrait un cran d'avance sur les autres, une maturité qui faisait d'elle un être différent et qui, bien malgré elle, commandait une certaine autorité et le respect. Paula possédait à ses yeux un jugement sain et inspiré; et Esther n'avait pas pu comprendre pourquoi l'adolescente avait abandonné ses études pour aller travailler à la chaîne sur une de ces machines à coudre parfaitement aliénantes. Elle comprenait un petit peu mieux maintenant que la jeune fille avait repris ses études.

Esther répondit par un sourire. Paula ne s'arrêta qu'un peu plus loin quand le coup d'oeil lui permit de voir comment les gens s'étaient placés. Elle repéra une place libre au fond d'un banc, voisin d'un autre. Martine ne saurait donc s'approcher. C'était sans se souvenir du professionnalisme d'Esther qui, dix minutes plus tard, répartit les voix en fonction de l'harmonie qu'elle voulait tirer du groupe, ce qu'elle pouvait jauger par son imagination musicale supérieure. Et la pauvre Paula se retrouva épaule contre épaule voisine de Martine dont le premier soin fut de lui adresser un sourire hargneux et des regards de porc-épic.

Il ne manquait plus que madame Martin qui ne saurait tarder selon le dire de Martine à Esther à son arrivée. Sa mère avait une bonne excuse et elle faisait dire à la directrice de la chorale de commencer sans elle et de faire travailler son monde a cappella en l'attendant.

Esther se rendit donc à sa place habituelle, face à la chorale, devant un lutrin, dos à la nef et à une garde de sécurité en tubulure tandis que l'on se distribuait les musiques d'un chant connu depuis toujours par tous. Elle donna le signal après avoir compté un, deux, trois et les voix s'épièrent du coin de l'oreille en s'élançant:

Les anges dans nos campagnes
—Tu l'emporteras pas en paradis, glissa Martine à sa voisine.

Ont entonné l'hymne des cieux
—Si t'as jamais vu le diable, tu vas le voir ce soir.

Et l'écho de nos montagnes
—Faudra que tu me passes sur le corps pour avoir André Veilleux et tu vas trouver ça plus haut qu'une montagne...

Redit ce chant mélodieux:
—Tu chantes que t'es pas retournée aux études pour lui, mais ça prend au fond comme de la tire brûlée...

Glo o o o o o o o o o o o o o o o o ria
—C'est honteux, ce que tu fais.

in excelsis Deo.

—Je t'ai donné une chance pour ton inscription et tu me craches dessus. C'est ça qu'on appelle donner de la confiture aux cochons...

Glo o o o o o o o o o o o o o o o o ria

—T'étais jalouse, hein, dis-le que t'étais jalouse de moi parce que j'étais à l'Institut...

in excelsis De e o.

—Faites du bien à un christ de cochon et il vient chier sur votre perron!

Complètement obnubilée par ses sentiments, colère comme cheval de tête, Martine ne se rendit pas compte que sa dernière phrase était dite après le début d'un silence de la chorale, et les mots, même sifflés, écorchèrent les esprits, éclaboussèrent tous les espaces pieux de l'église, les vitraux, le maître-autel, la chaire du curé juchée haut, accrochée à un pilier blanc, ébranlèrent les colonnes même du vénérable temple paroissial. Il y avait dans cette phrase une insulte à toutes les valeurs existantes et chantées par l'époque. Un juron en pleine église, c'était le pire et ça sentaitle soufre et les braises, au moins celles du purgatoire. Associer le nom de Jésus à celui d'un animal de ferme, et en plus celui-là au sujet duquel on a toujours fait preuve de racisme, c'était du matériel d'homme en 'overalls', ça, pas de jeune fille respectable! Quant au mot chier, il était le moins grave de la phrase puisqu'avec cet autre désignant le résultat de cette action généralement très privée, il a toujours fait partie de l'argumentation québécoise, celle-là surtout qui met un point final et raisonnable à une discussion orageuse. Et tout le reste, l'opposition du bien et du mal, le reproche, l'ingratitude...

L'esclandre risquait scandale. Mais plusieurs ignoraient qui avait échappé ces mots orduriers dans un lieu sacré. La façon dont Martine regardait Paula de travers fit croire à certains que c'était celle-ci la coupable. Esther pour sa part n'était pas dupe. Elle connaissait par coeur les deux personnages pour avoir enseigné à chacune pendant deux ans et elle savait bien qui avait parlé.

—On dirait que j'ai entendu des choses qui n'ont rien à voir avec les anges, dit-elle pour dérider tout le monde et montrer que la réflexion n'était pas si terrible, même dans la maison du Seigneur.

On s'interrogea du regard. Certains lorgnèrent vers Paula. Madame Martin arriva sur les entrefaites et la scène disparut aussitôt, remplacée par une situation nouvelle. L'arrivante et Esther se dirigèrent l'une vers l'autre et elles se rencontrèrent dans l'allée près des jeunes filles en chicane. On parla à mi-voix comme toujours, ce qui n'était qu'une certaine réserve puisque tous pouvaient entendre.

—On a tout juste commencé, dit Esther. Votre feuille de musique est là-bas à l'orgue.

—C'est mon cher Denis qui a fait des siennes. Comme tu le sais, il fait des crises d'épilepsie à tout bout de champ... C'est la raison de mon retard.

La femme avait une démarche et une manière de parler qui lui donnaient un air snob, mais au-delà des apparences et après l'entrée de jeu, elle communiquait plutôt agréablement avec ses semblables. Ce qui d'elle ajoutait au caractère difficile de Martine, tenait surtout de sa sévérité et de ses exigences trop grandes envers ses enfants.

Le visage maintenant cramoisi, Martine gardait ses yeux vissés sur une statue en bas représentant saint Antoine de Padoue au pied de laquelle un tronc recevait les offrandes de ceux qui avaient retrouvé un objet perdu et qui voulaient exprimer leur reconnaissance à ce véritable pisteur des catholiques distraits. Elle avait fini par prendre conscience de ses paroles et du fait qu'on les avait saisies. Pas moyen de les rattraper, elle invoqua saint Antoine pour qu'il inverse ses polarités et qu'il s'empare de sa phrase et qu'il l'égare quelque part où il le voudrait bien. Pour un saint aussi efficace, perdre quelque chose devait être plus facile encore que de le retrouver. Du même souffle, elle demanda à Antoine d'aider André à retrouver ses esprits et promit en guise de compensation de faire brûler un lampion par semaine jusqu'à Noël et même au-delà si André faisait montre de trop d'indécision.

Sa mère lui jeta un coup d'oeil et se rendit à l'orgue. Esther remit son monde au travail, surveillant Martine du coin de l'oeil. La jeune fille se montra un modèle de collaboration jusqu'à la fin de la pratique.

Tout ce temps, Paula s'interrogeait. Dire la vérité pour que Martine cesse de l'agresser ou bien se taire. Ne pas parler, c'était comme de la tirer dans les sables mouvants de la honte par les pieds, une honte d'elle-même qu'elle découvrirait quand André avouerait. Ouvrir sa trappe, elle risquait de se faire haïr encore davantage. Et s'il fallait que cet imprévisible André revienne sur ce qu'il avait dit!

Les choristes s'en allèrent. Puis madame Martin. Il ne resta plus bientôt que Paula, Martine et Esther, et il n'y paraissait aucunement que les deux jeunes filles étaient à couteaux tirés. On parlait de l'Institut, de l'acceptation là-bas de Paula qui demanda à Esther de remercier le curé pour elle à cause de ses recommandations.

—Bon, il va falloir nous en aller, dit finalement Esther.

Elle espérait que Martine parte, se rendant bien compte que Paula, sans doute animée du même espoir, étirait aussi le temps. Si Paula avait beaucoup de caractère, elle chicanait rarement quelqu'un et Esther le savait. Il lui vint à l'idée d'aller reconduire Paula jusque chez elle sous le prétexte de prendre l'air et de marcher. Martine accusa le coup sans broncher et elle accompagna les deux autres jusque devant chez elle. Il ne lui fut donné aucune chance de s'en prendre à nouveau à Paula qui, quelques maisons plus loin, remercia Esther en abordant la question. Elle révéla ce qu'elle avait su de la bouche d'André.

—Tu as très bien fait de ne pas lui dire la vérité, fit Esther songeuse. Le sentiment amoureux, ça ne souffre pas l'intervention de qui que ce soit d'autre que les deux personnes qui le partagent... ou ne le partagent plus. L'intervention de personne sur terre. Quant à celle de Dieu, voilà une autre histoire.

Le ciel était opaque et la rue ne pouvait compter pour l'éclairer que sur les lumières jaunâtres et faiblardes des réverbères et des fenêtres des maisons. Parfois une auto balayait les marcheuses de ses phares et Paula en profitait pour chercher les yeux de sa compagne. Esther lui donnait quelques regards, des regards brillants tout empreints de nostalgie.

Au coin du rang, Esther décida de poursuivre avec Paula, au moins jusqu'au dernier réverbère. Elle ressentait le besoin, le désir de savoir ce que vivaient des jeunes filles de la génération nouvelle et de comparer avec les terrains laissés en friche du fond de son coeur. Passé la meunerie, personne ne risquait plus de se trouver sur une galerie et d'entendre leurs propos; alors Paula osa ce que jamais personne de la paroisse n'avait osé à ce jour ni n'oserait jamais.

Elle demanda:

—Vous ne voulez pas me parler de vos amours passées, Esther?

—Quelles amours?

Paula hésita, mais des lèvres seulement:

—Pour Luc Grégoire puis pour... l'abbé Dumont.

—Qu'est-ce que tu dis? Pourquoi dire cela, Paula? fit l'autre dans un rire artificiel.

—Quand j'avais onze ans, c'est à voir vos yeux quand vous regardiez l'abbé Dumont que j'ai su ce que c'était le sentiment amoureux. C'était écrit dans votre âme, Esther, et votre âme, elle éclatait dans votre regard. Je le dis avec mon coeur et ma sincérité.

—C'était Dieu que j'aimais à travers lui, voyons, Paula. Comment aurais-je pu aimer l'homme puisqu'il était un prêtre?

—C'est justement, un prêtre est aussi un homme.

—Tu réfléchis trop, toi.

—Ce n'est pas ça... mais il me semble que jamais de toute ma vie je ne pourrai aimer comme vous avez aimé Luc puis l'abbé Dumont. On dirait qu'il ne s'est jamais vécu d'amour plus grand que le vôtre. On dirait que ce fut un amour... éternel...

Esther se composa un rire factice, le rire de quelqu'un qui voudrait que la nuit fût d'une blancheur éclatante, que cette blancheur soit la vérité dans le noir. Le gravier craquait sous leurs pas entre les phrases espacées. Paula insista:

—Tout ce que vous me diriez, Esther, demeurerait dans mon âme comme dans une tombe pour l'éternité. Et il me semble que d'en parler enfin à quelqu'un, vous ressentiriez comme... une délivrance.

Esther tenta de dire quelque chose de mesuré mais les mots traqués, hachurés, firent se tordre son menton, ses lèvres:

—Il n'y a pas d'amour... aussi vrai qu'un... amour qui meurt... inavoué.

Elle rit à travers ses larmes:

—Ce n'est pas de moi, bien sûr, c'est de Olivier Wendell Holmes. Je ne serais pas assez brillante pour pondre des idées pareilles, on sait bien.

—Avoir une idée, ce n'est rien de mieux que d'ouvrir les yeux mais vivre une passion amoureuse, c'est ouvrir toute sa personne à la vie.

—Et devoir la refermer à tout jamais!

—C'est vivre.

—C'est mourir.

—Mais vous êtes si jeune!

—Pour moi, les douze coups de midi furent sonnés il y a dix ans puis les douze coups de minuit le furent il y a sept ans. Il ne me reste que d'exister en attendant la fin de mon temps...

—Vous êtes donc si malheureuse?

—Pas tant que ça! La nostalgie et la tristesse ne sont pas forcément les composantes du malheur, tu sais. Le malheur, c'est autre chose.

—Qu'est-ce que c'est?

Esther soupira:

—Ça ne se définit pas. Ça se reconnaît, comme le bonheur. Et puis ce n'est pas plus pur que le bonheur. Et toi, sans doute que tu le sens plus que moi... À cause de ta mère que tu as vue mourir à petit feu puis s'éteindre en quittant si jeune sa famille. Mais attention, le malheur, ce n'est pas la mort: ça, je sais cela. Le malheur, c'est une façon de vivre, c'est la destruction lente d'un être humain.

—Comme dans les camps de la mort des nazis?

—Ou encore plus près de nous comme dans la maison des... d'une pauvre famille du village que je ne voudrais pas nommer...

—Oh! mais que je connais aussi, hein, et c'est la famille Nolin pour la nommer. Est-ce que c'est manquer de charité que de le dire?

—Ce n'est pas en cachant la vérité sur la misère humaine qu'on peut mieux agir pour la soulager, non, tu as raison. Le problème, c'est que les misérables se sentent dévalorisés et honteux d'eux-mêmes...

—Et ça nous mène loin de notre sujet, n'est-ce pas, Esther?

—Quel sujet?

—Le coeur d'une femme extraordinaire et qui pourtant se laisse mourir à petit feu parce qu'elle croit que la mort est une délivrance.

Il vint en les mémoires d'Esther cette profonde attirance de la mort sur elle et contre laquelle il lui fallait lutter de toutes ses forces. Ce qui, un jour d'orage, l'avait conduite chez le forgeron du village avec le prétexte d'y faire souder un pied de lampe mais avec le dessein de se mieux représenter l'enfer à voir cet homme noir et charbonneux jusqu'aux yeux plonger dans les braises incandescentes des morceaux de fer qu'il ressortait ensuite chauffés à blanc, qu'il posait sur son enclume et frappait avec son lourd marteau dont les coups répétés faisaient jaillir de brûlantes battitures qui parfois atteignaient des chevaux hennissants au regard fou, entravés dans des travails.

—Je vis, Paula, je vis, tu sais.

—Mais dès que votre classe est finie ou la pratique de la chorale, on dirait que non.

—Mais personne ne vit vingt-quatre heures sur vingt-quatre!

—C'est la différence entre vos moments de bonheur et ceux de votre tristesse qui sont... dramatiques. On dirait que chaque jour vous tombez au fond d'un gouffre et que votre âme s'y brise sur des rochers pointus.

Paula attendit une réponse en vain. Esther avait la gorge transpercée par une de ces tiges de fer à peine sortie du feu grondeur de la forge. On dépassait maintenant la beurrerie. Il ne restait que quelques pas avant que Paula n'arrive chez elle.

—Bon! fit simplement Esther. Ce qui annonçait son demi-tour.

Paula qui la voyait en silhouette lui prit la main qu'elle serra entre les siennes et dit:

—Vous êtes la personne que je voudrais le plus voir heureuse.

Esther se serra la gorge avec son autre main et parvint à dire:

—Mais je suis heureuse, Paula. Tu sais, il y de ces douleurs grandioses que les gens associent au malheur mais qui ne doivent pas l'être.

Elle se libéra et salua:

—Inquiète-toi pour Martine plutôt. Et à vendredi soir prochain, là.

—Bonsoir là!

Sur le chemin du retour, quelques pas plus loin, la femme au coeur blessé à jamais regardait la nuit à travers les dévorantes tristesses de ses amours en attente. Ce village dont l'existence n'était plus racontée que par quelques lumignons pâlots qui commençaient d'entrer dans la brume la verrait mourir comme il l'avait vue naître: sans bruit comme si les pas feutrés de sa vie de femme entre la naissance et la mort avaient témoigné de son inutile voyage en ces lieux terrestres.

Elle frissonna. C'était l'humidité. Il y avait de la raideur dans ses doigts. Elle se les frotta...

*

Paula et Gaétan convinrent d'aller danser là où tous les jeunes de quatre ou cinq paroisses environnantes se retrouvaient le samedi soir c'est-à-dire au Centre social de La Guadeloupe. Il viendrait la prendre vers huit heures et demie, quelque part entre chien et loup.

Devant son miroir, en ajoutant une dernière touche à son maquillage, Paula réfléchissait. Comment affronter Martine dans l'autobus le dimanche soir? Si cela était possible, elle demanderait à Gaétan de la reconduire à Saint-Georges pour éviter l'agression de la jeune fille qui, au contraire d'Esther, se défendait de la souffrance en jetant les hauts cris. Tout ça était la faute de cet André Veilleux trop bébé pour marcher sur ses deux jambes. C'était sans doute pour la même raison qu'il avait laissé entrer Martine dans sa vie. Elle s'était montrée entreprenante et autoritaire, et il s'était laissé conduire par le bout du nez...

Chez lui, André mettait aussi une touche finale à son apparence. Il se frotta la tempe avec la paume de la main pour la rendre graisseuse puis il la glissa sur le dessus de sa tête afin de donner du brillant à un coin qui lui avait paru fade et peu enclin à refléter la lumière de la chambre de bains, mais surtout un peu trop rebelle et frisé. Les boucles ne lui obéirent pas. Il prit une brosse dans un tiroir de la vanité et fut sur le point de s'en servir mais ses mains au-dessus de sa tête s'arrêtèrent. La brosse était remplie de démêlures grises, des cheveux de sa tante certainement, et il pourrait en rester dans sa propre chevelure plutôt châtaine et courte. Sa nouvelle blonde pourrait trouver bizarre de découvrir un long cheveu noir ou blanc perdu sur lui, d'autant qu'elle était rousse. Alors il nettoya la brosse puis s'en servit.

Quand il fut bichonné à son goût, cravate alignée au milieu du col, ajustée de longueur, veston sport blanc qui, disait-on, donnait tant de couleur à sa peau basanée, il procéda à un examen final, se tordant le corps pour voir la descente de son pantalon, levant chaque pied pour y recueillir de l'éclairage afin de voir l'éclat brun des souliers polis Les mains? Parfaites, dirent les doigts agités. Les ongles: propres, dirent-ils eux-mêmes en riant de lumière. Et les cheveux encore une fois: c'était l'élément capital. Il tira sur une boucle qui retourna exactement au même endroit. Puis sur une autre. Une lueur dorée de sa montre l'avertit qu'il devait se préoccuper d'autre chose. L'heure était venue de partir, de sortir, de s'asseoir sur la galerie en attendant l'arrivée de ceux qui le prendraient au passage soit l'ami de la soeur de sa nouvelle flamme Ghislaine et les deux filles. Ensemble, on irait voir 'Le Roi et moi' au cinéma de La Guadeloupe. Le croyant retourné à Saint-Georges, Martine ne le verrait pas et puis il ferait noir quand on passerait devant chez elle.

Il sortit enfin de la salle de bains et se rendit embrasser sa tante, une vieille dame ronde et blanche qui travaillait dans la cuisine et qui lui dit de sa voix haut perchée:

—Tu vas pas rentrer trop tard, hein?

Ce n'était qu'une façon de parler. Elle savait bien que depuis au moins deux ans, il ne tenait plus compte de ces recommandations pas plus que de celles de ses oncles qui auraient voulu tout comme elle le couver encore long-temps comme ils l'avaient fait depuis son enfance d'orphelin de mère.

—Mais non, on va juste au cinéma.

—Tu penses pas que tu devrais lui dire à la petite Martin que tu veux plus sortir avec elle et que tu sors avec une autre?

—Dans le temps comme dans le temps, ma tante.

—Il me semble que ça serait plus honnête, gémit-elle en hochant la tête au-dessus de son plat de vaisselle.

—Elle va le savoir... sous peu.

La femme tira sur le linge à vaisselle accroché à son épaule et elle enveloppa une assiette en disant:

—Tu sais, j'ai jeunessé moi aussi même si je ne me suis jamais mariée. J'étais fréquentée par des beaux jeunes gens, des monsieurs ça tu peux en être certain. Et un jour, bon, Joseph-Émile Beaudoin s'est assis entre deux chaises comme tu le fais avec Martine et la petite fille de Saint-Benoît. Tu sais ce qu'il lui est arrivé à ce venimeux de Joseph-Émile... je vais te le dire...

André était déjà parti depuis un bon moment. Sur le bout des doigts il avait refermé la porte et marchait dans l'étroite allée pavée entre les arbres en direction de la rue. En attendant l'auto des jeunes de Saint-Benoît, il se promènerait sur le trottoir. Ainsi, ils ne risquaient pas de passer tout droit puisqu'on sortirait ensemble pour la première fois et que pas un d'entre eux ne savait exactement où il demeurait malgré les indications qu'il avait dessinées sur un papier donné à Ghislaine la veille.

La brunante interrogeait déjà. Aucun danger d'être repéré de loin par Martine. Et si par inadvertance elle passait par là avec ses parents ou autrement, il avait déjà une chanson à lui servir. Son oncle avait décidé de remettre la peinture à plus tard, à la semaine suivante et lui était donc revenu à Saint-Honoré, et un copain du séminaire venait le prendre pour aller au cinéma... Elle sentirait qu'il mentait mais serait forcée de faire semblant de le croire sous peine de le faire passer pour malhonnête, ce qui deviendrait l'idéal prétexte à la guerre. Il n'était pas très sûr que Paula livrerait son message. Une agression par Martine lui donnerait le courage requis pour la repousser définitivement. En ce sens, il espérait être vu quand il passerait devant chez elle bientôt. Elle l'accuserait; il nierait. On se retrouverait en pleine bagarre et à ce jeu-là, il gagnerait parce que fort de tous ses moyens.

Il mit une main dans une poche, pan du veston relevé, et, le pas large, il entreprit un va-et-vient à la fois nerveux et joyeux devant trois maisons. On le vit. On avait l'habitude. D'un côté, les noires vieillardes eurent des

74

larmes de sensibilité au bord du coeur de voir ce jeune
homme si beau, devenu si fort, qu'elles auraient voulu
avoir comme fils, qu'elles avaient vu se traîner en couche
puis grandir si doucement, si vite... Et de l'autre, l'homme
d'affaires aux casquettes ostentatoires et aux grandes ambitions politiques pour qui André depuis l'enfance avait
réalisé de menus travaux d'entretien dans et autour de la
maison, dit à sa femme derrière la spacieuse vitrine du
salon:

—Le petit Veilleux, il est nerveux comme un 'écureux'.
Il doit s'en aller à peau...

André ignorait encore quelle sorte d'auto possédait l'ami
de Marielle, la soeur de Ghislaine; il ne savait même pas si
ce gars-là conduirait sa propre voiture. Alors il regardait
venir tout ce qui roulait sur quatre pneus, le plus souvent
des gens de la paroisse même, et qu'il reconnaissait au
dernier moment.

Enfin une Chrysler vert feuille 1953 ralentit dès
l'entrée du village et s'avança donc vers lui qui sentait que
c'était celle-là la bonne, même si les phares par leurs
éblouissements ne lui permettaient pas de savoir encore.

Il reconnut Ghislaine dès que la grosse voiture se fut
arrêtée à deux pas de lui. Il se pencha pour être sûr,
saluant, souriant, riant, farfouilla pour trouver le truc de
la poignée afin d'ouvrir la portière, fut enfin avec cette
jeune fille qu'il avait connue à Saint-Georges l'année
d'avant, une étudiante infirmière qui pensionnait sur la
même rue que lui. On ne s'embrassait pas encore en public
et fort peu en privé, et cela rendait l'approche un peu
compliquée pour les bras qui ne savaient alors que faire
pour ne pas avoir l'air trop fou. Ghislaine, une beauté
brune aux paupières eurasiennes s'était lambrissé le visage
d'une couche de maquillage et d'un sourire pour la tenir
en place, mais elle n'arrivait pas à dire plus que:

—C'est comme je te disais, Marielle...

Comme si André eût été l'homme invisible. Il avait bien
marmotté des salutations autant à Ghislaine qu'à Marielle
mais puisqu'il ne connaissait pas encore le conducteur, il
dut prendre l'initiative des présentations.

—Comme ça, c'est toi, John? dit-il au jeune homme au
volant qui remettait le véhicule en roulement.

—John Rancourt, dit l'autre d'une voix forte qui roulait des R hitlériens.

—J'ai entendu parler de toi, mais je ne t'ai jamais vu.

—Ni moi non plus.

—T'as une belle grosse voiture.

—Pas à moi.

—Ah!

—Au père.

—Ça m'aurait surpris... Je veux dire que je te verrais mieux dans une Pontiac Hard Top 57... à cause de l'âge... Bon, faudrait pas que je commence à dire des sottises non plus, hein? Parce que ça m'arrive... malheureusement...

—Non, non, je sais ce que tu veux dire... Une Chrysler 53, ça fait bonhomme à pipe croche, je le sais moi aussi...

Les filles s'étaient tues devant les grosses voix. Et ça faisait leur affaire car elles ne sentaient rien à dire et quand une femme n'a rien à dire, elle se demande si quelque chose par hasard n'irait pas de travers sur sa personne physique.

André discernait mal les traits du visage qu'il ne pouvait apercevoir que de profil dans la demi-obscurité mais l'autre paraissait construit petit: ossature fine, peu grand sans doute, et la ligne générale d'un très jeune adolescent, lui qui avait pourtant vingt ans.

La crainte de Martine revint habiter André qui se tut. Et l'on continua d'écouter John, un personnage qui en imposait par ses cordes vocales et son énergie, et pourtant un être sympathique et de bonne composition.

—Je vais te montrer tout à l'heure, après le village, qu'une vieille 53, ça se traîne encore la carcasse...

André cessa de l'écouter un moment quand vint le coeur du village, l'église, le magasin général, la maison des Martin... Il jeta un oeil discret, tourna la tête une fois plus loin: rien. Contrarié, content: il ne savait trop. John freina subitement près de la sortie du rang de Paula puis accéléra à nouveau quand le voiture qui en émergeait s'arrêta en mangeant le quart de la voie publique.

—Veux-tu donc me dire qui c'est, celui-là avec sa décapotable. Il pense que le chemin est rien qu'à lui ou quoi.

André reconnut l'auto malgré que la toiture fût en place. C'était Paula et son copain de La Guadeloupe. Tant mieux: elle le verrait et saurait qu'il lui avait dit la vérité. Et, par solidarité féminine, elle ouvrirait peut-être son sac à Martine.

—Comme ça, tu vas devenir professeur? dit André à John.

Mais il n'attendit pas la réponse et se retourna en disant fort:

—Va pas trop vite, John, je les connais, ceux-là qui nous suivent et je voudrais leur envoyer la main.

John se laissa approcher. Il surveilla André par le rétroviseur ainsi que l'autre voiture et quand le jeune homme eut fait ses salutations aveugles, il appuya sur l'accélérateur.

On arrivait à la fin du village. La Chrysler s'élança fermement comme un percheron que l'on fouette copieusement. La Mercury aurait pu l'avaler trois fois dans le seul mille à venir mais Gaétan retint ses chevaux-vapeur comme toujours avec Paula, et il ne voulut pas menacer l'amour-propre de la Chrysler. La jeune fille avait reconnu André mais n'avait pas répondu à ses signaux sachant bien qu'il ne pouvait rien discerner avec deux phares braqués dans ses deux yeux.

John se méfiait néanmoins des eaux dormantes. Son suiveur pouvait faire semblant de l'ignorer puis soudain le doubler en traître. Et puis il avait promis de faire voir la puissance des reins de la vieille verte déjà âgée de quatre ans. Mais il y eut bientôt devant lui un escargot du samedi soir, un taxi en DeSoto bourré de passagers entassés comme des sardines et qui avait tout l'air de s'en aller à un enterrement tant il avançait avec lenteur et discrétion. Une montée l'empêchait de doubler. Il réussit à le faire tout de suite après, suivi de Gaétan qui gardait une distance toujours égale derrière la Chrysler. John eut aussitôt le nez dans une autre limace collée à l'asphalte. Plus loin, il y avait une descente vive entre deux buttes. N'ayant pas vu de phares sur la seconde, John accéléra au maximum puis doubla.

—C'est qu'il fait là? s'écria Gaétan qui savait l'endroit absolument dangereux puisque d'entre les deux côtes pouvait surgir à tout instant quelque véhicule inaperçu, imprévu.

Il y avait aussi en cet éclat de voix, inhabituel au jeune homme, une espèce de certitude que cette Chrysler courait tout droit à la plus terrible catastrophe.

—Vont se tuer, ces malades-là...

Il ne termina pas. Les mots stoppèrent entre ses dents.

—Qu'est-ce qui arrive donc? s'écria Paula qui ne pouvait voir de sa place, car le véhicule qui les précédait lui bouchait la vue.

André s'entendit crier à travers les cris des filles:

—Tention, y'en a un qui nous fonce dedans.

Maître des événements, John donna un violent coup de volant vers la droite pour éviter la collision frontale avec cet intrus qui, au dernier moment, effectua la même manoeuvre...

Gaétan vit quelques étincelles quand les deux autos se touchèrent du coin de l'aile arrière puis, sous la lumière des phares triples, les deux de la limace et celui de gauche de la décapotable, la Chrysler quitta la route, s'engagea sur un accotement aux allures de tremplin et se détacha sur le fond de la nuit comme pour s'envoler outremer. Mais la cruelle réalité des lois physiques la tira aussitôt vers le bas par toutes ses composantes et le véhicule disparut dans le gouffre.

—Sont tous morts, sont tous morts! gémit Gaétan, déserté par son habituel silence. Jamais vu ça, moi! Jamais vu ça de ma vie!

Il décéléra en même temps que le véhicule devant et tous deux se garèrent dans la cour d'une maison située tout près de la dépression.

—Reste ici, ça doit pas être beau à voir, dit-il à Paula qui ne l'entendit même pas et s'empressa de l'imiter.

Et il descendit de l'auto puis accourut sur l'accotement avec Paula sur les talons. En bas, à quelques centaines de pieds, il y avait deux phares allumés et un seul silence.

—On voit pas grand-chose. On peut rien faire sans plus de lumière. Je vais chercher l'auto...

Il courut à la décapotable. Des gens arrivaient. Les sardines du taxi, bourrées de questions, sortaient à pleines portières. Les gens des maisons voisines apparaissaient sur les galeries dans les embrasures blafardes des portes. Gaétan s'avança, vint braquer ses phares de la meilleure façon qu'il put, en travers, passé l'accotement qui n'aurait servi qu'à lancer les rayons vers le ciel. Une certaine luminosité lugubre s'étendit sur le gouffre et des plaintes lointaines se firent entendre.

Des jeunes questionnèrent Paula. Elle ne réussissait qu'à hocher la tête, le coeur malade, les mains tremblantes enveloppées l'une dans l'autre, réunies sur sa bouche et les jointures de ses pouces entre ses dents, les yeux meurtris et révoltés.

—C'est pas une auto de Saint-Honoré, dit le taxi qui connaissait tous les véhicules de la paroisse.

—J'ai cru reconnaître André Veilleux, dit une voix de jeune fille.

Sans même s'en rendre compte, comme mu par une sorte d'automatisme lui ordonnant de garder son sang-froid, Gaétan tira un énorme cigare d'une boîte sur le tableau de bord et il l'alluma vite puis il sortit et cria aux arrivants d'en haut en dictant ses ordres d'une voix tranchante et d'un index autoritaire:

—Un. Paula, le téléphone tout de suite. Un docteur. Des ambulances. Police. Curé. Dans le même ordre: docteur, ambulances, police, curé...

Elle le regarda, stupéfaite.

—Grouille! Grouille!

Le jeune homme prit conscience qu'il avait un cigare à la main. Il pensa aux fuites d'essence possibles en bas et alors il jeta l'objet au bout de ses bras de l'autre côté de la route.

—Deux. Toi, le taxi, organise la sécurité pour qu'il n'arrive pas pire. Envoye, ça presse!

Le chauffeur de l'autre voiture impliquée dans l'accident, un homme dans la haute soixantaine et qui avait appris à conduire sur le tard parlait à tout le monde sur l'accotement. Il se plaignait. Ce n'était pas sa faute. Il avait tout fait pour 'exempter' la Chrysler. Il avait 'crampé' ses roues le plus possible sur sa droite dès que la voiture folle avait surgi devant lui. Heureusement qu'il avait eu ce réflexe sinon c'eût été la collision frontale, et lui et sa femme y auraient sûrement laissé leur vie. Il cherchait frénétiquement de l'approbation dans les regards de son regard gris et de ses phrases pleureuses. Culpabilisé parce qu'il n'avait pas su conduire avant soixante ans, faible et affligé, il demandait pardon à l'humanité en tâchant de vendre à tous son innocence.

—Le monde ont rien qu'à regarder, dit-il avec son long bras montrant son auto stationnée dans la cour d'en face, ils m'ont arraché l'aile quasiment... quasiment éjointé, mon char, faut le dire...

—Trois, cria Gaétan. Toi là, va chercher des draps...

—Quoi? dit l'homme coupable en regardant un peu autour de lui, cherchant à trouver absolument quelqu'un d'autre à qui ce jeune homme pouvait s'adresser.

—Des draps, bonhomme. Va chercher des draps. Au moins quatre.

—Pourquoi c'est faire?

—Hey christ de tabarnac, y vas-tu ou ben donc si tu y vas pas?

Galvanisé par cette volonté et cette détermination que le peuple québécois trouve depuis toujours dans la langue liturgique, le vieil homme obéit en vitesse.

—Quatre... Les gars, venez m'aider, on descend. Toi, toi, toi, toi: venez.

Il sauta par-dessus les câbles d'acier d'un garde-fou et courut vers l'auto accidentée et les cris incessants plus précis maintenant entendus. Il ne s'était pas encore passé plus de trois minutes depuis qu'il avait mis la décapotable en position d'éclairer les lieux.

Paula choisit d'aller à la maison d'en face sur la galerie de laquelle se parlaient des femmes atterrées.

—Il faut téléphoner...

—Madame Poirier le fait déjà, entre, dit une jeune fille.

Paula entra. La dame de la maison était debout devant l'appareil de téléphone, le cornet sur l'oreille et le bec devant le nez. Elle ne parlait pas. Mais son regard et un signe de tête affirmatif rassurèrent l'arrivante.

—Il faut appeler l'hôpital de Saint-Georges pour qu'on nous envoie des ambulances, le docteur, le curé, la police.

La femme, grosse personne à visage bon, acquiesça de signes de tête en disant:

—Les gens du central téléphonique font les quatre appels en même temps. Sont habitués quand il y a un accident grave... Parce que... pas besoin d'aller voir en bas pour savoir que c'est grave...

Paula gémit un peu, trépigna. Sa queue de cheval battit sa nuque. La femme reprit:

—Pour faire du mal, les hommes de la maison sont tous partis...

—Il y a déjà quelqu'un pour voir aux... blessés...

—Je les entends parler, coupa la femme. Ils viennent de rejoindre l'hôpital... et il y a monsieur le vicaire qui attend sur l'autre ligne...

—C'est le docteur qu'il faut d'abord.

—Ils ont commencé par lui mais ils ne l'ont pas encore rejoint...

—Des draps, il nous faut des draps blancs, lança le vieux commissionnaire de Gaétan, le nez écrasé dans le moustiquaire.

—Entrez, entrez, dit la dame qui remit le cornet du téléphone à Paula. Tiens, je m'occupe des draps...

Une tension maximale qui se transformait en énergie baignait maintenant tout l'être de Gaétan. Jamais de toute sa vie il ne s'était senti aussi fort, aussi puissant. Il se pencha pour obtenir un premier aperçu de la situation. La première chose qu'il vit fut que l'auto avait atterri dans une sorte de fondrière faite de terre mouillée et si molle que les roues avaient disparu et que les portes se trouvaient coincées. C'était une chance puisque cet emprisonnement du dessous de l'auto annulait les risques de feu, en tout cas pour le moment. Et donc les draps serviraient uniquement aux blessés, pour faire des garrots, bander sommairement des plaies afin de réduire les épanchements sanguins voire de civière improvisée pour déplacer les corps au besoin.

À travers le pare-brise éclaté et réduit en miettes émergea soudain une jeune fille qui marcha à genoux sur le capot bossué. Puis la suivit une autre qui gémissait:

—Les gars... sont morts, sont morts tous les deux...

Gaétan regarda à l'intérieur à travers la vitre du chauffeur. Un des corps gisait contre la porte à l'autre bout de la banquette avant et celui d'André faisait dos de la même manière sur la banquette arrière, comme si les deux jeunes gens s'étaient donné le mot pour mourir en s'imitant.

—Tasse-toi, dit brusquement le sauveteur improvisé à la jeune fille encore sur le capot.

Il la repoussa et y sauta. L'évidence tombait sous le sens: les filles n'étaient pas en danger mais les gars oui, à moins d'être morts. Il devait les sortir de là. Et il pénétra à l'intérieur par le trou du pare-brise. Ayant tiré sur l'épaule de John, le jeune homme lui apparut, le visage net sans aucune ecchymose et les yeux fermés, ce qui semblait un bon signe. Il en donna un meilleur encore en ouvrant la bouche pour entreprendre un concert de lamentations semblables aux plaintes d'un petit chien blessé et souffrant. Aucune apparence de sang mais il faisait si sombre là-dedans. Quelqu'un arriva près de l'auto avec une grosse lumière de poche. Gaétan lui donna un ordre et il put travailler plus à l'aise.

D'autres bras aidant, on sortit John qui fut conduit dans la maison des Poirier par-dessous les bras. Gaétan se laissa glisser par-dessus la banquette jusqu'auprès du deuxième corps. Il dut frapper du poing dans la vitre pour signaler à l'éclairagiste amateur d'utiliser sa lampe avec sa tête. De la lumière tomba sur le visage d'André.

—Mon Dieu, mon Dieu, grimaça Gaétan qui dut serrer les mâchoires pour supporter cette vision affreuse.

Tout ce sang sur le visage, la cravate, la chemise, le veston... mais surtout cette orbite de l'oeil droit à moitié vide et creuse, d'où s'écoulaient beaucoup de sang et des humeurs blanchâtres. À l'examen, outre plusieurs plaies cruentées et meurtrissures noirâtres, il lui trouva au bras gauche par une déchirure des tissus des vêtements une blessure moins évidente mais beaucoup plus dangereuse et qui pouvait causer la mort en vidant l'adolescent de tout son sang. Il fallait un garrot et vite...

Des dizaines de véhicules s'étaient arrêtés dans les deux directions sur la route. Des hommes veillaient à faire circuler ceux-là qui voulaient passer leur chemin sans danger ou les voitures des personnes appelées comme le vicaire qui put stationner la sienne dans la cour des Poirier.

Au même moment, Paula appelait chez elle pour avertir son père, pensant que l'on pourrait s'inquiéter si l'on apercevait toutes ces lueurs au loin et surtout parce qu'une force inconnue et irrésistible la poussait à se délivrer l'âme de cette tragédie dont elle ne savait même pas encore le poids et toutes les conséquences. Car on avait dit que les passagères n'avaient que de légères contusions mais le chauffeur qui pleurait incessamment sans avoir l'air d'en prendre conscience, étendu à l'autre bout de la cuisine sur un sofa, plus le temps que l'on mettait à ramener celui qui manquait encore, pouvaient faire craindre le pire pour André.

Le vicaire vint réconforter le blessé. Il ne fit que le signer sur le front du bout du pouce puis il sortit, pressé par la perspective de peut-être sauver une âme avant qu'elle ne quitte ce monde. D'autant que les jeunes, avec tous ces péchés de la chair qu'ils accusaient au confessionnal, constituaient un groupe à haut risque relativement à la damnation éternelle, à moins que le Seigneur, dans sa clémence, refoule l'âme d'un agonisant dans son corps en attendant l'arrivée d'un prêtre aux onctions et permissions salvatrices, clefs indispensables pour ouvrir les portes du paradis.

Suivi de Paula, l'abbé Labrecque parvint au bord du gouffre alors même que les sauveteurs y arrivaient, transportant le blessé grave. Gaétan lui avait entouré la tête d'une pièce de drap arrachée à l'un de ceux apportés par le vieil homme et deux autres servaient de civière-hamac apte à éviter d'aggraver des blessures internes ou des luxations dans les membres.

—Posez-le par terre, ordonna le prêtre, que je lui donne l'absolution.

—Non! s'écria Gaétan. Non, non, non...

Jamais le prêtre ne s'était vu ainsi barrer le chemin d'une âme. Il agrandit des yeux parfaitement incrédules. Paula regardait les deux hommes, ne sachant pas trop quoi penser.

—Emportez-le dans la maison, couchez-le sur une surface molle, un matelas, couvrez-le et ensuite, monsieur

83

le curé, vous pourrez faire votre ouvrage si vous le voulez.

Paula était bouleversée par cette scène, la plus pathétique à laquelle de toute sa vie, il lui serait donné d'assister. Des porteurs et des assistants presque silencieux hésitant entre les valeurs de la foi et celles de la raison. Son premier amour grièvement blessé sans doute dans ces draps barbouillés de sang. Gaétan qui s'était comporté non pas de manière exemplaire mais surhumaine comme si la main du ciel l'avait guidé à chaque seconde de ce sauvetage unique. Et le prêtre dont elle ne savait plus si l'action à ce moment serait bénéfique ou maléfique. Tous ces murmures. Toutes ces lueurs. Des coups de klaxon au loin, très loin. Quelques étoiles indifférentes dans une nuit profonde et sans lune.

André reprit conscience. La première image qui s'éclaircit devant ses yeux fut celle du prêtre penché sur lui. Il gémit:

—Laissez-moi pas mourir, monsieur le vicaire, laissez-moi pas mourir...

Le prêtre pouvait sauver la face et celle de l'Église du même coup. C'était sûrement Dieu qui avait fait reprendre conscience au blessé à ce moment précis, pensa-t-il avec bonheur.

—Non, non, tu ne mourras pas, dit l'abbé.

Des loustics s'échangèrent des grands regards allumés d'émerveillement.

—Qu'est-ce qu'il a dit? demanda l'une à sa voisine.

—Qui?

—André?

—Il ne veut pas mourir.

—Ah!

—Mais il ne mourra pas: monsieur le vicaire l'a dit.

Gaétan consulta sa montre. Il lança:

—Dans deux minutes pas plus, il faut que je relâche le tourniquet sinon les tissus de son bras vont mourir et en plus d'avoir perdu un oeil, il va perdre un bras. Ça fait que...

Il s'arrêta net pour qu'on l'entende bien et alors il vociféra comme un démon sorti de l'enfer:

—... en dedans et ça presse, compris?

–Oui, oui, allez-y, approuva le vicaire tandis que les sauveteurs se remettaient en marche, les quatre coins des draps accrochés à leurs épaules.

Paula et son ami, après le prêtre, leur emboîtèrent le pas. Le blessé fut mis sur un lit comme demandé, le garrot desserré puis remis en place. Puis Gaétan quitta la chambre en expliquant à Paula qu'à son avis André s'en sortirait quoique avec un oeil en moins puisque son réveil indiquait qu'il ne souffrait sans doute d'aucun traumatisme crânien ni de déchirure interne. Seule la perte de tout son sang pourrait le tuer et on avait cela sous bon contrôle maintenant. Il nota l'heure. Pour le moment, il fallait enlever la décapotable de sa position et la ranger mais il avait les souliers pleins de boue et les vêtements maculés de sang. Il demanda à Paula de s'occuper de la voiture et lui-même redescendit dans le gouffre y quérir le drap qui restait afin de se nettoyer sommairement.

Le docteur arriva de La Guadeloupe ainsi qu'une ambulance du même endroit. Et Rosaire avec Hélène, Lucie et Julien qui avaient dû marcher sur un bon bout de chemin parce qu'on n'avait pas pu trouver un lieu convenable plus près où stationner l'auto. Et la police provinciale à peu près au même moment.

Gaétan nettoya ce qu'il put avec une moitié du drap et il mit l'autre partie restée propre sur sa banquette avant pour la protéger des souillures. Alors il s'alluma un cigare. Une fois de plus le geste était prématuré. Il devait voir le docteur pour lui donner tous les renseignements sur l'état du blessé grave. Paula se vit confier le cigare avec avertissement de le bien garder puisque c'était le dernier de sa boîte et de son budget de fin de semaine...

Maintenant entourée des siens qui interrogeaient par leur simple présence, Paula leur dit, le ton dubitatif:

–Gaétan s'est comporté d'une manière qu'on ne peut pas imaginer. Sans lui, André Veilleux serait déjà mort à l'heure qu'il est...

–Mais il ne mourra pas dit quelqu'un dans son dos, monsieur le vicaire l'a garanti...

Rosaire se mit à rire:

–Tu me fais penser à ta grand-mère Clara avec ton cigare, dit-il à Paula.

85

La jeune fille sourit un peu. Quelque chose de lourd quitta son âme. Elle regarda la voûte céleste...

*

Tout cela avait grugé deux heures. Pas seulement le temps mais surtout le goût de sortir empêchait les jeunes gens de se rendre à la salle de danse. Gaétan reconduisit Paula chez elle. Ils entrèrent. La famille s'y trouvait déjà, revenue avant eux. Rosaire prêta une de ses chemises au jeune homme qui assura qu'il la rapporterait la semaine suivante. Et l'autre, on pouvait la jeter parce que du sang sur du tissu, il en restait toujours quelque chose et puis même si par la vertu du meilleur détachant ou avait pu lui rendre sa blancheur originale, il n'aurait plus voulu la porter de peur de porter le malheur avec elle.

Rosaire le félicita pour sa conduite. Il répondit qu'il avait agi sans y penser, commandé par la situation. Revenu à son naturel, il se montra peu loquace et ne tarda pas à vouloir partir.

Dehors, il embrassa Paula du bout des lèvres et il s'en alla. Ils se reverraient le lendemain dans l'après-midi. Elle lui ferait deviner qu'elle ne se fâcherait pas s'il offrait de la reconduire à Saint-Georges afin d'éviter d'avoir à parler à Martine sur l'autobus...

Hélène lui rendit visite dans sa chambre un peu plus tard. On se parla d'hommes et de femmes, Paula allongée sur son lit et l'autre au pied.

—Pourquoi n'aurais-je pas pu réagir comme Gaétan sur les lieux de l'accident?

—Parce que tu es une femme.

—Mais ce n'est pas une raison!

—Oh, oui!

—Mais non, c'est parce qu'on nous a élevées à avoir peur, à laisser les gars décider...

—Pas toi et tu le sais très bien. Tu as eu très jeune des responsabilités sur le dos et tu es capable de décider.

—Mais c'est pire encore parce que je n'aurais pas pu décider comme Gaétan l'a fait.

—Les femmes et les hommes ne sont pas pareils et c'est ce qui les rend si forts ensemble quand ils savent combiner leurs capacités. Ils ont leurs talents; nous avons les nôtres.

Ils possèdent leurs caractéristiques; nous possédons les nôtres... Dans les situations graves, ils sont moins bloqués par leurs émotions que nous. Et c'est tant mieux pour eux. Mais vois-tu, cette situation grave de tantôt, elle a été causée par un homme au volant. Tu vois que ça revient kif-kif. Ils font mieux que nous dans les catastrophes mais ils font mieux que nous aussi pour causer les catastrophes.

La tête appuyée sur sa main, Paula souriait faiblement. Elle n'était pas pleinement convaincue. Et quelque chose en elle aurait voulu qu'elle soit née gars. Elle ne put y songer trop longtemps. Hélène l'entraîna sur un sujet très personnel et difficile à tenir. Pour un peu plus et elle lui aurait signifié de ne pas se mêler de choses aussi privées mais le souvenir frais de sa propre plongée au coeur du coeur d'Esther la fit se résigner.

—Je sais bien que celui qu'on aime le plus, c'est celui qu'on aime maintenant, mais... est-ce que ton sentiment pour André fut plus fort que celui que tu vis... ressens aujourd'hui pour Gaétan?

—Mais non, je n'étais encore qu'une très jeune...

Paula n'eut pas le temps de finir cette réponse qui ne tenait pas debout autrement que par la vertu d'une sorte de conformisme pernicieux et stérile.

—Abstraction faite de tout sentiment pour analyser ce que tu as là-dedans, là-bas, quand tu étais entre les deux, l'un blessé et faible, l'autre plus fort que nature, comment te sentais-tu?

Paula fit sauter son regard d'un joint perdu à un autre dans l'agencement des planchettes bleues du plafond. Elle cherchait à expliquer l'inexplicable.

—Tu n'as pas besoin de répondre, tu sais. Il suffit que tu te poses la question. Que tu te la poses profondément et surtout... avec sincérité Et... quelqu'un pourrait te recommander de ne pas mélanger les sentiments: la pitié, l'admiration, l'amour, l'amitié, l'orgueil, la sécurité et tous ceux que tu voudras. Moi, je te dis de mélanger tout ça! Parce que chaque sentiment humain est une partie de tous les autres et particulièrement de l'amour. Dans l'amour, il y a de la peur, de l'admiration mais aussi une certaine pitié qui va porter toutes sortes de noms... aussi bien de la bonté dans des cas que de la charité dans d'autres. Mais il ne faut pas essayer de mesurer les sentiments comme avec un pied-de-roi ou une chaudière à vache, il faut se poser la question et y répondre par le flair: quel est celui qui va pouvoir m'apporter le plus dans les aspects où j'ai le plus besoin de quelque chose. Parce que tu sais, la vie, c'est la survie. Survie matérielle, survie de l'espèce, survie de l'esprit... On peut rien expliquer autrement...

—Esther Létourneau m'a dit que je suis une fille qui réfléchit mais pas autant que toi, Hélène.

—C'est par les obstacles, les souffrances, les malheurs qu'on peut le mieux en arriver à comprendre certaines choses, pas tout et pas beaucoup. Les gens toujours un petit peu heureux sont bêtes et ils manquent les grands bateaux à se promener en eau calme sur la petite embarcation de leur vie simple. Mais ce n'est pas leur faute. Il ne faut même pas essayer de leur faire comprendre ce que l'on a découvert par les voies de la douleur morale. Un coeur qui n'a jamais été brisé ne vivra jamais les grandes amours.

—Le tien le fut, hein, Hélène?

—Oui... mais comme je te dis, un coeur brisé, ça se répare et les coutures et les cicatrices le rendent bien plus capable de vibrer ensuite.

—Il me semble que... c'est pas des discours de notre temps que nous avons là. Je me demande si les gens ne nous prendraient pas pour des martiens à nous entendre parler comme ça.

Hélène souffla, le ton à la complicité:

—L'important, c'est qu'entre martiens, on se comprenne!

*

Paula et Lucie se levèrent tôt. La veille, elles s'étaient entendues pour aller ensemble à la messe basse. Elles marchaient côte à côte sur le trottoir de la rue principale. Paula portait un de ses ensembles d'école, blazer marine et jupe grise, ce qui, s'ajoutant à son pas mieux mesuré que voilà peu de temps encore, lui donnait bien deux ou trois années de plus que son âge.

Le village était frais et le jour net. L'aura que dégageait l'église derrière laquelle brillait le soleil levant possédait tous les éclats de la pureté d'un matin nouveau.

Mais le coeur était lourd et la marche silencieuse. Pas une seule auto n'était en vue ni ne les avait dépassées; on était en avance d'un bon quart d'heure. Et Paula pensa un moment à l'idiot du village qui ruait dans les brancards à la vue d'une automobile puis à cet accident affreux qui avait éborgné un garçon aussi rempli d'avenir... À toute chose malheur est bon, mais où les cassures doivent-elles s'arrêter pour nourrir l'âme? Où finit le progrès matériel pour laisser l'excès s'emparer de tout?

C'est à ces choses qu'elle pensait sans les formuler ainsi et dans un tourbillon de concepts mélangés et confus. Il en sortirait quelque chose un jour comme de la confusion des sentiments... Peut-être!

Le bruit d'une porte de maison qui s'ouvre et qu'on laisse retomber ramena son esprit à la réalité. Et plus encore un murmure sifflé de Lucie qui regardait en biais derrière:

—La Martine Martin qui s'en vient...

On n'eut pas à presser le pas. La voix de la jeune fille comme un couteau qui cogne sur du cristal, sonna contre le silence du jour encore somnolent:

—Paula, Paula Nadeau, il faut qu'on se parle et tout de suite si tu veux. Et tu sais pourquoi...

Paula sentit son sang se figer. Elle s'arrêta. L'image de Gaétan s'allumant un cigare devant un accident qui pouvait avoir coûté plusieurs vies lui vint en tête. Elle serra les mâchoires, dit à sa soeur:

—Lucie, va toute seule à l'église, je dois parler avec Martine.

—Ahhhh! trépigna sa soeur.

—Va, va, dit Paula autoritaire.

Et elle s'engagea sur la rue tout près du perron du magasin général, là où un jour elle avait poussé Martine dans les bras d'un vieux personnage dégoûtant. Martine l'imita et elles s'affrontèrent en plein milieu de la chaussée, sur la ligne blanche s'il y en avait eu une dans le village.

—Avant que tu parles, je vais parler...

—Non, c'est moi qui...

—Tu sais ce qui est arrivé hier soir?

—Tu t'es arrangée pour m'éviter vendredi...

—Sais-tu ce qui s'est passé hier soir? L'accident d'auto? André...

Martine fut sur le point de se lancer encore dans des mots chargés d'émotion coléreuse mais les paroles de Paula questionnèrent son regard. Elle tourna la tête à droite, à gauche...

—Quel accident?

—Sur la côte des Poirier là-bas.

—Qui, quoi?

—Un gars de Saint-Georges, deux filles de Saint-Benoît et... André Veilleux...

—C'est quoi encore la menterie, hein?

—Tu sais bien que je ne te dirais pas une chose pareille. Gaétan et moi, on les a vus... on les a aidés à sortir de l'auto... Les deux filles ont rien eu, elles. Le gars, pas grand-chose qu'ils ont dit. Mais André a été grièvement blessé... Je ne sais même pas s'il est encore vivant. Probable que oui, mais...

Radoucie, suppliante, Martine dit en hochant la tête:

—T'es folle, Paula Nadeau, t'es complètement folle, ça se peut pas...

—Mais c'est ça!

Le visage de Paula, son ton et son autorité ne laissaient planer aucun doute.

—Je te crois mais... mais ça se peut pas, André était à Saint-Georges hier...

—Écoute-moi, André, il sort avec une fille de Saint-Benoît. Il me l'a dit dans l'autobus vendredi. Pour que je te le dise. Mais j'ai pas voulu. Tu m'aurais haïe encore plus de te le dire. C'était à lui à prendre ses responsabilités et à toi de t'ouvrir les yeux... Mais à cause de l'accident, tu vas l'apprendre de toute façon, et aujourd'hui... Qu'il sorte avec une autre, ça perd de l'importance surtout qu'il est gravement blessé. Il est rendu à l'hôpital de Saint-Georges et peut-être même qu'on l'a transporté d'urgence à Québec. Je ne sais pas. Bon, ça fait que je ne veux plus que tu t'en prennes à moi parce que je ne sors pas avec André et que je ne sortirai jamais avec lui non plus...

Une auto noire s'amena à vitesse respectueuse, les contourna; on ne la vit pas. Tout l'être de Martine se transformait en larmes qui montaient à l'assaut de ses yeux. Elle fermait les paupières et les rouvrait; elle tira sur un chandail rouge mal boutonné qu'elle portait sous un veston noir ouvert devant. Les muscles de son visage se tordaient de souffrance...

—Aide-moi, Paula, aide-moi...

Paula la prit dans ses bras et la serra sur elle un court instant.

—Allons chez toi... tiens, là-bas dans la balançoire...

Et elle entraîna Martine en lui touchant l'épaule pour la réconforter un peu. La blessée se remit encore une fois sur le pied de la colère:

—Si jamais il revient à la santé, celui-là, je vais lui arracher les yeux.

—Ne dis pas ça, tu ne le penses pas...

—Oui, je le pense.

Paula émit trois soupirs:

—Faut que je te dise que tu n'en auras qu'un seul à lui arracher parce qu'il en a déjà perdu un dans l'accident.

Le barrage qui retenait les larmes de la jeune fille céda enfin et elle éclata en de longs sanglots souvent bruyants et que l'on sentait venir non pas que des événements frais mais de sa vie entière.

Quand elles furent assises dans la balançoire que des arbres environnants effaçaient presque par le feuillage de leurs branches basses et leurs ombres, Paula entreprit le récit de ce qui s'était passé la veille. Martine comprit doucement maintes choses après le petit fait que son ami de coeur l'avait trahie et trompée; ses valeurs changèrent de dimensions, de mesures, d'échelle. Il ne pouvait pas en être autrement à cause des ébréchures, des égratignures, des contusions et meurtrissures que subissait son âme. Et par l'éclairage qui jaillissait des événements récents, elle se rendit compte que s'offrait à elle sur un plateau d'or, une chose exceptionnelle et qui lui paraissait éclatante et d'une valeur incommensurable: l'amitié possible d'une jeune fille admirable.

******

Chapitre 4

Pour Paula, les semaines d'automne qui se suivirent à vitesse folle furent heureuses, excellentes. Profitables à tous les niveaux. Elle s'intégra merveilleusement à son milieu scolaire, à la famille où elle logeait et à la ville de Saint-Georges qu'elle trouvait magnifique par sa petite vie trépidante, sa géographie, ses couleurs naturelles mêlées à ses lumières artificielles, son air pur et ses quiétudes matinales, douces et ensoleillées certains jours, fraîches et mouillées en d'autres, crues ou glaciales dans ses glorieux hivers.

Par sa fenêtre de chambre, entre deux travaux comptables, elle regardait parfois les derniers rayons du soleil s'éteindre dans l'eau de la Chaudière qui charriait vers des lointains rougeoyants des feuilles d'érable, de bouleau, de hêtre, de peuplier, d'aulnes, toutes sortes grandes et petites que leur cycle et le vent avaient confié aux bons soins de la rivière tranquille. Et les toits des maisons s'affirmaient davantage chaque jour à travers les arbres imprévoyants qui se déshabillaient pour leur long enfermement hivernal.

Paula et d'autres jeunes filles commencèrent à se regrouper en un cercle d'amies. Toutes de la même classe auxquelles s'ajoutaient à l'occasion Martine Martin et Élise

Bourque. Car Paula rayonnait et on l'entourait aisément. Il y eut Francine Lessard, fille d'un cultivateur du rang de Saint-Jean, Amélie Desjardins, fille de médecin et Michelle Caron dont le père exploitait une salle de cinéma à Saint-Georges ouest.

L'occupation du père de chacune n'avait aucune incidence sur leur rapprochement puisque justement les différences à ce niveau étaient très marquées, les Beaucerons étant davantage unis par leurs atavismes abénakis que divisés par l'épaisseur de leur portefeuille.

S'ajouta à leur groupe une nouvelle venue que la maladie avait retenue chez elle tout le mois de septembre, Aubéline Pomerleau, frêle et grande, blonde aux yeux bruns, le regard ouvert mais le sourire retenu.

On se parlait dans la grande salle près de la vierge vengeresse. Dehors, octobre frémissant fermait frileusement sa froide dernière page. On était jeudi, la veille du long congé de la Toussaint. Soeur Alberta circulait de son pas précieux parmi les filles réunies en plusieurs groupes qui piaillaient: elle était de surveillance ce midi-là.

—Bon, sur qui on fait des médisances? glissa joyeusement Paula dans une pause où une personne moins originale aurait dit: "Voyons donc les filles, mais parlons pas toutes ensemble!"

—Il ne faut pas médire, mesdemoiselles, allégua soeur Alberta que Paula n'avait pas vue venir et qui était la cause de ce silence prudent de celles regardant dans sa direction.

Francine, brunette mince au dos un peu voûté et Michelle, belle dans son visage mais fort lourde dans son corps et un complexe tout aussi pesant, s'écartèrent pour laisser la religieuse se joindre au cercle léger.

—C'était pour rire, dit Paula qui ne savait sur quel pied danser avec cette soeur si souvent impénétrable.

—Encore faut-il se demander ce que c'est que de médire! ajouta religieusement la soeur à la voix lente.

Michelle se passa la langue sur une dent poussée en travers et fut, comme à l'habitude, la première à parler.

—C'est dire des mémérages, et c'est pour ça qu'on dit mé-dire... dire des mémérages... on devrait dire mémédire... ou méméring...

93

À court d'idées sur le sujet, les autres se contentèrent de rire un peu. Soeur Alberta en profita pour changer le fil de la conversation:

—Et alors, les gens de Saint-Honoré, comment va notre bon monsieur le curé Ennis?

—Ah! je ne le vois qu'à la messe du dimanche et encore, répondit Paula.

La jeune fille remarqua ce regard appuyé que la soeur adressait à une seule d'entre elles, pourtant la plus effacée, Aubéline Pomerleau qui, les bras croisés comme si elle eût été frileuse ou enfermée à clef, suivait néanmoins les échanges sans jamais y aller du sien hormis qu'on ne la questionne directement.

—Il n'est pas très favorable à l'Institut familial et il préfère que les jeunes filles de sa paroisse suivent leurs cours d'enseignement ménager à Saint-Honoré.

—Ça, c'est vrai!

—Par contre, il n'a pas la même attitude en ce qui concerne le cours commercial. C'est un homme très, très particulier, vous savez.

Michelle lança en crânant un peu:

—Moi, je suis allée à la messe de temps à autre à Saint-Honoré et il me fait assez peur, cet homme-là...

—Ah?! Et pourquoi? demanda la soeur curieuse.

—Sais pas... Une voix lente... basse... Il me fait penser à Jean Lesage...

—Jean Lesage? questionna Francine.

—Voyons donc, fit Michelle, jeune fille élevée dans une famille où l'on parlait chaudement de politique chaque soir, le ministre... Le ministre fédéral... Peut-être même le futur premier ministre de la province?

La soeur hocha la tête:

—Ça, vous savez, mesdemoiselles, monsieur Duplessis est loin d'être mort encore.

Ce tournant de la conversation rendait Paula quelque peu honteuse des accointances créditistes de son père pour lequel, un jour de fièvre électorale, elle avait préparé des morceaux d'un discours qu'il avait livré de façon toute égrianchée, lui valant une charretée de critiques amusées venues des quatre coins de la paroisse mais surtout du centre du village où l'on vénérait Duplessis en attendant de pouvoir lui faire dos autrement que via les folies douces de Gilberte Côté-Mercier et de ses blancs bérets jaunis...

L'intérêt des jeunes filles pour la chose politique se bornait toutefois à des effleurements occasionnels qui se résumaient à citer des noms propres que l'on associait d'ailleurs plus facilement à des couleurs qu'à des noms de partis. On était là en plein territoire masculin tout autant que dans cette histoire de Spoutnik lancé par l'Union soviétique, premier satellite artificiel dont on avait tant parlé ces derniers temps et qui n'était rien de plus qu'une boule métallique se baladant autour du globe en chantant un air sempiternel à une seule note. Les gars reprochaient aux filles de tomber en pâmoison devant les 'bee bop a lula' d'Elvis et eux s'extasiaient d'entendre à la télé le fort ennuyeux 'bip bip' de l'engin spatial.

Paula se retira un moment de cet échange échevelé qui après un simple attouchement à la politique dévia sur le film *Pique-Nique* tout juste arrivé sur les grands écrans québécois un an après sa sortie en salles aux États-Unis et l'inévitable postsynchronisation en France.

Soeur Alberta se contenta d'écouter. Le cinéma était devenu trop sensuel pour la jeunesse. En tout cas, elle n'avait rien du tout à en dire, encore moins voudrait-elle commenter ce film qu'elle ne verrait sans doute jamais de sa vie.

—Moi, j'ai une grande nouvelle à vous annoncer, les filles, dit Michelle triomphante.

Le sujet lui donnait la chance de se mettre en vedette, ce qu'elle recherchait et adorait. Et elle poursuivit:

—Dans un mois, va venir au cinéma quelqu'un de très important... Devinez.

—Elle va encore nous parler de politique, se désola Amélie Desjardins, personnage au visage débonnaire dont le regard était agrandi par les verres épais de ses lunettes à grosses montures d'écaille.

—Non, pas du tout. C'est une grande vedette...

—Ah! c'est pas difficile, s'écria Paula.

—Alors dis-le.

—Michel Louvain, jeta Paula avec un haussement des épaules qui signifiait l'évidence.

—Qui te l'a dit?

—C'est la seule grande vedette du Québec.

—Mais non, dit Amélie, y'a Jean Coutu, les Jérolas, Jean Béliveau, Félix Leclerc, Fernand Gignac...

—Écoute là, tu mêles les choux et les oignons, objecta Francine.

—C'est vrai, lança Michelle avec des flammes dans le regard comme chaque fois qu'elle pensait avoir fait une trouvaille, Michel Louvain, c'est le chouchou des filles et les autres que tu as nommés nous font tous brailler comme des oignons...

Elle reçut une kyrielle d'onomatopées qu'elle accepta avec un rire transformant le concert en absoute.

—Hey, les filles, on va y aller, hein? échappa Aubéline qui aussitôt craignit la désapprobation de soeur Alberta.

Mais la sonnerie de l'appel aux cours mit un terme à la conversation et si la suggestion surprenante d'Aubéline demeura dans les têtes, on oublia qu'elle provenait pourtant de l'étudiante la plus réservée de la douzième commerciale.

*

Ce soir-là, après un souper avalé à la galopade, Élise frappa à la porte de la chambre de Paula et entra. On avait fait le projet, puisque c'était congé le jour suivant et que Paula avait le goût de se rendre magasiner sur l'avenue commerciale, d'aller ensemble lécher les vitrines de l'autre côté de la rivière. Martine viendrait bientôt les rejoindre avec sa valise. Elle coucherait avec Paula et les jeunes filles prendraient l'autobus du lendemain matin pour Saint-Honoré.

Il fut d'abord question d'Aubéline Pomerleau.

—Elle est un peu bizarre, confia Paula à l'autre qui la connaissait bien.

—Je ne suis pas sûre, mais je pense qu'il se passe des choses tristes dans sa famille... des choses qui ne se disent pas...

Paula demeura songeuse et son esprit la ramena à cette vision fugitive d'un soir d'été au bout de la rue des Nolin alors que les pauvres enfants lui étaient apparus sous les phares de la décapotable neuve dans leur détresse de toujours. La jeune fille découvrait en elle quelque chose non pas que de triste à prendre conscience de cette misère humaine cachée à deux pas de son regard, mais aussi comme un immense besoin d'intervenir pour la soulager, ne serait-ce que rien qu'un peu. Mais il y avait aussi dans un recoin sombre de son âme un petit être villeux, hideux et détestable dont elle aurait voulu se débarrasser et qui lui disait une forme de plaisir à constater ces malheurs. Puisque ce malveillant lutin se manifestait contre sa volonté, comme de ces désirs charnels vite étouffés, elle ne s'en préoccupa guère.

Assise en position de bouddha sur son lit, habillée d'un pantalon noir et d'un chemisier orange, Paula eût aimé parler de son amoureux mais elle ne le ferait pas sans les questions de l'autre en vertu d'une discrétion de bon ton. Elle mit cette envie sur le compte de l'ennui.

Au fait, s'ennuyait-elle? Elle aurait dû pourtant. Depuis qu'elle ne voyait Gaétan que le samedi soir et un peu le dimanche, son sentiment pour lui avait considérablement augmenté, mais il n'était pas toujours visible dans son coeur. Le désir de le retrouver s'exprimait parfois après s'être mise au lit, par quelques larmes libératrices. Tiens, il était sans doute là, l'ennui. Le reste du temps, il fallait bien écouter les professeurs, se concentrer sur les travaux scolaires, courir à l'Institut, revenir, prendre l'autobus pour retourner à Saint-Honoré ou revenir à Saint-Georges, s'occuper un peu de l'âme délabrée de Martine, aller aux pratiques de la chorale, s'inquiéter parfois pour Lucie et même pour Esther Létourneau, attraper Le Survenant et Les Plouffe à la télé pour pouvoir en parler avec les filles aux récréations.

Élise se berçait à peine dans cette énorme chaise profonde des visiteurs de Paula, au dossier lui couronnant la chevelure brune comme le nimbe circulaire d'une tête de sainte. Plus fort et les articulations de la chaise se seraient mises à craquer et à crisser, et la jeune fille aurait aussitôt trouvé en elle quelque chose d'incommodant pour l'autre. Car autrui la préoccupait constamment. Elle avait appris cela de sa mère. Se consacrer. Se dévouer. Penser aux autres: vie de femme. Elle était donc l'une des meilleures étudiantes de l'Institut familial et deviendrait dans quelques années l'une des femmes d'intérieur parmi les plus accomplies de Saint-Georges voire de toute la Beauce.

On frappa à la porte. Une voix s'annonça:

–Paula, c'est Martine. Madame Bourque m'a dit de monter. Je peux entrer?

–Entre... c'est ouvert.

La jeune fille apparut, deux valises à la main qu'elle posa à terre derrière la porte.

–Salut Élise, salut Paula!

Élise se leva de sa chaise pour l'offrir à l'arrivante qui refusa les mains ouvertes:

–Non, non... j'aime mieux rester debout: ça garde la ligne. J'ai pris du poids ces derniers mois et j'ai décidé de m'en débarrasser. Je ne voudrais pas devenir grosse comme Michelle Caron...

Son visage vira à la désolation.

–Je ne dis pas ça méchamment, vous savez bien. Michelle est belle quand même, elle, mais moi si j'étais aussi... grassette disons, on m'enverrait au cirque.

–Exagère pas tout de même! dit Paula qui l'invita à s'asseoir sur le lit par un geste de la main à plat sur la courtepointe.

Martine consulta sa montre.

–Les filles, si on veut aller magasiner, le temps de traverser le pont et tout...

–Ça, c'est vrai! fit Paula qui se défit de sa position et sauta en bas du lit. Allons-y, je veux tout voir, je veux entrer dans tous les magasins de la première avenue... et ceux de la deuxième si on a le temps.

–T'es folle, dit Martine. Si on a le temps pour deux ou trois, ça va être beau.

Le père d'Élise lança un cri depuis le salon:

–Vous revenez à quelle heure, les filles?

–Après le magasinage... neuf heures et demie, dix heures au plus tard, répondit Paula au nom des autres.

–Ah! vous pouvez revenir à onze heures ou minuit si vous voulez, c'est juste qu'on voudrait pas s'inquiéter pour rien.

–Si on retarde, on appellera, dit Élise.

–C'est ça!

Après leur départ, l'homme entendit sa femme lui dire plaintivement à deux pas de l'oreille:

—Voyons donc, Henri-Louis, c'est des filles de dix-huit ans et tu leur parles comme si elles avaient douze ans.

Il garda ses yeux rivés au téléviseur pour répondre:

—Les jeunes, il faut leur mettre des barrières quelque part tant qu'ils sont à la maison. C'est justement parce qu'ils en ont besoin qu'ils restent à la maison. Et puis ça les empêche d'exagérer. Et puis ils aiment bien ça, des obstacles. D'un côté, ça les rassure et de l'autre, ça les oblige à se redresser et à foncer...

—Oui, mais on est en 1957...

—Et après?

—Faut qu'ils aient un peu de corde à eux autres entre leurs parents et leurs propres obligations familiales.

—De la corde? Quelle longueur? Et pourquoi? Pour se pendre? Comme l'acteur américain, là, qui s'est cassé la gueule dans un accident d'auto l'année passée ou voilà deux ans?

La femme soupira et retourna à sa corvée de vaisselle.

Trois portes plus loin, les filles passèrent devant une pharmacie d'où sortit Amélie Desjardins un sac à la main et qui les rejoignit en les saluant. Elle dit qu'elle allait à la salle de patin à roulettes où l'on fêtait l'halloween. Les amies se rendirent compte que pas une d'elle n'avait songé au fait que l'on soit le trente et un octobre et qu'il y aurait donc des activités masquées ici et là durant la soirée.

—C'est... qu'on avait décidé d'aller magasiner, dit Paula.

—Oui, mais après, allez-vous revenir bêtement à la maison quand c'est congé demain. Martine, Paula, si j'avais su que vous restiez à Saint-Georges ce soir, je vous en aurais parlé aujourd'hui. Francine, Michelle, Gisèle, Pierrette, toutes les filles seront là-bas.

—De toute manière, on n'a pas de patins ici, nous autres, jeta Martine en haussant les épaules.

—Mais c'est comme des souliers de quilles, ils en louent là-bas, et pour trois fois rien.

Elle finit par les persuader et l'on promit de se retrouver après le magasinage à cette salle qu'Élise connaissait bien. Et à leur tour, elles entraînèrent Amélie qui n'opposa pas de résistance. Et c'est à quatre qu'on poursuivit en direction du pont.

Amélie dit que la pharmacie appartenait à son père qui y avait d'ailleurs son bureau de médecin dans une pièce attenante. Elle y était venue pour s'acheter des cigarettes qu'elle pouvait obtenir au prix de gros, ce qui lui permettait de fumer un peu plus et d'en offrir à l'occasion à ses amies.

Le pont était passant comme pas souvent. Le soir tombé amplifiait cette impression à cause des phares des voitures qui se suivaient à la file indienne. Paula était abasourdie, éblouie, elle, habituée à son rang poussiéreux et à son petit hameau où une tortue pouvait traverser la rue principale sans grand danger et où les voitures couraient de plus grands risques à cause de l'idiot du village que les piétons eux-mêmes. C'est à pied que l'on se sent vraiment en ville quand on l'est. Et puis Saint-Georges ne comptait-elle pas un peu plus de huit mille personnes maintenant?

Les vitrines de la première avenue éclataient de lumière et de beauté. En émanait une sorte de brillance céleste prometteuse de tous les bonheurs. On passa devant une bijouterie aux luxes étalés, et que seules les bourgeoises de la ville pouvaient fréquenter à l'année. Mais Paula se jura d'y venir aux abords de Noël pour y acheter le cadeau de Gaétan. Pour l'heure, elle se sentait un peu embarrassée de n'y entrer que pour renifler. On continua. Le magasin suivant en était un de musique: instruments, tourne-disques et disques. Sur un mur latéral de l'intérieur de la vitrine, une affiche géante montrait Elvis au sommet de sa puissance: le corps offert aux contorsions les plus délirantes, le visage de profil lancé vers l'absolu, guitare tenue à deux mains et pointée devant comme une mitraillette tirant sur l'humanité des salves de notes explosives. Amélie fut la première à se sentir très excitée. Elle sortit son paquet de cigarettes neuf de sa bourse à l'épaule, l'ouvrit, jeta l'emballage de cellophane au hasard sans même s'en rendre compte, et paya une traite distraite aux trois autres.

Cent fois Gaétan avait voulu qu'elle fume et Paula avait toujours refusé net, mais voilà que les sensations du moment remplaçaient le bon sens en elle et la cigarette se trouva bientôt allumée entre ses lèvres en même temps que de la fumée lui irritait sauvagement les yeux.

Des petits bruits électroniques se firent entendre puis Elvis lui-même jaillit dehors par un haut-parleur tentateur accroché au-dessus de la porte d'entrée. Il commençait à y avoir du monde sur le trottoir et le propriétaire leur lançait son invitation à entrer par la voix du chanteur et de son plus récent succès.

—On y va, les filles? suggéra Amélie.

—Tantôt, dit Paula. Allons d'abord au cinq-dix-quinze. Y'a de quoi qu'il me faut sans faute...

Il fut décidé de se diviser en groupes de deux pour un quart d'heure. Paula et Martine iraient au quinze-cents tandis que les deux autres resteraient dans le magasin de musique à fouiller et à les attendre.

Cette décision donna à Paula la chance de questionner sa nouvelle amie sur ses états d'âme. Martine résuma:

—Bah! tout ce que je sais d'André Veilleux, c'est qu'il a repris ses études classiques et qu'à part son oeil sa santé est bonne. Tant mieux pour lui, hein!

Le magasin qui disposait du seul escalier mobile de la Beauce, ce qui lui valait des acheteurs supplémentaires entraînés là par leurs enfants, comportait deux étages, le rez-de-chaussée et le sous-sol.

—Allons en bas, suggéra Paula qui s'engagea aussitôt dans l'escalier y conduisant.

—De quoi as-tu besoin sans faute?

—Des serviettes hygiéniques.

—Ici, ils n'ont que des grosses boîtes; vas-tu traîner ça à la salle de patins à roulettes.

—C'est vrai, j'oubliais...

—J'en ai dans ma valise, je t'en prêterai.

—Ah! O.K.! Et qu'est-ce qu'on fait?

—Entrons quand même.

Le plancher de ciment aux environs de la porte était jonché de mégots écrasés. On réalisa qu'il était interdit de fumer à l'intérieur de l'établissement, ce que montrait explicitement un pictogramme dans la vitre. Chacune écrasa et Paula le fit sans chagrin puisque déjà elle regrettait son geste de fumer, ce que d'ailleurs elle ne savait accomplir que superficiellement, aspirant la boucane dans sa bouche mais la rejetant aussitôt sans gratifier ses poumons de ces griseries à la mode.

—Bienvenue chez Farmer! leur dit une voix dès qu'elles eurent franchi le seuil de la porte.

C'était un enregistrement et qui se poursuivit en conseils sur la façon de dépenser beaucoup tout en économisant encore plus, de telle sorte que la somme des épargnes réalisées égalant celle des achats effectués, la clientèle ressortait du magasin les bras pleins et sans avoir déboursé quoi que ce soit....

On se rendit d'un comptoir à l'autre sans trop s'arrêter sauf à celui de la bijouterie de pacotille où Paula acheta des boucles d'oreilles à moins d'un dollar. Au département du vêtement pour dames et jeunes filles, Martine découvrit la réplique exacte d'une robe que sa mère avait achetée à Québec pour le double du prix de celle-ci. Son premier mouvement fut de grommeler puis elle le prit en riant à l'idée qu'elle se faisait déjà de la réaction de sa mère quand elle lui annoncerait que la femme portait fièrement de la vulgaire marchandise de quinze-cents pour aller toucher l'orgue.

Une voix faussement fine leur dit dans le dos alors qu'elles se trouvaient devant un étalage de divers objets en train de se choisir un masque:

—Turlututu chapeau pointu!

La jeune fille qui avait dit ces mots portait elle-même un domino noir et elle riait sans pourtant relâcher ses lèvres afin qu'on ne la reconnaisse pas à cause de sa célèbre dent de travers.

—C'est Michelle, dit Paula.

—Ouais, plutôt facile à reconnaître, enchérit Martine avec un regard sur les rondeurs évidentes et plutôt difficiles à masquer.

L'arrivante ignora l'allusion et elle releva son masque jusque sur sa tête.

—J'ai vu les filles chez le disquaire, paraît que vous allez fêter l'halloween à la salle de patins à roulettes? Vous êtes folles, pourquoi ne venez-vous pas à l'hôtel Morency? Le patin à roulettes, c'est plus trop de notre âge.

—C'est Amélie qui avait l'air de vouloir ça, dit Paula.

—Amélie, mais c'est un vrai bébé, une enfant de nanane...

—À l'hôtel, on peut pas entrer avant vingt et un ans.

—Tu ne peux pas boire de boissons alcoolisées avant vingt et un ans mais tu peux entrer. Ce n'est pas pareil. Et puis une bière, ça n'a jamais fait mourir personne.

—T'es folle, dit Martine, c'est assez vulgaire pour une fille.

—Dans ce cas-là, on prendra des manhattans.

—Mais tu viens de dire qu'on ne peut pas boire à l'hôtel.

—On n'aura pas à leur dire notre âge. On doit avoir assez de devanture pour qu'ils nous prennent pour des filles de vingt et un ans, non?

Et Michelle se bomba la poitrine, et le résultat s'avéra en effet assez éloquent. Elle en profita pour se venger de Martine:

—Et toi, comme t'as pas grand-chose, on te cachera entre nous deux, Paula et moi.

—De ce que t'es comique!

Paula fronça les sourcils. Elle dit fermement:

—Martine et moi, il faut se lever de bonne heure demain matin. Je pense qu'on aimerait mieux aller au patin à roulettes.

—C'est bien O.K.! fit Michelle avec enthousiasme. On se 'matchera' avec des petits jeunes de seize, dix-sept ans.

—On va pas là pour les gars, on va là pour patiner, dit Martine. Hein Paula!

—C'est sûr!

—Martine, j'avais entendu dire que t'étais en veuvage de ce temps-là.

—Justement! Et de ce temps-là, les gars, j'en ai ras-le-bol d'eux autres. Tandis que Paula, elle a le plus beau gars de La Guadeloupe, ça fait qu'elle veut le garder. Tu comprends pourquoi on aime mieux aller patiner que d'aller danser au Morency.

Michelle fit les grands gestes:

—Je comprends ça, je comprends tout ça. On fera les folles ensemble quand ça adonnera mieux.

Une heure plus tard, après du magasinage écourté, elles arrivaient toutes les cinq, masquées et excitées, à la salle du rendez-vous. D'autres entraient. Certains costumés, mais pas tous. Plusieurs jeunes profitaient de ce soir de mascarade pour s'infiltrer dans les endroits où l'on servait des boissons alcoolisées, ce qui amènerait donc moins de monde, disait-on, au patin à roulettes.

Mais quand on fut au second étage où se trouvait la piste, le bruit et la fumée leur laissèrent deviner dès leur arrivée dans le couloir qu'il y aurait quand même foule puisqu'on était encore de bonne heure dans la soirée. Sauf Amélie qui avait apporté les siens, chacune se loua une paire de patins au comptoir-lunch et l'on se rendit à la piste près de laquelle se trouvaient des bancs.

Martine et Paula n'avaient jamais mis les pieds sur de tels patins. L'une, derrière son masque vert à paillettes argentées, dit à l'autre qui en portait un noir à picots rouges:

—On va se casser la gueule.

—Mais non, les filles, c'est comme des patins à glace, dit Amélie.

—Oui, mais il n'y a pas de freins là-dessus, comment on fait pour s'arrêter?

Michelle rit:

—Tu te laisses aller: y'a toujours un mur quelque part pour t'arrêter.

Il y avait déjà plus d'une cinquantaine de jeunes qui évoluaient sur la piste dans le sens contraire des aiguilles d'une montre, les uns cherchant à reconnaître les autres, riant, criant, emportés par une musique assourdissante à saveur militaire enregistrée par l'orchestre de Mitch Miller et reproduite par un mauvais système de son. Les filles de Saint-Honoré se levèrent et marchèrent gauchement en se tenant l'une contre l'autre comme elles le pouvaient jusqu'à l'entrée de la piste. Le choeur entonna:

There's a yellow rose in Texas
That I'm going to see
Nobody else could miss her
That half as much as me...

—Salut, les filles, comment ça va? s'exclama une patineuse qui s'arrêta devant elles à l'aide de la garde de bois entourant la piste.

—Francine! s'écria Michelle qui l'avait reconnue sous son maquillage imitant une tête de félin et son costume à l'avenant. Je croyais que tu serais au Morency.

—Mais non! Je l'avais dit à Amélie que je serais ici.

—Elle ne nous en a pas parlé.

Élise et Amélie tournaient déjà sur la piste avec dessein de revenir dès après le premier tour pour aider les nouvelles de leurs conseils expérimentés.

—C'est merveilleux, le clan est au grand complet, dit Michelle qui montra les deux autres se rapprochant.

Paula délaissa la rampe et se lança intrépidement en avant. Après tout, s'il avait fallu un grand débrouillard pour inventer la roue, pas besoin d'un génie pour faire tourner huit petites roulettes sous ses pieds. Ça paraissait si facile... Quelqu'un à qui elle avait soudain barré la route la heurta et se trouva à lui donner une poussée dans le dos. La jeune fille fut emportée. Incapable de contrôler ses gestes et sa vitesse, ses jambes la dépassèrent et elle s'écrasa brutalement sur le dos sous la rampe. À moitié assommée, déconfite, elle eut besoin de secouer la tête pour reprendre tous ses esprits tandis que tout son groupe, même Martine qui avait marché jusque là en se garantissant avec la rampe, se penchait sur elle. Elle eut l'impression qu'elle était un ballon de football que les joueurs regardent de haut. Une autre tête masquée s'additionna au cercle, celle visiblement d'un gars, une tête familière qui lui dit:

—Je m'excuse de t'avoir poussée mais tu m'as coupé le chemin...

La jeune fille accidentée leva son masque.

—Mais c'est Paula! s'exclama le garçon qui retira aussi le sien.

Pourtant lui, il en portait deux car sous le premier, il y avait un oeil-de-pirate noir et celui-là, il le garderait toute sa vie maintenant.

—Tu me reconnais, c'est André...

Martine serra la rampe. Elle n'avait plus revu le jeune homme une seule fois depuis son accident et cette rencontre fortuite la contrariait au plus haut point. Elle l'observa de travers, son identité protégée par son masque vert, mais il ne fallait pas qu'elle reste là et elle entreprit de s'éloigner. Soudain, elle se ravisa car ce n'était pas la bonne façon. Pourquoi fuir? Elle n'avait ni honte, ni peur, ni haine. Rien qu'un résidu de colère que lançaient ses yeux furibonds mais que les replis du masque effilochaient.

Alors elle retrouva ses manières d'antan et, de sa voix melliflue, elle s'écria, le ton faussement mignon:

—André Veilleux, comme ça fait du temps! Comment va ta santé?

Il releva la tête, rapetissa son seul oeil en disant:

—Comme tu vois, je n'y vois qu'à moitié maintenant. Mais un borgne, ça voit deux fois plus clair, paraît-il. C'est toi, Martine?

—Disons... la nouvelle Martine.

—Encore masquée pourtant.

—Qui ne l'est pas?

—Je pensais avoir de tes nouvelles quand j'étais à l'hôpital, mais rien: la tombe.

Elle commenta narquoisement:

—Mais qui avait creusé la fosse, mon grand?

—Faudra en reparler de tout ça.

Entre-temps Paula s'était assise. Son attention voyageait dans trois directions à la fois. Il y avait les filles qui l'entouraient et cherchaient à savoir si elle n'était pas blessé. On lui disait de se tâter les jambes, les chevilles. Et pourtant, l'échange très rapide entre Martine et André ne lui échappait pas. Mais une autre scène lui traversait l'esprit aller et retour à la vitesse de l'éclair. Comme dans un rêve incongru, elle revoyait les filles penchées au-dessus d'elle et l'une disant que le groupe était complet. Puis suivait Lucie qui disparaissait ensuite furtivement. La remplaçait Aubéline Pomerleau, frêle et triste, abandonnée par la terre entière dans une profonde solitude et qui, par son silence appelait à l'aide.

S'aidant de la rampe d'une main et du bras d'André de l'autre, elle se remit sur ses roulettes, les pieds méfiants. Une fois le derrière appuyé contre la rampe, l'image d'Aubéline revint à nouveau, et si nette encore qu'elle lui parut une sorte de perception extra-sensorielle. Devant et tout près, Michelle bougeait les patins d'avant en arrière, sourires croisés. Elle avait hâte de savoir qui était ce chevalier servant aux allures du capitaine Kidd qui avait tout l'air de venir de Saint-Honoré et qu'elle n'aurait pas repoussé deux fois dans un coin noir puisque de toute façon, les gens qui s'embrassent avec agrément se ferment toujours les deux yeux bien dur pour le faire.

106

Amélie et Francine se parlaient à quelque distance tout en gardant l'oreille à l'affût. Élise attendait à côté de Paula, l'air absent, le visage haut qu'inondaient de leur lumière profuse les projecteurs du comble apparent de la bâtisse.

Paula remercia André qui s'en alla, et elle réunit tout le groupe autour d'elle pour faire une proposition:

—Savez-vous à quoi j'ai pensé quand j'étais encore à moitié assommée? Que je ne voudrais pas être toute seule un soir de fête. Et j'ai imaginé Aubéline... Vous ne croyez pas que nous devrions lui téléphoner pour qu'elle nous rejoigne?

—C'est inutile, elle ne sort jamais, dit Michelle qui zieutait du côté de la piste pour ne pas perdre de vue le beau pirate.

—Moi, j'aurais envie de l'appeler.

—Et moi de m'en aller, dit Martine.

Paula se dit que le patin à roulettes, ça ne leur allait pas trop, aux filles de Saint-Honoré, en tout cas ce soir-là. Peut-être que l'on devrait se replier sur la suggestion de Michelle et aller danser au Morency. Elle en fit la proposition. Toutes acquiescèrent sauf Michelle.

—Maintenant qu'on est là, restons au moins une heure, non? Il est même trop tôt encore pour aller danser. L'orchestre commence à dix heures...

—Moi, je m'en vais, c'est sûr, insista Martine. Restez si vous voulez.

—Nous autres aussi, on s'en va. La majorité l'emporte, dit Amélie.

—Dans ce cas-là, je vous retrouverai là-bas plus tard, dit Michelle qui n'attendit pas de commentaire et s'inséra dans le flot tournant des patineurs...

Après avoir remis ses patins et demandé à Élise le nom du père d'Aubéline, Paula se rendit à un appareil de téléphone public près de la cantine et signala le numéro. La ligne était occupée. Elle recommença un peu plus tard mais encore une fois en vain. Alors elle rejoignit le groupe qui l'attendait et dit qu'elle appellerait d'une boîte sur la rue. On papota et on badina tout le long des dix minutes de marche lente qui séparaient les deux endroits. Paula participait peu. Elle tâchait maintenant de comprendre pourquoi cette idée d'appeler Aubéline pour l'inviter à les retrouver était en train de devenir obsessionnelle dans sa tête. Elle ne la connaissait que de si peu et si peu. Le seul téléphone public disponible se trouvait au coin de l'hôtel près d'un chemin de terre qui depuis l'avenue donnait sur l'arrière des bâtisses le long de la rivière. Paula entra dans la cabine sans refermer la porte et appela à nouveau. Aubéline répondit d'un 'oui allô' faible et neutre.

–C'est Paula Nadeau, comment ça va?

–Ah!... c'est pourquoi?

Un peu désarçonnée par une telle réaction aussi fraîche que le jour des morts, Paula se fouetta l'enthousiasme:

–Aubéline, on est plusieurs filles du commercial et de l'Institut. Le groupe de l'école plus heu... Élise Bourque et Martine Martin... tu viens pas nous retrouver? On va danser au Morency.

–Non, ce n'est pas possible.

–Qu'est-ce tu fais?

–Rien... mes travaux scolaires, du ménage.

–T'as pas envie de nous rejoindre? T'as qu'à dire à tes parents que tu viens au patin à roulettes. On arrive de là justement...

Il semblait à Paula entendre un souffle douloureux sur la ligne. En même temps, son attention fut un peu retenue par un personnage d'allure sordide qui longeait la bâtisse en sa direction.

–Je ne peux plus te...

Mais la voix d'Aubéline disparut et une autre, terrible de violence définitive la remplaça:

–T'es dure d'oreille, toi, ou quoi? Elle t'a dit qu'elle sort pas de la maison. Ça te donne rien, calice de tabarnac, de la tirer par les bras.

Et la ligne fut coupée brutalement.

Paula raccrocha en proie à un profond remords. Cet appel causerait sûrement du tort à Aubéline. Pour avoir voulu laisser la bride sur le cou à son âme messianique et salvatrice de l'humanité, voilà que l'effet contraire risquait de se produire.

Plus loin, le personnage honteusement fagoté, aux habits loqueteux et à la démarche titubante s'arrêta quand il l'aperçut de ses yeux rouges et animés de mouvements orbiculaires. Il s'adossa au mur, cherchant à prendre aussi appui d'un pied qui glissait inexorablement et interminablement sur la tôle.

—T'as vu comme il ressemble à Jos Page, dit la voix de Martine dans le dos de Paula.

Et Paula se souvint du jour où elle avait aidé Martine à tomber entre les griffes du vieil homme nauséabond et qui aspergeait de salive tous ceux à qui il parlait.

—C'est pas un reproche, j'espère.

—Pourquoi un reproche?

—Quand je t'avais poussée dans ses bras sur le perron du magasin.

Martine s'esclaffa:

—C'est la première fois que je repense à ça. Mais ce n'était pas ta faute...

Amélie vint dire:

—Savez-vous ce que soeur Alberta dirait en voyant cet homme? Elle dirait: "Voilà, mesdemoiselles, la preuve de l'existence de la non-existence."

Puis Paula, le visage viré au livide à cause de cette hargne sur le fil, redit ce qu'elle avait entendu mais sans insister pour que l'incident disparaisse au plus tôt de son esprit.

On entra enfin sans avoir besoin d'ôter les masques. Une table leur fut donnée dans un coin près de l'orchestre qui n'avait pas encore commencé à jouer. La salle était déjà remplie à moitié de gens et de fumée. Le groupe se fit jauger par la plupart des personnes tant qu'il ne fut pas bien installé depuis un bon moment. Vint un serveur. Le Coca Cola fut à l'honneur sauf pour Martine qui se contenta d'un verre d'eau. S'il fallait que la police fasse une razzia dans la place et que les noms des jeunes filles parviennent aux oreilles des soeurs du Bon-Pasteur!

Quand se mit au travail l'orchestre de trois musiciens dont le guitariste-chanteur portait des lunettes à la Buddy Holly et en avait la voix, les filles se levèrent aussitôt pour danser entre elles, histoire de rembarrer les gars dans leurs inévitables propositions. Il fut bientôt compris dans la salle que cette table ne marchait pas. Des limaces collantes tentèrent quand même leur chance: sans succès.

Jamais Michelle ne se montra le bout du nez. On quitta les lieux une demi-heure avant minuit. C'était l'heure de mettre fin aux petites extravagances anodines de jeunes filles de bonne famille un soir d'halloween. Francine et Amélie se prirent un taxi. Les trois autres optèrent pour une marche dans la nuit fraîche.

Sur le pont, il fut question d'Aubéline.

—Elle me fait un peu penser à Lucie, tu ne trouves pas, Martine?

—Non.

—Non?

—À toi bon, mais pas à moi.

Une auto pleine de gars s'arrêta à leur hauteur entre les deux arches du pont et l'un, enhardi par le clan, lança avec des lèvres provocatrices:

—Les petites filles, on peut vous reconduire chez vous.

Paula répondit:

—Mais nous sommes laides, pas regardables.

—Vous garderez vos masques, nous autres, ça nous fait rien, hein les gars?

Des voix se piétinant passèrent par la vitre ouverte. Martine parla à son tour:

—Les gars, nous autres, on leur crève les yeux, hein, les filles!

—Ça vaudrait le coup pour aller vous reconduire, hein, les gars?

Divers oui, ouais et hum hum franchirent la portière. Élise la timide, dit:

—Nous autres, on est des filles qui marchent, mais à pied. Si vous voulez nous reconduire à pied... On s'en va sur la première avenue dans l'ouest...

—Bah! on n'est pas intéressés, hein, les gars!

—Envoye Philippe, lança l'un d'eux au conducteur, on voit ben que c'est des saintes nitouches. Ça doit être des filles de l'Institut...

—Des futures soeurs du Bon-Pasteur, enchérit un autre qui se fabriqua un rire.

L'auto se remit en marche. Les pneus crissèrent et le caoutchouc brûlé dégagea une odeur caractéristique.

—Je les ai reconnus, dit Élise, c'est des fatigants du bas de la paroisse.

On les oublia. La suite du trajet jusque passé l'église fut des plus banales sauf quelques bruits lointains assez reconnaissables d'une voiture traitée comme un bronco. Puis ce fut silencieux. Devant la vitrine de la pharmacie, l'on s'arrêta un moment pour regarder quelques appareils photographiques. Il y en avait un qui finissait les photos lui-même: une nouveauté au Canada. On se parla de l'heure tardive et c'est alors seulement qu'Élise se souvint de sa promesse d'appeler à la maison, et qu'elle n'avait pas tenue par simple oubli. Oh, qu'elle se ferait sermonner! Mais peut-être que son père dormirait et ne se rendrait pas compte de leur rentrée.

On arrivait près de la maison quand soudain, dans un crissement de pneus insupportable, l'auto des jeunes gens importuns surgit d'une rue tranversale où, visiblement, l'on s'était mis à l'affût. Elle traversa l'avenue en tournant et s'engagea sur le trottoir où elle s'arrêta, phares braqués sur les marcheuses affolées et clouées sur place.

Après un moment de silence, l'auto se remit à avancer dans une lenteur menaçante. En cet endroit, les maisons sont collées au trottoir de sorte que les jeunes filles étaient traquées. Leur seul choix consistait à monter sur une galerie ou bien de se jeter dans les ronces entre les maisons vers les ravins noirs de la rive. Paula marmonna des choses aux filles qui choisirent la galerie tandis qu'elle-même se jetait hors du trottoir dans l'obscurité.

Des cris mêlés de rires surfaits lui parvinrent depuis la voiture qui progressa jusqu'auprès de la galerie où se trouvaient Martine et Élise prêtes à frapper à la porte du voisin pour entrer si le danger augmentait trop.

Il y avait dans l'âme de Paula ce même immense sentiment de révolte qu'une veille de Noël de son enfance elle avait senti naître en elle alors que son père l'avait battue et menacée de la laisser seule à la maison le jour de Noël tandis que toute la famille irait en visite chez son grand-père Joseph, cette rage qu'elle avait connue à nouveau quelques années plus tard quand son père était venu la chercher de force au terrain de jeux en l'humiliant devant tous... Ses yeux brillèrent dans la nuit comme ceux d'un fauve; et sa main serra quelque chose comme pour l'écraser. Quand l'auto fut à moitié vis-à-vis de l'autre

111

maison et qu'elle sut qu'il lui suffirait de courir moins de quinze pas pour atteindre la porte de la maison des Bourque, elle fonça en avant, mais droit sur le côté de l'auto. Elle savait, elle, que le point le plus vulnérable d'un gars, ce n'est pas ses testicules mais sa voiture, et avec la pierre qu'elle tenait à la main, elle frappa comme une déchaînée sur l'aile avant, sur la première portière, la deuxième, puis sur le coffre arrière à trois reprises.

—Hostie de tabarnac, elle est en train de tout briser le char, cria une voix dans l'auto.

La jeune fille agit si vite qu'elle eut le temps d'arriver à la porte de sa pension avant que le premier occupant de la voiture, le conducteur, n'ait eu le temps de descendre. Sous la lumière d'un réverbère, il aperçut deux énormes bosses sur le coffre et se mit à gémir et à hurler tout en se lançant à la poursuite de Paula qui entra sans attendre. Le jeune homme ne se laisserait pas intimider par une porte. Il aurait son nom à celle-là, la ferait arrêter par la police. Il jurait comme un damné en fonçant sur la galerie; à ce moment même, la porte se rouvrit comme par magie en même temps que la lumière de la maison s'allumait. Il s'arrêta alors tout net quand le canon d'un fusil à deux bouches lui fut braqué à deux pas du nez et qu'une voix masculine lui nasilla:

—Sais-tu ce que c'est, ça, mon gars? Un calibre douze avec des balles à plomb. De proche, ça fait des trous terribles dans le peau... ou dans la tôle... Tu devrais peut-être foutre le camp, qu'est-ce que t'en penses?

—La maudite vache, elle a tout brisé mon char.

—Ah oui? On va aller voir ça...

Et Henri-Louis Bourque, la robe de chambre pas encore attachée, poussa l'autre devant lui jusqu'à son auto dans laquelle s'empressèrent de remonter les passagers. Il cria aux filles sur la galerie de rentrer. Le conducteur, un maigrelet de vingt ans au dos voûté et à la tête ovoïde, montra les bosses en pleurnichant.

—T'es sûr que c'était pas là avant?

Le jeune homme se révolta:

—C'est elle, l'hostie de folle, qui vient de faire ça avec une grosse maudite roche... Je l'ai vue faire... Tout le monde l'a vue faire...

112

Henri-Louis se fit doucereux:

—Ça se répare bien, des bosses comme ça. Mais un coup de douze par exemple, ça fait des trous comme ça se peut pas dans une valise d'automobile... Regarde... regarde-moi ça...

Et l'homme épaula et tira dans le coffre tout en prenant soin de ne pas mettre les passagers ou le réservoir à essence au risque d'être atteints par un plomb. Le conducteur dont le visage jaune de par la lumière des réverbères vira au blanc total, ne dit plus un seul mot; il se précipita dans son véhicule qui démarra en trombe en laissant sur le.pavage des traces noires.

Henri-Louis rentra en sifflotant. Il referma bien la porte et se rendit ranger l'arme dans la soupente après l'avoir vidée. Puis, le ton léger et badin, et la voix remplie de bienveillance, il dit aux filles regroupées dans le salon et qui tâchaient d'apprivoiser leur peur, Élise surtout qui craignait de se faire rabrouer en plus par son père:

—Oubliez pas d'appeler à la maison, les petites filles, la prochaine fois que vous serez en retard.

*

Le soir suivant à Saint-Honoré après la pratique de la chorale et quelques mots sur le pas de la porte de chez Martine, Paula se dépêcha de rentrer à la maison pour tâcher de trouver réponse à cette question pour le moins bizarre qui la harcelait depuis la veille: pourquoi les images de Lucie et d'Aubéline se succédaient-elles sans cesse et invariablement dans sa tête, comme issues l'une de l'autre ou bien se poursuivant.

Le lien, elle le trouva dans la peur. L'âme de Lucie comme celle de l'autre paraissait en proie à des frayeurs considérables et peut-être inconsidérées. En tout cas sans grand fondement dans le cas de sa jeune soeur qui avoua craindre au plus haut point certains personnages du village comme ce noir garagiste ainsi que le chef de la famille Nolin et même parfois André Veilleux dont elle trouvait l'air si étrange depuis son accident.

Paula lui dit de se méfier des apparences, affirmant qu'un homme menaçant ne se montre pas menaçant et que ce ne sont pas toujours les chiens qui aboient le plus fort qui mordent le plus cruellement.

Et pourtant elle-même se sentait l'âme un peu inquiète à la pensée de ces trois hommes dont elle n'avait jamais eu à se plaindre néanmoins.

******

Chapitre 5

Il y avait une éternité que Paula n'était pas allée au confessionnal. Trois mois au moins! Assise sur le premier banc dans la sacristie avec Lucie, elle tâchait de mesurer le temps avec exactitude puisqu'il fallait bien avouer au prêtre non seulement ses fautes mais aussi leur âge que l'on comprenait devoir en augmenter le poids.

Elle eût préféré attendre la venue dans la paroisse d'un prêtre étranger pour qu'il emporte ailleurs avec lui ses faiblesses. Car elle avait fini par céder au péché en fin d'été après l'accident survenu à André comme si ce grave événement qui lui avait fait songer à la fragilité humaine de manière plus accusée, au lieu de susciter la peur en elle, lui avait suggéré de vivre avec plus d'intensité. Les baisers avec Gaétan étaient devenus prolongés, très français et elle ne le repoussait plus quand il lui caressait la poitrine. Mais voilà qu'à la veille de cette belle fête de l'Immaculée Conception, elle devait procéder au grand ménage d'une âme bien formée et qui se réveillait soudain.

Quand la pénitente qui la précédait écarta le rideau vert d'un geste sec, Paula jugea bon d'accuser trois mois et demi sans confession. Et elle entra dans ce petit vestibule noir d'un ciel éclatant. Oui, mais elle avait omis de calculer le nombre de baisers. S'il y en avait eu vingt et qu'elle en oubliait deux ou trois, le ciel ne lui en pardonnerait-il que vingt? Alors se confesser devenait inutile puisque deux ou trois grosses taches mortelles resteraient sur sa conscience et que, de toute façon, une mort prématurée et subite l'emporterait tout droit en enfer. Par contre, en accuser quelques-uns de plus lui permettrait-il de pécher à nouveau sans pécher puisque le pardon de deux ou trois baisers accompagnés d'attouchements serait donc alors en quelque sorte obtenu d'avance, antidaté?

Elle ferma les paupières en attendant que le guichet s'ouvre et elle se fit le reproche de traiter des questions aussi graves, des questions de ciel ou d'enfer, comme un vulgaire devoir de comptabilité.

Enfin claqua la portière de bois au bout de la glissière et la voix du vicaire chuchota:

—Je t'écoute, Paula, dis tes péchés.

Qu'arrivait-il donc? C'était la première fois qu'à confesse on l'interpellait par son nom. Elle en fut figée un moment mais la formule connue par coeur l'empêcha de bredouiller et elle se lança, l'âme douloureuse:

—Bénissez-moi, mon père, parce que j'ai péché. Il y a... trois mois et demi que je suis venue à confesse...

Elle n'était pas voleuse. Pas menteuse. Pas vaniteuse non plus. Dévotieuse. Et même complimenteuse. Tous les commandements sauf ceux touchant à la chair, elle les suivait sans mal, naturellement. Oh, elle avait bien parlé d'Aubéline Pomerleau avec soeur Alberta un midi à la récré mais ç'avait été pour le bien de la jeune fille, non pas pour médire à son sujet. D'ailleurs la religieuse elle-même lui avait confirmé ce qu'elle savait déjà soit que la maison des Pomerleau était sous le joug d'un pater familias et que la meilleure attitude à prendre envers la jeune fille consistait à l'accepter totalement dans le groupe, à l'y intégrer en l'invitant à toutes les activités scolaires ou para-scolaires mais sans jamais insister pour ne pas tourner inutilement le fer dans ses plaies... "Une pléthore de plaies qui saignent!" avait soupiré la soeur.

Trente rencontres avec Gaétan à vingt baisers par rencontre, cela faisait environ six cents péchés. Mais elle eut peur d'avancer ce chiffre qui avait allure de banque-route morale, une faillite susceptible de lui fermer les portes du pardon et donc celles du ciel. Mieux valait donner des chiffres exacts quand même, mais plus conservateurs, moins spectaculaires... Quand elle eut avoué les 'french kisses', le vicaire demanda:

—Combien de fois?

—Heu... à chaque rencontre.

—Ah bon! Et... plusieurs fois par rencontre?

—Trois fois par heure peut-être plus. Disons quatre.

—Et... sur combien d'heures?

—Quatre... cinq... Ça dépend des soirs.

—Et... le dimanche aussi?

—Non... moins le dimanche... Il fait clair... je veux dire que je respecte le dimanche...

L'haleine du prêtre glissa sur son étole que jusque là il tenait devant sa bouche et elle parvint à Paula qui ouvrit les yeux pendant une seconde. Les gouttes d'eau qui coulaient sur les tempes et les joues de l'homme firent oublier la mauvaise odeur à la pénitente qui referma les yeux en plaignant le pauvre abbé d'avoir à s'enfermer ainsi dans un réduit aussi inconcevablement étroit et chaud. Tout cela passa en une seconde en son esprit. Et la voix lui dit encore:

—Et... en plus des... baisers, y a-t-il des heu... des attouchements défendus?

—Oui.

—Et... seulement défendus ou bien défendus défendus?

—Je ne comprends pas. Vous voulez dire... véniels ou mortels?

—S'ils sont défendus, ils sont toujours mortels, tu sais, mon enfant... Défendus... c'est sur ta poitrine et défendus défendus, c'est ailleurs, tu comprends. Ou encore... défendus c'est par-dessus les vêtements et défendus défendus c'est directement sur... disons... sous les vêtements, tu vois?

—Heu... défendus seulement... et... un petit peu défendus défendus...

—Et... ces plaisirs interdits des attouchements se sont-ils produits en même temps que les baisers profonds ou bien avant ou après?

Paula ouvrit les yeux une fraction de seconde. L'abbé Labrecque paraissait avoir le regard fixe. Les ajours de la porte devant lui dessinaient des arabesques bizarres sur sa figure, obombrant le nez et la bouche mais jetant dans les yeux des flammes qui avaient l'air de danser le tango. La jeune fille se rejeta dans sa torture morale.

—Surtout pendant!

Dehors, Lucie attendait de prendre sa place puisque c'était une personne de l'autre bout du banc qui avait remplacé la pénitente du confessionnal de droite. Elle ne pouvait distinguer le visage du vicaire à travers les fioritures sculptées et avait donc l'impression que personne ne l'observait... Elle cherchait quelque chose à avouer. Peut-on aller à confesse sans avoir de péchés à dire? Personne n'est sans aucun péché, pas même les prêtres qui devaient, disait-on, se confesser à d'autres prêtres ou de préférence à l'évêque dont le pardon était plus précieux et possédait une bien plus grande valeur.

Plus jeune, quand elle était devenue grande fille, elle avait bien fait quelques attouchements sur son corps mais quand elle avait pris conscience de l'extrême gravité de la chose par la voie des mises en garde et recommandations de Mère Supérieure, elle n'avait jamais plus recommencé.

Lui revint en mémoire une colère récente qu'elle avait faite contre Julien qui avait barbouillé le miroir de sa chambre de rouge à lèvres pour se moquer des filles. Au lieu de lui crier après et de s'en plaindre à Hélène, elle aurait dû réciter un ou deux Notre-Père pour lui. C'est ça qu'elle accuserait et pour quoi elle demanderait pardon à Dieu par la main blanchisseuse de l'abbé Labrecque.

—Il y a aussi le temps qui compte, dit le prêtre à Paula. Je veux dire... as-tu eu le temps de... disons de trouver du plaisir dans ces gestes défendus?

—J'ai regretté chaque fois...

—Je veux dire... pendant...

—Heu... un peu...

—C'est plus grave alors, mais le Seigneur dans sa grande miséricorde te pardonnera si tu te repens bien, si tu as le ferme propos de ne plus recommencer, de ne plus jamais recommencer... Car ces plaisirs sont strictement réservés à l'intérieur des liens sanctifiés du mariage. Tu fais souvent ce que l'on appelle du... 'parking'?

—Je vous l'ai dit: chaque fois qu'on se voit le soir.

—Et jamais le dimanche?

—Non... comme je vous l'ai dit... Heu... une fois nous sommes allés là-bas, au... au pic de gravier chez monsieur Raymond Poulin...

—C'est une bonne place, échappa le vicaire qui se rattapa aussitôt. Je veux dire que le dimanche, c'est très désert... C'est ça se mettre dans l'occasion de pécher. Tu n'es pas très prudente, mon enfant... Bon, demande bien pardon à Dieu. Et tu diras un rosaire pour ta pénitence; et pour satisfaire à la peine due au péché tu te mortifieras du mieux que tu pourras.

Pendant qu'elle déclamait la formule de la fin, soulagée d'un côté de l'âme, un poids important en écrasait l'autre. Car un rosaire, c'était le signe de toute la gravité de sa conduite. De toute sa vie, elle n'avait jamais reçu plus d'une dizaine de chapelet comme obligation de prière en réparation pour ses errements.

En sortant, elle décida de diviser la pénitence en autant de dizaines de chapelet quitte à finir à Saint-Georges en regardant couler la Chaudière avant de s'endormir. Elle n'osa croiser le regard de sa soeur et tourna la tête vers la grande fenêtre brillante. Voilà qu'une belle neige épaisse et ouatinée tombait en abondance sur un tapis déjà tout blanc qui recouvrait le terrain de jeux. On était en pleine bordée de la dame. Son coeur devint paisible. Elle pensa à la vierge de l'Institut et lui adressa un remerciement pour l'avoir aidée à vaincre le malin, ce puissant démon de la chair qui l'avait tenue dans ses griffes hideuses ces trois et demi derniers mois.

La confession de Lucie fut fort brève mais le prêtre se montra très dur. Quoi que fasse son frère contre elle, l'adolescente ne devait pas se venger ou lui répondre oeil pour oeil. Car Julien avait agi sans penser, lui comme un gars un peu dur et qui bouscule sans même trop s'en rendre compte. Elle reçut aussi un rosaire en pénitence. C'était dire l'importance de sa faute puisqu'elle lui valait une punition égale aux six cents péchés de la chair de sa soeur. Mais chacune ignorerait toujours ce que le prêtre avait donné à l'autre en guise de pourboire à la fin de sa confession.

Quand elle retrouva sa soeur, Paula lui souffla à l'oreille:

—Viens t'en, on finira notre pénitence plus tard.

Lucie se questionna. Le pardon du ciel ne serait-il accordé que plus tard si on retardait la pénitence? Paula qui avait cinq ans de plus, beaucoup d'expérience et qui fréquentait l'Institut de Saint-Georges devait savoir, elle. Après un signe de la croix, elle emboîta le pas à son aînée qui guida la marche dans l'étroit couloir sortant de la sacristie. On traversa ensuite de bout en bout l'église froide et morte. Leur marche jusqu'à la maison fut d'un silence que seule une chute de neige prématurée peut causer car la neige au sol est molle et feutre les pas, car le vent est absent, car les gens un peu effrayés par la nouveauté de la chose se claustrent dans leurs maisons ou s'enferment dans leur âme.

*

Quelques jours plus tard, il fallut cesser de se moquer de l'hiver car il s'abattit sur le Québec à grands coups de vent qui jetaient partout et sur tout ce qu'ils voyaient des nuages bourrés de neige dure et fine.

Depuis trente ans, disaient les vieux au magasin général, on n'avait pas vu une pareille fin de janvier se ruer sur le pays en plein milieu de décembre et on ne reverrait sans doute pas cela avant 1987 soit trente ans plus tard au moins.

Paula se sentit soulagée. Gaétan ne saurait la conduire au pic de gravier ou ailleurs pour 'parquer' d'autant que la décapotable laissait entrer beaucoup de froid et qu'il est difficile de s'embrasser chaudement quand on a les deux pieds pris dans la glace.

Rosaire aiguisa ses couteaux de boucherie. Il en parla à Hélène. On décida d'abattre le porc prévu plus tôt que prévu. On pouvait compter sur trois jours au moins de très basse température. La viande aurait le temps de geler bord en bord et un doux temps ensuite, fort peu probable selon l'almanach et le calcul qu'elle fit sur les lunes, ne pourrait donc pas l'affecter. Quant à la taure, on la saignerait au milieu de l'hiver. On s'entendit pour abattre le samedi, même si Hélène avait déjà fait le projet de passer cette journée-là à Saint-Benoît. Lucie pourrait la remplacer à la cueillette du sang tandis que les gars, Rosaire et Julien, s'occuperaient de l'abattage.

Hélène était déjà partie quand Lucie le sut le vendredi soir. Elle devint livide lorsque son père le lui annonça. Elle courut tout droit à la chambre de Paula.

—Je ne veux pas faire ça: c'est trop horrible, se plaignit-elle.

—Ce n'est pas beau, mais c'est nécessaire. Tu sais, moi, j'ai bien dû le faire à l'âge de dix ans quand maman était très malade.

—Je vais perdre connaissance. Pourquoi tu ne le ferais pas à ma place si tu l'as déjà fait?

—Quelle différence entre ramasser du sang ou manger de la saucisse ou du boudin?

—Ça revient au même dans le fond mais en surface ce n'est pas du tout pareil et tu le sais très bien, toi, Paula Nadeau.

—Écoute, demain matin, Martine et moi, on retourne à Saint-Georges pour nos achats de cadeaux. C'est prévu...

—Avec le temps qu'il fait?

—Ça va se calmer et puis l'autobus passe partout.

Lucie avait pris place au pied du lit. Paula, assise, adossée à ses oreillers, tenait un livre et parlait avec calme et bienveillance.

—Tu sais, il faut manger les animaux et pour les manger, il faut les abattre. Au fond, c'est mieux de savoir comment ça se passe. J'avais trouvé ça terriblement dur aussi mais...

Lucie s'enfouit le visage dans ses mains.

—Non, moi, je ne serai pas capable.

—Et Julien va rire de toi.

—Il rira.

—Non... il faut montrer aux gars qu'on peut faire ce qu'ils peuvent faire. En tout cas ce que nos muscles à nous, nous permettent de faire. Pense à grand-mère Clara. C'est avec des femmes comme elle qu'on va devenir fortes, nous autres, les filles.

—Pourquoi tu dis ça? On n'a pas besoin d'être fortes, nous autres...

L'agression du soir de l'halloween revint en la mémoire de Paula. Ses traits durcirent. Le ton devint mordant:

—Hey, ma petite fille, si tu savais comme il nous faut être fortes, si tu savais donc, si tu savais donc...

*

Le cochon mourut.

Lucie dut plonger son bras jusqu'au coude dans le seau pour brasser le sang chaud afin d'éviter la formation de caillots. Mais à la différence de sa soeur jadis, elle put le faire avec des vêtements protecteurs, une combinaison de boucher ainsi que de longs gants de caoutchouc qui prévinrent les souillures de la peau. Les hurlements de la bête puis l'odeur des viscères lui amenèrent le coeur au bord des lèvres mais l'adolescente se nourrit des regards mesquins et paternels de Julien pour lutter contre la nausée. Et elle tint le coup.

Rosaire faillit perdre toute sa viande. Le temps changea brusquement d'idée et des airs d'été remirent à nu un sol qui n'avait pu que gelotter en surface. Il fallut acheter un congélateur au lieu que de laisser comme après les boucheries précédentes, les morceaux de porc geler par le froid naturel qu'on faisait entrer à pleines fenêtres dans la cuisine d'été.

*

—Depuis deux semaines, t'es comme un vrai morceau de glace, qu'est-ce qui se passe? demanda Gaétan.

—Quoi, je suis comme avant, dit Paula.

Il était assis de travers au volant, adossé à sa portière, le genou négligemment posé sur la banquette, face à son amie qui défonçait l'autre portière avec son dos comme si elle avait eu devant elle le diable lui-même.

—Juste une question... C'est-il avec toi que je sortais l'été dernier et durant l'automne... ou avec ta soeur jumelle?

—Ah! niaise pas là!

—Réponds!

—Écoute, Gaétan, ce n'était pas bien ce qu'on faisait, tu le sais. Je ne suis pas une fille comme ça, tu le sais aussi. On allait trop loin et j'ai pris la décision de...

L'auto était stationnée à côté de la maison. Paula allait descendre. Elle savait que Rosaire n'aimait pas beaucoup ces salutations de fin de soirée quand elles s'éternisaient. Déplaire à Gaétan, déplaire à son père: comment éviter

122

l'un et l'autre? Quand Gaétan verrait le cadeau magnifique qu'elle lui avait acheté, il serait plus raisonnable sur les rapprochements physiques et se rendrait bien compte de l'intensité de son sentiment. Elle se pencha vivement sur lui et l'embrassa du bout des lèvres en deux reprises se succédant. Puis elle ouvrit la portière en disant:

—J'ai hâte à demain.

Il jeta:

—Et moi donc!

*

—Attends une seconde, veux-tu?

Et Paula prit l'appareil de téléphone de table, presque neuf et qui avait remplacé le précédent peu avant le mariage de Rosaire parce que celui-là symbolisait trop un passé triste associé à ce que les enfants appelaient dans le temps *"la voix de maman"*. Elle s'éloigna de la crédence où il était posé et put se rendre comme elle en avait pris l'habitude, jusqu'au bout du fil, et donc s'asseoir sur le divan du salon pour répondre.

Entre-temps, Gaétan parla, mais elle n'en put saisir que la voix puisqu'elle ne tenait encore le récepteur que dans ses mains loin de sa tête.

À part Lucie qui se trouvait dans sa chambre, Paula était seule dans la maison, les autres assistant à la grand-messe qui se terminerait bientôt puisque le tinton accompagnant l'élévation de l'hostie s'était fait entendre au loin, porté par un vent d'est sûrement.

Les secondes écoulées avaient permis à Paula de craindre quelque chose. Si son amoureux appelait, contrairement à ses habitudes du dimanche, c'est qu'il aurait sans doute un empêchement de venir la voir dans l'après-midi et de la reconduire à Saint-Georges comme entendu la veille. Bah! elle se débrouillerait, pensa-t-elle en lui reparlant.

—Excuse-moi, je me suis allongée sur le divan...

—T'as pas... entendu ce que je t'ai dit?

—Non, j'étais à m'installer... confortablement.

Il soupira.

—C'est que... on ne se verra pas aujourd'hui...

—J'y ai pensé en t'entendant...

—Que veux-tu, c'est comme ça?

—As-tu un problème avec ton auto?

—Non, c'est un problème d'hiver... de glace...

—Pourtant, il fait doux comme en été dehors. Je suis allée à la basse messe avec Lucie... Et j'ai communié... Ça faisait longtemps...

Gaétan soupira encore.

—Écoute, Paula, je ne te ferai pas comme l'ami André Veilleux à Martine Martin... Disons que... on va se laisser pour un bout de temps...

—Farceur!

—Je suis sérieux, parfaitement sérieux.

—Mais... qu'est-ce qui se passe? demanda-t-elle toujours sceptique.

—Comme je t'ai dit: j'ai un problème de glace. Moi, je me sens comme en été et toi, tu te sens comme en hiver, ça fait que... attendons le printemps pour se rejoindre.

L'âme de Paula se mit à craqueler comme la couverture glacée de la Chaudière aux deuxièmes lueurs de mars. Mais c'était le nom de André qui allumait en elle tous les projecteurs de l'angoisse.

—André sortait avec deux filles à la fois.

—C'est justement ce que je ne veux pas faire. J'ai rencontré une fille deux fois comme ça et j'ai décidé de sortir régulier avec elle. Je voulais te le dire honnêtement. Entre nous deux, on verra ça au printemps comme je te l'ai dit.

Paula grimaça:

—Je suppose qu'elle, c'est pas un morceau de glace.

—En effet!

—Bon... qu'est-ce qui reste à se dire?

—Pas grand-chose, hein!

—Tu voudrais pas qu'on en parle...

—C'est... déjà brisé... déjà fait...

—Un peu comme d'essayer de replâtrer les glaces de la Chaudière quand c'est la débâcle?

—C'est... c'est... c'est... exactement comme ça! On pourrait pas mieux dire.

—Tu pourrais au moins me dire qui est... l'heureuse élue?

—C'est... une fille de la manufacture; tu dois la connaître.

—Nomme toujours.

—Madeleine Lacroix... Elle pensionne chez Bernadette...

—Pas celle-là!

—Qu'est-ce que tu lui trouves de pire qu'une autre?

—Rien... rien... Bon... aussi bien en finir là, hein?

—En tout cas, tu pourras pas dire que je suis un lâche ou un traître comme...

—André Veilleux... non. C'est ça, là. Bonne chance!

Elle n'attendit pas sa dernière réponse qui lui parvint indistinctement dans un filet nasillard alors même qu'elle raccrochait.

L'amour-propre de Paula cria tout d'abord. Un peu dans l'optique nationaliste du curé Ennis. Cette Madeleine venait de Dorset, le trou de cul de la Beauce perdu dans des 'swamps' de terre noire avec son église de douze bancs. Mais elle ne parvint pas à lui trouver une autre faiblesse. Cette jeune fille, elle l'avait vue, entendue à deux ou trois reprises et la garce avait tout pour plaire aux gars dans son petit style Marilyn... et si en plus, elle se laissait aller dans leurs bras...

L'image de Madeleine dans les bras de Gaétan creva le barrage de ses larmes. Non, elle rêvait. Le ciel ne pouvait lui faire ça alors que son âme était redevenue immaculée comme celle de la vierge du Bon-Pasteur de l'Institut... Ses yeux se remplirent. Elle posa le téléphone par terre et se rejeta la tête en arrière sur le dossier du divan. Les voix mystérieuses des alchimies humaines transformèrent tout à coup sa douleur rageuse en rage douloureuse; elle pensa au cadeau qu'elle lui avait acheté pour Noël et qui attendait là-haut dans sa chambre, déjà enveloppé dans un emballage des meilleurs sentiments et des plus jolies couleurs. Elle le détruirait, le jetterait dans la fournaise, sur le tas de fumier, aux renards des Dulac, au bout de ses bras, n'importe où mais il disparaîtrait de la surface de la terre...

Alors elle courut, gravit les marches de l'escalier deux à deux et parvint à sa chambre où elle se jeta sur le lit en frappant les oreillers des deux poings. Et à nouveau sa hargne reprit sa rivale comme cible. "Les maudites blondes à tête vide!" Mais sa conscience lui dit que les blondes de sa classe étaient aussi fines et bonnes que les autres. "Les gars, c'est des porcs qui ne pensent qu'à ça!" Mais un coin de logique lui suggérait que Gaétan s'était trouvé un prétexte imprenable pour rompre. "Dans ce cas-là, il est aussi menteur qu'André Veilleux!" Sauf qu'elle pourrait protéger son amour-propre en disant à tous que le jeune homme ne la voulait que pour son corps, ce qui jetterait du discrédit sur lui et donc automatiquement sur cette... espèce de Madeleine Lacroix avec son petit visage de chaton inoffensif qui ne ferait pas de mal à une mouche. Et puis qu'elle se retrouve donc enceinte et obligée de se marier: elle ne méritait pas mieux!

Des sanglots bruyants lui vinrent et s'étalèrent sur l'oreiller. On frappa discrètement à la porte. Lucie entra tout doucement sans avoir eu de réponse. Elle savait déjà tout par déduction. La sonnerie du téléphone. La brièveté de la conversation. La course de Paula. Ses pleurs et sa rage. Aucun besoin de poser de questions. Elle s'approcha du lit, s'assit, prit la main de sa soeur...

—Laisse-moi tranquille! lança Paula en des mots tordus ricochant sur l'oreiller qui écrasait son visage.

Mais Lucie demeura. Durant plus de cinq minutes, l'âme de la jeune fille fut inondée mais en même temps lavée comme si elle eût traversé sous les jets d'eau d'un lave-auto. Puis elle se retourna et dit:

—Ce salaud de Gaétan Bolduc, il sort avec cette Madeleine Lacroix.

Elle s'assit, hocha la tête en grimaçant et reprit:

—Ou c'est Madeleine Lacroix qui sort avec une Mercury Turnpike décapotable... C'est plutôt ça!

—C'est la belle fille qui pensionne... je veux dire la fille blonde...

—C'est rien qu'une petite vache.

—La mère des gars est pas morte, tu sais.

—Sais-tu pourquoi il sort avec? Parce que je suis une fille qui se fait... respecter, c'est pour ça...

—Peut-être que c'est rien que temporaire...

—Hey maudit! Jamais! En plus que c'est pas demain que je vais sortir avec un gars de La Guadeloupe, moi. C'est rien que des 'flasheux'! Je vais sortir à Saint-Georges. Quand je pense que je me suis privée de sortir à cause de monsieur... Maudite folle que j'étais! Des gars, je pourrais en avoir comme ça!

—C'est ce que je te dis, fit douillettement Lucie, la mère des gars est pas morte.

—Regarde son maudit cadeau de Noël, là-bas, sur ma commode. Je vais le jeter dans le poêle.

—C'est quoi?

Paula eut l'air de réfléchir un moment, les sourcils froncés puis elle déclara:

—Je ne le dirai jamais à personne. Et quand je vais le jeter au bout de mes bras, je sentirai que je jette mon sentiment avec lui. La paix! Fini les gars! La grosse paix! André Veilleux, Gaétan Bolduc, c'est tous des pareils. Dans le même sac, tout ça. C'est Martine qui va bien rire, je te dis!

—Pas de toi... elle a changé.

—Je sais... elle ne rira pas de moi, mais elle va être contente qu'on se retrouve du même côté de la barrière quant à ces messieurs à grosses têtes... Je pense que je vais l'appeler après la messe...

*

—Et dire que je ne voulais pas que tu viennes t'asseoir avec moi à cause d'un gars! J'étais-tu assez folle à ton goût? dit Martine alors que l'autobus quittait le terminus de Saint-Honoré en direction de Saint-Georges.

—Je me demande ce qui nous arrive, à nous autres les filles, de se battre pour des gars... rien que pour ça...

Martine souffla à l'autre en riant:

—Une bonne fois, faudrait en enlever un, le conduire dans un bois, l'attacher à un arbre, le déshabiller et... devine le reste.

—L'arroser d'eau glacée.

—Mieux que ça!

Ce discours cabotin sonnait un peu étrange et Paula attribua son sentiment à sa douleur toujours vive. Elle dit:

—Je ne sais pas.

—Lui arracher les poils un par un... jusqu'à ce qu'il soit nu comme au jour de sa naissance ou comme... une dinde qu'on finit de plumer jusqu'au duvet...

Paula rit un peu en imaginant la scène, mais celle d'un personnage nu jusqu'à la taille seulement, ce que devait aussi se représenter Martine. Sa joie resta quand même échancrée, éjointée, égrianchée, comme inquiète...

*

Dernière semaine de classe de 1957.

Soeur Alberta circulait dans les allées entre les tables des filles. Paula avait du mal à se concentrer sur les questions d'un examen de français commercial. Seule dans sa chambre, elle avait pleuré jusque tard après minuit. Le réveil avait été pénible et son cerveau lui paraissait fait de mastic lourd et dense.

En biais, derrière elle, une étudiante levait la tête parfois et lui jetait un oeil désolé. Aubéline Pomerleau sentait que Paula Nadeau souffrait fort. Elle eût voulu lui tendre la main... ou encore la voix par téléphone comme l'autre avait fait pour elle le soir de l'halloween même si son geste lui avait valu semonces et presque des sévices. Et puis quand Michel Louvain était venu à Saint-Georges, Paula ne s'était pas rendue au spectacle comme les autres filles, disant à la récré du midi après qu'Aubéline eut avoué l'impossibilité pour elle d'aller au concert de la vedette: "Si tu viens pas, Aubéline, moi non plus."

Les religieuses travaillèrent comme des damnées pour tout corriger et remettre les résultats le dernier jour, soit le vendredi avant Noël. Paula fut septième sur dix-neuf. Une grande déception. Elle pouvait être première. Et elle le serait après les fêtes, elle le serait. L'amour alors ne lui mettrait plus la tête dans une muselière. Mais il lui restait encore un grand geste à poser avant les vacances.

Étant donné que la classe, exceptionnellement, finissait une heure et demie plus tôt, Paula n'avait pas apporté ses valises à l'Institut et retournerait donc les prendre à sa maison de pension avant de revenir à l'arrêt de l'autobus. L'occasion était belle de faire d'une pierre deux grands coups. Obsédée par ce cadeau de Gaétan dont elle n'avait pas encore imaginé le bon moyen de se débarrasser, toujours inquiète des états d'âme d'Aubéline, la solution lui vint nettement quand soeur Alberta, appuyant son regard sur la malheureuse, souhaita de bonnes vacances à toutes.

Paula sortit de la pièce l'une des premières et elle attendit Aubéline qui fut, elle, la toute dernière dans le couloir.

—Tu veux qu'on s'en aille ensemble?

—Je ne passe jamais par la première avenue.

—Pour une fois... Tu as le temps avant de rentrer chez toi... et tu viendras jaser un petit peu dans ma chambre. Viens!

—Je ne sais pas...

—Écoute, j'ai un grand service à te demander.

Au rappel des difficultés morales visibles et en même temps cachées de Paula, Aubéline accepta. Et quelques minutes plus tard, elles se retrouvaient à la porte de l'école. Moins de dix pas plus loin, elles furent rattrapées par Michelle Caron qui n'avait pas l'habitude de poser des questions avant d'imposer sa présence. Le moment était particulièrement inopportun pour Paula. Puis elle se dit que l'autre, pour rentrer chez elle, prenait normalement la direction diamétralement opposée et qu'au bout de cent pas, elle rebrousserait chemin.

Mais les cent pas s'additionnaient les uns aux autres et Michelle collait comme de la tire d'érable sur une palette de bois. On la félicita pour ses notes. Elle était troisième de classe.

—Et toi, Aubéline, qu'est-ce que tu fais durant les vacances? Moi, je vais peut-être aller en Floride. Ça va dépendre de mon père. Il en a parlé. Il a assez fait d'argent avec le spectacle de Michel Louvain pour ça, mais il est assez gratteux des bouts de temps... Es-tu venue, Paula, toi, à Michel Louvain? Toi, Aubéline, je sais que tu ne sors pas souvent. Ah! mais je te dis qu'il est beau pas rien que de loin, celui-là. Je pense que je le graffignerais pas si j'étais avec lui dans un coin noir...

—Tu l'as vu de près?

—Je te pense, il m'a embrassée dans les coulisses. J'ai cru mourir. Je suis venue toute molle, les jambes en guenille, je tremblais comme une feuille de saule pleureur... Une vraie folle de moi!

Paula cherchait toujours comment se débarrasser de l'intruse, surtout qu'elle n'avait guère le goût d'entendre ses vantardises même anodines, même subtilement enrobées de modestie. L'endroit où elle avait attaqué l'auto des jeunes gens lui rappela le soir de l'halloween, les masques, André, Michelle, le patin à roulettes...

—Dis donc, Michelle, sors-tu avec quelqu'un de ce temps-ci?

—Mais quoi, tu le savais pas? répondit-elle comme si la nouvelle avait été annoncée à la radio.

—Non.

—Bien oui et ça fait déjà un bon bout de temps. Et puis avec un gars de Saint-Honoré en plus...

—Non!!!

—Oui!!!

—Avec André?

—Avec André!

—Non, je ne le savais pas.

—Alors je te l'annonce.

—C'est un bon gars... C'était un bon gars... Je ne sais pas comment il est depuis son accident...

—Ah! c'est sûr qu'il a rien qu'un oeil, mais ça fait partie de sa personnalité maintenant. C'est comme moi, ma dent croche. On me donnerait dix mille dollars pour la faire redresser et je dirais non.

—Tu nous as déjà dit ça, oui.

—T'es pas d'accord?

—Sûrement! Sûrement qui veut dire 'je suis d'accord'.

—Bon, vous m'excuserez, les filles, mais je suis rendue loin de chez moi et puis mon imperméable est neuf et je pensais qu'il serait plus chaud que ça...

Quand elle se fut éloignée, Paula laissa tomber:

—C'est pas une mauvaise fille, mais de ce qu'elle peut être mémére, celle-là, des fois! Tèteuse comme un petit veau du printemps. Excuse le mot: ça fait un peu agricole pour une fille de ville, mais moi, je suis une fille de cultivateur, et c'est comme ça qu'on appelle les achalants, nous autres.

Aubéline éclata de rire. Jamais Paula n'avait entendu mélodie aussi pure; et quoi qu'il arrive dans l'heure à venir, quelle que soit la réponse de la jeune fille à sa requête, sa récompense de tendre la main à cette âme solitaire et triste se présentait déjà, brillante et claire.

Élise était absente mais même à la maison, elle se serait montrée aussi discrète que Michelle avait le don de se faire voir. On se rendit en haut. Chacune déposa sa mallette de classe et Aubéline prit place dans la berçante sur l'invitation de Paula qui s'assit sur son lit. Pas une fois elle ne la questionna pendant la demi-heure qui suivit. Elle lui raconta l'accident survenu à André Veilleux et relata les événements du soir de l'halloween que l'autre n'avait appris qu'en partie seulement. Puis elle parla de son enfance, de l'hospitalisation de sa mère et de sa mort.

Parfois Aubéline ravalait. Peut-être un sourire ou une larme invisible. Et pourtant Paula ne cherchait pas à se faire pathétique. Elle voulait juste se raconter à cette étrange amie qui donnait l'air d'une princesse enfermée dans la tour d'un noir château pour lui faire savoir qu'en bas, dans la foule indifférente, quelqu'un s'inquiétait pour elle.

Aubéline consulta sa montre. Paula sut que le moment était venu de lui proposer une tâche de grande confiance. Elle se leva, se rendit à sa fenêtre, regarda la rivière à moitié gelée mais qui, çà et là, laissait voir par longues arabesques recourbées des espaces liquides et sombres.

—Je suis en peine d'amour, Aubéline, et je veux y mettre fin. Tu peux m'aider à le faire...

—Moi? s'écria l'autre incrédule.

—Toi.

—Tu veux te moquer?

—Pas du tout! Regarde sur ma commode le paquet enveloppé. C'est le cadeau de mon ami... c'était son cadeau. Mais je veux le faire disparaître. Pour moi, ce sera comme une sorte de sacrifice... pas un sacrifice sacrifice mais comme un rituel pour effacer, pour donner un grand coup de brosse sur le tableau de mon coeur... Comprends-tu ce que je veux dire?

—Oui, oui, s'empressa de dire Aubéline, le regard perdu malgré toute son attention pour les propos entendus.

—J'ai voulu le brûler, le passer dans le moulin à viande, l'enterrer dans un tas de fumier, le noyer, le donner à une famille pauvre ou à n'importe qui d'autre, mais j'ai rejeté tout ça. Le moment n'était pas venu. Mais tout à l'heure, quand soeur Alberta nous a souhaité de bonnes vacances, j'ai trouvé. Te le confier pour que tu décides quoi faire avec sans jamais me le dire. Tu le donneras à qui tu voudras ou tu feras n'importe quoi parmi les choses que je viens de t'énumérer. Tu peux refuser si tu veux. Je t'ai choisie parce que je sais que tu n'en parleras jamais à personne. Surtout que c'est un peu fou de ma part. Tu peux même le revendre au magasin si tu veux. J'ai mis la facture dans les rubans. Et la carte, elle dit: "Au diable!" Le diable, c'est pas toi, c'est le sentiment perdu...ou peut-être cet impudique de...

Aubéline sourit à Paula quand elle cessa de regarder l'indécise Chaudière. Et Paula se jeta à plat ventre sur son lit en disant, la gorge prise:

—Je te jure que ça fait mal en maudit en dedans.

Aubéline se leva, alla chercher cette boîte qui tenait dans une seule main et elle se rassit.

—Je vais en prendre bon soin. Je veux dire... mauvais soin...

—Je te revaudrai ça.

—C'est rien du tout.

—Tu me le diras pas, mais tu dois ben chercher à savoir pourquoi je te demande ça à toi que je connais depuis si peu de temps. Et pourquoi pas à Martine Martin? Ou à ma soeur Lucie. Ou à n'importe qui d'autre? Faut que je te dise que je le sais pas moi-même. Je savais que je voulais faire disparaître ce cadeau et je n'ai su comment que tout à l'heure. Je sais que tu es discrète, mais il y a plus que ça que je trouverai plus tard. Pour le moment, l'important, c'est que tu acceptes de le faire pour moi.

Inopinément, le visage d'Aubéline se mit à grimacer et des larmes jaillirent de ses yeux noisette.

—Pourquoi pleures-tu? Pourquoi?

Elle parut hésiter, sachant pourtant ce qu'elle allait répondre:

—Pour rien... comme ça. C'est que je trouve ça beau, les peines d'amour... On dirait Angélina Desmarais dans Le Survenant...

Il y avait plus, beaucoup plus dans cette souffrance, mais Paula la respecta comme le lui aurait conseillé soeur Alberta.

*

Les fidèles entraient par grands groupes de sept ou huit personnes. Depuis le jubé de l'orgue, on pouvait entendre le bruit de leurs pieds frappant le ciment des tambours pour se défaire les bottes de la neige s'y attachant. Puis on les voyait s'avancer vers leurs bancs dans les allées de la nef. Les hommes encabanés dans leurs énormes manteaux ressemblaient à des bisons enneigés. Parfois des petits enfants grossis par leurs vêtements trottinaient, accrochés à la main de leur mère, se jurant dans leur âme déjà somnolente qu'ils ne s'endormiraient pas durant la messe de minuit à laquelle ils assistaient pour la toute première fois de leur vie. Les mezzanines se remplissaient aussi à vue d'oeil.

La chorale était déjà réunie au grand complet. Le coeur pour chanter mille fois mieux qu'aux pratiques y était aussi et au complet.

On se parlait assez librement à ce jubé-là par la force des choses. Et la force des choses avait amené l'habitude. Paula et Martine s'entretenaient à mi-voix avec Esther près du lutrin de la directrice. Chacune maintenant savait les deux autres des éclopées du coeur et cela créait entre elles une solidarité toute particulière. Les deux jeunes filles essayaient de convaincre la jeune femme de les accompagner au réveillon chez les Nadeau, mais Esther refusait poliment.

—J'ai une famille aussi dans un sens et elle se trouve au presbytère. Il y a maman et il y a les prêtres. Nous avons aussi notre réveillon, vous savez. Même s'il dure à peine une demi-heure car monsieur le curé et monsieur le vicaire doivent se lever aux aurores... Ce n'est pas facile, la vie d'un prêtre. Pendant que les fidèles dorment, lui, il doit veiller comme un bon pasteur...

Les jeunes filles ne savaient pas tout. Le curé Ennis avait invité l'abbé Dumont à venir passer la Noël dans la paroisse. L'ancien vicaire avait accepté car il était plus facile pour un prêtre au voisinage de Québec de se faire remplacer par un enfant de la paroisse, lui-même prêtre mais enseignant au sein d'une communauté donc non attitré à un ministère paroissial. C'est pour cela que le curé avait fait parvenir cette invitation à son ancien vicaire dont la venue, l'espérait-il, ferait bouger l'espérance dans l'âme d'Esther et lui redonnerait peut-être vie.

Mais l'abbé Dumont n'était toujours pas arrivé. Et pourtant, il n'avait pas téléphoné. Sans doute que le retardait cette tempête qui s'était élevée au milieu de la

133

journée mais qu'il finirait par se rendre car on voyageait maintenant en voiture et rarement par train comme en 1950, comme au temps de cette séparation cruelle mais rendue nécessaire par un écrit du ciel et le bon sens des prêtres. On entretenait bien les chemins maintenant et en cette soirée de la veille de Noël, des hommes solides sur toutes les routes faisaient de leur mieux pour mettre en échec la nature déchaînée quitte à y passer la messe, la nuit, la fête entière.

Les yeux d'Esther brillaient du grandiose de l'église éclatante et des souvenirs en éveil. Et sûrement des souffrances les plus belles, inconnues des jeunes filles malgré leur peine féconde.

—C'est grand-mère Clara et Lucie qui finissent de préparer la table, dit Paula. Mais toute la cuisine a été faite par Hélène. C'est assez bon, ce qu'elle fait, Esther, vous ne pouvez pas savoir.

—Des tourtières, du ragoût?...

—Oui, mais c'est pas pareil. Sais pas, c'est léger... Je veux dire que c'est bien de chez nous mais pas lourd, gras, épais comme du mastic... On dirait qu'elle a une main d'ange pour préparer quelque chose. Pourtant, elle a tout appris dans des livres de cuisine et jamais à l'Institut ou à l'enseignement ménager dans sa paroisse.

—Il y a des gens comme ça qui ont un don naturel. C'est le bon Dieu qui les favorise. Chacun possède ses propres capacités innées...

—Mais elle n'est pas capable de chanter trois notes justes. Sa voix dérape comme une auto sur la glace...

Cette dernière observation fit se rembrunir le regard d'Esther. Son esprit tricota des liens entre la mort accidentelle de Luc, son promis d'autrefois, la tempête et la venue de l'ancien vicaire en auto. Elle l'imagina un moment dans un fossé, perdu dans la tourmente, assommé, son coeur se durcissant sous l'emprise du gel et de la nuit profonde. Il y avait soixante-dix longs milles venteux, poudreux, sibériens séparant Québec du haut de la Beauce et les derniers n'étaient pas les pires.

Sa montre indiquait minuit moins trois. Il fallait se mettre en place pour le chant d'entrée, sorte de bienvenue aux fidèles comme au peuple du ciel, anges et saints, qu'il fallait appeler aussi et réunir dans la maison du Seigneur toujours là, lui. Puisqu'il n'y a pas de poudrerie dans l'au-delà, pas même saint Antoine, si occupé soit-il, n'aurait de retard...

Durant toute la messe, chaque fois qu'elle eut à se tourner pour voir le choeur de l'église, Esther fut déçue de ne pas apercevoir l'abbé Dumont enfin là. S'il n'était pas déjà au presbytère, alors il était sans doute bloqué quelque part dans une paroisse et il apparaîtrait le lende-main, certain.

Paula et Martine s'entendirent pour exercer sur Esther une dernière pression à la sortie de l'église et de la seconde messe, celle de l'aurore puisque la chorale ne s'exécutait pas à la troisième messe, celle dite du jour. On laissa s'écouler le gros des fidèles et au pied du dernier escalier, dans le tambour, on supplia la jeune femme:

—On serait assez fières si vous veniez.

—Je le voudrais bien mais je ne peux pas; il aurait fallu s'en parler avant.

—On vous suit et on en parle à monsieur le curé. Il sera heureux de la chose, vous le savez bien.

—Les filles, non, dit Esther en souriant à l'idée que le curé n'avait aucune permission à lui donner depuis quinze ans et en repoussant la proposition de ses mains ouvertes qu'elle ganta ensuite en souhaitant aux filles une belle nuit et un Noël consolant.

Esther traversa l'église puis le couloir-tunnel et elle parvint dehors où elle dut aussitôt relever son capuchon sur sa tête. Le vent comme issu des portes ouvertes de l'enfer, s'opposa à sa marche jusqu'à ce qu'elle soit dans le presbytère. Sa mère vint lui dire dès son arrivée dans le vestibule que l'abbé Dumont s'était rendu à Beauceville mais qu'il s'y trouvait bloqué à moins que le ciel ne change d'idée sur le temps à donner à la terre...

L'avenir se débrouilla brutalement devant les yeux de la jeune femme. L'ancien vicaire ne se rendrait pas à Saint-Honoré; elle ne le reverrait pas, elle ne le reverrait plus jamais...

*

Martine mangea à peine. Si peu que Paula craignit que la cuisine d'Hélène fasse défaut.

—C'est qu'il faut que je maigrisse, dit la jeune fille pour s'excuser.

Hélène et Paula s'échangèrent un regard qui en disait long. Comment une personne qui n'a plus sur les os que la peau peut-elle vouloir encore maigrir? Couvait-elle un mal quelconque? Paula se promit d'en parler sans en avoir l'air avec la mère de Martine à la première occasion.

*

Janvier apparut avec ses fourrures, ses espoirs, ses grandes résolutions. Paula s'emmitoufla dans ses études au point d'en oublier les problèmes des autres auxquels son âme avait toujours eu du mal de se désintéresser en raison de son complexe messianique d'aînée de famille.

Martine restait interminablement amaigrie et Aubéline incomparablement tragique. Les chiffriers, les bilans, comment concilier toutes ces données comptables dans un ensemble logique, du français commercial et du français tout court, de l'anglais et même de la psychologie et de la philosophie accaparaient toutes ses énergies. Elle se savait en véritable ascension vers la tête de la classe et soeur Alberta s'en rendait compte aussi par les résultats des récitations quotidiennes et des travaux hebdomadaires.

Au milieu de février, le parlement d'Ottawa par la voix du premier ministre fit dissoudre les chambres par le gouverneur général. Une convention libérale en Beauce fit élire un jeune homme d'affaires de trente et un ans de Saint-Honoré pour affronter un monument de la politique beauceronne, le docteur Raoul Poulin, député indépendant à Ottawa depuis nombre d'années, l'un des rares représentants québécois à prêcher pour le Québec à la Chambre des Communes canadienne. Des émules de Réal Caouette avaient monté de toutes pièces une bruyante organisation créditiste dans la Beauce et le tribun de Rouyn venait de s'emparer des ondes de la télévision, et l'homme politique était en voie de devenir avec René Lévesque l'un des deux Québécois les plus populaires auprès du grand public, parce que catapultés chaque semaine dans les salons attentifs et fiers d'exister.

Deux organisations lutteraient donc contre le vaillant docteur devenu, après plusieurs réélections, trop confiant en lui-même, surtout que son exceptionnel talent à prêcher le nationalisme lui valait le titre de meilleur orateur beauceron de tous les temps. Et peut-être de toute la province de Québec, se disaient ses partisans échauffés et réchauffés, et qui buvaient à sa victoire facile trois semaines avant le jour du scrutin.

Fouetté par le curé Ennis, le nationalisme paroissial rougit tous les bleus de la place, le prêtre en tête, fit taire les quelques rares néophytes créditistes inconditionnels de Réal Caouette si bien que Saint-Honoré fit bloc derrière son candidat officiel, le premier de toute son histoire qui remontait à 1873.

"Si notre homme l'emporte, tu pourrais peut-être avoir un emploi de secrétaire à son bureau," dit Rosaire à sa fille aînée. Et fort de ce calcul en plus de partager la fierté collective, l'homme se battit tout le mois de mars contre des moulins à vent puisque Saint-Honoré battait déjà pavillon libéral.

Une vague bleue déferlait sur tout le Québec et le Canada entier, sauf sur la Beauce puisque le docteur accaparait tout ce morceau de l'électorat local. Personne ne saurait jamais si c'est la fièvre politique qui déclencha le doux temps mais la dernière semaine du mois se passa sous une pluie chaude.

Un après-midi à la brunante alors qu'elle regardait la rivière, Paula aperçut comme une boîte brillante au beau milieu de la couverture de glace. Au matin, elle jeta un autre coup d'oeil et la chose s'était encore dégagée durant la nuit. Elle n'eut plus de doute: il s'agissait bel et bien du cadeau qu'elle avait confié à Aubéline. Quoi d'autre? Même grosseur. Même emballage. Mêmes couleurs. Cela se pouvait-il? La jeune fille l'avait-elle fait exprès d'aller enfouir l'objet sous la neige juste en bas à sa vue du printemps?

À la récréation du midi, elle en parla à Aubéline qui se contenta de sourire en haussant les épaules et Paula dut se souvenir de sa propre demande de ne plus en entendre parler. Mais le geste d'Aubéline disait tout de même quelque chose de symbolique qu'elle voulait éclaircir. Elle insista. L'autre hocha la tête, sourit un brin, fit des signes affirmatifs et silencieux.

Au matin du trente mars, veille de l'élection, Paula se leva tôt. Il y avait quelque chose d'exceptionnel dans l'air. Elle alluma son appareil de radio...

"Chers auditeurs, dit la voix fébrile et roulée de l'annonceur, CKRB est sur les lieux. Nous diffusons à partir de la rivière du Loup où s'est formé tard hier soir un gigantesque embâcle. Peut-être le plus gros embâcle jamais vu de mémoire d'homme, nous ont confié des vieillards de Jersey Mills tôt ce matin. D'un moment à l'autre, les glaces peuvent se remettre en mouvement avec cette pluie abondante qui de minute en minute vient gonfler les eaux de la Chaudière. Des responsables de la police et de la protection civile avisent la population de Saint-Georges de voir à évacuer immédiatement tous les endroits, toutes les bâtisses habituellement inondables, qu'il s'agisse des commerces de la première avenue ou des maisons de la station. On peut s'attendre à la plus importante débâcle depuis quarante ans si les glaces... Eh bien, mesdames et messieurs, ça y est... les glaces bougent et nous les voyons très bien du point de vue où nous sommes. C'est une véritable montagne en mouvement, une montagne énorme... Nous savons que donc la police va procéder à la fermeture du pont dans quelques minutes puisque les glaces s'y trouveront dans moins d'une demi-heure, en tout cas selon les estimations de gens qui s'y connaissent dont, disons-le en toute modestie, nous de CKRB puisque nous couvrons l'événement depuis plusieurs années déjà. Alors, chers auditeurs, il ne s'agissait pas d'une fausse alerte, car les glaces sont bel et bien en mouvement. Elles avancent toujours... Il appert que la route entre Saint-Georges et Saint-Martin est inondée en maints endroits mais moins qu'en d'autres années puisque les glaces ne se sont vraiment arrêtées nulle part alors qu'elles se sont toutes bloquées à la bouche de la Du Loup à la faveur de la nuit et de la pluie... Enfin, bien des choses sont imprévisibles lors de la débâcle annuelle mais ce qui ne l'est plus maintenant, c'est l'importance de l'amoncellement de tous ces blocs immenses..."

Paula avait le coeur qui battait de plus en plus fort. Se pouvait-il que même si haut perchée sa maison de pension soit vulnérable? Une montagne de glaces, ça fait plus élevé qu'une rive de quelques douzaines de pieds. Debout à sa fenêtre, son regard porta à nouveau sur le cadeau brillant là-bas et elle comprit ou crut comprendre pourquoi Aubéline avait procédé ainsi. C'était dans un symbolisme de destruction du passé suivi de renouveau. Dans moins d'une heure, la rivière serait libre et le cadeau écrabouillé, disparu à tout jamais...

Paula fut demandée au téléphone. Elle descendit. C'était Aubéline qui lui dit de surveiller la débâcle.

—C'est bien ce que je suis en train de faire, répondit Paula avant de raccrocher en souriant.

Les Bourque la rassurèrent. Avant d'atteindre leur maison, les glaces se répandraient sur toute la ville est qu'elles raseraient jusqu'au séminaire. Elle retourna à sa chambre, tout l'être en proie à une grande fascination. Qui dans ce pays assisterait ce jour-là à un spectacle d'aussi grande envergure?

"Mesdames et messieurs, nous allons maintenant prendre quelques minutes afin de nous déplacer pour mieux suivre l'évolution de la situation. Nous nous dirigeons donc vers la ville et vers le pont pour nous arrêter aux deux tiers du chemin entre Jersey Mills et le coeur de Saint-Georges... De retour à nos studios pour un peu de musique et les nouvelles du matin. À Jacques Morency à notre studio du centre-ville! C'est Grand Gilles qui vous parle. À tout de suite!"

Élise vint dire à Paula qu'il n'y aurait pas de classe. C'était la tradition les jours de débâcle. De toute façon, aucune des étudiantes habitant du côté est ne pouvait traverser ou n'aurait voulu le faire. L'excitation chavirait aussi les soeurs du Bon-Pasteur elles-mêmes qui se rivaient aux fenêtres de leur établissement afin de jouir au plus haut point du grandiose spectacle des forces de la nature en action; et plusieurs d'entre elles y voyaient la main toute-puissante du Seigneur-Jésus et une autre éloquente manifestation de son amour.

Les jambes fatiguées, Paula approcha la berçante de la fenêtre et elle s'y installa avec son livre d'anglais afin d'apprendre ses leçons en attendant que la montagne vienne vers elle... Pour la première fois, elle serait aux premières loges devant un spectacle dont elle entendait parler depuis sa tendre enfance. Mais par-dessus tout, elle y prendrait une part active par cette boîte insignifiante qui brillait dans la neige sur la glace à mi-chemin entre les deux rives.

Aux nouvelles, on parla des élections du lendemain et du raz-de-marée Diefenbaker prédit par les observateurs les plus impartiaux dont René Lévesque, ce petit tousseux de la télévision perdu dans ses vestons et sa boucane, et qui jonglait avec les mots en faisant de la prestidigitation avec les idées. L'étudiante lut une phrase:

There are nine provinces in Canada.

Neuf provinces? soliloqua Paula. Comment ça, neuf? Depuis quand, neuf? Puis elle trouva la réponse dans sa tête et la vérifia dans la troisième page du livre. Il datait de 1948 donc d'une année avant l'entrée de Terre-Neuve dans la Confédération canadienne. C'est où, déjà, ça, Terre-Neuve, se demanda-t-elle. Ah oui, c'est dans le bout de l'Islande... Pourtant, Lewiston, Hartford, Boston et New York lui étaient toutes familières à force d'en entendre parler depuis l'enfance. Et puis pas besoin de Terre-Neuve pour voir des montagnes de glace, dans quelques minutes, il y en aurait une au bout de son regard, et en mouvement de surcroît!

Enclosed please find cheque in payment of enclosed account.

Bah! elle aurait du temps pour l'anglais le reste de la journée. Elle ferma son livre et le posa sur le plancher près d'elle. Et son regard tomba sur le paquet polychrome qui avait l'air de la défier. Il lui parut le voir bouger. Mais sur la droite, rien encore, pas de glace autre que la surface plus ou moins lisse de la rivière.

Sur l'autre rive, une camionnette portant les lettres de la station de radio entra dans une cour et celui que Paula supposa être Grand Gilles en descendit, microphone à la main. Par une cinquantaine de pas, il s'avança sur un promontoire d'où, tel un Seigneur régnant sur les eaux, il transformerait la débâcle en drame vécu en direct par toute la Beauce qui aurait l'oreille pendue à ses lèvres jusqu'à la fin de l'événement devenu plus grand que nature par la magie médiatique. Sur les ondes, ce n'était pas encore sa voix. L'autre annonceur donnait la liste des lieux de rendez-vous des candidats politiques et de leurs supporteurs au soir de l'élection soit le lendemain. Les trois avaient choisi Saint-Georges ouest pour fêter leur victoire ou pleurer leur défaite qu'ils présenteraient comme une victoire avec sursis. Le libéral à la salle publique voisine de l'Institut; le docteur au théâtre du père de Michelle Caron; le créditiste en un lieu appelé la Tour et qui servait surtout à des spectacles de lutte où Maurice Richard lui-même était venu arbitrer à plusieurs reprises. Quant au bleu, il continuerait de rester 'par chez-eux'.

Paula s'appuya la tête aux barreaux du dossier de sa chaise et elle ferma les yeux. Il lui arrivait d'essayer d'imaginer l'avenir, le sien et celui des siens. Bien sûr que le mariage était écrit dans son destin comme dans celui de la plupart des jeunes filles, mais le contrat n'était pas près de se signer. Et l'élu ne la clouerait pas sur une terre, petite ou grosse. Entendre toute sa vie les gémissements d'un cultivateur? Très peu! Elle vivrait à Saint-Georges, là où les choses se passent dans la Beauce comme elle en avait la spectaculaire démonstration en ces jours de la fin de mars.

Julien, lui, s'en irait à Montréal. Difficile de savoir pourquoi mais elle le voyait ainsi. Il deviendrait sans doute opérateur de machinerie lourde ou peut-être apprenti-plombier. Ou bien il s'en irait travailler sur la construction au Connecticut et il épouserait une Américaine, et on ne le reverrait jamais plus qu'une fois par cinq ans.

Et Lucie, la craintive Lucie, sans doute profondément marquée par son éloignement de la maison dans sa jeune enfance lors de la maladie de sa mère, elle passerait toute sa vie à Saint-Honoré, comme Esther Létourneau. Et pour plus de sécurité affective, elle aurait plusieurs enfants, probablement quatre ou même cinq. Et elle s'enracinerait sans doute dans le sol en épousant un fils de cultivateur devenu lui-même cultivateur...

Quant à son père, il deviendrait doucement un nouvel homme à cause des enfants qui naîtraient de sa femme, même si le premier semblait se faire un peu attendre...

"Chers auditeurs, ici Grand Gilles aux abords de la rivière Chaudière. Eh bien, ça y est, voici venir les glaces, et à bonne allure. Ainsi qu'on vous l'a dit plus tôt, l'embâcle s'est formé hier soir à la bouche de la Du Loup et..."

Paula ouvrit les yeux. Il lui sembla en effet voir un amoncellement de morceaux se frayer un chemin à la surface de la rivière... C'est l'annonceur qui pourtant capta son attention car elle jouissait du puissant privilège de le voir en personne en même temps que de l'entendre à la radio. Il était une vedette locale depuis son arrivée dans la Beauce, une sorte de Shakespeare du micro, verbeux par les exigences de son métier, fanatique de l'équipe locale de hockey et bien sûr aussi des Canadiens, tombeur de filles et, forcément propriétaire d'une décapotable.

"...je vous rappelle les dates mémorables de la vie tumultueuse de notre célèbre rivière dont on parle dans tout le Canada chaque printemps... 1879... le pont de bois de David Roy fut emporté..."

Partout le long des rives montueuses, des curieux s'attroupaient. Le pont était maintenant barricadé. Il n'y avait plus une seule automobile visible sur l'avenue commerciale et tous les véhicules circulaient sur la deuxième avenue ou bien se trouvaient stationnés sur les hauteurs. Les beautés destructrices de la débâcle tenaient tous les coeurs en haleine. Et Grand Gilles, depuis son arrivée dans la Beauce, les rehaussait d'un prestige qu'on ne leur avait pas soupçonnées auparavant.

Paula voyait maintenant les détails de l'événement. Le poids de l'amoncellement faisait craquer la glace de la surface qui lentement se cabrait et devenait morceaux à son tour. Et l'ensemble repoussait son trop-plein sur les rives où des centaines de blocs s'accrochaient à chaque arpent...

"Bien entendu que si les glaces ne sont pas bloquées pour une raison ou pour une autre, le danger d'inondation est moindre, mais à quoi s'attendre devant une telle montagne? Je la vois maintenant passer à quelques pas seulement de mes pieds et je dois dire que c'est fort impressionnant..."

Il n'est pas trop peureux d'aller se planter là, se dit la spectatrice. Le technicien qui accompagnait le reporter lui cria et lui adressa des signes de la main. Grand Gilles dut redonner l'antenne au studio du centre-ville. Mais il reviendrait dans quelques minutes quand les glaces approcheraient du pont. Par son transistor, il entendit son collègue parler encore des élections; alors il recula le pied gauche et avança le droit, et, tel George Washington conduisant son armée sur l'autre rive du Potomac, il eut une vision d'avenir. L'oeil petit, le nez plongé dans un futur lointain, il s'imagina député à Ottawa. Une sorte de rêve prémonitoire!

Un moment, Paula eut l'impression que les glaces obéissaient à ce personnage mais une annonce commerciale de la bière Molson lui fit perdre son illusion. Le cadeau d'André fut soulevé avec son support de glace qui devint un triangle pointu et se renversa. Une fin toute simple pour un grand rêve!

*

Contre toute attente, le candidat libéral l'emporta. La Beauce fut le seul comté de tout le Canada gagné par les libéraux. Partout ailleurs, ce fut la débâcle bleue. Deux cent huit sièges aux conservateurs de John Diefenbaker et cinquante-cinq aux libéraux de Lester Pearson. Aussi nationalistes que le docteur Poulin, les créditistes avaient grugé ses forces et le vieux bloc rouge beauceron immuable depuis la Confédération, s'était glissé subrepticement entre les deux autres lutteurs.

******

Chapitre 6

Le premier avril fut radieux cette année-là. Le soleil gratifiait la terre de ses rayons frais. Il ne restait plus que des coulées de neige dans les champs, çà et là sur les versants les moins exposés. Le reste s'était écoulé de par les ruisseaux et les rivières jusqu'à la vigoureuse Chaudière.

Presque toute l'érablière des Nadeau donnait en pente vers le nord de sorte que vue du village, elle paraissait prête à passer l'été dans ses habits d'hiver malgré les vapeurs molles aux odeurs de printemps qui s'élevaient en spirale depuis la cabane à sucre.

Et malgré tout, ce n'était pas fameux pour les sucres. Jusque là, il avait manqué de gel la nuit et de soleil le jour. Après avoir fait bouillir et procédé à trois coulées de sirop depuis le matin, Hélène rentra à la maison comme prévu. Les hommes avaient fini de courir les érables; eux veilleraient maintenant sur le processus d'évaporation.

À moins d'une corvée générale mobilisant tout le monde, Paula n'était plus tenue de participer aux travaux familiaux de manière qu'elle puisse se consacrer au maximum à ses études, et ce à la demande d'Hélène. Tout seul pour décider, Rosaire n'aurait pas vu la chose du même oeil. Pour lui, quelque part dans son for intérieur, étudier n'était pas si loin d'une tâche de paresseux. Tout au moins pour un garçon. Et il n'hésitait pas à réclamer Julien pour l'aider sur la ferme, ce qui, du reste, faisait bien l'affaire de l'adolescent qui haïssait carrément l'école et surtout le professeur.

Mais Paula, responsable, se montrait quand même utile du mieux qu'elle le pouvait et c'est pourquoi Hélène la surprit en train de faire de la cuisine.

—J'avais le goût!

—Tu fais bien si ça te repose des chiffres.

—C'est justement!

Hélène s'assit sur le seuil de la porte entre les deux cuisines et ôta ses bottes qu'elle mit dans une boîte à cet effet.

—Et tu fais quoi?

—Pas grand-chose... un bouilli aux légumes avec du boeuf haché...

—C'est parfait. C'est vite cuit et comme j'ai l'estomac dans les talons....

Hélène voulut se remettre sur ses jambes mais un étourdissement la rejeta sur le seuil sous le regard surpris et inquiet de Paula qui, enfant, n'avait que trop souvent vu de ces faiblesses chez sa mère.

—Une chute de pression? As-tu mangé ce matin?

—Non... Oui... Je veux dire que ce n'est pas une chute de pression. Et oui, j'ai mangé ce matin.

Paula s'approcha et tendit la main.

—Non, ça va aller.

Et Hélène se redressa puis referma la porte.

—Ça va, c'est sûr?

—Oui. Et tant qu'à faire, aussi bien te le dire, je suis en route pour la famille.

—Non! s'écria Paula.

—Eh oui! Fallait s'y attendre un jour ou l'autre.

—Je suis bien contente.

—Ah! j'aurais pu attendre encore un an ou deux.

—T'es pas trop malade?

—Non... Des étourdissements de temps en temps. Je devrais commencer à me faire suivre aussitôt que le docteur arrivera.

—Arrivera?

—Tu le savais pas? Un docteur va s'installer dans la paroisse. D'ici à quelques jours, ou quelques semaines à ce qu'on a su.

—Il était temps: une grosse paroisse comme celle-là sans docteur. André Veilleux a failli mourir à cause de ça.

—Tu sais quoi? Ton père dit qu'on va en faire le deuxième député de la place.

—C'est pas trop brillant. Autant dire au docteur de rester chez lui s'il faut l'envoyer au Parlement de Québec aussitôt qu'il sera chez nous...

—Bah! c'est une idée en l'air de ton père.

Paula se remit à la coupe des légumes, en fait des carottes conservées dans le sable tout l'hiver, du chou et du navet dont elle jetait à mesure les morceaux dans la marmite. Elle se dit que la maison subirait une autre transformation importante par la seule addition d'une voix de bébé et qui ferait prendre conscience à tous que le deuxième lit s'installait peu à peu à la place du premier. Elle y songeait depuis quelques mois déjà mais ce midi-là elle prit la décision de se chercher du travail pour après sa graduation à Saint-Georges plutôt qu'à Saint-Honoré. Le temps était venu d'établir une distance respectueuse entre son passé et son futur. Quant à Julien et Lucie, comment s'adapteraient-ils, eux? La question s'écrivit sur son front en une ride inquiète.

*

À la cabane, au même moment, Julien fit une coulée trop claire après avoir mesuré la densité du liquide par une simple évaluation de l'oeil sur le sirop s'égouttant d'un bain-marie. Rosaire eut un doute en s'approchant de l'évaporateur. Il vérifia au densimètre et prit le mors aux dents:

—Comment veux-tu, goddam de goddam, que je conserve ma réputation d'un des meilleurs sucriers de la paroisse quand on n'est même pas capable de se fier à un gars de ton âge?

Julien releva le bec verseur. Il pétrifia sa rage dans ses mâchoires et quitta la cabane en claquant la porte derrière lui.

—Arrange-toi donc pour te servir de ta tête de temps en temps! lui cria son père.

—Mange donc de la marde! maugréa le jeune adolescent qui, au passage, donna un coup de pied dans un tas de cendre boueuse et ensuite marcha entre les arbres jusqu'à la route qui limitait l'érablière de ce côté.

Là, il s'assit au pied d'un érable au pied dégagé et il sortit de sa poche un paquet de tabac et du papier à cigarette. Il entreprit de rouler tout en se libérant de sa hargne par des images abominables. Il vit son père et le professeur Bilodeau pendus haut et court au même arbre, mais pas encore morts et quêtant leur libération en râlant...

*

Quelque temps après, Paula et les filles jasaient, le dos tourné à la vierge du Bon-Pasteur dans la grande salle de l'école. Elle venait de mentionner aux autres que la venue d'un bébé chez elle l'incitait à se chercher du travail à Saint-Georges.

—Tu n'aimes pas les bébés! s'étonna Michelle avec une touche de reproche dans la voix.

—Oui, mais surtout quand ils dorment.

—Qu'est ce que tu vas faire quand ce sera ton tour? dit Amélie.

—On verra, mais c'est pas pour demain.

—Ah! l'amour, l'amour, dit Francine.

—L'amour, le mariage, ça veut pas forcément dire bébé.

—Ça, c'est vrai! approuva Michelle. Surtout avec la pilule qui s'en vient...

On la questionna du regard. Elle entendit l'ignorance.

—La pilule... la pilule anticonceptionnelle...

—C'est quoi, ça? dit Amélie.

—Voyons donc, les filles, vous êtes pas au courant? La pilule qu'une femme va prendre et qui va empêcher d'avoir un bébé. Ça fait au moins trois ans qu'ils font des expériences là-dessus aux États-Unis. Le docteur Pincus, ça ne vous dit rien, à vous autres? J'en reviens pas. Franchement!

—Comme ça, les filles qui... qui... elles tomberont pas enceintes... je veux dire que les filles-mères vont disparaître? Fini les mariages obligés?...

Michelle hocha la tête, ferma les yeux, les rouvrit:

—Évidemment!

—Plus besoin d'avortement? osa Aubéline.

—Mais non! Pas de foetus, pas d'avortement! Une fille... une femme va prendre sa pilule chaque matin et... bingo! La paix dans l'utérus. Le vide absolu!

Paula était estomaquée. La chose avait l'air si normale, si... acquise... Comment diable n'en avait-elle jamais entendu parler? Elle jeta un regard à Aubéline et lui trouva au fond des yeux des lueurs bien étranges...

*

On avait dû écourter les sucres. Rosaire décida de couper tout seul son bois de cabane pour l'année suivante. Julien lui tapait de plus en plus sur les nerfs. L'adolescent retourna à l'école où il terminerait bientôt sa septième année; mais il y avait à l'horizon une probabilité d'échec à son certificat. Qu'un seul de ses élèves manque son certificat irritait le professeur au plus haut point. L'homme, austère comme un monument du cimetière voisin, avait la confiance du curé et des paroissiens malgré sa propension à lever le coude trois ou quatre fois par semaine. C'est que, disait-il, le meilleur endroit pour connaître les nouvelles locales, c'était l'hôtel.

Un soir que Julien attendait la fin du dépouillement du courrier au bureau de poste du magasin général, il vit le professeur passer. Il décida de le suivre de loin, histoire de le mettre mal à l'aise d'entrer dans un débit de boisson clandestin mais connu de tous et que le curé, pour montrer qu'il savait et contrôlait, faisait vider une fois ou deux par année à l'aide de la police provinciale.

Homme grand, droit, cheveux gris et lisses, les mains fourrées profondément dans les poches d'un manteau noir d'une autre époque, le professeur sentit qu'on le suivait, d'autant qu'il avait reconnu la silhouette du garçon par la vitre de la porte du magasin. Il fourcha brusquement et traversa la rue avant son temps. D'un regard à peine esquissé, il repéra son homme. Et plus loin, à l'entrée du rang, caché par le carreautage d'une cloison de galerie, il obtint la certitude qu'il désirait. Alors il prit une décision. Pas une seule fois de cette année-là il n'avait utilisé le châtiment corporel. L'occasion ne s'était pas présentée. Sa réputation risquait d'en souffrir. On dirait qu'il perdait de l'autorité, qu'il se ramollissait. Qui sait, peut-être même enflerait-on le fait qu'il buvait une bière de temps en temps pour lui supposer une faiblesse qu'il n'avait pas. Et les élèves le respecteraient moins. Et patati! et patata! À chaque pas qu'il faisait, des idées s'agençaient dans sa tête.

Il savait les noms de ceux qui fréquenteraient sa classe l'année suivante. Des neuf élèves de la septième année, quatre quittaient l'école. Quatre autres étaient assez forts pour sauter leur huitième de sorte que sans ce fainéant de Julien Nadeau, il pourrait n'avoir que trois degrés dans sa classe à l'automne, soit la sixième année, la septième et la neuvième.

Au nom de la démocratie, du bien commun, du futur de sa classe, de la qualité de son enseignement, il devait tâcher d'extirper ce marginal qui, de toute façon, risquait de lever les pattes à n'importe quel moment. Il l'entendait parler parfois par la fenêtre aux récréations. Julien ne pensait que décapotable, gros salaires, construction, ville, États-Unis. L'adolescent lui-même tirerait grand profit de ce qu'il lui préparait.

À la récré de l'après-midi, le professeur retint Julien dans la classe. Puis il se rendit aux toilettes avant de revenir et de fermer les portes. Mais il prit soin de faire glisser les mini-fenêtres au bas des grandes pour les ouvrir afin que les bruits du châtiment parviennent aux autres élèves qui les répandraient ensuite comme les grands vents d'est aux quatre coins de la paroisse. Déjà alertés par le fait qu'un des leurs soit retenu, les étudiants se mirent en petits groupes sous les fenêtres de la classe le long de la salle publique qui la logeait.

Julien était assis à son bureau, les bras croisés, la tête basse mais le regard haut et les sourcils bourrés de menaces. Le professeur s'appuya les deux mains à plat sur le bureau de la rangée suivante et dévisagea le garçon.

—Ça serait-il qu'il me suivait hier soir?

—Quoi?

Le professeur ne vouvoyait jamais un étudiant comme il était de mise partout, ni ne les tutoyait non plus, et il leur parlait toujours à la troisième personne.

—Qu'est-ce c'est qu'il faisait à me suivre hier?

—Je m'en allais chez nous.

—Il venait de la malle?

—Ouais...

—La malle était pas finie d'être dépaquetée.

—Je m'en allais chez nous pareil.

—Comment ça se fait qu'il est retourné au bureau de poste ensuite pis qu'il s'est en allé chez eux rien qu'une demi-heure plus tard?

—C'est un adon.

Cet air noir de Julien, ses yeux bougons et pleins de braises, ses mauvaises notes de bulletin surtout, montaient au nez du professeur.

—Il sait-il qu'il mérite une volée?

—Je ne mérite pas de volée. J'ai le droit d'aller où c'est que je veux en dehors de la classe, se révolta l'adolescent.

—Qu'est-c'est qu'il dit là, là?

Mais le professeur n'attendit pas la réponse. Il se rendit à son bureau où, depuis un tiroir profond, il sortit un martinet de cuir qu'il déplia lentement dans une sorte de geste rituel confinant au sadisme...

Julien dit alors quelque chose sans voix ni souffle, seulement en composant les mots dans sa bouche, des mots qu'il ne retint pas, même si à cet instant précis le professeur se retournait:

""“Mange donc de la marde!”""

Montcalm, grabataire et agonisant, aurait énoncé le premier la glorieuse insulte à l'égard des Anglais avant de dire "Je meurs content.", pour bien montrer que lui n'en mangeait pas; et son mot aurait constitué le principal élément de son testament politique à la nation, legs hélas demeuré pudiquement secret par la vertu des soeurs et prêtres qui l'entouraient dans ses derniers soupirs. On disait que quatre cerveaux exceptionnels du grand peuple se réunissaient chaque semaine à Montréal pour discuter de la pertinence ou de l'impertinence de ce propos définitif du grand Français que les Ursulines avaient pris grand soin d'enterrer avec sa dépouille mais que le vent avait quand même charrié de génération en génération jusqu'à Lévesque, Trudeau, Pelletier et Marchand.

Le prof Bilodeau perdit sa dernière velléité de remords.

—Il vient de dire quoi, là, lui?

—Rien.

—Ça sentait d'icitte.

—J'ai rien dit.

—Il va voir qu'il va se la faire réchauffer, sa marde, là lui... En avant, garçon de salon!

L'adolescent fonça comme un soldat, non à cause du commandement mais pour montrer sa force et son courage devant la persécution.

Le professeur lui mit une main sur l'épaule pour le retenir de trop bouger. Il recula le bras et frappa un grand coup avec la courroie dure. Julien hurla. Mais sa rage enterrait complètement sa douleur. Un second coup lui fut asséné.

—Il va-t-il dire ce que je pense qu'il a dit?

—J'ai dit de manger de la marde...

L'homme alors se déchaîna. Au troisième coup, le garçon tomba sur ses genoux mais il se releva de lui-même. Quatre autres suivirent, tous accompagnés de hurlements inintelligibles qui fonçaient dehors et plongeaient sur les élèves figés et silencieux, certains qui frissonnaient, d'autres qui battaient des paupières pour tarir une larme.

*

—Ça n'a aucun bon sens de 'varger' sur du monde de même, dit Hélène qui venait en bas chercher un plat d'eau afin de retourner auprès de l'adolescent.

On lui avait trouvé un air bizarre à son retour à la maison. Julien ne s'était pas présenté à la table du souper. Jamais il n'aurait avoué à son père ni à Hélène. C'était Lucie qui, venue le chercher pour le repas, avait recueilli sa confidence avec promesse de se taire. Il avait reçu une volée maudite, la pire depuis quatre ans au dire des gars de neuvième année. Il quitterait l'école. Lucie n'avait pas tenu sa promesse.

—Je lui ai regardé les fesses: il les a d'au moins trois doigts d'épaisseur.

—Faut dire qu'il a la couenne raide, le cher Julien, dit Rosaire qui mangeait sa soupe aux pois.

—Hey, c'est pas un chien, c'est un être humain. Si tu n'appelles pas le professeur, je vais le faire. Mieux, je vais appeler le curé Ennis.

—Mêle-toi pas de ça!

—Tu peux être sûr que je vais m'en mêler.

—Le curé va rire: t'es rien qu'une fille de Saint-Benoît. On régente pas une paroisse où on vient d'arriver. C'est comme un Français qui voudrait venir faire la loi dans la province de Québec...

Dans un long silence, elle fit couler de l'eau froide dans le plat à vaisselle puis y versa de l'eau chaude depuis une bouilloire qu'elle remit à chauffer sur le poêle. Et elle se remit en chemin pour le haut.

—Tu ferais peut-être mieux de t'occuper de me faire manger, là...

Hélène s'arrêta tout net au pied de l'escalier. Elle se retourna et se montra le ventre de sa main libre:

—Je te dirai ceci, mon ami: cet enfant-là en haut est pas un sans coeur et sache qu'il est aussi important dans cette maison que celui-là que j'ai là-dedans. Si tu ne vois pas à appeler ce professeur-là, c'est Hélène Bourque qui va s'en occuper.

—Bon, bon, bon, mettez-les dans de la ouate, vous allez voir dans dix, quinze ans, ce que vous aurez fait avec ces générations-là, vous allez voir... vous allez voir...

*

Des drôles de grêlons frappaient les vitres. Du rarement vu en cette époque de l'année. À la fenêtre de la chambre, il y avait un grillage métallique comme si l'hôpital eût été une prison ou un institut psychiatrique. Et certains gros morceaux de glace restaient coincés dans le carrelage.

Appuyée sur un coude, allongée dans son lit, Martine grignotait des crudités. Ainsi, elle montrait à ses amies que cette invraisemblable histoire d'anorexie dont on disait qu'elle souffrait relevait de la plus pure fantaisie. Selon elle, ses quelques pertes de conscience récentes devaient être imputées à un excès de fatigue causée par les dures révisions de fin d'année scolaire.

—Vas-tu pouvoir te présenter à tes examens? s'inquiéta Paula.

—Sûrement! Les examens ne sont que dans une semaine et j'ai tout le temps de me remettre sur mes pieds.

Michelle se lécha la lèvre inférieure et déclara:

—Nos bonnes soeurs du Bon-Pasteur montrent à faire à manger mais elles devraient plutôt montrer aux filles à bien manger.

On la détailla. Amélie fit la moue. Paula sourit un brin. Et Francine se racla la gorge.

—Bon, je le sais que j'ai du poids à perdre et après? Mes formes font pas peur aux gars, hein! J'ai sorti avec André Veilleux tout comme Martine et je ne suis pas à l'hôpital en tant que malade, moi. Sans vouloir te faire mal, Martine. En plus qu'avec André, c'est fini, bon. All is over and all is well.

Martine demeura songeuse devant le bon sens bouillant et si plein de bonne humeur de Michelle.

*

Paula eut un entretien avec Julien à la demande d'Hélène. Rosaire avait eu beau s'entretenir directement avec le professeur, ses récriminations ne porteraient aucun fruit faute de mordant. Et puis le mal était accompli. Depuis la volée, l'adolescent n'était pas retourné à l'école et son père n'avait rien dit. Car s'il endossait l'autorité plutôt ferme du professeur, il ne changeait pas son profond point de vue sur l'inutile besoin pour un gars d'étudier longtemps.

—Tu devrais faire au moins ta neuvième année! lui dit-elle tandis que le garçon fumait assis dans une marche de l'escalier devant la maison.

—Pourquoi? Pour mieux signer mon nom sur un chèque? Pour mieux conduire une décapotable? Sur un chantier de construction, plus tu commences jeune, plus vite tu fais des gros salaires. Tout le monde sait ça et moi avec. Jamais je gagnerai mon argent avec un crayon, c'est bon pour les tapettes, ça!

Il expédia son mégot au milieu de la route d'une chiquenaude de fumeur professionnel, et il rejeta un souffle bleu imprégné de la fraîcheur du soir tombant.

Enrobée de ses bras et d'un chandail, Paula se tenait debout, derrière lui, à l'endroit même où elle avait vu agoniser Toupette, le brave chien de son enfance, tué par la faute indirecte des jumeaux Herman et Julien. La mort tragique d'Herman avait enterré creux tous ces souvenirs en elle. Mais peut-être pas en Julien, soliloquait la jeune fille entre les quelques phrases échangées.

—Tu sais, il y a de plus en plus de gens qui poursuivent leurs études plus loin que la septième année. C'est pas pour rien.

—Tant mieux pour eux autres!

–Tu pourrais au moins aller chercher ton certificat de septième année.

–Je les entends dire en huitième et en neuvième: soit X le nombre de clous. Me vois-tu dire ça à un patron qui voudrait m'engager. C'est quoi, ta compétence, qu'il me dira. Je vais répondre: pas capable de planter un clou mais je peux compter des clous en faisant des équations... Soit X le nombre de clous, patron... Voyons donc!... Il va me dire: va donc chier du bran de scie et 't'équationner' ailleurs!

–Oui, mais l'anglais?

–Si je m'en vais aux États, je vais l'apprendre dans six mois Le professeur Bilodeau en sait moins lui-même qu'un enfant de dix ans.

Il y eut un profond silence. Paula promena son regard sur ce village longiforme qui avait l'air de n'exister que pour mener ailleurs...

*

–Mesdemoiselles, nous allons consacrer cette semaine à la préparation et à l'expédition de votre curriculum vitae à chacune. Vous allez le concevoir, le rédiger, le mettre au propre, sélectionner un nombre d'employeurs et le leur faire parvenir. Bien sûr, si vous voulez obtenir un emploi après votre graduation! Est-ce que vous êtes toutes intéressées?

Une rumeur d'affirmations et d'évidence parcourut la classe. Soeur Alberta sourit. Elle poursuivit:

–Il y a d'excellentes chances pour que toutes, vous vous trouviez une bonne place. Peut-être pas exactement là où vous le voudriez mais l'important, c'est de travailler n'est-ce pas?. Votre premier atout, c'est, bien sûr, d'obtenir un diplôme de notre école. Et votre deuxième, c'est votre personnalité.

"Et les notes?" s'insurgea mentalement Paula qui se préparait à obtenir les meilleures aux examens finaux

–Quant aux notes scolaires, dit la soeur comme pour répondre aux pensées des étudiantes, elles ne sont pas à négliger non plus.

"Et la bonne volonté pour s'asseoir sur les genoux du patron?" se dit Michelle, le regard luisant.

–Vous devez avoir bonne conscience des faits, de la réalité, mesdemoiselles de l'extérieur, vous autres des petites paroisses. S'il n'y a à Saint-Georges que... par exemple sept ou huit fois la population de... disons Saint-Honoré, il y a quand même peut-être cent fois plus d'emplois possibles pour vous puisque Saint-Georges est une petite métropole qui regroupe toutes sortes de commerces et d'industries. J'espère que vous avez cela bien en tête. Le même phénomène vaut aussi entre Saint-Georges et Québec quoiqu'il soit moins accusé par l'élément multiplicateur... Si vous vous contentez d'adresser votre curriculum aux deux ou trois employeurs de votre village, vous risquez de restez chômeuses un bon bout de temps.

—Mais la vierge du Bon-Pasteur ne les aidera pas à se trouver de l'emploi par chez elles? ironisa Michelle avec un air parfaitement naïf.

Les autres étudiantes rirent sous cape en se demandant où elle prenait son courage pour coincer la foi sans jamais rater la moindre occasion.

La soeur se gratta sous la bandelette blanche qui lui enveloppait la joue en disant:

—Sans doute qu'elle ne nuira pas... mais ce n'est pas... garanti non plus! Après tout, la vierge du Bon-Pasteur ne déménagera pas la rivière Chaudière à Saint-Honoré parce que nous aurions fait une neuvaine pour obtenir cette faveur, n'est-ce pas?

—Mais pour le bon Dieu, quelle différence y a-t-il entre déménager une rivière et trouver un emploi à Saint-Honoré à... Paula Nadeau? Puisqu'il est tout-puissant? dit Michelle en agrandissant des yeux déjà à l'affût.

—Mais parce que l'intervention divine se fait sur les personnes par leurs propres voies et non sur les objets qui n'ont pas d'âme.

—Dans ce cas-là, la vierge du Bon-Pasteur pourrait-elle me faire perdre un peu de poids?

Ce fut un éclat de rire général.

—Mais bien entendu si vous la priez fervemment.

—Une messe à la livre, croyez-vous que ça pourrait aller?

La soeur hocha la tête en soupirant:

—Je crois que vous n'êtes pas encore en mesure de comprendre ces choses-là, mademoiselle Caron. Il vous faudrait un peu plus de... philosophie, fit la soeur, le sourcil froncé.

—Ma Mère, mais je ne demande qu'à comprendre!

—Ce qu'il faut comprendre, c'est qu'il faut croire sans comprendre.

—Je ne comprends pas.

—C'est ce que je vous dis.

—Ah!

—Voilà!

—Ah! là, je comprends, dit Michelle pour ramener la soeur à un meilleur état d'âme.

—Merveilleux!

—La foi peut tout?

—Vous comprenez enfin.

La jeune fille reprit en mains le bout de corde qu'elle savait encore là:

—Si je prends un exemple... une fille disons... qui se conduirait mal, très mal, mais qui le regretterait fort, très fort, et qui demanderait à la vierge de la protéger d'une... d'avoir un enfant... aurait-elle plus de chance de se voir exaucer que si elle avait pris... disons la pilule?

Elle avait dépassé les bornes. La soeur se hérissa et siffla sévèrement:

—Mais qu'est-ce que c'est que ce propos, mademoiselle Caron? Cela n'a point de place ici. On dirait que vous vous moquez de la sainte Vierge et du bon Dieu. Ne poursuivez pas sinon je me verrai dans la pénible obligation d'en parler à Mère Supérieure.

—Je m'excuse, Mère, mais vous nous avez souvent dit qu'il était nécessaire de nous poser des questions, d'être curieuses....

—Oui, mais pas sur des choses indiscutables. Et celles de la religion le sont.

—Merci, Mère.

À la récréation, la jeune fille fut la dernière à rejoindre le cercle d'amies près de la statue de la vierge. On la reçut avec des étonnements scandalisés. Elle s'exclama:

—Voyons, les filles, je suis tannée de me faire remplir comme une valise, moi. Il commence à être temps pour nous autres de montrer qu'on est pas des matelas, parce qu'on veut pas être demain des femmes qui vont tout croire

156

et qui vont devenir des imbéciles de servitude. Plus on se laisse manipuler par la religion, plus les gars vont nous embarquer sur le dos... Malgré que ça, c'est pas forcément toujours détestable non plus...

—Mais tu n'as pas peur? questionna Amélie.

—C'est quoi, la peur? C'est rien d'autre qu'une vision négative du futur. Ça donne quoi puisqu'on sait pas ce que sera demain?

Paula commençait à éprouver de l'admiration envers cette crâneuse aux vantardises peu méchantes, jeune fille capable d'aller plus loin que toutes les autres ensemble et de s'en sortir quand même sans perdre ses plumes.

*

Francine Lessard et Paula Nadeau furent convoquées le même jour pour une entrevue avec la patron d'une entreprise de vente et réparation de machinerie agricole. Elles ne le surent que dans la petite salle d'attente près de la porte du bureau quand, arrivée la deuxième, Paula se retrouva face à face avec sa compagne de classe après avoir confirmé sa venue au rendez-vous auprès de la réceptionniste.

—Penses-tu que nous serons les seules?

—Aucune idée.

—Moi, c'est parce que mon père est agriculteur, dit Francine.

—Et moi aussi.

—Ah oui?

—Tu ne le savais pas?

—Oui, mais je n'y avais pas pensé.

—Tu as plus de chances que moi.

—T'es folle? Avec tes notes scolaires, c'est difficile de t'approcher.

—Oui, mais toi, tu es de Saint-Georges; moi, je suis une immigrée dans la paroisse.

—J'ai une petite nouvelle pour toi: la femme du patron, elle est originaire de Saint-Honoré. Ça veut dire que les notes vont faire le différence en ta faveur.

Paula fit une moue désolée.

—En tout cas, quoi qu'il arrive, il ne faudrait pas que celle qui ne sera pas choisie en veuille à l'autre, d'accord?

—C'est sûr que non, voyons!

Une fois signé ce pacte tacite, il ne fut plus question de la compétition entre elles. On se parla de choses de l'école et surtout de la soirée de graduation toute proche.

Un géant roux ouvrit brusquement la porte mais la voix mince rassura les candidates:

—Mademoiselle Lessard, vous pouvez venir...

Paula avait le coeur tout bousculé. Elle sourit à peine, ne put esquisser une salutation, s'en voulut de donner une si mauvaise première image. En attendant, pour tâcher de se reprendre en mains, elle s'exerça à toutes sortes de respirations: profondes, saccadées, retenues...

Francine sortit au bout de dix minutes. Terriblement émue, elle sourit à peine à Paula qui fut convoquée à son tour et s'avança dans un bureau chargé, mal rangé et gris. Mais l'entrevue n'aurait pas lieu là. L'homme entra dans un autre bureau attenant au premier mais beaucoup plus étroit. Il prit place et fit asseoir la candidate.

L'homme n'avait pas de temps à perdre et comme son choix était déjà arrêté, la rencontre ne s'éterniserait pas. Il ouvrit vaguement la chemise contenant le curriculum vitae et la referma aussitôt.

—J'ai remarqué que tu es excellente à la dactylo. C'est un bon point...

—J'ai appris le piano très jeune et ça m'aura délié un peu plus les doigts.

L'homme haussa les épaules comme si la jeune fille avait dit une belle imbécillité. Paula commença à se sentir malheureuse. Etre originaire de Saint-Honoré comme sa femme, au contraire d'un atout, la desservait-il peut-être. Et si sa vie de ménage était toute égrianchée?...

—Le travail consiste à... remplacer un peu ma femme qui n'est plus... ce qu'elle était malheureusement...

Les coudes appuyés sur le dessus du bureau entre des piles de dossiers et factures, les manches de chemise roulées, sans veston ni cravate, l'homme ne termina pas sa phrase et il regarda sa montre. Alors il reprit:

—Bon, avais-tu quelque chose de... spécial à faire valoir? Je dois partir...

La jeune fille ne sut quoi dire. Toute sa conscience devenait de ciment. Elle se sentait maltraitée, en tout cas injustement considérée. Au moins, qu'il lui donne le même temps qu'il avait accordé à Francine! Le personnage se leva et, tout en rejetant négligemment la chemise grise du curriculum sur une pile d'autres, il laissa tomber:

—On va t'attendre le lundi après ta dernière semaine de classe. Le salaire est d'environ quarante-quatre dollars par semaine. Il te reste quarante clair. Deux augmentations par année mais des petites. On paye autant qu'ailleurs, pas mieux, pas pire. Si ça fait ton affaire?...

—Heu...

—Ma femme est dans le garage. Je te l'envoie. Elle va te parler un peu...

Et l'homme quitta sans plus.

La femme, un personnage famélique tristement fagoté, arriva, salua, prit place derrière le bureau. Paula reprit la sienne après les salutations d'usage.

—Je savais d'avance que tu serais choisie.

—On m'a dit que vous étiez originaire de ma paroisse? De quelle famille?

—Maheux. Les Maheux du rang quatre. Mais ce n'est pas d'hier que j'ai quitté la paroisse. J'étais jeune.

—Vous l'êtes encore.

—Quand une femme frôle la cinquantaine, ça fait drôle de se faire dire qu'on est encore jeune.

—Mon père doit vous avoir connue.

—Ah! je me souviens bien de ton père... et aussi de ta mère qui est morte de tuberculose il y a quatre ou cinq ans. Elle avait une quinzaine d'années quand je suis partie de Saint-Honoré. C'était le temps de la crise. Une époque épouvantable!

En Paula, plein de sentiments bigarrés se bagarraient. Ses racines lui avaient donné la chance d'entrer en retard en douzième commerciale et voilà que maintenant, elles lui permettaient de se trouver un emploi avant même les examens de fin d'année.

—C'est à cause de ma santé qu'il faut une secrétaire. Regarde tout ce qui traîne. Comme on va travailler ensemble, j'aimerais qu'on se parle sans se raconter de menteries. Je t'ai dit que je savais pourquoi il t'avait choisie et je vais te le dire. Lui et moi avons examiné les demandes et retenu deux noms seulement: Francine Lessard et le tien. Moi, j'aurais choisi la petite Lessard. Lui t'a choisie, toi. Comme c'est lui le patron même si je connais dix fois mieux que lui le travail de secrétariat qu'il y a à faire... L'idée d'un patron est toujours la meilleure même quand elle est moins bonne. Mais attention, je sais bien que tu ne seras pas moins compétente que l'autre. Non, si j'ai choisi l'autre, c'est que je vous trouvais égales toutes les deux. Sauf que son père à Francine, nous a acheté pour au moins quatre mille dollars de machinerie depuis cinq ans et que par reconnaissance, il aurait été normal d'engager sa grande fille pour travailler ici. Mon mari, lui, a su que ton père n'est pas encore équipé avec de la machinerie moderne sauf un vieux tracteur. Il s'est dit qu'au père de la petite Lessard, il risquait de ne rien vendre avant dix ans tandis qu'au tien, sans faire de pressions ni quoi que ce soit pour autant, il risquait de vendre du roulant neuf, imaginant mal que toi travaillant ici, ton père s'équipe ailleurs. Tu comprends?.

—Ah! j'avais pensé que parce que nous étions toutes les deux originaires de Saint-Honoré...

—Hey, ma fille, s'il fallait raisonner comme ça en affaires!. Tu vois, même la reconnaissance envers un gros client est balayée par l'appât d'un nouveau profit...

—Ah! fit Paula qui se rappela d'une expression redite parfois dans les cours: business is business.

*

Coiffée de sa casquette de graduation, Michelle entra dans la grande salle où s'alignaient plusieurs rangées de chaises. D'un pas immense, elle se dirigea vers le groupe au lieu habituel de rendez-vous, à deux pas de la vierge aux yeux fixes. C'était la dernière fois qu'on se réunissait là. On était au soir excitant de la collation des diplômes. Les parents avaient déjà commencé d'arriver. Elle attira leur attention autant que celle de ses compagnes en criant de loin:

—Hey, les filles, j'ai eu un coup de foudre foudroyant, vous pouvez pas savoir. Il est beau, il est beau, c'est pas possible. Prenez Elvis et Michel Louvain, brassez-les dans un même sac et le résultat, c'est lui tout craché. C'est les cheveux surtout, je pense... Et la bouche: un vrai coeur de sucre. Les yeux, les yeux, les yeux, j'en reviens pas... des diamants noirs...

Amélie lui dit:

—Tu perds du poids, toi.

—Certain que j'en perds. J'ai huit livres en moins depuis deux semaines. Il commençait à être grand temps que quelqu'un s'en aperçoive.

—D'où il vient, ton nouveau trésor? demanda Paula.

—De Beauceville.

—Arrête-nous ça, là, toi. Pas du rang Fraser toujours? dit Francine.

—Oui, pis?...

—Ah! ça, c'est des 'gorlots' dans ce bout-là!

—Qu'est-ce tu veux dire?

—Des buvards qui courent la bagarre.

—Voyons donc!

—Une fille qui sait tout comme toi et t'as jamais entendu parler des gars du rang Fraser? Elle est bonne.

—Ça me dérange pas, moi, d'où est-ce qu'un gars vient. On vient tous de notre mère et après?

—Et où est-ce que tu l'as rencontré? demanda Amélie.

—Au Manoir Chaudière hier.

Paula s'esclaffa:

—T'as pas envie d'invoquer la vierge du Bon-Pasteur?

—Je t'en prie, Paula, me prends-tu pour une putain?

—Mais non, c'est une farce.

—Hey, les filles, on va-t-il danser au Manoir après la graduation? Hey, c'est pas pour lui, là. Il ne sera même pas là. Mais c'est pour fêter un peu. Je vous dis qu'avec les soeurs du Bon-Pasteur, ici, on risque pas trop de se ramasser en enfer... Qui vote pour le Manoir?

La première main à se lever, et très haut, fut celle d'Aubéline Pomerleau. Les quatre autres jeunes filles en restèrent pantoises, les bras ballants. On la dévisageait sans comprendre. Elle regarda au loin des images connues d'elle seule, les yeux petits.

—Je vais coucher ailleurs que chez moi ce soir. Demain, je vais aller chercher mes affaires à la maison. Et si mon père veut m'en empêcher... je vais le tuer.

Il y eut un long silence dubitatif que Michelle rompit enfin:

—Et puis, les filles, faut s'établir un lieu de rendez-vous hebdomadaire rien qu'à nous autres. Toutes les cinq, on va travailler à Saint-Georges. Alors pourquoi on se verrait pas, mettons tous les vendredis soirs?

—Oui, mais on ne va pas courir dans le rang Fraser, nous autres, plaisanta Amélie. Surtout sans la pilule...

—Ahhh! Amélie Desjardins, toi et tes farces... médicales!

Le sujet fut aussitôt effacé par l'arrivée dans la salle de la famille de Paula, Lucie en tête suivie d'Hélène et de Rosaire.

Après les présentations, l'homme un peu mal à l'aise s'éloigna en discrétion à la recherche de quelqu'un de son sexe avec qui jaser. Aubéline et Lucie formèrent vite un duo harmonieux. Hélène et Michelle ne tardèrent pas non plus à se reconnaître des affinités...

******

Chapitre 7

Cet été 1958 fut le plus palpitant de la vie de Paula. Elle s'établit officiellement dans sa vie de femme adulte. Étudier à Saint-Georges, c'était quand même vivre à Saint-Honoré; mais travailler en ville, c'était y résider, y faire sa vie future peut-être.

Et y sortir en tout cas. Moins aller au Morency, un endroit plutôt pour étudiants, et davantage au Manoir Chaudière, l'hôtel des rencontres souvent importantes qui finissaient par un mariage célébré aussi à l'hôtel où il ne manquait plus que les fonts baptismaux, lesquels auraient risqué hélas! de se faire remplir de bière par des malins irrespectueux.

Michelle ne fréquenta pas longtemps son Adonis du rang Fraser. Un bon soir, un étudiant en médecine apparut dans sa vie en lui faisant danser un slow sur *'Put your head on my shoulder'*. Il avait, par son nez, curieusement l'air de Paul Anka. Donc fort à la mode, ce jeune homme, Michelle n'aurait jamais levé le nez sur lui pour si peu... ou pour autant.

Le groupe la perdit de vue pour un bout de temps et elle fut la première à rater les rendez-vous hebdomadaires dont elle s'était faite l'instigatrice. Elle travaillait à la commission scolaire locale mais parlait de poursuivre ses études en psychologie.

Francine avait trouvé un meilleur emploi que Paula. Elle agissait à l'important secrétariat de la Dionne Spinning Mills, une industrie très beauceronne et fort accueillante pour les immigrants. De plus, elle avait la chance d'y pratiquer son anglais lorsque venaient des acheteurs de Montréal ou de Nouvelle Angleterre.

Amélie Desjardins n'avait pas cherché très longtemps. Son père la transformait de simple secrétaire en secrétaire médicale. Et Aubéline Pomerleau obtint une place au bureau d'une quincaillerie-ferronnerie de l'ouest, chez des gens d'excellente réputation et fort bienveillants.

Quant à Paula, elle travaillait comme une déchaînée afin de se faire valoir mais aussi pour dégager d'une part de ses tracas sa patronne, une femme dangereusement dépressive et dont elle avait su par son père que la famille était atteinte d'un mal suicidaire exceptionnel.

La jeune fille ne se rendait à Saint-Honoré qu'à tous les quinze jours. Elle se retira de la chorale paroissiale et perdit de vue Martine Martin qui n'avait pas pu finir son année scolaire et traînait sa convalescence dans un enfermement mystérieux. Et Lucie n'en put donner aucune nouvelle à sa soeur aînée pour n'en avoir pas elle-même.

Toujours angoissé par les questions d'argent, Rosaire fit comprendre à Paula, à l'insu d'Hélène, qu'elle devrait désormais verser un 'petit quelque chose' pour sa nourriture quand elle serait là. Il parla de l'enfant nouveau et surtout de la vente à rabais du sirop d'érable. L'entretien irrita Paula, aucunement à cause de cette requête de son père qu'elle approuvait, mais en raison de ces difficultés à vendre un produit unique au monde, problèmes annuels qui planaient depuis toujours sur les érablières du Québec. Il lui semblait que le gouvernement aurait pu y faire quelque chose...

*

La veille de l'halloween, Paula se rendit à l'hôpital pour deux excellentes raisons. Hélène venait tout juste d'y donner naissance à son bébé. Et madame Roy, sa patronne, y était entrée l'avant-veille pour se faire soigner d'un mal que l'on disait indéterminé.

164

—Est-ce que ce fut difficile? s'enquit Paula après avoir mis ses fleurs sur la tablette de la fenêtre.

Hélène qui allaitait le bébé, sourit à sa visiteuse:

—Pas vraiment! Pas plaisant au point de vouloir passer par là à toutes les semaines, mais c'est faisable. Surtout que le premier est le pire... C'est ton père qui t'a appelée?

—C'est Lucie.

—Donc tu sais bien sûr que c'est une petite fille.

—Oui.

—Contente d'avoir une demi-soeur?

—Oui, sauf une petite chose. Si ç'avait été un garçon, j'aurais eu quelques chances que tu me choisisses comme marraine mais comme c'est du côté de la mère...

—C'est quoi ça? C'est pas parce que c'est une fille que je vais prendre des parrains de mon côté... Justement, j'avais l'intention de te le demander. Je voudrais, étant donné que c'est votre demi-soeur, que toi et Julien soyez les parrains. Je suis très contente que tu m'en parles la première. On pourrait faire baptiser samedi après-midi étant donné que tu travailles dans l'avant-midi.

Paula en fut enchantée. Mais elle s'inquiéta quant à la réponse de son frère.

—Il pourrait refuser; il est à couteaux tirés avec papa...

—Peut-être, mais il le fera pour moi. Il sait que je suis de son côté.

—Oui, il le sait. Je sais qu'il le sait; il me l'a dit. Et il t'aime bien, je pense, même s'il est toujours renfrogné.

—Et depuis qu'il travaille au moulin à scie, il ne se chicane presque plus avec son père.

—C'est tant mieux! J'avais toujours peur qu'ils finissent par se battre. Je ne comprends pas surtout que papa était moins dur avec lui qu'avec moi.

—Oui, mais Julien, il a tout un caractère, entre nous. En plus qu'il y a quelque chose que je n'arrive pas à saisir chez lui. Et ça m'inquiète... comme toute chose que l'on ne comprend pas.

—Il n'est pas méchant pour autant...

—Non... non...

Rosaire arriva bientôt avec Lucie. Il grimaça à l'idée d'avoir Julien comme parrain du nouveau-né; mais il ne s'objecta pas. Et pour éviter des tensions, Paula se chargea de faire la demande à son frère le soir même par téléphone. Puis elle parla un peu de sa patronne avant de s'excuser pour aller la visiter.

La femme était seule dans sa chambre à deux lits. Couchée, elle regardait fixement vers la fenêtre quand Paula entra sur la pointe des pieds avec dans les mains un autre arrangement floral. Il lui parut qu'il s'agissait de la même chambre où Martine avait été hospitalisée mais le souvenir clair des grêlons coincés dans le grillage extérieur des fenêtres lui dit que non puisque celle-ci par laquelle l'âme de sa patronne semblait enfuie et perdue ne possédait pas un tel grillage.

—Madame Roy? dit doucement Paula.

La femme ne broncha pas.

—Madame Roy? C'est Paula. Vous dormez?

Comme si sa conscience lui revenait soudain, la femme bougea les yeux, la tête. Elle sourit maigrement.

—Ah! mais je suis contente. Tu m'excuseras si j'avais l'air d'une personne perdue, c'est qu'ils me font prendre des lithinés et que ça rend un peu... un peu partie.

—Monsieur Roy est-il venu?

—Non, pas ce soir. C'est lui qui doit tenir le garage. Il ne peut pas laisser. Et tu m'apportes des fleurs! Je vois que mon mari a eu raison de te choisir comme secrétaire. Mets-les sur le bord de la fenêtre. Et puis grand merci! C'est beaucoup de gentillesse de ta part. Mes propres filles n'en feraient pas autant pour moi. C'est vrai qu'elles sont au loin...

La femme parla longtemps par phrases courtes et nerveuses. Tout l'intéressait. Tout paraissait souriant par sa voix mélodieuse et inhabituelle.

*

Paula réussit à rejoindre Julien du premier coup de téléphone.

—J'arrive de l'hôpital, dit-elle.

—Tant mieux pour toi! commenta-t-il.

—Es-tu de mauvaise humeur?

—Pourquoi je serais de mauvaise humeur?

—De la manière que tu me réponds.

—Je veux dire que bébé, pas bébé, moi ça ne me dérange pas d'un poil.

—Comme ça, tu voudras pas venir au baptême?

—J'ai pas d'affaire là.

—Pour faire plaisir à Hélène.

—C'est pas ma mère.

—Non, mais tu le sais autant que moi qu'elle s'est montrée aussi bonne et peut-être meilleure qu'une vraie mère pour nous trois.

—Ouais...

—Elle m'a demandé pour être marraine... Et moi, je te demande si tu voudrais être parrain avec moi. C'est une petite fille et elle va s'appeler Louise.

—Ça m'intéresse pas et je sais même pas ce qu'il faut faire.

Paula savait qu'elle décrocherait son consentement. Elle se fit très complimenteuse et enjoleuse:

—Sais-tu ce qu'il faut pour faire un bon parrain? Quelqu'un de jeune, en santé, fort et qui est plein d'avenir. Et aussi quelqu'un qui a du coeur. Et puis quelqu'un qui a de bonnes chances de gagner beaucoup d'argent: ça, c'est en cas que les parents meurent, mettons dans un accident et que l'enfant se retrouve sans personne pour subvenir à ses besoins. C'est sûr que si t'aimes pas Hélène, tu peux pas non plus aimer sa petite fille. Louise, elle n'a pas choisi son père, elle, pas plus que toi, hein?

—Bon, c'est qu'il faut faire?

—Rien! T'as juste à être là. Le prêtre va nous dire quoi répéter.

—Quand?

—Après-demain, samedi.

—C'est le jour de la Toussaint.

—Oui, mais il y a quand même des baptêmes ce jour-là.

—O.K.! d'abord!

Paula dormit comme une princesse.

La vie était belle et bonne.

*

Le soir suivant avec Aubéline et Amélie, elle se rendit au Manoir Chaudière où elles dansèrent jusqu'à minuit en s'amusant follement aux dépens des jeunes gens, qu'ils soient masqués ou non.

Le matin du jour de la Toussaint, puisqu'il s'agissait pour lui d'une journée tout à fait particulière, Rosaire vint chercher Paula à sa maison de pension. C'était la quatrième fois en quatre jours qu'il se rendait à Saint-Georges. Il ne songeait pas à la dépense en un pareil temps de renouveau dans sa vie. Ni à la naissance de Paula ni à celle de chacun des autres enfants il n'avait éprouvé une telle émotion. Comme si son âge était à donner aux événements de son existence des dimensions singulières!

Le visage grave, Henri-Louis Bourque courut dehors tandis que l'auto repartait de chez lui et Rosaire ne le vit pas. Il retourna au téléphone et prit le message qu'on lui donna à l'intention de Paula. Il appellerait à Saint-Honoré un peu plus tard.

Lucie attendait sa soeur sur le pas de la porte de la cuisine d'été. Au premier coup d'oeil, Paula lui trouva un air pitoyable. La jeune fille paraissait effondrée, perdue dans un grand chandail gris, le regard trahissant une sorte de désarroi bourré d'angoisse.

Paula descendit tandis que Rosaire allait plus loin afin de ramener l'auto dans l'autre sens.

—Tu as l'air d'une morte, dit Paula à Lucie. Qu'est-ce qui se passe?

—Une chose épouvantable...

—Mais parle... le bébé, Hélène ou quoi?

Le visage blanc d'effroi, Lucie hésita:

—On a reçu un téléphone... Martine Martin... elle est morte hier soir à l'hôpital de Saint-Georges.

Paula fut stupéfaite, assommée, et elle tâcha d'absorber la vérité en la niant:

—Mais elle est sortie depuis longtemps de l'hôpital!...

—Elle a été entrée d'urgence mardi.

—Mais je suis allée à l'hôpital jeudi soir.

—Elle y était.

—Pourquoi... mais pourquoi madame Martin ne me l'a pas dit.

—C'est elle-même qui a appelé tout à l'heure... étant donné que vous étiez des amies...

—De quoi est-elle morte?

—Arrêt cardiaque.

—Son anorexie... marmonna Paula qui gravit en misère morale les quelques marches de l'escalier en haut duquel elle s'assit aux pieds de sa soeur.

168

Rosaire arrêta l'auto et descendit en s'inquiétant au plus haut point de cette scène d'enterrement que ses filles lui offraient.

Paula ne le laissa pas pâtir et lui annonça aussitôt la triste nouvelle. Dans un sens, il se trouva soulagé. Puis il eut besoin de faire une déclaration de circonstance:

—C'est le lot de tout le monde, jeune et moins jeune. Ça nous paraît pire quand c'est du monde de notre âge. Mais on s'y fait. S'il y a une famille de cette paroisse qui connaît la mort, c'est bien nous autres.

On frappa dans la vitre donnant sur la grande cuisine. Rosaire sourit. Hélène s'était levée. Elle fit le geste de répondre au téléphone et indiqua Paula.

—Je pense qu'on te demande au téléphone, dit Rosaire à son aînée.

—C'est sûrement une de mes amies qui connaît la nouvelle et veut me la communiquer, soupira-t-elle en se levant.

Et elle se hâta 'mesurément' vers l'intérieur et jusqu'à l'appareil qu'elle emporta avec elle jusqu'au divan où elle répondit, la voix éteinte.

—C'est monsieur Bourque, Paula. Et j'ai une nouvelle pas mal affreuse pour toi...

—Je sais... On vient de me l'appren...

Mais la jeune fille ne termina pas sa phrase. L'homme ne connaissait même pas Martine et puis c'est Élise qui aurait parlé pour annoncer cette nouvelle-là...

—Qu'est-ce qui se passe donc? demanda-t-elle.

—C'est madame Roy. Elle s'est jetée en bas de sa fenêtre à l'hôpital hier soir et elle est morte. Monsieur Roy m'a chargé de te transmettre la nouvelle. Elle sera enterrée mardi matin. Le garage sera fermé lundi et mardi. Si tu veux que je fasse porter des fleurs pour toi?

Paula parla comme une automate:

—Je... je... je vais vous rappeler plus tard. Et monsieur Bourque, dites à Élise que Martine Martin est morte aussi...

—Qui?

—Martine Martin...

—Ah oui, je me souviens d'elle un peu...

Mais Paula coupa court à la conversation en raccrochant. Et elle repoussa l'appareil comme s'il avait été un objet brûlant. Si cela avait été seulement raisonnable, elle se serait mise au piano pour s'accompagner en chantant 'La voix de maman'. Mais elle demeura figée sous le regard de Lucie, atterrée, démolie, dépassée par un univers qui la compressait toute.

—Je voudrais bien savoir ce qui me pend encore au-dessus de la tête, finit-elle par marmonner en se levant.

Elle prit sa soeur par le bras et l'entraîna à la cuisine où Hélène et Rosaire jasaient à voix basse, assis à la table, face à face. Et elle annonça cette seconde tragédie. On lui conseilla de rester à la maison et d'oublier la messe. Il lui suffirait d'aller au baptême et de servir de marraine dans l'après-midi pour que le Seigneur comprenne son besoin moral de récupérer un peu.

Elle acquiesça d'un hochement de tête et monta dans sa chambre d'où on l'entendit bientôt jeter une sorte de hurlement de révolte. Puis le bruit de ses pas indiquait qu'elle revenait. Mais elle s'arrêta en haut de l'escalier et s'assit en disant, la voix forte, comme si la résignation lui avait suggéré de s'endurcir tout à fait:

—Jamais deux sans trois! Voici le comble du comble: Julien n'est pas mort, lui, mais c'est tout comme... Il est parti définitivement de la maison en laissant un mot dans ma chambre, sur mon lit.

—Mais c'est pas possible! s'écria Rosaire. Il s'est couché hier soir... il était là ce matin...

—Ce matin? Tu l'as vu? dit Hélène.

—À vrai dire non... pas ce matin, mais hier soir...

—Parti durant la nuit pour Détroit, Michigan avec les gars à Rosario Boulanger, déclara froidement Paula.

—C'est rien qu'un petit maudit sauvage! cracha Rosaire.

Le bébé d'Hélène la réclama et elle ne put exprimer sa tristesse. Paula s'allongea sur place sur le plancher dur. Lucie restée quelque part entre la cuisine, le salon, le pied de l'escalier, des pensées sur la vie et d'autres sur la mort, fit dans sa tête des pas dans toutes les directions puis ses pieds la conduisirent dans la petite pièce du fond du salon où se trouvait le piano. Elle prit un cahier de musique et s'assit. Quand elle trouva la bonne page, elle chanta sans voix, la gorge écrasée, en les lisant de ses yeux éclatants, les mots de *La voix de maman*.

Les derniers mois de l'année demeurèrent sombres à cause de cette avalanche de drames, de celles qui se produisent toujours au moment où on ne les attend pas. Très efficace à son travail, montrant un excellent équilibre entre les valeurs de la discipline et celles de l'initiative personnelle, forte de méthodes nouvelles apprises à l'école, le secrétariat se façonna à sa main. Mais lorsque le patron voulut ajouter à sa tâche des travaux qui n'en relevaient pas, elle refusa net. Elle n'était pas là pour vendre et les clients durent attendre leur tour.

"Tout est propre, bien tenu et à jour, il n'en tient qu'à vous que ça le demeure", répondit-elle les deux fois où l'homme voulut l'envoyer travailler dans la salle de montre. "Et puis un cultivateur n'aura pas la même confiance envers une jeune fille de vingt ans pour lui parler de machinerie agricole qu'envers un homme de cinquante."

—Tu as raison sur le premier point, mais tu as tort sur le second, lui dit le patron en souriant.

Il respecta néanmoins son refus.

*

Les quatre jeunes gens remontèrent sur la plate-forme où les attendaient leurs instruments. Le guitariste-chanteur enfila la sangle de sa guitare sur sa tête jusqu'à son épaule. D'un geste immensément professionnel, il tâta une ou deux cordes, régla le son des amplificateurs. Puis il lorgna à gauche, à droite, du côté de ses collègues et alors il annonça la prochaine pièce en aspirant les mots d'une voix sourde et saccadée, dans et depuis son microphone debout, et avec un petit accent d'encanteur:

—Mesdames et messieurs, voici... une pièce des... "Monotones"... "The... book of lov"... Et de un... et de deux... et de trrrrrois...

Il tourna la tête et plongea aussitôt a cappella comme le voulait l'intro:

—*Wonder, wonder, wonder, hou hou hou hou hou...*

—On va danser? dit Aubéline à Paula.

—O.K.!

En même temps qu'elles, d'autres affluaient des quatre coins de la salle bondée vers la piste. Amélie et Francine suivirent. Des gars qui les avaient dans leur collimateur durent encore une fois se rasseoir sur leurs intentions ou bien les diriger vers des filles plus ouvertes mais, bien entendu, moins désirables.

"Baby, baby, baby doo, I love you yes I do..."

Quand elle devait piétiner face à l'orchestre, Paula baissait les yeux et les rivait sur les caisses du batteur où le nom du groupe était inscrit en hautes lettres noires et brillantes: Électros. C'est que le chanteur lors de pièces précédentes, avait trop cherché son regard pour y plonger le sien de manière impertinente et cela incommodait la jeune fille. S'il devait continuer ainsi, elle danserait collé avec le premier venu au prochain slow afin de montrer à ce m'as-tu-vu sa parfaite indépendance.

—Restez sur place, mesdames et messieurs, on poursuit avec un autre rock and roll et c'est une pièce des 'Coasters' qui s'appelle Yakety Yak... Let's go, everybody...

Paula posa son regard sur le jeune homme, un personnage aux cheveux foncés dont les paupières se réduisaient à une ligne quand il concentrait sa voix sur un sentiment à communiquer. Il attendait ces yeux-là, ayant ramassé ses ondes pour les appeler, et leur adressa un sourire sucré mais pas trop, juste un peu, comme de l'eau d'érable. Quand la température augmenterait, la sienne et celle des danseurs, il se ferait un peu plus sirupeux.

À la pièce suivante, Paula et sa compagne quittèrent la piste. Elle refusa les propositions. De plus en plus sûr de lui, le chanteur reluquait parfois en sa direction en voulant dire: hein, je t'intéresse! Mais la jeune fille détournait la tête chaque fois en se promettant de lui faire la leçon.

—Mesdames et messieurs, voici... un très grand succès de Paul Anka... 'Lonely boy'...

Tout ce que la salle recelait de masculin se leva d'un bond. Les cigarettes restaient dans les cendriers, fumant seules en attendant, leur fumée s'élevant tristement. Les bouteilles de bière frémissaient légèrement les unes contre les autres quand pour des promesses plus glorieuses, on les abandonnait carrément comme de vieilles chaussettes inutiles. Certains jeunes gens se bousculèrent entre les tables. C'est qu'il y avait plus de gars que de filles ce soir-là au Manoir Chaudière et les allées et venues obéissaient donc à la dure loi de l'offre et de la demande. Les premiers arrivés n'étaient pas toujours forcément les mieux servis mais ils le croyaient et on se pressait sans honte à la recherche de la féminité.

Un freluquet rondouillard, blondin à visage rouillé, aux verres de lunettes épais comme des loupes fut le premier à se pencher sur Paula avec son sourire suppliant au bas des montures noires. Il était laid à faire pitié, véritable remède contre l'amour, un parfait spécimen de laboratoire auquel il ne manquait plus que des dents saillantes pour faire figure d'un assez proche parent de Docteur Jekyll. Elle n'aurait pu trouver mieux pour accomplir son dessein. Le prétentieux guitariste se sentirait humilié à son goût. Le sourire dans le coeur, elle devança son chevalier servant qui n'avait même pas eu à formuler la question, et se retrouva dans ses bras à deux pas du nez qui, justement, nasillait en pleurnichant sa chanson dans le registre le plus comparable qu'il ait pu composer de celui de Paul Anka.

L'artiste garda son entière dignité. Pas une seule fois il ne leva les yeux sur la jeune fille après qu'il l'eut aperçue qui se présentait sur le parquet de danse avec, sur les talons, son éblouissant cavalier. Et il parut se concentrer encore plus fort sur les exigences de son talent.

Pas un mot n'était encore sorti ni de Paula ni de son compagnon d'infortune. Elle ne chercha pas à lui faire tenir une distance mais lui, en être hautement moral, le fit de lui-même. Il savait respecter une fille. Elle verrait. Et il pourrait la réinviter à danser.

"I prayed so hard... to the heaven above..."

Au milieu de l'envolée, la voix devint soudain fluette alors même que toute lumière disparaissait de la salle et que les instruments se mouraient les uns après les autres. On était en plein black-out. Après un long 'hon' collectif parut un silence tout aussi général. Apparurent les rayons de lanternes d'urgence en trois coins de la salle mais dont la luminosité faiblarde ne permettait pas aux danseurs de se distinguer dans l'obscurité. Ils bougèrent néanmoins. Hésitèrent. S'arrêtèrent. Paula se savait proche du micro-phone du guitariste. Elle l'entendit parler avec un coéqui-

173

pier. Puis une main baladeuse lui toucha l'épaule, les seins; elle recula horrifiée. Ce petit monstre qui l'accompagnait profitait-il de l'occasion? Deux secondes encore et l'électricité revint nourrir les ampoules affamées et instruments de musique désabusés.

Cherchant à savoir qui avait osé lui manquer de respect, Paula promena ses yeux inquisiteurs sur chaque personne l'environnant. Son danseur avait les bras croisés et ce ne pouvait pas être lui. Le chanteur se serait enfargé dans le micro et son instrument. De côté, derrière, de l'autre côté... Ce pouvait être n'importe qui. Ce pouvait être quelqu'un qui s'était aussitôt éloigné. Ce pouvait aussi être involontaire. Et pourtant... ça n'avait pas eu trop l'air d'un tâtonnement d'aveugle.

—Eh bien, mesdames et messieurs, après ce petit *bain* de noirceur nous allons poursuivre maintenant avec une chanson de circonstance et un *bain* de musique. Une chanson, a song by Bobby Darin. Voici... *'Splish Splash'*. Let's go les boys...

Le cavalier de Paula lui fit un sourire ouvert et elle vit alors l'impensable, l'impossible: ses dents monstrueuses, dinosauriennes. Montées en V dans la bouche étroite, elles rappelaient une charrue de locomotive derrière laquelle tout l'être disparaissait. Mais le jeune homme referma vite la bouche en essayant de rattraper cette image qui lui valait toujours des comportements désastreux de la part des filles. Paula n'avait plus guère envie de danser le Splish Splash avec lui. Trop, c'était assez! Elle consentit néanmoins quelques pas. Alors sa capacité de s'ouvrir aux autres vint lui prendre la main. Ce jeune homme valait peut-être mieux que bien d'autres ensemble. Et elle se lança à fond de train dans le Splish Splash dont elle se mit, tout en dansant, à battre les deux notes chaque fois que le titre se présentait, entraînant toute le groupe de danseurs à sa suite.

—T'es folle raide! lui dit joyeusement Aubéline quand Paula revint s'asseoir.

—J'ai envie de lâcher mon fou.

—T'as pas fini de te faire achaler par l'épouvantail à moineaux.

—Tu le connais?

174

—Chaque fois qu'on vient, il fait le tour de toutes les tables toute la soirée et se fait refuser partout. Tu l'as jamais remarqué?

—Pauvre lui! Faut que quelqu'un se sacrifie, non?

Paula ressentait aussi les effets de deux 'bacardis' pris trop vivement entre les danses plus tôt. Elle en commanda un autre. Ses compagnes s'inquiétèrent pour elle, la mirent en garde mais quelque chose commandait à la jeune fille de continuer et de foncer tête en avant dans la première cuite de sa vie.

C'est la raison pour laquelle son prétendant à face de rat essuya refus sur refus par la suite. Elle ne voulut pas se montrer insolente ni même discourtoise, aussi exagéra-t-elle un horrible mal au talon qu'elle s'était infligé, dit-elle, durant le Splish Splash. Mais le Splish Splash avait eu des retombées si valorisantes sur l'ego du jeune homme qui avait fait une vraie collection de félicitations pour sa performance qu'il faisait de son désir de danser à nouveau avec Paula une démangeaison obsessionnelle.

Elle y retourna plus tard pour tâcher de reprendre ses esprits qui l'abandonnaient de plus en plus à mesure que l'alcool l'entraînait dans ses délirantes exagérations. Mais le rythme n'y était plus, d'autant que celui de *Wake up little Suzie'* se faisait plutôt discontinu.

De retour à la table, elle s'endormit sur son bras. On jugea bon de l'y laisser pour qu'elle récupère. Tenace, son danseur blondin qu'on savait maintenant se prénommer Jacquelin s'approcha tout de même et lui demanda de l'accompagner par ses mots qu'il énonçait sur le bout de la langue en zézayant. Paula renâcla comme un cheval. Il le prit pour un nouveau refus et repartit en se jurant encore plus fort de revenir.

Quand l'orchestre se tut, les filles appelèrent un taxi. Amélie et Francine, les deux plus solides sur leurs jambes, essayèrent de soulever Paula mais sans trop de succès. Des gars vinrent. Et finalement, ce furent Jacquelin et le chanteur-guitariste des Électros qui emportèrent jusque dehors la jeune femme ivre-morte.

*

Paula fut malade toute la nuit. Elle vomit dans ses draps. Se lamenta à tous les saints du ciel. Se leva aux

175

aurores et réussit péniblement à ouvrir sa fenêtre pour laisser l'air froid de décembre remplir sa chambre et baigner son cerveau tordu par un feu affreux et battu sur l'enclume de son crâne par les coups répétés de son coeur. Cahin-caha, elle ôta sa literie et en fit un paquet dégoûtant et malodorant qu'elle mit dans un coin pour ensuite se rejeter sous une courtepointe prise dans un coffre en cèdre de la pièce. Elle y grelotta pendant une heure alors que madame Bourque entra discrètement dans la pièce, ferma la fenêtre et ajouta quelques couvertures sur la dormeuse agitée.

Il fallait absolument qu'elle se rende au travail puisque le samedi matin, c'était le moment de la distribution des enveloppes de paie. Et puis, après seulement six mois dans son emploi, elle ne pouvait pas se permettre de s'absenter, surtout le samedi.

Elle arriva en retard, pâle comme un cadavre, hantée par la honte, harcelée par le remords. Le patron reconnut en moins de deux sa gueule de bois et il lui donna congé.

De retour à sa chambre, elle dormit plusieurs heures et fut réveillée vers midi par Élise venue lui faire part d'un appel téléphonique

Son mal de tête était devenu supportable mais pas sa honte qu'elle dut traîner pitoyablement une fois encore en bas, jusqu'à l'appareil.

—C'est Ghislain, le guitariste des Électros, dit la voix. J'ai aidé à... disons t'emmener dans le taxi hier soir et... bon... tu as perdu ta montre. Tu étais déjà partie quand je l'ai vue... En tout cas, je pense que c'est ta montre...

Elle regarda à son poignet et supposa qu'il avait raison à moins qu'elle n'ait ôté la montre dans sa chambre et ne s'en souvienne évidemment pas.

—Comment peux-tu m'appeler ici, tu ne sais même pas mon nom.

—Paula Nadeau de Saint-Honoré qui travaille au garage Roy et qui reste chez Henri-Louis Bourque de la première avenue dans l'ouest...

—Y a-t-il quelque chose que tu ne saurais pas à mon sujet?

—Je sais que c'était la première fois que tu prenais un coup un peu fort et c'est compréhensible... En fait, j'ai grignoté les renseignements. Quand le taxi est revenu à l'hôtel, j'ai su le nom d'Amélie Desjardins et je l'ai appelée et c'est comme ça que j'en sais plus que je le devrais. Mais c'est que je suis un gars honnête et que je voulais te remettre ta montre. Veux-tu venir la chercher au Manoir ce soir?

–Heu...

–C'est une montre de prix.

–T'as pas l'intention de la garder?

–Je n'aurais pas appelé, hein.

–Et... où est-ce que je pourrais la prendre aujourd'hui?

–C'est comme je te dis: au Manoir ce soir.

–O.K.! je vais m'arranger pour y aller...

Son profond malaise suggéra à Paula d'envisager un changement de maison de pension. Elle aimait bien ces gens mais l'entente initiale avait été prise pour l'année scolaire, pas davantage. Peut-être s'étaient-ils sentis embarrassés de lui demander de partir quand l'emploi à Saint-Georges s'était offert à elle. Aubéline vivait seule en chambre. On pourrait peut-être se prendre à deux un petit appartement meublé. Chacune y gagnerait pour la peine en liberté, en amitié et en bien-être.

Ghislain devint plus ou moins son ami de coeur régulier et en janvier, elle emménagea avec Aubéline dans un appartement situé dans un immeuble qui surplombait la rive de la Chaudière. On y avait meilleure vue encore que chez les Bourque. Ainsi Paula, les pieds quasiment dans l'eau, pourrait assister au formidable spectacle de la débâcle printanière, sa deuxième.

Enfin 1959, l'année de ses vingt ans!

Aubéline avait recommencé à voir sa mère mais elle s'arrangeait pour choisir des temps où son père était absent de la maison. Et souvent Paula l'emmenait passer le dimanche avec elle à Saint-Honoré où une belle amitié grandit entre elle et Lucie malgré leur différence d'âge, comme si de mystérieuses affinités les amenaient à se reconnaître toujours mieux et plus.

Contrairement à l'année précédente, la seconde partie du mois de mars fut hivernale. Et Paula célébra le jour de son anniversaire de naissance alors que dehors, le thermomètre frôlait frileusement le zéro Farenheit. Finalement, par le jeu des amitiés, Aubéline était maintenant elle aussi fréquentée; également par un gars des Électros: le batteur.

On était lundi et les gars avaient relâche. Ils vinrent à l'appartement des filles. Paula reçut des petits cadeaux, elle souffla les bougies, partagea le gâteau. Tout avait été préparé avec soin et affection par Aubéline qui s'amusa comme une petite fille émerveillée devant ses propres capacités à donner du bonheur à quelqu'un d'autre.

Hâtivement les gars furent aimablement chassés après quelques baisers pudiques et les deux jeunes filles se retrouvèrent face à face à chaque bout de la table à téter une cigarette qu'elles ne fumaient pas vraiment et que chacune du reste trouvait horrible.

Aucune ne sut pourquoi ni comment mais d'un mot à l'autre, la fête tourna au drame, le drame d'Aubéline que la jeune femme mit sur la table pour la première fois de sa vie. Non seulement avait-elle été abusée par son père depuis sa jeune enfance mais il l'avait battue, terrorisée, tenue pendant dix ans sous l'emprise de la peur et même souvent torturée. Enceinte de lui l'été précédant sa douzième commerciale, elle avait subi un avortement au moyen de broches à tricoter dans un endroit sordide de Québec et avait frôlé la mort de très près.

Paula crut tout ce qu'elle raconta puisque c'était si vrai à entendre et en même temps si incroyable, si terriblement impensable. Et elle pleura.

Et il lui arriva de rire à se souvenir des deux seules punitions excessives que son père lui avait fait subir au cours de toute sa vie. Que sa révolte d'alors lui paraissait dérisoire au regard de la misère abjecte d'Aubéline!

Elle promit de garder à jamais au secret de son âme ce récit de la pire épouvante.

Ensuite elle interrogea sa compagne, mais sans espoir de réponse, sur la boîte polychrome qu'elle avait vue un an plus tôt disparaître dans l'immense fatras des glaces de la rivière. La réponse d'Aubéline se traduisit par un sourire énigmatique.

Quelques jours plus tard, le vent vira de bord et le temps changea de cap. Soleil, pluie, température douce:

une nouvelle débâcle n'attendait plus que les déclarations de Grand Gilles sur les ondes pour se décider à émigrer jusqu'au fleuve.

La couche de glace était très mince sur la Chaudière qu'une abondance de neige avait enterrée très tôt. Les Beaucerons étaient soucieux. Le spectacle n'en vaudrait pas vraiment la peine cette année-là. Au mieux pouvait-on s'attendre à quelques embâcles sans malice çà et là sur le parcours de la tortueuse.

Le téléphone sonna chez les filles. Paula répondit en s'attendant à ce que l'appel vienne de Saint-Honoré, mais aussi pour mettre une barrière entre le père de son amie et Aubéline au cas où ce serait lui...

—Salut Paula! Comment ça va?

—Bien. Qui parle?

—Mais comment, on ne reconnaît pas ses vieilles copines du commercial?

—C'est Michelle.

—Qui d'autre quand ça brasse?

—Qu'est-ce qui brasse?

—Quoi, tu es au bord de la rivière et tu sais pas que la débâcle est en marche? Ils en parlent à la radio. Grand Gilles est sur les lieux...

—Y'a la télé qui est en marche, mais on jasait plutôt, Aubéline et moi.

—Et à la télé, ça brasse pas mal aussi.

—Comment ça?

—Lesage est devenu chef libéral au Québec et ils en parlent. Ça va être la débâcle à Duplessis et à ses bleus l'année prochaine.

—Lesage?

—Mais oui, Jean Lesage.

—Ah oui, excuse-moi, j'étais distraite.

Paula se demandait où Michelle voulait en venir. Cet appel indiquait à coup sûr qu'elle ne sortait plus avec son dernier cavalier.

—J'ai parlé avec Amélie Desjardins. Elle m'a dit que vous restiez ensemble sur la première avenue... Attendez-vous quelqu'un? J'irais peut-être voir la débâcle de chez vous?

—Si t'as l'envie...

179

—Si tu m'invites pas, j'irai pas. Envie ou non. Vois-tu, j'ai beau vivre à Saint-Georges, je n'ai jamais vu la débâcle autrement qu'à geler sur le bord de la rue.

—Attends, j'en parle à Aubéline.

Paula pressa le récepteur sur son épaule pour bloquer les ondes sonores et elle regarda son amie qui feuilletait une revue de mode. Aubéline ne lui laissa pas le temps de parler.

—Dis-lui de se dépêcher avant que le pont soit emporté par la glace.

Paula fit un sourire rayonnant et elle transmit le message à Michelle qui sonna à la porte dix minutes plus tard. Aubéline ouvrit; ses yeux s'agrandirent...

—C'est moi! s'exclama l'arrivante qui savait étonner l'autre par sa nouvelle minceur et qui pour mieux le faire avait laissé son imperméable ouvert.

—Où as-tu mis le reste?

—Envolé, disparu. Trente livres en moins. Parties dans la Chaudière.

—Entre, dit Paula, et viens nous parader ça! Donne-moi ton imper.

Michelle ôta son manteau brun et le tendit à Paula qui le suspendit dans la penderie. Et la visiteuse tourna sur elle-même.

—Hey, fit Aubéline les yeux agrandis, je ne suis pas aux filles, mais t'es pas mal belle, hein!

—C'est vrai! approuva Paula. Viens t'asseoir et nous en conter des bonnes..

Michelle était vêtue d'une robe de sortie serrée à la taille pour mieux souligner sa nouvelle ligne et portait un foulard de cou et du rouge à lèvres d'une couleur intense qui tranchait sur le noir de ses cheveux et de son regard brillant. Elle regarda tout autour.

Le petit appartement était constitué d'une pièce servant de salon et de cuisine et qui donnait sur la rivière et la ville est, ainsi que de deux chambres minuscules séparées par la salle de bains. On y était à l'étroit mais on s'y sentait bien à l'aise.

—Avez-vous écouté à la radio? Je pense que les glaces s'en viennent. Elles sont quelque part à Jersey Mills.

Paula se rendit à la fenêtre du salon.

180

—Tout est mort, mais ça se pourrait bien. On jettera un coup d'oeil de temps en temps. Viens t'asseoir, Michelle.

Les filles disposaient d'un long divan à trois places en cuirette noire, épouvantable pour le dos mais qui plut à la visiteuse puisque le noir lançait sa personnalité à tous les regards. Paula prit place à l'autre bout et Aubéline se rassit à la table.

—Vous devez être bien ici? Aubéline, toi, surtout!

—Pourquoi moi surtout?

—Quand tu es partie de chez toi, tu voulais tuer ton père. C'est toi qui l'as dit à l'Institut.

—C'est le passé, ça!

Et le regard de la jeune fille croisa celui de Paula. Des lueurs passèrent.

—Bon, fit Michelle comme quelqu'un qui prend la direction de la conversation, quoi de neuf, les filles?

—On travaille le jour. Le soir on regarde la télévision. Et la fin de semaine, on sort.

—J'ai su ça, oui.

—Su quoi?

—Que...

Michelle ne poursuivit pas et bifurqua dans une autre direction:

—Vous avez un tourne-disques? Il marche?

—Plutôt il tourne, dit Aubéline.

—Ouais... Avez-vous la dernière de Buddy Holly?

—Ah oui, La Bamba, dit Paula. Non, mais on va se l'acheter samedi, hein Aubéline?

—C'est pas La Bamba... La Bamba, c'est Ritchie Valens. Pour des filles qui sortent avec des gars d'orchestre, vous avez pas l'air de trop connaître la musique.

—Qui t'a dit ça? demanda Paula.

—Les filles, à Saint-Georges, les nouvelles ont pas un grand territoire pour voyager.

—C'est sûrement la placoteuse à Amélie Desjardins, suggéra Aubéline.

—Elle m'en a parlé mais je le savais déjà.

—Bon, et toi, dit Paula qui, à son tour, voulut maîtriser l'échange, es-tu encore en amour avec ton docteur?

—Mon docteur?

—Ton étudiant en médecine du rang Fraser.

—Mais non... Le gars du rang Fraser et l'étudiant en médecine, c'était pas le même. Et ça, ça fait longtemps. J'ai sorti avec deux autres ensuite. Quand je leur dis: pas de sexe avant le mariage, ils pensent que je veux les marier et ils se sauvent la queue basse entre les deux fesses. Mais c'est pas grave, la mère des gars est pas morte. Un de perdu, deux de retrouvés.

—Dix?

—Tout de même, Paula!

La conversation prit ensuite d'autres tournants. Le travail de chacune intéressa les deux autres. Michelle parla de son projet d'étudier en psychologie encore remis d'une année. On oublia tout à fait la Chaudière. Paula y repensa deux heures plus tard. Elle se rendit à la fenêtre. En contrebas, les eaux noires de la rivière brillaient dans la nuit.

—Bon, ça y est: on a manqué la débâcle.

—Bah! y'a pas de quoi pleurer! dit Michelle en consultant sa montre.

Puis elle élargit les paupières à voir une image à la télé. Elle s'avança et tourna le bouton pour mieux entendre en disant:

—C'est lui, Lesage. C'est un bel homme, hein, les filles?

Devant un micro qu'un journaliste lui tenait devant le nez, le politicien pontifia, la voix théâtrale:

—Il est venu le moment de modifier tout le système des valeurs de notre patrie le Canada français en regardant résolument vers le futur. La province devra tonner comme un canon... éclairée par sa réflexion à laquelle, nous, les libéraux, voulons apporter notre modeste contribution. La période de noirceur doit s'éteindre pour faire place à la lumière et à la vérité...

—Ça va bouger dans la province avec lui comme premier ministre. Hey, je te dis qu'il parle, ce gars-là!

Aubéline se dit qu'il fallait approuver puisque tout le monde parlait de Lesage comme du sauveur en marche. Paula demeura interdite. Michelle, restée près de l'appareil de télévision, baissa le volume puis elle se rassit le coin d'une fesse sur le divan.

—Bon, qu'est-ce que vous faites en fin de semaine, les filles?

Elles hésitèrent en se consultant du regard.

—Sûr que vous allez sortir avec vos gars de l'orchestre. J'ai su qu'ils jouaient à l'hôtel Royal de Beauceville pour deux mois? Dites donc, y'en aurait pas un de trop, un Électro? Sortir à quatre ou sortir à six...

—À une condition, sourit Paula. Faut pas que tu nous... joues des tours.

—Jamais, les filles, jamais! Peut-être que je peux sortir avec un gars après une autre, mais pas tant qu'elle est avec lui. Hey, c'est sacré, ça!

—On pourrait lui présenter Jean-Luc, hein Aubéline?

—Ouais.

—Qui c'est, Jean-Luc? s'enquit Michelle.

—L'Électro de trop.

—Ah? Il est beau toujours?

—Les Électros sont tous beaux.

—Ça marche... Pensez-vous que c'est... mon genre de gars?

Aubéline et Paula s'échangèrent un vif regard et elles dirent ensemble:

—Sûrement!

*

Un printemps fleuri et odorant s'empara de la vallée qu'il livra toute verte à un bel été douillet, quelquefois humide et jamais lourd.

Les amours parfumées des trois jeunes filles voyagèrent de Beauceville à Saint-Martin puis jusqu'à Saint-Joseph. Michelle était en voie d'établir un record de longévité sentimentale avec le saxophoniste des Électros mais elle avait tout le mal du monde à retenir ses coups d'oeil envers Ghislain, la vedette du groupe, que Paula pourtant ne semblait pas considérer comme le grand amour de sa vie.

Un soir, tard, comme à bout de souffle, elle téléphona. Paula répondit.

—Savez-vous la nouvelle, les filles? Il arrive quelque chose d'extraordinaire...

Paula se demanda...

—Le premier ministre Duplessis, il est en train de mourir.

—Ah!

183

—Ça ne te dérange pas plus qu'il faut.

—Bah! après lui, un autre.

—Je ne te comprends pas, Paula Nadeau.

—Comment ça?

—Je pensais que tu t'intéressais bien plus que ça à la politique.

—Pourquoi faire?

—Écoute, si nous autres, les filles d'aujourd'hui, on s'en mêle jamais, on va toujours se faire avoir, demain, l'année prochaine, dans dix, vingt ans...

—Qu'est-ce que tu veux qu'on fasse? Ça appartient aux gars, ce domaine-là.

—Tu pourrais au moins écouter les nouvelles...

Paula fit une moue coupable.

Deux jours plus tard, le sept septembre, on annonçait la mort de Duplessis. Tous les médias se tournèrent vers l'événement. Paula fut bien obligée d'y prendre part d'une certaine manière.

*

La voix longue comme un sanglot, Ghislain étira de manière impersonnelle dans le microphone pour une salle presque attentive à son propos tant la dernière nouvelle l'atterrait:

—En reprise... pour la troisième fois ce soir, en mémoire de trois gars disparus hier, voici 'Donna', la toute dernière chanson écrite par Ritchie Valens... Pour The Big Bopper, pour Buddy Holly et pour Ritchie Valens...

Les gars de la salle ne s'approchèrent pas de la table des filles. La plupart savaient maintenant qu'elles étaient les copines des musiciens et il était connu qu'un musicien accroché dans le coeur d'une jeune fille est un personnage indécrochable tant qu'il a décidé d'y rester vissé. Certains l'ignorant se risquaient parfois à demander Aubéline, Paula ou Michelle pour danser, mais ils se rivaient le nez pour la plus grande fierté de leurs amis qui alors imprimaient à leurs notes des vibratos additionnels.

Chacun savait depuis le milieu de l'après-midi que les jeunes vedettes américaines avaient perdu la vie dans un écrasement d'avion survenu la nuit précédente quelque part dans le lointain Midwest.

Paula était bouleversée comme chaque fois que la mort d'un être trop jeune la frappait en pleine face. Elle eût voulu savoir si son sentiment dépassait la mesure, si Michelle et Aubéline avaient aussi, tout comme elle, leur coeur dans l'eau. Ce n'était pas en posant la question qu'elle obtiendrait la réponse mais en les observant discrètement au cours de la pièce que Ghislain tâchait de rendre avec toute son âme en ne regardant parfois que dans l'inconnu, que dans l'infini:

I had a girl, Donna was her name
Since she left me, I've never been the same
Cause I love my girl
Donna where can you be, where can you be.
O Donna, ô Donna!

Des jeunes filles graduées de douzième commerciale bilingue ne pouvaient manquer le sens de tous les mots, surtout d'une mélodie aussi lancinante.

Aubéline paraissait perdue, mystérieuse. Et Michelle ne bougeait pas le petit doigt et gardait ses yeux rivés sur les musiciens. Paula s'imagina le regard qu'elle savait bourré de mélancolie. Au bout de la dernière ligne, elle s'exclama en riotant:

—Pas me retenir, moi, je braillerais comme un veau.

—L'amour, réfléchit Michelle tout haut, on dirait bien que c'est encore mille fois plus grand quand c'est tragique, vous ne trouvez pas? Des fois, j'aimerais ça, moi, aimer un gars à mort et ensuite que ça casse, et là que je souffre comme pour grafigner le plafond comme pour le labourer. Je m'imagine à cinquante ans, quand je vivrais à New York ou Paris, à me rappeler un souvenir aussi... aussi... aussi...

—Aussi crucifiant! jeta Aubéline.

Ébahie, Michelle dit, rayonnante:

—Je n'avais dans la tête que des mots stupides comme extraordinaire, formidable, exceptionnel, fantastique, exaltant, mais c'est celui-là qu'il fallait... C'est formidable, hein, extraordinaire, le mot *crucifiant* pour parler de l'amour... Ah! je suis toute chavirée, moi...

******

Chapitre 8

Paula tapait des états de compte à la dactylo. Entre chacun et pour préparer le suivant, elle devait procéder aux additions nécessaires, et le silence de la petite pièce lui apportait alors des voix d'hommes qui traversaient la cloison séparant la salle de montre de son bureau, des voix le plus souvent confuses, mais parfois bien distinctes quand les parleurs se tenaient à l'écart de la machinerie exposée, près d'un lavabo, soit pour mieux négocier un prix entre eux, soit pour s'échanger des confidences plus particulières comme cet après-midi-là d'une grande chaleur heureusement sèche et supportable.

–Ouais, mon cher Grégoire, je dois bien te remercier de m'avoir présenté ta tante Léa, parce qu'entre elle et moi, c'est collé comme les deux doigts de la main, entendit Paula de la bouche de son patron.

–Pas parce que c'est ma tante, mais c'est une des plus belles veuves de Saint-Georges.

–Entre nous deux, strictement entre nous deux: belle et... chaude comme un lapin.

–Ah!, ça, c'est en prime parce que moi, je ne le savais pas.

—D'autant plus qu'un jeune homme célibataire comme toi est pas supposé connaître ces choses-là.

—Quand j'ai ma chance...

Il fut interrompu par une troisième voix:

—Parlez-vous des femmes ou bien si vous parlez des chères élections? J'espère que je vous dérange pas trop, là, vous autres.

—Tu connais Grégoire Poulin. Et toi, tu connais Yves Perron.

Paula tapa un autre état de compte puis les voix lui revinrent aussi nettes.

—Moi, il m'en faut deux fois par jour. Ma femme le sait et elle est toujours prête. Vous, monsieur Roy, vous devez trouver ça dur, c'est le cas de le dire, de ce temps-là... Un veuf dans la fleur de l'âge...

—Ah! mais il y a ma tante Léa, dit Grégoire à la voix faussement grosse et drôlatique.

—Vous me dites pas qu'on va aller aux noces cet été?

Paula prêta l'oreille. Se pouvait-il que son patron se remarie aussi vite? Et puis ça le regardait. Peut-être que d'une façon, il était devenu veuf bien avant la mort de sa femme?

—On sait jamais... Mais en attendant, faut ben faire des élections.

—Le petit docteur de Saint-Honoré, moi, je commence à penser qu'il va passer comme une balle dans le comté.

—Non, non, dit Grégoire, Georges-Octave est imbattable, même sans Duplessis.

En écrivant son état de compte suivant, Paula démêla les appartenances politiques et supputa sur les résultats de l'élection à venir dans trois semaines exactement. Le rêve de son père s'était réalisé. Le docteur de Saint-Honoré avait été choisi comme candidat de l'équipe du tonnerre de Jean Lesage. Des gens gonflés de prétention le voyaient non seulement élu dans la Beauce, mais aussi membre du cabinet ministériel aux côtés des stars du parti, Lapalme, Lévesque, Lajoie, Bona Arsenault. Sauf qu'entre Saint-Honoré et le parlement de Québec, il y avait Saint-Martin et Georges-Octave, le député unioniste sortant, puis, à franchir aussi, les cinquante milles, très longs et âprement bleus depuis quinze ans de la vallée de la Chaudière.

Duplessis n'avait pas emporté avec lui dans la tombe sa machine électorale qui se montrait tout aussi bien rodée que dans les meilleures années.

Influencée par Michelle et son père, poussée par les événements et les médias, Paula se laissait envahir peu à peu elle aussi par la grande fièvre.

Son patron hésitait à se rallier aux libéraux, lui qui votait bleu depuis trois élections. Et ce Grégoire Poulin qu'elle ne connaissait pas, parlait bleu tandis que l'autre inconnu, ce joyeux troisième personnage ne cachait pas son désir de nouveauté. Il parla sérieusement toutefois:

—Les gars, je fais souvent le tour du comté et je peux vous dire que Georges-Octave et le petit docteur Beaudoin sont nez à nez, comme ça...

—Ce qui va permettre à Georges-Octave de l'emporter parce que c'est dans les trois semaines à venir que tout va se jouer.

—Sauf qu'avec tous les scandales qui sortent chaque semaine, les graines de semence, les frigidaires à Frampton, le bout d'asphalte du rang Fraser... C'est les bleus qui vont à la débandade.

Comment Paula aurait-elle pu refuser son vote aux rouges qui parlaient d'une jeunesse plus instruite, qui envisageaient dans un futur possible l'hospitalisation gratuite des malades de même que des soins de santé gratuits ainsi que la syndicalisation de la fonction publique, qui émaillaient tous leurs discours de propositions quant à un Québec tourné vers le changement, vers l'avenir, vers les affaires, lancé à son tour après beaucoup trop de retard dans le modernisme le plus... à la mode.

John Kennedy avait rajeuni l'humanité. Jean XXIII insufflait à la religion un air de renouveau et de fraîcheur. John Diefenbaker restait populaire à la tête du Canada. Il fallait un autre Jean ou John, disait Michelle, celui-là à la tête de la province: Jean Lesage.

—C'est des inventions tous ces scandales-là! pleurnicha Grégoire.

—T'as entendu hier l'affidavit assermenté concernant le ruisseau d'égout de Saint-Benoît, creusé deux fois plutôt qu'une par un contracteur? C'est Grand Gilles qui l'a lu à la radio.

—Hey, Grand Gilles est bleu comme ma chemise.

—Si tu veux, mais il est bien obligé de faire son travail d'annonceur, que ça fasse son affaire ou pas.

Le bruit de sa dactylo brouilla à nouveau les sons. Paula se dit que la fin du patronage annoncée clairement par les libéraux signifierait donc que les mêmes personnes resteraient en place après les élections, que les libéraux prennent le pouvoir ou pas, et que les mêmes entreprises obtiendraient des contrats du gouvernement. En ce cas, elle avait de maigres chances d'obtenir un emploi quelque part dans son village natal dont elle sentait un certain appel nostalgique depuis quelques semaines, depuis en tout cas qu'Aubéline parlait de plus en plus souvent de se marier.

Ce ne fut pas avant dix bonnes minutes qu'elle entendit de nouveau les hommes qui alors se reparlaient de l'autre sexe.

—Une femme, c'est comme un steak, dit le plaisantin des trois, plus elle est battue, plus elle est juteuse.

Et il s'esclaffa dans un rire qui finit étouffé.

Paula ragea. La famille Nolin de Saint-Honoré et le drame d'Aubéline lui vinrent en tête. Une farce aussi plate et éculée n'avait rien pour faire rire qui que ce soit sauf les imbéciles.

Il y eut un autre rire que celui du blagueur et ce n'était sûrement pas celui de son patron...

Mais plus tard, malgré elle cette fois, elle surprit des mots de lui qui la hérissèrent.

—Tu veux que je te présente une belle petite fille? J'ai ma secrétaire... pas piquée des vers. Ça paraîtra pas, je vais la faire venir sous un prétexte et tu pourras jeter un coup d'oeil dessus. C'est de la très belle machinerie, tu verras.

La jeune fille se cabra puis elle se dit que son patron devinerait peut-être qu'elle avait entendu quelque chose à travers la cloison si elle refusait d'aller à la salle de montre. Tant qu'à faire, ce Grégoire bleu et 'ricaneux', elle lèverait le nez sur lui. Tiens, elle éviterait même à monsieur Roy le problème de trouver un prétexte pour la faire venir et elle s'en fabriqua un elle-même à partir d'une facture qui manquait de précision.

Elle se rendit dans le garage puis entra dans la salle où elle marcha en roulant ses hanches dans son pantalon crème et une sorte de provocation indifférente.

—Tiens, voilà ma secrétaire, Paula Nadeau, une jeune fille originaire de Saint-Honoré. Vous voyez messieurs qu'il n'y a pas rien qu'à Saint-Georges qu'on trouve de beaux enfants...

Paula dévisagea celui qu'elle croyait être Grégoire, un jeune homme bedonnant au visage sanguin qui souriait béatement comme s'il venait de recevoir l'eucharistie.

Le patron lui donna la précision qu'elle voulait puis il présenta vaguement les deux hommes. Grégoire, c'était l'autre, un personnage de plus de six pieds, très large d'épaules, le visage sérieux, jeune homme d'environ vingt-deux ans, et qui balaya toute la personne de Paula de son regard à la verticale. Elle lui adressa des yeux terribles par lesquels son rire aux femmes battues lui fut repoussé jusqu'à la 'jarnigoine'.

Et elle tourna les talons sans aucun sourire...

—De mauvaise humeur, entendit-elle de la bouche du plaisantin, elle doit traverser ses... ses journées...

*

Toute la Beauce et Saint-Honoré plus encore avaient l'oreille vissée aux appareils de radio et de télévision en ce soir du vingt-deux juin. Il était convenu tacitement entre les politiciens de tous les partis, la station de radio et même le public, que les résultats locaux seraient publiés d'abord par la radio locale avant d'être transmis à Radio-Canada pour diffusion à la télé. Chacun écoutait donc un appareil d'une oreille et l'autre de l'autre.

À huit heures précisément, Grand Gilles annonça, la voix un peu contrainte:

—Le sort en est jeté pour ce qui est de la Beauce, chers auditeurs, le député sortant, monsieur Georges-Octave Poulin vient de concéder la victoire à son adversaire libéral, le docteur Fabien Beaudoin de Saint-Honoré. Nous attendons l'appel du nouveau député dans les minutes qui viennent... Eh bien, ça y est, voici que nous avons déjà monsieur Beaudoin en ligne... Docteur, la santé est bonne ce soir?

Au sortir d'une dure campagne électorale où l'élément central avait été un salissage en règle, et en bonne partie justifié, de l'administration unioniste, le docteur gardait une voix tout aussi agressive qu'avant à laquelle s'ajoutait maintenant la touche de l'autorité nouvelle:

—Plus que jamais! Et c'est grâce aux bons soins de l'électorat. La Beauce, et semble-t-il toute la province de Québec, se mettent ce soir sur la carte du monde. Elle est finie, terminée, l'époque du favoritisme, des pots-de-vin, des petites ristournes, des soumissions fermées, de l'achat des consciences, de la corruption sous toutes ses formes. Ce soir, le Québec se donne une âme propre, neuve et prometteuse... un avenir extraordinaire, une vraie place dans un grand pays...

Ce jour-là, Paula était en congé de même qu'Aubéline, et après avoir voté, elles prirent l'autobus pour Saint-Honoré où il y aurait fête ce soir-là selon toute probabilité. De toute manière, les services des Électros avaient été retenus par l'organisation libérale pour amuser le peuple quels que soient les résultats. Michelle viendrait aussi, mais en soirée avec son père, et les trois amies trouveraient une façon de retourner à Saint-Georges après ces festivités qui leur permettraient de passer quelques heures de pleine semaine avec leurs amis musiciens qui, bien entendu, n'auraient pas pu les ramener faute d'espace dans leur véhicule.

Dès l'annonce de la victoire, le quart du comté monta en voiture et se dirigea vers Saint-Honoré. Trafiquants, intéressés, affairistes et carriéristes, rapaces tous azimuts, bonnes femmes émues dont le fils croupissait en prison, personnages cravatés aux poches remplies d'intentions et de projets, chômeurs bercés d'illusions et même plusieurs curés qui espéraient de l'asphalte sur le poussiéreux chemin de leur presbytère: racaille et haute gomme, les plus petits et les plus grands, tous remontèrent la rivière comme des saumons entêtés pour aller frayer dans les eaux rouges de Saint-Honoré où ils arrivaient par grappes, fiers d'une victoire dont ils se sentaient tous des piliers et de laquelle ils attendaient des redevances et retombées.

Parmi eux, deux pleins camions de bière obtenus au prix coûtant grâce au nouvel agent de la Molson, ce farceur d'Yves Perron qui avait tant irrité Paula quelques semaines auparavant. Prix de consolation pour ceux que le gouvernement ne pourrait pas engager, la bière serait si abondante que la Beauce ne saurait rentrer chez elle que chancelante et en titubant. Mais joyeuse et fière!

Paula, Aubéline et Lucie se rendirent à pied aux abords de la salle qu'on disait déjà 'paquetée' comme une boîte de sardines. En tout cas, les terrains de jeux étaient noirs de monde. Des gens qui se croisaient, l'air sanctifié, le rire gras, la bouteille à la main, qui allaient et venaient à la recherche de ce qu'ils avaient déjà trouvé: l'euphorie de la victoire.

Elles aperçurent la familiale des Électros entre un mur bombé de la salle, et le derrière d'un haut camion de Molson, et elles s'approchèrent sans trop savoir pour quelle raison.

Paula eut une surprise de taille de tomber face à face avec André Veilleux qui avait charge d'ouvrir et distribuer les bouteilles de bière pour les électeurs. Il lui parla tout en répondant aux demandes incessantes des gens, surtout des hommes mais aussi des adolescents profiteurs.

—Hey! s'exclama-t-il, comme ça fait longtemps que je t'ai pas vue, Paula. Et toi aussi, Lucie...

—Tu connais Aubéline?

—Non, je n'ai pas cet honneur.

—Mais oui, au patin à roulettes, une fois.

—Non, madame! Depuis que je n'ai plus qu'un seul oeil, jamais je n'oublie un visage...

—Il a raison, dit Aubéline. Tu m'as souvent parlé de lui, mais je ne le connaissais pas.

—Ça va à l'université?

—Sur des roulettes.

—Et toi, pas encore mariée?

Elle se composa un rire pointu:

—Non, non, non... J'ai toute la vie pour me préparer un beau mariage, non?

—Mais non, Paula, mais non! Un beau mariage, ça se fait pas à bout d'âge. Maximum à vingt-cinq ans!

—C'est vrai! dit Aubéline dont le visage s'éclairait mais qui s'assombrit avec une telle soudaineté que Paula se mit à interroger son regard.

192

—C'est mon père, dit la jeune fille en retraitant. Et je ne veux surtout pas lui voir la face. Je m'en vais de l'autre côté du camion.

Un homme petit, frêle, aux cheveux noirs et raides, se présenta au bar improvisé. André lui tendit une bouteille. L'homme en demanda deux sans lever les yeux.

—Vous avez pas envie de revenir?

Le personnage leva la tête et dit:

—Deux, deux, envoye... Tu dois savoir avec la face que t'as... que ça va mieux à deux...

André comprit l'allusion à son infirmité et il blagua:

—Dans le fond, c'est aussi bien: comme ça, vous allez revenir deux fois moins souvent.

L'homme prit la deuxième bouteille puis il s'arrêta devant Paula et sa soeur, et il dit en leur regardant la poitrine:

—Vous direz à Aubéline que je l'ai vue... de mes DEUX yeux...

Lucie frissonna. André ne la rassurait pas, pour une raison qu'elle n'arrivait toujours pas à expliquer, et voilà que cet homme noir avait le ton à la menace. Par bonheur, il disparut sans chercher à parler à Aubéline qui revint et voulut entrer dans la salle.

Paula leva la tête et elle se demanda si le véritable danger ce soir-là ne venait pas beaucoup plus de cette bâtisse boursouflée où s'engouffraient par trois portes dans un flot lent et lourd des centaines de personnes gonflées d'orgueil ou d'espoir, ce qui, par contre, les rendait peut-être plus légères.

—On passe par le grand escalier de côté? Il débouche tout près de la scène. Si on veut aller dans les coulisses pour voir les gars...

Lucie les regarda partir. André lui adressa des paroles embarrassantes sur sa beauté physique. Au bout de cinq marches à peine, elles furent obligées de s'arrêter derrière les autres et d'attendre. Aubéline cria à Lucie de venir et l'adolescente ne se fit pas prier. Alors qu'elle tournait pour prendre l'escalier, un personnage étrange surgit d'entre le cimetière et la salle que son mur arrière frôlait, et il se dirigea vers elle. C'était Réal Nolin, l'homme le plus craint par les enfants de la paroisse, et que tous considéraient comme dangereux quand il était sous l'effet de l'alcool. Il tenait une grosse bouteille de bière à la main en promenant à gauche et à droite des regards ternes et titubants. Avant de lui faire dos, Lucie eut le temps de le voir avaler une rasade énorme à même le goulot qui laissait échapper des filets de bière aux commissures des lèvres.

On gravit les marches une à une, à pas de tortue. La capacité d'absorption de cette petite salle paraissait tenir du miracle. Sans doute que le curé y était pour quelque chose par ses regards en prière. Bien assis sur la galerie du presbytère, bouffarde fumante à la bouche, le prêtre savourait lui aussi le doux fruit de la victoire. Mais surtout, il regardait les trois chemins environnant l'église, poussiéreux depuis toujours, et qui seraient asphaltés dans les semaines à venir comme le lui avait glissé à l'oreille le docteur Beaudoin durant la campagne. À condition bien sûr d'être élu dans le comté et si Lesage passait à la tête de la province.

Parfois, le long fil de ses réflexions le conduisait à un soupçon de culpabilité. Toute cette bière qui coulait là sous son nez, servie par un jeune universitaire. Puis il se disait que la fête a bon nom chez les Québécois, qu'elle les rapproche au point qu'un petit gars instruit servait à boire aux plus humbles du comté... Le vicaire, lui, avait déclaré qu'il s'éloignait de choses aussi bruyantes, terre à terre et aux allures de bacchanales électorales.

Mais le bon vicaire, ruminait le curé, est encore bien jeune et bien idéaliste. L'âge met les deux pieds sur terre. Il verrait bien quand il serait à son tour à la tête d'un ministère paroissial...

—J'sais pas si j'ai le droit de venir à la fête vu que j'ai perdu mes élections, dit une voix en bas de la galerie, à deux pas du prêtre qui se pencha en avant et aperçut son garagiste endimanché, les cheveux brillantinés.

—Philias, je pensais que tu aurais changé d'idée à la dernière minute, s'exclama le curé à voix forte afin d'être compris par ce personnage à moitié sourd.

L'autre rapetissa encore plus l'oeil et la voix:

—Non monsieur, moi, personne a eu mon vote. Dans ce cas-là, je pouvais pas faire autrement que de perdre mes élections.

–T'as dû avoir de la misère à te retenir pour pas aller poser ta petite croix.

–Pas une miette, Thomas, dit le garagiste à voix sèche en regardant par-dessus ses lunettes.

–Ça t'aurait aidé, question clientèle.

–Sainte viarge, monsieur le curé, tu sais que personne achètera jamais Philias Bisson, dit l'homme à voix pointue en se croisant les bras dans un geste d'opposition.

Le curé protesta plaintivement:

–Oui, mais entre citoyens d'une même paroisse, faut se donner des coups de pouce, non? C'est tout un honneur, ce soir, de voir que les deux députés de la Beauce sont des petits gars de la place. Imagine-les ministres: ça serait unique dans l'histoire du Québec, du Canada...

–Le déshonneur viendra bien assez vite, comme toujours par les chemins de la politique... Tu verras, tu verras, Thomas...

–Veux-tu venir t'asseoir pour entendre les discours?

–Dérange rien, Thomas. Peut-être plus tard si t'es pas rentré dans le presbytère. J'ai envie de me promener un peu à travers de ce monde-là... pour voir...

–Attention de pas prendre trop un coup, là, toi! Tu sais que tu perds ton contrôle dans ce temps-là...

Le garagiste ne répondit pas et il s'éloigna...

Le coeur du village avait changé ces dernières années. On avait rasé la grange du curé et bâti à la place un couvent moderne, et fermé le vieux en attendant de le démolir. À l'autre extrémité du cimetière, dans un champ voisinant la salle paroissiale, un collège avait été construit. Le nombre de religieuses n'avait pas augmenté mais on comptait plus d'institutrices laïques.

Dans sa classe du couvent, en train de mettre un ordre d'été qui s'y trouvait déjà, Esther Létourneau tâchait de fermer son âme du mieux qu'elle le pouvait à tous ces bruits inévitables, ces cris, ces micros que l'on réglait, ces véhicules, cette fièvre jamais vue qui bouleversait Saint-Honoré. Les dix dernières années pour elle resteraient à jamais entre les murs de sa classe et ceux de son coeur. Et les dix suivantes et les dix d'après. Elle regarda néanmoins par une fenêtre toute cette agitation qui n'avait aucune odeur religieuse tout au contraire de la visite de l'évêque, et il lui parut qu'un grand malheur planait quelque part au-dessus de cette folie du changement...

Enfin les jeunes filles réussirent à entrer dans la salle. "Qu'un incendie se déclare et il y aurait quatre cents morts", dit-on pas loin des oreilles de Paula. "Ah! mais le curé veille", fut-il répondu. "C'est sa salle. Elle ne brûlera jamais tant qu'il sera vivant: on l'a vu pour sa grange". "Mais peut-être que le plancher pourrait s'effondrer, et les murs éclater?..." "Le bon Dieu qui a rendu possible la libération du Québec et de la Beauce, ne permettrait jamais une chose pareille..." "Comment ça, Lesage a-t-il réussi à gagner finalement?" "Par la peau des dents, mais c'est fait. Une dizaine de sièges de majorité. C'est la fin d'une époque..." "Et le début d'une autre..." "Ah oui, d'une autre..."

Les mots bourdonnaient dans la tête de Paula. Elle tâchait de se glisser contre le mur pour parvenir devant, à l'escalier qui menait dans les coulisses où on trouverait de l'air et les musiciens, mais sa progression et celle des deux autres qui la suivaient s'avérait fort laborieuse. La victoire se rapprocha peu à peu et enfin, elles purent monter dans le petit escalier et ouvrir la porte donnant sur les petites loges où les musiciens attendaient ainsi qu'un personnage bas sur pattes, à visage sanguin, et qui se désespérait en tirant sans arrêt sur sa cigarette:

—Y'a toujours quelqu'un qui vous met des bois dans les roues. On comptait sur le député fédéral pour venir dire un mot de félicitations au docteur Beaudoin et voilà que monsieur s'est désisté à la dernière minute.

Et l'homme s'adressait à qui voulait l'entendre.

Les gars et les filles se saluèrent; Ghislain dit à l'homme embêté:

—Dites-le, vous, ce mot de félicitations. C'est pas dur. Une dizaine de mots espacés d'applaudissements et ça donnera l'air d'un grand discours.

—T'as l'air de t'y connaître, pourquoi tu le ferais pas, toi?

—Parce que... parce que je ne suis même pas de la paroisse, parce que ça paraîtra qu'on n'a pas pu trouver quelqu'un pour féliciter le docteur si c'est le guitariste de l'orchestre qui le fait...

—Moi, j'ai une idée, dit Paula.

—C'est ça que je cherche, dit l'homme dont le regard pétilla.

—Allez chercher André Veilleux en bas, qui sert de la bière. C'est un gars d'université. C'est un gars de la place. Il est d'une famille libérale et il a été élevé voisin du député fédéral.

L'homme ne sourit pas et regarda intensément la jeune fille comme pour montrer qu'il n'avait jamais reçu de toute sa vie un aussi pertinent conseil. Et aussitôt, il sortit de la coulisse.

Ghislain conduisit Paula dans la dernière loge du fond et il eut avec elle un entretien qui n'étonna pas outre mesure la jeune fille puisque d'une certaine façon, elle avait agi de manière que leur relation en arrive là. Il voulait rompre. Et bien sûr, pour un bout de temps. Elle ne le prit pas tragiquement mais elle se sentait de trop en cet endroit et voulut s'en aller. Dans tout ce brouhaha, comment annoncer à Aubéline et Lucie ce qui venait de se produire? Elle leur dit simplement son besoin de prendre de l'air. Sans attendre de commentaire, elle disparut par la porte, dans la foule, et se dirigea vers la sortie. En chemin, elle croisa de près l'organisateur et André qui sûrement se rendaient sur scène. Puis rencontra et salua les frères Gaboury, culturistes, amis de Julien dont l'un cherchait toujours à se rapprocher de Lucie qui s'arrangeait pour l'éviter, inlassablement.

Un inconnu avait remplacé André au camion de bière. Partout, il n'y avait plus que des autos et des têtes. Sur le chemin du cimetière, sur celui longeant le tennis et jusqu'au-delà du presbytère près du couvent neuf, dans l'autre direction, de chaque côté de l'église, sur le terrain de jeux... Des gens, et surtout des hommes, buvaient, s'échangeaient des félicitations, des salutations, des prédictions sur l'avenir du Québec. Paula se mit à errer sans trop souffrir, sans trop savoir où aller, se demandant si elle ne devrait pas simplement retourner à la maison avec

Hélène, et profiter de l'absence de son père pour avoir une belle conversation avec cette toujours sage jeune belle-mère.

Lucie et Aubéline se parlaient de façon animée dans la loge du fond.

—Ils ont cassé.

—Comment le sais-tu?

—Par mon ami qui le savait d'avance par Ghislain.

—Mais... Paula aurait besoin de quelqu'un? s'inquiéta Lucie.

—Difficile à dire.

—Moi, je pense.

—Dans ces moments-là, il y a des gens qui ont besoin de solitude et d'autres pas. Je ne sais pas...

—Je vais aller la voir.

—Comment vas-tu la retrouver?

—Elle est là, quelque part...

Ses peurs d'être seule parmi la foule abandonnèrent Lucie, effacées par son besoin de secourir sa soeur. Et elle quitta l'endroit où, par ailleurs, elle se sentait mal à l'aise parce que son espace vital trop comprimé. André arrivait au même moment. Il lui fit un clin d'oeil nerveux, l'esprit occupé à préparer son discours et à s'entretenir avec l'organisateur qui lui disait:

—Je m'en vais au fond de la salle et quand tu me verras croiser les mains comme ça, là, au-dessus de ma tête, ça voudra dire que le docteur arrive et alors, tu commenceras ton discours.

—Je vais me tenir l'oeil dans le coin, là... Sais pas si je devrais parler de la possibilité qu'il soit nommé bientôt ministre?

—N'importe quoi, dit l'organisateur en appuyant son dire de ses mains levées. Un soir d'élections, des élections qu'on a gagnées, n'importe qui peut faire le premier ministre.

Un mouvement de foule permit à Lucie de se retrouver vite dehors, en bas de l'escalier. Elle longea le camion de bière. Un regard rouge caché dans le noir sous l'escalier la suivit un moment. Elle se rendit sur le terrain de jeux où le gros des gens se trouvait sous l'éclairage assez important des projecteurs.

"Tiens, le docteur qui entre dans la salle, dit une voix. Tu féliciteras ton père, Lucie, dit quelqu'un d'autre. Y'a eu rien que huit bleus dans son poll".

Elle demanda à ceux qu'elle connaissait si on avait vu sa soeur. Du temps parfaitement perdu puisqu'en un tel endroit, la droite vers laquelle pouvait s'être dirigée Paula pouvait aussi bien vouloir dire la gauche et vice-versa...

En ce moment même, Paula se trouvait devant l'église où elle venait de rencontrer Michelle tout juste arrivée de Saint-Georges avec son père. L'homme poursuivit son chemin vers la salle et les jeunes filles restèrent ensemble.

—J'ai une nouvelle à t'annoncer.

—Je sais... c'est cassé avec Ghislain.

—Comment le sais-tu?

—Parce que moi aussi, c'est cassé avec mon chum.

—Depuis quand?

—Depuis avant souper au téléphone. Et j'ai su que Ghislain voulait faire pareil...

—Et Aubéline?

—Semble que ça va durer un peu plus longtemps. Pas grave: la mère...

—... des gars est pas morte...

Elles s'esclaffèrent. Le sujet de conversation changea...

De tous les haut-parleurs jaillit la voix de ténor et de tonnerre d'André que Ghislain venait de présenter:

—Mesdames, mesdemoiselles, messieurs, nous sommes au premier jour d'une grande... révolution...

—Où c'est qu'il va donc chercher ces grands mots-là, le petit Veilleux, dit une voix derrière Lucie qui poursuivait sa recherche.

—Notre province, notre chère province de Québec s'est donné enfin la... lumière...

Les applaudissements, les cris, les klaxons des voitures, les rires et même le curé approuvèrent l'étudiant.

Dans sa robe pâle, Lucie concentrait les rayons des projecteurs et les regards de ceux qu'elle croisait.

—Avez-vous vu ma soeur Paula? continuait-elle de demander à gauche et à droite aux gens de Saint-Honoré qu'elle voyait.

Ayant fait la tournée de tous les endroits où il se trouvait des attroupements, elle se rendit jusqu'au grand
chemin pour regarder au loin et peut-être apercevoir
Paula qui s'en allait à la maison. Rien là-bas. Peut-être
qu'elle était retournée dans la salle, auprès d'Aubéline...

De l'autre côté de l'église, sa soeur marchait avec
Michelle sur le chemin bordé d'arbres du presbytère. Elle
racontait à son amie la belle histoire d'amour d'Esther
qu'on avait aperçue dans sa lumière intérieure du
couvent. Après un lent aller, on revenait en direction du
perron de l'église...

—Chers amis de Saint-Honoré et de toute la Beauce, en
tant que jeune et nouvel électeur, c'est tout un honneur
qui m'est donné ce soir de vous présenter l'homme du jour,
de l'année... notre nouveau député que voilà, à l'arrière
de cette salle...
Les applaudissements enterrèrent la voix de l'orateur.
La marée mouvante des gens dans la salle se fendit en
deux comme la mer Rouge devant le puissant Moïse et le
jeune médecin précédé de son épouse et suivi du petit
organisateur bouffi d'orgueil, fit son entrée triomphale sur
un pas rapide presque militaire dans ce joyeux capharnaüm
émotionnel.
—Et sans plus tarder, mesdames et messieurs, dit André
pour étirer le temps jusqu'à l'arrivée du député sur scène,
je... vous présente... oui, oui, j'ai l'insigne hon... le très
grand... plaisir de... d'inviter le docteur Beaudoin à vous
adresser la parole... immédiatement... Applaudissons notre
député... votre député... le député de tous les Beaucerons
et d'une équipe... du tonnerre...

Lucie décida de rentrer elle aussi dans la salle mais par
le grand escalier extérieur de côté qu'elle avait emprunté
précédemment, contrairement à la plupart des gens qui entraient par devant. Et elle s'y dirigeait tandis que le politicien nouvellement élu entamait son discours après la pré-
sentation flamboyante d'André..
—Mesdames...
Ce fut un tonnerre d'applaudissements...

—Mesdemoiselles...

On applaudit autant.

—Et messieurs...

Il dut s'arrêter encore.

—Non, mais quel orateur, cet homme-là! entendit Lucie qui se dirigeait vers le camion à bière.

Paula et Michelle parvinrent à la hauteur du devant de l'église. Sur le perron, se trouvait un homme qui, lui aussi, semblait vouloir prendre la parole. Courbé, nerveux et incohérent, Michelle le prit pour un ivrogne plein ras bord jusqu'aux oreilles.

—C'est Tit-Georges Veilleux, l'idiot du village, murmura Paula à son amie qu'elle retint de marcher en lui prenant un bras.

—Qui c'est ça?

—Je te le dis: l'idiot...

—Est-il parent avec André?

—Pas du tout! De la fesse gauche peut-être...

Elle ne put en dire davantage. Au loin, le député cracha dans les haut-parleurs:

—Une ère toute nouvelle vient de commencer dans la province de Québec...

Paula dit:

—Il déteste les automobiles. Imagine ce qu'il doit vivre! Je n'en ai jamais vu autant de toute ma vie par ici.

—Est-il dangereux?

—Rien que pour les autos. Souvent, il donne des coups de pied dans les portières...

Tit-Georges cria en mâchouillant des mots nasillards:

—Les maudites machines à poils... quoi c'est que vous venez faire par icitte?...

Le député tonna:

—Oui, nous allumons nos phares et les braquons droit sur l'avenir. J'entendais mon ami le jeune Veilleux nous parler de LUMIERE il y a quelques instants...

L'idiot lança son poing et sa voix vers le ciel:

—Allez donc chier votre marde au Klondike... ou ben dans l'étable à Bethleem... maudits chars de baptême...

—Un avenir brillant s'ouvre devant nous, un avenir de richesses, de foi *(Fabien savait le curé à l'écoute)* et d'enthousiasme. Notre belle province reçoit aujourd'hui une sorte de baptême par lequel elle sera régénérée...

Tit-Georges descendit les quatre marches de l'escalier de ciment et il frappa d'un pied furieux dans une portière d'auto stationnée, puis il remonta de deux marches tout en vociférant:

—Je m'en vas toutes vous sacrer à dump maudites cochonneries de tôle pourrie...

—Finie la pourriture, chers électeurs. Désormais ce sera la prospérité grandissante pour tous. Peut-être pas demain matin avec tout ce qu'il faudra rattraper...

—Par chance que c'est pas l'auto de mon père, menaça Michelle, parce qu'il se ferait parler dans le fraisier, celui-là.

—Il t'écouterait même pas...

Le haut-parleur de la vérité nouvelle éclata des suites de l'homme politique:

—Monsieur René Lévesque sera ministre des richesses naturelles selon toute probabilité, mesdames et messieurs, et avec lui, fini notre fer vendu à une cenne la tonne aux Américains. Mieux encore, on va les obliger à fabriquer des automobiles chez nous...

—Maudites machines à poils sorties de l'enfer... vous allez retourner d'où c'est que vous venez, proclama la voix démentielle dans les marches du perron.

Intéressée au plus haut point par les dérèglements d'ordre psychologique, Michelle demanda:

—Est-ce qu'il est pire les soirs de pleine lune?

—Sais pas. On n'est pas un soir de pleine lune. Non, c'est une fixation qu'il a contre les autos... On dirait que dans un recoin de sa tête bizarre, il pense que l'automobile est un vrai démon sorti de l'enfer pour détruire la terre et que lui va la vaincre tout seul comme Saint-Georges a terrassé le dragon.

—C'est-il assez curieux comme folie, hein?

—Que veux-tu? On choisit pas ses concitoyens. Quand on écoute notre nouveau député, on voit qu'il n'y a pas que des fous à Saint-Honoré.

Et la voix politique tonnait:

—Nous allons bâtir des écoles immenses, des industries énormes, des routes larges comme deux fois les nôtres;

nous allons doubler et plus les subventions sur les engrais chimiques pour que notre agriculture soit trois fois plus productive, nous allons ériger des barrages trois fois plus grands que ceux de Bersimis ou d'Arvida sur nos rivières du nord. Et dans dix douze ans, notre niveau de vie et de consommation sera au moins égal à celui des Ontariens, des Américains. C'est ça le bel avenir qui nous attend. C'est à ça que nous allons travailler... Les QUÉbécois, ces grands CAnadiens, se sont réveillés. Les BEAUcerons, ces grands QUÉbécois, se sont réveillés. L'éducation pour tous. Les soins de santé pour tous. Tout pour tous. Des lendemains qui chantent... Et pour vous en donner une idée ce soir même, nos musiciens les Électros vont nous égayer pour le restant de la soirée. Merci BEAUcerons, merci spécialement aux électeurs de Saint-Honoré et à ces nombreux et dévoués organisateurs de tout le comté...

Fatigué d'entendre ce charabia qu'il ne comprenait pas, Tit-Georges s'écria aux quatre vents mais à l'intention de l'orateur envolé:

—Farme donc ta baptême de gueule, Fabien Beaudoin de mon cul! J'ai voté pour toi; c'est pour ça que t'es as gagnées tes maudites 'actions'...

—C'est pas drôle d'entendre ça: par chance que ça vient d'un fou, dit Michelle.

Lucie passa à nouveau devant ce noir regard rouge embusqué sous l'escalier, et en montant, elle croisa André qu'elle arrêta. Il ne savait pas trop si Paula était retournée dans les coulisses et il dit se dépêcher de retourner à sa responsabilité Molson.

L'adolescente retrouva Aubéline quelques minutes plus tard. Elle décida de rentrer à la maison où Paula était sûrement déjà. Aubéline s'y ferait reconduire par les gars ou bien s'y rendrait à pied. Et enfin Lucie respira quand à nouveau et pour la dernière fois, elle redescendit les marches de l'escalier dans la demi-obscurité.

Au moment même où elle tournait le dos au cimetière, l'impression d'entendre un bruit feutré à travers ceux des haut-parleurs la fit sursauter et tressaillir un peu. Elle s'arrêta une seconde... Et le cauchemar alors se rua sur elle par derrière.

Deux bras tentaculaires l'agrippèrent. Une main terrible lui rentra un cri dans la gorge. Une autre plaquée sur son ventre l'aspira tout entière vers le néant. Le temps se fractionna. Elle put voir disparaître la flèche de l'église, la silhouette du camion de bière qui empêchait quiconque de voir son enlèvement, la petite plate-forme du haut de l'escalier où des hommes demeuraient cloués aux derniers mots du nouveau député, sauveur de la nation...

On l'entraînait dans l'espace très étroit entre la salle et la muraille de pierre du cimetière, ses jambes égratignées par des aulnes, ses mains cherchant désespérément dans leurs maigres forces à se libérer de l'étreinte effroyable. N'ayant pas vu venir le danger et les choses arrivant à la vitesse de l'éclair, Lucie n'était pas encore envahie par la peur et quand cette puissance inimaginable s'arrêta pour reprendre son souffle derrière elle, il se passa un court moment où ses sens purent s'exercer au maximum qu'il leur soit possible de le faire.

Elle entendit ce souffle haletant, cette respiration infernale dans son cou, en sentait l'haleine de bière. Et son regard ne pouvait apercevoir que l'autre coin du cimetière loin devant, qu'éclairaient faiblement en silhouettant les monuments, des résidus de la lumière des projecteurs du terrain de jeux et celle des sentinelles au voisinage du presbytère et du couvent neuf.

—Si tu cries, tu meurs... Si tu cries, tu meurs...

La pression sur sa bouche redoubla et la voix siffla une troisième fois:

—Si tu cries, tu meurs...

La peur se jeta sur elle, broyant son âme. Non à cause des mots qu'elle n'avait pas encore analysés mais parce que le temps de la peur était maintenant venu. Celui d'une peur animale, instinctive, incontrôlable qui s'ajouta, après une fraction de seconde, d'une peur humaine alimentée par la menace de mort.

La force d'homme la tira encore de quelques pas puis la plaqua brutalement au sol. La main de la bouche se retira le temps d'un éclair et alors la terreur animale chez l'adolescente hurla à la terre entière. Mais tous les haut-parleurs étaient remplis d'un chant énorme dirigé par le chef d'orchestre et l'organisateur:

—Il a gagné ses épaulettes, maluron malurette; il a gagné ses épaulettes, maluron maluré... Il a gagné ses épaulettes...

Lucie reçut un violent coup sur la tête et l'affreuse main la tut. Toutes choses se mirent à tournoyer dans un galimatias de douleurs physiques et d'horreurs de l'âme. Quelques pas plus loin, dans le noir, une marmotte attirée par le bruit émergea de son trou qui donnait entre deux grosses pierres de la muraille du cimetière. Quand, grâce à sa vision nocturne, elle sut l'inutilité de sa présence, elle rentra dans son tunnel jusqu'à la tombe qu'elle partageait avec un vieux cadavre d'homme accidenté quinze ans plus tôt et dont il ne restait que les ossements humides.

La souffrance que le corps de l'adolescente ressentit dans le bas de son ventre déferla sur toute son âme pour en nécroser de larges morceaux. Un goût de bière et de vomissure entra dans sa bouche. Les perceptions de ses yeux fixes passaient des blancheurs les plus effrayantes aux noirceurs les plus effarantes. Ses cris, quand le baiser affreux des doigts cédait la place à celui de lèvres hideuses, confinaient aux gémissements du désespoir que le violeur associa aux lamentations du plaisir.

Quand il eut fini, il demanda au milieu de ses halètements lubriques:

—Sais-tu qui je suis?

Elle hocha négativement la tête mais c'était sans aucun lien avec la question qu'elle n'avait même pas discernée dans ces circonstances atroces et macabres. Ce mouvement lui sauva probablement la vie car l'agresseur rejeta une pierre qu'il serrait depuis quelques secondes dans sa main libre.

Les Électros crachaient si fort leur musique et leur chant que personne, même tout près, n'aurait pu entendre les pires hurlements de l'adolescente, et l'homme cessa de lui presser la bouche. Il ajouta:

—Mais même si tu le savais, hein, y'a pas personne qui voudrait te croire...

Il eut peur de sa phrase et voulut la rattraper:

—Mais tu peux pas le savoir parce que tu me connais pas et que tu me connaîtras jamais... En parler, c'est contre toi que ça va se retourner... Dans deux, trois ans, tu vas te marier: t'auras juste à faire semblant que t'es vierge... Un viol, c'est pas pire que ça, la petite! Ça va juste te faire moins mal quand tu vas te marier: le chemin sera fait...

Aucun son ne sortit de la bouche du violeur; tout ne fut que sifflé à l'oreille de la victime, et avec un accent parfaitement beauceron où les 'croire' deviennent 'croère' et les 'faire' se transforment en 'fére' et avec un 'parsonne' bien net à la place de 'personne'.

Ce qui suivit se passa aussi rapidement que ce qui avait précédé. L'homme cessa d'écraser. Il sauta sur ses pieds puis s'élança dans la nuit, mais l'adolescente n'aurait pas pu l'apercevoir au bout de la bâtisse puisqu'il prit la même direction qu'au moment de l'entraîner, c'est-à-dire vers une clôture basse qui gémit sous son poids, et un champ qui donnait sur le collège dans un sens et le néant dans l'autre...

Lucie se mit en foetus un court instant puis elle se leva et sanglota misérablement, la tête appuyée au papier rude du mur. Pendant un moment, la peur et la honte, et rien d'autre, se disputèrent sa décision. L'une lui disait de fuir à gauche vers l'endroit où on l'avait saisie, de crier à l'aide, d'alerter les gens... et l'autre lui ordonnait de s'en aller par le même chemin que son agresseur à sa droite puisque par le champ elle pourrait, à la faveur des lumières de l'avant de la salle, déboucher sur le chemin du collège puis d'atteindre la rue principale près de la maison de pension des filles de la manufacture. C'est la honte qui eut le meilleur et elle se mit en marche.

Quelques pieds et elle s'enfargea dans la broche de la clôture qu'elle franchit néanmoins sans trop de mal physique...

*

Esther gravit en discrétion les marches du large escalier frontal du presbytère. Assis dans le clair-obscur, le curé la fit sursauter quand il dit:

—Depuis vingt-cinq ans que je suis dans cette paroisse, je n'ai jamais vu autant de gens de partout nous visiter en même temps.

Elle répondit par un silence absolu. Il insista:

—Qu'est-ce que t'en penses?

Elle s'approcha et dit:

—Pas grand-chose, monsieur le curé... Moi, ces choses-là vous savez... c'est le domaine des hommes...

—Mais à quoi cela aura-t-il servi de vous octroyer le droit de vote, à vous autres les femmes, si vous le prenez sur ce ton? étira-t-il de sa voix la plus lente et paterne.

—Mais je ne suis pas LES femmes à moi toute seule, je ne suis que moi...

Le prêtre n'ajouta pas un mot. Il soupira, aspira sur sa pipe. Elle était morte.

Paula proposa à Michelle de la conduire chez elle. On irait jaser avec Hélène pendant que la fête se poursuivrait. Sans doute que Lucie et Aubéline les rejoindraient plus tard. Elles se parlaient, appuyées à l'auto du père de Michelle que la jeune femme avait voulu protéger des malédictions de ce fou furieux de Tit-Georges. Depuis un bon moment déjà, l'idiot était parti en maugréant en direction du terrain de jeux rempli de gens et de voitures, espérant peut-être, dans son âme nébuleuse, convertir de nouveaux adeptes à sa grande cause 'don-quichottiste'.

Elles marchaient lentement sur le trottoir, se parlant haut par-dessus les Électros lorsque passé la maison de pension de Bernadette l'attention de Michelle fut attirée par quelque chose. Paula tourna aussi la tête et elle dit:

—C'est la grotte à Bernadette. Bernadette, c'est une vieille fille qui tient une maison de pension là. Elle a fait construire une grotte en honneur de la Sainte Vierge... pour un voeu exaucé probablement...

—Peut-être celui d'avoir gardé sa virginité, blagua Michelle mais sur un ton absent.

Paula éclata de rire. Michelle s'arrêta.

—On dirait que ça bouge là...

—Écoute, dis-moi pas que toi aussi, tu vas croire que la vierge de la grotte fait des miracles...

—Non, non, mais il y a quelqu'un assis à côté...

Paula plissa les yeux et elle vit à son tour la robe pâle dans la nuit faiblement éclairée par un seul réverbère visible de l'autre côté de la rue. Un sombre pressentiment guida ses pas vers cette apparition qui tournait la tête...

—Va t'en! cria celle que Paula reconnut à ce moment.

—Lucie? Qu'est-ce que tu fais là?

—Va t'en, laisse-moi! hurla rauquement la blessée.

C'était le plus pathétique appel à l'aide que Paula ait entendu de toute sa vie. Les derniers gémissements de sa mère, du chien écrasé, les douleurs d'Aubéline quand elle avait raconté son drame, rien de tout cela n'approchait en intensité ce cri de mort que lançait sa jeune soeur.

Elle fut auprès d'elle et n'eut pas à voir sa robe déchirée, le sang sur une de ses jambes et son front, pour comprendre ce qui s'était passé. Michelle grimaça pour deux devant le navrant spectacle.

—Qui t'a fait ça?

Lucie se jeta dans les bras de sa soeur maintenant agenouillée près d'elle.

—Qui t'a fait ça? répéta Paula en la serrant fort pour la mieux conforter.

Lucie hochait la tête sans s'arrêter, en proie à d'affreux sanglots.

—Attends qu'elle se vide un peu, dit Michelle.

—Je ne sais pas, finit par dire Lucie.

—Où?

—Là-bas... à côté de la salle...

—Qui ça?

—Je ne sais pas, je ne sais pas...

Et les sanglots reprirent de plus belle.

—Ne la bouscule pas, dit Michelle avec plus d'autorité. Ça ne va rien donner. Laisse-la évacuer par elle-même à son propre rythme...

Paula se tut. Elle se contenta de flatter la chevelure de Lucie qui se calma petit à petit. Le cauchemar était imprimé à jamais dans son âme et dans sa chair. Elle le résuma en quelques mots.

—Etant donné qu'elle ne sait pas qui c'était, qu'elle ne le sait absolument pas, le mieux est que ça reste entre nous trois, dit Michelle qui, moins impliquée que Paula, arrivait à raisonner.

—Hélène va s'en apercevoir...

—Rendue chez vous, reconduis Lucie dans sa chambre et reste avec elle, et laisse-moi faire avec Hélène.

Quand elles eurent repris le trottoir, Paula échappa:

—S'il fallait que ce soit le père d'Aubéline...

—Es-tu folle, voyons?

–Ah! oublie ça, je suis en train de divaguer! C'est qu'il nous a parlé durement ce soir tandis qu'on parlait avec André Veilleux...

–De toute façon, moi, l'histoire d'Aubéline, personne a besoin de me la raconter pour que je la connaisse... Et puis, avec tout le monde qu'il y a là et toute la bière qui coule, ça peut être n'importe qui... autant André que le père d'Aubéline...

–Et Réal Nolin et Philias Bisson et même Tit-Georges Veilleux qui a eu le temps de se rendre là-bas après ses folies sur le perron...

–C'était pas Tit-Georges, voyons donc marmonna Lucie. Il m'aurait pas parlé comme il l'a fait...

–Qu'est-ce qu'il a dit?

–Des menaces... de me tuer... Et il m'a demandé si je savais à qui j'avais affaire...

–Et tu n'as pas reconnu sa voix?

–Il parlait sans voix.

Michelle soupira:

–Les chances que ce soit quelqu'un d'ici sont de une sur un million, je pense. Autrement, Lucie serait morte. Toute la racaille de la Beauce est ici; et anonyme en plus. Alors imagine... Dans ces cas-là, c'est jamais quelqu'un dont on aurait peur... Justement, les mécréants font attention pour pas éveiller les soupçons sur eux autres et ils s'habillent le visage avec des sourires niaiseux, pas avec des airs noirs...

Paula jeta amère:

–J'aurais jamais dû la laisser...

–Mais elle était avec Aubéline, tu l'as dit. Et commence pas à te culpabiliser. C'est ni de ta faute ni celle de Lucie. La seule chose à faire, la seule chose à penser, c'est d'enterrer ça à mille pieds sous terre. Pas facile à faire mais c'est faisable avec le temps. On devrait même plus en parler. C'est sûr que Lucie, ça va te revenir longtemps dans la tête, mais chaque fois, fais tout ce que tu pourras pour te chasser ça de l'idée... Bon, maintenant, avez-vous chez vous une poire pour laver les oreilles? Paula, tu vas lui donner une douche vaginale...

Pour la première fois, l'idée de risquer une grossesse vint à la victime. Michelle se dépêcha de la lui doucher:

209

—Et si jamais tu tombais enceinte, t'inquiète surtout pas, je connais un endroit où te faire libérer, et c'est pas une boucherie...

Le mot heurta l'âme de Lucie et il évoqua en elle cet abattage d'animaux auquel on l'avait forcée de participer. L'envie de vomir lui vint... Et elle commença à le faire, appuyée contre un orme immense qui frôlait le trottoir...

Paula glissa à Michelle à mi-voix rageuse:

—C'est la fille la plus sensible de Saint-Honoré. Si j'avais donc ce malade-là devant moi, je le tuerais comme un porc... Non, c'est dire du mal des porcs qui sont utiles, eux, au soutien de la vie...

Il fut possible de cacher la vérité à Hélène. Le bébé fut le prétexte idéal. Paula cria de loin que Lucie s'était blessée légèrement à un genou et qu'elle la reconduisait à sa chambre où elle panserait la blessure.

Deux heures plus tard, Rosaire était de retour en même temps qu'arrivait Aubéline qui fut prise à part par Michelle dans la chambre de Paula.

—Tu vas revenir à Saint-Georges avec moi. Paula reste ici. Elle est pas mal ébranlée par sa rupture avec Ghislain.

—Je voudrais au moins saluer Lucie.

—Elle a pris un coup, elle a vomi et elle est couchée pour la nuit, malade...

Aubéline avait tout le mal du monde à embarquer dans tout ça qui dégageait forte odeur de faux. L'image de son père continuait de la harceler et son âme était mêlée...

Assise par terre près du lit, Paula tint la main de sa soeur jusqu'à deux heures du matin.

—Lucie, dors-tu?

Pas de réponse dans le noir.

Alors Paula, exténuée par tant d'émotions négatives, se rendit à sa chambre et se coucha.

Lucie ne dormit pas une seule minute. Chaque demi-heure, elle ouvrait les yeux pour regarder vers la fenêtre et guetter les toutes premières lueurs de l'aurore. En les profondeurs de son âme, une hantise se transformait en obsession. Quand l'aube s'annonça, elle se leva, s'habilla en silence, descendit, sortit sans aucun bruit et marcha jusqu'au coeur du village. Là, dans la grisaille du petit matin, marchant dans le désordre omniprésent, papiers de toutes sortes jonchant le sol, quelques bouteilles écrasées çà et là, caisses vides, elle poursuivit jusque derrière la salle où elle avança entre les ronces, les bouteilles vides et les pierres jusqu'à l'endroit où elle jugea avoir été agressée. Elle se pencha, examina chaque pouce carré du sol mais en vain. Des larmes lui montèrent aux yeux. Elle reprit sa marche en avant jusqu'à la clôture basse qu'elle enjamba, accablée par l'impuissance et la misère du coeur. La défaite lui parut totale, définitive.

Quelque chose tout à coup bougea plus loin. C'était un petit animal qui, curieux, se dressa sur ses pattes. Un siffleux comme disent les gens et qui l'empêcha de pleurer. Elle s'imagina pouvoir s'en approcher et fit des pas en sa direction mais la petite bête nerveuse détala vers son refuge du royaume des morts. À peu près à l'endroit où s'était montrée la marmotte, Lucie vit quelque chose. Son regard durcit. Elle fit trois autres pas, se pencha, ramassa l'objet noir qu'elle examina quelques secondes puis glissa dans sa poche de robe.

Devant la grotte de Bernadette, elle s'arrêta un court instant. C'était là que la veille, elle avait demandé au ciel de lui faire découvrir l'identité de l'agresseur. Car c'était là qu'un doute avait germé dans son esprit, venu d'elle ne savait où. Une autre intuition ou bien fut-ce une indication de la Vierge, lui avait dit qu'elle trouverait sur les lieux de l'attentat une réponse à la terrible question, réponse qui par la suite deviendrait une raison de vivre de premier ordre...

Elle rentra à la maison sans se faire remarquer et dormit deux heures après quoi elle se leva et se rendit dans la chambre de Paula qui la trouva rassérénée. Il fut question de l'ouverture dans les jours à venir d'un hôtel à Saint-Honoré puisque, trop exigu et désuet, le Central ne répondait plus aux besoins de la population surtout des nouveaux mariés en quête d'une belle noce.

—Il paraît que monsieur le curé aurait préféré une chapelle à un hôtel, dit Lucie.

—Qui sait, peut-être qu'un jour l'hôtel qu'on bâtit sera transformé en église, dit Paula.

—J'ai su le nom...

—Ah?

—Château Maisonneuve.

—Mais c'est le nom que devait porter la place Ville-Marie à Montréal.

—C'est pour ça qu'il a été choisi...

—C'est une bonne idée... Bon... on ira faire nos noces là...

Assise au pied du lit où sa soeur était encore couchée, Lucie déclara calmement:

—Pour ce qui est d'hier soir, là, Michelle avait raison. On n'en parle jamais plus. Mais juste une chose: encore une fois, t'as été une soeur en or pour moi...

Paula retint des larmes. Soupira:

—Mais j'ai rien fait!

******

Chapitre 9

Paula retourna à Saint-Georges de reculons. Laisser sa soeur seule avec elle-même lui pesait lourd sur le coeur et ravivait son sentiment de culpabilité quant aux événements de l'avant-veille.

À la sortie du village, devant le nouvel hôtel, l'autobus dut s'arrêter. C'est qu'arrivait à Saint-Honoré, et à plein chemin, de la machinerie orange, les meilleurs équipements de la voirie venus transformer le coeur du village. Deux épandeuses de revêtement bitumineux, deux rouleaux montés sur des plates-formes tirées par des camions, deux grattoirs motorisés. Aussi des camions remplis de tuyaux de ciment avec lesquels on canaliserait enfin cet égout à ciel ouvert qui zigzaguait par tout le village en distribuant généreusement ses odeurs nauséabondes. On était fébrile bruyant. On possédait la voie publique. On possédait le monde.

Le docteur Beaudoin avait assisté à une réunion des nouveaux élus la veille à Québec. On avait réaffirmé, et plus fermement que jamais, la décision d'abolir enfin le mauvais patronage bleu tel que promis et répété tout au long de la campagne.

Et puisque de faire disparaître le vice n'est pas forcément vertu, on ajouta une autre décision, celle de rempla-

213

cer ce patronage vicieux et honni par un bon patronage: le rouge. Cantonniers, petits entrepreneurs, cadres et travailleurs: toute la racaille fut remplacée par les honnêtes supporteurs du parti. Gouverner, c'est non seulement répondre aux désirs du peuple, mais c'est aller au-delà, répandirent les politiciens du tonnerre applaudis et adulés.

Sur les machines et autour, grouillaient les nouveaux opérateurs qui se questionnaient sur la façon de les faire fonctionner. Car on était en début de soirée et il avait été décidé de stationner pour la nuit dans la cour de l'hôtel afin que les camions transporteurs puissent rentrer au garage de la voirie à Beauceville. L'équipement en aurait pour un mois dans le secteur puisque sitôt finis les travaux d'asphaltage de la cour de l'église et des quelques chemins environnant le presbytère commencerait l'opération dite 'patching' de la route jusqu'à La Guadeloupe à l'ouest et jusqu'à Saint-Martin à l'est, une opération comme son nom l'indiquait qui consistait à boucher les trous dans la chaussée, à niveler les bosses, à combler les dénivellations tout en élargissant l'accotement.

On bouchait entièrement le passage. Mais qu'importe la circulation quand un bien commun supérieur l'exige!

Un moustachu à la pipe fière monté sur un rouleau de fer mit la machine en marche pour la faire descendre de la plate-forme reculée en travers de la route. Des morceaux de bois quatre par quatre venaient d'être mis en position pour supporter le déchargement. L'homme y engagea la machine comme un vieux pro de la voirie québécoise. Et il la dirigea vers l'endroit de la cour qu'un autre lui assignait par ses gestes et ses cris. Mais le pauvre néophyte avait oublié d'apprendre comment freiner. Il eut beau enfoncer des pédales, crier 'huhau' comme à son cheval, la bête mécanique poursuivit sa course d'escargot dans un fossé et elle bascula sur le côté au grand dam du chef d'équipe qui craignait déjà de nouveaux scandales, mais rouges ceux-là.

L'autobus put enfin passer. Le chauffeur maugréa:

–Ça tiendra pas debout longtemps, ce gouvernement-là!

*

Aubéline eut un grand chagrin d'amour la semaine suivante. Son ami prit la décision d'imiter ses copains. Il lui annonça la nouvelle par téléphone lors d'une conversation écourtée, embarrassée et tardive.

La jeune fille se rendit à la fenêtre donnant sur la rivière et elle noya en silence beaucoup de larmes dans les eaux sombres de la Chaudière. Malgré elle, Paula qui ne dormait pas encore, avait entendu depuis sa chambre. Elle suivit tout d'abord le conseil de Michelle quant à Lucie, et laissa son amie se vider du pire, puis elle se leva et sortit pour la réconforter.

La pièce n'était éclairée que par des veilleuses blêmes et quelques reflets de réverbères venus s'éteindre sur les murs et les meubles, après avoir mis leur nez dans les vitres. Paula se tint derrière son amie silencieuse.

–Mauvaise nouvelle?

–Plutôt.

–C'est cassé toi aussi?

–Eh oui!

–Faut pas le prendre comme un rejet.

–Faut pas, mais c'est ce qu'on fait.

–Pas moi.

Aubéline trouva moyen de rire à travers ses larmes:

–Tu as l'habitude.

Paula éclata de rire.

–Et Michelle donc!

–Oui.

–Ce qui me fait dire que l'on s'endurcit avec le temps et l'expérience.

–Je suis trop vieille pour passer par là...

–Tu comptais trop sur lui. Tu aimais le sentiment que tu vivais mais il n'était pas un gars pour toi.

–C'est comment, un gars fait pour moi?

–C'est... disons plus réfléchi... plus posé...

–On devrait faire lire une annonce à la radio par Grand Gilles...

Ce fut dans une joyeuse nostalgie qu'au bout d'une longue conversation chacune trouva le sommeil. Car leur amitié possédait des grandeurs capables d'appliquer une bonne couche de dérisoire sur le visage des pires chagrins du coeur.

*

215

Quelques jours plus tard, un soir, Paula reçut un appel téléphonique de la part de son père qui lui annonça une heureuse nouvelle. Une entreprise de pavage serait établie au pic de gravier de Raymond Poulin à moins d'un mille du village. Le principal actionnaire de la nouvelle compagnie serait, disait-on, le grand organisateur du comté, propriétaire de la manufacture de chemises de Saint-Honoré, un homme d'argent. Rosaire avait pris l'initiative de se rendre au bureau du nouveau député et de lui offrir les services de Paula comme future secrétaire. On avait accepté. C'était, dit-il péremptoirement, la moindre des choses considérant les importants services électoraux qu'il avait rendus au parti libéral.

Paula fut sur le point de refuser. Aubéline était trop fragile pour qu'elle la laisse seule. Mais il y avait Lucie qui traversait bien pire. Elle demanda à lui parler. Rosaire se désola:

—Je ne sais pas ce qui lui arrive. Elle est pâle comme une morte. On veut qu'elle aille chez le médecin mais elle refuse. En plus que le docteur Beaudoin ne pratiquera pas tant qu'il sera député. Encore qu'il m'a dit qu'il se ferait remplacer... C'est un peu pour elle que j'aimerais que tu reviennes dans la paroisse avec nous autres. Je sais que tu dois aimer mieux rester à Saint-Georges... ici, c'est un vrai village de vieux rentiers... C'est entendu qu'il va falloir que tu nous payes une petite pension...

Paula cessa d'écouter le long propos paternel. À quoi s'en remettre pour décider? Son patron avait annoncé son prochain mariage. Léa, la nouvelle femme de sa vie et qu'il s'apprêtait à épouser, fusillait Paula du regard quand elle se rendait au garage, et par tous les pores de ses larges sourires suintait la menace. Le drame d'Aubéline datait; celui de Lucie mettrait encore longtemps à sortir du présent. C'était le temps, la solution, pensa la jeune fille. Elle se devait d'en gagner, histoire d'arranger les choses et la solution la meilleure apparaîtrait toute seule.

—Est-ce que je travaillerais pour la compagnie ou pour le gouvernement?

—C'est qu'il faudra une secrétaire du gouvernement là où sera le bureau de la compagnie de pavage... Pour contrôler les charges vendues au gouvernement etc...

–Oui, mais quatre ou cinq mois par année, ce n'est pas bien intéressant.

–Ça non, le reste du temps, tu travailleras au bureau du député sous les ordres de sa secrétaire, mais tu seras payée par le gouvernement. Tu vas gagner soixante et dix-huit par semaine. C'est pas mal mieux que ce que tu as là. Quasiment le double.

–C'est à y penser.

–Je croyais, moi, que tu dirais oui tout de suite.

–Papa, il n'y a pas que l'argent qui compte...

–Tu reviens parmi ton monde, tu gagnes beaucoup plus et tu te rapproches de ta soeur qui a l'air perdue...

–Faut-il que j'envoie une lettre avec mes diplômes et tout?

–Tout le monde le sait, que t'es diplômée...

–Et ça commence quand?

–Dans quinze jours pas plus.

–Bon!...

Elle pourrait toujours dire non plus tard, se dit-elle en raccrochant. Rien ne serait décidé aussi longtemps qu'elle ne démissionnerait pas de son emploi présent. Au moins pouvait-elle compter sur une semaine de réflexion et peut-être d'action.

Il fallait sonder l'âme d'Aubéline. Ne pas lui plaquer brutalement une telle décision en pleine face et ainsi lui donner une impression d'abandon et d'irrémédiable. Le destin sert toujours mieux ceux qui savent attendre et la retenue de Paula fut récompensée. Alors qu'avec son amie, elle magasinait en cette soirée du vendredi, l'on rencontra André Veilleux qui se montra d'une amabilité particulière à l'endroit d'Aubéline. Paula eut l'inspiration de l'inviter à visiter leur appartement pour y prendre une bière. Il accepta. La soirée fut bonne. Les atomes crochus fusèrent.

Et quand Paula crut qu'il pourrait y avoir la croissance de ce qui déjà naissait entre ces deux-là, elle annonça son départ de Saint-Georges pour Saint-Honoré.

–Tu vas travailler au nouveau plan d'asphalte, dit le jeune homme.

–Comment tu le sais?

–L'intuition masculine...

217

—Personne ne te l'a dit?

Il rit:

—Mais non, personne.

On était assis à table, lui face à Aubéline et Paula sur le côté. Il enveloppait son verre de bière et parfois clignait de son seul oeil visible. Lorsque Paula eut à se rendre à la toilette, Aubéline parla de son oeil-de-pirate:

—Ça doit être fatigant de toujours avoir une corde qui serre la tête?

—On s'habitue. C'est pire quand c'est neuf comme celui-là. J'en ai perdu un le soir des élections à Saint-Honoré. Il était noir avec des motifs. Je l'avais ôté pour me reposer l'oeil et je l'ai perdu quelque part. Faut dire que j'avais pas mal de bière dans la jarnigoine ce soir-là...

—Pourtant, tu l'avais quand tu as agi comme maître de cérémonie.

—Oui, c'est après justement que je l'ai perdu...

*

Aubéline rentra dans son appartement et pleura après le départ de son amie. À part sa mère, qui d'autre était plus qu'une simple connaissance pour elle, même André avec qui néanmoins il paraissait se tisser quelque chose de prometteur.

Et Paula qui voyageait avec son père vers Saint-Honoré avait le sentiment de retourner en arrière, de régresser vers un passé sans avenir. Cette impression lui revint aussi quand on fut au coeur du village malgré ce grand tapis noir que l'on avait étendu tout autour de l'église et qui rappellerait longtemps aux fidèles qu'il leur fallait voter rouge si on voulait le progrès. Une troisième fois, à son arrivée dans sa chambre, la jeune fille regretta son geste, quand, à sa fenêtre, elle aperçut ce vieux décor pas très exaltant suspendu au ciel de Saint-Honoré et dont les principaux éléments étaient des granges, des derrières de maisons, la flèche de l'église, le clocher du vieux couvent endormi et sur la droite, au fond d'une petite rue, la manufacture de chemises.

Son premier souci fut de voir Lucie qui, lui dit-on, demeurait claustrée le plus souvent. Elle avait aidé à l'époque des foins mais sans sortir d'un mutisme affligeant pour tous.

—C'est peut-être l'influence d'Esther Létourneau, avait échappé Rosaire en chemin.

—Papa, ça fait partie de l'adolescence, avait répondu Paula de la même manière que Hélène le disait aussi à son mari.

Paula frappa à sa porte. Le bruit de ressorts lui dit que sa soeur se levait de son lit. Elle ouvrit.

—Me voilà, dit simplement Paula.

—Je savais... J'ai entendu...

Lucie portait une jaquette blanche de la même couleur que son visage effaré.

—Ça va?

—Disons que ça passe.

—Tu voudrais qu'on parle?

—Viens t'asseoir.

—Dis-moi de quoi tu veux qu'on parle?

—Je veux d'abord que tu répondes franchement à une question.

—Je t'écoute.

—Es-tu revenue à cause de moi?

—À cause de toi, à cause de toi... comment dire?...

—Je veux la vérité, Paula. C'est important pour moi.

—En partie, Lucie, mais pas uniquement à cause de toi. Si je n'avais pas eu d'emploi ici, je ne serais pas revenue. C'est rare qu'on prend une décision à cause d'une seule raison.

Cette réponse parut satisfaire Lucie qui prit place sur son lit tandis que Paula s'asseyait sur une chaise droite en poursuivant:

—Mais je veux te dire une chose sans trahir les secrets de qui que ce soit. Sache qu'Aubéline aussi avait besoin de mon soutien moral... Je sais que ma présence va t'aider et je suis bien contente d'être là. Un jour, tu auras peut-être l'occasion de me rendre la pareille. Ou bien d'aider l'âme de quelqu'un d'autre.

—Tu vas devoir te prendre pour une missionnaire, dit Lucie sans sourire.

—Ça, tu peux le dire!... Mais pourquoi te renfermes-tu? Papa est inquiet pour toi.

—C'est juste le temps de savoir si... Tu sais, j'ai peur de... de ce que Michelle disait.

Paula dit sans voix en soufflant les mots seulement:

—As-tu eu tes menstruations?

Lucie hocha la tête négativement. Paula serra son dépit entre les mâchoires.

—Attends deux autres semaines et si tu ne les as pas, je vais appeler Michelle.

Lucie se mit à pleurer:

—Paula, j'ai plus peur de ce qui s'en vient de ce qui s'est passé.

—Je suis là... et tu n'as rien à craindre. Tu n'iras pas te faire charcuter comme... comme une fille que j'ai connue.

—Sais-tu quelle est l'impression que j'ai de moi-même depuis ce soir-là? Je me sens comme... c'est terrible à dire, mais c'est ça... je me sens comme un porc qu'on abat... Comme un animal de boucherie. On le prend de force, on l'attache malgré ses cris, on lui plante un couteau dans le coeur et ensuite... ensuite il faut surveiller pour voir si le sang va couler... Un porc, Paula, rien qu'un porc.

Paula accourut jusqu'à sa soeur et lui prit la main:

—Il faut absolument que tu libères ton esprit de pensées pareilles. Tu es un être humain. Une femme. Belle. Tout est neuf en toi. Ce n'est qu'une blessure, une grande mais une blessure, pas plus, et qui va se cicatriser à la longue, qui va disparaître si tu le veux vraiment.

—Oui... sûrement, sûrement, dit Lucie dubitative. Et si on parlait d'autre chose. Comment Aubéline a-t-elle réagi à ton départ?

Paula rit:

—Tu sais, je lui ai joué un bon tour. Je me suis arrangée pour que ça colle entre elle et... et André Veilleux.

Lucie ne dit mot.

—Parce qu'il faut que je te dise qu'Aubéline et son musicien, c'était fini. Ça lui a donné un très vilain coup parce qu'elle était pas mal en amour tu sais...

Lucie continua de demeurer silencieuse, le regard lointain, quelque part ailleurs ou dans un autre temps...

*

Août drapait l'église de ses feuillages dans la force de l'âge. La rivière fraîche dormait encore sous le pont couché. Son été s'écoulait, tranquille et doux. Une auto blanche s'arrêta devant la statue de Saint-Georges tuant le dragon, que n'atteignaient pas encore les rayons obliques du soleil matinal. Il était très tôt. Et Paula arrivait en retard.

Elle descendit. Rosaire repartit pour Saint-Honoré. Tout de rose Kennedy vêtue, la jeune fille gravit d'un pas pressé les marches du perron. Puis en haut, elle s'arrêta. Qu'elle se dépêche ou non n'y changerait rien puisqu'à ces sept heures et quart indiquées par sa montre, la cérémonie du mariage discret de son ancien patron devait sûrement être commencée.

Elle gorgea ses poumons d'air pur et qui restait invisible jusqu'au bout de l'horizon, jusqu'au dernier méandre noir de la Chaudière qui s'effaçait au loin entre les rives vertes aux rondeurs pudiques.

Cette ville aux allures de village lui parut la plus belle du monde.

Elle entra dans le tambour en manoeuvrant la porte en douceur, et elle s'arrêta pour éviter que des assistants curieux ne gardent leur attention braquée dans sa direction. Quelques secondes encore et elle tira tout silencieusement la deuxième porte lourde qui lui donna sa complicité. Puis elle avança sur la pointe du respect, portée par des chaussures si feutrées que pas même le prêtre ne leva la tête.

Peu de gens avaient été invités au mariage mais par contre, beaucoup seraient à la noce. Par déférence pour les conjoints décédés, il était d'usage de laisser sous le boisseau l'ostentation romantique, décorum réservé aux premiers mariages et dont les veuves et veufs, de toute manière, avaient goûté une fois déjà toutes les splendeurs fleuries.

L'arrivante prit place du côté du marié. L'homme avait exigé que son ex-secrétaire soit invitée à la cérémonie car dans les moments sombres entourant le suicide de sa femme, il avait pu compter sur le soutien exceptionnel de Paula, et il lui en serait d'une reconnaissance éternelle. Son départ tout récent l'avait surpris et chagriné. À ce point qu'il en avait oublié la notion de profit pour lui proposer un salaire égal à celui qu'elle obtiendrait du gouvernement. Elle lui avait exposé ses autres raisons excepté l'animosité qu'elle sentait de la part de Léa.

La mariée, femme bien en chair, portait un costume du même rose que celui de Paula et au moins cinq assistantes se montraient tout autant à la mode de Jacqueline Kennedy avec leur petit chapeau rond juché sur le pignon de la tête.

Paula ne tarda pas à se perdre dans des réflexions que les circonstances ne favorisaient pourtant pas. Elle pensa tout d'abord au grand soulagement ressenti la veille quand Lucie lui avait annoncé qu'elle n'était pas enceinte.

Et à mots couverts, Paula en avait fait part à Michelle dans une conversation téléphonique depuis le lieu de son travail.

Il fallait bien s'évader de cet endroit nerveux qui l'environnait maintenant. Son imagination la conduisit là-bas, au bureau. Un autre camion arrive. Il soulève une poussière jaune que le vent emporte sur la cabane de la pesée où travaille la jeune femme. Une poussière qui étouffe, qui s'introduit partout et que l'on ne réussit tant bien que mal à endurer que parce que les mots souriants du patron ont annoncé pour bientôt le pavage de la cour quand, aux abords de l'automne, les routes du comté auraient vu leur soif de bitume un peu calmée, une bruine brune qui encrasse les cheveux, les poumons, les yeux, qui étouffe et contre laquelle seuls les fumeurs invétérés peuvent lutter efficacement grâce à leur fumée de cigarette.

Et ce bruit incessant du concasseur, qui gruge, qui écrase, qui rogne, qui comprime, qui frappe, qui broie, broie, broie, broie, broie...

Et l'odeur de bitume qui flotte dans l'air et que pas même la poussière dense des jours secs ne parvient à égorger, une senteur épaisse qui imprègne la chair jusqu'à l'os, qui rappelle incessamment que l'avenir du Québec passe par ses routes, qui enterre même tous les relents de fumier de l'époque duplessiste... Une solide odeur industrielle et que l'agriculture elle-même devra adopter!

Fini le temps du 'parking' en décapotable à l'abri des buttons graveleux et romantiques! Désormais, plus besoin des remontrances de confesseurs, il y aurait une grosse chaîne cadenassée pour barrer la route du pic aux indésirables. L'escalade des salaires permise par le nouvel esprit québécois permettrait à qui le voudrait de se payer une chambre de motel beaucoup plus confortable et efficiente.

Non, Paula ne se sentait pas l'être le plus heureux du monde dans ces mois de changements profonds pour elle. Ce viol de Lucie, cette cassure brutale d'avec une époque ne plaçait pas l'avenir sous les meilleurs augures. Qui donc avait pu poser un geste aussi impensable? Ce n'était pas un fou, loin de là. Aidé par l'enfer, il avait choisi son moment, sa victime et son lieu pour agir mais sans calcul préalable. Ce personnage devait donc violer des femmes tous les jours par son imagination tordue, et l'occasion lui passant devant le visage, il avait bondi comme une bête fauve sur Lucie. Michelle disait vrai: il y avait toutes les chances pour que cette crapule nauséabonde vienne de n'importe où dans la Beauce. Ses instincts cruels avaient été libérés par l'alcool, la noirceur, la foule, l'anonymat. On ne connaîtrait jamais son identité. Et ça valait mieux pour éviter que de terribles éclaboussures ne retombent sur la victime.

Mais rien n'est si mauvais qu'il n'en puisse sortir aucun bien et il fallait donc miser sur l'événement, en approfondir tous les tenants et aboutissants pour que de la pourriture émerge une fleur du mal.

—Chers amis, déclama le prêtre descendu de l'autel et du choeur, et debout devant les futurs, vont maintenant s'unir par les liens sacrés du mariage Léa Thibodeau et Georges-Henri Roy ici présents...

Paula sortit de sa torpeur mais elle entra aussitôt dans un autre champ de distraction. Du côté de la famille du marié, elle reconnut quelqu'un qui n'aurait pas dû être là son lien de parenté, elle le connaissait, étant avec Léa, pas avec monsieur Roy. Ce grand Grégoire Poulin aux rires machistes qui lui avaient égratigné la patience deux mois plus tôt au garage, se tenait droit dans ses six pieds et plus, une élégante compagne à ses côtés, et tant mieux alors! Comme ça, à la noce, il ne viendrait pas l'achaler pour danser...

*

Elle avait lieu, cette noce, dans une des salles du Manoir Chaudière en même temps qu'une autre dans une salle voisine. Après le repas, les cloisons seraient abolies et pour divertir tout le monde à la fois, un orchestre bon nom bon ton se produirait: un groupe de Québec mettant en vedette un jeune chanteur moustachu, souriant et en jeans.

Paula se sentait isolée, perdue, car elle était la seule fine seule dans toute la salle et même la salle voisine où elle dut passer pour aller aux toilettes. Mais comment aurait-elle pu empoigner par la cravate le premier venu pour s'en faire accompagner de force à la noce? Elle se rendait compte qu'elle avait peut-être un peu trop présumé de son anti-conformisme.

À la séance de félicitations, Léa qui n'avait plus rien à craindre d'elle se montra très affable et coulante à l'endroit de Paula. La hasard ou peut-être pas, fit en sorte que Grégoire et sa compagne soient assis en face d'elle à la table. Il y eut de vagues salutations au moment de prendre place puis, après le vin d'honneur, la jeune fille eut la surprise d'apprendre que le jeune homme était avec sa soeur et non pas avec une amie.

"Ça y est, c'est pourquoi il a fait en sorte de s'asseoir là!" se dit-elle.

Et ce qui devait se produire arriva. Grégoire se montra d'une attention toute particulière. Mieux valait subir cela que l'isolement et la solitude, et elle lui servit sa politesse la plus correcte.

Et au cours de l'après-midi, il la fit danser à quelques reprises. Et il osa lui demander pour l'accompagner jusqu'à son départ qu'elle avait pris soin de lui faire connaître et qui serait un peu après quatre heures sur l'autobus de Sherbrooke par lequel son retour chez elle serait effectué. Elle accepta tout en démontrant clairement la froideur de son enthousiasme. Il s'assit à sa table, commanda à boire pour deux. Quelque chose de peu alcoolisé. On se criait par-dessus le son des musiciens.

—Si tu veux, je peux te reconduire à Saint-Honoré.

Elle mentit:

—On va m'attendre au terminus.

—Appelle pour avertir.

—Je ne peux pas.

—C'est sûr?

Elle décida de ne plus mentir:

224

—Je ne peux pas parce que je ne veux pas.

—Ah, ça, c'est une autre histoire!

Entre les pièces, ils se connurent un peu plus. Il était fils de cultivateur. Benjamin donc héritier du bien. Elle avait vaguement retenu ces choses dites par son patron déjà. Il nourrissait l'ambition de multiplier par trois ou quatre l'étendue de son territoire agricole, le cheptel, tout en mécanisant la ferme de bout en bout. Un jeune homme de grand avenir, ça se voyait aux larges épaules.

Il déclara demeurer voisin du père de Francine Lessard et vivre dans une maison dont la vue donnait sur la ville, sur la Chaudière et sur la Du Loup tout à la fois. Un coin de très bel air et de la plus haute propreté. Elle savait déjà ces choses par son ex-patron...

—Et... Francine, comment va-t-elle? questionna Paula qui se demandait pourquoi il ne s'intéressait pas à elle, pourtant jolie et de bonne allure bienveillante.

—Depuis plusieurs années, je ne l'ai vue qu'une fois de temps en temps. C'est une fille de ville. Elle n'aime pas la terre...

"Et moi, je te dis que la terre..." pensa Paula mais elle se retint de l'avouer. Et puis ce n'était peut-être pas aussi vrai qu'elle le croyait. D'autant plus que ce dont il parlait ressemblait beaucoup plus à une industrie qu'à une ferme à petite pitance comme celle où elle avait grandi. Par contre, ce qu'il annonçait n'allait pas chercher plus loin qu'un grand rêve de gars comme en décrivaient André autrefois, Gaétan voilà quelque temps déjà et Ghislain récemment. Tous des gars assurés de conquérir la planète un jour ou l'autre. Des gars d'argent.

Plus tard, il l'invita à une marche dehors.

Ils traversèrent la rue très achalandée ce samedi après-midi comme d'habitude ce jour-là, puis longèrent le mur du Morency pour se rendre sous un soleil éclatant à un sentier qui serrait de près la rivière éblouissante. On parla politique. Elle s'étonna de savoir qu'il avait travaillé pour les bleus contrairement à la jeunesse en général.

—Tu voudrais le modernisme pour la ferme et tu restes tourné vers les vieilles idées dépassées en politique? fit-elle un pétillement dans le regard né autant de son agressivité que des feux de l'eau maintenant toute proche.

Il répondit de sa voix plutôt haute et qui ne portait pas très loin:

—Les libéraux, c'est des gens pour s'occuper des villes, tandis que les bleus s'intéressent à l'agriculture d'abord.

—Et pourquoi pas un gouvernement qui s'occuperait des deux?

—Le père dit que c'est pas une si grande catastrophe que ça de voir les rouges au pouvoir. Du sang neuf... C'est comme Kennedy aux États-Unis.

Il avait le goût de l'entraîner sur une autre plate-forme beaucoup moins ennuyeuse, et le couple Kennedy par sa brillance, sa séduction, sa richesse, permettait aux gens dans leurs propos de parer la chose politique de moirures agréables sinon d'en sortir simplement.

Il dit:

—Ma soeur trouve que tu t'habilles bien. Un peu à la Jackie...

"Toi, je te vois venir avec tes gros sabots!" pensa-t-elle.

Le nez plissé, elle persifla:

—Sais-tu la première fois que je t'ai entendu... pas vu, entendu? Maintenant que je suis partie du garage, je peux bien te le dire, c'était à travers le mur quand avec Yves Perron tu riais des femmes battues.

—Quoi?

—Ouais... Il a dit que les femmes sont comme du steak et ça t'a fait rire.

—Non, madame!

—J'ai entendu pourtant.

Il s'arrêta et se frappa la poitrine de l'index en fusillant Paula du regard:

—Non, madame, je n'ai pas ri à la farce. Et je m'en souviens très bien parce que c'est cette journée-là que je t'ai connue. Monsieur Roy a ri mais pas moi. Bon, je pourrai peut-être rire à pire que ça,... peut-être... mais je peux te dire que j'ai pas ri cette fois-là... Tu m'as donc mal jugé et ce n'est pas bien.

—Bon, bon...

—Et deuxièmement, ce n'était qu'une blague plate entre hommes. On suppose que vous devez en dire des belles de temps en temps sur notre dos vous autres aussi.

Paula sentit le besoin de s'excuser:

—Il se passe certaines choses dans la vie qui font qu'une personne peut devenir pointilleuse, soupira-t-elle dans un regard perdu au bout de l'horizon...

Néanmoins, elle garda ses distances et, de retour à la noce, elle choisit pour partir un moment où le garçon parut en conversation avec des connaissances. Elle lui fit transmettre ses excuses et salutations par sa soeur puis elle quitta l'hôtel et se rendit au terminus.

Là, en attendant l'autobus, assise dans une banquette du restaurant, elle se surprit à se demander pourquoi il ne venait pas la saluer, s'excuser de l'avoir laissée seule à sa table... Puis elle se traita de tous les noms et déchira dans sa tête pareille idée dont elle jeta tous les morceaux dans le panier à patates frites que, derrière son comptoir, le gros restaurateur en blanc venait de plonger dans une huile aux invitants grésillements.

*

Le jour suivant, Paula et Lucie quittèrent la maison au milieu de l'après-midi pour faire une marche de santé sous un bon soleil jusqu'au coeur du village où un nouveau restaurant venait d'ouvrir ses portes. À cette heure du dimanche, elles ne risquaient pas de se faire dévisager par les flâneurs qui, comme des coqs frisés s'alignaient dehors pour fumer en regardant les voitures circuler ou les passants déambuler. C'est que les coqs étaient tous partis au lac Poulin assister au gala de lutte dominical et tâcher de se rencontrer une fille neuve.

Elles entrèrent dans un restaurant désert, où ne se trouvait que la femme du propriétaire qui agissait comme serveuse, cuisinière et hôtesse. Après avoir pris place à une cabine elles commandèrent pour chacune un Pepsi avec une paille.

On se parla de petits riens jusqu'au moment où Paula aperçut Esther Létourneau qui, partant du presbytère, se rendait au couvent neuf, sans doute pour commencer à préparer ses classes prochaines. Elle proposa de se rendre la visiter pour lui demander de réintégrer la chorale mixte spéciale qui commencerait bientôt ses pratiques en vue des fêtes de fin d'année.

Les jeunes filles délaissèrent leur fond de Pepsi devenu trop chaud et sans gaz, et quittèrent le restaurant. Sur le chemin du presbytère, elles furent devancées par un jeune inconnu à cheveux roux qui, sorti de la sacristie, marcha d'un pas pressé vers le couvent.

—Il a l'air ancien, celui-là, marmonna Paula à l'endroit de sa soeur.

—Il a l'air étranger surtout.

—On dirait qu'il sait d'où il vient et où il va en tout cas.

La porte donnant sur le couloir entre l'église et la sacristie s'ouvrit une seconde fois et le vicaire sortit. Il salua les filles et courut vers elles, la soutane claquant comme un drapeau.

Le visage rougi par un rire incontrôlé, il dit:

—Les petites Nadeau, comment allez-vous? Vous avez vu le nouveau professeur? Un bon type très catholique. Il est venu commencer ses préparatifs pour l'école. Et vous autres? Toi, Paula, j'ai su que tu étais de retour parmi nous? C'est monsieur le curé qui est content. Moi aussi, bien entendu! Mais monsieur le curé te connaît depuis beaucoup plus longtemps et il respecte beaucoup votre famille. Lucie, tu es pâle un peu. Tu es malade? Penses-tu poursuivre tes études à Saint-Georges comme Paula?

Le prêtre parlait sans jamais s'arrêter comme on récite par coeur son bréviaire. La clarté du jour, il est vrai, décuplait la matité crayeuse dans le visage de Lucie. Il s'en désintéressa vite. La pause qu'il fit fut si courte que pas une ne réussit à glisser un mot.

—Je parie que vous êtes en route pour aller rencontrer mademoiselle Létourneau. Le petit professeur aussi l'a vue sortir du presbytère pour se rendre au couvent. C'est là que vous vous rendiez?... Quand je...

Paula l'interrompit:

—Oui, mais si le professeur a affaire à elle...

—Mais non, il voulait juste lui parler, la connaître, sachant qu'elle est une enseignante aussi. C'est un type très aimable, très ouvert aux autres... Il est venu faire une petite salutation au Seigneur et comme je me trouvais dans l'église, nous avons parlé un peu...Comment trouvez-vous le pavage? Il paraît que tu travailles pour la nouvelle compagnie?...

—Pour le gouvernement.

Le vicaire fit deux pas dans la direction opposée à leur.

—Bien, je vous salue, là. Et allez-y voir mademoiselle Esther au couvent...

Les filles reprirent leur marche. Quand elle le sut hors de portée de voix, Paula dit:

—Il est farfelu, ce vicaire-là! Nerveux comme ça se peut pas: toujours sur une patte ou sur l'autre...

Lucie jeta, la voix blanche:

—Il a ses raisons d'être nerveux comme j'ai les miennes d'avoir l'air malade...

—Il a raison, allons-y. Après tout, on a autant le droit de voir Esther que ce nouveau dans la paroisse...

C'est une jeune soeur inconnue des filles qui ouvrit et les conduisit respectueusement jusqu'à la classe de la maîtresse où le personnage s'entretenait avec elle.

—Entrez! dit Esther assise à son bureau.

—On ne veut pas vous déranger.

—Je ne fais que passer, dit le jeune homme au visage rouillé et dont l'épaisse chevelure frisottée lui avançait jusqu'au milieu du front en un tourniquet à rendre jalouses bien des stars du rock and roll.

Les présentations furent faites. Il s'appelait Fernand Lemieux et enseignerait en huitième et neuvième année de l'école des garçons. Originaire de Lambton, il connaissait très bien le père Gédéon autant que Doris Lussier. Un accent métallique dans la voix ne la privait pas d'une affabilité surveillée chaque instant. Paula crut lire des lueurs particulières dans ses yeux quand il la regardait. La conversation à quatre dura plus d'une heure. Seule Lucie demeura lointaine. Et le professeur, bon samaritain, tenta de la faire participer, mais avec peu de succès. Il se dit qu'elle traversait l'époque de son adolescence où l'on préfère laisser la parole aux plus âgés que soi...

******

Chapitre 10

Il suffit à un être vivant de dormir quelques mois près d'une rivière pour qu'à son insu même, elle se mette à couler dans ses veines. Or, durant deux ans, la Chaudière avait infiltré ses eaux les plus variées, tumultueuses ou endormies, résolues ou vagabondes, glaciales ou tièdes, boueuses ou claires, dans les dédales de son âme. De s'en éloigner avait nécessité à Paula une forme d'amputation morale qui ne s'inscrivait pas en mots devant ses lectures de la vie, mais qui n'en était pas moins réelle et dure.

Surtout de s'enterrer vive à coeur de jour au milieu de hautes collines de gravier dont les charmes n'étaient égalés que par les grosses farces à peine concassées de la moitié des gars des camions qui, s'arrêtant au bureau pour la pesée, trouvaient à tout coup à lui servir, dans des rires bêtes et mâles, une nouvelle allusion-trouvaille quant à ses formes et à sa féminité. C'est ainsi que s'exprimait chez eux cet esprit de libération qui soufflait sur tout le Québec en cette deuxième partie de 1960.

Septembre ouvrait sa porte sur un matin frais.

Ce lundi, Paula se rendait distraitement à son travail. À bicyclette, comme chaque jour, même ceux de pluie. Elle gardait toujours un ciré dans son sac arrière. Et y logeait aussi son lunch du midi. Et quelques outils en cas de crevaison. Trois milles séparaient sa demeure de l'endroit. Il lui fallait traverser tout le village, parcourir le deuxième mille sur le chemin de la grande ligne et là, entrer dans un rang sans issue au milieu duquel était le plan d'asphalte dans les pics graveleux.

Quant elle roulait devant la maison du garagiste, un frisson lui parcourait le dos chaque fois et chaque fois, elle tournait la tête comme si elle eût senti quelqu'un l'épier dans l'ombre. L'image qu'elle se faisait de ce qu'avait subi Lucie restait toujours suspendue au-dessus de sa tête comme une épée de Damoclès.

Mais sa raison lui disait que jamais personne de Saint-Honoré et probablement de toute la Beauce n'avait osé de mémoire d'homme s'en prendre de telle façon à une jeune fille en plein jour sans risquer l'arrestation, la prison, la honte... Et surtout, pour se rassurer encore plus, elle avait attaché avec du ruban adhésif d'électricien un petit couteau de boucherie sous la selle de sa bicyclette. Qu'un cochon s'approche de trop près et il se ferait saigner le temps de crier couteau!

À la sortie du village, une auto rouge avec toit blanc et beaucoup d'éléments nickelés la dépassa à bonne vitesse et disparut bientôt au bout de son regard. Elle ne fut pas la seule à la doubler puisque plusieurs travailleurs venus de plusieurs paroisses de Frontenac se pressaient aussi d'aller commencer leur semaine de travail à Saint-Georges. Mais celle-là que Paula n'avait jamais vue revint vers elle et elle ralentit pour s'arrêter à sa hauteur.

—Mademoiselle Nadeau, bonjour! dit le conducteur qu'elle reconnaissait maintenant.

Elle freina et s'arrêta sur l'accotement.

—Tu me reconnais? Oui?

—Bien sûr!

—Je t'ai vue passer devant chez moi tout à l'heure et je me suis dit: tiens, je vais aller saluer Paula.

—Chez toi, c'est où?

—Ah! j'ai loué le logement au-dessus du poste de pompiers. Comme ça, si le feu prend dans ma cuisine...

Le professeur avait la même allure que le dimanche où elle l'avait connu via Esther. Un être rassurant. Pas laid ni très beau, et aussi roux par ce petit matin qu'à l'intérieur d'une école. Les cheveux roulés comme du fil de fer barbelé. Une voix de vendeur d'assurance-vie.

—Je me préparais pour aller à la messe mais le bon Dieu est passé après toi.

Paula regarda sa montre.

—Je crois que le lundi, il n'y a qu'une seule messe et qu'elle est à sept heures.

—C'est vrai! Et dans le fond, il me reste encore un bon vingt minutes.

Paula connaissait bien l'horaire des messes de semaine non pas par habitude de les fréquenter mais à cause du langage des cloches. Il lui parut que ce nouvel arrivant dans la paroisse se montrait aussi catholique et un peu plus que le pape Jean XXIII en personne. Et matinal autant qu'elle-même puisque son travail à lui ne commençait qu'une heure et demie après.

—Tu te souviens de mon nom? Oui?

Elle mentit pour taquiner:

—Non, malheureusement!

—Fernand Lemieux... Nouveau professeur...

—Bien sûr que je me rappelle... Je ne m'appelle pas Tit-Georges Veilleux, moi...

—Qui?

Elle rit en regardant son auto:

—Quelqu'un que tu vas connaître un jour ou l'autre. Si c'est pas toi, ce sera ton auto...

—Tu trouves que c'est pas mal rouge, hein? Oui? Je l'ai achetée pour le prix. Pas trop usée. Une bonne marque. Du General Motors. Si tu veux que je te reconduise, on peut mettre ton bicycle dans le coffre...

Son premier mouvement fut de dire non puis elle se ravisa.

—Si tu veux...

—Le temps de me retourner...

Il avança de quelques centaines de pieds et fit demi-tour à l'aide d'une entrée de champ puis vint se stationner devant elle. En installant le vélo, il remarqua le couteau caché mais n'en dit mot, même si la chose lui parut un peu insolite.

On prit la route. Il maintint une vitesse réduite pour étirer le temps qu'il aurait à passer avec elle. Et puis si la grande ligne était pavée d'asphalte, le rang du plan ne l'était que de gravier; mais par bonheur, il suffisait de voyager lentement pour éviter de soulever de la poussière que les résidus des fraîches de la nuit et de la rosée du matin gardaient collée au sol.

La conversation roula comme un véritable interrogatoire, le jeune homme désireux de tout savoir sur Saint-Honoré et sur le passé de la jeune fille. Elle trouvait agréable de jaser avec quelqu'un d'aussi intéressé par autre chose que son propre nombril.

Le jour suivant, il l'arrêta devant chez lui. Elle accepta de se faire reconduire. Il avait mis une couverture pour protéger et la bicyclette et son coffre dont cette fois il attacha soigneusement la portière pour ne rien briser.

Et les matins se répétèrent ainsi jusqu'au lundi suivant alors qu'il lui proposa de simplement laisser sa bicyclette sur sa galerie. Il se rendrait la chercher après son travail. La jeune fille hésita puis se dit 'pourquoi pas'.

Et c'est ainsi qu'il la fit entrer dans sa vie par le coffre arrière de son automobile.

Un matin de la semaine suivante, il lui proposa une sortie de soir. Mais auparavant, il voulut savoir pourquoi elle gardait un couteau sous la sellette de son vélo. Elle lui répondit à la blague que c'était pour couper les oreilles des curieux. Il n'insista pas. Saurait bien un jour!

*

Ce fut en ces jours-là qu'elle reçut un appel de Saint-Georges de la part de Grégoire Poulin. Il l'invita à sortir. Elle l'évinça. Quand même poliment. Il comprit qu'elle avait maintenant quelqu'un dans ses belles soirées et il n'insista pas.

*

C'était bien beau, cette mise au rancart de sa bicyclette sauf qu'avec elle, Paula avait aussi rangé un morceau de sa liberté, et cela remuait en elle un petit quelque chose de chatouilleux et de contrariant. Elle devait compenser par le commencement d'une autre libération et c'est pourquoi elle fit subtilement savoir à Fernand son grand désir d'apprendre à conduire. Les quelques rares leçons que Gaétan lui avait données déjà dormaient depuis trop longtemps. Fernand fit d'abord la sourde oreille. Mais le jour où elle parla de reprendre son vélo par crainte de manquer d'exercice et de prendre du poids, il lui proposa un contrat verbal par lequel, pour être certain qu'elle maîtrise parfaitement le volant, il lui enseignerait la conduite automobile jusqu'à la fin de son obligation d'aller travailler au plan alors qu'elle serait rapatriée au bureau du député. Sans même s'en apercevoir, le jeune homme cherchait à rendre Paula dépendante de lui d'une façon ou d'une autre.

*

Ce fut octobre et son agonisante beauté, ses arbres ensanglantés et ses chasseurs assoiffés de sang, fourbissant leurs armes offensives en rêvant de bêtes qui s'écroulent, de panaches glorieux, d'animaux éclatés, la salive déjà chargée des saveurs douteuses de l'hémoglobine et l'oeil rouge des plaisirs anticipés que leur vaudront les inutiles tueries de novembre.

Le dernier jour de travail au plan, il n'y eut pas de camions à peser, pas de fiches à remplir, pas d'appels à recevoir, pas d'ordres à faire suivre. Rien. Il fallait tenir le temps, pas plus. Il ne restait aucun homme sur le chantier sauf le contremaître, personnage que la timidité faisait rougir plus qu'un radis dès qu'il avait à ouvrir la bouche pour demander quelque chose à quelqu'un. Pendant qu'il travaillait à tout encapuchonner pour l'hiver, à emmurer ce qui pouvait l'être, à condamner les moindres accès à la machinerie, Paula rêvait devant ce paysage lunaire en attendant avec patience la délivrance finale dont l'arrivée de Fernand serait le signal.

Elle repassait en sa tête tous les appels téléphoniques reçus de ses amies de Saint-Georges récemment. L'instable Michelle papillonnait toujours à droite et à gauche, mais ses autres compagnes du cercle de jadis, Amélie, Aubéline et Francine, vivaient toutes trois, semblait-il, le grand amour, ce sentiment fabuleux qui affamait toujours Paula malgré les André, Gaétan et Ghislain d'autrefois, et le sécurisant et ennuyeux Fernand de maintenant.

À midi, le contremaître quitta les lieux pour l'heure de son repas après avoir annoncé qu'il reviendrait tard pour condamner portes et fenêtres de la maison mobile servant de bureau.

Paula prenait son lunch, l'oeil dehors lorsqu'une auto se présenta sur le chemin entre les buttes. C'était une Ford familière qu'elle avait souvent vue dans le passé, mais qui n'aurait pas dû se trouver là. Elle sut donc avant de le reconnaître que le conducteur en était le frère du grand actionnaire de la compagnie de pavage, ce sanguin directeur du personnel de la manufacture de chemises auquel il lui avait été donné une fois de se frotter douloureusement et pour qui, donc, elle n'avait guère de sympathie. Mais ils étaient deux.

Lorsque l'auto passa devant la plate-forme de la balance, elle reconnut le second personnage: c'était le vicaire Labrecque, le visage rouge de rire. Et pas un ne se rendit compte que Paula se trouvait là. Par une sorte d'instinct, elle se mit en retrait derrière le mur en s'éloignant de la vitre mais de manière à les observer. Tout un questionnement lui traversa l'esprit. Se croyaient-ils seuls? Venaient-ils chercher un outil, une pièce quelconque quelque part dans la bâtisse du plan? Pourquoi alors le vicaire? Et sans sa soutane, en vêtements ordinaires? Malgré que cette tenue pouvait signaler une intention de travail...

Leur auto ne pouvait que s'arrêter ou faire demi-tour puisque les buttes formaient cul-de-sac. Elle fit les deux. Tourna dans un nuage de poussière puis s'arrêta. Tant mieux, elle pourrait tout savoir de leurs agissements. Ils ne descendirent pas, et avaient l'air de s'échanger des propos animés. Et puis... pourquoi seraient-ils descendus s'ils venaient pour ce à quoi elle pensait? Le souvenir de cette histoire entre le chauffeur de taxi venu d'ailleurs et André lui revint en mémoire. La dureté du contremaître envers les filles s'ajouta. Ces lueurs dans les yeux du vicaire parfois. Cette confession où elle avait avoué au prêtre venir en cet endroit avec Gaétan pour... jaser... Mais ça n'avait aucun sens; le contremaître était un homme marié et reconnu par tous comme un excellent père de famille. Ils ne faisaient encore que de se parler mais pourquoi venir en ce lieu perdu pour le faire? Aucune autre raison ne pouvait les avoir conduits là...

C'était sans compter sur l'instinct du chasseur qui se réveillait déjà dans les deux hommes. Ils descendirent. Se rendirent au coffre arrière. Elle les perdit de vue un moment. Ils reparurent vite, chacun armé d'une carabine, le contremaître coiffé d'une casquette rouge comme pour faire plus saison de chasse avant l'heure. Paula se sentit soulagée. Au moins dans un sens. Ils venaient sans doute faire du tir. L'endroit était des plus sûrs, elle devait bien en convenir.

On se trouvait en vue d'un tas de pierre concassée haut comme trois étages et c'est probablement dans cette direction qu'on tirerait. Qu'ils continuent à lui faire dos sinon elle leur signalerait sa présence pour sa sécurité!

Le vicaire appuya son arme debout contre l'aile de la voiture, mais elle tomba et heurta le sol. Son compagnon eut l'air fort contrarié et parut lui donner une leçon quelconque tout en suivant du doigt une probable éraflure de la peinture bleu ciel. Alors le prêtre se rendit à l'avant de la voiture où il appuya soigneusement la carabine, canon en l'air, contre une protubérance du pare-chocs de façon qu'elle ne puisse tomber encore. Puis il retourna au coffre arrière et reparut, poche de jute à la main, et se rendit au pied de l'amas de pierre concassée où il entreprit de dénouer la corde qui attachait la gueule du gros sac brun qu'il transportait sans peine mais semblait fragile à la manière dont il le déposa. Paula le vit plonger la main puis la ressortir en tenant quelque chose... Le coeur lui serra. Elle comprit que l'on venait pratiquer le tir, et en prenant des chatons comme cibles mouvantes.

Le prêtre grimpa de cinq ou six pas dans les pierres instables et il déposa l'animal noir et jaune au bout de son bras avant de redescendre et de s'écarter de la ligne de tir. L'autre épaula son arme, visa la bête perdue qui se déplaçait péniblement en miaulant sa peur et ses besoins. Le coup partit. Le chat éclata en miettes. Le vicaire montra un pouce rieur à son ami en signe de réussite parfaite. Et le même manège recommença. Le second chaton se mouvait plus vigoureusement et la première balle le manqua.

Paula avait mis de côté son sandwich au beurre et sa banane. La mort du chat était bien moins cruelle que ces boucheries auxquelles il avait bien fallu qu'elle participe déjà, et pourtant son coeur avait mal à voir cela. La fin de Toupette lui revint en mémoire. Mais pas une famille, pas une maison ne se retrouvait pas un jour ou l'autre avec des chatons de trop dont il fallait disposer; les éliminer d'une balle était bien plus humain que d'aller les perdre quelque part le long d'un chemin où ils mourraient de toute façon, de faim, de froid ou bien déchiquetés vivants par des prédateurs. Avec sa tête, elle comprenait tout cela, mais avec son coeur, elle ne voyait que deux bêtes humaines à la puissance décuplée par leurs armes abattre avec un plaisir évident un être sans aucun moyen de défense, plus vulnérable encore qu'un foetus.

La deuxième balle coupa net, comme avec un couteau habile, la queue du chaton qui se mit à sauter de travers dans des mouvements dérisoires d'une torsion inutile par laquelle il cherchait à lécher sa blessure afin d'en soulager l'atroce intensité.

Le prêtre s'esclaffa. À l'aide de ses index, il mima le résultat du tir, la queue représentée par un doigt et le couteau par l'autre. Le contremaître abaissa son arme et dit quelque chose tandis que le chat se débattait dans ses souffrances et des miaulements rauques ne parvenant à Paula que par les images de la petite tête qui appelait désespérément son créateur à son aide.

Mais Dieu se trouvait sûrement du côté du prêtre car deux autres balles manquèrent leur cible et les affres subies s'éternisaient. Paula se demandait si elle devait sortir pour que s'arrête le massacre. Non seulement il se poursuivrait, mais l'animal blessé risquait de souffrir deux fois plus longtemps. Elle resta dans l'ombre et dans sa douleur impuissante.

Enfin la petite bête fut bousillée. Des gouttes de sang s'ajoutèrent à celles de son frère ou de sa soeur sur les roches pâles. Le ventre fut vidé d'un coup. Le dernier cri resta gelé dans la bouche ouverte. Dieu, dans sa grande miséricorde, avait enfin consenti à libérer le chaton, même sans une prière du prêtre.

La jeune fille tourna la tête. Elle ne voulait plus voir. Elle reprit sa banane et elle la porta à sa bouche mais le morceau qu'elle prit roula, roula et, à travers les coups de feu réguliers, elle cracha dans une poubelle ce qu'elle n'arrivait pas à ingurgiter. Il lui semblait que le ciel se trompait quelque part de permettre tant de misère en ce bas monde, plus encore chez les bêtes que chez les humains. Pourquoi cet horrible jeu du prédateur et de la proie, du plus fort contre le plus faible? Était-ce cela, l'enfer?

Un quart d'heure s'écoula. Il y eut une pause. Elle regarda à nouveau. On changeait de rôle là-bas. Au prêtre de tuer maintenant. Un second sac avait été amené. Une vingtaine de balles furent tirées et une deuxième pause suivit. Paula regarda une fois encore. L'on n'avait pas fini; un troisième sac était apporté au pied de la butte par le contremaître qui ne l'y déposa pas et se rendit le mettre à mi-pente à quelques pieds des cadavres. Il délia la gueule sans plus et la laissa tomber, ouverte, vers les chairs encore chaudes des petits défaits. Et il redescendit en vitesse jusqu'à la voiture où il reprit son arme. Paula comprit que l'exercice de tir se ferait en double et que la cible devait donc être différente, sans doute plus rapide et moins facile à abattre. Elle avait raison. L'animal prisonnier trouva le chemin d'une liberté dérisoire. C'était une belle chatte d'Espagne, du moins qui en avait les couleurs, et qui s'avança vers les restes de ses enfants déchirés pour sentir, percevoir, savoir...

Les deux chasseurs étaient prêts à épauler mais ils ne le faisaient pas. Le jeu n'en valait pas encore la chandelle. Il fallait une cible très mouvante. Paula put lire sur la bouche du vicaire de ces chuintements excessifs qui font peur aux chats. L'animal réagit vivement et se lança à l'escalade de la colline de gravois, ralenti dans sa progression par le roulement des pierres sous ses pattes. Une vitesse idéale pour des projectiles assoiffés. Le vicaire eut les honneurs de la première balle. Échec. La chatte bifurqua. Le contremaître tira. Insuccès. La bête affolée fut éclaboussée par des éclats de pierre et elle fourcha à nouveau dans l'autre sens. Le privilège de tirer changea de chasseur. Hélas! le prêtre n'avait dans son arme à répétition que des balles courtes non explosives, donc, au fond, bien plus cruelles que celles de son compagnon car elles possédaient toutes les chances de blesser seulement tandis que celles du contremaître tuaient à coup plus sûr.

La chatte fut touchée quelque part. Paula vit son saut, deux fois sa hauteur, sa torsade puis sa chute dans les pierres. Puis elle roula de plusieurs pieds vers le bas non pas comme un animal mort mais blessé et rendu fou. Elle pataugeait dans les pierres et, maintenant, les morceaux de ses petits laissés là par le carnage.

Paula n'y tint plus. Elle sortit, laissa la porte claquer derrière elle, se mit debout sur la balance. On la verrait. On en finirait une bonne fois avec ce massacre odieux et d'une laideur abominable. Pendant ce temps, la chatte, le ventre percé, sa vie s'écoulant hors de son corps par toutes sortes d'humeurs sanglantes, achevait sa descente. Une balle du contremaître la rata de peu. La bête traîna son effroyable misère dans la poussière jaune où elle laissait à sa suite une trace gluante...

Les chasseurs tournèrent la tête vers Paula. Chacun la reconnut.

—Crains pas, c'est pas dangereux, s'écria le prêtre.

Elle mit sa main en visière sur son front pour bien montrer qu'elle était devenue spectatrice. La vicaire tira une autre balle qui cassa les reins de la chatte et la bête continua, dans des miaulements affaiblis, à ramper grâce à la seule force de ses pattes de devant.

À cette distance et à cette lenteur de l'animal, le contremaître ne pouvait pas la manquer, lui, un vieux chasseur qui avait abattu tout ce qui pouvait s'abattre en vingt années de chasse et de braconnage. Mais il avait le respect du prêtre profondément ancré depuis toujours et c'est pourquoi il désirait que le vicaire appose sa signature sur la balle finale. Il manqua donc volontairement sa cible qui ne s'arrêtait de bouger vers le vide.

—C'est bien vrai qu'un chat a sept vies, dit le prêtre avant d'épauler.

Il épaula puis, sans avoir tiré, rabaissa l'arme pour ajouter:

—Je ne voudrais pas vendre la peau du chat... mais je pense que je vais sortir gagnant.

—Allez-y, monsieur le vicaire, allez-y! fit généreusement son compagnon, content de son esprit chevaleresque.

"Tire, mais tire donc!" hurlait en secret l'âme de Paula.

La balle partit.

La tête fut traversée.

La curée était complète pour les nécrophages.

Quand Paula rentra, l'abbé Labrecque, après avoir soulevé la chatte par la queue, lançait son cadavre sur ceux de ses petits tandis que l'autre remettait les deux sacs vides -le troisième fut laissé- et les armes dans le coffre de son auto avec sa casquette rouge qui lui avait donné un air officiel comme une sorte de vêtement épiscopal.

Bientôt, on frappa à sa porte qui s'ouvrit sans qu'elle n'ait répondu. Paula s'approcha, blanche, gelée par un mélange de noirs sentiments où il n'y avait plus d'espace pour un raisonnement qui se tienne. Le prêtre, les yeux agrandis par des plaisirs insondables et un large sourire engageant tint la porte grande ouverte en disant, la voix un peu rauque:

—Paula, tu as vu: nous sommes venus libérer si je peux dire, quelques chats qui auraient eu la vie bien misérable autrement. Je sais bien que tu vas dire que ce n'est pas très propre mais ça l'est au contraire...

—Les renards vont manger tous les restes, déclara le contremaître de sa voix définitive et les os vont disparaître dans de l'asphalte le printemps prochain.

—On est venu ici pour la sécurité, tu comprends, reprit l'abbé. Avec tous les accidents qui se produisent de nos jours avec des armes à feu...

—Et puis on savait que le plan fermait pour l'hiver... mais on savait pas qu'il restait encore du monde...

—C'est... ma dernière journée, réussit à dire la jeune femme qui ne pouvait voir l'homme resté volontairement en retrait.

—J'espère que tu n'as pas eu peur au moins, dit le prêtre,... parce que s'il fallait que le vicaire de la paroisse se mette à faire peur aux gens maintenant...

—Je vous avais reconnu...

—Bien, c'est tant mieux.

Elle trouva et jeta une phrase réprobatrice quant à l'action qu'ils venaient d'achever, les seuls mots à lui venir et qui puissent, espérait-elle, englober toute son amertume et son affliction:

—Pourquoi avoir tué la chatte?

—Parce qu'elle était de trop comme les petits chats, dit le prêtre. Je gage que tu l'aurais voulue...

—Non mais...

–Tu vois: personne n'en voulait au village. Et une bête dont personne ne veut est mieux morte! Je ne parle pas des bêtes sauvages, bien entendu.

–Il me semble...

–On a fait ce qui devait être fait, interrompit sèchement la voix de l'homme caché.

–T'inquiète pas, ma petite Nadeau, jamais les animaux ne reviennent hanter les humains, blagua le vicaire avec un bref coup d'oeil vers les lieux de la tuerie.

–J'ai autorisation pour me trouver ici, dit l'homme invisible qui flairait l'antipathie de Paula et gardait d'elle un mauvais souvenir depuis qu'elle avait cavalièrement quitté la manufacture.

–Paula ne doit sûrement pas nous reprocher quoi que ce soit, lui dit le vicaire. Mais elle a garde des lieux et je la comprends.

–J'espère, dit l'autre. Le fond du terrain appartient à Raymond Poulin, le plan à Pavages Saint-Honoré et elle travaille pour le gouvernement libéral. Alors...

Paula se hérissa:

–Je suis là pour peser les camions, pas les gens qui passent. Il leur appartient de mettre leurs propres gestes dans leur propre balance.

–Et voilà! s'exclama le vicaire. Tout est pour le mieux dans le meilleur des mondes. Que c'est donc beau, la vie! Regardez-moi ce bel automne qui chante et nous enchante. Le bon Dieu est bon pour nous autres, bien bon. Alléluia!

*

L'autre contremaître, celui de la compagnie, revint une heure plus tard. Paula lui raconta l'incident. L'homme jeta un coup d'oeil vague au petit charnier à ciel ouvert. Des oiseaux déjà avaient commencé à se repaître. Dans leur migration vers des cieux plus cléments, ils avaient repéré du haut des airs cette véritable station-service capable de leur fournir une grande réserve d'énergie pour tous ces milles à parcourir encore à la poursuite infatigable de leur destin, un destin aussi inexorable que celui des chats...

–Quand quelqu'un du village veut se débarrasser de bêtes indésirables, c'est toujours à lui qu'on les confie, dit-il avec une certaine indifférence. Il va très probablement revenir encore plusieurs fois jusqu'aux premières neiges. Il en faut des comme lui. C'est comme on pourrait dire des bourreaux nécessaires... C'est pas eux autres qui ont fait le monde tel qu'il est, c'est le bon Dieu qui nous éclaire.

Et il continua de boucher les fenêtres de la bâtisse sans rien dire de plus.

*

Puis vint Fernand en Pontiac flamboyante. Lentement, afin de ne soulever qu'un minimum de poussière, il se rendit tourner là même où les Nemrods impatients s'étaient livrés à leur art raffiné quelques heures auparavant Et revint sans apercevoir cette nauséeuse compote de chats qui souillait le paysage. Paula mit du temps pour monter. Le coeur toujours endolori, elle n'arrivait pas à dévisser son regard des lieux de cette boucherie qu'elle jugeait monstrueuse.

Son ami vibrait à l'espérance, rivé à un grand papier étendu sur son volant et qu'il examinait avec un soin des plus patients et minutieux. Il entendit Paula saluer le contremaître, vit sa main sur la poignée, crut bon ne pas se pencher pour lui ouvrir comme il le faisait toujours. C'était moins nécessaire avec ce qu'il avait à lui montrer...

Enfin elle monta et dit aussitôt:

—C'est affreux ce que j'ai vu. Ils sont venus massacrer une douzaine de chats là-bas. C'était insupportable!

—Qui ça?

—Bah! des gens du village.

—Les gens n'ont pas de coeur.

—On dirait.

—Tu les connais?

—Je connais tout le monde à Saint-Honoré.

—Et moi, je ne les connais pas? questionna-t-il.

—Tu connais le vicaire en tout cas.

—Monsieur le vicaire est venu tuer douze chats?

—Lui et un autre.

—Voyons, Paula, y'a pas de quoi fouetter un chat, si tu me passes l'expression.

Elle se révolta à lire ce sourire voilé et de voir son ami faire ainsi volte-face parce que l'acte posé était d'un clerc:

—Ce n'est pas moins pire parce que c'est un prêtre.

—Sûrement! S'il l'a fait, c'était pour le bien des chats... pour ne pas qu'ils meurent de faim, de...

242

—Oui, oui, c'est ce que je me suis dit, c'est ce qu'il m'a dit et c'est ce que tout le monde dira: alors qu'on n'en parle plus! Après tout, c'étaient rien que des chats. Au printemps, j'aurai oublié... Mais peut-être qu'il y aurait eu une manière de les tuer... proprement.

—Tuer proprement? Ce n'est pas possible.

Le jeune homme parlait distraitement, se montrant très affairé à étudier ce plan qu'il parcourait des yeux comme si l'univers entier avait eu moins d'importance.

—Tu veux voir?

—C'est quoi?

—Un beau plan de maison.

—Pour quoi faire?

—Pour faire une maison: me croiras-tu? taquina-t-il avec affection à cause de la question plutôt incongrue.

—Je sais bien, mais veux-tu te faire bâtir une maison?

—Qu'est-ce que t'en penses?

—J'en pense... j'en pense rien; c'est toi qui sais...

—Une belle maison avec un hangar, une niche pour un chien et des litières pour les chats.

—Tu aimes les bêtes?

Il plongea ses yeux dans ceux de la jeune fille comme pour la jauger jusqu'au fond de l'âme.

—J'aime surtout les humains.

—Tu vas te faire bâtir à Lambton?

—Mais non! Je suis professeur à Saint-Honoré, je vais me faire bâtir par ici.

—Mais si tu dois t'en aller... Mettons que tu trouves meilleur salaire ailleurs ou quoi encore?...

—Il s'en vient un réseau de grosses écoles. J'ai su qu'ils appelleraient ça des écoles polyvalentes pour recevoir des étudiants de plusieurs paroisses. Des élèves de huitième année en montant. Il y a des chances pour qu'on en bâtisse une ici, à Saint-Honoré ou à Saint-Martin.

—Ah bon!

Il lui tendit le plan.

—Tiens, examine les pièces et dis-moi ce que t'en penses.

—Je ne sais pas lire un plan, moi.

—C'est simple comme bonjour. Tiens, prends, je vais te montrer l'endroit de chaque pièce. Ce sera une maison à deux étages dans le style canadien...

Elle prit le papier par les bords, les mains assez peu convaincues, les sourcils contrariés. Il se pencha, et de son doigt joyeusement agité à gauche et à droite, il indiqua les principales pièces.

Soudain la jeune fille se demanda s'il ne s'agissait pas là d'une approche déguisée pour en arriver dans quelques semaines ou quelques mois à lui proposer le mariage. L'idée lui parut loufoque. Elle n'épouserait jamais un personnage si peu sensible à la mort des chats. Et c'est en manifestant un intérêt tout juste poli qu'elle suivit le guide dans son rêve mesuré et planifié qui teintait non pas que son regard de lueurs flamboyantes mais aussi sa chevelure où valsaient en s'enroulant les reflets du capot.

Et Fernand se disait, le coeur croulant de bonheur, qu'il était à franchir un autre pas qui conduirait Paula à un beau mariage... avec lui, une maison constituant un bien fort tentateur à toute jeune fille réfléchie de 1960. Or Paula Nadeau possédait la maturité d'une femme de trente ans dans un corps tout juste majeur: il le savait par ouï-dire et à l'entendre parler. Il prit quelques secondes pour examiner le paysage jaune qui lui rappelait celui d'une mine d'or. Pas plus qu'auparavant il n'aperçut le charnier de chats morts mais plutôt s'imagina que Paula était une veine du métal précieux jaillissant d'entre les sables et que lui seul avait le droit et le privilège de ramasser et de pelleter dans son wagon, ayant pris bien soin de planter ses balises selon les us et coutumes des orpailleurs.

*

Esther et Lucie s'entretenaient sur le pas de la porte du couvent. Une première neige folichonne dansait dans l'air sec de cette fin de jour. Plus le temps passait, plus elles se ressemblaient par leurs voiles de mystère et ces regards de nuit qui émanaient de leurs yeux en lueurs noires. Chacune avait le profond sentiment que l'autre porterait éternellement en son âme un lourd et douloureux secret, et cela même leur donnait à toutes les deux l'assurance que l'une respecterait toujours les retranchements de l'autre. Elles se savaient à la fois effrayées et fascinées par le cimetière voisin comme si le mal et le bien, le malheur et le bonheur, le froid et la chaleur, le matin et le soir, la peur et la paix, sans jamais se détruire les uns les autres, au contraire s'y construisaient sans cesse grâce à l'absence du temps.

On parlait de danse et de péché. Une nouvelle faisait sensation. Une étude du père Reginaldo Fracisco de Rome venait de faire ressortir que toutes les danses d'origine espagnole ou sud-américaine constituaient non seulement une occasion de pécher mais en elle-même un péché grave, les experts ayant décrit les postures, les mouvements, les balancements de ces danses comme lascifs et offensant la modestie.

Lucie grimaça:

—Je ne vois pas ce qu'il y aurait de mauvais à danser le rock and roll.

—Le rock and roll n'est pas de la même origine. Et puis, à cause des positions éloignées et des mouvements acrobatiques de cette danse, elle est acceptée... disons tolérée...

—Ça veut dire que si je vais aux noces cet été et que je danse la rumba ou le cha-cha, je vais commettre un péché mortel?

—Ou le boléro, ou la samba, ou le mambo, ou le swing, ou le boogie-woogie... ou même le calypso.

—Autant dire qu'on ne danse plus!

—Mais non... Il y a la valse, la polka, la mazurka...

—Comment savez-vous cela?

—L'évêché a fait part des conclusions de l'étude à tous les presbytères du diocèse en recommandant aux prêtres d'en parler dans leurs sermons. Et je sais que monsieur le vicaire va prêcher là-dessus dimanche...

Lucie réprima un terrible sentiment de révolte. Au lieu de s'inquiéter des choses de la danse, Rome ferait bien de dénoncer les abus dont sont victimes tant de personnes incapables de se défendre, pensait-elle aigrie. Les yeux embués, elle projeta sa pensée dans des secrets connus d'elle seule mais son regard lointain revint vite à la réalité du moment. Sur le chemin du presbytère venait une petite fille d'au plus sept ans et qui transportait un sac que la distance à parcourir finissait par rendre trop lourd pour son corps fragile.

—C'est la petite Suzette Nolin qui revient du magasin, dit Esther dont le regard fut guidé vers l'enfant par celui attentif de Lucie.

La fillette s'arrêta un moment et déposa son sac par terre au pied d'un arbre mais elle le reprit aussitôt et, les muscles de ses mains trop fatigués, elle l'échappa contre l'écorce qui en creva le papier brun Et le contenu blanc commença à se vider par terre. L'enfant regarda le désastre en se demandant comment sauver le plus gros de ce que, de loin, l'on devinait maintenant être du sucre. Tant bien que mal, elle ramassa le sac qu'elle se mit entre les bras contre sa poitrine. Et elle reprit sa marche. Mais le sucre continuait de s'écouler contre elle puis de se perdre parmi les cristaux de neige quoi qu'elle fasse pour l'en empêcher. Plus le poids physique de son fardeau s'allégeait et devenait supportable, plus son coeur était écrasé par la peur de ce qui lui arriverait une fois rendue à la maison. Et sans s'arrêter de marcher, elle se mit à gémir et à pleurer.

Esther et Lucie s'échangèrent un regard qui disait tout. Chacune avait au coeur le même mal que la petite. On se rendit au devant d'elle. L'enfant ne levait même pas la tête tant elle craignait déjà des reproches pour tout ce sucre qui salissait le pavage.

—Tu perds tout ton sucre, dit Esther de sa voix la plus maternelle.

La fillette gémit encore plus fort, impuissante même à cacher ses larmes avec ses mains gardées prisonnières par sa tâche dérisoire. Elle s'arrêta. Le sucre coulait encore et toujours dans un silence inexorable.

Les vêtements des enfants Nolin étaient très usés mais encore chauds et toujours propres. Et les visages tristes affichaient une blancheur aussi nette que la neige. Leur mère prenait sa revanche sur la pauvreté que leur jetait sur les épaules l'alcoolisme de son mari par une propreté impeccable voire exceptionnelle pour l'époque. C'étaient les âmes que l'on devinait pleines d'ombres et de taches indélébiles.

Esther se pencha.

—Suzette, il ne restera plus rien dans ton sac rendue à la maison.

Les pleurs redoublèrent.

—Tu sais ce qu'on va faire? Lucie va t'emmener au magasin et le monsieur va te redonner un sac de sucre. Mais Lucie va lui demander d'emballer le sac dans beaucoup de papier journal et de mettre de la bonne corde tout autour.

—J'ai plus d'argent, geignit-elle à travers les sautillements de ses épaules.

—Lucie, tu vas faire mettre le sucre sur le compte du presbytère. Donne-moi ton sac...

Émue aux larmes, Lucie enchérit:

—Et je vais t'aider à rapporter ton sac jusque chez toi. Tu veux?

La petite fit des hochements de tête sans toutefois arriver à chasser cette lippe que lui faisait son coeur énorme, boursouflé par la douleur, par la peur, et par toute cette culpabilité qui l'accablait.

—Ton papa, est-ce qu'il est à la maison? s'enquit Esther qui espérait une réponse négative.

—Oui...

—Ah!

Elle consulta sa montre et dit à Lucie sur une sorte de ton confidentiel:

—Essaie de faire vite et quand tu seras dans sa rue, laisse-lui faire toute seule le dernier bout entre les deux maisons. Elle n'aura pas de misère à se rendre toute seule. Tu comprends... si... on en fait trop...

—Oui, oui, coupa Lucie qui s'accroupit devant Suzette.

—Donne ton sac à mademoiselle Esther et viens avec moi, O.K.?

La fillette acquiesça sans lever la tête, les bras couverts de frissons, ses mains timorées se tendant pour confier sa triste déconfiture aux bonnes samaritaines, l'âme clouée à son sentiment de culpabilité que cette charité des deux grandes personnes ne faisait qu'exhausser.

—Et donne-moi ta main.

L'enfant confia ses doigts gelés à Lucie qui les réchauffa en les frottant avec les siens.

—Ce n'est pas ta faute, Suzette, dit Esther. Le sac était trop pesant pour toi et le papier trop mince.

La petite leva enfin les yeux et Lucie les accrocha de ses propres lueurs.

—Tu as entendu? Ce n'est pas ta faute.

La fillette se remit à pleurer.

—Il faut qu'elle se vide de ses larmes, dit Esther.

—Viens, viens, dit Lucie qui se releva et lui serra la main dans la sienne.

Quand elles furent rendues au bout du chemin du presbytère presqu'à la rue principale, le vicaire sortit en questionnant Esther sur les raisons qui la pétrifiaient ainsi au pied de l'escalier sous la morsure du vent aux lames tranchantes.

Elle raconta le drame en peu de mots. L'homme jeta un oeil vers Lucie et l'enfant, et il supputa tout haut:

—Est-ce une si bonne idée que cela de trop intervenir dans la vie privée des gens? Peut-être vaut-il mieux les laisser se débrouiller par eux-mêmes?...

Puis il ajouta en rouvrant la porte:

—Et moi, je dois retourner à mon sermon sur la danse...

Au loin, un sentiment particulier fit se retourner Lucie vers le presbytère.

Elle aperçut le prêtre noir.

Elle aperçut Esther vêtue en gris sombre.

L'église ne servant plus de paravent, il fallut pencher la tête pour avancer contre le froid.

Mais ce vent n'avait plus rien de cruel pour Suzette qui s'en laissait transporter avec confiance maintenant et regardait parfois sa bienfaitrice avec des yeux émerillonnés et reconnaissants.

*

Incorrigible optimiste, Fernand rangea son plan de maison pour quelques semaines, ayant évalué l'intérêt de Paula insuffisamment grand pour le moment. Elle mûrirait en douceur comme un beau fruit, et ses décisions futures n'en seraient que plus solides.

Ce samedi midi, attablé devant un bouilli canadien de sa concoction, il pensait à elle, à son désir de la tenir fort et longtemps dans ses bras. Sans le vigoureux sermon du vicaire sur la danse et les rapprochements physiques entre fiancés, pas sûr qu'il aurait pu se retenir de prendre des initiatives car il la fréquentait depuis quelques mois déjà et ses intentions de l'épouser étaient nettes dans sa tête, ce qui suffisait à rendre vénielles certaines étreintes

En réfléchissant à la question, il s'était dit aussi qu'il lui faudrait faire preuve de patience. N'était-il pas un étranger dans la paroisse? L'adaptation à sa nouvelle petite patrie passait par son adoption par les gens de la place et vice versa. Mais une volonté bonne et bien arrêtée viendrait à bout de tous les obstacles, il le savait.

Sa table de célibataire collée au mur sous une fenêtre contenait bien plus que le nécessaire. Il l'avait montée avec soin. Tout comme il l'aurait fait s'il eût été l'époux de Paula et si elle avait été là avec lui. Une nappe fleurie. De la belle vaisselle. Des ustensiles reluisants. Et même une bouteille de vin qu'il mettait souvent sur la table mais n'ouvrait jamais puisqu'il faisait partie d'une société de tempérance active.

Quand il eut terminé le contenu de son assiette, il se servit à nouveau à même un légumier de porcelaine qu'il vida tout en chantonnant *Partons la mer est belle*, air que sa mère lui avait montré alors qu'il n'avait pas encore commencé à fréquenter l'école.

Il leva sa fourchette à hauteur de ses yeux comme pour s'en servir en tant que baguette de chef d'orchestre ou de chorale, s'accompagnant d'une musique imaginaire quand son attention fut attirée par une colonne de fumée qui s'élevait au loin quelque part dans le rang neuf dont il ne pouvait cependant apercevoir que le premier mille. C'était trop important pour un feu d'herbe ou de feuilles. Ce ne devait pas être une bâtisse en tout cas puisque la caserne sous lui restait muette comme une carpe.

Au mât a hissons les voiles, le ciel est pur et beau
Je vois briller l'étoile qui guide les matelots...

Des pneus crissèrent dehors. Des voix éclatèrent. La porte de la caserne glissa sur ses gonds. Tout se passa si vite que Fernand n'eut pas le temps de finir de chanter et encore moins de manger. La curiosité l'emporta. Il prit son blouson suspendu dans un placard ouvert près de la porte et sortit. Déjà le camion sortait de la bâtisse quand il arriva au pied de l'escalier où il s'arrêta un instant pour remonter la fermeture-éclair de son vêtement.

La camion rouge s'arrêta net avant de s'engager sur la rue principale. Fernand crut que c'était pour permettre à quelqu'un de venir refermer la porte. Le conducteur, un jeune homme carré au visage rouge, descendit et s'adressa à lui:

—Besoin d'aide. Tu viens?

En une fraction de seconde, toutes sortes de questions passèrent par la tête de l'interpellé. Il les éteignit toutes d'un seul jet de son enthousiasme. La chance de participer de manière éclatante à la vie de la collectivité s'offrait à lui. Et puis un feu porte en soi sa récompense par l'exaltation qu'il procure à celui qui le combat ou tout simplement assiste à son grandiose spectacle.

–Yes sir!

–Embarque!

Ce fut fait dans cinq secondes. Le véhicule, une sorte de bacagnole motorisée des années quarante, prit la route en gémissant.

–Ça se passe où?

–Dans le neuf.

–Ah!

–La grange à Ferdinand Pelchat.

–Ah!

–Déjà été pompier?

–Non.

–Ça s'apprend vite.

–Ah!

–Bizarre, une grange en feu en plein samedi midi.

–Ouais pas mal!

–En tout cas...

–J'espère que les animaux seront...

–Ouais parce que...

Près de l'église, on fit monter un deuxième pompier volontaire, le frère du conducteur, grand personnage lent et imperturbable.

Un peu mal à l'aise entre les deux, Fernand crut bon se présenter:

–C'est moi le nouveau professeur...

–Tout le monde te connaît, dit le chauffeur qui avait du mal avec l'embrayage du camion dont le pommeau du levier de vitesses lui secouait violemment la paume de la main.

–Ah?

–Du nouveau dans la paroisse, ça se sait vite, ajouta l'autre, personnage à première vue mollasse.

Plus on progressait vers les lieux de l'incendie, plus Fernand se sentait fier, excité. Il espérait de tout son coeur pouvoir sauver une vache ou deux. Paula saurait et elle serait contente, admirative. Il en parlerait au vicaire, peut-être même au curé. La paroisse apprendrait qu'elle abritait un nouveau aussi vrai que les natifs. Il cesserait d'être un immigrant aux cheveux roux venu de Lambton.

Les corps des hommes, tels des pantins, dansaient bien malgré eux sur la banquette dure par la faute des ornières de la route grise. On discuta des plans d'eau les plus proches de l'incendie. Il y avait l'étang même de Ferdinand Pelchat qui serait vidé dans dix minutes. Le puits dans cinq. Mais il y avait un lac artificiel chez le deuxième voisin, un dénommé Honoré Veilleux. On aurait assez long de boyaux pour s'y rendre et alimenter la pompe au moins une heure.

On arriva sur la côte qui permettait d'apercevoir la seconde partie du rang. La grange en flammes parut dans le décor de champs labourés, de forêts brunes et sèches et de bâtisses de ferme à tous les dix arpents. Elle était déjà perdue: un simple coup d'oeil le disait amplement. Il suffirait aux sapeurs de protéger la maison sans plus ou de sauver de l'équipement d'étable, du roulant si tout ne l'était pas encore. Fernand écoutait, apprenait par les deux oreilles. Ses yeux embrasés pétillaient.

Enfin le camion arriva à l'entrée de la cour. Mais on ne put avancer, le chemin étant bloqué par des autos de gens venus de tout le rang, alertés par un appel général du téléphone. Toutes les bêtes, vaches, chevaux, moutons, poules et même lapins, avaient pu être sauvées; on les avait mises dans un enclos d'où, indifférentes et le regard stupide, elles jetaient parfois des yeux égarés sur ce brouhaha humain autour des bâtisses.

—C'est les pompiers, débarrassez l'entrée, cria une voix.

Plusieurs voitures de la dizaine se trouvant là furent déplacées et bientôt, on put enfin s'installer en biais entre la grange et la maison à la distance que la prudence commandait. Des volontaires déjà noirs vinrent offrir leurs bras, des hommes inquiets mus par la peur qu'un pareil malheur ne survienne un jour dans leur propre cour et qui, confusément, s'imaginaient pouvoir conjurer le mauvais sort en se dévouant afin de sauver peut-être ce qui était déjà visiblement perdu. Ils avaient accompli le plus urgent et le reste relevait des sapeurs et surtout de l'irrémédiable.

En haut de l'escalier extérieur de la maison, la femme Pelchat, un être beau et maigre dans une robe à grands pois noirs gardait les yeux figés sur les flammes tout en retenant contre elle un petit garçon de quatre ou cinq ans qui se tordait, se plaignait et cherchait à se dégager.

Fernand observa le chauffeur qui confia le bout d'un boyau enroulé sur un cylindre à un homme qu'il connaissait en lui ordonnant d'aller le jeter dans l'étang situé à cent mètres de la maison. Puis en quelques secondes les frères pompiers enfilèrent des habits cirés noirs sortis d'un compartiment spécial au-dessus des boyaux. Fernand les imita aussitôt et quand il revêtit le majestueux chapeau, son coeur faillit chavirer de bonheur pour un bref instant. Mais le sens du devoir prit au collet sa détermination et, armé d'une des lances de sortie de la pompe et qui lui passait par-dessus l'épaule, il s'élança en avant pour se mettre en position stratégique entre la maison et la grange comme demandé par le jeune chef méthodique, efficace et imperturbable qui lui avait aussi recommandé de tenir bien en mains la lance. Fernand rit de cela en disant qu'il avait souvent arrosé la patinoire à Lambton.

—Tu vas trouver que la pression est autrement plus forte, avait repris le chef dont les mots s'étaient noyés dans les cris des gens, les bruits de moteur, les bêlements des moutons et le crépitement du feu.

Les flammes dévoraient entièrement la moitié la plus éloignée de la bâtisse. On arroserait sans zèle l'autre partie pour que le feu se propage plus lentement et pour éviter les étincelles et la chaleur de sauter sur la maison.

Frôlant l'escalier où se trouvait la femme de la maison qu'il salua d'un signe de tête, Fernand marcha jusque près d'un homme pour lui inconnu, isolé, à dos courbé et qui, l'oeil petit et languide, observait calmement le spectacle en se raclant parfois la gorge avant de cracher de côté.

D'une voix assez forte pour que la femme entende, Fernand dit à son voisin:

—Qu'il s'approche, le feu, on l'attend de pied ferme.

Et il s'écarta les jambes et braqua comme un fusil la lance encore inerte sur plusieurs points imaginaires de la grange. L'autre homme marmonna quelque chose mais l'apprenti sapeur porta plutôt attention à la mère et à son garçonnet sur la galerie. Et il comprit que l'enfant avait perdu son chat et croyait qu'il mourrait dans la grange. Un miracle, pensa Fernand qui mit la lance entre les mains de l'inconnu sans lui poser de questions et cria à la femme et à son fils:

—Je vais le chercher, ton chat.

Et il s'élança vers la porte de l'étable d'où des hommes sortaient parfois pour refaire le plein d'oxygène pour ensuite retourner inutilement dans la fumée et les risques. Mais les pompiers, le chef surtout, rassuraient. Avec eux et avec Dieu, le feu prendrait un coup de vieux.

Au frère du chef qui sortait, Fernand dit:

—Y'a pas un chat là-dedans?

—Ouais, y'a trois, quatre gars.

—Un vrai chat.

—Ça me surprendrait.

—Le petit gars Pelchat là-bas dit que son chat est là.

—Les chats, ça se tient pas où c'est que y'a du feu.

—Je vais jeter un coup d'oeil: on sait pas.

Et Fernand fonça bravement dans la boucane comme un politicien amoureux ds son idéal et tout prêt à donner la moitié de sa vie au moins pour ses électeurs et à mourir prématurément d'une crise cardiaque consécutive à un manque d'air pur.

Pendant ce temps, la pompe finit de se charger. Quand l'aiguille de pression atteignit le maximum sur le cadran indicateur, le chef cria à son frère de ramasser sa lance qui recevrait l'eau dans quelques secondes.

La porte de contrôle était largement ouverte de sorte qu'il ne pouvait savoir que la seconde lance avait changé de mains. S'il fallait s'attendre à des gaucheries de la part de Fernand, voilà que cet autre sapeur ad hoc, lui, mettait en péril tout ce qui était cassable cent pieds à la ronde.

Tit-Georges Veilleux, frère d'Honoré Veilleux, ce deuxième voisin des Pelchat où se trouvait le lac artificiel et maire de la paroisse, demeurait habituellement au village mais à l'occasion, il retournait à la terre natale du rang neuf pour y exécuter pendant quelques jours, jusqu'à ce que sa belle-soeur s'en tanne comme il faut, de menus travaux et ainsi gagner quelques sous de subsistance.

Fernand connaissait son existence par Paula qui lui avait raconté ses folies furieuses imprévues et sporadiques contre ces engins du diable d'automobiles, mais le jeune professeur n'avait jamais aperçu le légendaire Don Quichotte et comment aurait-il pu deviner devant pareil loustic si posé, si tranquille, qu'il s'agissait là de l'idiot du village, d'autant que logiquement pensant, l'idiot du village aurait dû se trouver au village... pour y accomplir sa mission terrestre... d'idiot de village, mission consistant à rappeler aux gens normaux qu'ils sont normaux et ont donc raison à cause de leur belle intelligence et de leur vision juste du monde, ce qui leur évite de perdre du temps à la pénible et douloureuse tâche de se remettre en question.

Tit-Georges n'avait jamais été aussi fier d'être saint-honoréen, beauceron, québécois. Au fond de lui-même, il se sentait le personnage du jour. Si seulement il avait connu l'existence du mot 'historique' c'est par lui et pas un autre qu'il aurait qualifié cet événement de taille. Il savait que ce jeune homme qui lui avait confié la lance était un professeur, pour l'avoir souvent vu passer devant sa maison de pension, donc un être savant comme tous les professeurs, les prêtres, et les docteurs... Un savant avait donc fait de lui l'un des hommes les plus importants de cette journée de catastrophe. Peut-être pourrait-il abattre à jamais son vieil ennemi qui n'était pas le feu... Le coeur tendu, le sourire figé, les mains molles, il attendait sans trop savoir ce qu'il attendait...

Fernand achevait un périple jusqu'au fond de l'étable où la chaleur était insoutenable, une chaleur répandue en même temps qu'une suie humide se déposant sur toutes les choses par la fumée dense et noire qu'il arrivait mal à voir, maintenant que ses yeux pleuraient par une irritation fort douloureuse.

Point de chat!

Ni sur les poutres, ni asphyxié dans un coin et pas non plus dans la chambre du séparateur dont il ne restait plus que la base de ciment puisque les premiers arrivés avaient sauvé toute la quincaillerie de l'appareil. Mais ils avaient négligé de prendre les morceaux d'étoffe de tissu blanc de poche de sucre ou de farine servant à filtrer la crème et le petit lait, et il en restait quelques-uns accrochés sur des clous. Fernand se dit qu'il ferait bien d'en prendre un et de se le mettre devant la bouche pour réduire la pollution plutôt élevée de l'air qu'il respirait.

Ce qu'il fit.

Et il reprit la direction de la sortie où il parvint avec mal, à moitié étouffé. Dehors, il s'appuya à la cloison de l'étable et jeta la guenille qui laissa son visage couvert de sueur et de suie. De quoi rendre jaloux le chef en personne s'il avait été homme de mesquinerie.

Serviable et dévoué, tel était plutôt le chef, mais aussi joueur de tours et porté à se payer les têtes parfois. Il mit la main sur la manette de contrôle de l'eau de la deuxième lance, le sourire aux encoignures d'un seul oeil, l'âme joyeuse à penser à l'inexpérience de ce jeune intellectuel qui apprenait tout trop vite. Il fallait lui donner toute l'eau, toute la pression, toute la gomme... Alors, de sa main énorme, il tourna au maximum...

L'eau gonfla aussitôt la toile du boyau et fit même une sorte de bourrelet comme s'il se fut agi d'un interminable serpent avalant un oeuf.

À l'autre bout, Tit-Georges tenait sa lance, elle aussi ouverte au maximum. Quelques secondes encore et l'oeuf d'eau se tordant puissamment à gauche et à droite donna un coup immense dans l'extrémité métallique après avoir durci le boyau jaune sur toute sa longueur.

Le sapeur improvisé fut bousculé mais le ciel dans toute sa sagesse voulut qu'il n'échappe pas la lance que par réflexe instantané, il serra de toutes ses fragiles forces. Fernand se trouvait directement dans la ligne de tir; le jet le frappa à l'épaule et le plaqua durement au mur, ce qui lui fit faire un pas de plus et fort douloureux dans son apprentissage héroïque.

—Tit-Georges, lâche ça, s'écria la femme Pelchat dans son dos.

Il se retourna. Les vitres de la maison volèrent en éclats et la femme fut frappée aux jambes, ce qui aurait pour effet, par la suite, de guérir une vilaine varice en train de naître au-dessus de son genou gauche. Par bonheur, mais peut-être pas puisqu'il pouvait avoir été blessé par le verre, son fils était dans la maison car il avait retrouvé son chat entre-temps. Elle courut à l'intérieur...

Pas loin de la première lance manipulée habilement par le frère du chef devenu solide sur ses pieds et dans son corps, se trouvait l'attroupement des premiers sauveteurs. Ils formaient un cercle, les bras croisés, quelques-uns fumant la pipe, à se raconter placidement de vieux feux auxquels ils avaient travaillé; et en ce moment même, un aîné parlait du grand incendie de 1918 qui avait balayé la moitié des forêts de trois paroisses voisines dont Saint-Honoré.

Honoré Veilleux qui jetait à l'occasion un oeil sur son frère, vit ce qui arrivait et il se précipita de son pas de chimpanzé vers Tit-Georges pour le désarmer au plus coupant. Son avance fut cassée en deux dix pas plus loin par le jet d'eau qui l'assomma à moitié. L'insolite de la chose parut au chef qui à son tour prit conscience de la situation par Fernand qui se lamentait à son épaule, par Honoré frappé au plexus solaire et jeté à terre, et par un regard par-delà les autos stationnées. Il contourna à nouveau le camion pour se rendre au panneau de contrôle. Le jet d'eau se déplaça et frappa droit sur la porte qui claqua et fut en partie arrachée de ses gonds en se refermant. Et malgré sa toute-puissance, le chef lui-même fut repoussé sans vergogne. Et il dut reculer sous le brutal impact de l'eau. Et son chapeau fut emporté au diable vauvert.

Jusque là, Tit-Georges avait été conduit par la lance. Il lui parut que toutes ces voitures grimaçaient, lui tiraient la langue et riaient de lui. Une colère à odeur de moutarde lui monta au nez. Ses muscles se bandèrent au maximum. Il marmotta des injures liturgiques. Et se mit à tirer sur l'ennemi mortel formant à lui seul tout un régiment, un bataillon entier, une véritable armée de choc capable de repousser l'envahisseur étranger hors de sa vue, de son pays, de la vie elle-même...

Quand la guerre fut terminée après que le chef eut pu enfin bloquer l'arrivée des munitions au soldat de fortune, quelques hommes établirent le bilan provisoire des dégâts tandis qu'Honoré, furieux, chassait impitoyablement son frère en lui ordonnant de rentrer à la maison à pied.

Et Tit-Georges partit en grommelant dans son baragouin à lui, sans haine, sans peur et sans reproche, sûr de lui, marchant le corps cassé par le milieu mais l'âme droite comme un échalas militaire.

Les phares de trois autos avaient été crevés. La vitre de côté de celle du fier Cléophas Quirion avait sauté en mille miettes, la portière était renfoncée. Honoré n'avait plus de lunette arrière à sa Plymouth neuve. Des capots cabossés. Des peintures savatées. Quasiment un cimetière d'autos! Combinée au feu derrière, la vision était apocalyptique.

On se regroupa alors autour de Fernand vers qui, le premier, allait le chef. Le professeur était assis par terre et multipliait les 'ayoye' larmoyants et terriblement coupables en se touchant l'épaule.

—Blessé?

—L'épaule... Luxée, je pense...

—Quoi?

—Démanchée.

—Ah!

Honoré dit d'une voix qui s'arrachait les cheveux:

—C'est toi qui a donné la 'hose' à Tit-Georges? Non, mais as-tu vu ça? Et qui que t'es pour commencer?

—C'est le nouveau professeur. On l'a emmené pour se faire aider, dit le chef.

—J'ai rien fait, moi, clama Fernand. J'ai voulu aller chercher le chat du petit Pelchat dans l'étable, c'est tout. Et en sortant, je me suis fait frapper par le jet d'eau...

—Tu dois pas connaître Tit-Georges?

—C'est lui, Tit-Georges Veilleux? Entendu parler, mais jamais vu, moi.

Honoré soupira puis il changea de ton car l'excuse du professeur lui servirait aussi d'excuse et de toute évidence les dégâts pourraient être assumés par la municipalité qu'il dirigeait.

—D'abord que c'est comme ça, et que comme pompier volontaire, t'as voulu sauver le petit chat du petit Pelchat, et que tu connaissais pas Tit-Georges de vue, nous autres, on te donne l'absolution. On va même trouver quelqu'un pour te conduire chez le ramancheur à Saint-Victor... Y a-t-il quelqu'un qui voudrait aller chez Noël Lessard? C'est la municipalité de la paroisse qui va payer...

Henri Lessard, homme au sourire éternel, s'était porté volontaire. Au retour au village, à l'heure du souper, car à Saint-Victor, il avait fallu faire la queue pendant de nombreuses heures, Fernand demanda au conducteur d'effectuer un crochet par chez Paula afin de la prévenir de son retard à la prendre pour aller au cinéma ce soir-là comme prévu. On irait à la deuxième représentation.

Bien que toute douleur ait disparu dès l'imposition des mains fermes du plus célèbre rebouteux de la province, il entra en bougeant de façon circonspecte pour donner à l'avance plus de poids et de spectaculaire à son récit.

On était à table.

L'oeil brillant, le sourire modeste sur son visage noir, Fernand raconta son aventure. On rit. On le félicita. Mais au fin fond d'elle-même, Paula avait un peu de mal à comprendre. Pourquoi donc le chat du petit Pelchat avait-il été si important pour lui ce midi-là alors que peu de temps auparavant, la boucherie du vicaire et de son compagnon ne l'avait pas fait bouger d'un poil?

Et Fernand repartit, bouffi de contentement après une journée féconde comme pas une, fertile en émotions et dont il restait de beaux fruits à cueillir encore. Sans le savoir, Tit-Georges lui avait donné la clef du coeur de Saint-Honoré et peut-être même de manière définitive celle de celui de Paula...

Les hommes ont de ces comportements bizarres, se dit la jeune fille sans fouiller la question plus avant.

Déménagée dans le salon, la même table avait été agrandie, garnie de brillances et de bons plats. C'était la nuit du réveillon de Noël: blanche, douce, étoilée. Le bonheur total pour Fernand. Il aimait se savoir aimé par ses élèves, aimé par les parents, aimé par le presbytère, aimé par la paroisse et surtout, par les Nadeau, sa nouvelle famille ou presque.

On était neuf. Rosaire et grand-père Joseph à chacune des extrémités. Hélène, Esther Létourneau qui avait enfin accepté l'invitation des Nadeau, Lucie et son petit ami, un Champagne du rang, tous quatre d'un même côté de la table face à grand-mère Clara, voisine de Fernand que suivait Paula avant une dernière place, vide celle-là et sans couvert, celle de Julien l'apostat comme le désignait maintenant son père au grand désagrément d'Hélène.

Cette disposition des personnes convenait parfaitement à une conversation nocturne, filandreuse, entrecoupée de morceaux de dinde et de pointes de tourtière. Les propos féminins et ceux plus lourds des hommes s'enchevêtraient en se croisant par-dessus la bûche blanche et la sauce aux atocas. On parla du chant de la chorale: toujours aussi merveilleux. Fernand avoua la vieille fidélité de sa famille au parti libéral, et donc son contentement de vivre dans le village le plus libéral au Québec grâce à la présence en ses murs des deux jeunes députés dévoués aux intérêts du peuple. Pour la centième fois, le roux professeur dut raconter son action d'éclat au lieu du feu, sa recherche du chat caché et la dure luxure de son épaule que dans un craquement spectaculaire Noël Lessard avait remboîtée de ses mains de maître, en véritable Liberace de la carcasse vivante et virtuose incomparable de l'ossature humaine.

Avec Fernand, quand on le laissait s'enflammer, tout devenait important, grandiose, théâtral. Et senti. Chaque détail était, comme la dinde, truffé lui-même d'une foule d'autres qui l'éclairaient, le coloraient ou bien le glaçaient selon la fantaisie du conteur. Il décrivit même en long et en large l'effondrement de la grange dans une galaxie d'étincelles alors qu'à ce moment-là, il faisait pourtant la queue dans une longue file d'éclopés aussi peu éclatants que lui devant la demeure du ramancheur.

Puis ce fut la grande nouvelle de la nuit. Paula annonça qu'elle s'achèterait une auto dès les beaux jours du printemps. C'est par-dessus l'épaule de Fernand qu'elle le dit fort à sa grand-mère, la personne qui, avec Hélène, lui donnerait sans hésiter tout son appui moral de femme. C'était oublier Esther qui ne voyait pas la chose du meilleur oeil mais le tut.

Fernand et Rosaire s'échangèrent des regards sombres. Clara ne laissa pas le temps aux objecteurs de conscience de se révéler. Elle déclara:

—Et si tu veux des leçons de conduite, je t'en donnerai, même si je dois venir de Saint-Ephrem durant une semaine.

—Mais c'est déjà fait grâce à Fernand, dit Paula.

Rosaire plissa la glabelle en disant:

—Ça te montrera, mon Fernand.

On en discutait encore lorsque sonna le téléphone, ce qui rendit Rosaire visiblement nerveux et mal à l'aise. L'appareil se trouvait derrière Paula sur le divan. Elle répondit. On fit silence un instant pour mieux entendre et deviner de qui il s'agissait.

—C'est Julien, dit Lucie après les premiers mots de sa soeur.

—Tu appelles de Détroit? questionna Paula, la voix pénétrée de bonne humeur.

Rosaire blanchit. Le goût de sortir, d'aller marcher dehors pour n'avoir pas à lui parler s'installa en lui. Et à l'inverse, quelque chose le clouait sur sa chaise et à l'écoute de sa fille malgré la reprise d'un certain échange de propos autour de la table. Tiens, il s'en irait dans la chambre voir le dernier-né... Non, il resterait là...

—Il veut parler à Hélène, annonça Paula en tendant le récepteur en direction de sa jeune belle-mère.

Puis ce fut au tour de Lucie. Grand-père Joseph eut droit à quelques mots ensuite et il reçut pour mission de saluer grand-mère Clara. Rosaire n'y tint plus: il se rendit aux toilettes mais sans s'y attarder. Et quand il revint à sa place, Paula raccrochait déjà.

Elle remit aussitôt sur le table le propos concernant sa future voiture pour mieux enterrer l'appel aux yeux de son père à qui Julien, malheureusement, n'avait pas voulu parler.

Après le repas, Fernand réclama un tablier. Lucie lui en trouva un à carreaux bleus et il prit la direction de l'opération vaisselle. Quand la cuisine eut repris son ordre coutumier, Hélène prit Paula à part et lui demanda de regrouper tout le monde près de l'arbre de Noël dans la pièce du piano tandis qu'elle aurait un petit entretien avec Rosaire qui, dès la fin du repas, s'était enfermé dans la chambre avec l'enfant.

Il n'y avait qu'une veilleuse dans la pièce sombre. Rosaire était étendu sur le lit, un bras sur le front. Sa femme s'approcha discrètement et s'assit près de lui. Elle lui massa l'épaule sans rien dire, attendant qu'il parle le premier, ce qu'il fit au bout de quelques longues minutes:

—Quand j'ai vu Fernand vous donner son aide, je me suis dit que je ferais mieux de me reposer un peu avant la distribution des cadeaux.

—C'est aussi à cause du téléphone de ton fils?

—Pantoute!

—Je commence à te connaître assez pour savoir que tu l'as très mal pris... Mais tu as tort. Tu dois comprendre que Julien t'a parlé tantôt même si vous n'avez pas échangé de paroles.

—Moi, je pense qu'il a voulu me narguer. Il devait être sur la baloune à Détroit et il se sera dit: le bonhomme, je vais le faire chier.

—Ce n'est pas ça, pas ça du tout, Rosaire.

—C'est quoi si c'est pas ça?

—Je viens de te le dire: en appelant cette nuit, c'était son premier pas vers la réconciliation. À toi de comprendre son message. La prochaine fois, il va demander à te parler, tu verras. Et peut-être qu'il espérait que tu décrocherais toi-même comme presque toujours?...

Les mêmes idées furent redites deux, trois fois, en des mots différents, et Rosaire finit par comprendre le message de son fils et par accepter son attitude. Le coeur eut raison de l'orgueil et de la déraison.

Alors comme issues tout droit du passé, des notes de piano leur parvinrent à travers la porte, puis une mini-chorale exquise fit entendre un chant qui avait souvent rempli de bonheur ou de tristesse cette demeure: *La Voix de maman*. Esther, une pure artiste ajouta sa voix à celle, très belle, de Fernand, celles de Lucie, de son ami et de Clara, et elles se marièrent dans une parfaite harmonie comme si on avait pratiqué ensemble depuis de nombreuses années...

Paula accompagnait.

Rosaire suivit Hélène. On arriva près de l'arche et du piano. Debout, grand-père Joseph souriait, les larmes à l'âme. Lucie et Esther s'échangeaient un regard pénétré de nostalgie et la jeune fille du presbytère perdit son faciès de mater dolorosa. Rosaire serra la main de sa femme dans la sienne. Paula se sentait heureuse: comme toujours quand elle se faisait créative et qu'elle était plongée tout entière dans une chaude atmosphère familiale.

Et Fernand qui regardait sa tête adorée se jura de lui dire un énorme 'je t'aime' avant les aurores... sinon pas trop tard le soleil levé...

******

Chapitre 11

Non seulement Paula garda-t-elle vivants les contacts avec les amies de Saint-Georges, mais elle les intensifia au cours de tout l'hiver et le fil du téléphone devint ce lien hebdomadaire dont Michelle Caron avait rêvé à la fin de leurs études.

Aubéline et André sortaient toujours ensemble et plus que jamais. Quant à Michelle et Amélie, elles préféraient voltiger, chacune nourrissant le projet de se donner encore quelques années d'études et un diplôme propre à la doter d'une autonomie plus grande que celle découlant d'une simple douzième commerciale. Seule Francine avait scellé son sort en se fiançant à Noël. Mariage en juin.

Le travail de Paula lui pesait lourd. C'est qu'il n'y avait rien à faire. L'autre secrétaire, celle en chef, une femme célibataire de la génération d'Esther et de son dévouement, croyait bien agir en accomplissant à elle seule quasiment toutes les tâches. Elle répondait au téléphone, tapait les lettres, recevait les 'en-peine' du comté en l'absence du député, gardait minutieusement tous les dossiers à jour, proposait même des solutions à des problèmes qui plissaient le front du docteur politicien.

Il restait à Paula un sentiment d'inutilité, celui de n'être bonne qu'à produire quotidiennement du small talk qui avait l'air de plaire à l'autre. Et au député quand il se trouvait là.

Le bureau jouxtait la maison du docteur. Sa femme, un être jeune mais quinteux, prit vite conscience du temps dont disposait Paula, compara avec ses propres obligations de tenir cette grande maison, de préparer les réceptions et de les tenir, d'élever les deux enfants, de suivre son mari quand nécessaire à Québec ou à tous ces anniversaires de mariage célébrés aux vingt-neuf coins du comté et qu'on n'aurait pas pu éviter faute de vider de ses libéraux un rang complet en un seul soir. Politique oblige!

Et sa conclusion fut qu'il était logique d'utiliser cette secrétaire bayant aux corneilles; sa paie ne lui venait-elle pas du gouvernement? Et le gouvernement, dans la Beauce, n'était-ce point le docteur? Et puisque le travail forme et tient en forme...

Ce furent tout d'abord de menus services demandés. D'aller à l'épicerie. De surveiller une cuisson. De garder les enfants durant une demi-heure...

Au début, Paula le fit par reconnaissance. Puis par respect de cette femme belle et distante. Et ensuite, à son tour, elle se mit à comparer. À part le salaire, tout était mieux au garage. Elle s'y accomplissait malgré les sourires machos, y apprenait les méandres de la business par-delà les travaux strictement cléricaux.

Un jour de grand froid, madame Beaudoin entra dans le bureau en coup de vent selon son habitude. Elle se rendit tout droit à Paula et lui mit devant les yeux une longue liste d'épicerie en disant suavement:

—Voudrais-tu avoir l'amabilité d'aller choisir pour moi? Quand je commande par téléphone, ils ne choisissent pas les plus beaux morceaux, tu vois. Et une femme de député ne doit pas servir de viande filandreuse aux visiteurs de son mari, tu comprends... Comme tu es fille de cultivateur, la bonne viande, ça te connaît, n'est-ce pas?

Paula se redressa sur sa chaise et même se souleva comme cette fois de son enfance où elle avait reçu une dure et excessive fessée par son père.

—Madame Beaudoin, je travaille pour le gouvernement, pas pour vous. Je suis une secrétaire, pas une servante.

Elle prit le papier et se leva.

–J'y vais, mais c'est la dernière fois...

La femme lui arracha vivement la liste de la main, elle tourna les talons et disparut dans son royaume.

–T'es drôlement indépendante! s'étonna l'autre femme.

Paula pleurnicha:

–Mais mon travail, c'est ici, pas de l'autre côté à la maison privée.

–Elle est enterrée, la pauvre, il faut la comprendre. Tu sais, elle travaille comme trois...

–Peut-être mais... Qu'ils s'engagent une aide ménagère et qu'on me laisse tranquille!

Au fond d'elle-même, Paula était déchirée, et pour un temps, ses pensées furent misérablement étriquées. Il était contraire à sa nature de refuser d'aider quelqu'un dans le besoin, mais à y réfléchir sensément, se trouvait-il besoin réel ou simplement abus du docteur sur sa femme qui ensuite cherchait à s'en sortir comme elle le pouvait? Quoi qu'il en soit, elle prit la décision de piétiner les élans de son coeur et de n'en faire qu'à sa tête.

Plus jamais elle n'aurait à réaffirmer sa volonté. La femme n'entra plus dans le bureau et elle évita tout contact avec Paula, ce qui fit naître du regret en l'âme de la jeune fille, un regret préférable à de la servitude.

*

Fernand exultait.

C'était son hiver.

Il emmena Paula patiner. La conduisit au mont Adstock pour y faire du toboggan. Au cinéma, ils virent ensemble *Mont'là-dessus*, l'histoire d'une auto volante, *Spartacus*, de Kubrick, *L'Oeil du diable*, d'Ingmar Bergman, histoire se passant en enfer, et *Les Sept mercenaires* qui fut leur préféré, un petit peu violent mais si exaltant de véritable justice! *La Garçonnière* scandalisa Fernand et il voulut compenser en revoyant pour la troisième fois l'arrache-larmes *Ben-Hur* qui équivalait bien à une confession plus une communion.

On dansa le rock and roll et, bien sûr, on évita les danses péchés dont la liste avait été donnée par le vicaire. Mais le 'slow pas trop collé', le jeune homme disait qu'on pouvait se le permettre à condition de le discipliner.

Tout de même, on était en 1961!

Paula vivait pour sa part une sorte de recrudescence vertueuse. Car un baiser de Gaétan ou de Ghislain ne ressemblait guère à celui si pudique de Fernand, donné hiératiquement, comme sacralisé, et lustral bien plus que sucré. Au contraire des filles en général, elle trouvait la sentimentalité de son ami mal assortie avec sa sensualité. Il était bien trop collant de l'âme pour ce qu'il l'était de la chair.

Tout de même, on était en 1961!

Parmi les filles de son âge, voilà qu'elle était devenue l'exception dans sa pudeur. Michelle parlait aisément, le regard perversement triomphant, de sa cerise perdue à tout jamais. Amélie avouait la même chose par ses sourires roses. Paula eût-elle cherché à provoquer davantage de sensations dans les étreintes retenues avec son ami que le religieux Fernand l'aurait refroidie avec un de ses principes angéliques et peut-être même une oraison jaculatoire. Et cela exhaussait en elle le goût du défendu.

*

—Automobile égale autonomie, répéta Paula pour la nième fois à Fernand qui avait tenté par tous les moyens de la persuader de n'en pas acheter.

Pas une jeune fille de Saint-Honoré n'en possédait une. Pas beaucoup de femmes conduisaient à part celles des députés que les circonstances obligeaient à se débrouiller en l'absence prolongée de leur mari.

Ils arrivaient à Saint-Georges dans l'auto du jeune homme par ce très doux et ensoleillé samedi d'avril, deux semaines après la débâcle déjà. Fernand haussa le ton pour la première fois avec elle mais sa voix sortit fêlée:

—Tu vas au plan d'asphalte, je te reconduis. Tu veux aller au cinéma, je te dis quel film désires-tu voir. Tu demandes pour aller magasiner, je t'attends patiemment quelque part. Tu as l'intention de te rendre à Québec, à Montréal, aux États, tu sais que tu peux toujours compter sur Fernand. Qu'est-ce que tu veux de plus? Gaspiller ton argent en laissant pourrir une auto dans la cour de ton père? Ou bien... dans la nôtre?

Il n'aurait pas pu choisir plus mauvais moment pour un langage allusif.

266

—Moi me marier? Pas avant deux ans au moins. Entre-temps, je dépends des autres, de mon père, de toi. Et ça me fatigue si tu veux savoir.

—C'est de l'orgueil mal placé.

—J'ai droit de placer mon orgueil où je veux. Et puis, c'est un morceau de liberté que je veux, moi, bon.

On arrivait au pont. Fernand dit, le ton grand:

—Non, mais as-tu seulement calculé ce que ça va te coûter? Un paiement d'au moins soixante dollars par mois. Au moins sept, huit dollars d'essence par semaine. Les changements d'huile. Les plaques d'immatriculation: dix dollars par année. Ton permis de conduire: deux dollars par année. Une fortune! Ça n'en finit pas. Les pneus: t'as rien de nos jours en bas de quinze dollars chacun. La moitié de ta paye va y passer.

Paula rit:

—C'est probablement pour tout ça que Tit-Georges Veilleux est autant contre les autos.

—C'est pas pareil, lui, c'est un débile...

—Tu veux que je te résume la situation? Une auto pour un homme, c'est beau. Pour une femme, c'est idiot.

Elle fit la moue. Il reprit:

—C'est ça... c'est ça...

—Tu penses exactement comme mon père. Y'a que mon grand-père Joseph qui est assez ouvert pour comprendre. Tu es quarante ans plus jeune d'âge et quarante ans plus vieux dans ta tête...

—Bon... on va pas se chicaner pour ça encore une fois. D'abord que ton idée est faite final, trouvons la meilleure bagnole... en espérant que tu ne t'envoleras pas dans les airs avec comme... André Veilleux selon ce que tu m'as raconté...

—Crains pas pour ça!

*

On voyagea de Ford à Chrysler à G.M. La perle rare leur sauta aux yeux au même moment dans la plus grande cour d'usagées de la ville. Une Pontiac 57 en tous points pareille à celle de Fernand sauf la couleur. Au lieu d'un rouge feu, l'essentiel de la tôle portait un habit du même vert que les forêts beauceronnes par jour de pluie du coeur de l'été, une teinte reposante, familière, familiale, coupée par le blanc du toit et de la flèche des ailes. Le prix: huit cents dollars. Le versement mensuel: cinquante et des poussières. Une occasion exceptionnelle! Pas de pourriture apparente. Du brillant partout.

—Et une mécanique en parfait ordre. C'est un char de curé, proclama le vendeur qui tendait les clefs à Fernand. On l'a repeint en vert parce que noir, ça faisait un peu... noir...

Paula prit la clef et se mit au volant sous le regard dubitatif de l'homme gris à la moustache ourlée.

—Faites attention, eut-il besoin de dire quand la jeune femme mit en marche.

Elle fut achetée provisoirement. Il fallait la signature de Rosaire. Cette exigence révolta Paula. Par bonheur qu'il y avait maintenant au Parlement de Québec une première femme ministre et qui promettait de changer toutes ces inepties légales et machistes d'un autre siècle.

Rosaire rechigna mais sur la pression irréductible de sa femme, il se résigna.

On retourna prendre possession de la voiture le lundi suivant après la classe de Fernand et le travail de Paula. Elle ne réalisa son bonheur qu'une fois sur le tablier du pont. Le souvenir des jeunes gens qui un soir de patinage à roulettes les avaient importunées, lui revint en tête dans tout son odieux. Ils étaient forts ce jour-là, au volant de leur automobile; maintenant, elle se sentait forte au volant de son autonomie...

*

Le plan d'asphalte opérait depuis trois semaines déjà. Mai coulait en beauté depuis la même période. Sauf que ce jour-là, il pleuvait. Une bonne pluie tiède qui s'était installée tôt le matin, sans doute pour la journée entière. Assez drue et déterminée en tout cas pour empêcher le plan de fonctionner. Personne ne s'y trouvait à l'exception de Paula occupée à lire dans son silencieux bureau de la balance.

Elle parcourait distraitement *Le Survenant* que parmi d'autres cadeaux, Fernand lui avait offert à Noël. On était au milieu de l'avant-midi. Le contremaître était venu plus tôt; ayant scruté le ciel et sa pensée, il avait annoncé son absence pour le restant de la journée.

Il arrivait à la jeune fille de regarder sa voiture garée au bout de la balance, en retrait entre les arbres, et de s'adonner à une rêvasserie sans profondeur. Dans un petit mois, elle irait à la noce de Francine. Francine la discrète qui à l'intérieur du cercle des filles n'avait jamais fait grand bruit. Et l'image de Francine lui rappela celle de ce Grégoire Machin qu'une marche en sa compagnie avait poussé Paula à éconduire, et peut-être à son insu, à se tourner vers Fernand. Qui donc était-il, ce Grégoire Machin pour qu'elle ait eu l'envie de lui dire 'non merci'? Un personnage aux allures jupitériennes, bien entendu. Sûr de lui jusqu'à la présomption. En quête d'une femme pour meubler sa maison... Comme elle lui avait bêtement brûlé la politesse ce jour-là et si c'était à recommencer, elle referait exactement pareil. Il était fort envisageable qu'elle ait à le revoir à la noce de Francine en tant que voisin de son amie. Peut-être serait-il déjà marié lui-même et grand pourvoyeur d'un être serviable? En tout cas, il verrait Fernand... et n'aurait qu'à tenir ses distances...

Un écureuil roux entra dans son champ de vision. Il grimpait dans l'arbre à côté de son auto. Un bel animal vif à pelage brillant comme la voiture, en recherche sans doute de samares à ronger. Puis une auto noire apparut brutalement dans la dernière courbe, sur le chemin bruni par la pluie. Bien facile à reconnaître: c'était le vicaire Labrecque.

"Mon Dieu, pourvu qu'il ne revienne pas se livrer à un autre massacre de petites bêtes!" se dit-elle en regardant le jeune écureuil qui semblait interdit à mi-chemin entre ciel et terre, en travers, ne sachant s'il devait poursuivre dans une direction ou bien dans l'autre.

La voiture s'arrêta devant le bureau et le prêtre en ciré noir et coiffé d'un saouest vint frapper à la porte. Paula ouvrit.

—Je peux entrer une minute?

Sans attendre la réponse, il pénétra à l'intérieur. Elle le fit asseoir sur un sofa face à la porte et prit elle même place à la table sur une chaise droite.

Il détacha les pans de son manteau et sortit un paquet de cigarettes Player's. À travers le rituel des fumeurs, il parla:

—Tu te demandes ce que je viens faire ici? Crois-le ou pas, je m'en vais à la pêche. Eh oui, à la pêche. Vois-tu, la rivière Touennon fait une grande boucle dans le haut des terres et passe juste ici pas loin où elle forme plusieurs beaux bassins gorgés de truites longues comme ça. Mais à l'heure qu'il est et avec le temps qu'il fait, c'est inutile, mais dans pas trop longtemps, la pluie va cesser et alors, les poissons vont mordre à n'importe quoi, même à leur ombre sur l'eau...

Il déchira un morceau du carton de son paquet, sortit un stylo et se rendit à la table près de la jeune fille. Et il décrivit les courbes de la rivière par rapport au lieu où ils se trouvaient. Elle put sentir la solide odeur de savon de Castille qu'on utilisait pour se laver au presbytère autant que chez les soeurs du couvent. Cette présence aussi près d'elle de cet homme avait quelque chose d'insolite. En même temps, elle lui rappelait Fernand le soir de son aventure comme pompier volontaire.

Puis le prêtre retourna à sa place et il fronça les sourcils comme en proie à une sorte de rembrunissement de ses pensées.

—Tu es seule sur le chantier?

—Avec la pluie qu'il fait.

—Tu... n'as pas peur?

—De quoi?

—Une jeune fille seule ici avec tous ces gars de camion qui viennent de partout chaque jour... À ta place, je serais nerveux... en fait nerveuse puisque je serais à ta place. Ah! je ne veux pas t'effrayer pour rien, là, mais... je t'incite à beaucoup de prudence. As-tu un téléphone au moins?

—Oui, il est là, dans le petit bureau.

Le prêtre regarda vivement vers la porte de l'endroit indiqué et dit:

—Remarque bien que si j'étais un scélérat et que je veuille t'attaquer, téléphone ou pas, ça n'y changerait rien du tout...

—Je ne vous aurais pas laissé entrer.

—Aurais-tu un cendrier que je ne salisse pas par terre?

Elle se rendit à la cuisinette et s'étira sur le bout des pieds pour atteindre une porte qu'elle ouvrit. L'homme ne put s'empêcher de balayer ses formes emprisonnées dans un pantalon noir. Il lui présenta un cendrier et retourna s'asseoir.

—J'aurais pu passer droit et ne pas m'arrêter, hein, mais j'avais autre chose derrière la tête et c'est la raison pour laquelle je voulais te parler. C'est pour nettoyer un peu l'impression que tu dois t'être faite de moi l'automne dernier quand je suis venu... pour l'histoire des chats, tu te souviens.

—Hum hum...

—Je dois t'avouer que ton ami Fernand Lemieux m'a dit que cela t'avait affectée beaucoup et depuis ce temps-là que je me sens mal à l'aise quand j'y pense.

—Je comprends très bien les raisons, monsieur le vicaire, mais c'est la façon...

—Le rituel?

—Appelez ça comme ça...

—Tu aurais voulu qu'on les tue en pleurant plutôt que de le faire en riant? Ç'aurait été la même mort pourtant.

—Mais il y a eu des souffrances inutiles et trop longues, de la chatte surtout.

—Sur ce point-là, tu as parfaitement raison. Et si c'était à refaire, j'agirais autrement. Je le regrette et je voulais te le dire...

Le temps efface tout, même la cruauté des hommes qui, délayée avec de la pluie et de la poussière devient matière à roman.

—Oublions tout ça, monsieur le vicaire. Vous savez, il ne m'appartient pas de juger les actions des autres, surtout celles des prêtres, n'est-ce pas?

L'homme hocha la tête négativement:

—Non, non, c'est tout ce que tu peux dire. Un prêtre est aussi un homme, or un homme est bâti de chair et de sang, tu sais.

Après quelques banalités et au bout de sa cigarette, il quitta la jeune fille en lui recommandant beaucoup de prudence en raison de cet isolement où trop d'hommes, surtout ceux venus d'ailleurs, la savaient forcément.

Il se rendit stationner plus loin puis sortit ses agrès du coffre et grimpa dans une pente sablonneuse jusqu'en haut où il disparut à travers les arbres.

271

Non seulement Paula lui pardonnait mais, in petto, elle ressentait de la reconnaissance pour sa prévenance. Certes le prêtre était de chair et de sang, et ses regards insistants pour ne pas dire langoureux sur les formes féminines le démontraient bien. Mais tout homme normal n'a-t-il pas droit à sa spontanéité, à ses élans naturels? L'important n'est-il pas qu'il les contienne et les muselle? Elle en avait beaucoup entendu sur les besoins physiques de certains à travers la cloison du garage; ainsi poussés par leur nature, il fallait bien leur reconnaître du mérite à ceux-là qui tenaient bien le volant.

Alors elle eut une bonne pensée pour Fernand aussi.

*

—Qui c'est, Benedict Arnold?

—Sais-tu... je le sais pas trop...

On était dehors dans la cour de l'hôtel Arnold. Tout juste arrivés, Paula et Fernand flânaient debout près de la Pontiac rouge du jeune homme en attendant que les autres invités à la noce fassent quelque chose. En fait, on espérait que s'ouvre la porte de la salle pour que l'on puisse procéder aux félicitations du couple et aux souhaits de tous les bonheurs.

Fernand reprit:

—Arnold, c'est probablement un Anglais, ça.

Déduction à l'oreille, pensa Paula qui resta muette, bras croisés sur sa robe blanche à légères fleurs bleues, serrée au cou, et sous un semblant frisé de chapeau blanc posé comme un papillon sur le sommet de sa tête.

Elle donna toute son attention à la porte noire fermée qui livrerait bientôt les mariés pieds et poings liés à toutes sortes de baisers exagérés de l'âme et des lèvres. Pratique heureuse qui ne laissait personne à l'écart depuis la mort de la tuberculose, se dit encore la jeune fille tandis que son compagnon supputait tout haut sur cet inconnu de Benedict Arnold.

—Salut Paula! s'exclama soudain une belle grande voix féminine si portante qu'elle dut être entendue jusqu'à la frontière américaine, à quinze milles de là.

De côté, tricotant d'un long pas mordu entre les autos garées, Michelle s'amenait dans son décolleté plongeant et sa robe rouge brillantée.

272

—Allô! Michelle, comment ça va?

L'arrivante contourna une dernière voiture et elle prit son amie dans ses bras.

—Mais t'es donc belle! dit Paula en la détaillant ensuite.

C'était le genre de phrases magiques s'écrivant en rayons de bonheur sur le front de Michelle qui voulut donner le change à sa manière. À la vue du jeune homme en habit gris charbon qui avait un pied accroché à une boule du pare-chocs, elle supposa:

—Tiens, mais je gage que c'est toi, Fernand? Fernand le don Juan comme aurait dit Paula au téléphone... Je veux dire qu'elle m'a souvent parlé de toi et que j'avais bien hâte de connaître celui qui a fait chavirer le coeur le plus... solide... ce qui ne veut pas dire dur, hein, là... du groupe de filles de l'Institut...

Il s'approcha, main tendue, disant, le coeur enjoué par le propos allusif quant à sa relation avec Paula:

—Don Juan, non, mais Fernand Lemieux, oui.

—C'est Michelle... Michelle Caron, dit Paula, l'oeil rapetissé par le soleil qui menaçait de jeter sur la Beauce dans l'après-midi sa chaleur effrayante d'un second jour de canicule prématurée puisque juin n'avait pas encore dit son dernier mot.

—J'avais deviné... Je dois dire que t'es encore plus flamboyante en personne que dans les récits de Paula.

—Arrêtez, vous allez me faire rougir tous les deux.

—Tu es seule?

—Ah! mais oui! Libre comme l'air. Le mariage, là... Je vais attendre de me trouver un gars plein comme un boudin. Tant qu'à supporter un homme, autant le prendre riche, ça aide...

Paula éclata de rire. Fernand aussi mais moins et il revint à son obsession du moment:

—On se demandait qui c'est, Benedict Arnold...

Michelle redevint sérieuse, l'oeil scrutateur et un brin agressif.

—Mais voyons donc! C'est le traître national de nos chers Américains.

—Pourquoi l'hôtel porte son nom?

—Parce que... quand il est passé ici avec son armée, il était un héros, pas encore un traître.

–Quelle armée?

–Voyons Fernand, un professeur qui connaît pas mieux son histoire que ça!

Il s'excusa par le ton et le geste de la main imitant le vol d'une mouche autour de sa tête:

–J'ai le nom quelque part en moi mais le souvenir est enterré dans une série de dates... tu sais la manière qu'on nous a enseigné l'histoire...

Michelle mit sa tête en biais et ses sourcils en position de reproche:

–Ça, c'est une belle vieille excuse qu'on se donne pour justifier une ignorance crasse, hein! Les Québécois sont meilleurs pour gueuler sur des petits problèmes du présent que pour tirer des enseignements valables de leur histoire, hein! Ouais, ouais, hein! Ils sont ignorants de leur histoire, hein, et c'est la faute des autres, toujours la faute des autres, hein, hein!...

Fernand haussa les épaules en signe d'impuissance et en guise de plaidoyer de non-culpabilité.

–Mon grand, fit Michelle redressée et franche, on a toute la journée devant nous autres. Je vais te raconter un des épisodes les plus importants pour nous autres les Québécois et les Beaucerons, de la guerre d'Indépendance américaine. Ouvre tes grandes oreilles, tu vas tout tout comprendre et ça va t'être utile ensuite chaque fois que tu vas ouvrir la bouche... ou presque pour parler de ce qu'on est... puis de ce qu'on est pas.

Aubéline et André se joignirent ensuite au petit groupe. Puis ce fut Amélie et son ami. La conversation fit se croiser et s'empiler toutes sortes de propos allant des souvenirs des études aux perspectives d'avenir de chacun chacune, en passant par la définition du pays beauceron. Il arrivait à Paula d'écouter, de retirer une part de son attention pour chercher des yeux par-dessus les opinions et frivolités la carrure d'un gars trop conciliant et poli pour être doux jusqu'au bout.

Elle finit par l'apercevoir qui sortait du lobby de l'hôtel, par la porte blanche, bière à la main, précédé d'une blonde à robe bleue, à joues rondelettes qui, celle-là, n'était sûrement pas sa soeur qu'elle connaissait et sans doute pas une autre de ses proches parentes. L'image l'apaisa. Tout était bien. Bien et normal. Elle avec son ami, lui avec la sienne; Saint-Georges avec Saint-Georges et Saint-Honoré avec Saint-Honoré. Pas de chaos et pas de questionnement stérile! On se saluerait bien au cours de la journée. L'ordre s'établirait encore plus net et découpé.

*

Pas une seule fois encore leurs regards ne s'étaient croisés. Chacun savait bien que l'autre était présent mais l'on s'ignorait comme l'eau et le feu tant qu'il n'y a pas d'incendie déclaré.

Fernand surveillait discrètement les yeux de sa compagne au cas où un rival ait pu exister en ce lieu. Par chance pour elle, il ne connaissait pas ce Grégoire Machin dont elle refusait toujours d'utiliser dans sa réflexion intime le nom vrai de Poulin. Mais un sixième sens guidait les mains de Fernand qui faisaient en sorte autant que possible de tenir celles de sa compagne afin de montrer à tous un lien tacite de propriété que ses assiduités et ses dévouements plus, bien sûr, les droits conférés par le temps lui assuraient sans déni possible.

Terminé le moment du gâteau, c'était maintenant celui, inévitable, du rot et du boute-en-train casse-cul en train de débiter au micro ses âneries crues que sans quatre ou cinq consommations enfilées à la galopade sur le chemin des toilettes au coin du petit bar caché, il aurait dû garder jusqu'à la prochaine noce au moins dans le tiroir de ses idées vermoulues.

L'oeil mou, il tâchait néanmoins de se donner des airs de politicien du ralliement des créditistes par une voix jetée à pleins poumons, des regards s'appuyant tantôt sur la gauche, tantôt sur la droite, le râtelier flottant et une langue lancée dehors de temps à autre, comme celle d'un batracien attrapant un moucheron.

—Salut mon vieux! Paraît que t'es marié dit un de ses vieux amis à notre nouveau marié? —Ouais, dit Jean-Louis, j'étais tanné de manger au restaurant. —Ah bon, et asteur? —Asteur, j'aime ça, manger au restaurant.

Des 'oh' souriants fusèrent d'un peu partout. Paula se leva pour se rendre aux toilettes. Michelle l'accompagna. Au retour, dans le brouhaha d'un couloir, les jeunes filles arrivèrent le nez en plein dans Grégoire qui fit le surpris:

—Paula Nadeau, eh bien, je ne t'avais pas vue... C'est vrai qu'une grosse noce de même.

"Grand menteur!" se dit-elle. Mais elle dit:

—Tiens, moi non plus. J'y pense: mais tu restes voisin de Francine, toi?

—En effet. On se donne la main au moins?

Elle acquiesça. Il serra doucement comme pour envelopper, sans rigueur et sans raideur. Puis il s'enquit de Michelle dont les yeux lançaient déjà des lueurs du plus grand intérêt. Des gens les frôlèrent, une femme poussailla Paula. Grégoire s'inquiéta:

—Venez un moment dans le petit bar caché; on va jaser un peu...

Et il les poussa fermement et affectueusement vers la porte proche qui donnait sur un endroit sombre aux trois quarts remplis de petits attroupements.

—Vous voulez prendre quelque chose?

—On restera pas longtemps, fit Paula, notre monde va se mettre à notre recherche.

—Et moi de même.

Les jeunes filles se glissèrent le long d'une étroite portion du mur entre la porte et l'extrémité du bar. Par l'importance de sa personne, Grégoire les cacha presque à la vue des autres.

—Elle, c'est Michelle...

—Mais oui, je l'ai vue souvent au cinéma. Hélas! je n'y vais pas beaucoup. J'avoue que j'aimais les films de cow-boys avec John Wayne, Randolph Scott, Glenn Ford, mais il paraît que c'est démodé. Ce qui fait que je me contente de *La Patrouille des plaines* et de *Bonanza* à la télévision.

—C'est drôle, mais moi, je ne me rappelle pas de toi, fit Michelle qui poursuivit effrontément. Pourtant... les beaux gars, je les remarque...

Il s'esclaffa:

—C'est justement: je ne fais pas partie du groupe.

Il s'enquit du travail de chacune en prenant soin de partager également son attention malgré son désir de ne s'intéresser qu'à Paula. Puis il calcula qu'il devait sourire avec plus d'intensité et de chaleur à Michelle. Protégé par sa compagne de table, il ne risquait pas de se mettre le doigt entre l'arbre et l'écorce et son attitude agacerait

Paula. Tout cela pourrait être peine perdue si l'amour véritable attachait la jeune fille à son rouquin, ce dont il doutait fort par une sorte d'intuition qu'ont souvent aussi les hommes dans leurs entreprises de séduction.

Quand elle montra son intention de partir, il lui dit comme ça:

—Tu sais, j'ai parlé à monsieur Roy y'a pas longtemps encore et il aimerait beaucoup de ravoir comme secrétaire. D'ailleurs, à ce qu'il m'a dit, il a quelqu'un en attendant de trouver une personne compétente et intéressée. Savais-tu, il a ajouté une ligne d'évaporateurs à son commerce. Avec les sucreries qu'on a et surtout la nécessité de les moderniser tout comme l'équipement de ferme, eh bien ça marche à mort ses affaires. Tu pourrais gagner plus qu'au gouvernement, certain.

Paula s'objecta, songeuse tout de même:

—Ça serait difficile pour moi de changer encore d'emploi, je ne sais pas, mais des gens instables...

—Mais non, intervint Michelle avec conviction. Étant donné que tu retournerais à la même place, c'est comme si tu n'avais jamais quitté, ma vieille...

Grégoire suivit de ses yeux à chauds éclats les lèvres rouges et pulpeuses que lécha Michelle au bout de ses mots. Paula le regarda regarder, et cela lui fit une sorte d'effet de papier sablé sur le coeur. De retour auprès de Fernand, elle chassa impitoyablement de son esprit cette rencontre dérangeante. Pour un temps...

*

Grégoire avait dit vrai. Monsieur Roy ouvrit largement les bras dans sa conversation téléphonique avec Paula. On s'entendit. Elle démissionna de son poste de secrétaire-peseuse et ce vendredi de la mi-juillet, elle planta son boy-friend devant un fait accompli, et définitivement accompli. L'annonce faite à Fernand le fut un soir de beau temps, à la brune, lors d'une marche parfois suante dans les côtes du rang près de l'érablière.

Elle lui parla de tout et de rien, pensant le mieux préparer par des propos anodins. On se fit empoussiérer à deux reprises par des autos peu précautionneuses. Il raconta ses plates vacances chez lui à Lambton. Elles achèveraient bientôt. Il avait le goût de revenir à Saint-

Honoré au début d'août pour faire le grand ménage de son logement et marchander des terrains peut-être...

—Peut-être?

—J'ai envie de commencer à me caser un peu...

Elle réfléchit à la vitesse de l'éclair. Avec lui, ce serait une chaumière et un coeur. Mais sur le chemin d'Oz, elle devait explorer encore, s'éloigner de la brique jaune quitte à se frotter à de vilains sorciers... L'étape devait être franchie pour qu'elle puisse en arriver à un beau mariage où toutes les fleurs auraient des odeurs de certitude.

—J'ai... une grosse nouvelle... belle...

Il glissa son petit doigt entre ceux de Paula pour dire qu'il écoutait.

—J'ai quitté les buttes de concassé... où on exécute des chats... la maison du député où je ne servais qu'à faire des achats... et je retourne travailler au garage de monsieur Roy à Saint-Georges...

Fernand devint aplati comme un prélart. La nouvelle, pour lui, sentait l'échec plus fort encore que la Pontiac verte de la jeune femme...

—C'est pour ça que tu as acheté ton auto en avril?

—Non. J'ai pris ma décision après les noces de Francine.

—Et... ça veut dire quoi pour nous deux?

—Rien... Rien de différent. On se verra quand même les soirs de fin de semaine comme avant.

Après un mouvement de recul, Fernand fit contre mauvaise fortune bon coeur. Et puis, tout bien pesé, cet éloignement aurait peut-être pour effet de la rapprocher. Il préparerait le nid, lui donnerait l'impression d'y participer et, le moment venu, Dieu exaucerait ses prières puis les unirait devant la vie.

—Je prends quinze jours pour m'installer là-bas et je commence à travailler le quinze août.

—Lucie le sait?

—Pas encore.

—Ça va lui donner un coup.

—Comment le sais-tu?

—Elle compte beaucoup sur toi.

—Elle a sa vie. Elle a son âge. Elle a son devenir...

—Ouais...

—Et puis elle a Hélène. Et puis elle a mademoiselle Esther qui l'aide beaucoup. Elle n'est pas orpheline et abandonnée de l'humanité, tu sais.

—La mélancolie de mademoiselle Esther ne l'aide pas. Elle avait besoin de ta bonne humeur et de tes grands éclats pour compenser... Esther Létourneau est morte...

—Encore drôle. C'est le presbytère qui lui donne une couleur un peu sombre, c'est tout.

—Il vient une autre automobile; changeons de côté pour éviter le gros de la poussière.

Elle courut avec lui du côté opposé à l'érablière. En cet endroit, entre deux côtes hautes, on ne pouvait même pas apercevoir la flèche de l'église, non plus que les premières maisons du rang distancées et cachées par un long plateau de plusieurs arpents.

—Au garage, je vais être en tête du bureau. Tu imagines ça, à vingt-deux ans.à peine... Tandis qu'à la prochaine élection, à continuer avec le gouvernement, les pattes pourraient me sauter... Pas sûr que le député Beaudoin soit réélu. Les sons de cloche à son sujet sont nombreux...

—Là-dessus, je ne suis pas d'accord...

L'auto passa et la poussière sur eux fut aussi dense mais dura moins longtemps. Il toussota et reprit:

—Lesage est imbattable avant dix ans. Surtout avec Lévesque à ses côtés...

—Ils ne sont pas députés dans la Beauce, hein!

Il fit un coq-à-l'âne:

—Ah! mais c'est merveilleux, je vais pouvoir aller t'aider à t'installer. On s'échangera du temps, tiens. Et puis ce sera plus facile comme ça: j'irai chez toi, tu viendras chez moi... On va se voir plus souvent... Merveilleux!

Il la prit dans ses bras et lui donna un autre de ses baisers aussi veloutés que véniels. Mieux valait d'ailleurs puisque leurs pas montants remettaient à la vue la flèche d'or du temple paroissial qu'inondaient les derniers rayons d'un soleil fatigué de tenir ouvert son gros oeil rouge au bout de l'ouest là-bas...

—Aurais-tu le goût de chanter *La Voix de maman?* dit Fernand sur le ton de la dévotion.

—Il ne faut pas user la joie de le faire...

*

279

Paula se trouva un grand logement au sous-sol de la pharmacie du père d'Amélie Desjardins. Elle signa avec l'intention de le partager avec quelqu'un. Une annonce de journal lui conduirait peut-être une compagne. Puis elle s'entendit avec Aubéline qui, à la fin de son bail au printemps suivant la retrouverait comme jadis et pour une autre année de cohabitation... À moins qu'entre-temps la rivière de la vie de l'une ou de l'autre n'ait modifié subitement son cours et ne se soit engagée dans un autre lit plus exaltant...

Elle eut des meubles à gauche, à droite pour compléter le mobilier déjà là. La décoration fut plutôt intérieure puisque seulement deux fenêtres minuscules, assez grandes pourtant pour voir couler la Chaudière en bas, perforaient le mur du salon-cuisine et d'une des deux chambres. Entre autre chose, elle opta pour une murale en jute, à la fois artisanale et peu coûteuse, mais de fort bon goût par ses broderies polychromes et son amalgame de traditionnel travaillé à la moderne. Tant qu'à faire et puisque son salaire le permettait, elle s'acheta un bon système de son et plusieurs disques de rock and roll et de chant chorale mais aussi du piano classique et populaire.

Elle n'avait pas emménagé depuis deux semaines et le téléphone, tout juste installé, n'avait pas sonné trois fois qu'un appel émouvant ébranlait déjà ses racines trop peu profondes.

Août avait beau coller sur les briques des magasins de l'est, les pierres noires de la rivière, le feuillage vert où à peine quelques taches de rouille se laissaient voir comme sur la carrosserie de sa Pontiac, il faisait chez elle une bonne fraîche qu'un désaltérant thé glacé de fin d'après-midi exhaussait agréablement. Et à l'occasion, un souffle léger d'air doux soulevait en ondulations les rideaux courts de ses fenêtres pour venir se déposer sur sa chevelure et sur la peau de son visage.

Revenue de son travail depuis une demi-heure, à demi allongée dans un lazy-boy, elle relaxait avant le repas du soir déjà presque prêt dans son frigo: un simple sandwich au jambon avec moutarde...

Le dernier nom qu'elle aurait mis sur la sonnerie du téléphone était celui de Grégoire Poulin. L'appareil se trouvait sur une table basse à portée de la main, le meilleur endroit qu'elle ait trouvé pour parler longuement sans fatigue. Elle décrocha le récepteur en s'accrochant à la joie d'imaginer qu'il pouvait s'agir d'Aubéline, de Michelle ou de quelqu'un de Saint-Honoré, Fernand peut-être...

—Mademoiselle Nadeau, comment allez-vous?

Voix parfaitement inconnue. Du moins au bout d'une ligne téléphonique. Mais le ton, lui, possédait un accent évocateur...

—Bien.

—Qui donc peut vous appeler comme ça par un si beau jeudi après-midi?

Qui donc en effet et dans un pareil vouvoiement? pensa la jeune fille.

—Surtout que mon numéro de téléphone n'était pas dans la première page du journal de cette semaine...

—Vous venez de vous installer dans votre logement et moi, je vends des aspirateurs; est-ce que je pourrais aller vous en montrer un? Il est si puissant que si les tapis et les meubles pouvaient passer par le tuyau,.il les siphonnerait tout ronds.

Ça ne faisait guère sérieux pour un vendeur de 'balayeuses', se dit Paula. Par contre, il pouvait s'agir du premier pas d'une étape de la vente, celle de la mise en confiance par l'humour et la bonne humeur comme le pratiquaient avec raffinement ou peut-être naturellement quelques commerçants performants de Saint-Honoré, Jos Lapointe, Fortunat Fortier, Honoré Veilleux...

Elle joua la carte sérieuse:

—Ce n'est pas le temps, je viens de me ruiner en achats.

—Aspirez maintenant, payez quand vous pouvez...

—J'aspire à la paix et quand j'aurai besoin, j'irai au magasin...

La voix éclata de rire.

—C'est Grégoire Poulin et je n'ai rien à vendre du tout et au contraire je voudrais t'acheter quelque chose.

Paula fut si surprise que son coeur ne bougea pas. Elle dit froidement:

—Ah bon! Mais moi non plus je n'ai rien à vendre.

—Oui.

—Et quoi donc?

—Du temps.

—Ah!?

—Le temps de m'entendre te parler.

—Et... ça va me rapporter combien? questionna-t-elle pince-sans-rire.

—Bah!... le plaisir de m'entendre...

—Tu ne souffres pas d'un complexe d'infériorité.

—Justement oui, mais je lutte contre par la vantardise.

Elle rit de bon coeur.

Il avait réussi son entrée de jeu. Sans ses gros sabots de l'année précédente et à mots feutrés, tel un commerçant habile, il avancerait pas à pas dans la vente de sa personne à cette jeune fille qui lui convenait comme un gant sur absolument toute la ligne. Fille de la terre, solides études commerciales, moyennement instruite mais pas trop, très jolie et volontaire, personnalité remarquable: à deux, ils bâtiraient non seulement une famille mais une grande entreprise à partir de la ferme dont il héritait moyennant une dette abordable envers son père et l'Office de crédit agricole.

Après quelques assiduités au téléphone et au garage, elle finit par accepter non sans culpabilité une sortie de soir. Mais courte et pour pas plus d'un café au Café Royal où, de sa voix éclatante, le propriétaire, sans le vouloir, annonçait à la moitié de Saint-Georges l'arrivée au restaurant de quelqu'un qu'il connaissait et saluait avec une sonorité colorée dépassant celle-là même du juke-box.

On prit place dans une cabine intime dans une petite salle à l'arrière du restaurant. Roy Orbison chantait *Only the lonely.*de sa voix de cristal. Paula rit souvent. Il se prenait si peu au sérieux. Le café fut réchauffé. C'était le meilleur en ville à l'époque. Puis Del Shannon fit entendre son *Runaway* qui invitait chacun à siffler avec lui, plagiat énervant dont Grégoire s'abstint.

Le café fut renouvelé. C'était lundi, il ne faudrait tout de même pas s'éterniser. Parce que c'était lundi et que la sortie ne dépasserait pas deux heures, Paula se dit qu'elle ne trichait pas Fernand. Une rencontre amicale, rien de plus! Mais elle n'osa en parler à Fernand le week-end qui suivit. Ni d'autres sorties plus longues dans les semaines suivantes et qui se passèrent les mardis, les jeudis... Mais quand la jeune fille, un bon vendredi soir, servit à Fernand le prétexte du magasinage pour cacher une soirée avec Grégoire, elle se rendit compte qu'il y avait tromperie quelque part. Qu'elle ne pourrait pas continuer ainsi. Qu'elle aimait bien les deux, mais qu'elle ne pouvait pas aimer les deux.

Fernand était venu l'aider à s'installer; elle lui avait rendu son temps. Ils s'étaient embrassés dans les deux logements. Ç'avait été pour lui une sorte de rituel pour exorciser les lieux, en fait empêcher le mal c'est-à-dire des rivaux d'y pénétrer. Chasse gardée. Territoire délimité par un cérémonial dilué dans des gestes ordinaires, et qui en avait établi les frontières. Langage confus que Paula avait néanmoins décodé et qui ajoutait à son pénible sentiment de culpabilité.

"L'amour, ça ne s'explique pas. Ça vient, c'est tout. Et quand c'est là, c'est là. Tu le sais, point." Ces mots de Michelle lui revenaient souvent en tête à l'heure du choix. La grande émotion, la vibration magnifique, elle ne la ressentirait jamais pour Fernand. Mais il était si bon garçon et il voudrait sans doute s'installer à Saint-Georges lui aussi pour la gagner définitivement... D'un autre côté, ce bien-être que lui apportait Grégoire n'opérait en sa substance profonde aucune magie, en tout cas de cette sorte qui enluminait souvent le regard de Michelle et longtemps celui d'Aubéline. À peine quelques frissons les quelques fois où il avait pris sa main, précédé d'un bon prétexte qui avait gardé raisonnables des attouchements qui auraient pu être sensuels.

Les splendeurs changeantes de septembre passèrent inaperçues parmi toutes ses visions tiraillées. Opter pour Fernand, ce serait aller vers du connu, de la 'rassurance' et probablement un maternage à vie. Choisir Grégoire, elle devrait se ranger en tant que femme. Mais que de forces mystérieuses en perspective! Femme forte, il lui fallait un homme fort... Il y avait probablement la paix sur sa gauche et possiblement de l'affrontement sur sa droite...

C'est un raisonnement logique né devant une émission de télé qu'elle n'écoutait pas qui lui fit prendre sa décision finale. Puisque Fernand, ce n'était pas l'amour et que la chose était claire, il n'était donc pas le sien, eût dit grand-mère Clara. Et puisque Grégoire restait à découvrir, autant le faire de suite puis, au besoin, passer à autre chose... ou à quelqu'un d'autre... Voilà un discours que Michelle eût applaudi. Elle l'appela. Le lui tint. Et Michelle applaudit. D'autant qu'elle venait de dénicher un médecin veuf 'plein comme un boudin', de deux fois son âge mais quand même plein comme un boudin...

Deuxième annonce faite à Fernand en moins de deux mois. Fallait-il procéder sans ambages ou avec remue-ménage, tirer à bout portant ou bien 'picosser' du bistouri çà et là dans les chairs avant de piquer le coeur comme elle devrait le faire inévitablement. Quelle tâche! Se cacher au bout d'un fil comme Gaétan jadis et diviser la peine causée ou bien mettre les cartes sur table dans une honnêteté destructrice?

*

—Ouais, ben je commence à penser, moi, que la petite Nadeau, elle va se marier l'année prochaine.

—Qu'est-ce qui te fait dire ça?

—Depuis un mois ou deux, elle voyage aller et retour au logement du petit professeur. Des fois, elle reste là deux, même trois heures...

Le mari de la 'guetteuse' se mit derrière sa femme qui restait embusquée derrière des rideaux dont le tissu flou laissait bien passer et très nettement les images extérieures cependant.

Paula mit du temps avant de descendre de son auto garée dans la cour de la caserne à côté de celle de Fernand. C'est qu'elle prenait quelques minutes pour fignoler son courage. Pour s'aider, elle était venue prendre des robes inutiles à la maison comme pour montrer que désormais sa vie se passerait à Saint-Georges. C'était jeudi. Fernand ne l'attendait pas.

La tête blanche, l'oeil gris, le nez noir, la potineuse cherchait à butiner. Elle supputa:

—Rendus à cet âge-là, c'est pas pour dire leurs prières.

—Encore drôle, le professeur va à la messe quasiment tous les matins, tu le sais, on le suit souvent à pied.

—Ouais, mais ça...

—Bien moi, je leur donnerais l'absolution, à ce petit couple-là. Et puis je leur souhaite un beau mariage.

—Ouais... reste à savoir si elle va la mériter, sa belle robe blanche...

Fernand flaira une présence dans la cour. Il vint à la fenêtre; son visage s'éclaira. Quelle belle surprise! Il sourit encore. Paula avait peut-être voulu le surprendre moins pour lui faire plaisir que par inquiétude... Depuis son départ pour Saint-Georges, il avait fait un peu son indépendant... était même allé jusqu'à mettre sur la table le nom de Ghislaine Jobin à quelques reprises. Ghislaine Jobin, une petite fille de la manufacture qui avait bien de l'allure et qui passait devant chez lui chaque matin, chaque midi et chaque soir... Il fallait réveiller les craintes de Paula, lui montrer qu'il n'était pas du tout cuit.

Il regarda l'ordre de la maison. Quelques disques traînaient hors de leur enveloppe. Fernand Gignac, Lucien Hétu, Pat Boone... Mieux valait s'asseoir devant un livre en attendant qu'elle arrive en haut de l'escalier. Tiens, il la laisserait entrer. N'avait-on pas convenu de frapper et d'entrer sans attendre pour le cas où l'autre soit dans son bain par exemple?

Il s'empara de n'importe quoi dans sa petite bibliothèque sur le mur du salon à côté du système de son et courut prendre place dans son fauteuil inclinable devant la télé qu'il priva tout d'abord de son avant de s'asseoir. Et il se rendit compte alors qu'il avait en mains *Les Histoires extraordinaires* d'Edgar Allan Poe traduites par Charles Baudelaire. Ouvrant au hasard, il tomba sur la nouvelle intitulée *Le chat noir*.

Mauvais présage? lui demanda peureusement son vieil ami le flair. Je ne suis pas superstitieux, lui répondit sa vieille copine la conscience. Paula monta, frappa, entra. Il fit pivoter son fauteuil et s'écria en chantonnant avec affection:

—J'ai deviné qui c'était.

Elle garda sombres les plis volontaires de son front, ne livra qu'un soucieux baiser auquel elle coupa court, et se rendit s'asseoir face à lui sur la causeuse grisâtre du salon bleuâtre. Et le vieil ami de Fernand flairant, s'inquiéta au fond de lui:

285

—Quelque chose ne va pas?

—Qu'est-ce que tu lisais?

—Tu vas rire.

—Quoi donc?

—Edgar Poe... *Le chat noir*...

—Je n'ai pas lu, jeta-t-elle sans intérêt.

Il posa son livre sur la table du téléphone et croisa les doigts sur sa poitrine.

—Je suis content de ta surprise.

—Pas pour longtemps.

—Le temps que tu y seras.

—Je veux dire que tu ne seras pas content longtemps.

La jeune fille portait un pantalon gris, un chemisier bleu moyen et un blouson blanc cassé qu'elle ne voulut pas enlever malgré la chaleur du lieu.

L'idée qu'elle puisse venir pour mettre fin à leur relation n'aurait même pas pu lui traverser l'esprit. Elle éprouvait un problème de santé, de travail, de famille, de logement ou quoi encore. D'auto, tiens!... Et elle était venue lui confier une tâche quelconque et craignait de l'importuner. Comme c'était mal le connaître, lui qui eût remué ciel et terre, parcouru mer et monde pour mettre à ses pieds une simple rose. Quelle femme sur cette planète ne rêve pas d'un tel homme et quand elle l'a, quelle femme sensée 'discarterait' un chevalier si aimant et respectueux, prêt à se dévouer corps et coeur à son bonheur?

—On va se séparer pour un bout de temps, plongea-t-elle, le regard durement appuyé sur lui.

Il secoua la tête comme pour se débarrasser d'un insecte indésirable.

—Tu dis?

—Que je vais aller mon chemin toute seule durant quelques mois... je ne sais pas, jusqu'au printemps...

Il ne sut que dire et il le fit négligemment, et bêtement, et béatement, et naïvement:

—Il y a quelqu'un d'autre dans ta vie.

Étonnée de se rendre compte qu'il avait su ou deviné ou senti, elle avoua tout aussi candidement:

—Tu sais, c'est arrivé comme ça; ce n'est pas toi qui as quelque chose de travers, je t'aime bien mais... mais j'ai besoin de connaître quelqu'un d'autre pour savoir si... si c'est solide entre nous autres... c'est un peu pour ça que je suis partie à Saint-Georges... je dis bien un peu pas plus que ça, là... je n'ai pas fui... je n'aimais pas mon emploi au gouvernement et j'aime ça au garage... monsieur Roy est bon... un vrai Beauceron entreprenant... je veux dire en affaires, là... et honnête... il se tient debout en affaires mais en dehors, il a du coeur... c'est un patron en or comme on pourrait dire...

Il l'interrompit, la mort dans l'âme:

—Mais quoi... es-tu tombée en amour avec ton patron? Qu'est-ce qui se passe, Paula? Je pensais que nous étions pour nous marier un jour. Je n'ai pas voulu brusquer les choses, mais je croyais...

—Je ne suis pas en amour avec mon patron, voyons. Il vient de se marier. Et puis c'est un homme de cinquante ans et j'en ai vingt-deux... Non, si je dis du bien de lui, c'est que c'est vrai et puis pour montrer que j'aime travailler pour lui, c'est tout... Qu'est-ce que tu vas donc chercher là? Non, c'est un bonhomme que je connaissais avant de te connaître. Ça ne lui donne pas de droits pour autant, là, et ça ne justifie rien mais heu... mais c'est comme ça.... Je ne suis pas en amour, là, pense pas ça, mais je veux savoir... je veux tester tout ça si tu veux... Si je veux vivre à Saint-Georges ou à Saint-Honoré... ou même à Montréal. Montréal, j'y pense des fois.

Le jeune homme mit sa main sur son visage, et ses épaules connectées à des vagues de sanglots se mirent à sautiller.

—Pleure pas Fernand, attends le printemps, supplia doucement Paula.

Mais il ne s'arrêta pas. Son âme traversait le chaos, une espèce de gigantesque raz-de-marée de douleur amoureuse qui renversait, bousculait, charriait toutes pensées, toutes émotions, tout... L'effondrement de son bel échafaudage sentimental bâti avec beaucoup d'efforts, de patience et d'amour, arrivait si subitement, si brutalement que pas une parole, pas un geste, pas un soupir n'auraient pu stopper l'hémorragie de larmes et endiguer leurs flots salés.

Il gémit. Paula se désola, les bras tombés bas. Mais ces pleurs d'enfant perdu confirmaient ses peurs d'avoir affaire à un gars faible qu'elle aurait dû, la vie durant, consoler dans ses jupes ou sur son épaule à chaque coup dur. Si au moins, au lieu de se rapetisser dans des cris larmoyants il s'était tenu droit dans une sérénité hautement masculine!

Il fallait attendre. Qu'il s'assèche. Les lacs eux-mêmes ont une fin à force d'en pomper l'eau. Et puis après, ça ne devait pas faire aussi mal qu'il le montrait! Il ne perdait que sa blonde après tout. Que Paula, orpheline de mère, d'une mère morte de tuberculose. Que Paula Nadeau de Saint-Honoré. Et un peu de Saint-Georges. Secrétaire. Et puis quoi?

—Écoute Fernand... la mère des filles est pas morte.

Il redoubla de peine bruyante, baragouinant:

—C'est pas une autre que je veux, c'est toi, moi... oh! mon Dieu, mon Dieu, pourquoi... pourquoi... m'avoir abandonné... Maudit torrieux que ça fait mal...

—Jure pas, c'est pas la faute du bon Dieu.

—J'ai pas juré.

—On dirait.

—Je braille, c'est tout.

—Pour rien.

—Ça doit te faire plaisir de me voir brailler, hein?

—Pas du tout, ça me rend triste. Mais ça passera...

—Jamais! tu comprends, jamais! J'ai pas envie du tout de continuer à vivre, moi...

Un voile d'inquiétude tomba sur le regard de la jeune fille. Elle se rappelait madame Roy parfois si vivante et la minute d'après si splénétique et dépressive. C'est dans un tel moment qu'elle avait dû se jeter par la fenêtre de l'hôpital. Fernand risquait-il de poser un geste aussi déplorable? Non, sûrement pas. Pas lui. On ne se tue pas par amour à moins d'être fou d'amour. Oui, mais les gens en amour ne sont-ils pas tous fous à lier? N'ont-ils pas tous l'air d'être envahis, contrôlés par une sorte de drogue capable de les faire passer en une minute des célestes brumes euphoriques aux marécages des affres les pires, de transformer le lac des cygnes en marais infestés de reptiles pour un oui ou pour un non?

Elle se leva, s'approcha de lui, toucha ses cheveux. Il écarta la tête, les mains toujours sur le visage. Et il dit:

—Fais-moi une faveur, Paula, laisse-moi seul!

—Je ne peux pas, tu es tout retourné, tout à l'envers.

—Pars, s'il te plaît.

—Je ne voudrais pas que tu m'en veuilles...

—Pars que je te dis.

—Tu es sûr...

Il sauta sur ses jambes et se précipita dans sa chambre dont il referma la porte en hurlant des mots tordus et définitifs auxquels la jeune fille dut se soumettre. L'oeil bas, l'âme inquiète, elle partit discrètement.

Dans la fenêtre de la maison d'en face, l'homme cria à sa femme:

—T'as beau dire, ça fait même pas un quart d'heure qu'elle est là qu'elle s'en va déjà, hein la mémére...

Après avoir sauvagement pioché dans son matelas et son oreiller avec ses poings et ses pieds, Fernand se calma un peu. Il s'étendit sur le dos et ses yeux dans le clair-obscur que la brunante dispersait encore dans la pièce, durcirent. Une féroce détermination s'y inscrivit. Il se leva, quitta la pièce, marcha jusqu'au téléviseur sur lequel se trouvaient des papiers. Il en souleva deux ou trois dans le plus grand calme, trouva le plan de maison qu'il avait montré à Paula le jour du massacre des chats et tant chéri depuis, et il le déchira en mille morceaux qu'il jeta dérisoirement au bout de ses bras partout autour de lui. Alors il prit son blouson vert accroché près de la porte et il sortit. Sur le trottoir, il marcha vers le haut du village avec l'intention de passer devant chez Ghislaine Jobin...

Il la vit qui râtelait des feuilles sur le parterre de la maison et lui adressa deux ou trois mots d'encouragement. Elle répondit deux mots. Il se sentit des ailes lui repousser. Des petites ailes.

De retour à la maison, il ramassa les morceaux du plan et les réunit sur la table. Puis il s'attela à la tâche de les recoller. Après tout, ce plan lui avait coûté quinze dollars et quelques cents...

******

Chapitre 12

Paula connut un hiver paradisiaque.

Toutes ses journées, ses soirées et jusque ses rêves les plus secrets s'habillaient en robe de mariée et brillaient de bonheur. Qui eût osé lui parler de la morte-saison alors que la neige en chute ou en bancs lui apparaissait comme un miracle de splendeur.

Sous zéro ou au-dessus, l'amour s'enracinait, sortait à travers les glaces, croissait à vue d'oeil puis fleurissait. Souvent, elle regardait la rivière blanche sous ses fenêtres et imaginait en son beau milieu un bel érable très fort dont chaque branche portait et nourrissait des centaines de fleurs bleues et roses des formes les plus diverses et toutes d'harmonie et de délicatesse.

Il ne manquait plus que l'union des corps, la suprême communion, la fusion définitive. Le seul doute qui lui restait encore quant à son coeur se trouvait dans cette question. Fallait-il attendre le mariage pour faire l'amour, décider en dehors de Dieu ou bien se garder intacts jusqu'à sa bénédiction, et même au-delà puisque l'amour béni de Dieu est pur...

Ce ne fut qu'après Noël pourtant qu'elle reconnut l'amour dans cette euphorie qui chaque jour de plus en plus faisait éclater ses pupilles dans l'image de son miroir.

il lui fallut les lumières de Michelle pour le réaliser.

ais tu as les jambes coupées, ma vieille! lui dit son

u téléphone.

on, non, c'est parce que ça va bien au travail, que

beau logement à moi toute seule, que je suis libre...

bre? La liberté d'une femme, ce sont les chaînes, ma

...

égoire, je sors avec, mais...

! pauvre enfant, soupira Michelle. Vingt-deux ans

e sais pas encore reconnaître l'amour...

penses?

je pense... Tiens, les mots, par exemple... Quand tu

de lui, tu parles pas, tu fais de la poésie... Avant,
tu chiffrais tout, en bonne secrétaire diplômée d'un cours
commercial et maintenant, c'est la ballade des belles
phrases... Mais laisse-moi te donner un conseil tout de
même, hein, veux-tu?

—Ouais...

—Vas-y pianissimo avec lui. Fais-le attendre. Ne lui en
révèle pas trop. Qu'il te désire! Donne-lui de l'amour au
compte-gouttes...

—Toi me dire une chose pareille?

—Je parle par expérience du contraire justement. M'as-
tu déjà vue plus que six mois avec le même? Je manque de
retenue et ça fait peur aux gars. Toi, t'es capable d'avoir
du contrôle sur toi-même tandis que moi, je suis comme un
gouffre sans fond... Les femmes Gémeaux sont impossibles
à combler, que veux-tu?

—Ça te rend malheureuse?

—Non... Mais faudrait pas qu'une fille comme toi agisse
comme une fille comme moi...

Cette honnêteté bon enfant de Michelle associée à son
sens aigu de l'observation des autres bien plus que ses
vues avant-gardistes, donna à réfléchir à Paula. Elle coiffa
le nez de son bonheur d'une bonne bride solide afin qu'il
ne la livre pas trop et son bonheur ainsi prit encore plus
de vie que dans les mois précédents.

C'est au Jour de l'an qu'elle connut toute la famille de
Grégoire au repas du midi donné à la maison paternelle.
Une bonne grande table regroupant les huit enfants, leurs

conjoints pour ceux qui en avaient un, et leurs enfants, valut à Paula des contentements différents de ceux que lui apportaient toujours les réveillons de Noël chez son père à Saint-Honoré où elle avait présenté à tous son nouvel ami à qui bon accueil avait été réservé.

Pour mieux se souvenir au plus vite et pour toujours de chacun chacune, elle associa en sa tête trois éléments fondamentaux des individus, le prénom, son visage et un trait marquant de son physique. Puis elle ajouta le métier à l'amalgame, en cherchant des signes distinctifs dans la personnalité. À table, après un toast levé au père et à la mère, Cyrille et Éva, la jeune fille résuma toutes ses connaissances sur chacun des membres de la famille.

Il y avait à sa droite Cécile, l'aînée, dans sa lourde quarantaine, et tout à fait sans-gêne, mariée à Maurice, un gringalet discret, opérateur de machinerie lourde en forêt. Puis Mariette, soeur de la Charité précieuse et maigre, campée pour sa vie sans doute dans un couvent de Québec. Assis à côté d'elle, son frère Raymond qu'elle devait chercher à convertir, géant noir séparé de sa femme, garagiste à Jersey-Mills, et jasant fort d'une voix staccato.

—J'ai connu des Nadeau de Saint-Honoré à Lac-Mégantic il y a quatre ou cinq ans. Deux frères...

Celui qui s'adressait à Paula était Lucien, le frère de Grégoire, un homme droit, bourré d'amabilité, hôtelier à Saint-Georges ouest après avoir vécu du même métier à Lac-Mégantic.

—François et Léopold? s'enquit Paula.

—Justement, dit l'autre avec un certain sourire caché au fond du regard. Faut dire que François est... inoubliable...

—Ça, faut dire, soutint sa femme Jeannine, qui tranchait du rôti de boeuf au jus.

—C'est l'homme le plus beau de la province de Québec, rit Paula au rappel du visage horrible tout en plis, au nez énorme, écrasé, à narines larges et visibles à quinze pas, aux paupières bourrelées, bridées de ce personnage que Victor Hugo lui-même n'aurait pas cru devoir exister un jour dans un pays français...

—Doit être venu au monde dans une porte de grange et quand son père l'a vu, il lui a fermé la porte dans la face, dit Lucien. Mais un maudit bon gars, pas méchant pour cinq cennes...

—La moitié d'une bière et il était déjà à moitié chaud raide, ajouta Jeannine, blonde au visage en lame de couteau. Mais ça me surprendrait pas mal que tu 'soyes' parent avec lui!...

—Peut-être de loin...

—De la fesse gauche, dit Réal, le mari de Muguette, assis en face de Jeannine.

L'expression ne faisait pas très original dans la bouche d'un journaliste au Soleil de Québec mais on l'encouragea par un sourire qu'il mit derrière ses lunettes à verres si épais qu'ils donnaient à ses yeux la forme de billes.

—Muguette, passe-moi donc le plat de pain, s'il te plaît, lui demanda sa voisine Éliane, plus jeune qu'elle de trois ans, une très jolie personne que l'on surnommait Élisabeth Taylor, et que le pain faisait grossir.

Assis auprès de Paula, Grégoire, par son imposante stature, l'empêchait de jaser librement avec Julie, jeune femme enceinte mariée à Jean-Luc, un professeur de vingt-six ans, le plus instruit des quatre gars de la famille. Elles communiquaient derrière son dos et il finit par se lever pour obliger Paula à changer de place avec lui. Elle en fut bien aise car Cécile, sa voisine d'une autre génération l'ennuyait totalement avec ses racontars sur ceux-ci ou ceux-là de Saint-Côme où elle habitait depuis vingt ans.

En arrière-plan, les enfants criaillaient mais Paula pourtant habituée au grand calme ces derniers temps, les perdit dans le brouhaha de la fête et surtout derrière toutes ces questions qu'elle brûlait de poser à la femme d'un Poulin et dont elle comprendrait les réponses sans avoir eu besoin de les poser directement. Jean-Luc était-il doux, fort, bon, ferme, autoritaire, volontaire, patient au bon moment, généreux mais pas à l'excès, heureux de la savoir enceinte, impatient de tenir le bébé dans ses bras? Et s'il était un grand bonhomme idéal, en quoi ressemblait-il à son frère cadet?

—T'as pas trop de misère durant ta grossesse?

—Pas du tout! On dirait que... y'a rien là... Le bébé ne bouge même pas... pas souvent... Disons des fois, quand Jean-Luc est trop proche... tu sais ce que je veux dire...

La jeune femme battit des paupières...

On but. On mangea. On se souhaita encore la bonne année, officiellement cette fois-là après l'avoir fait déjà à l'arrivée. Puis quelqu'un proposa que l'on procède à la prise de la photo de famille annuelle, et l'on se regroupa près du divan du salon que des bras forts décollèrent du mur pour permettre à certains de se mettre debout derrière de sorte que tous paraissent à leur mieux sur la pellicule aux souvenirs.

–Mon Dieu, j'ai une couette qui retrousse encore, dit la mère qui jeta comme souvent un rire de ponctuation.

Elle prit place néanmoins sur le divan rouge aux côtés de son mari, un autre personnage de six pieds et qui dut se séparer à regret de sa pipe éternelle pour le bonheur de la postérité.

Soeur Suzanne, c'est-à-dire Mariette, fut choisie pour être au milieu à l'arrière, à l'endroit le plus significatif rappelant qu'après les parents, c'est à elle et à sa robe noire que l'on donnait toute l'importance secondaire.

Cécile s'assit à la gauche de sa mère et Muguette à la droite de son père suivie d'Éliane. Grégoire en tant que benjamin eut droit à la sixième place sur le divan, voisin de Cécile qu'il enveloppa de ses bras puissants et embrassa tout aussi puissamment sur la joue malgré les protestations souriantes de la plus vieille de la famille.

Et les trois autres gars se dispersèrent de chaque côté de la religieuse, Jean-Luc et Lucien à sa droite et, comme perdu dans sa marginalité, Raymond le séparé, tout seul sur sa gauche.

Un éclair gicla depuis l'appareil de Réal qui se montra insatisfait.

–Raymond, pas trop sérieux, là. Et toi, Éliane, redresse-toi le buste...

–C'est vrai, dit Laurent, mari d'Éliane, policier gros, grand, blond, vivant à Québec avec sa femme et leurs trois enfants bruyants.

–Bon, dit Réal en raidissant ses jambes, l'une devant et l'autre derrière, comme si elles avaient formé un trépied à deux branches. Un sourire de partout et on manquera pas notre coup. O.K.! là? Trois, deux... un...

Les paupières d'Éliane ne le supportèrent pas. Et le photographe le remarqua, lui qui avait la propension à surveiller particulièrement les gestes de cette belle-soeur bien en chair et flamboyante comme une panthère.

—Pour plus de sûreté et aussi... parce que notre chère Élisabeth a bougé, on en fait une troisième.

Le surnom d'Éliane fit sourire. Le déclic fut rapide. L'air de famille marqua tous les visages.

Grégoire se leva et entoura la taille de Paula qui s'était tenue avec Julie durant l'exercice. Elle lui souffla:

—Tu me faisais penser au lutteur Don Leo Jonathan...

—Heyyyyy, prends-en un autre plus sympathique au moins, pas un Anglais du fin fond de je sais pas trop où...

Il la serra fort sur lui par le côté. Elle sourit. Pas trop. S'adressa à Julie:

—As-tu remarqué, toutes les filles sauf Mariette bien sûr, portent quelque chose dans les tons de bleu?

—C'est vrai ça.

—Et ça leur va épatamment, hein!

*

La radio annonça la débâcle finale, c'est-à-dire la remise en marche des embâcles formés entre Saint-Martin et Saint-Georges pour le lendemain samedi à moins d'un gros revers de la température entre-temps.

Paula et son ami profitèrent de l'occasion pour se voir en plein jour. Il vint quand Grand-Gilles, roulant de sa voix prophétique, aidé par quelques vieux routiers de la rivière, déclara que les glaces passeraient sans se faire remarquer et, pour la dernière fois enfin, puisqu'un barrage régulateur serait construit durant l'année et qui réduirait la plus célèbre institution de la Beauce à un simple souvenir brassant les nostalgies chaque printemps. Une nouvelle fort prématurée car il faudrait cinq ans encore, tractations politiques aidant, avant que l'ouvrage ne soit construit.

—Ils vont l'appeler le barrage Sartigan. On va le voir de chez nous, dit Grégoire.

—Pourquoi Sartigan? demanda Paula confortablement installée dans son fauteuil inclinable.

—Paraît qu'il y aurait déjà eu un village indien au coin de la rivière Famine et qui s'appelait Sartigan.

—Une chance que Michelle ne m'entend pas; elle se plaindrait de ce que j'ignore l'histoire de mon pays. Malgré que, je me souviens maintenant, elle a parlé de ça aux noces de Francine...

—Des noces qui me rappellent de bons souvenirs malgré tes amours du temps...

—Et puis tu sais, il y a Aubéline qui se marie cet été. Avec André Veilleux, mon ancien chum.

Grégoire mit des disques long parcours en place sur le tourne-disques et vint s'asseoir aux pieds de sa compagne. Ce n'était pas la première fois. Et quand cela se produisait, elle lui jouait dans les cheveux jusqu'à lui monter en épis aux quatre coins de la tête. Sauf que la caresse lui allait droit au coeur et, d'une manière, apaisait sa chair assoiffée.

—Au diable les glaces!

—Au diable les glaces! approuva-t-elle.

Il entreprit de lui frotter en douceur les jambes que ses jeans laissaient voir jusqu'au mollet puis les genoux chatouilleux et agités, et ensuite, stimulé par son non-refus, il glissa sur l'entrecuisse frémissante en s'approchant dangereusement de son sexe. Elle referma les jambes. Il protesta:

—Vingt-trois ans demain et toujours pas prête?

—Pas encore.

—Sais-tu que la moitié des filles de seize ans de Saint-Georges ont déjà...

—Je l'ai entendu souvent, mais que veux-tu, pour moi, c'est une question d'amour, mon grand.

—Donc, tu ne m'aimes pas.

—Oui mais...

—Oui mais quoi?

—Suis pas prête point.

—Et si je te demandais en mariage, hein?

—Je dirais que c'est pour ça et je refuserais.

—Pile je perds, face tu gagnes.

—Personne perd, personne gagne.

—Faisons un compromis.

—Lequel?

—Faisons l'amour et ce sera notre promesse de mariage, nos fiançailles... notre oui pour la vie. Comme ça l'honneur est sauvé. Et l'avenir nous appartient.

Le projet lui convenait puisqu'elle l'avait elle-même conçu et elle reprit en chantonnant:

—C'est une bonne idée... mais pas aujourd'hui.

—O.K.! mais à condition que tu me gâtes autrement...

Il coucha sa tête sur ses genoux. Elle reprit sa caresse langoureuse comme si la chevelure de l'homme eût été de laine angora.

*

Hélène et Rosaire se rendirent à la cabane sitôt après la basse messe. Lucie garderait la maison et les enfants; elle ne désirait pas se rendre à la fête à la tire qui réunirait bien du monde ce dimanche-là.

Et parmi ceux-là, Paula et son ami de Saint-Georges qui arrivèrent peu avant la sortie de la grand-messe. Il y aurait aussi Aubéline et André, de la parenté de Saint-Honoré et de d'autres paroisses avoisinantes, des connaissances du village, des jeunes, des couples: un gros party à saveur d'érable et arrosé de beaucoup de bière comme on en faisait chaque année deux ou trois selon les demandes.

Rosaire parlait de transformer sa cabane en une sorte de salle de réception ouverte à l'année comme il s'en trouvait plusieurs dans la région de Montréal, et qui lui permettrait de vendre une partie de sa production de sirop autrement difficile à écouler une année sur deux. Mais de là à investir cinq, six mille dollars sur des 'peut-être que ça va rapporter', il lui eût fallu l'audace de Paula. Sauf que Paula n'avait pas vécu la crise, elle...

On gara la Pontiac dans la cour. Plus loin, sur le rang entre les côtes et sur le chemin de la cabane, il y aurait trop de véhicules tantôt. Et puis on voulait prendre une marche de santé, un petit quart d'heure. Paula savait de la veille au téléphone que Lucie resterait à la maison. Elle entra un moment pour lui en faire le reproche:

—On s'enterre pas comme ça loin du monde à ton âge...

—Et les enfants?

—C'est pas Hélène qui te les aurait poussés sur le dos.

—Non, mais j'avais envie de les garder.

—Fais donc venir Esther, et ensemble, vous allez pouvoir vous amuser comme des petites folles à vous ennuyer ironisa Paula sans méchanceté.

—T'inquiète pas pour moi!

—Aubéline aurait aimé te voir. Je t'ai dit qu'elle va se marier avec André?

Lucie jeta vivement:

—Oui. Elle n'aura qu'à venir après la fête.

Paula se tenait debout près de la porte. Une fillette menue à la course mal assurée émergea par la porte de la chambre et continua vers elle. L'enfant se laissa soulever à bout de bras à deux joyeuses reprises et Paula lui dit en la remuant de ses yeux excités:

—Je t'emmène dehors juste un peu pour voir Grégoire dans l'auto. Tu viens dehors avec Paula?

La fillette aux cheveux bouclés noirs acquiesça du sourire et d'un signe de tête.

—Il faudrait l'habiller, objecta Lucie.

—Juste une saucette... Je vais la réchauffer avec mes bras, tiens...

Et Paula enveloppa la petite qui se pelotonna sur elle.

—Couche ta tête sur l'épaule à Paula.

L'enfant obéit et Paula sortit, franchissant la porte de la cuisine puis la suivante, celle de la cuisine d'été.

Grégoire sourit, fit des simagrées, abaissa la vitre.

—Louise, fais des bebails à Grégoire.

La fillette agita les doigts regroupés de sa main droite puis elle adressa un bec volant à l'ami de Paula qui lui avait fait une grosse belle façon à Noël et chaque fois qu'il était venu.

En l'homme, la joie fit place à l'émotion. Il en était sûr auparavant mais désormais la chose serait irréfutable, Paula deviendrait sa femme. Il descendit et fit deux pas jusqu'au pied de l'escalier.

—Dans deux ans... ou trois, ce sera ta petite fille à toi... et à moi... que tu tiendras dans tes bras comme ça.

Il fit une pause tandis que la jeune femme reprenait son sérieux puis, le regard intense, un regard sur les lueurs duquel elle se laissa emporter, il déclara:

—Je te demande en mariage, Paula Nadeau... en plein là comme ça... Veux-tu?

—T'es fou? fit-elle sans réfléchir.

Il se fit grandiose, les bras largement ouverts, la voix d'un général comme pour prendre à témoin tout le village de Saint-Honoré à travers elle:

—Faudrait-il que ce soit ailleurs? Et où? Et quand? C'est le plus beau moment, c'est le meilleur moment. Tu seras la plus belle petite maman du monde... Deux enfants... ou trois... ou comme tu voudras... Je reste là tant que je n'ai pas ta réponse. Et puis toi, tu dois rentrer parce que la petite, elle va avoir froid; c'est cru dehors en avril même s'il fait un beau soleil comme aujourd'hui...

Paula regarda au loin la flèche immaculée de l'église paroissiale et pourtant sa réflexion était hors du temps, extragalactique; quelque chose en son âme demandait à sa mère un conseil, un tout petit conseil. Le reste, elle s'en occuperait...

Louise qui s'était redressé la tête, la recolla contre l'épaule de la jeune fille. Elle eut un petit frisson. Paula jugea qu'il fallait rentrer. Dans un sourire à peine esquissé, un peu d'eau dans l'oeil, née de l'émotion mariée aux piqûres du vent, elle dit simplement et définitivement:

—J'ai besoin d'un peu de temps, pas d'un an ou d'un mois, mais de quelques jours.

Il regarda par-dessus son épaule, l'ampoule allumée inutilement, cherchant à dominer sa contrariété:

—Je croyais... que tu avais eu le temps de te poser la question déjà.

—Oui, mais maintenant que tu me poses la question directement, je veux un peu de temps de réflexion. Tu sais, je ne suis pas Michelle Caron pour tout voir d'un coup. Il me reste une chose à évaluer et ce n'est pas toi mais la connaissance que j'ai de toi. J'ai sorti avec d'autres et dans moins d'un mois, je les connaissais comme si je les avais tricotés, mais toi, tu as des côtés mystérieux...

—Et je les aurai toujours. Et sans eux, tu ne m'aimerais pas.

—Grégoire... juste quelques jours.

—O.K.! Et j'ajoute un autre compromis: supposons qu'on se marierait l'an prochain en 1963, tu aurais eu le temps pour mûrir ta décision. Tant que le oui n'est pas prononcé au pied de l'autel...

—Le oui que je te donnerais maintenant ferait que celui au pied de l'autel ne serait plus qu'une formalité, je te le répète... Et excuse-moi maintenant, sinon je vais rendre malade la petite...

Grégoire pencha la tête. Il demeura sérieux un moment dans une légère angoisse qui s'éteignit rapidement. Et son visage redevint printanier. Elle y mettrait quelques mois mais elle dirait oui un jour ou l'autre, c'était gagné. Et entre-temps, entre cet avril 1962 et juillet 1963, il verrait à acheter le bien paternel et à lancer en avant et à fond de train sa modernisation déjà commencée.

—Vous avez vu le grand érable là-bas, je me demande ce qui lui a pris de pousser plus haut que les autres, dit André à la tablée bruyante qui cependant, pour un rare instant, traversait une accalmie.

On était vingt-huit autour de la table dans une pièce à peine séparée par des colonnes de sa longue voisine où l'évaporateur suait de toutes ses pannes.

—C'est comme Grégoire, reprit-il, il nous dépasse tous en sagesse et... en bacon...

—Minute, minute, je suis l'homme le plus pauvre autour de cette table. Ma seule richesse, c'est ma blonde; faut dire que dans ce sens-là, je suis un homme en moyen...

On applaudit, on rit et la conversation fut relancée à travers les oeufs dans le sirop, les patates en robe de chambre et la saucisse à la cannelle. Au bout de la pièce, au poêle qui ne fournissait pas à cuire, rôtir, faire bouillir, Hélène cuisinait et Rosaire, tablier blanc improvisé à partir d'une poche de farine, courait de sa femme à la table pour assurer un service presque professionnel.

Paula offrit son aide à quelques reprises; on la refusa. Qu'elle s'amuse avec les autres! Pas question de compter plus sur elle que sur les autres visiteurs et clients!

Une pleine assiette de bacon neuf et croustillant incita un drôle à lancer une première histoire cochonne. D'autres suivirent. L'une d'André combinée à un oeuf à la coque étouffe-chrétien faillit tuer Grégoire qui dut quitter la table en toussant de toutes ses forces, le visage pourpre, tordu, les yeux pleins de larmes involontaires et douloureuses. Il sortit de la cabane sous les regards inquiets de plusieurs avec Paula sur les talons.

L'homme se laissa tomber sur un banc de neige en sel à quelques pas du tas de cendres grises durci, la respiration bloquée, entravée par ce morceau d'oeuf qui avait pris la mauvaise direction, absolument incapable de déglutir. Paula se pencha, le toucha, gémit, cherchait de l'aide par ses regards à tous ces arbres impuissants y compris cet érable géant plus béat encore que les autres. Et qu'aurait pu y faire l'église aux éclats hachurés que l'on pouvait apercevoir là-bas, rayée par les troncs des érables?

Derrière elle, la porte claqua. Quelqu'un venait. C'était son père qu'amenait André. Rosaire avait déjà assisté à pareil étouffement dans les chantiers. Il se jeta sur Grégoire, le saisit par derrière, lui entoura la taille et bloqua ses mains devant puis de toutes ses forces, il compressa sous la cage thoracique. Deux fois, trois fois et le miracle finit par se produire. Grégoire régurgita le malencontreux morceau d'oeuf. Et s'évanouit presque, le front dégoulinant. Paula, blanche comme de la craie, prit de la neige et lui frotta le visage. Il reprit peu à peu ses esprits. D'autres vinrent. Rosaire les fit rentrer et s'en alla lui-même. André demeura sur place tant que Grégoire ne fut pas rétabli puis il retourna à son tour dans la cabane.

—Je pense que j'ai perdu le nord, dit Grégoire épuisé.

—Mon père t'a sauvé des eaux, mon grand.

Et elle s'assit près de lui. Ils s'adossèrent au mur de la cabane sans rien se dire pour de longues minutes, ahuris devant cette démonstration brutale de la fragilité de la vie humaine. Paula brisa la glace:

—À ta question de tout à l'heure, je réponds oui. Et si tu veux, on va signer le contrat dès aujourd'hui...

—Le contrat?

—Le oui qui fera que les suivants seront des formalités...

Il y eut une pause. Il hocha la tête.

—Curieux, nous autres, il a fallu que tu m'apparaisses avec un enfant dans les bras pour que je te demande en mariage et toi, tu me dis oui après que j'aie failli crever pour un oeuf...

—Faut croire que ça nous prend des émotions fortes pour prendre des grandes décisions que notre tête, elle, avait déjà prises...

—Faut croire, oui!

Elle prit sa main entre les siennes restées glaciales. Les températures se dirigèrent lentement l'une vers l'autre... Il dit:

301

—On pourra quand même se dire que c'est la cabane de l'amour, hein? La journée d'aujourd'hui va rester gravée dans ma tête comme dans du roc.

—Si c'était pas de nuire à l'arbre, on pourrait graver nos initiales dans le grand érable là-bas.

—Faisons-le ici, dans le mur: ça ne saurait nuire à la cabane, ça...

Il sortit son canif.

Sur une branche du grand érable, deux oiseaux fraîchement débarqués de leur vol migratoire formaient une pariade en sifflant à l'avenir...

*

Ce soir-là, à Saint-Georges, chez elle, Paula devint femme enfin. Le contrat fut délicatement signé. Son coeur atteignit les hautes sphères du bonheur par-delà quelques douleurs de la chair... Et lui se fit doux pour étrenner ce corps féminin.

*

En août, on assista à un beau mariage, celui qui unit Aubéline et André en l'église de Saint-Georges ouest.

Lucie fut invitée. Quelques jours avant la noce, elle s'avoua très dépressive à sa soeur, et annonça qu'elle n'irait pas à la fête.

Malgré cette contrariété, Paula vécut un jour de rêve. Car Aubéline nageait dans un bonheur hautement mérité, et Paula le ressentait d'autant plus fort qu'elle-même traversait quelque chose qui s'approchait du septième ciel. Et en plus de lui avoir donné Grégoire, sa décision de revenir à Saint-Georges lui avait évité de se retrouver au chômage puisqu'une élection provinciale déclenchée sur un prétexte creux qui ne demandait pas un scrutin, mais solidement médiatisé par René Lévesque, reporta les libéraux au pouvoir mais, en Beauce, fit battre le député sortant, noyé dans trop de pots-de-vin.

Il y eut un petit nuage dans le ciel de ce jour béni: l'annonce de la mort tragique de Marilyn Monroe.

*

Novembre détacha la dernière feuille sanglante de la petite forêt dénudée. Elle tomba lentement depuis le faîte de l'érable géant, se balançant au gré de la résistance de l'air comme un berceau d'enfant.

De son banc au jubé de l'église, durant la grand-messe, Lucie aperçut en bas Aubéline et André, en visite sûrement chez les oncles et tante du jeune homme. Quand la messe fut terminée, elle retarda pour ne pas avoir à leur parler.

Dès après le repas du midi, Rosaire, Hélène, les enfants, tous partirent pour Saint-Benoît. Lucie resta seule à la maison, l'endroit au monde où elle se sentait le plus à l'abri, en sécurité, protégée, croyait-elle superstitieusement, par l'ombre de sa mère.

Deux années s'étaient passées depuis qu'on l'avait écorchée vive, dépouillée brutalement d'un large morceau de sa vie. Et les séquelles profondes demeuraient: une épine au coeur et une écharde au cerveau. Il lui fallait procéder chaque fois qu'elle le pouvait au désherbage de son âme qu'envahissaient le chou gras de la misère morale, le chiendent de la rage et les ronces du désespoir. La certitude qu'elle avait de connaître le violeur par l'objet qu'il avait perdu sur les lieux de son crime et qu'elle gardait toujours, s'ajoutant à d'autres signes révélateurs que l'ignoble personnage avait donnés, mieux encore du fait d'ignorer qu'elle possédait un indice aussi incriminant pour lui, rendait les jours de Lucie encore plus misérables et l'enfermait dans une haine farouche condamnée à un terrible silence éternel.

Son lourd secret continuait de la garder solitaire, sans une seule vraie amie, et surtout incapable de se laisser fréquenter par un jeune homme plus longtemps qu'un mois ou deux. Elle avait complété sa onzième année au couvent et, cheminant comme sa soeur aînée, voulut travailler un certain temps avant de reprendre ses études pour se doter d'un diplôme d'enseignante ou peut-être de douzième commerciale elle aussi. Un emploi de secrétaire à trois jours par semaine s'offrit à elle à Saint-Honoré chez un marchand de vélos et de scies mécaniques, et elle le prit avec l'intention de le garder une année puis d'aller étudier à l'école normale ou à bien Saint-Georges. Malgré cette épouvantable odeur de toutes sortes de produits pétroliers qu'il fallait subir au garage, la place était bonne. Son patron, un petit homme aux allures timides lui témoignait un grand respect et ses demandes ou exigences quant à son

travail avaient toujours gardé une mesure affable et généreuse.

Mais lorsque parfois, rarement par chance, passait sur
la rue ou bien entrait au garage, son agresseur présumé,
ou qu'elle le voyait lors d'une rencontre fortuite ou par
nécessité, sa foi en l'être humain en prenait un coup.
Néanmoins, elle ne sourcillait pas, pas même quand le
personnage immonde s'adressait à elle, ce qu'il semblait
s'ingénier à faire alors qu'il lui imposait sa présence. Une
présence qu'elle n'aurait pas pu tolérer si sa certitude
avait été totale et s'il n'y avait eu aucune place en elle
pour la moindre velléité de doute.

Pour occuper son esprit dans les temps morts, Lucie
apprenait l'anglais par elle-même. Et son mal de vivre ou
ses rêves de vengeance s'effaçaient devant les difficultés
de son livre ayant pour nom 'The Guide' que lui avait
acheté Paula et qui se trouvait ouvert devant elle, éclairé
par la lumière de la lucarne devant laquelle un petit
bureau lui servant de table de travail depuis longtemps
occupait tout l'espace.

Pas une seule fois de cette journée-là, le passé n'était-il
revenu mettre le gâchis dans son âme. Elle se sentait
confortable dans son corps, dans ses jeans et sa chemise
blanche à la queue arrondie laissée en liberté par-dessus
le pantalon, une chemise que dans sa hâte, Julien avait
laissée en quittant la maison et qu'il mépriserait maintenant
qu'il gagnait un salaire très élevé à la G.M. de Détroit.

Elle releva la tête de son cahier dans lequel sa main
hésitante achevait d'écrire deux exemples de soutien à la
règle qu'elle apprenait. Un coup de vent emporta de la
poussière et quelques feuilles mortes sur le chemin. Pour
la nième fois, elle relut la règle en se demandant si elle ne
devrait pas se contenter d'apprendre des tas d'exemples
par coeur et de laisser ensuite la règle se dégager, se
tracer d'elle-même et s'énoncer dans son esprit par la
simple logique de la déduction.

Son regard retomba sur le chemin. Il devint fixe un
court moment puis se mit à lancer des lueurs effrayantes
où se s'entremêlaient la peur et la haine.

Mais un éclair balaya aussitôt ces sentiments comme le
vent les feuilles, et c'est un questionnement angoissé qui fit

place quand le personnage, son agresseur du soir des libéraux, tourna vers chez elle.

Il était à pied, armé, coiffé d'une casquette rouge. Il aurait pu aller à la chasse ailleurs, dans les grands boisés de Dorset ou d'Armstrong? Avait-il vu la famille partir et avait-il imaginé cette mise en scène de chasseur en marche pour la forêt afin qu'on ne le remarque pas, et en profiter pour venir frapper à la porte, et pour s'emparer d'elle en plein jour, et quoi encore?

Elle sentit son coeur s'affoler. Fallait-il courir en bas, téléphoner? À qui? Il n'y avait pas de police à Saint-Honoré et quelle oreille lui serait complaisante? Et puis le temps de descendre ne lui était même plus donné. Ne pas répondre à la porte: voilà ce qu'elle ferait. Et s'il entrait quand même dans la maison, elle se glisserait dans les ravalements, la cachette qui rendait tout introuvable ou presque...

Le stylo tomba sur le cahier. C'était dans la chambre de Paula que se trouvait la porte des ravalements. Elle se rendrait sous les combles jusqu'à l'autre bout de la maison si nécessaire. En quelques pas silencieux, elle y fut et ouvrit la petite porte mais n'y entra pas de suite, gardant l'oreille à l'affût et inquiète de son pouls rendu fou. Des minutes interminables succédèrent à des minutes impossibles et pas le moindre bruit ne lui parvint autre que le sifflement sporadique du vent dans les châssis. Elle fit deux pas vers la fenêtre donnant sur l'ouest et le personnage lui apparut une seconde fois. Le fusil à l'épaule, il s'en allait vers l'érablière par le chemin des vaches. Elle aurait pu décrire chaque détail, même le cordon de sa casquette en travers de sa nuque et qui traçait une ligne dans les cheveux...

La tension nerveuse baissa d'un cran. Mais il pouvait bien passer son chemin et revenir au soir tombé, transformé en monstre tel un loup-garou... Exactement comme il avait agi le soir de la beuverie électorale. Citoyen discipliné le jour, bête démoniaque la nuit!...

Il fallait qu'elle suive tous ses faits et gestes tant qu'il resterait visible et pour cela, elle courut chercher des longues-vues dans un tiroir de sa commode. À mesure que l'angoisse diminuait, la rage douloureuse revenait en force occuper tout son territoire moral. Les perdrix et pintades abondaient dans le bois, on le disait, et des coups de fusil crevant l'écho couvraient souvent tout le village de leurs ondes sourdes les dimanches de novembre. Mais ça pouvait n'être que le plus odieux des camouflages, ne cessait-elle de se répéter.

Par les lunettes, elle le vit comme s'il eût été dans la même pièce et l'illusion remit sa peur au pas de course. Puis elle s'approcha une chaise afin de le surveiller le temps qu'il faudrait. Et s'il devait revenir par le même chemin, alors elle téléphonerait à quelqu'un sans pour autant crier au secours mais pour glisser que cet homme-là passait par chez elle. Elle appellerait Esther, tiens...

Pour plusieurs raisons, elle pourrait suivre ses mouvements tant qu'il n'aurait pas dépassé le sommet de la colline de la sucrerie. D'abord toutes les feuilles étaient tombées. Puis l'érablière gravissait une pente assez prononcée. Et le fond du terrain avait été essarté peu d'années auparavant. Avec des jumelles, Lucie pouvait donc voir nettement la porte de la cabane et des parties de la bâtisse que les troncs des arbres zébraient à la verticale. Un peu plus et elle aurait aperçu, entourées d'un coeur, les initiales G.P. et P.N. sur le mur gris derrière le tas de cendres.

Le chasseur entra dans le boisé en zigzaguant. Il s'arrêtait souvent pour éviter qu'une perdrix mottée ne lève prématurément et pour tâcher d'entendre cacaber ces gallinacés qu'il jugeait stupides mais à tort puisque ces oiseaux-là savent s'envoler brusquement et dans un bruit qui surprend toujours, et qui déroute parfois les chasseurs les plus expérimentés.

Une demi-heure s'écoula et l'homme n'avait pas encore fini de quadriller un espace qui n'atteignait pas l'érable grand. Il s'arrêta une autre fois, le regard intéressé par quelque chose du côté de cet arbre qui avait été le dernier de toute la forêt à se laisser arracher par le vent son ultime morceau de pudeur et qui, au-dessus de ses bras morts gardait la tête haute comme celle d'un empereur nu dans un champ de nudistes...

Le chasseur épaula son arme avec une précaution si grande qu'il n'eut pas le temps de compléter son geste.

Lucie souffla agressivement en chuintant comme pour effrayer un chat, dans une tentative imaginaire pour sauver l'oiseau visé qu'elle pouvait apercevoir aussi bien que l'homme lui-même. Le ciel l'écouta-t-il? Ou bien l'enfer transporta-t-il les ondes de sa bouche et de son cerveau jusqu'au bois? Mais il advint que la gélinotte rousse et grise s'élança brusquement dans un vol éclatant qui l'emporta derrière les troncs où pas même des centaines de plombs en éventail n'auraient pu l'atteindre.

Le chasseur baissa les bras et haussa les épaules. Cela rendrait la prochaine fois plus belle. Et il marcha tout droit jusqu'à la cabane où il posa son arme contre le mur, canon en l'air, sans obstacle pour la retenir, comme il en avait la mauvaise habitude. Voilà déjà au moins une heure qu'il n'avait pas fumé et son organisme manquait sérieusement de la douce alchimie du tabac, de ses oeuvres et de ses pompes, de ses goudrons et de ses mille quatre cents substances de toutes les nocivités. S'intoxiquer lui donnait le sentiment de se purifier, et il était lui aussi atteint de la pensée paradoxale des fumeurs qui, comme leur émule René Lévesque, se consacrent au superficiel et oublient l'essentiel.

L'homme s'assit à deux pas de son arme, s'adossa au mur de la cabane, l'oeil panoramique, surveillant toutes les mottes des environs pour y surprendre le regard nu de quelque perdrix paresseuse, espérant tout de même ne rien apercevoir tant son besoin de nicotine était impérieux.

Lucie craignit un moment d'être découverte, les humains ayant cette propension à croire que les perceptions des autres sont égales aux leurs. Elle baissa les longues-vues quelques secondes puis se les souda à nouveau sur les orbites. Le chasseur portait la flamme de son briquet à sa cigarette. Il aspira la fumée, l'expira, aspira encore, souffla, respira aller et retour, le bonheur s'infiltrant dans son sang, son cerveau, son âme; et les vérités dont il était l'un des meilleurs dépositaires en tant qu'homme instruit, reprirent à ses yeux de la netteté qu'elles avaient perdue par la faute de l'oxygène trop abondant de cette forêt pourtant à moitié morte.

Quand il eut terminé, en fumeur prudent il s'avança pour plonger le mégot dans le tas de cendre en un coin du printemps qui, à l'observation, paraissait plus poreux. Mais la cendre était dure en surface et le chasseur se brûla un peu les doigts en écrasant. Et il se rejeta mollement en arrière avec dessein d'en allumer une autre tant qu'à se sentir si bien là, en ce lieu de paix à nul autre pareil où l'on ne pouvait entendre que le doux chuchotement du vent tranquille dans le faîte des arbres. Son dos heurta les planches de la cloison flottant sur les deux par quatre de la structure. Le coup se répercuta plus loin. L'arme glissa, le canon heurta une pierre de soutien de la bâtisse et le coup partit: immense, à faire basculer le monde...

Lucie ne comprit pas à la seconde. D'abord, elle ne pouvait apercevoir que le chasseur et pas l'arme. Puis elle ne fit pas un lien rapide entre le bruit sourd du coup de fusil et cette espèce de crucifixion de l'homme par laquelle il se releva subitement contre le mur qui paraissait le retenir dans des pinces d'acier, et y demeura cloué, plaqué un instant, les bras étendus en croix, avant de glisser misérablement le long de la cloison jusqu'à retrouver sa position assise du moment de la cigarette.

Mais quand la vérité lui sauta à la figure, toutes ses peurs et toutes ses haines se muèrent en joie. Son coeur bondit. Son regard éclata. Et pourtant elle ne le croyait pas mort. Elle ne le voulait pas mort. Qu'il demeure vivant, souffrant, hurlant pour sa vie, bâillonné par la distance, vissé là par ses blessures, se mourant à petit feu, à tue-tête, ses propres instincts de tueur grands responsables des morceaux de vie que les minutes inexorables de son agonie lui arracheraient une à une... Qu'il expérimente à son tour la peur indicible, l'impuissance totale, le viol de sa chair sanglante par le plomb étranger et sans âme!

—Crève! cria-t-elle de toute son âme alors que les joies éphémères se rebâtissaient dans sa substance entière en douleur et en haine, sentiments décuplés par les visions nettes de l'horrible soir de juin 1960.

Non, elle n'aurait pas laissé mourir un chien ainsi, même le plus enragé, mais une vipère, oui, une vipère à la tête écrasée comme celle-là sous les pieds de la vierge de l'Institut. Elle remit les lunettes sur ses yeux. Le chasseur bougeait, il agitait pitoyablement sa casquette comme pour alerter ce village enterré sous les somnolences du dimanche tranquille. Mais quelqu'un avait bien entendu le coup de fusil, avait-il l'air de dire en grimaçant. Une tête avait dû se retourner. Quelle misère, quelle pitié! Qui donc à pareille distance eût pu se soucier le moindrement d'un simple coup de fusil?

L'invraisemblance de la situation se rendit fouiller dans les tréfonds de l'âme de Lucie. Et si l'objet qu'elle avait trouvé le lendemain du viol avait été perdu bien avant? Ou même une journée avant? Ou une heure avant? Ou dix minutes avant? Et qu'ensuite elle se soit mis martel en tête? Laisser mourir un innocent sans lever le petit doigt pour lui venir en aide ne se transformerait-il pas en un empêchement de vivre pire que deux fois le viol le plus abject? Paula qui le connaissait bien mieux qu'elle avait plutôt confiance en lui...

Il fallait éclaircir ce qui s'obscurcissait. L'heure de la vérité sonnait, il fallait qu'elle l'entende. Elle déposa ses longues-vues et se glissa sous le comble par la porte étroite des ravalements et, dans le noir presque total, suivit un entrait jusqu'à sa jonction avec un montant où devait se trouver, au fond du coude, l'objet maudit qu'elle y avait caché plus de deux ans auparavant, espérant que l'humidité, les rongeurs, la chaleur intense de certains jours n'aient endommagé la preuve ou bien que pour une raison ou pour une autre, elle n'ait été déplacée et soit tombée à l'intérieur des cloisons où le vieux bran de scie foulé par les ans laissait partout des espaces vides qu'il lui serait impossible d'explorer...

Son coeur s'accéléra quand enfin elle mit la main sur la chose qu'elle ramena vers elle. Et à quatre pattes, elle revint vers la clarté de sa chambre qui se jeta à profusion sur ses pupilles et sur cette chose qu'elle tenait devant ses yeux.

Elle souffla. Une épaisse poussière fut chassée et sur le petit livre noir apparurent, affadies par les résidus collés que le vent issu de sa bouche n'avait pas expulsés, des lettres d'or encavées et incurvées: 'mon bréviaire'.

Son index suivit le pourtour des lettres et leur dorure apparut, brillante encore et terriblement hypocrite. Puis elle ouvrit et lut cette fois ce qu'une main d'homme y avait écrit: Paul Labrecque, prêtre.

Elle se releva, jeta l'objet sur le lit, reprit les jumelles et regarda à nouveau le misérable qui, semblant paralysé dans sa position assise, agitait toujours sa casquette au-dessus de sa tête contre le mur gris et indifférent de la cabane à sucre... Dieu lui revint en tête. Et si le prêtre était innocent? Bien des gens ont peut-être perdu bien des choses ce soir-là? Ce pouvait aussi bien être Nolin que le père d'Aubéline ou même André Veilleux?...

Son intention d'aller vers la lumière lui revint en force, inébranlable cette fois. Et sa raison prit le contrôle des événements. De retour dans sa chambre, elle ôta sa chemise devant le miroir de sa commode, regarda un bref instant cette petite poitrine perdue dans le soutien-gorge et que des mains impures avaient profanée, mais elle le fit sans aucune émotion. Et enfila une autre chemise laissée par Julien: kaki, celle-là, moins visible dans un champ roussi par l'automne et une forêt brunâtre... Puis elle se mit un blouson de même couleur et fourra le bréviaire dans une des poches.

En bas, dans la cuisine, elle trouva le couteau de boucherie dans un tiroir, le sortit de sa gaine de cuir, le fit briller devant ses yeux et le rentra. Et elle glissa le four-reau et son contenu dans une grande poche intérieure de sa veste.

*

Le vicaire pleurait comme un enfant maintenant. Il n'avait même plus la force d'agiter sa casquette. Tout le bas de son corps brûlait atrocement. Quand il osa regarder les trous des plombs dans ses vêtements, ce qu'il savait déjà par ses insupportables souffrances lui fut confirmé. Il était atteint dans la hanche, les parties sexuelles et la moitié du ventre qui parlait à son cerveau de la même affreuse manière qu'une crise d'appendicite aiguë. Combien de plombs avaient perforé ses intestins? Combien de temps faudrait-il à leur contenu pour se répandre dans son corps et finir par provoquer la mort? Ou peut-être que le sang qui 'purgutait' à travers ses culottes ne s'arrêterait pas et que dans un quart d'heure, il serait délivré? Il ferma les yeux, attendit, jeta toutes ses volontés, toutes ses forces déclinantes dans la supplique de sa vie adressée à Dieu lui-même, sans aucun intermédiaire car en pareille situation, il ne saurait être question de faire confiance à un messager... et encore moins à une messagère.

Quand il rouvrit les yeux, miracle! quelqu'un arrivait au bois... L'espace d'un éclair, ses douleurs disparurent. Il reconnut la personne. C'était Lucie, le Messie qui venait le sauver... Mais pourquoi venir seule? Que pourrait-elle faire seule? La hasard la menait. La Providence. Quand elle l'apercevrait, constaterait l'accident, elle courrait chercher de l'aide, courrait de toutes ses forces et Saint-Honoré d'un bloc tournerait son âme vers lui, rebâtirait sa vie par des prières collectives, massives... que Dieu ne saurait repousser... que Dieu ne repousserait pas...

Un détail augmenta encore les doutes de la jeune fille quand elle entra dans le bois et que les senteurs d'automne, de feuilles qui pourrissent, lui parvinrent. Jamais elle n'oublierait l'odeur de tabac et de bière de l'agresseur mais elle aurait dû aussi remarquer une autre odeur ce soir-là. Tout comme une forêt de novembre dégage une senteur caractéristique, tout comme un garage de scies mécaniques possède la sienne, les soeurs et les gens du presbytère dégageaient tous l'odeur du savon de Castille. Une espérance jaillit en elle comme un geyser. Mais il fallait le juguler, cet espoir, l'enterrer de raison tout comme elle bridait ses haines et ses peurs...

Lucie marchait d'un bon pas dans le chemin montant menant à la cabane. Elle avait l'excuse toute prête de se trouver là car le vicaire ne devait surtout pas savoir qu'elle savait quant à sa présence et à son accident. Son livre d'anglais, son Guide, elle l'avait laissé à la cabane au printemps et venait le reprendre... L'homme blessé ne songerait même pas à soupeser le prétexte.

Le vicaire souleva sa casquette mais presque pas, se rendant compte de l'inutilité du geste puisque le chemin conduisait presque sur lui. Quand elle aurait dépassé l'érable géant, il signalerait sa présence par la voix. De plus, toute agitation augmentait la saignée. Entendit-elle son intention puisque dès l'arbre grand, elle leva la tête vers lui? Et se composa un petit hochement de surprise peureuse...

311

—Lucie, Lucie, ma petite fille, je pense que je vais mourir... Aide-moi, aide-moi...

Elle accourut. Mais resta debout, bien haute, un pied au sol et l'autre posé sur le tas de cendre, figée, frissonnante.

—J'ai été victime... d'un accident grave: vois mes blessures... Il ne faut pas être pudique, ce n'est pas le moment, n'est-ce pas? De toute façon, ce n'est plus de la chair, c'est... de la viande hachée...

Lucie avait été endurcie par les boucheries et l'expression du prêtre les lui rappela. Elle dit:

—Je suis venue chercher quelque chose, un livre, à la cabane...

L'homme eut l'air ne pas entendre.

—Il faut que tu m'aides.

Elle ouvrit les bras. Un léger coup de vent souleva une mèche de ses cheveux.

—Quoi faire? La seule façon, c'est de courir chercher quelqu'un...

—Oui... Non... Je ne sais pas... J'ai mal, si mal... Je vais mourir, mon Dieu, je vais mourir... Mais je ne veux pas mourir seul, je ne veux pas... seul... comme un chien... Non, pas comme ça...

Les mots se transformèrent en gémissements.

—Priez ceux du ciel: ils resteront avec vous le temps que je serai partie.

—Tu as raison... C'est le ciel qui t'a envoyée à moi, c'est le ciel, j'en suis sûr...

Lucie ne sourcilla pas. Elle regarda loin au-dessus de lui, puis en direction de la forêt, une main dans sa poche à tapoter une mystérieuse réflexion...

—Monsieur le vicaire, j'ai mis ce veston que je n'avais pas remis depuis plus de deux ans et j'ai trouvé quelque chose qui... vous appartenait et qui vous sera bien utile le temps que je serai partie...

Elle tira le bréviaire qu'elle lui tendit...

L'homme parut reprendre une part de sa lucidité. Il ouvrit les yeux, les braqua sur le livre puis sur elle, tenta de soulever la main, fut retenu par la souffrance. Lucie se mit un genou sur le tas de cendre et dit, l'oeil dur comme de la pierre:

—C'était le soir des élections, vous vous souvenez? Vous devez sûrement vous souvenir du soir des élections, monsieur le vicaire, le vingt-deux juin, à la salle...

Le prêtre se mit à hocher la tête et à pleurer.

—Il me faut de l'aide, Lucie, il me faut de l'aide...

—Vous êtes sûr que c'est moi, Lucie Nadeau, qui devrais aller vous chercher de l'aide, monsieur le vicaire, sûr?

—Pourquoi me dis-tu ça et pourquoi me parles-tu sur ce ton de... reproche?

—Parce que ce bréviaire est la preuve de ce que vous avez fait ce soir-là, la preuve de ce que vous M'AVEZ fait ce soir-là...

De toute son âme, elle voulait un déni, une réaction de la plus totale innocence, un cri de reproche pour qu'elle puisse se relever et courir enfin à l'aide mais son genou restait là, à caler doucement dans la cendre.

L'homme grimaçait maintenant d'une douleur morale aussi profonde que l'autre et sa tête ne cessait de rouler contre le mur de bois.

—Ce ne fut pas ma faute... Je luttais depuis tant d'années... contre ma chair... Il y avait cette euphorie... ce débordement des gens... la bière... et toutes ces jeunes filles si... si tentatrices... J'ai perdu la tête... perdu la tête... perdu...

Il perdit conscience.

Des larmes de la rage la plus froide montèrent aux yeux de la jeune fille qui les essuya du coin de ses pouces. Puis elle jeta le bréviaire à côté de ce déchet d'homme. La tête rejetée en arrière, elle regarda le ciel bleu à travers les branches des arbres, soupira, chercha à trancher en deux au moins la boule qui lui bloquait la gorge.

Sa main tremblante fouilla dans sa poche intérieure, trouva la gaine qu'elle sortit et dont elle fit émerger l'arme. Après avoir rempoché la gaine, elle tint fermement le couteau, comme envoûtée par les lueurs du métal, le regard fixe, les traits tordus, prête à une sorte d'immolation semblait-il.

Le blessé marmotta:

—Je... veux pas... mourir...seul

Lucie s'approcha de deux pas, mit ses deux genoux à terre cette fois, examina un peu ces vêtements sanglants troués comme une passoire. Alors, méthodiquement et rapidement, elle coupa le tissu et mit les plaies à découvert. Le prêtre avait eu raison, cela ressemblait à de la viande hachée, en tout cas dans la région sexuelle... Son geste eut pour effet de faire ressaigner les blessures qui avaient commencé à se boucher et d'augmenter la perte de sang depuis les autres. De plus, l'intensité de la douleur renvoya le prêtre dans les brumes de l'inconscience. Lucie voulut essuyer le couteau en le plongeant dans la cendre, ce qu'elle fit, mais de nouvelles idées se tracèrent une voie dans sa tête et elle laissa l'objet planté là. Une fouille du blessé s'imposait. Parmi des choses sans intérêt, elle trouva un mouchoir et un canif qu'elle sortit et mit à terre près du bréviaire après avoir ouvert le canif et essuyé son manche avec le mouchoir.

Puis avec son propre couteau, elle écroûta la cendre et se tailla des morceaux dans la partie molle et humide sous la surface. Et elle en fit des pansements qu'elle appliqua à mesure sur les blessures béantes jusqu'à les recouvrir toutes et totalement et finalement en y rajoutant les croûtes gardées à côté. Et elle marmonnait tout haut en travaillant, la voix glaciale:

—Comme ça, mon bon monsieur le vicaire, vous ne saignerez plus. Et comme ça, votre mort sera bien plus lente à venir... Mais elle viendra... elle viendra... Une mort lente, très lente, n'est-ce pas ce que vous m'avez donné, vous, ce soir-là?...

Puis sa propre voix lui parut étrangère presque caverneuse. Elle irait chercher de l'aide, c'était sûr... Le pansement de cendre eut pour effet de réduire la mal et le prêtre parla tout en se rendant compte de ce que la jeune fille avait fait durant sa perte de conscience:

—J'ai payé cher ce que je t'ai fait... si cher... En regrets, en remords, en crises suicidaires... Et j'ai tout fait pour réparer... J'ai même vu Paula qui était seule au plan... pour la mettre en garde... la protéger... Et vois-tu, ce coup de fusil... c'est peut-être la sentence finale... l'ultime punition? Je n'aurai plus jamais... de désirs irrésistibles, de combats à livrer; n'est-ce pas là... l'idéal pour un prêtre?

Lucie ne dit mot sur le moment même. Elle remit son couteau à sa place dans sa poche puis se releva.

—Vous pourrez refaire vous-même votre bizarre de pansement si la cendre se délaie à cause du sang... Mais je ne pense pas. J'ai sorti votre canif et votre mouchoir au cas où...

Une accalmie se produisit dans la chair et l'âme du prêtre mais elle fut suivie d'un doute immense en même temps que des souvenirs vagues venus de son inconscience ressurgissaient devant les yeux de son esprit. Il roula les yeux du corps partout, dans toutes les directions, à la recherche d'une idée, dit:

—Tu veux éloigner le fusil de moi?

Elle entama le geste d'obéir puis se ravisa:

—Il faut que je parte...

—Rien que ça, il me fait peur...

—Pas de danger, le coup est parti, vous le savez bien.

Elle tourna les talons...

—Rien que ça, gémit-il, je ne mourrai pas pour seulement trente secondes de plus...

Lucie poursuivit sans répondre et elle fut bientôt à la hauteur du grand érable. Le vicaire lui cria:

—Tu ne reviendras pas, Lucie Nadeau, et tu n'enverras personne, je le sais.

Elle s'arrêta mais ne dit rien.

—Tu voulais que je meure lentement et c'est pour ça que tu as fait ce pansement de cendre. Tu es mille fois plus cruelle que moi, mille fois, tu entends cela?

Elle fit deux pas. Il reprit:

—Mais je vais te dénoncer, je vais écrire un message... dans mon bréviaire et on saura que tu es une criminelle... Je dirai que tu as tiré le coup de fusil puis que tu as essuyé l'arme pour qu'on ne trouve pas tes empreintes parce que c'est pour ça, hein, que tu as refusé d'éloigner le fusil de moi, hein, Lucie Nadeau? Pour ne pas y laisser d'empreintes... Réponds quelque chose, qu'est-ce que tu attends? Et puis pourquoi être venue, hein? Tu le savais que j'avais eu un accident. Tu l'as vu de chez toi. Tu savais que j'étais blessé, peut-être mort, hein, avoue-le... Ou bien m'as-tu vu passer et as-tu couru derrière moi pour que... je te viole encore une fois? L'enfer, tu connais? Tu vas le vivre sur terre toute ta vie, si tu me laisses mourir, et ensuite toute l'éternité...

Lucie pencha la tête en avant, ouvrit une main qui tenait les stylos du prêtre, sourit. Elle s'accroupit et les introduisit profondément sous une racine visible du roi de la sucrerie, le dernier arbre de cette forêt que l'on abattrait, quelque part dans cinquante ans...

Jusqu'à sa sortie du bois, elle entendit la voix traînante du blessé lui criant des menaces et des invectives qui se répétaient en écho:

—L'enfer, tu connais? La damnation éternelle... Je vais me traîner jusqu'à la route... Je survivrai et tu iras tout droit en prison... Tu seras la honte du village... de ta famille, de Paula... de mademoiselle Esther... Tu es perdue, Lucie Nadeau, perdue si tu n'envoies personne...

Elle se mit au pas de course.

L'abbé était assuré qu'elle enverrait quelqu'un à son aide. Il avait utilisé au maximum le stimulant le plus efficace employé par le clergé catholique et la religion pour faire obéir les gens: la peur de la vie et la peur de la mort.

La jeune fille nettoya parfaitement le couteau de boucherie et le remit à sa place. Puis elle fit tremper ses jeans et sa chemise dans de l'eau javellisée très forte, quitte à délaver les deux morceaux de vêtement. Elle se changea, mit un pantalon blanc, la chemise blanche de Julien qu'elle portait avant d'aller au bois.

Il y avait une bibliothèque dans un espace entre les trois pièces du haut. Elle s'y rendit, trouva un livre pour enfants et retourna dans sa chambre où elle s'étendit sur son lit. Au bout de trois quarts d'heure, elle finit de lire lentement pour la seconde fois le récit du Petit Chaperon Rouge. Il lui parut alors qu'elle avait retrouvé une partie de son enfance. Elle aspira profondément, expira aussi longuement.

Puis elle regarda à nouveau par ses longues-vues. Le vicaire n'avait pas bougé. Alors elle rangea pour de bon les lunettes et retourna en bas où après avoir aspergé ses jeans d'un enlève-taches, elle les mit dans la laveuse automatique avec sa chemise.

À quatre heures et des poussières, alors qu'elle venait de sortir ses vêtements impeccablement propres de la sécheuse, le téléphone sonna. C'était Esther qui cherchait le vicaire.

—Il avait un baptême à quatre heures et on s'inquiète...

—Je l'ai vu passer par ici, dit Lucie. Et j'ai même entendu un coup de fusil, je crois.

Le curé n'était pas homme à prendre une demi-journée pour réagir et passer à l'action. Il alerta trois ou quatre hommes et les chargea de recruter en vitesse d'autres hommes, et d'aller faire une reconnaissance du côté du bois des Nadeau et du voisinage avant que le soir ne tombe dans peu de temps.

André Veilleux fut de la recherche qui aboutit très rapidement. Et par un système annoncé de signaux sonores, klaxons, coups de feu, on se retrouva à plusieurs près du corps du prêtre en attendant le curé et la police.

En de pareils moments et des bien moins énervants, André devenait fébrile, surexcité, doublement bavard. Il s'arrêta chez les Nadeau, frappa à la porte, entra sans avoir obtenu de réponse.

—Y'a quelqu'un, y'a quelqu'un?

Lucie se manifesta, descendit l'escalier jusqu'au milieu, s'assit dans les marches au pied desquelles le jeune homme dansait quasiment.

—C'est le vicaire. Il est mort dans votre sucrerie. À la cabane, là... Tué d'une balle de douze. On vient de le trouver, ça fait une heure.

—Hein!?

—Vrai comme je suis là! Ils disent que c'est un accident, même la police le dit. Moi, je pense que c'est... que c'est au moins un peu bizarre... J'ai rien qu'un oeil, mais je vois clair. Il s'était fait un pansement de cendre, mais il n'avait qu'une seule main souillée, comprends-tu ça?...

—Peut-être avec... un objet?

—Justement, il y avait un canif ouvert près de lui... mais pas la plus petite souillure de cendre ou de sang dessus... Pourtant, il aurait taillé ses vêtements avec le canif. Y'a du mystère là-dedans. Et pour la police, c'est clair comme de l'eau de roche, c'est un accident.

—Mon pauvre André... si quelqu'un avait tiré sur le vicaire, il ne lui aurait pas fait un... comment dis-tu... pansement de cendre ensuite, tu ne penses pas?

Il haussa les épaules.

—Ouais!... C'est peut-être ça que le policier a pensé...

Il se gratta la tête et reprit la direction de la sortie en contournant la table de la cuisine.

—En tout cas... c'est une affaire drôle... Je vais donner mon avis au médecin-légiste, c'est certain. Salut là...

Il revint de quelques pas et rajouta:

—Et toi, ça va bien, Lucie? J'ai su que tu étais malade le jour de mes noces. Aubéline aurait bien aimé te voir, elle t'aime beaucoup...

—Si j'avais pu...

—Je sais bien. Salut là!

—Salut André! Embrasse Aubéline pour moi...

La jeune fille retourna dans sa chambre. Elle repassa les événements dans sa tête. Une grande inquiétude surgit quant aux empreintes que l'on pourrait trouver sur le bréviaire s'il devait y avoir enquête criminelle. Elle se composa une réponse qu'elle apprit par coeur: elle avait trouvé le petit livre le soir des élections, deux ans plus tôt, l'avait oublié dans la poche d'un vêtement, l'avait trouvé quelques semaines auparavant et mis dans un tiroir en attendant de le rendre, ce que finalement elle avait fait quelques jours plus tôt...

Au repas du soir pris tard, Rosaire dit, atterré:

—J'ai vu ça... Un accident bête comme ça se peut pas. Du sang partout, même sur les initiales de Paula et de Grégoire. Faudrait pas leur dire, ils pourraient penser que c'est un mauvais présage pour eux autres. Imagine-toi, du sang de prêtre qui barbouille un coeur d'amoureux!

—On dirait que la cabane de l'amour est devenue la cabane de la mort aujourd'hui, soupira Hélène.

—Curieux, c'est exactement au même endroit que Grégoire a failli mourir étouffé ce printemps.

—On dit qu'il y a des lieux comme ça où il ne faut pas être, des lieux qui sont comme... mortels... Comme il y a des maisons hantées...

Lucie regardait l'un et l'autre, écoutait et demeurait songeuse...

******

318

Chapitre 13

Tout le haut de la Beauce parlait encore de l'accident mortel de Saint-Honoré. On mettrait bien un ou deux jours de plus à l'oublier puisqu'il s'agissait d'un prêtre.

Depuis le lendemain de cette tragédie, le ciel avait le coeur gros et bougonnait, refusant tous ses droits à l'été des Indiens. Les nuages se bousculaient, passaient en roulant au-dessus de la région, humides comme les parois de la fosse qui recevrait les restes de l'abbé, un trou spacieux creusé mécaniquement à moins de cent pieds du bout de la salle et du lieu de l'agression subie par Lucie.

Paula se rendit au salon funéraire avec sa soeur le mardi soir. On y rencontra Aubéline et André. On fit remarquer à Paula que Lucie avait le visage ciré, le regard perdu. Elle soutint que c'était la faute du lieu et qu'au contraire, l'adolescente se portait fort bien. De retour à Saint-Georges, Paula raconta l'affaire à tous ceux qu'elle connaissait. Et ce soir-là, c'était le tour de Michelle.

Les jeunes filles en imperméable firent une marche sur l'avenue et allèrent s'asseoir devant l'église mais de l'autre côté de la rue, sur un tertre en surplomb de la rivière et du pont où se trouvaient quelques bancs de ciment bien ancrés au sol.

—Sais-tu ce que soutient André Veilleux? Il fait le raisonnement suivant. Si un miracle avait dû se produire, la vie du prêtre aurait été sauvée malgré l'accident. Donc si on ne peut pas parler de miracle de cette façon, il est ridicule d'en parler autrement en ce qui concerne les circonstances de sa mort...

Michelle se lécha les lèvres, une petite lueur souriante au fond du regard. Elle dit:

—Continue, je vais finir par comprendre...

—O.K., reprit Paula, il dit que des choses bizarres ont entouré cette mort. Comme le fait qu'il n'y avait ni cendre ni sang sur le canif, sur une des mains du vicaire ou son bréviaire. C'est comme s'il avait reçu la décharge de fusil après avoir mis par terre à côté de lui et son bréviaire, et son canif et son mouchoir.

—Puis? Ça tient debout comme ça. André a beaucoup d'imagination; il devrait écrire des romans.

—Attends, y'a autre chose... Il dit que dans le tas de cendre, il y avait une forme, comme celle d'un genou... comme si quelqu'un s'était agenouillé là...

—Avec les folies qui se font dans les cabanes à sucre au printemps, tu peux t'attendre à n'importe quoi.

—Mais c'est pas tout... Le curé aurait déclaré que le vicaire ne se servait plus de ce bréviaire depuis longtemps, au moins deux, trois ans...

—Il pouvait l'avoir dans une poche de sa veste de chasseur, ce qui est une bonne explication... En plus qu'avec le Concile oecuménique, les prêtres ne sont plus obligés de lire leur bréviaire tous les jours comme autrefois. Come on!... C'est du André tout craché. Je te jure qu'Aubéline ne doit pas s'ennuyer avec lui...

—Elle l'adore.

—Contente pour elle.

—Moi aussi...

Il y eut une pause. Paula n'avait guère envie de rallonger la conversation sur ce propos affligeant. Tout chez elle suintait l'amour et le pont aurait pu s'écrouler devant ses yeux avec cent prêtres dessus et même la pape que sa consternation aurait gardé des proportions dérisoires parce que baignée de l'euphorie du beau sentiment et l'exaltation que son mariage prochain nourrissait en elle.

—Comme ça tu te maries l'été qui vient?

Paula sursauta:

—Qui te l'a dit? Je veux dire... je n'en ai pas parlé...

—Tu viens de le faire... Mais non, Paula, mais ça crève les yeux. Tu te rappelles quand je te parlais de la grande vibration. Tu la cherchais. Ghislain ne te la tirait pas. Fernand non plus. Mais Grégoire, il t'a coupé les pattes...

Paula hocha le ton hypocritement:

—Pas à ce point-là tout de même!

—Dis-moi donc que tu ne l'aimes que comme Fernand.

Paula soupira:

—C'est sûr que c'est pas pareil...

—Alors, tu te maries par amour ou pour le sexe... ou pour l'argent?

—Par amour voyons!

—Moi, je voudrais les trois, marmonna Michelle en resserrant sur elle le revers de son imper. Mais il en manque toujours un morceau... Ah! la vie...

—Y'a les enfants aussi qu'il faut pas oublier.

—Ça, ça vient de surcroît.

Une autre pause eut lieu. En bas, la rivière tâchait d'entraîner les rayons des réverbères qui freinaient sans cesse et ne se laissaient pas charrier aussi aisément. Et quand une voiture descendait la pente entre l'église et l'Institut, ses phares inondaient l'eau qui brillait comme un miroir noir.

Pour une troisième fois, après leur échange sur les mystères de la mort du prêtre et la nature du sentiment de Paula, Michelle força la réflexion de son amie. Elle dit:

—Bon, ma vieille... comme tu vas te marier par amour, ça veut dire qu'il faut quelqu'un pour te secouer... parce que là, tu flottes dans les nuages. As-tu pensé à ton contrat de mariage?

—Heu...

—Non, j'en étais sûre.

—On n'a pas eu le temps...

—Et tu arriveras chez le notaire et tu n'auras pas encore eu le temps d'y penser et tu vas te faire passer n'importe quoi...

—Michelle, je t'en prie, Grégoire n'est pas le diable.

Michelle rit:

—Bien sûr que non! Il est le bon Dieu. Non, l'archange Gabriel et toi la sainte Vierge Marie...

Paula plissa les yeux pour échapper en sourdine:

—Plus trop vierge... mais en tout cas...

—Ahhhhhhh! s'exclama Michelle, le ton parfaitement moqueur. Ton mal est pire que je ne l'aurais cru...

Paula avoua, coupable:

—Paraît que j'étais la dernière fille majeure de la Beauce qui n'avait jamais...

—C'est quand même moins pire que d'être dernière de classe, remarque...

—Et c'est quand même important, une amie comme toi.

Michelle se gonfla:

—C'est ça, moi, je donne des conseils à tout le monde, j'éclaire les lanternes, je mets les autres sur les bonnes voies, je les encourage à l'amour et moi... et moi, je m'en passe...

—Avec ton docteur...

—Bah! c'est pas régulier. Un veuf, c'est pas un cadeau. Des habitudes... des plis... Des faux plis... aussi des vrais, à son âge...

—T'es folle raide!

—En tout cas... Pour en revenir à nos moutons. On a étudié les contrats de mariage en douzième, tu te souviens. Il y a la société d'acquêt, il y a le contrat en communauté de biens, en séparation de biens... Je m'en vais t'expliquer tout ça, ma noire, de manière que quand tu vas divorcer, tu te ramasseras pas le cul tout nu dans la rue...

—Divorcer? T'es malade...

—Ma pauvre fille, dans dix ans, un mariage sur trois finira par un divorce. Comme aux États...

Paula ne put s'empêcher de se tourner la tête vers l'église. Mais la statue sombre de Saint-Georges aux prises avec le dragon lui boucha la vue...

*

Quelques jours avant Noël, Lucie annonça à Paula au téléphone qu'elle sortait régulièrement avec un garçon de l'autre bout de la paroisse...

*

Et à Noël, Paula et Grégoire se fiancèrent à la table des Nadeau.

Le mariage aurait lieu le vingt juillet prochain soit au coeur de l'été 1963 comme on l'avait planifié le printemps d'avant.

—Un beau mariage comme ça se peut pas! prédit Rosaire en portant le toast d'honneur.

******

Chapitre 14

1963

Le Jour le plus long s'était déroulé comme un éclair. Un film bourré d'action où des milliers de soldats débarquaient sur la plage Omaha. Dix mille morts.

Paula et Grégoire sortirent de la salle, une main moite et l'autre huileuse. Leur amour ne s'était pas lâché la main de toute la représentation et d'un autre côté, ils s'étaient empiffrés de pop corn au beurre fondu.

Michelle qui les avait aperçus depuis une pièce située à côté de la salle de projection et donnant sur l'étage de la maison privée, fonça de son long pas voyant capable de scinder la mer Rouge en deux parties, à travers le flot de spectateurs qui s'écoulait vers le grand froid de février.

—Comment ça va les amoureux? s'écria-t-elle si fort que plusieurs jetèrent un regard intéressé vers ce couple qui semblait descendre tout droit de l'écran, Grégoire rappelant Clark Gable et Paula donnant l'air d'une starlette au type physique de Vivien Leigh que son petit nez retroussé accentuait.

—Avez-vous essayé le pop corn? Une machine qui vient tout droit des États. Ils en ont dans les 'drive-in theatres'. Mon père se modernise... Il a ramené ça de Floride la semaine dernière.

—C'est comme nous autres, dit Grégoire. Les vieilleries, faut mettre ça au dépotoir et penser moderne, penser jeune et ajuster nos montres.

—Venez vous asseoir une minute au moins.

Et Michelle désigna un banc rembourré et recouvert de cuirette jaune sur le côté du lobby.

—On vous voit jamais. Paula, je te pensais morte. Je n'osais pas t'appeler... déranger le coeur quand le coeur se porte à merveille, hein? J'attendais que tu m'appelles. C'est quand les gens ont le coeur chaviré qu'ils manquent de coeur, c'est bien connu...

Paula lui adressa un sourire coupable et qui servait en même temps de réparation.

—C'est ma faute, je prends tout son temps, intervint Grégoire, un total sourire de satisfaction aux lèvres et aux coins des yeux.

—Je me trompe ou... on dirait que tu as pris du poids,toi, Grégoire. D'habitude, le pneu autour de la taille, c'est après le mariage que ça commence; tu prends de l'avance?

Contrarié, l'orgueil picoré, l'homme répondit par une blague:

—T'as raison, j'en ai tellement repris que même mes cravates sont devenues trop serrées.

Paula sentit qu'il y avait un léger risque d'incendie entre les deux. Elle l'arrosa:

—Comme ce qui se passe pour nous autres, c'est du vieux même si ça nous paraît du neuf à chaque jour, parlenous de toi. Et ton docteur? As-tu encore sa piqûre de l'amour?

—Bah! je l'ai mis au frais pour un bout de temps. Je vais me faire désirer un peu encore une fois.

Et sur le ton de la confidence, elle ajouta:

—Ça va faire monter mes actions.

Puis elle clama:

—Faut toujours laisser un homme sur son appétit, comme ça, on l'empêche de prendre de l'embonpoint là, dans le cerveau. Pas vrai Grégoire?

—Ça dépend dans quelles culottes on marche.

—Justement, si tu te promenais en robe, mon grand, tu comprendrais ce que je veux dire.

Paula connaissait assez bien les deux personnes pour savoir qu'il y avait un fond de conviction dans les blagues apparentes de chacun. Et elle croyait trouver une place plutôt confortable entre les deux, sorte de trait d'union grâce auquel on se souriait et on terminait les prises de bec en robe du soir.

On parla des amies, du verdict de mort accidentelle prononcé quant à l'accident du vicaire de Saint-Honoré, de cette période de froid qui devait briser des records.

—Pouah! on dit ça chaque fois, jeta Michelle. Les gens sont assez 'niaiseux', ils ne se rappellent pas qu'il a neigé l'hiver d'avant et tu les vois tout éberlués l'automne quand tombe la première neige.

Grégoire digérait mal ce jugement irrespectueux à l'endroit du bon monde. Il dit:

—Les gens ont pas tous étudié à l'Institut. Ils parlent de ce qui est au bout de leurs bras.

—C'est justement, pas besoin de grandes études pour se rappeler qu'il a fait froid l'année passée et l'année d'avant. Et puis ceux qui se lamentent quand il pleut, non mais c'est-il assez fatigant de les entendre! Pas capables de trouver les beaux côtés de la pluie. Hon... c'est déprimant, il pleut. Hon... c'est ennuyant, il neige. Hon... c'est triste, il fait froid. Hon... c'est fâchant, on crève de soleil... Au lieu de dire: c'est le fun aujourd'hui, il fait un froid de canard et ça nous fait oublier les chaleurs insupportables de l'été. Ou bien de dire: c'est le fun aujourd'hui, il fait une chaleur formidable qui nous fait oublier les froids de février. Mais... comment ça se fait que nous voilà à parler de la température? Qu'est-ce qu'on disait avant?

Grégoire devança Paula pour déglacer l'auto, faire tourner le moteur et réchauffer l'intérieur. Les filles se quittèrent sur des promesses de se téléphoner plus souvent et, quoi qu'il advienne, sur le grand rendez-vous du vingt juillet.

Quand la jeune fille ouvrit la grosse porte lourde, un vent assassin lui lança aussitôt des lames longues en travers de la figure et il lui fallut foncer de la tête à la manière d'un soldat de la grande invasion pour en venir à bout jusqu'à l'auto grise de Grégoire.

Il n'ouvrit pas la porte de crainte que le vent la projette au bout de la charnière et la brise, et il cria même à Paula de se méfier. Elle avait omis d'enfiler ses gants et se brûla quasiment les doigts sur l'acier glacé. Puis quand elle fut là, assise à grelotter et à se plaindre de l'hiver, son compagnon installé un peu en travers, le genou sur la banquette, lui lança:

—Non, mais y a-t-il plus normal que ce que tu viens de faire là? Je veux dire de parler du temps qu'il fait dehors. Et ça, pour ton amie Michelle, c'est de la niaiserie. Il faudrait tenir des discours comme Jean Lesage ou René Lévesque pour que ça fasse intelligent. Moi, en tout cas, je la trouve pas mal superficielle, celle-là. Je te reproche pas d'avoir été amie avec elle, là, mais par chance qu'elle est plus trop dans le décor...

Paula fut estomaquée d'entendre ces récriminations. Devant quelqu'un d'autre, elle se serait insurgée, mais là, elle jugea préférable de s'adresser aux bons sentiments qui ne manquaient pas chez lui:

—C'est parce que tu ne la connais pas, Grégoire, voyons.

—Écoute, elle est vantarde, elle connaît tout, et ce que mademoiselle pense, et rien que ça, vaut quelque chose. Le reste, c'est de la grosse grosse merde. Je te dis qu'un cultivateur, elle doit avoir ça loin, elle...

—Tu remarqueras, quand elle se valorise sur quelque chose, c'est toujours sur un point faible. Ses points forts, quand elle les met en évidence, c'est pour en rire. C'est parce que sa mère exigeait la perfection d'elle et que, comme tout petit enfant, elle a appris à se défendre comme elle le pouvait. Elle n'avait pas le droit, quand elle était petite, d'avoir une tache sur ses chaussures... Je le sais, elle m'en a conté long.

—Elle chiale tout le temps contre tout.

—C'est une rebelle, mais il en faut des comme elle.

—Ça...

—Moi, j'aime autant une fille de même qu'une personne pour qui tout le monde est beau et gentil. Michelle, elle m'a fait beaucoup réfléchir, tu sais... sur bien des questions. À l'école et après...

—Ouais, ouais... fit-il en se redressant dans son scepticisme..

Paula s'élança vers lui et l'embrassa en lui disant comme on parle à un bébé adoré:

—T'en fais pas, mon grand, on ne la voit que deux fois par année. La prochaine fois, ce sera probablement à notre mariage.

À cette réponse inspirée par un amour de femme qui ne s'accommoderait pas de la plus petite tache, quelque chose de puissant au fin fond du jeune homme, d'indéfinissable, de masculin, d'ancestral, sourit.

On se mit en route. Dans les rafales blanches et chaotiques, on fit à vitesse de tortue les quelques centaines de pieds à parcourir sur le boulevard du cinéma puis l'on s'engagea sur la rue du pont qui, en raison d'un parc et du cimetière, subissait plus encore les assauts de l'hiver dans toute sa puissance québécoise. Grégoire enseigna à Paula à utiliser l'intensité la plus faible des phares pour mieux y voir.

—Autrement dit, la prudence commande de ne pas chercher à voir trop grand? fit-elle avec un sourire.

—Trop grand, je ne sais pas, mais trop loin, sûrement.

L'idée vint au jeune homme de parler contrat de mariage. On avait rendez-vous chez le notaire dans un mois. Lui savait ce qu'il voulait pour la protection de tous. Ce contrat devait être envisagé dans une perspective familiale et non de confrontation ou de négociation entre deux opposants; mais la question était délicate.

Dégourdie par Michelle, Paula en avait parlé avec son père. Rosaire comprenait trop le point de vue de Grégoire, lui sembla-t-il. Son patron fut plus objectif. À cause des affaires et pour protéger les biens personnels, mieux valait un contrat en séparation de biens. Et assorti d'un avantage à l'épouse en prévision du pire!

Elle y avait réfléchi. Cette solution lui apparaissait la meilleure. Restait à déterminer le montant de l'avantage.

—Pour ce qui est de notre contrat de mariage, dit-il au sortir d'une longue lame de neige qui avait bouché la vue au moins dix secondes, il faudrait en parler.

—Je suis prête.

—Ah! fit-il surpris.

—Disons que... j'ai étudié les formes et surtout pris des renseignements à droite et à gauche.

—Chez un notaire?

—Non... des amis, des parents...

—Pas Michelle, j'espère.

—Heu... peut-être... sais pas...

—Je te donne mon point de vue, tu me donnes le tien et on bâtit quelque chose avec ça... Ou ben si tu aimes mieux donner le tien en premier...

—Non, non, à toi...

Il dit exactement ce qu'elle espérait entendre. En homme négociateur, il devait s'attendre à une objection et elle se demandait comment en formuler une.

—Je m'inquiète...

Il fronça les sourcils en disant:

—Y'a rien d'inquiétant dans un tel contrat.

Elle reprit sans éclat:

—Je ne parle pas du contrat, je parle du temps qu'il fait, de la neige... J'espère qu'on ne va pas s'enliser...

—Le pire est fait. On achève le cimetière. Autour de l'église, c'est toujours plus net...

—Mais la première avenue.

—Quand il y a poudrerie, elle reste toujours parfaitement claire.

—Claire?

—Je veux dire sans lames de neige même si on ne voit pas à quinze pieds devant.

—Reste à coucher si tu aimes mieux.

—Bah! je ne voudrais pas que la mère pense que...

—Par un temps pareil, ça se comprendrait.

—Ouais... En tout cas... Pour en revenir à notre contrat, qu'est-ce que...

Elle l'interrompit:

—Y'a de la lumière dans ma classe... Je veux dire la classe de douzième... C'est soeur Alberta qui doit corriger des devoirs...

Grégoire donna un coup d'impatience sur l'accélérateur et les roues de l'auto dérapèrent dans une lamentation brève que Paula refusa d'entendre.

Il attendit qu'elle renoue avec une clause du contrat. Elle dit:

—On aurait peut-être dû emprunter la rue de la quincaillerie...

—Durant le plus fort d'une tempête, la gratte passe rien qu'ici et sur le boulevard.

—Ah!

—Eh oui!

Ce n'est qu'une fois à l'intérieur du logement que Paula effleura à nouveau la question du contrat, après qu'on se soit déshabillé et réchauffé avec un cognac et deux baisers prolongés.

—Un avantage, ça voudrait dire quoi?

—Veux-tu dire combien?

—Si tu veux...

Elle avait une idée quelque part entre quinze et vingt-cinq mille dollars. Et puis... comme elle se sentait ridicule de parler d'argent... de petites questions matérielles quand tout baigne dans un si grand amour.

Aussi platement que cela soit, ce chiffre exprimerait la certitude de son amour et Grégoire voulut donc le faire parler avec éloquence, d'autant qu'il sécuriserait Paula et l'inclinerait à ne pas craindre de rester trop à la maison pour s'occuper d'emménager et entretenir le bonheur familial.

—Cinquante mille dollars, ça me paraît le meilleur chiffre si on pense à l'avenir.

Elle échappa:

—Ça ne donne pas grand-chose de mettre un gros chiffre si c'est impossible de...

—On est en 1963. Dans dix, quinze ans, cinquante mille dollars, ça paraîtra moins énorme...

—Même en 1990 ou 1995, cinquante mille dollars, tu ne penses pas que ça restera énorme...

Lui qui avait craint qu'elle négocie à la hausse et voilà que le contraire se produisait. Il dit en penchant la tête sur son verre:

—Disons... heu... trente-cinq mille...

—Non, non, restons à cinquante mille. Je parlais pour parler, mon grand.

—Ah! tu me soulages. Je commençais à penser que j'étais en train de marier une femme pas trop aux affaires.

Ils jasaient, assis sur un divan à trois places, un peu distancés pour boire plus à l'aise. Grégoire eut soudain un mouvement d'enthousiasme:

–Et qu'est-ce qu'on fait donc à parler de contrat de mariage tandis qu'on est ensemble au chaud avec la plus belle tempête de l'hiver dehors...

Elle déposa son verre sur la table, s'empara du sien et fit pareil puis elle prit sa main et l'entraîna:

–Allons voir la rivière... si on peut la voir bien sûr.

Sous ses fenêtres, la pente abrupte n'aurait jamais permis au vent d'accumuler assez de neige pour bloquer la vue mais le vent et la nuit enfermaient l'univers dans un épais tourbillon silencieux où virevoltaient des reflets lointains perdus et battus dans tous les sens.

–La vue sera encore meilleure chez nous, dit-il.

Elle rit:

–Fera pas beau...

–Je veux dire... quand il fera beau, agaçante!

Il glissa son bras autour de la taille de Paula et l'attira contre lui. Leurs corps se tournèrent l'un contre l'autre. Elle se laissa envelopper dans ces forces incroyablement protectrices. Il chercha des mots plus grands que la poudrerie, plus puissants que le vent d'hiver, se dit que seul le silence en ce moment pouvait surpasser la nature.

Elle ferma les yeux, entrouvrit ses lèvres...

Il approcha les siennes...

Il leur fallut néanmoins brider leur sensualité par crainte d'une grossesse assurée. Après un autre cognac, il décida de s'en aller. Elle protesta, s'inquiéta, l'enjoignit d'appeler chez lui. Il refusa. On était plutôt pointilleux sur ces questions-là dans la famille.

Quand il fut parti, le téléphone sonna. C'était la mère de Grégoire. Elle appelait pour la deuxième fois et se désola d'apprendre que son fils venait tout juste de reprendre la route. Il y avait presque deux terribles milles à parcourir pour se rendre à la maison.

–La prochaine fois, ne le laisse pas s'en aller par un temps pareil, dit la femme. Il est comme son père: têtu, téméraire mais devant une décision ferme, il s'incline... si c'est pour son bien...

Paula raccrocha. Elle poussa sur le dossier de son fauteuil inclinable et s'enveloppa le corps de ses bras comme pour se réchauffer. La soirée avait ajouté à sa connaissance de son futur compagnon de vie. Son jugement sur Michelle la fit réfléchir à ses perceptions du rôle de l'homme et de la femme...

Elle lui concéda mentalement que Michelle était une sorte d'anti-femme donc peu apte à bien s'ajuster dans une vie de couple où la complémentarité est requise. Les forces de l'homme qui, à vrai dire, sont aussi ses plus grandes faiblesses doivent être utilisées par la femme pour le bien de toute la famille, époux et enfants, et donc de la société. Son sentiment de responsabilité, son désir de foncer, de se battre, de compétitionner, tout cela doit donc s'exercer à l'extérieur de la maison, pas à l'intérieur. Et puis un homme faible est une agression à une femme vraie... Donc les forces de la femme ne doivent pas en être d'opposition et c'est pourquoi elles doivent rester dans l'ombre. Mieux, la femme doit montrer sa faiblesse, jouer de sa faiblesse: voilà sa plus grande force...

Un amour intelligent, conclut-elle au bord de la somnolence.

"Tu es dans les grosses patates," aurait crié Michelle si elle avait entendu ces pensées abominablement tradition-nelles. "Assis-toi, ma noire, que je t'enseigne les choses de la vie!"

"Oui, mais Michelle..." dirent dans un ensemble parfait les images superposées de Grégoire et d'elle-même sur une immense photo de noce... aux belles couleurs...

Un frisson lui ramena ses esprits. Elle bâilla, se leva, marcha dans un zigzag fatigué jusqu'à sa chambre. Et bientôt, elle fut sous les couvertures, prête à se glisser dans le douillet univers de la sentimentalité. Le téléphone sonna. Elle dut retourner dans la grande pièce. C'était Grégoire. Il n'avait eu aucun mal à se rendre chez lui. Il l'embrassa. Elle regagna le territoire du rêve. Garda un moment ouvertes ses lourdes paupières qu'un soupçon de lumière issu d'une veilleuse délinéamentait sur son regard luisant.

En douzième année, en français régulier, on avait étu-dié Leclerc, Lamartine, Saint-Éxupéry. Mais il y avait un interdit sur Baudelaire et pour cette raison, Michelle s'en était faite la propagandiste. Paula, alors séduite par un brin de rébellion, s'était inscrit dans la mémoire du coeur *L'Invitation au voyage.*

En s'endormant, elle imaginait Grégoire lui récitant le poème, sur une Chaudière navigable dans un voilier formidable.

> *Mon enfant, ma soeur,*
> *Songe à la douceur*
> *D'aller là-bas vivre ensemble,*
> *Aimer à loisir,*
> *Aimer et mourir*
> *Au pays qui te ressemble...*

Ça n'avait aucun sens, Grégoire dans les vapeurs de la poésie... aucun sens... Il rirait bien...

*

—Moins de vapeur sucrée ne s'échappe; l'évaporation est plus rapide, voyez-vous. C'est parce que la chaleur est mieux répartie dans les pannes arrière... Le sirop est de meilleure qualité et vous réaliserez une grande économie de chauffage. Et du temps, monsieur Talbot, du temps... beaucoup de temps...

Monsieur Roy prêtait l'oreille aux propos de Paula qui se laissait parfois aller à l'exagération afin de mieux vendre. Quand il y avait trop de clients à la fois au garage ou du côté de l'équipement de cabane à sucre, il faisait appel à sa secrétaire qui, après avoir refusé dans les débuts s'était ensuite offerte pour donner un coup de gueule à la vente, et les résultats le surprenaient toujours. En fait, du côté des évaporateurs, elle vendait deux fois sur trois, surtout quand il s'agissait de clients venus de sa paroisse natale. Et la petite commission qu'elle touchait ne nuisait pas à son enthousiasme.

Curieux pour une femme si jeune, pensait l'homme qui jetait des coups d'oeil à la dérobée.

—Le prix comprend le transport jusqu'à votre cabane et l'installation complète. Il ne vous restera plus qu'à faire bouillir dans du bel acier inoxydable tout neuf qui vous donnera ce printemps le plus beau sirop de Saint-Honoré. Du sirop digne de la reine...

Le client, un homme du début de la cinquantaine, noir comme du charbon, le visage rouge, l'oeil brillant, réagit:

—De la reine d'Angleterre?

—De la reine d'Angleterre...

Monsieur Roy ignorait qu'un producteur de Saint-Honoré se targuait depuis dix ans du fait que l'on avait servi à la reine en visite à Québec de son sirop à lui. En fait, c'est un acheteur de Saint-Benoît qui disait la même chose à au moins un cultivateur par paroisse pour garder leur faveur fragile. Et Paula répétait l'argument mais en promesse, et son discours, bien que miroitant et ampoulé ne donnait pas du tout dans le malhonnête. Il semait moins l'illusion que l'espérance.

D'autres éléments que son bagout l'aidaient. La cabane des Nadeau possédait une signification particulière à Saint-Honoré. La plus visible, la plus connue bien sûr. Au sortir de la messe, sur le perron de l'église, on pouvait bien l'apercevoir même en été à travers le feuillage alors que la tôle de sa couverture rappelait les éclatantes odeurs du printemps. Et en automne, elle se donnait des airs de carte postale.

Surtout, un événement sacré s'y était produit. Un saint y avait perdu la vie, rappelé dans son royaume après une tâche bien remplie quoique inachevée. Il avait été question de marquer le lieu de la mort du prêtre par une croix noire, simple et dépouillée. Mais qui la verrait d'aussi loin? Et Bernadette, si elle n'avait craint la compétition pour sa vierge, aurait prêché de porte en porte en faveur de l'érection d'une grotte quelconque entre la cabane des Nadeau et l'arbre grand... Une sage demoiselle du haut du village avait proposé la meilleure solution: ne rien faire simplement pour que les fidèles, à la sortie de la messe, aient une pensée pour le disparu. Et puisque la cabane elle-même marquait l'endroit, on prierait dès lors pour le pauvre vicaire, et pour plusieurs, le perron de l'église prolongerait leur recueillement.

La vente fut conclue. Plus tard, monsieur Roy se rendit au bureau de Paula et la taquina sur ses méthodes de vente. Elle en fut étonnée.

—Je ne dis que la vérité. En tout cas, ce que je pense être la vérité...

—Il me semble que ça se peut pas: t'es meilleure que moi sur le plancher.

—Laissez-moi sur le plancher.

Il grimaça:

—J'ai trop besoin ici. L'idéal, c'est comme on fait: tu viens quand ça presse.

—Comme vous voudrez.

L'homme hocha la tête en quittant:

—Une femme vendeuse de 'bouilleuses'... le monde change, le monde change...

*

En avril, un dimanche, Paula et son ami se rendirent à la cabane chez Rosaire comme l'année précédente, à une fête qui réunit deux fois plus de monde, la tragédie constituant un attrait touristique. Aubéline et André y furent, lui surtout pour exposer ses théories sur la mort du prêtre et l'incompétence de la police.

Même Lucie fut là avec son boy-friend, un garçon timide, rougeaud, frisé, brun roux, pas trop jasant et qui s'appelait Maurice Boutin.

Dès leur arrivée, ils se rendirent à la recherche de leur serment paraphé sur le mur. Les planches avaient été changées. Des neuves à peine entamées par les intempéries couvraient une surface de douze pieds de longueur par quatre de hauteur. On en devina la raison...

Sur le chemin du retour, on s'arrêta à un petit chantier de construction au bout du village, près de l'hôtel où se déroulerait leur noce à l'été et dont ils avaient réservé la salle depuis plusieurs semaines déjà. La charpente d'une maison s'élevait sur un solage mais des panneaux de contreplaqué empêchaient de voir les divisions intérieures. On marcha sur des planches qui flottaient sur une surface boueuse, Grégoire devant et qui tenait derrière son dos le doigt de sa fiancée.

Quand on y fut, il commença à décrire les pièces:

—Ça, c'est probablement le salon et ça...

—Non, le salon sera là et voilà une chambre...

Il enveloppa les épaules de Paula avec son bras. Elle avait une impression de déjà-vu. Il la taquina sur ses talents de constructeur. On entendit une voiture s'arrêter, des voix, des gens qui arrivaient à leur tour.

Parurent Fernand Lemieux et Ghislaine Jobin, le couple qui se faisait bâtir maison. La surprise fut clamée

335

bien haut. Seuls Grégoire et Ghislaine ne se connaissaient pas.

—Il me semble que je t'ai déjà montré le plan de cette maison-là, Paula, ça se peut? demanda Fernand.

"Le menteur!" se dit-elle. Ou alors s'il ne s'en souvenait pas, il était un parfait imbécile. Elle répondit:

—Peut-être... il me semble, oui...

—C'est très bien, répétait Grégoire en promenant son regard sur l'ensemble.

—Si j'avais pas besoin du plan pour construire, je vous le prêterais... Et faire une copie au carbone, c'est quasiment une demi-journée d'ouvrage... Si je dis ça, c'est que... disons que j'ai su que vous allez nous faire une noce à l'été vous autres aussi. Croyez-le ou non, on va se marier à une semaine d'intervalle.

—Vous voilà plus avancés pour vous nicher; nous autres, la construction ne va commencer qu'en mai.

—Ah! avec une bonne équipe, et il y en a à Saint-Georges, dans deux mois vous allez entrer dans votre maison neuve. Peut-être qu'il va rester des grimenaudes à régler, là, mais rien de compliqué...

Fernand sautillait de joie. Il déplaçait inutilement des morceaux de deux par quatre, balayait du bran de scie avec ses chaussures. Il lui arrivait de souffler un petit bisou sur la joue de Ghislaine qui le recevait en penchant la tête comme un bébé, et en fermant les yeux.

Grégoire se sentait de moins en moins heureux devant cette fébrilité puérile et l'affabilité sucrée de Fernand. Comment donc Paula avait-elle pu sortir avec un pareil monsieur miel? Par bonheur qu'elle n'avait jamais fait l'amour avec lui! Ni avec personne d'autre! Sinon...

Il suggéra leur départ à sa fiancée. On se salua. Quand ils s'approchèrent de leur auto, Fernand cria:

—Savez-vous, même si on n'est pas parent, on devrait s'inviter pour nos showers, Vous viendrez au nôtre et la semaine suivante, on ira au vôtre.

—Bonne idée, ça, dit Grégoire en ouvrant sa portière, on vous envoie une carte et vous nous envoyez la vôtre...

Quand l'auto fut en marche, le jeune homme dit:

—Brillant celui-là! Imagine-toi qu'il va venir à notre shower le jour de ses noces. Un gars aux affaires!

—Pour un professeur, c'est pas pire, hein! Mais... t'as pas l'air de l'aimer trop trop...

—Moi, ce monde-là avec la bouche en cul-de-poule, ça me tape sur les nerfs.

Elle rit:

—C'est un peu pour ça que je l'ai largué.

—Je comprends que ça devait faire tout un pompier volontaire. Quant à son plan, il peut se le déchirer en morceaux; notre maison sera au moins une fois et demie plus grande que la leur...

—Je croyais que...

Il l'interrompit en même temps que l'auto reprenait la route et accélérait solidement:

—J'ai décidé d'ajouter la valeur d'une pièce...

—Mais la soumission?

—Ça pourra changer de mille dollars? Sur vingt ans, c'est des peanuts par année.

Paula sourit intérieurement. Grégoire avait voulu tout d'abord la maison économique et voilà que le cher esprit de compétition lui faisait ajouter une pièce. Il en viendrait bien à l'espace qu'elle désirait...

*

Vingt minutes plus tard, on s'arrêtait devant le site choisi pour la future maison, un morceau de la terre sur la portion de l'autre côté de la route qui donnait plus près de la rivière et où la vue serait meilleure encore que dans la demeure familiale des Poulin. Et les bâtisses de la ferme demeureraient quand même à bout de bras.

On avança de plus de cent pieds par l'entrée de champ jusqu'au lieu balisé par des pieux qu'il faudrait déplacer au plus tôt en raison de la décision impromptue d'agrandir la maison.

Chacun portait des vêtements de semaine, des jeans et une chemise de flanelle à larges carreaux typiques. Mais à la cabane, il n'y avait pas eu de ces gros désordres institutionnalisés, de ces poursuites salissantes dont l'excès est la mesure du plaisir à ce genre de fête. L'ombre du prêtre mort avait rôdé dans les branches des arbres et à travers les vapeurs molles de la bouilloire. Et surtout, les fiancés avaient éloigné leur amour jusqu'au sommet de la butte où on avait parlé du futur avec des regards qui

337

passaient par-dessus ce long village étendu là aux pieds de leur vue.

On était propre. On se sentait pur.

Il restait de grandes taches de neige dans les champs de l'autre côté de la rivière et surtout dans ces larges rigoles tourmentées de la rive abrupte que l'érosion creusait plus profondément chaque année.

Au-dessus de l'eau passa un vol de corneilles craillant, la vue longue, en recherche de carcasses de bêtes mortes et dont le soleil printanier dégageait en le réveillant, le cadavre qui s'animait déjà d'une vie grouillante.

—De ce que j'aime pas ces oiseaux de malheur!

—Ils sont partout... comme le bon Dieu.

—Et en plus, tu blasphèmes.

—Non... je veux dire qu'ils ont leur place dans la création, qu'ils sont utiles et qu'il y en a partout, surtout pas loin des cours d'eau où ils ont le plus de chances de se trouver du... lunch...

—C'est vrai mais...

Il lui prit la tête dans ses grandes mains, lui frôla les lèvres d'un baiser savant.

—Pas besoin de trois architectes pour bâtir maison, nous autres. Regarde-moi, je trace le plan avec mes pas...

Il s'éloigna, marcha lentement en zigzaguant pour indiquer l'emplacement de chacune des pièces. On aurait la chambre principale, deux autres chambres pour les enfants à venir et une pièce étroite et longue qui servirait de bureau d'affaires et qui donnerait directement sur l'extérieur.

Rendu au bout de la maison imaginée que les pieux indiquaient, il ouvrit largement les bras comme pour embrasser toute la vallée de ses ambitions et de ses rêves, tel Charlton Heston en Moïse devant la mer Rouge, et déclara:

—Tout ça nous appartient, madame Grégoire Poulin.

La jeune femme regardait affectueusement ces bras éployés comme des ailes protectrices mais prêtes aussi à les projeter tous les deux en avant vers les promesses de l'avenir et de la vie. Avant de se retourner, il ajouta, le ton solennel:

—Et au-dessus de nous, la nuit, des étoiles... et rien que des bonnes...

Un drôle de bruit se fit entendre derrière Paula et que Grégoire fut le premier à capter. Une sorte de frottement métallique aigu... Il baissa les bras, se tourna. Paula vit son regard qui ne la regardait pas... Alors elle entendit à son tour le bruit mais par mémoire seulement et son attention se porta aussi à une présence dans son dos.

Elle se tourna. Un personnage sombre apparut. Il était venu dans le plus parfait silence, comme un rat. Son bruit avait été celui des freins de sa bicyclette couleur de charbon dont il descendait maintenant.

Il appuya le vélo au sol et se redressa. Son image d'ours mal léché se découpa encore plus brutalement dans le décor où la route grise, les champs inutilement rapiécés par des plaques de neige et la blanche maison des Poulin firent office de faire-valoir insipide. Il était accompagné d'un labrador plus noir encore que lui et qui reniflait cette terre étrangère en tournant en rond à distance respectable de cette jeune femme qu'il ne connaissait pas et qui lui paraissait suspecte avec ses grosses fesses qui invitaient à mordre, et qu'il aurait mordues avec appétit s'il n'avait été un chien de bonne race et de bonne famille. Il se promit néanmoins d'en japper un mot à un pit-bull du rang de Saint-Jean, un dur de dur, lui, venu tout droit de Grande-Bretagne et qui aboyait dans la langue universelle des hooligans. Un Anglais pur.

Bizarrement, l'homme parlait en ne levant presque jamais les yeux, désireux, se dit Paula, de ne pas laisser l'attention se porter trop longtemps sur son oeil décentré et déphasé, et sous lequel une cicatrice pendait, comme si le ciel avait permis qu'il soit frappé en plein visage par un sabre, lequel avait, du même coup, aplati le nez qui n'était formé, semblait-il, que de trois excroissances charnues réduites.

Pis encore, il se camouflait derrière une barbe fuligineuse qui, pourtant, ne cachait pas tout à fait son visage grêlé...

—Tiens, bonjour, comment ça va? s'exclama Grégoire qui se trouva à enterrer des mots mal mordus de l'arrivant et que sa bouche jetait vers le sol.

Il marcha vers l'homme, dépassa Paula, tendit la main.

—Paraît que tu fais bâtir maison, dirait le poète.

Paula fut surprise d'entendre cette voix qui ne se mariait pas à la mine patibulaire du personnage, beaucoup plus claire que lui, plus transparente quoique aussi mal assurée. Surtout il avait utilisé cette subtilité littéraire à odeur de vieux français consistant à escamoter l'article ou le possessif entre le verbe et son complément direct et qui avait valu des prix à des hommes de lettres québécois.

Grégoire coupa court à sa réflexion en procédant aux présentations.

–Paula, connais monsieur Gaspard Fortier qui reste pas loin là-bas. Et voici ma fiancée, et mon épouse dans trois mois, Paula Nadeau de Saint-Honoré, une bonne fille des hauteurs qui va marier un gars de la vallée.

Elle tendit la main, réprima une grimace quand elle aperçut celle de l'homme, écailleuse, comme recouverte d'une peau de serpent. Après son départ, elle prendrait le prétexte de lancer une balle de neige pour se nettoyer la main en attendant mieux.

–Je serais disponible, là, moi, pour un mois ou deux...

Grégoire se désola:

–C'est que je donne le contrat de la maison à un contracteur... Faudrait peut-être t'adresser à lui...

–Je vois... En tout cas... pour surveiller les travaux peut-être, le temps que tu travailleras aux foins... Sais pas, faire creuser un puits... ainsi de suite...

–Sais pas... on va peut-être prendre notre eau dans le même puits que mon père pour commencer...

–Je vous le déconseille... C'est pas un puits qui va chercher de l'eau dans la nappe phréatique. C'est un puits de surface et vous allez souvent manquer d'eau. Et puis... s'abreuver dans le même puits, c'est souvent une source de chicane.

–Vous pensez qu'il me faudrait un puits artésien? dit Grégoire qui tutoyait ou bien vouvoyait l'homme à deux questions d'intervalle.

–Et un bon.

–Ouais, c'est quinze cents dollars encore...

Paula sourit:

–Sur vingt ans, c'est des peanuts comme tu dis.

–Non, un puits, faut que tu payes à l'heure... et même si tu ne frappes pas d'eau.

Elle soupira:

—De la bonne eau, c'est drôlement important dans une maison.

—Et profitez-en, déclara le personnage qui leva la tête pour la première fois mais regarda en biais dans le lointain afin qu'on lise le moins possible dans son visage. Profitez-en parce que dans un quart de siècle, il ne restera presque plus d'eau buvable, d'air respirable... Ça va devenir rare, rare comme...

Grégoire l'interrompit pour que cessent les prophéties de malheur auxquelles du reste il ne croyait absolument pas mais dont il voulait protéger sa fiancée:

—Comme de la marde de pape.

—Encore que de la marde de pape, ça pourrait peut-être faire des miracles et se multiplier comme les pains du Seigneur, enchérit l'homme pince-sans-rire.

Le chien procéda par cercles concentriques et s'approchait de plus en plus. Grégoire lui parla:

—Et toi, comment vas-tu. Je ne me rappelle jamais de son nom, c'est...

—Senter... comme le docteur Senter de l'expédition de Benedict Arnold...

Paula était de plus en plus harcelée de questions. Comment pareil individu au bord de la cinquantaine perdu dans des vêtements démodés, trop grands, usés, trop noirs, aux gestes loqueteux, pouvait-il montrer tous les signes de quelqu'un qui en sait sur tous les sujets et qui en quelques minutes parle comme un poète, comme un sourcier ou comme un historien?

L'homme reprit sa bicyclette en disant:

—Je ne vous dérangerai plus longtemps. Les amoureux doivent être laissés seuls au monde. En tout cas, si t'as besoin, il se trouve que j'ai besoin de travailler une couple de mois... Le prix sera le même que d'habitude...

—Ah! pour avoir besoin, ça, on va avoir besoin. Mais pas forcément pour travailler ici, sur la construction de la maison. Mais peut-être que oui aussi. J'en parle avec le père et je vous en redonne des nouvelles, monsieur Fortier. Et bonne randonnée, là...

Le cycliste tourna son engin vers la sortie du champ. Il dit à Paula après un très bref regard:

341

—De Saint-Honoré, hein? La dernière fois que j'y suis allé, c'était le soir du triomphe des libéraux. Oh! pas pour faire la fête, non, mais pour voir comment s'écrit l'Histoire.

Paula blêmit. Sa chair frissonna. Cet homme possédait une terrible gueule. Elle avait toujours su que le violeur de sa jeune soeur était un homme très lucide, qui peut-être avait bu, mais sachant exactement ce qu'il faisait, connaisseur de la nature humaine, capable de livrer la terreur à dose exacte, quelqu'un de fort semblable à ce personnage qui paraissait mêlé à la vie des Poulin si elle se fiait aux propos entendus.

Il enfourcha sa bécane et poursuivit son lent chemin incertain vers la ville, suivi de sa bête, un animal quand même sympathique, social, presque syndical.

—Ce bonhomme-là, il me donne froid dans le dos.

—Hein! Voyons, c'est Gaspard Fortier... Il vit là-bas dans son espèce de cabane enfoncée dans la sapinière passé le tournant. Ça fait dix ans qu'il vit à Saint-Georges. Taciturne mais pas dangereux. Il travaille quand il a besoin d'argent puis il s'arrête. D'après ce qu'on sait, c'est un ancien frère. Un historien. Il écrit des livres. Il gagne un peu d'argent. Il écrit encore. C'est ce qu'il nous a dit.

—Il pue le dessous-de-bras.

—Un vieux comme ça, il a pas loin de cinquante, qui vit tout seul, c'est pas toujours propre. Pourtant, chez les frères... Mais il a pas l'air d'une tapette comme... d'autres. Il a les bras solides. Quand c'est le temps de donner un coup de collier, il en donne un bon.

—Jamais entendu parler d'un livre écrit par Gaspard Fortier.

—Il dit que les Québécois ne sont absolument pas intéressés par l'Histoire...

—Il s'entendrait avec Michelle.

—Et puis, il ne les fait pas publier, ses livres. Comment il dit ça?... Impubliable, c'est ce qu'il dit.

—J'aime autant pas le voir trop souvent.

—Le problème, c'est qu'il faudra l'inviter à nos noces. Il ne viendra sans doute pas, mais il serait insulté si on l'oubliait... Mes parents le connaissent bien mieux que moi... Il est plus proche de leur génération que de la nôtre, tu comprends.

—En tout cas, je ne voudrais pas que nos enfants se promènent dans ses parages.

—Écoute, c'est parce que tu ne le connais pas. Tu m'as dit la même chose pour Michelle. Ton... ton Philippe, voisin de chez vous à Saint-Honoré, qui élève des renards, hein, ben il ressemble pas trop trop au cardinal Léger non plus...

—Il est pas dangereux...

—Pour quelqu'un qui le voit pour la première fois, tu sais, quand il descend la rue principale avec une brouet-tée de panses de cochon encore chaudes et avec le sang qui traîne dans le chemin, c'est pas si beau que ça à voir. Il inquiète un peu, le bonhomme, avec sa face d'homme des cavernes...

Paula haussa les épaules. La pensée du curé Ennis restait vivace en elle. Il ne saurait y avoir des méchants parmi les natifs de Saint-Honoré... Les truands, c'était ailleurs...

On se rendit à la maison paternelle pour y souper sur l'invitation de la mère.

Cyrille les reçut. Il vit leur voiture par la fenêtre, sortit sur la galerie en manches de chemise blanche. C'était un homme grand, assez blanc, le visage ridé comme une vieille pomme de terre, l'âme burinée par le soleil et le coeur toujours au bord des lèvres.

Au moment même où Paula entrait, laissant les hommes aux frissons du temps qui se refroidissait vite, Éva, la voix pointue, délaissait ses chaudrons pour accourir auprès de l'arrivante.

—Entre, Paula, mais entre donc, dit-elle à la jeune fille déjà bien entrée de trois ou quatre pas.

—On est un peu en retard...

—C'est pas grave, c'est pas grave... Justement, on vous voyait sur votre terrain là-bas...

La dame faisait partie de la génération des petites bonnes femmes rondelettes nées au début du siècle et qui n'avaient pas eu le temps de finir de grandir que leur croissance dans l'autre sens avait débuté grâce aux bons soins d'un mari patriote et d'une grossesse adolescente dont il avait souvent résulté, grâce aux bénédictions du ciel, un prêtre.

—On va vous boucher un coin de vue sur la Chaudière.

—Bah! à peine.

La mère embrassa sa future bru puis lui tira une chaise berçante de manière que le dossier ne frappe pas le congélateur derrière.

—Mais non, je vais vous aider.

—Non, non, non, repose-toi de la cabane, là, toi. Moi je n'ai rien fait de la journée. Après la messe, Cyrille et moi, on a avalé des oeufs au jambon et puis on s'est couchés une partie de l'après-midi.

—Quand même, quatre à table.

La femme s'esclaffa:

—Quatre, mais c'est le désert pour moi. J'ai passé ma vie à des tables de dix, quinze... Non, assis-toi, on va jaser pareil et c'est parfait comme ça.

Paula se résigna pendant que la femme se remettait aux affaires de son comptoir. Et la jeune fille, encore sous l'impression que l'étrange voisin avait laissé sur elle, ne tarda pas à se renseigner sur Gaspard Fortier.

—Ma petite fille, c'est tout un moineau, hein! Un ancien frère des Écoles chrétiennes. Il a défroqué et il est venu s'installer dans la cabane qu'il a là-bas. Il a des idées pas comme les autres, je te dis.

—J'ai vu ça... Il dit qu'on va manquer d'air en l'an 2000. Un visionnaire de l'avenir!

—Tu vois qu'il est un peu fêlé du chapeau. Mais c'est pas un mauvais homme. Faut pas juger le crapaud rien qu'à le voir sauter, hein, ça, j'ai appris ça dans ma vie.

Éva n'avait pas le sujet bien long et la conversation prit l'allure de la marche d'une poule énervée par les désirs des coqs-à-l'âne.

—Vas-tu te trouver heureuse dans notre petit coin de pays? Finalement, c'est pas pire, pas mieux que Saint-Honoré, je pense.

—Peut-être la première année...

—C'est comme je disais à Grégoire: laisse-la travailler encore un bout de temps, tant qu'elle sera pas enceinte. Comme ça, ben, tu vas t'apprivoiser à ton petit coin de par ici. La ville aura beau être à côté, on est en campagne.

—C'est comme chez moi. On vivait à côté du village mais dans un rang.

—C'est vrai. Je sais où ton père reste à Saint-Honoré. Une belle place...

Paula détailla la femme, cherchant les traits de Grégoire et n'en trouvant pas mais pourtant en rencontrant tous les airs. De ces ressemblances non ressemblantes, en tout cas inanalysables. Les cheveux moins blancs que ceux de son mari, un peu vagués, courts. L'oeil gris, doux et un brin nostalgique.

—Ah! Grégoire, c'est pas le pire de nos enfants, hein!

—Je vous crois... sans connaître les autres.

—Mais j'ai pas de préférence. Pour moi, c'est tous mes enfants, même... celui-là qui est séparé d'avec sa femme. C'est pas nécessairement de sa faute...

Tout en jasant, Paula promena son regard sur les murs de la grande cuisine où elle se trouvait. Tapissés de bondieuseries. Un véritable oratoire. Une croix de tempérance, noire et nue. Du rameau tressé. Des feuilles non tressées mais fraîches du dernier dimanche. Une gravure de Notre-Dame-du-Perpétuel-Secours. Les enfants de Fatima. Un crucifix au-dessus de la porte d'arche entre la porte de la cuisine et une petite salle à manger. La photo du pape Jean XXIII. Personne ne pouvait mourir dans cette pièce sans être aussitôt emporté tout droit au ciel. En fait, personne ne pouvait tout simplement mourir dans cette pièce sous la garde de tant de célébrités célestes et d'objets-clés capables d'ouvrir l'une ou l'autre des nombreuses portes du ciel.

—Tu dois trouver que j'ai beaucoup de choses pieuses sur mes murs...

Paula fut estomaquée. Il n'avait pas vu la femme tourner la tête vers elle. Cette femme avait-elle donc des yeux dans le dos ou bien le hasard lui avait-il mis ces mots dans la bouche.

—Grégoire a dû t'en parler: moi, je suis une personne assez proche... pour ne pas dire très proche du bon Dieu. Et j'ai voulu que les murs de la maison en témoignent. Dis-toi que je ne vois pas d'un mauvais oeil, s'il fallait, les gens qui décorent avec des peintures ou autre chose, là... Mais il faut croire en quelque chose, hein, et moi, je crois plus dans les saints du ciel que dans l'art... surtout l'art d'aujourd'hui qui ne m'inspire pas du tout... qui ne m'invite pas à penser à mon âme... et puis qui me fait penser que je suis plus bête que peut-être je le suis vraiment...

Elle rit de coeur.

—Ah! vous n'avez pas à vous justifier, madame Poulin. Chacun sa liberté comme vous dites.

La femme se tourna et ouvrit les bras en disant:

—Malgré qu'une maison sans rien du tout du bon Dieu, c'est pas une maison. Je suis sûre que dans la vôtre, vous aurez au moins un crucifix...

—Ah! c'est certain, madame Poulin. Hey, vous pouvez en être sûre...

La femme sourit. Cette jeune fille lui apparaissait de plus en plus comme un excellent choix pour et par son fils.

—Sais-tu ce que je suis en train de préparer? Simplement du pâté chinois. Ça fait semaine pas mal, mais... Tu aimes ça, au moins?

—Si j'aime ça, mais j'en fais souvent.

—Suis contente que tu me le dises. Je me sentais un peu coupable de servir ça aujourd'hui à une future bru que je sens qui va être une bonne bru, une ben bonne bru...

Un douillet sentiment de sécurité envahissait Paula. Oui, ce serait différent chez elle, mais Dieu serait là aussi. Et aussi le pâté chinois... Mais elle n'essaierait pas de supplanter la mère de Grégoire grâce à des épices trop variées, exagérées. Comme le conseillait si souvent Janette Bertrand, on comparerait plutôt les recettes pour trouver un juste milieu entre l'ancien et le moderne... C'est comme ça que l'on garde son mari longtemps.

Cyrille entra. Seul. Paula plissa la glabelle. L'homme comprit son inquiétude à peine esquissée. Il dit:

—Grégoire, son chum vient d'arriver. Le connais-tu? C'est Jean-Noël Turcotte.

—Je l'ai entrevu deux, trois fois.

—C'est entendu que quand il sort avec toi, il sort pas avec lui. Je veux dire que depuis qu'il sort avec toi, sa vie de garçon comme on dit...

—Ah! mais c'est un bon garçon, le Jean-Noël, dit la mère qui tenait à rassurer Paula sur toute la ligne.

—De toute manière, Grégoire a jamais pris un coup, dit Cyrille qui se tira une chaise berçante près du poêle, un appareil neuf au blanc éclatant.

—C'est un garçon qui a toujours su se tenir, dit la mère qui s'affairait à hacher des légumes avec un couteau qui gesticulait parfois pour appuyer un dire.

—Si le Raymond en avait fait autant, hein, la mère.

Éva se fit presque menaçante:

—Raymond, c'était pas un enfant comme les autres et il a pas marié une femme comme les autres. On peut pas lui jeter tout le blâme, là, tu sais...

Dehors, appuyés au capot de la voiture du visiteur, les deux jeunes gens discutaient de choses importantes. Une grange neuve pour doubler celle-là. On évaluait la chose. L'un soutenait vingt mille dollars. L'autre avançait deux fois cette somme.

—Va falloir commencer par acheter le voisin et je pense qu'il nous voit venir

—Mais, mon bon ami, t'as qu'à faire l'indépendant avec lui. Il est assez âgé. Doit penser fort à sa retraite. Danse le rigodon...

—Danser le rigodon?

—Tu fais une approche de deux ou trois pas et ensuite tu recules. Ça marche tout le temps...

Grégoire s'esclaffa:

—Je devrais pourtant le savoir, c'est comme ça que j'ai eu ma blonde. Elle aurait voulu que je lui coure après comme son ancien... un petit professeur serviable et pas mal servile... qui m'a fait chier tantôt.

Dans la maison, il était maintenant question de Mariette, le bijou de la famille et on se désolait de ce que les communautés religieuses n'attirent plus les jeunes filles. Cyrille coupa court à leur conversation en parlant soudainement du train qu'il fallait faire. Il se rendit à un placard sous l'escalier et endossa une combinaison d'overall. En le voyant passer, son fils songerait à le suivre.

—Fais donc signe à Grégoire, dit Éva.

—Ah! qu'il finisse ce qu'il a à dire à Jean-Noël. De coutume, il se laisse pas traîner les pieds...

—Attention! Des fois, le dimanche, il a la corde du coeur qui lui rallonge un peu, surtout quand il a veillé tard le samedi soir.

Paula se sentit coupable. Elle l'avait justement retenu quelques fois au bout de la soirée du samedi. Elle se promit d'être moins gourmande désormais.

—T'as pas chaud avec ta grosse chemise de flanellette? demanda Éva. Tu peux l'ôter si tu veux. Je peux te prêter quelque chose, tu sais...

—Non, non, madame Poulin, ça va aller. Je veux retourner dehors un peu et peut-être aller à l'étable voir les bêtes tout à l'heure.

Cyrille arrivait à la porte, prêt à se rendre au travail. Il s'arrêta un instant, plia les genoux en riant, content qu'elle se montre ainsi intéressée par son petit univers vieux de près de quarante ans.

—C'est le temps, là, on y va.

—J'imagine bien qu'elle va attendre son cher Grégoire, taquina la mère en transportant son grand plat ras de purée de pomme de terre du comptoir au four, ce que Paula trouvait quand même prématuré puisqu'il y avait ce train d'au moins une bonne heure et demie à faire avant le souper.

Comme si elle avait compris l'objection, la femme dit en ouvrant la porte du four:

—Dans une demi-heure, on va lui mettre le feu au derrière... J'ai cuisiné tant d'années avec mon vieux poêle de fonte que je suis toujours en avance avec mes plats préparés. Mais ça fait rien. Le goût est pas pire pour autant.

Le téléphone sonna. Éva trottina vers l'appareil mural, répondit, rit, s'étonna pour faire plaisir, mais du ton seulement puisque l'appel n'avait rien de surprenant. C'était Muguette de Québec. Paula profita de l'occasion pour sortir de la maison. Grégoire devait lâcher son ami et aller aider son père. Elle le lui ferait savoir joyeusement. Et, le bout des pieds dans les tulipes, elle toucha la clenche et manipula la porte dans un bruit minimal, une belle attention que remarqua sa future belle-maman.

—Madame Poulin, comment allez-vous? s'écria Jean-Noël pour se faire aimer.

Blondin, grand et mince, les cheveux clairs promis à une calvitie précoce, le jeune homme envahissait les âmes au premier contact par un sourire large comme la Chaudière et brillant comme son été.

Paula s'enveloppa de ses bras comme pour se protéger de la fraîche du jour déclinant mais aussi pour signaler machinalement à l'autre homme qu'elle était réservée à jamais.

—Madame Poulin, elle est au téléphone.

—Tu veux pas... prendre un peu d'avance.

Elle adressa un sourire complice à son fiancé pour commenter:

—En tout cas, pas sur le nom. À part de ça que dans dix ans, on va garder notre nom de fille toute notre vie.

Grégoire s'assombrit un brin mais il lança, mi-figue mi-raisin:

—Tiens, la Michelle Caron qui parle!

—La grosse du cinéma? s'étonna Jean-Noël.

—Ça fait longtemps qu'elle est mince, objecta Paula.

—Elle voudrait abolir les différences entre les hommes et les femmes, dit Grégoire. Si je ne connaissais pas Paula comme je la connais, je croirais que la Michelle est aux femmes.

Paula se sentait très mal à l'aise au milieu de propos aussi masculins mais cette opinion allusive la révolta, comme de ces phrases gourdins dont se servait son père quand elle était plus jeune mais que sa nouvelle femme, par bonheur, faisait en sorte qu'il s'en frappe lui-même l'occipital. Et cette fois, elle fit claquer sa langue comme un fouet à la Michelle:

—Je peux vous dire qu'elle est vingt-deux fois plus aux hommes que moi... et c'est pas en dire du mal, elle aime s'en vanter elle-même.

—Bah! c'est peut-être pour cacher autre chose...

—Au lieu de dire du mal de mes amies, là, tu devrais aller aider ton père au train.

Grégoire s'adossa à nouveau contre le capot de l'auto, une Chevrolet comme la sienne mais blanche. Le geste signifiait qu'il ne se presserait pas:

—Le père va comprendre que quand je suis avec mon meilleur ami et... ma meilleure blonde, je peux prendre tout mon temps. Quinze minutes de plus pour lui, ça ne va pas le faire mourir, il a le coeur solide comme les Poulin.

Paula rattrapa son caractère et le fourra dans son petit sac. Une journée aussi belle, aussi sucrée, ne devait pas tourner au vinaigre malgré ce Jean-Noël trop aimable pour être aimé...

*

Paula descendit de la galerie et se montra intéressée par des riens dans des carrés à fleurs nus, délimités par des pierres blanches. Grégoire l'observa à la dérobée. Il pensa qu'il ne devait pas imposer trop lourdement sa volonté et que le moment était venu de rétablir la paix, mieux, de faire naître un joyeux respect entre les deux autres pour éviter que ne surgisse une stérile animosité.

Il sauta sur ses pieds et sur les mots:

—Tiens, je vais aller aider le père. Hey, j'ai une idée, vous allez venir voir la jument tous les deux. C'est le père qui l'a achetée le mois passé. Aucun besoin de ça ici mais c'est un homme à chevaux.

—C'est vrai que ça fait plus... sentimental, dit Jean-Noël en prenant le ciel à témoin dans une réflexion qu'il avait l'air d'adresser au passé. Les gars allaient voir leur blonde avec la Blonde. Ça se dépassait dans les chemins. La broue entre les fesses de la jument. Le fumier qui revolait.

Le propos amusa Paula car il constituait une perche tendue. Elle renchérit:

—Ça se mariait avec des filles pas loin...

—Je me vois mal partir en boghey pour Saint-Honoré le samedi soir au souper. Rendu là à huit heures, c'est déjà le temps de revenir...

—Oui, mais avec les distances à parcourir, un gars pouvait pas sortir avec deux filles à la fois.

—Encore drôle!. Tu repars de chez la première blonde à huit heures, t'arrêtes une heure entre neuf et dix voir la deuxième et tu finis ta soirée avec la troisième entre onze heures et minuit. Et à chacune, tu accuses le temps qu'il te faut pour venir ou t'en aller...

Paula fit un clin d'oeil à son fiancé.

—Et le vingt juillet, peut-être que c'est avec Michelle Caron de Saint-Georges que tu convolerais en justes noces, pas avec la Paula Nadeau de Saint-Honoré, hein!

—Hey, recommence pas... Bon, je vais me changer et vous venez voir la jument. C'est une belle isabelle...

*

—S'il y en a pour quatre Chinois, y'en a pour cinq, cria Éva penchée dans la porte et qui secondait Grégoire dans une invitation lancée à Jean-Noël pour partager leur repas de ce dimanche soir.

Bien qu'elle en sache un peu plus maintenant sur lui grâce à une conversation que leur visite à l'étable força puisque les deux autres hommes devaient vaquer au barda du train, Paula eût préféré qu'il s'en aille. Elle le considérait un peu comme un intrus sans pour autant que l'idée ne s'énonce clairement dans sa tête. De ces sentiments vagues, toujours pernicieux, longue durée et aux effets d'oscillation, et qui soulèvent des tempêtes un jour ou l'autre sans que personne ne sache vraiment ce qui les a provoquées.

Mais il accepta.

Éva se plaignit de son pâté. Trop mollasse. C'est qu'elle avait manqué de maïs en grains et avait utilisé de la crème de maïs à la place. Une idée visqueuse!

Paula eut beau la contredire, la femme le lut sur plusieurs fourchetées hésitantes de son mari et de son fils.

******

Chapitre 15

Michelle était assise au bord de la banquette dans le restaurant, près de la sortie, avec ses trois amies.

Elle n'avait pas boutonné normalement son chemisier de sorte que par l'échancrure, les regards de gars, en passant, pouvaient y plonger jusqu'à la couleur de son soutien-gorge et la naissance de sa poitrine. Pour savoir s'ils avaient vu et s'en amuser, elle les suivait des yeux jusqu'à l'endroit où ils choisissaient de s'asseoir. Deux fois sur trois, leur curiosité l'emportant, ils reluquaient dans sa direction. Elle esquissait alors un sourire un brin énigmatique et pervers qui les remettait à l'ordre et à leur place.

En face d'elle: Aubéline. En coin: Paula. Et à côté: Francine. Amélie viendrait peut-être, ce n'était pas sûr.

—Deux femmes mariées, une sur le point de... et une dévoreuse de gars toujours célibataire, soupira Michelle qui tournait une frite refroidie dans du ketchup en train de durcir.

—Comme on dit, en te mariant, Michelle, tu comblerais un gars mais tu en décevrais des tas, fit Paula.

—Comment on se sent un mois avant de se marier?

—Même pas un mois, dit Aubéline avant que Paula ne réponde. Elle se marie le vingt et aujourd'hui, on est déjà le vingt-quatre juin.

La pièce, toute en longueur, était enfumée par cigarettes, cigares et même des relents chaotiques de pipes
enflammées. Quelques semaines avant chaque mariage, on
s'y était réuni à cinq pour dire adieu à celle qui s'élançait
dans une vie nouvelle pour sûrement le meilleur. C'était
donc le tour de Paula en ce dimanche plein soleil de fête
nationale.

Dehors, sur la première avenue, la parade de la Saint-
Jean commencerait dans une petite heure. Venus de tous
les villages de la Beauce, les chars allégoriques se regrou-
paient depuis la veille sur le terrain de l'église de l'est où
il y aurait d'abord bénédiction pour que la race puisse
vibrer avec l'accord et même la poussée en avant d'un ciel
encore catholique et français.

Il passait midi. On avait mangé là, de hot-dogs et de
frites, de hamburgers et rondelles d'oignon frites, de Coke
et de Kik. On avait parlé du film à frissons *Les Oiseaux* de
Hithcock, tout juste arrivé dans la Beauce. Et du limbo
qui reléguait le twist aux oubliettes. Robes de mariée,
fleurs, destinations pour voyages de noce avaient aussi
contribué à remplir les assiettes avec les saucisses et la
moutarde.

Et puis voilà que Michelle avait le goût de se plaindre,
d'être prise en pitié et de souffrir un peu comme le
désirent, dit-on, sans toujours le savoir bien des coeurs
féminins.

—Tu perds rien pour attendre, dit Francine. Quand tu
vas te marier, on te fera la plus belle noce...

—Oui, on te fera une fête spéciale comme les gars entre
eux, dit Paula.

L'enterrement de vie de garçon de Grégoire aurait lieu
ce soir-là et c'est pourquoi la jeune fille y faisait allusion.
Elle n'aimait guère les récits entendus concernant ces
folies masculines cachées parce que, disait-on, inracon-
tables, et peut-être vilaines et honteuses, mais puisque
c'était la coutume et que ça n'arrivait qu'une fois dans la
vie...

—Le problème, dit Michelle, c'est que des putains mâles,
on n'a pas ça au Québec.

Le ton, la voix jetée grosse et plate, le choix des mots éclaboussèrent tout le monde jusque trois banquettes plus loin. Les regards s'interrogèrent avant une certaine hilarité.

Sur une rue large de Saint-Georges ouest, Jean-Noël Turcotte tourna dans une cour et arrêta sa voiture sous les arbres près du local utilisé par le pasteur de l'Église baptiste pour les cérémonies du dimanche. Les fidèles, clairsemés et à l'âme satisfaite de soumission religieuse, s'écoulaient depuis la porte double de la petite salle où ils avaient prié et écouté leur bonne nouvelle.

Le dernier personnage referma les portes et s'apprêtait à fermer à clef. Jean-Noël lui cria de n'en rien faire, qu'il était locateur de la salle pour le reste de la journée.

—Je suis obligé par contrat de fermer à clef, se désola le pasteur habillé de noir devant la porte blanche. C'est que normalement, les locateurs ont la clef.

—Ah! je l'ai... c'était pour vous éviter de...

Le pasteur inséra sa clef, la fit tourner puis s'approcha de l'auto de son pas de pingouin en disant:

—L'ordre et la règle, c'est ce qui fait progresser notre société.

"Mais ce serait encore mieux si tout le monde était baptiste," ironisa mentalement Jean-Noël qui dit néanmoins:

—Vous avez bien raison.

—C'est sûrement indiscret de vous demander quel usage vous ferez de la salle?

—Rien de catholique... je veux dire de pas catholique... je veux dire que c'est une rencontre de... disons d'affaires si vous voulez... Une sorte de discussion d'avenir si on peut dire...

—Ah! le club Optimiste peut-être?

—Mais non, monsieur Petit, le club Optimiste se réunit à l'Arnold.

Un martin-pêcheur que Jean-Noël venait de voir perché dans une sorte d'arrêt-relais entre deux cours d'eau, le panache hérissé, l'oeil ébouriffé, intervint malgré lui et sauva la conversation d'une odeur de vinaigre. En prenant son envol vers la Chaudière, il se délesta d'une noix de fiente qui s'écrasa sur le veston du pauvre pasteur et coula 'visqueusement' sur son épaule.

—On sait jamais ce que le ciel nous réserve, n'est-ce pas? fit Jean-Noël avec un coin de malice dans son oeil bleu moyen.

Et il tendit aussitôt des Kleenex à l'homme embêté par ce détail contrariant, et qui essuya le gros du dégât sans toutefois pouvoir se débarrasser de toutes les traces ni d'une certaine senteur.

—Faudrait peut-être faire abattre quelques branches...

—Ou même l'arbre entier, coupa le pasteur que le ciel humiliait devant ce catholique.

Quand il fut parti, Jean-Noël commença d'entrer les caisses de bière qui serviraient de pilier à la fête du soir. Dans une heure ou deux, il viendrait mettre au congélateur du réfrigérateur quelques livres de la crème glacée aussi requise par la fête.

Dans la cour de l'église de l'est, le curé procédait à la bénédiction officielle des chars allégoriques. Celui de tête aurait droit à l'eau bénite. Il était commandité par Farmer, le cinq-dix-quinze de la première avenue, et représentait une scène folklorique, violoneux et danseurs de gigues. Un choix typique pour bien ouvrir le défilé et la fête.

Le prêtre, debout sur la deuxième marche du perron, joua à trois reprises du goupillon qu'il redonna au servant puis rouvrit son livre de prières à la page qu'il avait gardée avec son pouce. Mais avant de lire, il promena son regard sur la fébrilité des environs, tous ces chars qui paraissaient emberlificotés les uns dans les autres, les moteurs de tracteurs ou de camions qui dégageaient leurs odeurs puissantes d'essence brûlée, les figurants nombreux bougeant sur les plates-formes en cherchant comment mieux affirmer leur identité.

Puis il regarda les deux villes vertes séparées par la rivière lumineuse au pied de sa réflexion et de son autorité qu'il savait déclinante. Alors il lui sembla un moment que la religion québécoise glissait de l'église vers la politique et la langue. De nouveaux prêcheurs prenaient la relève, Caouette, Lévesque, Lesage, Laurendeau, Lajoie, Johnson, et qui voulaient tous pousser le peuple vers la prospérité et le modernisme en tablant sur la fierté nationale pour prendre ou garder le pouvoir. Peut-être avaient-ils raison?

Entre l'hôpital sur l'horizon ouest, le séminaire sur celui de l'est, il fallait les commerces de centre-ville mais il faudrait aussi bien des cheminées d'usines aux grandes promesses fumantes.

Michelle éteignit une cigarette qu'elle ne fumait pas vraiment. Elle sourit fièrement pour dire:

—Je ne vous l'ai pas dit, mais la tentation est trop forte...

—Tu te maries? s'étonna Aubéline.

—Mais non, suis pas pressée pour ça... Sauf que je vais au mariage de Paula avec ce cher docteur de mes rêves bien pourvus...

—Non! dirent ensemble les filles.

—C'est comme je vous le dis. Monsieur faisait son grand indépendant. Je lui ai dit: tu viens ou tu meurs... Il n'a pas pu refuser ma proposition. Moi, je respecte la liberté des autres surtout quand je tiens à quelque chose.

On lui adressa des bravos applaudis qui valurent à leur table l'attention de la moitié du long restaurant qui allait de la première avenue d'un bout à celle de la rivière de l'autre.

Quelques minutes plus tard, Paula revint des toilettes en gémissant et en claudiquant.

—Je me suis versé un pied... Ça fait mal en maudit...

—T'as rien de cassé, autrement tu pourrais pas marcher, opina Aubéline.

—Mais non, protesta Michelle. Avec la quantité d'os qu'on a dans les pieds, on peut s'en casser un et continuer à marcher quand même.

—Et dire que je voulais aller prendre une marche du côté de... aussi bien vous le dire, du côté de la salle où les gars vont faire l'enterrement de vie de garçon de Grégoire ce soir...

—Hon, l'espionne!

—Bah! la curiosité.

—Et si tu vois une... dulcinée qui entre là?

—Je vais entrer moi aussi.

—Jalouse ou quoi?

—Non... protectrice, c'est pas pareil.

—Alors, tu sais ce qu'on va faire? proposa Michelle. On va t'emmener même s'il faut te conduire par-dessous les bras. Je vais te conduire avec mon auto... Et les gars, on va leur faire une grosse surprise.

—T'es folle, on va se faire tuer. Je disais ça pour rire.

—Faut pas compter sur moi pour ça, fit Aubéline.

—Moi non plus, approuva Francine.

—C'est vrai, vous autres, vous êtes mariées, ce qui veut dire rangées comme des balais dans un placard, leur dit Michelle sans ménagement.

—Non, mais il y a des barrières entre les sexes qu'il ne faut pas franchir, et ça vaut dans les deux sens, s'insurgea Francine. Les gars ne viennent pas nous achaler ici; faisons pareil pour eux autres.

—De ce que vous êtes donc pas gaies! Pas gaies et pas 'games', hey monsieur! On en a pourtant fait des pas mal meilleures ensemble...

Grégoire ignorait lui-même que l'épreuve aurait lieu ce soir-là. Avertie par les gars, Paula avait non seulement profité de l'occasion pour convoquer ses amies à leur réunion traditionnelle avant le mariage de l'une d'entre elles mais s'était ainsi faite la complice de leur surprise-party, une complice malgré elle puisque leur fête aurait eu lieu quand même, de gré ou de force, et préférablement de force que de gré Toutes les fiancées y passaient. Elle avait donc voulu s'y soumettre de bonne grâce.

Lui se rendit donc travailler à sa maison neuve. Paula, pensait-il, viendrait le retrouver quelque part dans la soirée après sa journée entre amies, journée dont il se serait bien passé. Surtout que la Michelle Caron aux influences pernicieuses conduirait sans doute le bal comme de coutume.

Puis il s'occupa du train avec son père. Et après le souper, alors qu'il s'apprêtait à retourner à sa maison, les joyeux lurons vinrent le cueillir sous le regard résigné de sa mère et celui approbateur de son père. Il comprit que sa fiancée s'était effacée par exprès tandis qu'on le conduisait bruyamment à la salle du supplice qui, dépouillée de son austérité baptiste, serait envahie par les débordements d'une bacchanale masculine et québécoise.

Ils étaient là, à fumer et à boire depuis une heure, une trentaine de ses amis directs et des amis de ses amis, les rires gras, les éclats de voix, les chansons grivoises, les intentions malpropres.

Huit gros bras solides encadraient Grégoire. Il les fallait pour mater pareil bonhomme. On le soulevait presque de terre alors qu'on le traînait vers une tribune basse sur laquelle se trouvait une cage à cochon faite de barreaux sur les quatre côtés, et dans laquelle la victime fut enfermée et cadenassée.

Par chance, on avait pris soin de nettoyer la cage et de la peindre en blanc. Mais Grégoire ne pouvait s'y tenir autrement qu'assis. Il s'adapta vite à tout. Impossible de faire autrement. Et depuis le début qu'il gardait le sourire.

Jean-Noël Turcotte se rendit au microphone et, la voix espiègle, il annonça le programme:

—Mes amis, nous ferons tout à l'heure notre parade bien à nous. Bon, chacun sait que c'est jour de la Saint-Jean aujourd'hui. Ce que vous savez peut-être pas, c'est que le char qui transportait le petit saint Jean était fourni par la paroisse Saint-Jean. Eh bien, notre ami Rodrigue Busque a réussi à l'obtenir pour notre enterrement de vie de garçon. Ce qui veut dire qu'à la place du petit saint Jean frisé comme un mouton, nous autres, on va parader le grand Grégoire dans une cage à cochon. Bravo Rodrigue!

Des bravos applaudis fusèrent de tous les trente assistants dispersés à une dizaine de tables remplies de bouteilles de bière vides et pleines.

—Et ensuite, les amis, ensuite, on va revenir ici, on va barricader les portes et c'est là que notre ami qui a eu la mauvaise idée de se marier et de nous laisser tomber, va y coûter. Qu'est-ce que vous en dites?

Un concert de hourras se fit entendre, émaillé de quelques rires homériques venus de nulle part et de partout à la fois.

—Et... je peux vous assurer que vous aurez deux... je dis bien deux belles surprises. Des vraies belles surprises achetées... à Québec.... Ça va à votre goût, les gars?

Une grosse rumeur enchevêtrée, excitée, perverse, coiffa ses annonces.

—Rodrigue, t'es bon au volant, va donc nous chercher le char et amène-nous le devant. Les amis, pas besoin de préparer vos clefs parce que tout le monde va embarquer sur la plate-forme. Et... faut le dire à personne, mais on va emmener aussi quelques caisses de bière...

Son clin d'oeil augmenta l'esprit de la fête...

Aubéline et Francine ayant un souper à préparer et un mari à retrouver, Paula et Michelle étaient restées seules vers les trois quarts de l'après-midi. Elles se rendirent chez Paula pour y passer quelques heures. Le pied foulé paraissait encore dans la marche de la jeune fille mais il semblait bien qu'un traitement à l'antiphlogistine suffirait à guérir la blessure.

Elles discutaient de petits riens devant un digestif peu alcoolisé, Michelle bien affalée sur le divan et l'autre, la jambe allongée et le talon mis sur le repose-pied de son fauteuil. La main lui chatouillait d'appeler la mère de Grégoire pour tâcher d'avoir des nouvelles. Quand s'était-on emparé de lui? Avait-on dit ce qui se passerait? On n'abîmerait pas ses vêtements au moins? L'avait-on capturé endimanché?

Plusieurs bras forts furent à nouveau mobilisés pour transporter la cage et son occupant jusque sur la plate-forme. On la déposa à l'endroit même du trône de saint Jean-Baptiste puis tous les amis montèrent à leur tour excepté Jean-Noël qui ne serait pas de la parade puisqu'il devait entre-temps s'occuper d'aller chercher à un hôtel de l'autre bout de la ville les deux surprises annoncées et que tous savaient être des danseuses et peut-être même des prostituées de Québec.

Et le char s'ébranla.

On avait vu bien pire et souvent, comme démonstration. Des futurs mariés dénudés, barbouillés, enchaînés et parfois même, dans des parades du pire goût, crucifiés nus c'est-à-dire attachés avec des cordes à une croix qui symbolisait le mariage, ça se voyait couramment partout au Québec. Un rituel folklorique appelé à disparaître et à revivre au gré des générations et des modes. Comme le nationalisme.

Toujours campé dans une certaine dignité, Grégoire s'engonça dans une patience inébranlable sachant bien que les traitements seraient encore plus durs s'il résistait, tout comme lors d'une initiation des Chevaliers de Colomb où tous les cotons raides se faisaient casser par la chèvre, l'objectif du cérémonial étant d'humilier et de soumettre les nouveaux, ce qui valait à l'Ordre les plus belles bénédictions et les encouragements du clergé de toute la province.

Le parcours prévu consistait à déboucher de cette rue sur le boulevard Dionne, principale artère de Saint-Georges ouest, de le faire sur un quart de mille, de prendre une autre rue transversale jusqu'à la première avenue près de la rivière et de l'église, puis de remonter cette avenue jusqu'à la rue de la salle. Sans que personne ne le sache, on passerait donc aux trois quarts du chemin devant la maison où se trouvait le logement de Paula. Par bonheur, ses chances d'en avoir connaissance étaient minces puisque ses petites fenêtres donnaient toutes sur la Chaudière et pas une du côté de l'avenue.

En même temps qu'on avait réservé le char de Saint-Jean-de-Lalande pour promener Grégoire, on avait aussi requis les services du violoneux du char de tête de la grande parade de l'après-midi. Il fallait du bruit pour attirer l'attention. Et un violon parle.

L'oeil petit, une bière entre ses pieds et quelques autres sous le siège, Rodrigue conduisait le tracteur de ferme qui tirait le char. Il connaissait depuis toujours le quadrilatère à parcourir. En moins d'une heure, on serait de retour. En tout cas, on l'avait voulu ainsi. Il ajusta donc la vitesse en conséquence. Et puis, au besoin, on s'arrêterait quelque part pour donner le marié en spectacle.

Sur la plate-forme, les gars dansaient entre eux, bras à bras et bière au bout de l'autre. Le violoneux, minuscule personnage à cheveux prématurément blancs, ébouriffés par le vent, travaillait assis sur la cage à cochon dans laquelle la victime, les bras croisés et un sourire cloué au coin de la bouche attendait sans grogner que passe le pire.

Sur la rue résidentielle, on eut droit quand même à des salutations diverses. Des hommes profitèrent de l'occasion et s'approchèrent du char pour hériter d'une bière. Des femmes se demandaient qui était le futur. En deux endroits on le connaissait. "Je pense que c'est lui qui va marier la petite Paula Nadeau," dit une personne originaire de Saint-Honoré, femme d'un taxi qui avait dû déménager en ville pour survivre. "Ah! mais c'est le gars à Cyrille Poulin du rang de Saint-Jean!" s'exclama un homme du même âge que le père de Grégoire et qui connaissait tous les gens de sa génération puisque Saint-Georges au temps de sa jeunesse n'était pas un plus gros village que ceux d'alentour. "On vient de finir de bâtir sa maison," dit plus loin un journalier travaillant pour un entrepreneur.

Tandis qu'on s'engageait sur le boulevard achalandé, Jean-Noël cueillait les filles qui attendaient dans une chambre d'un hôtel au style taverne à la sortie de la ville est. Elles se présentèrent dans le lobby sitôt après son arrivée dans des vêtements qu'il jugea trop convenables eu égard à la tâche qu'on attendait d'elles.

—Moi, c'est Jenny, annonça la plus petite, et qui ne faisait pas cinq pieds.

—Je suis Carole, dit l'autre, une brune à cheveux longs et lâches, et qui transportait une petite valise que Jean-Noël supposa contenir des vêtements plus ollé ollé.

—Allons-y, je vous dirai en chemin comment ça va se passer.

—Attention, dit Jenny, c'est bien entendu qu'on fait tout ce que vous voulez excepté qu'on fait pas tout...

Il regarda autour de lui en proie à deux inquiétudes: qu'on entende et qu'on se soit mal entendu avec ces filles. Mieux valait régler la question dans l'auto et il ne dit mot tant qu'on n'y fut pas. Elles montèrent sur la banquette arrière. Il se tourna et ressassa les clauses du contrat verbal passé avec elles par téléphone:

—Vous faites tout, ça veut dire quoi? Et pas tout, ça veut dire quoi?

—Me semble c'est clair? fit Jenny la blonde en blanc.

—Écoutez, c'est un enterrement de vie de garçon, pas un baptême, ça, sacrement!

—Pas tout, ça veut dire le... sexe avec le gars. On n'est pas des...

—Bon, si vous pensez que c'est pour communier que vous serez là, autant retourner à Québec, hein, et tout de suite!

—Pas question de faire l'amour avec le gars, affirma Carole en tranchant la question d'un geste définitif.

—Ce qu'on veut, c'est un strip-tease... Vous allez en faire un mais vous allez déshabiller le gars...

—C'est normal, ça...

—Flambant nu.

—Pas grave, ça...

—Et va falloir lui toucher à la bonne place pour le faire gêner...

—C'est correct!

—Et le faire bander comme un cochon!

—Ça marche.

—Et lui danser à deux pouces du nez.

—On dansera.

—Comme ça vous faites tout.

—C'est ce qu'on a dit: tout excepté tout.

Après une pause, il demanda, la bouche de travers:

—Si jamais on veut tout tout, en payant un gros supplément?...

Les filles se consultèrent du regard et répondirent par des hochements négatifs et des moues d'un certain dégoût.

Il soupira et se remit droit derrière son volant, à moitié contrarié.

Sur le chemin de la salle, quelque part sur le pont, Carole soutint que c'était pour le bien de tous. Si on dépassait la grande barrière, le fiancé pourrait en vouloir à mort et pour des années à tous ses amis. Le geste constituait un levain de discorde entre lui et sa future. Il devrait lui mentir au maximum. Elle vivrait dans le doute et l'angoisse dès le début de son mariage. Faire tout ce qu'on voulait et tous seraient contents mais faire tout et ce pourrait être la catastrophe...

—Vous oubliez qu'on est en 63, pas en 53, dit-il en accélérant brutalement pour engager la voiture dans la montée de l'église de l'ouest.

—On serait en 93 que ça serait pareil, fit Jenny de sa voix pointue qu'elle lança vers la rivière.

Tout près de là, Paula se plaignait à nouveau de son pied douloureux.

—De l'antiphlo, c'est pas suffisant, soutint Michelle. Je peux aller te chercher une gaine du docteur je ne sais plus qui... Tu sais, une gaine élastique spéciale qui tient le pied au chaud et en place... Sûrement qu'il y en a à la pharmacie en haut et ce doit être ouvert même si on est le vingt-quatre juin.

Le char arrivait devant le cinéma où des dizaines de personnes attendaient aux portes que finisse le premier film après quoi on entrerait pour assister avec les gens arrivés de bonne heure à la seule représentation de la soirée du terrifiant Hitchcock.

Rodrigue consulta sa montre. On avait le temps de s'arrêter un bon dix minutes. Il gara le char sur un espace défendu mais qu'on libérerait aussitôt si devait s'amener la police, laquelle par ailleurs, en de tels cas, se montrait de la meilleure compréhension, les policiers étant les plus dévoués à ce type de fête, virile et endiablée mais située à l'intérieur des limites de la légalité.

Inspiré par les affiches du film et les cris joyeux des gens en attente, le violoneux leur lança:

—Nous autres, l'oiseau, on le tient en cage. Et il ne va pas s'envoler avant le vingt juillet. Et puis on a pour lui une toune de circonstance. Ça s'appelle *Alouette*. Et c'est l'hymne national des Canadiens français, d'abord qu'on n'en a pas d'autre. Les gars, ça nous prend un directeur de chorale...

Personne n'ayant l'air de bouger, c'est Rodrigue qui leva le bras pour s'offrir puis sauta sur la plate-forme. Il trouva un bout de branche qui lui servirait de baguette et, après les notes d'introduction du violoneux, il entama:

"Alouette, gentille alouette,
Alouette, je te plumerai.
Je te plumerai la tête...

L'homme commanda aux gens de bisser en même temps qu'il désignait la tête de Grégoire avec son bout de branche. Puis ce furent les yeux. Puis le dos. Et vinrent les fesses.

Jusque là, on riait rose.

Ce fut alors la queue.

Les femmes rirent jaune.

Et les gars rirent plus fort pour cacher qu'ils le faisaient malaisément.

La grivoiserie dérange plus que la morbidité, et les connotations sexuelles trop évidentes gênent cent fois plus que le spectacle d'un être humain écorché vif par des oiseaux fous furieux. La sexualité inquiète; la mort rassure.

Jean-Noël conduisit les filles dans une pièce voisine de la tribune, réduit étroit occupé par une table sur laquelle se trouvaient des livres de prières ainsi que plusieurs bibles que la communauté prêtait à ses fidèles aux offices pour les mieux convaincre de s'abandonner totalement à des forces supérieures bénéfiques capables de leur rendre la vie sur terre plus facile et dans l'au-delà heureuse parmi les rares élus dont ils seront.

Carole posa sa valise sur la table et s'en servit pour repousser les livres de prières qui mangeaient tout l'espace disponible. Et elle l'ouvrit et rejeta le couvercle en arrière. Apparurent des tissus diaphanes et polychromes, brillantés, contrastants.

—C'est quoi?

—Voyons... nos robes de strip, qu'est-ce que vous croyez?.

—Ah!? Merveilleux.

—Nous autres, dit Jenny qui sortit la première son vêtement, on n'est pas des enfants de choeur, on n'est pas des putains non plus, on est des artistes.

Enfants de choeur et putains, ça sonnait clair aux oreilles de Jean-Noël, mais artistes... Il fronça les sourcils.

—L'important, c'est que la fête réussisse.

—On va essayer.

—Dans la Beauce, on essaie et on réussit.

—La Beauce, toujours la Beauce, maugréa Carole...

—T'as quelque chose contre la Beauce?

—Mais non voyons!... Prenez pas la mouche chaque fois qu'on ouvre la bouche.

"Des putes, ç'a rien à dire!" soliloqua l'homme mais il se contint et laissa ses travailleuses à leurs préparatifs tandis qu'il se rendit à côté pour voir aux siens.

Il ne restait plus au fond de l'horizon que les rouges lueurs du soleil quand le char parvint à la première avenue. Au cinéma, un personnage venu à bicyclette à la ville s'était joint à la fête. C'est Grégoire qui lui avait lancé l'invitation de se joindre au groupe. Il suivait sans rien dire, intéressé par le côté intellectuel de la coutume, une coutume qu'en son esprit et dans sa plume, il associait aux joyeuses festivités beauceronnes du temps abénakis. Jamais il n'avait vu les détails d'une telle foire et l'occasion lui paraissait en or de les observer par l'intérieur.

—C'est Gaspard Fortier, un voisin, dit Grégoire à Rodrigue qui s'inquiétait de sa présence insolite.

On passa devant l'église. Saint-Georges sur son tertre et dans son immuable rage terrassait toujours le dragon. Seul Gaspard lui jeta un oeil qu'il dut aussitôt remettre à la conduite de son vélo qui, trop lent, devait tricoter sans arrêt pour ne pas dépasser le char.

—Il s'en vient un char allégorique et c'est Grégoire qu'on promène, dit Michelle essoufflée et qui revenait de la pharmacie avec la gaine de pied achetée pour Paula.

—J'espère que...

—Difficile de savoir... J'ai vu qu'il est dans une cage...

—Je vais voir...

—T'es folle, faut que tu montes douze marches...

—Quand même...

Et en claudiquant, Paula sortit et gravit les marches suivie sur les talons par son amie. Elle s'embusqua dans l'ombre et vit venir le char.

—J'aime autant ne pas être vue, mais moi, je veux voir.

—Ça n'a pas l'air si pire.

Assis côte à côte, cordés, bouteille scandée haut, les gars riaient et chantaient. Le violoneux jouait. Des yeux, Rodrigue n'avait de visible qu'une ligne rieuse entre les deux paupières et Grégoire semblait parfaitement à son aise.

—Il va nous voir, descendons un peu...

Quand elles se montrèrent à nouveau le nez, ce fut pour l'avoir dans un mauvais présage, ce voisin mystérieux et noir qui suivait le défilé sans avoir l'air de s'amuser comme les autres qui eux semblaient tous au moins au quart ivres.

—Cet homme-là, c'est un bizarre. Il vit seul voisin des Poulin. Pas proche trop trop et c'est une chance. Un ancien frère. Instruit. Pas trop propre. Et prophète de malheur. Et en plus qu'il était à Saint-Honoré le soir des élections il y a trois ans...

—Mais il est intéressant, ce bonhomme-là! Comment ça se fait que tu l'as connu avant moi? Toutes les chances te tombent du ciel, toi...

—Ah! Michelle, come on!...

Grégoire encagé fut transporté jusqu'à la porte par les hommes comme on l'aurait fait de la sedia gestatoria. Tous les gars sauf les porteurs se rendirent prendre place dans la salle et alors eut lieu l'entrée officielle du futur au son de litanies que chantait en les étirant le maître de cérémonie, et auxquelles répondaient en choeur les assistants.

"C'est Grégoire Poulin qui va se marier,
Ora pro nobis.
Avec la p'tite Nadeau de Saint-Honoré,
Ora pro nobis.
Pis la p'tite Nadeau va se faire organiser,
Ora pro nobis.
Avant ça, nous autres, on va l'aider à se préparer,
Ora pro nobis.
Et c'est à soir qu'il va y goûter,
Ora pro nobis.
Il avait ben beau pas nous lâcher,
Ora pro nobis."

Carole colla son oeil contre un trou pratiqué dans un panneau mobile servant de décor à la petite scène. À part le maître de cérémonie, on ne pouvait la voir. C'est le futur qu'elle voulait apercevoir. Elle retourna en hâte auprès de Jenny qui ne lui donna pas le temps de parler.

—Un boutonneux aux grandes oreilles, je suppose?

—Hey non... Il est beau comme un coeur... Un beau brun comme Gregory Peck... On change-tu le contrat?...

Les litanies se poursuivaient:
"Le grand Grégoire est pas capable de bander,

Ora pro nobis.
C'est pour ça qu'il va falloir l'initier,
Ora pro nobis..."

La cage fut déposée sur la tribune et les porteurs s'attablèrent à leur tour. Jean-Noël demanda que l'on prenne soin de barricader toutes les portes. Et il procéda à d'autres litanies qu'il avait écrites sur une fiche posée sur son lutrin.

Ensuite, il dit:

—Bon, les gars, on devrait peut-être accorder une nouvelle faveur à notre ami, qu'est-ce que vous en dites?

—Ça dépend c'est quoi? cria une voix.

—Une bière...

—Ouais, ouais, dit-on de partout.

—D'un autre côté, ça pourrait lui donner envie de pisser et il en profiterait pour s'échapper. Ça fait que vaut mieux le laisser assoiffé...

—O.K.! O.K.! cria-t-on de partout.

—Comme vous voudrez. Le peuple est souverain. Démocratie oblige. On le prive, c'est pour son bien. On le tient dans la misère, mais c'est pour son bien. Et si on le laisse dans sa cage, c'est aussi pour son bien. Les amis, je vais prendre un peu de relâche à mon tour et dans une demi-heure on aura pour Grégoire à peu près les deux plus grosses surprises de sa vie... À tout à l'heure!

Et Jean-Noël se dirigea du côté opposé à la pièce où se trouvaient les filles, vers un réfrigérateur caché à la salle par un rideau. Il s'y prit une bière et s'apprêta à retrouver un groupe d'amis. Mais Jenny le héla. Il vint à elle.

—Écoute, s'il faut niaiser encore longtemps, tu pourrais nous donner une bière au moins...

—Si vous payez pour, pas de problème!

—Tu l'ôteras de la paye, jeta-t-elle en le qualifiant dans sa tête de parfait mesquin.

Il repartit.

—D'abord que t'es inquiète de même, on devrait aller voir ce qui se passe là-bas, suggéra Michelle.

—Jamais de la vie! On va se faire...

—Tuer? Violer? Battre? Pas du tout et tu le sais. Le pire qui nous arrivera, c'est de se cogner le nez à la porte. Mais on frappera tant qu'ils n'ouvriront pas. T'as un maudit bon prétexte avec ton pied, là. Tu dis à Grégoire qu'il faut qu'on te reconduise chez le ramancheur demain. Ça va marcher, tu vas voir. Laisse Michelle t'arranger ça, ma grande. Pour y aller, on prend mon auto et voilà...

Paula grimaçait de douleur physique et d'angoisse morale...

De retour au microphone, Jean-Noël annonça la suite de la fête. Puis il se rendit au système de son au voisinage de la chambre des filles où se trouvait aussi le contrôle de l'éclairage. Il frappa dans la porte:

—Prêtes, là, vous autres?

—Ça fait longtemps.

—Préparez-vous...

—On est prêtes...

Il répéta ses directives:

—Quand la musique va commencer, sortez et rendez-vous sur la tribune, une de chaque bout de la cage et là, quand la lumière reviendra, vous danserez...

—Combien de temps?

—Tant que la musique durera.

—Dix minutes, quinze?

—Une demi-heure... et vous vous déshabillerez...

—Au complet la première fois?

—C'est pas comme ça que ça marche d'ordinaire?

—Ce qu'on te suggère, c'est un strip aux trois quarts. Dix minutes d'arrêt. Ensuite un strip complet...

—Parfait, et ensuite, on le sort de la cage et vous allez le déshabiller tout nu... Non, attendez, j'avais une autre idée et je suis en train de l'oublier. Un premier strip avec danse durant un quart d'heure. Dix minutes d'arrêt et là, un strip poker à trois, lui sorti de la cage. Ben, pas un vrai strip poker, là. Je vais juste couper les cartes et ordonner le déshabillage selon les résultats. Il pourra pas se sauver, on va l'enfarger et l'attacher après la cage... Et puis ça prend quelqu'un pour diriger le jeu un peu...

—C'est bon...

Ne connaissant personne à part Jean-Noël et Grégoire, Gaspard Fortier avait pris place tout seul à une table au

368

fond de la pièce. Quelqu'un lui donna une bière tablette en passant. Il la buvait à petites gorgées, mesurément, en discrétion. Pour la première fois de sa vie, il se trouvait plongé dans une atmosphère à la fois religieuse par le lieu, nationaliste par le jour et païenne par l'événement. Quel peuple de la terre aurait pu mettre au point pareille concoction? Il y trouvait presque motif suffisant à une sorte de fierté malgré toute sa marginalité et ses innombrables critiques à l'endroit de la nation...

La lumière disparut. Les voix baissèrent de moitié. La musique s'élança. C'étaient les Ventures, un groupe de guitaristes américains par qui juraient tous les jeunes musiciens de rock and roll.

Puis la lumière fut.

Elle révéla de chaque bout de la cage les jeunes femmes en couleurs chaudes, l'une tirant sur le bleu avec accessoires rouges, et l'autre sur le jaune avec ajouts verts. Sous les applaudissements nourris de cris, elles se lancèrent dans des pas qui ne se mariaient aucunement avec cette musique dont le ton et l'accent allaient aussi bien à un strip-tease qu'un éléphant aurait pu convenir à une sirène.

—Mes chers amis, voici nos deux grosses surprises de la soirée... La plus petite, Jenny et la plus grande, Carole... Pas des enfants de choeur, c'est certain, pas des putes non plus, hein... mais... des artiss...

Cette phrase étonna Gaspard. Il prit une gorgée de bière et croisa la jambe et les bras. À ce moment, il crut entendre quelque chose heurter la porte derrière lui mais le bruit, s'il en avait été un, disparut aussitôt dans sa mémoire. Et les voiles transparents qui ne séparaient les corps féminins des regards de convoitise des assistants que par leur nombre virevoltaient autour de la cage et du criminel d'occasion.

Gaspard avait rêvé. En tout cas, ce bruit présumé dans la porte, il ne s'agissait pas de Paula et Michelle qui, à ce moment même, montaient en voiture, non pour aller renifler sous les portes de la salle baptiste, mais pour se rendre en balade tranquille le long de la rivière sur le chemin toujours désert du côté ouest. On était à l'étape de la demi-mesure. Paula avait bien accepté cette randonnée. Son amie savait que le premier pas, et peut-être même le deuxième, les conduisant à la salle de la petite bacchanale était maintenant franchi.

Ce n'était pas pour faire mal que Michelle poussait fort pour qu'on se rende là-bas mais pour modérer les ardeurs des gars et empêcher le pire peut-être. Elle avait un plus grand respect pour Paula que pour sa meilleure amie, une fille de son voisinage qui ne s'était jamais mêlée au groupe de l'Institut. Un débordement excessif à l'initiation pourrait semer une très mauvaise graine dans le couple jeune. Quant à risquer de mettre Paula devant le spectacle navrant d'une scène scabreuse ou orgiaque, elle n'y croyait aucunement. Dès qu'on saurait qui cognait à la porte, toutes ces folies initiatiques dont elle connaissait l'existence mieux que d'autres prendraient fin sauf la bière sans doute et peut-être un état punitif dont Grégoire serait investi...

—Ça vaut pas de la marde, ta musique, pour un strip, dit Jenny quand la première danse fut terminée sans qu'un seul voile ne soit encore tombé.

—C'est de la bonne musique, ça!

—Oui, mais pas pour un strip que je te dis.

—C'est que vous avez de mieux? défia Jean-Noël.

—On a des disques exprès pour ça.

—Pourquoi que vous l'avez pas dit?

—Parce que t'as l'air de tout savoir. Tu veux tout mener à ta manière à toi... Nous autres, on est rien que des femmes... artistes...

—Christ de calvaire! c'est pas drôle d'avoir affaire à ces longs cheveux-là! maugréa-t-il en les suivant dans la pièce des bibles.

Grégoire s'endormait quasiment. Si ce n'eût été par là faire violence à ses amis et les inciter à le bafouer encore davantage, il aurait essayé de se trouver une position pour le sommeil et il aurait roupillé en attendant que passe une soirée plate dont il était la farce et le dindon. Mais l'espace réduit et les barreaux de bois dur pas assez drus ne le permettaient guère.

—C'est sur quelle rue, la salle de la petite fête des gars?
—Pourquoi tu veux savoir ça?
—Comme ça...
—On n'ira pas là certain.
—Écoute, on est en train de s'en aller vers Beauceville.
—Pourquoi me poser la question?
—Parce que j'ai derrière la tête d'aller passer devant tout à l'heure quand on va revenir.
—Je te le défends bien.
—C'est moi qui conduis.
—Dans ce cas-là, tu chercheras...
—Tu t'imagines bien, Paula, que la salle baptiste, ça fait des années que je sais où elle se trouve...
—Ah! come on, Michelle!

La musique venait de recommencer. Celle-ci s'habillait de désir et de séduction, d'une touche d'orient sur un fond de Herb Alpert et les Tijuana Brass, de tons polychromes et d'un rythme parfaitement mesuré, situé à mi-chemin entre l'érotisme et la pornographie. Les filles firent appel à tous leurs talents pour tourner autour de la cage et pour remplir la vue des assistants aussi bien que de leur victime.

Jean-Noël au micro, plus excité encore que devant un match de hockey, émettait sur la musique des onomatopées ou des commentaires en des mots exaltés:

—Iou hou... Mets-en Jenny! Arriba!... Au boutte!... Ollé! Torero!... Tiguidap, tiguidap, tiguidap...

Les voiles tombèrent un à un. Grégoire regardait, les bras croisés et le sourire figé, tel un vieux routier de ce genre de spectacles. Le plus osé qu'il avait pourtant vu à ce jour s'était passé dans une tente de danseuses lors d'une foire agricole au New Hampshire. Et le strip s'était alors arrêté au bikini rose.

Et tel qu'entendu avec le maître de cérémonie, le strip-tease ne dépassa pas là non plus les derniers dessous. Pour le moment...

Gaspard but de grandes gorgées. Son sang tournait plus vite. Ses connaissances et analyses n'empêchaient pas sa chair de s'ériger. Il n'avait jamais touché une femme de toute sa vie ni vu plus d'un corps féminin que ce que le cinéma et la télévision en livraient. Et ça s'arrêtait toujours aux formes rebondissantes de feu Marilyn Monroe ou aux décolletés plongeants de Jane Russell.

—Pouah! il entre de la poussière dans mon auto, dit Michelle en secouant la tête.
—Tu crois?
—Tu sens rien?
—Non.
—Au lieu de se rendre à Beauceville, on va emprunter le pont couvert à Notre-Dame et traverser la Chaudière pour revenir par la route d'asphalte. Autrement, on va s'empoussiérer jusqu'au fond de la tête.
—Comme tu voudras!
C'était le pont couvert dont la silhouette aux allures de chenille se découpait devant par la vertu de son éclairage faiblard, qui avait donné l'idée à la jeune femme de rebrousser chemin sans trop en avoir l'air et ce, pour revenir plus vite à Saint-Georges...

Des bras furent demandés sur la tribune. Grégoire se fit rassurant. Pas besoin. Il obéirait. Deux paires de bras vinrent malgré tout. Le futur fut extrait de sa prison puis enchaîné et cadenassé à trois barreaux. Avec une cage au pied, il n'irait pas bien loin. Et on mit près de lui deux boîtes à beurre sur lesquelles les danseuses pourraient hisser des parties de leur personne à hauteur du visage masculin.

La noirceur fut faite. Puis la musique reprit. Quelques lumières réapparurent: des projecteurs de diverses couleurs. Et l'effeuillage recommença, mais conduit, cette fois, par le maître de cérémonie qui coupait les cartes afin de désigner un perdant ou une perdante qui devait alors se dévêtir. Deux morceaux tombaient si une fille obtenait la plus basse carte. Et un seul si Grégoire perdait. Mais alors, ce sont les danseuses qui lui ôtaient sa pièce de vêtement. Pour sa chemise, à moins de le déchaîner, il fallait couper le tissu avec des ciseaux. Les filles avaient déposé tout l'attirail requis sur la cage: une paire de ciseaux, de la mousse à barbe en contenant à pression, un tube de rouge à lèvres, du mascara, des morceaux de gomme balloune.

Jean-Noël trichait pour que le jeu soit plus délirant. Bientôt, sous les applaudissements, les rires et les cris, les deux filles et Grégoire furent nus jusqu'à la taille. Jenny grimpa sur une boîte et promena sa poitrine à deux pouces du visage de Grégoire qui restait froid comme le marbre.

—Il fait son frais, notre gars, on va bien voir, dit le m.c. Continuez, les filles... Un valet pour Carole, un dix pour Jenny et un deux de pique pour Grégoire. Les culottes à terre...

—Les culottes à terre, dit l'assistance enivrée d'alcool et de désir...

Prises au jeu, exaltées de plusieurs manières par le pouvoir qu'elles avaient en mains, par la stimulation venue de la salle, par la bière, par le sentiment de se trouver au centre du focus, par leur propre chair, par cette masculinité de bonne apparence qu'il leur était loisible de consommer là même et par un certain sens artistique gauche mais réel, les effeuilleuses s'échangèrent un clin d'oeil signifiant: pas de quartier! L'une déboucla la ceinture tandis que l'autre caressait l'abondante et noire toison du torse nu. Puis ce fut la fermeture-éclair que Jenny fit descendre en faisant exprès de frôler le sexe que même s'il eût été pape et homosexuel, Grégoire n'aurait jamais pu contenir. En imitant la rage dans ses gestes, Jenny abaissa le pantalon jusqu'aux chevilles. Puis comme une hôtesse de la télévision américaine, d'un geste à main retournée, elle désigna cette lance pointée en avant à travers le slip blanc.

—Ce n'est pas du vrai, dit Jean-Noël, c'est rien qu'une branche qu'il s'est mis là pour faire semblant. Vous verrez, vous verrez... mais rien que tantôt...

Gaspard s'imaginait le père Brébeuf caressé par les Iroquoises et alors se surprenait que lui, l'intellectuel, puisse concevoir des pensées aussi incongrues et d'un goût aussi douteux. Cela procédait en son esprit de quelles aberrations, cela naissait de quelle basse-fosse de son âme? Puis il se pardonna. Son vécu, ses connaissances et la situation présente avaient simplement fait jaillir spontanément une vision dans son imagination. Picasso aurait eu la même peut-être? C'était de l'art. De l'art moderne...

À force de le répéter, Grégoire réussit à envoyer une des filles demander à Jean-Noël de venir à lui. Son ami s'amena.

—Allez pas trop loin, les gars, sacrement! Si ça se sait, ma blonde voudra plus rien savoir.

—Mais ça se saura pas... Ça se sait jamais! Des secrets d'homme... Personne a intérêt à conter ça. Les petites méméres avec des principes grands comme ça, ils vont pas à des enterrements de vie de garçon, vu?

—Quand même...

L'autre retourna au micro et entre deux plages de la musique, s'adressa aux assistants:

—On arrête ou on continue?

—Le 'fun' commence rien que, dit une voix.

—Ouais, dirent les autres dont celle de l'ermite Gaspard, emporté lui aussi par l'euphorie du moment.

—Dans ce cas-là, on coupe les cartes... Une dame pour dame Jenny. Un neuf pour dame Carole et... un sept pour Grégoire. Ça va lui coûter son slip, je pense.

Mais avant d'obéir au maître de cérémonie, les filles, le temps de quelques entrechats, firent sauter les voiles qui restaient sur leur corps ainsi que la petite culotte. Dans la salle, plusieurs bouteilles fébriles se montrèrent le fond... Chacune des filles rua de l'arrière-train à quelques reprises en leur direction.

Malgré sa volonté, Grégoire n'arrivait pas à concentrer son esprit sur ailleurs que le ici et maintenant. Rien ne collait à sa pensée. L'embarras restait muet. Plutôt que la peur de ne pas s'ériger qui empêche beaucoup d'hommes d'y arriver, il craignait lui de s'ériger et cela le faisait s'ériger encore plus.

Carole eut l'honneur tandis que Jenny frôlait de ses doigts de fée féline des endroits plus intimes que le torse et les épaules.

Le slip tomba. Grégoire demeura hébété, impuissant dans sa puissance maximum, torturé par le plaisir et le remords, par le désir et la menace, tous les muscles tendus à craquer et pourtant abandonné...

Sa volonté agissante n'était pas là. Que l'on fasse de lui ce qu'on voudra! Il n'était pas responsable. Donc pas coupable. Quand on est gouverné par plus fort que soi, le seul choix qui s'impose, c'est d'obéir.

"L'espèce humaine ne survivra que si elle est détruite par un cataclysme, une maladie contagieuse mille fois plus efficace que la tuberculose ou bien une guerre nucléaire," pensait Gaspard que le sexe de son voisin complexait bien un peu. Aussitôt, il chercha le lien entre les deux choses, entre cette idée apocalyptique et l'organe de vie à la nudité choquante qu'on exposait à la vue de tous dans un rire stupide... Il crut trouver. La vie tue et la mort donne naissance... Ce sexe étant létal, il faut le tenir caché. Et la destruction étant vitale, il faut donc la concevoir et la voir comme le faisait si bien Hithcock dans *Les Oiseaux* que le solitaire naturiste avait vu la veille au soir.

La fête nationale avait amené beaucoup de Beaucerons à Saint-Georges. Plus qu'en un soir de triomphe électoral. Et les rues avaient du mal à digérer toute cette circulation allant et venant d'une ville à l'autre qu'en pareil moment, la Chaudière réunissait plus qu'elle ne divisait comme les autres jours de l'année à part Noël et le Jour de l'an.
Michelle fut bloquée à l'entrée du pont.
On se rappela avec beaucoup de rires cet incident qui avait valu à des abuseurs un formidable coup de fusil dans le coffre arrière de leur auto.

Et l'on riait à gorge déployée dans la salle baptiste lorsque Carole se mit à masturber la victime. Pendant ce temps, sa compagne mâchait elle aussi de la gomme et peinturlurait le visage de Grégoire en le frôlant parfois de son sexe pour ajouter aux rires gras de la salle.
—Il est bandé comme un cochon, mais vous allez voir que ça tiendra pas longtemps, dit le M.C.
—Moi, je gage pour quinze minutes ou plus, s'écria une voix.
—Combien?
—Dix piastres la minute.
—Ça marche!

Les filles s'amusèrent ensuite à étirer leur gomme et à l'appliquer sur le pénis. Grégoire hochait la tête et adoptait une respiration de chien pour chasser les plaisirs impossibles mais sans aucun succès.

Enfin le pont fut franchi. Michelle passa tout droit à l'intersection de la première avenue. Paula soupira mais ne dit mot. En son for intérieur, quelque chose approuvait son amie de vouloir les conduire à la salle des gars. Une sorte de sentiment prémonitoire...

Jean-Noël fit venir Jenny à lui puis l'emmena au réfrigérateur d'où il sortit un contenant de crème glacée qu'il posa sur une table à côté. À l'aide d'une cuillère il sculpta une grosse boule qu'il écrasa sur un cône. La danseuse reçut pour mission de frotter la victime avec l'objet un peu partout en prenant soin de ne s'arrêter nulle part pour ne pas causer d'engelures.

À sa suite, Carole verrait à coller sur toute la peau en utilisant la crème glacée comme adhésif, de la plume qu'un oreiller éventré à une extrémité fournirait en abondance.

—Dommage, j'aurais voulu qu'on se le fasse, ce gars-là! dit Carole à l'oreille de sa copine.

L'autre murmura:

—Fais-toi le et en même temps, je vais le barbouiller; comme ça, tout le monde sera heureux.

—O.K.!

Elles exigèrent qu'on le fasse s'étendre sur le dos. Il fallut l'enchaîner autrement. La crème glacée commençait à fondre. Un nouveau disque s'imposait. Cette fois, elles dirent que le temps des Ventures était venu. À l'arrière, Gaspard entendit nettement frapper à la porte. Il haussa les épaules. Ce qui se passait dehors n'était pas plus de ses oignons que ce qui se passait devant. La musique claqua. Les assistants s'étiraient le cou pour mieux voir le traitement de faveur et de saveur qu'on infligeait au futur. Jenny y allait mollo. Carole, molto! Michelle sauta pour tâcher de voir à l'intérieur par une petite fenêtre haut perchée au-dessus de la porte. Gaspard fut encore alerté par le bruit qu'elle fit en retombant à pieds joints sur la galerie. Il tourna la tête et aperçut celle de la jeune femme qui sautait une seconde fois, et plus haut que la première.

—Pas moyen, c'est trop haut. Tu sais ce qu'on va faire, je vais te faire la courte échelle...

—T'es folle.

—Envoye, envoye! Ils ne te verront pas en dedans.

Et Michelle s'accroupit.

—Grimpe avec ton bon pied.

Paula obéit. Son visage atteignit la fenêtre étroite. Un cri énorme jaillit d'elle. Une vision d'horreur se jetait sur son âme. Sa gorge se noua terriblement et son coeur fut sur le point d'éclater. À quelques pouces de ses yeux de l'autre côté de la vitre, le visage terrifiant de Gaspard Fortier lui apparaissait, et la surprise lui donnait l'air d'un personnage d'outre-tombe sorti tout droit d'une histoire extraordinaire d'Edgar Poe.

L'homme descendit de sa chaise aussi vite et maladroitement que Paula dégringola du dos de Michelle pour atterrir sur son pied retors qui lui arracha un second cri de mort. Et il courut à l'avant.

Carole arrivait au point ultime, à celui de non-retour, au moment de s'accroupir pour consommer cet inconnu que de la plume transformait maintenant en oiseau rare.

—C'est sa blonde qui est sur le perron, cria Gaspard à Jean-Noël qui n'en crut pas ses oreilles.

Et l'homme demeura en obstacle dans le champ de vision de ceux qui auraient voulu regarder le corps de la victime. Il insista pour se faire entendre encore. Ce fut à ce moment comme si tout le Québec avait été en totale déban-dade.

Les filles ramassèrent vite leurs guenilles et coururent s'enfermer dans la pièce des livres de prières. On déchaîna Grégoire qui avait perdu érection et velléité d'érection. Il put relever son slip et ses culottes à moitié mais sa ferme-ture-éclair s'enfargea dans des plumes et resta coincée en même temps que ses pensées restaient bloquées. Jean-Noël se rendit à la porte arrière. Il chasserait ces intruses. Elles n'avaient aucune excuse. Car il ne doutait pas un seul instant que plus d'une personne soit là. Mais sa conscience était terriblement travaillée par la crainte que Paula ait pu apercevoir plus qu'il n'en fallait... Le mieux serait d'ouvrir la porte pouce à pouce, de sonder, de percevoir, d'aviser à mesure...

Il vit qu'on n'avait rien vu. Subitement inspiré, il se dit qu'il fallait aller plus loin et faire éclater l'innocence au grand soir. Qu'elles entrent cinq minutes avec sa permission mais qu'elles s'en aillent aussitôt après! Le prétexte était fondé. Paula marchait péniblement. On se rendit devant. Toute son attention se porta sur Grégoire. Et la sienne sur elle. Il montra beaucoup d'aise. Elle en fut rassurée. Il la conduirait à Saint-Victor voir le ramancheur à la première heure le jour suivant.

Pendant ce temps, Michelle apercevait sur la cage à cochon le mascara et le rouge à lèvres oubliés qu'elle ramassa discrètement. Et elle enquêta du coin de l'oeil tandis qu'on entourait les futurs. Son flair la conduisit à la chambre des livres de prières. Elle ouvrit la porte. Posa les objets sur la table. Renifla. Referma la porte et dit à Paula qui la rejoignait:

—C'est la chambre de la vérité.

Et les jeunes femmes quittèrent la tribune puis la salle tandis que cachées par une nappe longue sous la table de la petite pièce, assises chacune sur une bible, les danseuses mâchaient de la gomme en prenant soin de ne pas faire éclater les ballounes qu'elles laissaient plutôt s'avachir en chuchotant comme des vessies trouées...

Paula repartit soulagée; et ce soir-là, elle dormit malgré son mal de pied, ignorant, et à jamais, que son mariage venait d'être sauvé par Gaspard Fortier et sa face hirsute et blanchâtre, et sa pensée d'intellectuel fouineur...

Grégoire pour sa part dormit aussi, mais d'un sommeil un peu plus agité. Sans le savoir, Paula l'avait épargné d'un viol. Fallait-il y voir l'intervention du ciel au dernier moment? Après tout, c'est dans une maison du Seigneur qu'avait eu lieu la grande foire... Une pensée oecuménique permettait maintenant de concevoir comme possible un miracle... baptiste...

******

Chapitre 16

Le 19 juillet 1963.

Que pour le jour suivant pourtant, 'l'éclipse éclipsait' déjà presque tout. On en parlait de la rivière Outaouais jusqu'aux frais confins de Natashquan. Une vraie éclipse québécoise que des savants du monde entier viendraient étudier. On en était fier comme de nos montagnes, de nos forêts et de nos lacs. Une éclipse bien à nous. On verrait bien de par le monde de quoi le Québec était capable. Des Kleenex se vendaient par tout le pays pour essuyer les verres fumés et surtout ceux que l'on fumait spécialement pour l'occasion et qu'il faudrait ensuite décrasser.

Ce lendemain serait donc jour sombre des plus brillantes exaltations. Celles du soleil et celles des coeurs. L'événement, parce qu'il modifie les substances générées par le cerveau, change l'homme. Et pour cela, le groupe social punit les non coupables et glorifie les criminels, car on ne sait pas que le coupable est non coupable et que le criminel s'habille en honnête homme. Anarchie aux dehors encadrés des règles les plus pures, et qui stimule le changement tout en rassurant la communauté. Chaos infernal et fécond que pour dormir tranquille on regarde à travers des verres aux noircissures soigneusement choisies afin d'éviter aux rétines de s'abîmer.

Mais ce demain de son mariage et de l'exceptionnel astral, il était encore à bien des années de lumière de Paula.

Dans sa chambre d'autrefois à Saint-Honoré, sous dix prétextes absolument futiles, elle essayait une dernière fois sa robe de mariée. Ce n'est pas qu'elle voulait ajuster la robe à sa personne, mais sa personne à la robe. Comme toutes les nouvelles mariées, elle manquait sérieusement de pratique. Le buste tordu, elle tâchait d'y voir derrière le plus loin possible.

Lucie vint et s'accrocha un talon au chambranle de la porte pour assister au spectacle qui la remplissait d'une sorte de tristesse grandiose.

—La plus belle mariée jamais vue à Saint-Honoré.

—Come on! J'ai rien que l'air d'une aînée de famille...

—De quoi ç'a l'air, une aînée de famille?

Paula ricana et ouvrit les bras devant son image dans le miroir:

—De ça...

—De ça quoi?

—Sais pas... Je devrais marcher sur des grands nuages et pourtant, non.

—Les nuages, c'est pour demain.

—Qu'est-ce que tu en sais?

—Je suppose...

—Non... la plus belle mariée de Saint-Honoré, ce sera toi, Lucie. Tu vas éclater de toutes sortes de sentiments... Moi, les miens, j'ai la manie de les aligner dans une colonne de chiffres, de les compter, de les mesurer... C'est plate, ça... Bien sûr que les chiffres sont bien plus élevés dans le cas de Grégoire que dans celui de Fernand et des autres, mais je voudrais donc dépasser l'amour et vivre dans l'amour fou pour quelques heures.

—Tu sais quoi? J'ai vu Esther. Elle m'a dit qu'elle avait fait faire des pratiques supplémentaires à la chorale pour ton mariage...

—J'ai assez hâte qu'elle me voie à l'église.

—Tiens, s'étonna faussement Lucie, ce n'est pas un sentiment chiffré, ça!

—Ben... non...

—Il faut que tu les remarques, ceux-là aussi.

Paula qui jusque là regardait sa soeur par le miroir se tourna. Elle lui transmit beaucoup de reconnaissance et d'affection sans dire un mot, pendant un long moment puis, dans un mouvement naturel et irrésistible, elles se précipitèrent dans les bras l'une de l'autre.

—On va toujours rester unies, tu veux?

—Si je veux? Mais tu es l'être le plus important pour moi, Paula, tu le sais.

Elles se séparèrent et se tinrent par les mains en se regardant.

—Comment ça va en dedans de toi maintenant, Lucie? Beaucoup mieux, on dirait...

—Je me sens parfaitement libérée... Pas de moi-même, mais des choses malheureuses de mon passé...

—Vraiment?

—Oui... je crois.

—Le temps?

—Le temps... et les événements. Je veux dire la vie... Et puis il y a Maurice... Et il y a le fait de m'en aller à Saint-Georges pour deux ans, de changer de milieu, d'aller à l'Institut... Je me souviens comme ça t'a changée, toi, et je me dis que ça sera pareil pour moi.

—Tu vas te sentir bien dans mon logement. La paix, la sécurité. J'irai te voir souvent. Tu viendras à la maison...

*

Grégoire aussi s'affairait à l'inutile cet après-midi-là. Il visitait ce bungalow de style canadien qui verrait grandir ses enfants et dont il était pleinement satisfait. Des meubles de bonne qualité donnaient déjà une certaine présence à chaque pièce. Et dès qu'ils occuperaient officiellement les lieux, une âme, la leur, se glisserait dans tous les matériaux, et par une alchimie d'ondes issues de la terre, du lieu cosmique, des éléments physiques de la demeure plus les leurs mélangées, un esprit neuf naîtrait et vivrait là tant que la demeure existerait, une personne morale dont il s'imaginait l'essence comme celle-là d'une compagnie incorporée. Grégoire, en bon Québécois, était homme à se figurer plus aisément une image juridique qu'une image métaphysique.

Il regardait par la fenêtre de la cuisine la confluence au loin de la Du Loup et de la Chaudière sans penser aux hiers de ce paysage que des habitations commençaient à défaire et encore moins à ses futurs, et voilà qu'on frappa discrètement à la porte. Qui donc le savait là? Il était venu à pied. Qui pouvait ainsi se présenter dans les chaussures feutrées d'un chat sinon cet original de Gaspard Fortier? Ou bien la devanture de la maison possédait-elle une fière majesté québécoise qui imposait le respect craintif à ses visiteurs?

Il se rendit ouvrir. C'était l'homme qu'il avait cru.

—Entre, Gaspard, viens t'asseoir.

—Dérange pas trop? dit l'autre qui entra sans beaucoup lever les yeux selon son habitude.

—Mais non, je niaisais.

—Bon!

On prit place au salon, une belle grande pièce un peu sombre aux accents de rouge et d'or, sur un divan beige, long et profond.

—Tu veux une bière?

—Fait chaud. C'est pas de refus.

—Quel bon vent t'amène? dit Grégoire qui se rendit dans la pièce voisine.

—Une visite d'amitié! Et puis, je voulais savoir si tout est à ton goût et à celui de ta... femme?

—On ne peut mieux. Tout ce que tu as supervisé a été bien exécuté. Le reste, il y a quelques petites coches mal taillées, mais c'est endurable.

—Content de savoir ça!

Grégoire ajouta des considérations vagues. Le bruit du décapsulage des bouteilles et de la bière qui respire parvint à Gaspard qui promenait son regard sur le luxe mesuré et d'un certain bon goût des lieux. L'autre revint, tendit la bouteille et un verre, et prit place à l'autre bout du divan.

—C'est quelque chose, hein, à mon âge, d'avoir déjà sa grosse maison flambant neuve?

—C'est le progrès qui le veut, soupira Gaspard dont le souci planétaire venait de se faire secouer par la phrase du jeune homme.

—Et les revenus qui le permettent. Et surtout le crédit.

Gaspard se versa un demi-verre de blonde mousseuse en disant:

—Je me demande si nos enfants... enfin tes enfants en auront autant au même âge.

—Tu parles souvent d'avenir, et il te semble assez sombre, on dirait.

—Il l'est. Si on fait des calculs sur l'accroissement de la population mondiale, dans cinquante ans, on sera tassés comme des sardines et on va manquer de place, d'air, de bois, d'essence, de nourriture, de tout... Par chance, moi, je serai mort et je ne verrai pas ça.

Voilà que le vieux schnoque divaguait encore, soliloqua son hôte. Et pourtant, au fond de son âme, quelque chose remuait quand le bonhomme donnait son opinion. Comme s'il avait été au fait de choses inconnues du reste de l'humanité et que dans son for intérieur, Grégoire avait pressenti cette sagesse prémonitoire. Ce qui le conduisit à une chose bien plus pragmatique.

—Vois-tu ça dans ta boule de cristal, une ferme de trois, quatre cents vaches pour Grégoire Poulin?

—Pas besoin de boule de cristal, c'est là, au bout de tes bras.

L'homme noir prit une gorgée. Un peu de broue demeura au-dessus de sa lèvre supérieure. Il poursuivit:

—Moi, si j'étais à ta place, je m'orienterais plutôt vers les chevaux que vers les vaches.

—Mais voyons, les chevaux, c'est en perte de vitesse, ça. L'avenir est aux vaches.

—À court et moyen terme, ce sera comme ça, mais à long terme... Le gras du lait, donc du beurre et du fromage, c'est une substance mauvaise pour la santé et un jour ou l'autre, les gens n'en voudront plus. Et la vie sera dure pour les producteurs laitiers. Par contre, peu de gens vont se lancer dans l'élevage chevalin et plus une chose est rare, plus elle paye: c'est la loi de l'offre et de la demande.

—Quelle demande pour des chevaux dans vingt ans?

—Le sport, mon ami, le sport. Les courses. Surtout l'équitation. Le cheval est une belle bête noble et qui pourrait même revenir à la mode un jour pour simplement transporter les gens.

Grégoire s'esclaffa:

—Hey, Gaspard, pousse mais pousse égal!

L'autre chantonna, la tête en biais:

—Hein... c'est encore drôle! Tu sais, mon jeune ami, le présent est en train de se lancer en avant. En accélération si je peux dire. Et quand le présent s'emballe, le passé prend à son tour tous les droits de fuir vite. Et l'homme alors, au lieu de prendre en mains un certain contrôle du temps, le perd chaque jour davantage...

—Je comprends pas un mot de ce que tu dis là...

—En d'autres mots, l'avenir est aux vaches; le diable est aux vaches; donc le diable est à l'avenir...

"Il est fou raide, ce calice-là!" pensa Grégoire. Mais il dit entre deux gorgées vivement espacées:

—Ta bière est pas 'flat' toujours?

—Non, non, ben bonne...

—Peut-être que t'aurais aimé mieux une Molson?

—Oui, mais celle-là est pas mauvaise...

*

Toute la soirée, Paula eut le désir d'appeler Grégoire. Pour qu'il la rassure un peu. Pour qu'elle dorme mieux. Pour savoir par le ton que la grande décision serait la bonne. Pour ajouter un geste nerveux à d'autres gestes nerveux. Un fois, elle se mit un frein par quelques mots échangés avec Hélène. Une autre en écoutant du Elvis au salon. Une troisième en jouant quelque chose au piano. Lucie à l'affût se manifesta bien aussi à quelques reprises au bon moment.

Elle veilla jusque près de minuit pour se mieux fatiguer et se vider d'énergies. Le manège lui réussit. Dès qu'elle fut sous le drap, elle sombra dans un sommeil assommé voisin du coma malgré la chaleur du jour qui traînassait encore sous les combles et dans les chambres.

Une infime fraction de temps plus tard, ses deux yeux se rouvrirent en éclatant comme du pop corn. Les aurores commençaient à chuchoter à sa fenêtre. Les fraîches de la nuit continuaient de se répandre dans la pièce par le treillis des moustiquaires. On était le vingt juillet 1963, brillant jour de mariage et d'une mémorable éclipse solaire qui ajouterait à son caractère impérissable, et qui les accompagnerait dans l'après-midi comme un heureux présage à leur départ pour le grand voyage de la vie commune et celui de la lune de miel les conduisant vers Lake George dans l'État de New York.

Matinale comme le jour, la mère de Grégoire lui cria, la voix longue et reposante à travers un grillage de chaleur obsolète jamais bouché et qui permettait de livrer un message au deuxième étage sans devoir y monter.

–C'est le grand jour qui est arrivé... Si tu veux pas le manquer, faut te lever... Et pour te lever, faut d'abord te réveiller...

Dans sa chambre, le jeune homme sourit. Comment se réveiller quand on n'a pas dormi de la nuit? Seulement fermé l'oeil pour scruter la noirceur et essayer de mesurer l'avenir... Une mouche avait été sa compagne des heures perdues. Il avait entendu le vrombissement lourd de ses ailes à quelques reprises. Ce devait être une grosse noire qui déménageait sa vie déclinante d'un mur à l'autre. Il chercha du regard pour la voir, solitaire et sombre sur les murs bleus. Il ne l'aperçut nulle part.

Ses mains tout huileuses des résidus de la sueur nocturne l'incitèrent à se lever pour aller se rafraîchir sous la douche. Il le fit en marmonnant à l'endroit de sa mère qui insistait sans aiguiser la voix.

–Oui, maman, je me lève.

–Et je te prépare un bon gros déjeuner avec du café en masse.

–Je prends ma douche et j'arrive.

–Prends le temps qu'il te faut... pourvu que tu te présentes à l'heure à ton mariage.

Il fut bientôt dans la salle de bains, sous le jet pressé qui ravivait ses pensées et sa substance charnelle. Tout le long de l'exercice, il vissa sa pensée à sa jument isabelle et à un immense étable rempli de chevaux... C'était la meilleure façon d'oublier ses inquiétudes quant à la réussite impeccable de cette journée et ses angoisses quant au succès de sa nouvelle vie.

Au moment de quitter la douche, il vit ce qu'il crut être une mousse de serviette ou un résidu crasseux venu d'un endroit inaccessible entre les tôles. Penché, il comprit que c'était plutôt une grosse mouche noire noyée et toute recroquevillée sur elle-même dans sa mort...

*

Il fallait qualifier cette journée de superbe. Rosaire, dehors, espaçant des petits pas dans la cour le long de son auto regardait le village et le ciel bleu à belle couleur fraîche. Il n'aurait jamais pu lui-même sélectionner au hasard meilleure date pour marier sa fille aînée, sa dévouée Paula capable de lui tenir tête et qui était devenue une femme à peine entrée dans l'adolescence de par toutes ces responsabilités qui lui avaient échu après la mort de sa mère voilà dix ans et quelques mois.

Il se demandait si Rita viendrait à l'église depuis son monde de l'infinitude ou bien si son esprit demeurerait dans d'autres espaces inimaginables. Sa gorge se noua un moment, mais ce n'était pas tant au souvenir de son épouse décédée qu'il rengorgea une larme qu'à la pensée d'un fils perdu. Car Julien n'avait pas donné signe de vie malgré le faire-part qu'on lui avait adressé en même temps qu'à tous les autres invités. Et il était maintenant trop tard pour espérer sa venue. Il arrivait parfois de ses pensées aussi intolérables que fugitives et parmi lesquelles le père doutait du sens du destin qui avait ravi à la famille le jumeau peut-être le meilleur, Herman, et choisi de laisser vivre le rebelle...

Maurice était venu prendre Lucie et Hélène. Il ne restait plus que d'attendre Paula qui courait d'un travers à l'autre de la maison depuis l'aurore et qui avait eu l'audace de boire du café en robe de mariée. Il consulta sa montre puis s'en ficha. L'avantage avec un mariage, c'est que le prêtre ne peut aisément entreprendre la messe sans les mariés et qu'il serait bien mal venu de les sermonner sur la question.

Enfin, il entendit la clenche de la porte intérieure puis l'autre. La jeune fille parut sur la galerie dans ses satins et ses voiles, blanche et brillante sous le soleil encore jeune dont des rayons surplombaient maintenant l'église, le regard ayant l'air de dire 'papa faut-il vraiment y aller?'.

Cependant, elle se donna la réponse à elle-même; et, se retournant, elle enserra le gros cadenas noir entre ses mains sur les crampes. Et le déclic se fit entendre comme une sorte de décision finale et irrévocable.

—Papa, pleurnicha-t-elle avant de descendre. Tu as encore fait ton vieux noeud simple de cravate. Comment ça se fait qu'Hélène ne l'ait pas vu? T'es emmanché comme le père Gédéon.

—Le monde regarde pas ça, voyons donc.

—Défais-moi ça que je le refasse pour toi.

Depuis l'entrée d'Hélène dans la maison, Paula tutoyait le plus souvent son père. Les premiers temps, ça l'avait énervé puis il s'était mis à trouver ça rajeunissant. Au fond, il désirait qu'on l'aide avec son noeud mais ne l'aurait jamais demandé à quiconque.

Elle tint son bouquet de marguerites d'une main et souleva sa robe de l'autre puis descendit l'escalier.

—Ah! on n'a pas le temps, dit Rosaire en regardant sa montre une autre fois.

—Envoye, envoye, ôte-moi ça. Le vicaire attendra...

Elle lui fit tenir son bouquet tandis qu'elle accomplissait l'opération. Puis Rosaire ouvrit la portière; et en précaution, la mariée fut bientôt sur la banquette avec encore rien de sali ni de déchiré, et un père bien cravaté et présentable.

On passa devant chez les Dulac. Aucune odeur de renards ne leur parvint. Même le vent s'appliquait à rendre la journée impeccable. Et quand on fut sur la rue principale, Paula se revit cinq ans auparavant dans la décapotable de Gaétan, en route pour la noce de son père. Une chose était sûre et heureuse: André Veilleux ne serait pas sur le perron du magasin général, cette fois, mais dans l'église avec les invités et Aubéline, sa meilleure amie avec Michelle Caron.

Le souvenir de Martine lui traversa aussi la mémoire quand on passa devant chez les Martin. Sa meilleure ennemie devenue ensuite une si bonne amie puis disparue avant son temps, victime d'elle-même et de son éducation trop exigeante! Qui aurait pu dire qu'il n'arrivait jamais rien à Saint-Honoré? Celui-là ne connaîtrait pas la vie de Paula Nadeau.

Elle passa le reste du parcours à plaindre les natifs de Montréal privés de tout dans leur isolement urbain. Pas d'aveugle qui creuse des fosses la nuit et sonne trois cloches à la fois. Pas d'idiot du village qui s'est fait l'ennemi juré -et jurant- des automobiles. Pas d'accidents spectaculaires qui vous éborgnent un adolescent et le rendent plus voyant. Un curé qui vous prêche les gens parce qu'ils achètent de la saucisse le dimanche. Une

Esther Létourneau qui se momifie par amour. Un vicaire qui se tue bêtement dans sa chasse à la perdrix. Pas de descendants d'Abénakis déambulant sur la rue avec une charretée de viscères chaudes... Ni Jos Page, ni Philias Bisson, ni Bernadette qui promène sa bonne humeur d'une porte à l'autre. Personne qui ne puisse compter sur deux cents maisons différentes et deux cents familles chacune avec sa couleur spécifique et belle. Non, rien d'autre que du béton à Montréal! Que des êtres anonymes et hagards vus le plus souvent de dos, un dos aux allures de faux-fuyant! Et pourtant, beaucoup de hauteur pour regarder ces campagnards pas trop déballés! L'éternelle jalousie de la quantité devant la qualité!

Personne sur le perron du magasin en effet, vit-elle de loin. Mais à hauteur de la grotte, elle aperçut Bernadette qui émergeait de quelque part derrière sa maison, courbée encore plus que d'habitude par l'addition au poids de sa réflexion d'un seau de métal et d'outils de sarclage qu'elle transportait vers son jardin situé de l'autre côté de la rue, voisin de la maison des Martin.

Elle s'arrêta comme toujours chaque fois qu'il lui fallait traverser la rue, et l'auto de Rosaire entra dans son champ de vision périphérique et d'audition. Elle dut redresser la tête pour voir sans être gênée par son grand chapeau de paille jaune cernée d'un ruban rouge. Son regard s'éclaira devant le sourire béat de Rosaire et celui divin de Paula. La publication des bans lui revint en mémoire. Et le visage de la vieille demoiselle s'habilla aussi d'une jolie robe de mariée que le doux soleil du matin rendit éclatante de blancheur.

Et elle s'exclama en riant comme pour s'adresser à tout le village mais que personne n'entendit:

—Si c'est pas la plus vieille à Rosaire qui va se marier! Pis j'pense que c'est avec un p'tit gars de Saint-Georges...

Puis l'émotion vira aux larmes à peine retenues quand la femme entra dans son jardin. L'image des derniers souffles de la mère de Paula lui revint en mémoire. Dieu aurait bien pu faire un effort et la prendre, elle, l'inutile vieille fille aux idées ratatinées dont pas un homme n'avait voulu au lieu de cette pauvre Rita si jeune et mère de plusieurs enfants en bas âge...

Il y avait beaucoup de mauvaises herbes dans ses rangs d'oignons. Elle soupira et se plia en avant pour commencer à les extirper en se résignant devant les voies si impénétrables du Seigneur...

Rosaire ajusta sa cravate puis ouvrit la lourde porte de l'église à sa fille qui entra devant lui dans le tambour. Elle se pencha en avant pour voir si sa robe tombait correctement. Et ce fut l'autre porte qui s'ouvrit devant elle par le bras de son père. Alors elle pénétra dans un monde nouveau, dans ce lieu qui n'était plus l'église de son enfance et de son adolescence, mais le point focal de toute son existence. C'est que ce temple la regardait, l'entourait, lui faisait la fête, n'avait plus d'âme que pour elle et que c'est elle qui en était devenue le point focal. Le vrai sens profond d'un beau mariage prit forme. Les sentiments, purifiés de toute mathématique et de leur rigueur habituelle, émanèrent de sa substance profonde pour resplendir sur son visage. Sa beauté extasiée, exquisément bichonnée de tous les bonheurs devint radieuse comme le soleil du matin montant.

Paula prit le bras de son père et, le pas lent mais assuré, elle marcha vers son destin, transportée par l'espérance sur les notes grandioses que l'orgue d'Esther jetait à pleines poignées par toute la nef comme des confettis colorés.

Les invités lui apparurent quand même dans un brouillard, lointains personnages de conte de fée aux visages étincelants qui jetaient sur elle des sourires enluminés, floraux. Une chance que le bras de son père la retenait, elle se serait envolée comme une colombe pour se poser en douce tout là-haut sur la fioriture la plus élevée du maître-autel afin de dispenser à tous des morceaux de son ravissement.

Par cette vision somptueuse, elle se sentait neuve, au début du roman de sa vie dont la lettre onciale argentée s'écrivait en cette église, satinée par les contours lumineux de son passé en arrière-plan.

Le rêve l'emporta jusqu'à son fiancé qui l'attendait dans un garde-à-vous solennel. Au moment de prendre place, son regard monta un court instant vers le jubé de la chorale et elle sut que par le miroir de l'orgue, Esther entendait sa reconnaissance.

Grégoire demeura béat d'admiration. L'image de sa fiancée se posa en sa mémoire comme une chatoyante moirure indélébile. Le visage de Paula luisait comme de la neige dans le rose velouté de sa complexion. Et sa personne exhalait les plus suaves odeurs du lilas et du jasmin.

Tous les sens contribuaient à la naissance et à l'épanouissement des émotions les plus pures, entre elles subtilement mélangées de façon que l'heure à venir confine au bonheur total.

Le ciel entrait dans les coeurs par la musique d'Esther, par l'éclat des roses dans des paniers posés sur la table de communion et les senteurs délicates qu'elles prodiguaient en abondance sur un air matinal venu de nulle part, et qui, semblable au souffle léger d'un esprit bienveillant, ouatinait les visages, par les ondes endimanchées de tous les assistants, par l'amour le plus tendre et la beauté sacrée des âmes.

Les futurs s'échangèrent un regard furtif, lumineux, enivré. On ne savait trop s'il fallait rester debout dans l'attente du prêtre ou bien s'asseoir. Une aussi belle et généreuse musique ne peut s'entendre qu'assis.

Arriva enfin le prêtre. C'était un vicaire que Grégoire ne connaissait pas, petit bonhomme à peine sorti de l'adolescence au sourire facile et serviable.

"Je ne veux plus d'un chasseur," avait dit le curé à l'évêque. Et, pour paraphraser Jésus: "je veux un chasseur d'âmes."

La messe commença et la poésie resta en plateau jusqu'à la cérémonie du mariage elle-même...

Rosaire s'imaginait que Rita était cet air tout juste perceptible dont il n'arrivait pas à traduire le point d'origine dans ses déductions terre-à-terre. Elle ne pouvait pas se trouver ailleurs que là, parmi eux, parmi... presque tous... On entendit la porte s'ouvrir au loin et se refermer tandis que le prêtre commençait après le grand silence du moment préparatoire les prières du cérémonial d'union... Ce devaient être les amis de Grégoire qui allaient poser les rubans de papier, se dit l'homme qui croisa les bras pour se sentir encore mieux au voisinage du bonheur de sa fille si bellement écrit dans son visage.

Comme Paula plus tôt, il ne put se retenir de tourner la tête pour regarder au jubé de l'orgue Esther qui devait maintenant, depuis le secret de son âme, souffler sur les mariés son plus bel hymne à l'amour. Pourtant, c'est en bas que ses yeux demeurèrent, et ils rencontrèrent un arrivant qui marchait sur la pointe des pieds, sans lever la tête comme pour s'excuser de son entrée si tardive...

Rosaire se retourna brutalement vers l'avant. Il n'y songeait plus et le miracle se produisait. Sa bouche se tordit. Des larmes se lancèrent vers ses yeux; il dut les empoigner solidement comme un homme pour les retenir, les réprimer, les rejeter dans leur prison masculine...

Julien fit un semblant de génuflexion et il prit place dans le dernier banc derrière les invités du côté de la mariée. Personne d'autre que son père ne l'avait vu arriver.

*

La Marche nuptiale annonça le moment suprême, celui de la sortie des nouveaux mariés. Sa richesse diamantée ébranla les colonnes de l'église et les âmes des fidèles. Il semblait à chacun qu'elle n'avait jamais été jouée de cette façon-là. Comme si Esther Létourneau avait accroché un morceau de son coeur à chaque note, à chaque séquence, à chaque élan.

Paula les vivait depuis son entrée dans l'église, les sentiments sans mesure. Lucie le lui fit savoir par un clin d'oeil ciselé dans un doux reproche. Hélène retrouva le bras de son mari dans l'allée. Rosaire continuait de durcir son âme, s'aidant en empêchant ses paupières de battre pour obtenir une fixité mâle dans les yeux.

La fierté précédait Grégoire. Il la racontait à tous, pas à pas, aux siens comme à ceux du côté des Nadeau.

Paula offrit à tout le monde les plus belles fleurs de son sourire mais elle en réserva tout un bouquet pour son grand-père Joseph et sa femme Clara qui le reçurent avec une joie si grande qu'elle rejaillit aussitôt sur celles de la jeune mariée. Soudain, elle s'arrêta tout net. Elle regarda Julien, se retourna vers son père, regarda à nouveau son frère qui lui souriait béatement en ayant l'air de dire:

"hein, je suis là, hein!" Et c'est le prodigue qui eut droit au premier baiser de l'épousée, et en pleine église sous la surprise de certains et l'attendrissement des autres, ceux qui connaissaient Julien.

Rosaire roula du gargoton puis se le prit entre les doigts pour y écraser l'étreinte. Quand Paula reprit sa marche, il signala à Julien de passer de suite, entre les mariés, Hélène et lui.

Dehors ensuite, ce fut pour un moment un véritable capharnaüm. Les cloches transportaient aux quatre vents et jusqu'au bout des rangs ce bonheur nouveau. Un photographe armé d'un appareil énorme tentait en vain de regrouper les assistants car pour lui, le temps pressait et compressait les samedis bourrés de mariages du fort de l'été.

—Un jour, je te conterai ce qui s'est passé ici au triomphe des rouges en 1960, confia Michelle à mi-voix à son ami médecin, un grand brun filiforme au style hollywoodien.

De l'autre côté de la rue, contre le restaurant, se trouvait un escalier fort long menant à un logement du deuxième étage et au pied duquel un loustic à chapeau de paille hochait une tête basse en marmonnant sa colère désabusée. "C'est Tit-Georges," dit une voix dans la petite foule.

André Veilleux prenait des photos surprises à droite et à gauche à l'aide d'une caméra bon marché mais dont on disait qu'elle était la plus efficace de l'heure. "Moi, j'ai pas besoin de fermer l'oeil," répétait-il chaque fois, sachant que la blague faisait toujours sourire en rassurant les vrais voyants sur leur chance d'avoir deux yeux.

Lucie jeta un long regard au loin, à la cabane dont la toiture brillait à travers le feuillage de la sucrerie de son père. À côté, son ami, Rosaire et Julien se parlaient. Julien montrait sa décapotable rouge garée sous les feux du soleil un peu en retrait des autres voitures.

Monsieur Roy, le patron de Paula, et sa femme avaient aussi l'attention tournée vers cette cabane à sucre que Rosaire avait équipée à neuf au printemps.

Aubéline et Francine parlaient de la robe de Paula. Jean-Noël Turcotte était au volant de la décapotable d'un autre ami de Grégoire et dans laquelle les mariés seraient reconduits à l'hôtel.

Emportée par la curiosité, Bernadette quitta son jardin avec son seau et ses outils, et elle se dirigea droit vers l'église de son pas le plus déterminé et celui qui boitait le moins. En fait, elle irait au cimetière embellir le lot familial qui n'en avait pas besoin et profiterait de l'occasion pour adresser au passage de grands saluts à Paula comme à une reine de quelque royaume important.

Avisé, le photographe, après des paroles emberlificotées pêle-mêle dans le son des cloches et le placotage libérateur des gens, se rendit chercher soeur Suzanne et la fit se tenir derrière les mariés et les parents. Les couples suivraient sûrement l'exemple et cette robe noire. Et les couples suivirent.

Seul André Veilleux restait en bas des marches, allant et venant, jouant au professionnel, donnant des ordres qui n'avaient pas l'heur de plaire au photographe.

—Cher ami, lui dit-il, si tu veux te voir sur la photo de groupe, tu ferais mieux de t'intégrer...

—Ouais, ouais, juste un petit clic, ricana le jeune homme qui ensuite obéit et courut trouver sa place auprès de sa femme.

Esther apparut alors que déjà le groupe se dispersait. Lucie s'en rendit compte. Elle imagina la contrariété de Paula quand elle saurait, et en souffla un mot à André qui fut content de se montrer utile. Il fit en sorte qu'une photo spéciale soit prise et réunissant les mariés, soeur Suzanne de même qu'Esther qui serait comme l'incarnation d'une grande soeur de Paula... ou d'une mère disparue...

—Pas encore de regrets? dit Paula à son mari quand après la photo dans l'auto on fut prêt à partir pour le Château.

—Oui, un.

—Ah? fit-elle avec un faux air d'inquiétude.

—De pas avoir fait ça un an plus tôt.

—Avec moi ou avec une autre?

—On devrait avoir notre première chicane tout de suite, comme ça, on s'adapterait plus vite.

—On se chicanera pas, nous autres.

—Sûr que non! Juste un peu...

On les empêcha de poursuivre. Les gens étant rendus dans les voitures, le concert de klaxon commença aussitôt au grand dam de Tit-Georges qui se leva pour protester. Fier, Jean-Noël démarra. À hauteur de l'idiot, il salua de la main ce personnage qui avait l'air de partager la joie de tous. Au comble de l'irritation, porté par son indomptable et inépuisable prosélytisme, Tit-Georges s'écria:

—Mangez donc toute d'la marde, maudit baptême...

—Faites-vous en pas, il parle aux autos pas à nous autres, cria Paula par-dessus les sons agressifs.

Le défilé fut très bref soit la moitié du village seulement jusqu'à l'hôtel. Les premières félicitations que Paula reçut vinrent de la dame de l'établissement, jeune femme blonde, un être chaleureux, bourré d'énergie, capable de voir à cent choses à la fois.

Le juke-box et Gloria Lasso lançaient *Devant Dieu, devant les hommes*. Des jeunes gens du village tétaient une bière, alignés à un comptoir, juchés comme des coqs huppés, la crête brillante et l'oeil indifférent, discutant de voitures et de sexe.

Et pas loin, près de la porte d'entrée, les félicitations défilèrent en rangées disciplinées, chacune ne durant que son temps mesuré par la suivante. Pour une demi-heure, Paula retrouva ses airs comptables qui ne seyaient quand même pas trop mal avec son bouquet de marguerites et l'innocence de son front.

Hélène fut l'une des premières à l'embrasser. Elle évoqua la perfection du déroulement de la cérémonie à l'église.

—Mais même s'il y avait eu une tache quelque part, je sais que tu n'aurais pas eu de mal avec.

—J'ai une petite femme qui s'adapte bien, intervint Grégoire d'un ton satisfait.

Hélène était l'une des rares femmes du groupe à porter sur la tête autre chose qu'un pot de fleurs blanc renversé. Son chapeau était large et aussi noir que sa chevelure, ce qui, s'ajoutant au fait qu'elle fût si jeune belle-mère de la mariée, lui valait un respect auquel il lui semblait impérieux de répondre par une certaine dignité toute particulière.

—Merci pour tout! lui dit simplement Paula quand l'autre se détacha.

Rosaire se reconnaissait en Grégoire. Ces deux-là avaient formé la paire à leur première rencontre. Les mots échangés coulèrent librement comme l'eau d'un fleuve tranquille. Il en aurait fallu lourd pour ébranler leur confiance mutuelle. Même poignée de mains. Même métier. Même autorité ferme et quelque peu contestable. Pragmatisme égal. Pas fondamentalement ni passionnément opposés sur le plan politique et capables d'en discuter avec agrément. En son for intérieur, en tout cas, son gendre valait bien trois professeurs comme Fernand Lemieux à la queue leu leu.

—Va faire un beau temps égal pour plusieurs jours encore, dit-il en tendant la main.

—Ah! c'est surtout elle qui a voulu cette date. J'ai eu beau lui dire que ce serait le jour le plus sombre de ma vie à cause de l'éclipse de cet après-midi, elle voulait ça aujourd'hui.

Puis la mère de Grégoire étreignit Paula sur de joyeux commentaires un petit brin nerveux. Son mari suivit en disant:

—Depuis que je te connais que j'ai envie de t'embrasser, je manquerai pas ma chance. Envoye, ma bru, ouvre tes bras à beau-papa...

—Laisse-le pas trop faire, c'est un 'embrasseux' qui nous étouffe, dit Éva.

La phrase doucha un peu les ardeurs de Cyrille et son geste fut habillé de la juste mesure pour le plus grand bien de tous.

Parut alors Lucie devant Paula. Elles se dirent tout par le regard et pas un seul mot ne fut échangé. D'autres passèrent. Vint sœur Suzanne qui s'extasia sur la musique céleste entendue à l'église:

—Sans vouloir préjuger, je n'aurais pas cru que dans une petite paroisse comme la vôtre, il puisse y avoir des voix aussi... divines, et des musiciens, je pense à l'organiste, aussi experts.

—C'est Esther, je te la présenterai, Mariette. Elle va venir tout à l'heure...

—Celle dont tu m'as parlé, celle qui vit au presbytère?

–Hum, hum... Celle avec toi et nous sur la photo, tantôt...

L'âme de soeur Suzanne s'éclaira. Et une fois encore, elle appela sur les mariés la réalisation de tous ses voeux de bonheur.

Grand-père Joseph eut son joyeux tour et Clara fit le geste de donner un coup de poing à l'épaule de Paula en disant, avec un regard pointant une seconde vers Grégoire:

–Bravo! Et fonce dedans, les hommes aiment ça.

Éliane aux allures de Liz Taylor avait pris encore un peu de poids. Paula le remarqua. Lui vint en bouche une exagération de vendeuse et elle dit:

–T'as maigri, toi, hein? Hey, que t'es donc belle!

Son mari, le gros grand blond de Laurent gâta la sauce:

–Elle maigrit par dedans mais ça lui fait quand même plaisir qu'on s'en aperçoive.

Paula se mordit la langue.

Mais son regard reprit de la lumière devant Julie.

–Comment va ta petite? Hey, j'ai hâte de la voir. Ça change si vite à cet âge-là...

Après son mari, ce fut Raymond qui se montra froid et expéditif, lui qui avait raté ce que devant lui, ces deux-là réussissaient brillamment... pour le moment. Sitôt sa tâche accomplie, il se rendit au comptoir et se commanda une bière qu'il se dépêcha de se jeter derrière la cravate.

Par-dessus la tête de sa femme, Grégoire aperçut par la porte dans la cour, une scène étonnante. Gaspard Fortier qu'il avait vu à l'église arrivait à bicyclette. Il était donc venu de Saint-Georges par ce moyen de locomotion. L'homme descendit et gara son vélo juste à côté de la flamboyante décapotable de Julien. Un contraste saisissant!

Comme toujours, Michelle se montra fort bruyante et expansive.

–Paula, je te présente le docteur Jean-Paul Bernard. Jean-Paul, rencontre Paula Nadeau, la fille qui avait les meilleures notes en douzième commerciale.

–Oui, mais c'est toi qui avais les notes les plus méritées parce que tu tenais tête aux soeurs, objecta la modestie de Paula.

–Mais... c'était pas toujours sérieux, faut bien le dire.

–Les fois que ça l'était, ça valait le coup...

Le docteur embrassa la mariée puis serra la main à Grégoire que Michelle inquiétait moins maintenant que des bras solides avaient l'air de l'entourer.

—Et bonne chance, ma grande! dit Michelle en étreignant son amie. Et quand tu voudras un conseil avisé, tu connais mon numéro de téléphone...

Se présenta Aubéline qui adopta la même attitude silencieuse et émue que Lucie. André, lui, rivalisa d'audace tapageur avec Michelle:

—C'est plein de mes anciennes blondes ici aujourd'hui. Ce qui fait que je ne saurai pas toujours à 'quels seins' me vouer.

Et il souleva légèrement son oeil-de-pirate pour montrer qu'il examinait la poitrine de la mariée.

—Il ne s'améliore pas trop en vieillissant, dit Aubéline à Grégoire.

Dans sa mimique, le jeune homme tourna la tête en reniflant et il tomba en plein dans l'image de l'épouse du patron de Paula, dont le décolleté livrait la moitié au moins de son abondante poitrine soulevée par un corsage blanc.

Alors il entama son rire composé qui se terminait en queue de poisson, et il prit le ton de l'émerveillement pour enterrer son goût douteux:

—Grandes, hautes, longues félicitations! T'es une des plus belles mariées que j'ai jamais vues. Et je m'y connais, autrement, j'aurais pas marié Aubéline, tu penses...

Quant à madame Roy, elle tint un discours rejoignant l'utile et l'agréable, à la fois valorisant pour la mariée et favorable aux affaires de son mari:

—On espère ben gros que ton mari va te laisser continuer à travailler au garage parce que t'es pas mal bonne comme secrétaire!

—C'est surtout sa décision à elle, assura humblement Grégoire avec une moue en biais.

—Prenez pas d'inquiétude pour l'année qui vient, déclara la mariée. Ensuite, on verra...

—Tant mieux!

Beaucoup d'autres se présentèrent, puis il sembla que plus personne n'entrerait. Grégoire fit mine de se déplacer.

—Attends, dit Paula, il manque encore du monde.

—Qui?

—Au moins Julien... et Esther qui n'est pas encore arrivée, et...

Gaspard Fortier entra. Les jambes de son pantalon encore enserrées par des bandes métalliques, l'homme était en grande conversation avec Julien. Et chacun d'eux avait perdu son habitude de garder les yeux bas pour dire quelque chose. On se parlait de Détroit où Gaspard avait passé quelques jours déjà. La ville ne se ressemblait plus, soutenait Julien sur des dires entendus là-bas. Et il glissait à l'occasion des mots en anglais ou bien des coups de couteau américains par le travers dans son accent québécois.

Paula lui porta son attention la plus chaleureuse encore une fois. Les frères deviennent précieux quand on n'en a qu'un. Il montra son bonheur de vivre:

—L'argent nous déborde par les oreilles. Incroyable!

Après lui, Gaspard devint songeur. Julien poursuivit:

—Les États, c'est le monde. The biggest... C'est beau, la Beauce, mais c'est petit quand on revient de là-bas.

—T'as la vraie vie que tu voulais. Je suis contente pour toi, dit Paula, l'oeil pétillant et généreux. Et je te remercie d'être venu. C'est le plus beau cadeau que j'aurai reçu aujourd'hui. Et je peux te dire que c'est le plus beau cadeau que tu pouvais faire à ton père aussi.

—Je l'ai pas vu tomber sur le dos on the ground.

—Il ne te le dira pas, tu peux en être sûr...

—Je suis parti hier soir à six heures, dit le jeune homme à Grégoire.

—Ouais, t'as roulé, t'as roulé... Faut dire que t'es ben équipé pour ça...

—Pas mal... Si tu veux, après-midi, on va l'essayer, la Galaxie... Very good, very fast...

Paula fronça les sourcils. Le dur souvenir de l'accident d'André lui traversa la mémoire comme une ombre. Mais au même moment, quelque chose de sombre s'empara de la clarté dans la porte d'entrée; elle leva les yeux et son sourire devint radieux. Esther arrivait, précédant le vicaire à la soutane noire qui ajoutait par contraste à la juvénilité de son visage.

Il s'appelait Gilbert Plante, ce prêtre, et se comportait comme un politicien au fort d'une campagne électorale, multipliant les bons mots, distribuant de bouche à bouche les rires clairs et patinés comme des hosties légères, s'esclaffant pour exhausser la valeur des phrases de l'interlocuteur. Mu par l'esprit conciliaire, il alla jusqu'à embrasser la mariée.

Éva le vit faire de loin car lorsque la femme apercevait quelque part l'uniforme d'un prêtre, elle gardait toutes les antennes dehors. Quand il se fut éloigné, elle s'empressa de venir glisser à sa bru:

—Ce petit prêtre-là, il a l'esprit moderne. Mais je te dis qu'on en a un aussi à Saint-Georges... L'abbé Ferland... Hein, Grégoire?...

Mais Paula ne l'écoutait guère. Les beaux sentiments faisaient surface et toute son affection du moment était réservée à Esther qui, l'oeil aux larmes, lui adressait ses voeux les plus chers de sa voix discrète que dans le brouhaha, la mariée était seule à entendre.

—Tu sais ce que Nietzsche disait? "Coeur attaché, esprit libre." Et moi, je devrais ajouter: "Coeur libre, esprit tourmenté."

—Merci, Esther, de tout coeur pour la musique; c'était si merveilleux...

—Pour dire avec un peu de vulgarité: j'ai mis la pédale au plancher. Et... plus poétiquement: j'avais l'âme au bout des doigts.

—Se sentir entourée comme aujourd'hui, c'est le septième ciel, fit Paula le regard haut et brillant. On a l'impression de vivre en un seul jour un... un amour éternel... *(Un amour éternel, roman d'Esther par l'auteur, 1980.)*

—Auprès de l'être aimé, chaque jour de ta vie possédera ses charmes, ses ivresses, parfois ses chagrins mais qui donneront aux lendemains des couleurs encore plus belles.

—Je sais bien que le jour de ses noces ne dure que vingt-quatre heures, mais...

—Le grandiose deviendrait banal s'il se produisait chaque jour. La romance aussi. Et le rêve donc. Même de la mort d'un être cher, tu devras tirer l'amour comme d'un puits d'eau potable, d'une eau peut-être amère mais qui abreuve tout de même. Personne mieux que toi ne l'a appris en si bas âge.

La dame de l'hôtel arriva sur une seule patte, jetant des salutations à droite à gauche, un grand bonjour surpris à Esther, des mots pressés aux mariés:

—Si vous commencez à avoir faim, gênez-vous pas pour vous approcher. Le temps du vin d'honneur et tout... et la dinde sera prête à dire oui... Parce qu'elle a les plumeaux pas mal dorés...

Paula acquiesça. Elle s'excusa auprès d'Esther qui s'éclipsait déjà. Grégoire lui prit le bras. Ils marchèrent résolument vers la table d'honneur. Un serveur envoyé au micro sur la tribune de l'orchestre située à droite de la salle, pressa les gens de prendre place à la suite des heureux époux.

Dans l'indécision habituelle, on commença d'approcher et pour agripper les retardataires, le serveur annonça le toast porté en l'honneur des mariés. Les verres se levèrent, se burent, se rassirent... Un vin roux, mou, doux.

André Veilleux se lança aussitôt dans une partie de tennis avec le vicaire. Aubéline hochait la tête d'un côté de la table à l'autre en questionnant les réactions de chacun. "Je ne suis pas le meilleur, mais je suis pas mal bon," répétait chacun en substance en des mots différents chaque fois.

Michelle, la main cachée par la nappe de papier, caressait la cuisse de son médecin et osa même frôler un coin pittoresque et montagneux de son anatomie. L'homme garda son visage de marbre tout en répondant aux questions de son vis-à-vis de table, grand-père Gobeil qui se plaignait d'une toux sèche que l'été ne parvenait pas à guérir.

Francine Lessard et son mari furent les premiers servis après les gens de la table d'honneur. Le hasard les avait voulus à l'extrémité du U que complétaient les deux autres tables. Elle avait formé un groupe avec Amélie Desjardins et son ami ainsi que la famille Bourque où Paula avait pensionné mais qui se trouvait là aussi à cause d'Hélène.

Plusieurs s'entretenaient de l'éclipse qui aurait lieu seulement entre trois et quatre heures de l'après-midi, donc dans autant d'heures puisqu'on n'était encore qu'aux abords de midi.

Malgré leurs philosophies aux antipodes, Gaspard, Julien et Raymond avaient réuni leurs solitudes au bout de la table des Poulin. L'un travaillait à la fabrication d'automobiles à Détroit, l'autre à leur réparation à Jersey Mills et le troisième restait sans doute le seul Québécois intelligent au-dessus de vingt ans à n'en pas posséder une. On parlait donc d'automobiles, mais chacun ne révélait pas forcément tout le fond de son coeur sur la question.

Esther et soeur Suzanne s'étaient naturellement rejointes avant l'approche à la table, s'étaient présentées l'une à l'autre, puis assises ensemble du côté des Nadeau. Chacune portait Paula aux nues.

Tout ce beau monde fut soudain interrompu dans le plus beau de sa conversation par une volonté traditionnelle et donc indiscutable qui se mit à frapper sur le cristal de son verre. C'était Cécile de Saint-Côme, l'aînée de la famille Poulin qui réclamait un baiser par les mariés... Le concert enfla. Le baiser eut lieu. Les grands placotages recommenc... Contente de son succès, Cécile reprit sa musique en ordonnant un baiser par ses parents. Ils obéirent. On rit fort. On se rem...

—Pas assis, debout, cria Cécile qui cogna encore la coupe avec son couteau.

Éva et Cyrille obéirent. On rit encore. André rouvrit la b... Les tintements désordonnés fusèrent à nouveau. Hélène et Rosaire s'embrassèrent joyeusement. Des bravos coururent d'une oreille à l'autre.

—Peut-être que ça dép...

Le docteur fut amputé de son discours par le cliquetis clinquant claquant sur le verre. Quelqu'un rendait la monnaie de sa pièce à Cécile qui dut se mettre debout pour embrasser un Maurice qui ne savait comment rire et s'en excusait en ajustant inutilement sa queue de 'blouse'. Il n'avait pas fini de reprendre sa pl...

—C'est le tour à Lucien et Jeannine... C'est le tour à Lucien et Jeannine...

Ding, ding, ding, ding, ding...

—Et la Muguette, elle, elle s'en sortira pas comme ça.

Ding, ding, ding, ding, ding...

—Pis toi, le tannant à Laurent.

Ding, ding, ding, ding, ding...

Quelqu'un du côté des Nadeau se sentait en reste avec la table des Poulin qui accaparait toute l'attention. Il fut réclamé un baiser par grand-père Joseph à sa femme. Clara qui ne se fit pas prier, souleva presque son conjoint dans ses bras... Il leur fallut se reprendre parce qu'on avait aimé leur spectacle.

Pendant ce temps tapageur, la dinde s'était posée en douceur dans toutes les assiettes, tenue au chaud par la patates en purée à droite, la farce à gauche, et gardée sur le devant et sur l'arrière par deux sentinelles en livrée colorée, la macédoine aux légumes et les atocas.

—C'est-il de même que tu te figurais Julien? demanda Paula à son époux.

—Sais-tu, j'avais pas trop d'idée. Tu m'en as montré des photos déjà...

—Il a changé.

—Ah?

—Il a le style américain...

—Esther Létourneau, elle est plus jeune que je p...

Ding, ding, ding, ding, ding...

—Un baiser par les mariés, un baiser par les mariés...

On voulut laisser passer.

Ding, ding, ding, ding, ding...

—Ils nous lâcheront pas.

Paula s'essuya la bouche. Lui avala la boulette dinde-farce-sauce qu'il n'avait pas fini de triturer.

Ding, ding, ding, ding, ding...

—Et debout, hein! Pas de caprice!

Ding, ding, ding, ding, ding...

—Aimes-tu ton mari, Paula Nadeau? marmonna Grégoire avant le contact des lèvres.

Ding, ding, din... —Bravo, bravo les mariés!

—De tout mon coeur, répondit-elle après.

Ding, ding, ding, ding, ding...

—Soeur Suzanne, soeur Suzanne... va embrasser le marié, cria Cécile à Mariette.

Ding, ding, ding, ding, ding...

Quelle bonne idée! pensèrent les couteaux sur les coupes:

Deding, deding, deding, deding, deding...

La religieuse, sous les regards attendris des uns, et amusés des autres se leva en même temps que son frère et ils s'embrassèrent par-dessus les assiettes, à deux têtes du gâteau de noce. Le geste poussa Éva à confier à l'oreille de Cyrille:

—Le petit vicaire, là, il me fait penser à l'abbé Ferland... Trouves-tu? Je te dis qu'il est pas achalé... Il t'a embrassé Paula tantôt... C'est plaisant un prêtre de même, hein?...

La petite dame propriétaire de l'hôtel put se dégager de la préparation des assiettes à la cuisine. Une fois encore, elle avait oublié d'avertir. Le cristal des coupes était fragile. C'était pour la protection même des gens qu'il serait préférable de frapper sur la table avec une petite cuiller plutôt que sur le verre avec les couteaux. Elle vint l'expliquer au micro avec une bienveillance sur écran géant dans son visage éclairé, et termina par:

—C'est le même plaisir mais ça fait juste changer le bruit un p...

Clak, clak, clak, clak, clak...

—Lucie Nadeau et Maurice Boutin, un bec, clama André qui avait hâte qu'on l'exige aussi de lui.

Ce fut timide.

Clak, clak, clak, clak, clak...

—Et toi, André avec Aubéline, lança Michelle.

Ils se levèrent à leur tour, s'emb...

Clak, clak, clak, clak, clak...

—Et toi, Michelle avec...

Elle était déjà debout. Et elle plongea dans les bras du docteur en soulevant haut la patte vers l'arrière. Son talon frappa le dessous de la table. Le bruit de vaisselle qui bouge, de verre qui danse, d'ustensiles qui sautillent stoppa les 'clak' et cousit les mots dans les bouches pour un moment.

Le baiser fut si ouvert, si long, si vorace que Michelle vola la vedette à tous ses prédécesseurs.

—Mon Dieu, elle est pas achalée celle-là! s'exclama Cécile qui s'essuya la bouche à sa place. Ouf! ça fait du crachat qui change de bouche, ça! Par chance que son chum est docteur, les microbes ont moins de chances de prendre sur elle... Ouf! Oufffffffff!

Les claquements sur le bois cessèrent pour un temps. On était enfin rassasié. En plus la farce refroidissait; il fallait l'avaler.

Grand-père Gobeil se déchira un morceau dans une boule de pain et il nettoya le moindre résidu de sauce dans son assiette. Puis il beurra le pain et l'avala en le mâchouillant longuement comme une vache qui rumine.

Par contre le vicaire en laissa dans son assiette, lui, et il fut le premier à s'allumer une cigarette, une Export sans filtre, des cigarettes viriles pour un prêtre aux airs d'adolescent! Quel autre fumeur aurait attendu plus longtemps puisque l'Église catholique exhalait déjà de la boucane? Jean-Noël alluma. Madame Roy. Jean-Luc, le mari de Julie. Cécile ne fumait pas. Elle eut envie de recommencer la claque mais Maurice qui venait d'allumer lui rejeta un rayon dense de fumée au visage et, excédée, elle déposa la petite cuiller. André Veilleux, lui, n'allumait qu'en des occasions spéciales. Mais ce jour était si spécial qu'il s'était acheté des cigares, des Peg Top à vingt-cinq cents chacun. Pour se montrer généreux sans coûts excessifs, il attendit que les fumeurs soient tous accrochés pour sortir sa boîte et tendre des cigares à la ronde. Le docteur en prit un. Par chance que les femmes avaient un préjugé contre ce type de fumage!

—Akheu, akheu, akheu, akheu, fit Lucie à moitié étouffée par la fumée de ses voisins en tendant la main pour accepter un cigare d'André dont la boîte se promenait vite sous son nez.

Le donateur hésita, fit le grand oeil, étonné, curieux... Il remit la boîte devant elle. Elle prit un cigare, se leva et se rendit au bout de la table d'honneur où elle le donna à grand-mère Clara qui remercia et alluma aussitôt.

La salle éclata de rire. On la crut comédienne. Vieille femme au fun. Mais elle n'était qu'elle-même et peu à peu les rires se décantèrent au fond de l'ambiance décousue.

*

Le gâteau fut découpé, dispersé aux quatre coins des tables, rehaussé d'une salade de fruits. Les époux durent s'embrasser encore sur ordre des cuillers. Le jeu finit par lasser. Les conversations reprirent enfin leurs droits... En attendant la musique.

Il était pas loin d'une heure.

Les assistants se répandirent. La plupart se rendirent à l'extérieur. Des groupes se formèrent. Rosaire put enfin dire quelques mots à son fils seul à seul. Ce furent des phrases du plus pur banal mais elles réconfortèrent un peu l'un et l'autre.

Quelques personnes dont le lien avec l'une des familles n'exigeait qu'une invitation pour la fête de l'après-midi arrivèrent. Parmi elles, en tant que voisins des Nadeau, les frères Dulac, Mathias et Philippe, prisonniers de leur cravate, pipe en bouche, embarras dans chaque pli noir de leurs visages parcheminés, vieillis prématurément par le soleil et leurs atavismes abénakis. Ils se suivirent jusqu'aux mariés encore debout à la table d'honneur et qui s'apprêtaient à la quitter pour qu'on puisse défaire les tables et remonter la salle. Ils donnèrent la main avec chaleur et grande amabilité mais sans se défaire d'une distance qui les séparait de tous les paroissiens de Saint-Honoré.

Ce furent ensuite madame Martin et son mari que Paula avait tenu à inviter pour leur témoigner sa sympathie et redire une fois encore son amitié pour Martine et son regret de l'avoir perdue tout comme eux. De manière évidente, la femme dans une esquisse de salutation, contourna les frères qui repartaient heureux du devoir accompli, désireux de retourner dehors pour parler à des têtes connues, Rosaire et Julien qu'ils avaient vu grandir avec bonheur, l'enfant de la paroisse qui ressemblait le plus à un métis donc à eux-mêmes. Leur colonne vertébrale imprimant à leur corps une sorte de mouvement de ressort, ils sortirent de l'hôtel sans avoir bu et sans avoir vu grand-monde.

Madame Martin en dit long et jusqu'à ce que les larmes lui montent aux yeux au souvenir de sa fille qui ne connaîtrait jamais pareil bonheur. Grégoire se sentait un peu mal à l'aise d'autant qu'il avait envie de retrouver des gars pour parler de choses intéressantes. Il fit donc des signes à des gens qui ne le regardaient pas afin de feutrer un peu sa sortie.

—Excusez-moi, je reviens dans un instant, finit-il par dire.

Il jugea le mensonge utile puisqu'il permettrait aux femmes de s'épancher davantage et à lui-même de se remettre les pieds bien à terre pour quelques minutes. Le doigt levé vers n'importe quoi, il s'en alla vers le bar et la sortie et, remplissant les vides par des mots lancés à celles et ceux qui ne manquaient pas de lui en dire au passage, il parvint à la porte. Enfermée par le coeur éploré de madame Martin, Paula vit quand même que son mari sortait de l'hôtel, et une ombre de contrariété, oh! à peine perceptible, traversa son regard qu'elle redonna aussitôt à la mère inconsolable.

Grégoire se dirigea vers le groupe d'hommes formé des Dulac qui venaient de s'y intégrer tout en cognant leur pipe contre leurs talons de chaussures pour les vider de leurs vieilles cendres et se mieux préparer ainsi à une fraternisation-blague-à-tabac, de Rosaire et Julien, de Gaspard Fortier, d'André Veilleux et du vicaire Plante.

Aux Poulin, il réservait le meilleur de son temps pour plus tard, mais il fallait d'abord gratifier les Nadeau de ses premières politesses pour entrer plus sûrement dans la famille.

Maurice Boutin, l'ami de Lucie, plus frisé encore qu'André ce jour-là grâce à des cheveux plus longs, se heurta à lui dans la porte alors qu'il voulait sortir aussi, et c'est ensemble que les deux jeunes gens marchèrent jusqu'au cercle où, pour le moment, la décapotable de Julien flamboyant tout près de tous ses feux, volait la vedette, même à celle plus fade qui avait servi à conduire les nouveaux mariés et qui avait l'air piteux à côté de l'autre dans son blanc cassé et son âge plutôt avancé de presque trois ans. On eût dit le père et la fille...

Les Dulac finissaient de serrer la main à Julien quand Grégoire et Maurice arrivèrent. On élargit le cercle. Rosaire voulut flatter l'ego de son fils:

—Le jeune, il se débrouille, hein, regardez son char là.

—Ah! cré maudit! fit Mathias.

—C'est de la belle tôle, enchérit Philippe.

—C'est une quoi?

—Galaxie.

—Ah! pis quelle année?

—'Flambante' neuve, une 63.

Gaspard dit en ne regardant que Julien:

—Je veux rien dire de trop, là, mais ça doit pas te coûter comme ça nous coûterait à nous autres?

—Aux États, c'est moins cher, annonça le vicaire à tous comme s'il avait été le seul à le savoir.

—Surtout que tu travailles pour la compagnie Ford, insista Gaspard.

—Ouais... le prix est un peu meilleur mais t'as pas ça plus pour des peanuts. Big big money!

Philippe sortit son sac de tabac et commença à charger sa pipe. Cela fit penser au vicaire qu'il avait le goût de fumer et il trouva son paquet dans sa poche de soutane tandis qu'André, les bras croisés pour mieux soutenir son cigare, observait chacun dans un de ses moments de rare silence. Maurice avait une bière à la main. Rosaire achevait la sienne. Julien en commençait une.

Mathias fumait la cigarette les jours de fête: il en accepta une du vicaire qui faisait une tournée générale avec son paquet vert écrasé.

—Dire que j'ai vu ça haut comme ça! s'exclama Philippe à l'endroit de Julien.

—Ça, oui, on les a vus grandir, ces enfants-là, ajouta Mathias. J'sais pas si tu te souviens, avec ton jumeau, tu t'étais perdu dans le bois. On t'a cherché. Pis ben, on t'a trouvé.

—Ouais, dit Rosaire, pis leur chien s'est fait écraser par une machine un peu à cause d'eux autres.

—Bah! mâchouilla Philippe, les chiens, dans notre bout, ils finissent tout le temps sous les roues d'une machine.

—Nous autres, dit Mathias, on en a eu quatre qui ont fini leurs jours comme ça. Quand ils vieillissent, ils viennent un peu sourds...

—C'est peut-être mieux de même que de mourir de misère.

Il y eut une pause, une rivière à traverser dans la plaine de la conversation; quelqu'un devait ériger un pont. Le vicaire sentit que c'était sa responsabilité malgré son inexpérience.

—Et alors, le marié, bien dormi la nuit passée? Pas de cauchemars toujours?

—Pas de cauchemars, non... mais pas beaucoup dormi non plus...

Rosaire prit la relève pour achever le pont:

—Grégoire, tu connaissais les frères Dulac?

L'interpellé montra aux deux frères la moitié d'un acquiescement avec ses mains:

—De vue comme ça étant donné que j'ai passé souvent devant chez vous et que... Paula m'a parlé...

—Pas trop de mal, j'espère? lança Mathias avec de la fumée d'une cigarette qu'il tenait de travers entre ses lèvres flasques.

—Non-on-on-on-on, fit Grégoire dans un grand mouvement de la voix et des yeux larges qui embrassaient toute la vérité.

Plusieurs femmes de la famille Gobeil, tantes de Paula du côté de sa mère, eurent la chance de l'entourer enfin quand madame Martin repéra Esther et soeur Suzanne qui n'avaient pas lâché leur conversation et prenaient place à une table près d'un foyer face à la tribune de l'orchestre où des jeunes gens s'affairaient à installer leurs instruments de torture, guillotines électriques capables d'étêter les plus hauts propos. La femme se dirigea donc vers elles tandis que son mari, grand maigre au sourire tranquille se rendait au bar où se trouvaient quelques-uns de ses employés d'une petite manufacture de portes et châssis.

La mariée reçut des félicitations, des bons mots. On ne manqua pas de lui parler de sa mère, du temps passé, des promesses d'avenir avec un homme aussi grand, aussi beau, aussi fort, aussi sûr de lui que Grégoire Poulin, un Beauceron authentique dont le seul défaut endurable était sa paroisse d'origine, Saint-Georges dont on se méfiait toujours un peu dans les environs.

Puis grand-père Joseph écarta les siens en leur indiquant leur nuisance puisque les serveurs travaillaient à finir de vider les tables et à déplacer les panneaux de bois et les chevalets. Et il en profita pour accaparer un moment sa petite-fille préférée.

Jamais Paula n'avait pu rencontrer son grand-père sans se rappeler de la leçon qu'il avait servie à Rosaire quand elle était petite fille et avait brisé cette vitre du salon la veille de Noël. Et à ce souvenir se greffait automatiquement celui de *La Voix de maman*, ce chant qui garderait pour toujours sa mère dans son âme. Tout cela lui passa par la tête le temps d'un éclair tandis que l'homme l'embrassait une fois encore avec de l'émotion plein les bras.

—Tu sais, il y a des gens qui savent prendre la vie du bon côté et d'autres non. Et d'autres... moitié moitié. Des journées qui filent un bon coton, d'autres qui se plaignent. Toi, tu es comme moi, de la première catégorie. Tu cherches pas à souffrir mais quand la souffrance est là, tu sais quoi faire avec. C'est ça l'essentiel en ce bas monde.

—Venant de vous, grand-papa, ça sonne plus... plus senti que de la bouche d'Esther. Parce qu'elle m'a dit à peu près la même chose tout à l'heure.

—Faut pas penser que ceux qui ont l'âme tourmentée ne comprennent pas les chemins du bonheur.

—Je sais mais...

Un peu partout dans la salle, le bonheur se discutait. En des idées sur la venue prochaine de la télévision en couleurs émises par Réal Côté, mari de Muguette, journaliste au Soleil. En des considérations sur le futur américain tracé par la jeunesse de Kennedy, que Jean-Noël Turcotte faisait valoir devant Laurent, le gros grand blond policier. En les bondieuseries d'Éva véhiculées de Cécile à Maurice en passant par Jeannine sous l'écoute sceptique de Cyrille qui avait l'oeil aux jeunes femmes bien plus qu'au bonheur éternel. En une prise de bec sur un fétu de paille entre Raymond le divorcé et Thérèse, la femme d'un de ses anciens amis du voisinage des Poulin à Saint-Georges ouest. En des éclats sur les splendeurs de Jean Lesage et René Lévesque, nouveaux messies après Duplessis, et que chantaient en choeur Michelle et son ami docteur à Francine Lessard et son mari petit. Souvent en prévisions de la météo et en éloges de l'éclipse dont l'imminence n'avait pas encore commencé d'assombrir les horloges et montres.

La bière ne nuisait à personne dans les élans de certitude. Mais nulle part ailleurs qu'au comptoir-bar, la vérité n'éclatait avec davantage d'absolu, surtout depuis l'arrivée de monsieur Martin dont on se vengeait des ordres subis durant la semaine.

Trois fillettes assises à une table buvaient du Coke avec une paille. L'une étrennait une robe bleu pâle, la seconde une blanche et la troisième une jaune. Des petits chapeaux d'allure 'seller' juchés sur des têtes menues et rieuses. Et chacune gantée comme à l'église, marguerite au corsage, les cheveux écourtichés, la sacoche accrochée au dossier de la chaise.

Et entre les tables couraient deux morpions blonds en culottes courtes et noeud papillon que les petites filles fusillaient du regard parfois, garçonnets soucieux de leur image et qui multipliaient les gaucheries pour se faire voir et valoir.

Le temps passa. Chaotique et structuré. Des gens sortirent, d'autres entrèrent. La mariée se déplaça. On se l'arracha doucement. Grégoire tardait. Elle s'en inquiétait. Pourquoi? Elle s'inquiéta de son inquiétude. Commençait-elle déjà à vouloir accaparer l'homme de sa vie?

Dehors, le cercle de la décapotable n'avait guère changé. On se parlait de chasse maintenant, les Dulac étant des experts, et la plupart des autres, sauf Gaspard par conviction et le vicaire par obligation, étant des gens intéressés.

Une voiture qui accélérait en sifflant vint chercher leur attention un moment. Il y avait un feu clignotant sur sa toiture.

—C'est Robert Gaboury, dit Rosaire à Julien qui se rappela aussitôt leurs séances d'haltérophilie de jadis et cet ami de son adolescence musclée.

—Ah?

—La municipalité l'a engagé pour servir de police à temps partiel. Le samedi, le midi, le soir...

—C'était rendu épouvantable dans le village, dit Philippe à travers le bouquin de sa pipe.

—Ouais, approuva Mathias. Les maudites 'vannes' surtout! Ça gardait la même vitesse dans l'village que su'à grand–ligne.

—Moi qui voulais vous offrir d'essayer la Galaxie, glissa Julien vers Rosaire et André Veilleux.

—C'est justement le bon temps, dit André, tandis qu'il court après quelqu'un pour lui donner un 'ticket'. Partons vers La Guadeloupe, nous autres...

Julien ne se fit pas tordre le bras et il sortit ses clefs. André se pressa vers l'auto en répétant haut l'invitation de Julien.

—Monsieur Nadeau, vous venez? Maurice? Monsieur le vicaire? Grégoire? Ben oui, Grégoire, viens essayer la Galaxie avant de monter au septième ciel...

Il y eut un mouvement, puis de l'hésitation. Qui irait? Maurice et Rosaire se décidèrent et montèrent sur la banquette arrière. André prit place devant puis Grégoire. L'auto recula en tournant. On allait repartir en avant qu'une voix cria au marié.

—Ta femme veut te parler, je pense, Grégoire.

Le visage rembruni, Paula sortit de l'hôtel et courut du mieux qu'elle put à la voiture.

—Vous allez où?

—Faire un petit tour, assura Julien.

—Écoute Grégoire, y'a ta mère qui voudrait absolument prendre une photo de nous deux avec vous, monsieur le vicaire, le prêtre qui nous a mariés. Tu essaieras l'auto plus tard...

—Surtout que je dois partir, dit le vicaire en consultant sa montre.

Grégoire fit une moue et ouvrit les mains en disant:

—Ce que femme et Dieu veulent, mari doit le vouloir.

Il descendit. Paula ne fut qu'à moitié soulagée et c'est avec appréhension qu'elle vit partir la rutilante Galaxie vers Dieu seul savait où...

Le cercle se désagrégea tout à fait quand les Dulac mirent le cap sur le village dans leurs longs pas silencieux et que Gaspard sortit ses serres qu'il mit à ses pantalons. Il monta à bicyclette et au lieu d'emprunter la grande ligne pour Saint-Georges, il dépassa les frères et se dirigea vers le village à son tour. Tant qu'à être à Saint-Honoré, aussi bien en visiter plus de recoins que jusque là alors qu'il ne s'était approché que de l'autel et de l'hôtel, deux lieux qui ne rejoignaient pas forcément ses préférences.

La traversée du village par Julien fut très lente. Un roulement d'escargot! Il sentait qu'il avait avec lui des gens fiers et il fallait bien leur en donner pour leur argent comme il avait appris à le faire grâce à Gaétan Bolduc voilà déjà une éternité.

Son seul regret était de savoir que le professeur Bilodeau avait quitté Saint-Honoré et qu'il vivait maintenant au fin fond du Lac-Saint-Jean. Qu'il eût aimé lui passer devant le nez en lui faisant répéter par la vie son énorme 'mange de la marde' qu'il lui avait servi lors de la plus mémorable volée jamais subie à l'école par un jeune de la paroisse.

—Où est-ce qu'il est, André? demanda Aubéline à Paula qui venait de se faire photographier.
Grégoire lui répondit:
—Sont allés essayer la Galaxie.
La jeune femme fronça les sourcils. Même son maquillage n'atténuait pas la pâleur de son visage.

André eut une seconde de crainte quand Julien accéléra devant la dernière maison du village. Son oeil lui donna une sorte d'avertissement. Aussitôt sa tête s'objecta hautement. Il y avait une chance sur des milliards pour qu'un accident comme celui qu'il avait subi se reproduise sur cette même route...
—Come on, let's go! fit Julien.
—Pas trop vite! avertit Rosaire en s'avançant jusqu'à la banquette avant qu'il agrippa pour battre le vent au son. La côte à Poirier là-bas, elle est dangereuse... Y'en a un avec toi en avant qui le sait, hein André?
—On est le jour, cria Julien. Et une convertible, c'est pesant du dessous, ça tient la route comme quasiment un camion. Inquiétez-vous pas!
—Comment vous trouvez ça, la portée, monsieur Nadeau? demanda André.
La chevelure battue comme un drapeau dans un ouragan, Rosaire déclara, les mots difficiles à jeter hors de la bouche à cause du vent qui y entrait:
—C'est ce qu'il y a de mieux!

À un mille de là, dans la cour des Poirier, deux adolescents déposaient des seaux de peinture dans la boîte d'une camionnette et un personnage dans la cinquantaine, homme à la conduite parfois déconcertante et erratique, se mit au volant.

412

C'était une petite équipe d'été travaillant pour le gouvernement à repeindre les poteaux des garde-fous. On venait de terminer ceux de la côte des Poirier et il fallait s'en aller à la suivante... Les étudiants montèrent dans la boîte. L'un s'assit au fond et l'autre demeura debout, le pied sur le montant métallique. Le conducteur consulta sa montre. Plus qu'une heure et on finirait la semaine. Puis il sortit son paquet de cigarettes...

La Galaxie atteignait les cent milles à l'heure. André se tenait l'oeil droit devant sur la route. Rosaire serrait la poignée de la portière. Maurice freinait des pieds sur le plancher, la tête agitée de soubresauts involontaires causés par la poussée de l'air...

La camionnette démarra, emprunta doucement la chaussée vers le bas de la côte, semblait devoir prendre l'éternité pour libérer le côté gauche de la route. L'adolescent debout, inquiété par un pressentiment, aperçut soudain la voiture rouge surgir au-dessus de la côte voisine. En une fraction de seconde, il évalua la position de la camionnette, sa vitesse, la distance les séparant de la Galaxie, sa vitesse apparente... Trois autres secondes d'hésitation et de calcul confirmèrent sa décision. Avec toute la force de sa jeunesse, il se projeta vers le côté gauche de la route. Son pied heurta l'asphalte...

Julien fut mis brutalement devant l'impossible. Le devant de la camionnette verte bloquait la voie de droite, un bout de la boîte restait de l'autre côté de la ligne blanche mais en même temps, il y avait cet étudiant qui sautait devant lui. Et pour emprisonner toutes les manoeuvres, à l'extrême-droite et à l'extrême-gauche, des garde-fous faits de câble d'acier...
André échappa un grand hurlement pointu... Scène semblable... Du déjà-vu... Mais cette fois, la peur était au rendez-vous, une peur totale qui le lança vers l'inconnu. Les pneus crissèrent...

La dame de l'hôtel raccrocha le téléphone et courut dehors. Elle y croisa son mari qu'elle interpella:

413

—J'ai reçu un appel... J'ai pas trop compris... Un accident on dirait... On pense que le petit Gaboury serait ici. On le demande... étant donné qu'il est la police la plus proche...

—Il est là, au coin de la cour. Il surveille la circulation.

—Va lui dire qu'il y aurait eu un accident dans ce bout-là...

Le jeune homme en fut tout ému. Il déclencha aussitôt la sirène du véhicule et démarra en trombe.

Le bruit fit lever la tête de la mariée. Son front s'interrogea. Elle vit de loin la dame de l'hôtel répondre encore au téléphone. Puis des hommes l'entourer. Et Grégoire parmi eux. Et les gars sortirent précipitamment. Elle chercha Hélène du regard, la trouva qui parlait aux fillettes, se tortura...

Le bas de sa robe soulevé, elle marcha résolument sans répondre à personne, vers la propriétaire qui regagnait le bar en disant aux clients accoudés:

—C'est quelqu'un de la noce... Un accident... Y'en a qui vont voir...

Paula bifurqua vers la sortie. Des voitures quittaient la cour. Son père, Julien, Maurice, André, chacun devint net devant ses yeux. L'horreur voulut s'emparer d'elle. Elle s'empara d'elle-même... Hélène arriva derrière.

—Un accident? dit-elle la voix blanche.

—On dit.

Elles se rendirent à la rue principale. Il lui sembla qu'il y avait attroupement quelque part au milieu du village. Mais c'était loin...

Une voiture venait de par là. On saurait peut-être quelque chose. L'angoisse rôdait autour d'elles. On essayait de la piétiner. L'auto passa son chemin malgré les signes qu'on lui fit de s'arrêter.

—Quand on ne s'arrête même pas pour une mariée, y'a quelque chose qui va pas rond dans leur tête, marmonna Hélène.

Une autre voiture venait.

—Va falloir qu'on me passe dessus, dit Hélène qui se mit au milieu du chemin.

Des curieux approchaient. L'auto s'arrêta. Se stationna dans un petit chemin graveleux près de la cour. Un homme descendit, jeune personnage à pipe au visage cramoisi et à la voix éclatante.

—C'est quoi l'accident? questionna Paula sur le ton du commandement.

—Pas l'air trop grave. Un gars de Saint-Georges en bicycle qui s'est fait frapper... Je vous dis que ces maudits bicycles-là, c'est dangereux sur le chemin de nos jours...

Un quart d'heure plus tard, tout le monde reparut. Grégoire vint dire à Paula assise avec Clara et Joseph que Gaspard Fortier n'en mourrait sans doute pas, même s'il devait avoir les deux jambes fracturées.

—Et... est-ce que je pourrais garder mon mari quelques minutes? s'enquit la mariée avec un petit oeil bourré de menace.

Il s'assit. Rosaire fut bientôt là. Pour la troisième fois déjà, il raconta comment Julien avait pu aligner la décapotable entre la queue du petit camion et la queue de chemise de l'adolescent peureux qui avait sauté en plein devant eux... Un miracle! Puis on parla du malheureux accident survenu à Gaspard Fortier. Rosaire conclut:

—Les maudits bicycles, c'est dangereux. C'est comme les chevaux... Aujourd'hui, c'est le règne de l'automobile, le règne des chevaux est fini, du passé, effacé à jamais...

Clara se tut les paupières. Grégoire cloua ses mots.

Mais quelques minutes plus tard, Clara et Grégoire se mirent à parler de chevaux.

En ce moment même, Robert Gaboury, le petit policier à grands bras, aidait des brancardiers à installer Gaspard Fortier sur une civière à l'hôpital de Saint-Georges où il l'avait lui-même transporté à plus de cent à l'heure...

*

La voix sourde, basse et blasée, le jeune chef du groupe des musiciens souhaita la bienvenue à tous en adressant des félicitations monocordes aux nouveaux mariés dont il intervertit les noms en les enchevêtrant dans son bégaiement soudain: Paula Poulin et Grégoire Nadeau.

—Bah! c'est quasiment ça, fit Grégoire en riant.

—Et com...me... première pièce, voici i i i i un succès d'Elvis Presley... Woo oo oo oo den Heart...

415

Plusieurs dansèrent le rock and roll, d'autres le cha cha, quelques-uns la samba, une le charleston et tous le bla bla.

On ramassa presque deux cents dollars qui furent épinglés sur la mariée par mon oncle Tit-Gus et cousin Florian du bord des Poulin. Mais c'est Julien qui obtint tout le prestige avec son vingt américain piqué sous le buste, à la ceinture, à peu près sur le coeur.

Paula se sentait encore une bonne réserve d'énergie mais son mari lui, commençait à souffrir de son insomnie de la nuit précédente. Et puis sa montre lui ordonnait d'agir. On voulait être à Lambton dont on disait qu'elle serait au zénith de l'éclipse pour assister au spectacle avec vue sur le lac. Pour cela, il fallait quitter vers trois heures et demie, quatre heures moins quart.

—On va se changer, chérie? lui demanda-t-il devant ceux de la table où elle se trouvait, des Poulin, Muguette et son Réal, le journaliste, ainsi que Cécile et Maurice, son mari.

Le mot chérie tinta dans son coeur. Mais il chatouilla Cécile qui eut le goût de leur parler de petites choses cochonnes. Muguette lui coupa l'élan:

—Bon, faites-nous une nièce ces jours-ci, là vous deux.

—On va essayer, dit Grégoire.

—Pas aujourd'hui, ça serait pas chanceux, dit Cécile.

—Et pourquoi? dit Muguette.

—À cause du soleil qui va se coucher deux fois.

—Parfait, rit Maurice, et eux autres aussi...

—Et ça va peut-être leur donner des jumeaux, ajouta Réal.

Paula se leva en disant:

—Parlez pas comme ça: je suis d'une famille à risques de jumeaux. Mon frère Julien, là-bas, en est un.

—T'as quelque chose contre ça, d'avoir des jumeaux? demanda Cécile.

—Un à la fois, ça va faire... Hein, mon mari?

—On prendra ce qui viendra...

—Bon... on s'ennuie pas mais on y va...

On fut à la maison des Nadeau quelques minutes plus tard. Les mariés s'embrassèrent une longue et chaude fois,

416

la dernière avant de se départir de leurs vêtements de noce pour revêtir ceux du départ pour le voyage. Et on se dépêcha de revenir à l'hôtel pour prendre la route au plus vite. Paula portait un tailleur rose avec vaste chapeau blanc et Grégoire un ensemble pantalon foncé, veston pâle. Un beau couple. Un beau mariage. Une belle noce. Une belle journée. Chacun le répétait. Et c'était vrai.

On salua toutes les tables. Des voeux joyeux, des baisers volants, de nouvelles poignées de mains: il leur fut donné beaucoup de chaleur encore malgré le fatigue et le bruit.

Le village fut traversé. On s'arrêta.

—J'en décroche chaque samedi de l'été, dit le garagiste Leclerc qui s'agenouillait à terre pour renifler sous l'auto afin de dénouer les cordes auxquelles étaient attachées les boîtes de conserves vides.

Le plein fut fait tandis qu'on se parlait de lunettes de soudeur, les meilleures pour regarder l'éclipse...

Tous les invités se rendirent chez Rosaire. C'était le plus mauvais endroit de la paroisse pour se livrer à de l'observation astronomique. Mais le meilleur pour protéger les rétines. Pas d'horizon lointain sauf vers le nord mais le soleil se trouvait vers le sud ouest, droit au-dessus de la sucrerie.

—Ce que je trouve drôle d'une grosse éclipse, moi, c'est qu'on ne voit plus rien! déclara le plus vieux des Maurice devant Rosaire.

Réal, le journaliste, intervint, informatif, heureux de se sentir utile, l'ego gravissant quelques marches de l'escalier de ses orgasmes:

—Ça s'explique, vois-tu, par un phénomène d'interférence. C'est que... le soleil aura beau être des millions de fois plus gros que la lune, elle est plus proche de nous autres... C'est simplement l'arbre qui cache la forêt parce qu'il est là, à vue de nez...

Maurice garda dans l'ombre de son âme un regard sceptique, lui qui se méfiait de ce beau-frère un peu trop intellectuel à son goût. Pas qu'il ignorait une chose aussi sue mais qu'il n'aimait guère se la faire servir comme si on l'avait pris pour un enfant de cinq ans.

Imperceptiblement, le ciel fonçait. Il y avait du monde par toute la cour, se promenant avec des verres fumés, des gens qui regardaient partout sauf le soleil. D'autres, surtout des femmes, travaillaient à l'intérieur à installer le goûter, un buffet froid prêt depuis la veille.

—Je pense que je vais aller aux toilettes, annonça Maurice qui, debout sur la galerie d'en avant, tenait ses mains dans ses poches et sa queue de veston rapetissée et ratatinée à l'arrière.

—Entre, dit Rosaire. C'est à côté de l'escalier, là-bas...

L'homme se rendit uriner. Pas longtemps car il n'avait guère bu. Et tant mieux puisqu'on frappa deux fois à la porte des toilettes. Il reprit le chemin de la sortie mais, au salon, s'arrêta. La télévision fonctionnait. Il se dit qu'il verrait mieux l'éclipse de cette façon et avec moins de risques. Homme timide, il voulut expliquer à Rosaire la raison qui le gardait à l'intérieur. Il se rendit à la porte et lui dit à travers le treillis:

—L'éclipse, ça commence à la télévision. L'écran est déjà... pas mal noir... Ils disent que des savants français sont à Lambton avec leurs patentes... C'est le général de Gaulle qui a dû les envoyer...

Grégoire stationna l'auto dans une entrée de champ à l'endroit où le grand lac Saint-François en montrait le plus de sa surface argentée. La brunante établissait des ombres inconnues à la végétation et à la faune habituées à leur obliquité du soir. Ne s'y retrouvant guère, les marmottes regagnèrent leur trou, les écureuils s'enroulèrent dans leur queue, les oiseaux se posèrent et cachèrent leurs instincts volatiles sous leurs paupières montantes, les feuilles frissonnèrent. Et le monstre du lac sortit sa tête de l'eau comme un périscope et aussitôt la rentra pour se laisser glisser dans les profondeurs noires.

Un camion chargé de pitoune passa devant les mariés à fine épouvante. Éclipse ou pas, il fallait se rendre à East Angus pour cinq heures. Le moulin de papier, vorace, n'avait pas de temps à perdre, surtout le samedi, avec des histoires à dormir de jour.

Grégoire voulut prendre sa femme dans ses bras mais son nez s'enfargea dans le rebord du chapeau. On rit comme des enfants. Paula l'ôta et le jeta sur la banquette arrière sur des cartes du New Hampshire, du Vermont et du New York State....

Il y eut des baisers, longs, profonds, sensuels, muets, plus forts que la fatigue, que le bruit de deux autres camions de pitoune qui passèrent plus pressés que le premier, que la nuit profonde et le crépuscule rapide, que les grandioses beautés du deuxième matin de la journée...

******

Chapitre 17

Paula se souviendrait toujours du voyage de noce pour divers éléments remarquables. Il y eut tout d'abord la température. Par tout l'est de l'Amérique, on établit des records de chaleur. Un soleil intense, lent, massif installait son poids dès dix heures du matin et n'emmenait même pas sa générosité avec lui une fois la nuit tombé.

Puis Grégoire révéla un appétit sexuel suffocant. Par bonheur que la religion, au lieu de condamner le nombre de fois par jour comme avant le mariage, le bénissait maintenant. Mais tout était si poisseux dehors qu'il valait mieux se livrer à de l'amour climatisé dedans.

Le premier jour, soit le dimanche, on visita Ausable Chasm, un canyon étroit et profond aux parois de pierre dure ou de tuf selon les niveaux du regard. On eût dit un géant qui s'était gratté trop fort.

Il fallut se tenir les mains à l'intérieur de la grosse longue barque contenant vingt personnes pour éviter de perdre ses doigts dans la rivière. Le 'gondolier' répéta plusieurs fois l'avertissement. Cela ajoutait du piquant à l'aventure. Car les rapides musclés et bouillonnants crispaient les visiteurs. Au moins l'endroit était-il frais! Et souvent l'on se faisait asperger de fines gouttelettes d'eau. Et l'oxygène abondait aussi.

Le jour suivant, on se rendit à un serpentarium. Devant tous ces rampants enchevêtrés cherchant comme des politiciens à se distinguer et à émerger sur le tas, la romance s'éloigna pour quelques heures. Mais on la retrouva avec une visite historique et panoramique à Fort Ticonderoga. C'est qu'on s'y retrouvait comme chez soi, en terrain familier, avec tous ces noms français appris à la petite école de l'enfance: Carillon, Montcalm, Bougainville, Lemercier, Vaudreuil, Lotbinière, Lévis...

Au spectacle reconstitué de prisonniers ensanglantés incarnés par des mannequins loqueteux enchaînés dans de sordides geôles de béton, on évoqua les misères du passé pour mieux leur opposer les merveilles du présent et les promesses de l'avenir. Puis chacun photographia l'autre près d'une pièce de canon, la plus grosse et qui avait menacé tout ce qui était capable de flotter circulant dans le détroit unissant le lac Champlain et le lac George.

Une plaque commémorative étonna passablement Paula. On y écrivait des choses sur Benedict Arnold, personnage historique adoptif de Saint-Georges. Elle se dépêcha de se procurer tous les renseignements possibles sur l'histoire de ce fort et elle apprit que le général américain au temps de ses exploits héroïques, en 1775, avait voulu s'emparer de la forteresse, mais qu'il y avait été devancé de quelques heures par un autre aventurier, Ethan Allen auquel il avait dû remettre le commandement de ses hommes et qui avait recueilli pour lui tout seul toute la gloire du fait d'armes.

Plus loin, à Saratoga, elle reprit contact avec le 'héros' américain. Grâce à lui surtout, on y avait vaincu les troupes Anglaises venues de Montréal et dirigées par John Burgoyne, disait timidement la documentation. Mais un monument en forme de botte érigé par le mépris et le sarcasme, y rendait hommage à la seule jambe d'Arnold plutôt qu'à toute sa personne, celle qui lui avait été émiettée là à la seconde bataille de Saratoga en 1777.

Tous les commentaires de Grégoire lors de ces visites se rapportaient à l'intérêt qu'y trouverait Gaspard Fortier mais il se heurta chaque fois à la méfiance de Paula. Si bien que dans la prairie vallonneuse de la bataille de Saratoga où apparaissaient et disparaissaient comme des sauterelles de jeunes cerfs effarouchés et domestiqués à la fois, on s'arrêta pour régler le litige.

—C'est un bon gars, je te le dis.

—Sais pas... il m'inquiète... Il a le visage traître...

—Il est refermé sur lui avec les gens qu'il connaît peu, mais c'est un homme de parole.

—Un homme qui voit toujours l'avenir en noir peut vendre son frère pour trois fois rien. Ce fut le problème de Judas...

—Et de ce... Benedict Arnold?

—Peut-être?

—Écoute, on se chicanera pas à cause de Gaspard Fortier et Benedict Arnold, tout de même.

—Surtout pas par cette chaleur!...

Comme pour les soulager, une brise entra par les ouvertures libérées des vitres.

—Ah! que ça fait du bien, ce petit vent-là.

—Et ça sent le bon foin frais coupé.

Au loin, en contrebas, la rivière Hudson coulait brillamment et l'ensemble donnait un paysage semblable à celui de la Beauce. L'homme allumé par l'environnement s'approcha de sa femme et la fit prisonnière entre la portière et ses bras.

—On devrait... se faire des petites choses en plein ici, tu ne penses pas?...

Il l'embrassa brièvement et, malin, il reprit la parole:

—Tu te rappellerais toute ta vie de la bataille de Saratoga, hein? Je te tire des balles et toi, tu les attrapes si tu peux...

—T'es fou... regarde, y'a des visiteurs qui s'amènent...

—C'est justement... on va repousser les Anglais... avec mes... batteries...

On se rendit visiter l'académie militaire de West Point le lendemain et là encore, Arnold prit beaucoup de place, puis il fut décidé de rebrousser chemin et de passer quelques jours au lac George pour ensuite retourner prématurément vers le Canada mais en traversant les États du Vermont et du New Hampshire à la recherche de belles grandes fermes exemplaires de manière à joindre l'utile à l'agréable.

Sans l'avouer, Grégoire espérait y voir des élevages de chevaux car les propos de Gaspard la veille de son mariage et ceux de Clara le jour de ses noces fermentaient dans son inconscient.

*

—On ne peut pas en vivre encore, dit l'homme dans un français plus que cassé.

Quelle chance, on était tombé sur une ferme où il s'élevait des chevaux sur une moyenne échelle. L'homme de pas quarante ans était fils de Canadien français émigré au Vermont dans les années trente.

—Il faut absolument combiner aux chevaux, l'élevage de bovins laitiers ou à boucherie pour survivre, dit le blond personnage aux joues rouges comme les portes de sa grande grange blanche qui, d'un bout, recevait les vaches pour la traite et pour l'hiver, et de l'autre, contenait en stabulation libre à partir des premiers grands froids les fiers chevaux qui paissaient dans les vastes pâturages depuis le printemps jusqu'à la morte saison.

On entra dans la partie à grand espace libre.

—Un cheval est une bête mélancolique capable de mourir d'ennui dans une stalle trop étroite. Mieux vaut en laisser plusieurs ensemble ici dans une aire suffisante...

Grégoire évalua les dimensions à soixante pieds par quarante mais douze pieds au moins n'étaient pas plafonnés et donnaient au lieu une grande vastitude dans le sens de la hauteur.

—La chicane, les ruades?... demanda Paula qui laissait plutôt sa caméra questionner les environs.

—C'est naturel. Il faut qu'il s'établisse une hiérarchie comme dans la société... Parfois, il y a un peu de sang, un peu de peau arrachée mais c'est vivable... C'est mieux que l'enfermement solitaire en tout cas.

*

On ne fit pas longue route suite à cette visite. Une fois les valises nécessaires entrées dans le motel, et rien d'autre, chacun prit son propre lit pour quelques minutes de relaxation avant la douche espérée et les folies d'après-midi garanties.

La pièce fut laissée sombre. Elle était déjà bien fraîche. Elle exhalait des odeurs de pin. On avait choisi l'endroit parce qu'il faisait rustique dans sa façade en billes de bois rond. On ne se dit rien pendant le temps que prit la sudation à diminuer.

—J'espère que le père ne se fera pas trop mourir avec l'ouvrage, dit Grégoire la première fois qu'il ouvrit la bouche.

—Il a dû s'engager quelqu'un...

—D'habitude, il comptait sur Gaspard...

—J'ai du mal à croire que les gros bras sont si rares que ça à Saint-Georges de Beauce.

—Sont pas rares, mais tout le monde travaille déjà dans la Beauce.

Paula soupira longuement à deux reprises. Il se fit une longue pause à paupières closes. Puis elle dit:

—Sais-tu, j'ai compris quelque chose tout à l'heure... Un jour, Grégoire Poulin va élever des chevaux et rien que ça, est-ce que je me trompe?

Il se fit hésitant:

—Bah! oui, tu te trompes probablement. Ça m'intéresse, mais comme le gars disait... vivre de ça...

—J'ai rien contre...

—Ah!?

—Non.

—Rien contre...

—Rien contre que tu y penses. C'est ça rêver! Et c'est beau, rêver...

—On est dedans, le rêve le plus beau, pas besoin d'autre chose.

—Oui mais... il est réalisé maintenant. Nous voilà mariés.

—Bon... on rêve aux enfants...

—Oui... et pas rien qu'aux enfants... à nous autres aussi, non?

—Rêver à nous autres?

—À notre avenir... comme à cet élevage de chevaux qui te fait briller le regard.

Il rit:

—Tu voudras toujours vouloir regarder au loin...

—Comme un cheval...

—Un cheval voit-il au loin.

—Oui, mais c'est pour fuir en cas de danger...

—Et toi, tu rêves à quoi?

Paula vécut un moment d'angoisse. Il était vrai que son espace à rêve jetait du lest ces jours-là, mais s'il se vidait, c'était pour mieux s'agrandir... Sans doute que son instinct maternel devrait l'occuper, tout ce vert pâturage...

******

Chapitre 18

Les lentes mélancolies du long automne s'appesantissaient sur la vallée balayée par des vents coupants. Elles étaient charriées avec les feuilles sur l'eau de la rivière, accrochées aux branches qui muaient et donnaient aux arbres sombres à la brune des allures spectrales.

Ce samedi, Paula se sentait environnée par la solitude.

Grégoire était parti à la chasse. Près du Maine. De par les chemins de chantier d'une grande compagnie forestière. L'accompagnaient deux vieux amis, Jean-Noël Turcotte et Robert Lessard. Une fête entre gars. Mais cela allait à l'encontre du bonheur de Paula. Tuer des bêtes, ça finissait par se retourner contre soi; l'abbé Labrecque en avait fait l'effrayante démonstration déjà à Saint-Honoré.

Elle enveloppait ses frissons de ses bras chauds, le regard vers la confluence des rivières, réfléchissant à sa vie neuve. Tout mariage modifie brutalement le cours d'une existence mais au sien s'étaient ajoutés des événements qui accentuaient les changements. Enceinte, oui, et depuis août, mais les joies de la promesse avaient été écorchées vives par des maux physiques très marqués. Nausées, étourdissements, faiblesses: le même topo que sa mère avait subi lors de ses grossesses et qui l'avait peut-être emportée dans la tombe. Non pas que Paula en fut effrayée puisque l'époque de la tuberculose était révolue mais que l'affligeait la perspective de plusieurs mois à marcher à côté de sa santé et de son bien-être corporel.

Et puis, comme si toutes s'étaient donné le mot au même moment, Amélie, Aubéline et Michelle avaient quitté la Beauce aux premiers jours de septembre. Du vieux groupe, seule Francine demeurait mais son mariage l'accaparait totalement et elle n'avait pas l'air de vouloir garder des ponts solides entre femmes.

Quant à Lucie, elle filait le bel amour et ne venait pas beaucoup, d'autant qu'il lui fallait étudier solidement pour n'obtenir qu'une part des résultats qui avaient doré la réputation de sa soeur aînée.

En somme, voilà que Paula comptait plusieurs familles dans sa vie, les Nadeau et les Gobeil, le deuxième lit chez son père, les Bourque et les Poulin à Saint-Georges, la sienne propre en voie de développement, et pourtant, l'isolement tourbillonnait au-dessus de la maison parfois. Et beaucoup en ce jour nuageux qui mesquinait sans arrêt avec le soleil.

“Quand vient la souffrance, tu sais quoi faire avec.” Le souvenir de cette phrase vint écrire un sourire léger et tendre au coin de ses lèvres. Elle s'habilla chaudement. Se botta en cas de flaques d'eau, de boue et simplement pour marcher sur du plus solide. La Chaudière l'appelait là-bas. Elle s'en rapprocherait comme du temps de sa vie sur la première avenue.

Le long de ses pas, des souvenirs de débâcle puis du cours paisible de l'eau féminine, la plus fidèle de ses compagnes d'adolescence, vinrent lui réchauffer le coeur. Saurait-elle un jour ce qui se trouvait dans le cadeau de Gaétan? Saurait-elle jamais si c'était bien lui, le paquet brillant que les glaces tumultueuses avaient emporté? Le secret d'Aubéline finirait-il par craquer comme les couches les plus épaisses que l'hiver le plus cruel puisse donner à la Chaudière?

Elle parvint au bord de l'escarpement. Son regard se perdit le plus loin qu'elle put en amont. La rive opposée se contorsionnait, s'enflait, se ridait puis se calmait. Elle refit le voyage à l'inverse depuis là-bas jusqu'aux images tourmentées devant elle. Si donc par une quelconque magie le piano de chez son père avait pu être là, elle en aurait fait jaillir des notes volcaniques, anarchiques... Un concert infernal qui plonge son âme autre part, pour en revenir plus riche...

Sa rive à elle qui commençait au bout de ses pieds l'empêchait de voir l'eau de près. Arbustes, fardoches, rochers obstruaient la portée du regard. Le goût de descendre vint lui prendre la main et elle s'engagea dans une petite coulée sablonneuse qui la conduisit au fin bord de la rivière où elle dut se retenir par une grosse roche usée qui avait l'air de se trouver là depuis peu soit moins de cent ou deux cents ans. L'érosion avait pu l'arracher de l'escarpement et les glaces l'enfoncer chaque printemps dans son lit graveleux.

Elle s'assit dessus et replia les jambes sur son ventre et s'empara de ses genoux.

L'eau placotait sur des pierres en saillie. La fraîcheur du temps lui avait sans doute ravi ses odeurs. Tant mieux! songea la jeune femme. Car les riverains depuis Mégantic ne parfumaient pas tous la rivière à l'eau de rose. Un vol de canards noirs passa là-haut en direction du sud. Elle les reconnut par la forme et les couac couac nombreux qui se répétaient comme le refrain d'une chanson à répondre. Plus près, le vent se trouvait des instruments dans la végétation et sporadiquement, il murmurait des soupirs inachevés.

Elle fut là longtemps, sans songer, sans sourire, sans dire, sans rien... Splénétique. Comme inanimée.

Des branches qui craquent. Des bruits insolites. Elle regarda dans toutes les directions. Alors parut sur sa gauche quelqu'un qu'elle aurait pu attendre sur sa droite si tant est qu'elle l'eût attendu. Déjà pâle, elle blanchit encore. Gaspard Fortier, lent, boiteux, sombre, émergea d'entre la végétation jaune et sursauta en l'apercevant.

Elle se demanda s'il l'avait suivie.

Il se demanda la même chose.

—Bonjour jeune dame, j'espère que je ne t'effraie pas au moins.

—Non... mais vous me surprenez d'être là.

—J'ai plusieurs raisons, s'empressa-t-il de dire dans son malaise d'y être.

Elle fut sur le point de se relever pour s'en aller mais cela eût été un aveu de peur, un aveu dangereux peut-être...

—Ah bon! fit-elle en lui jetant un coup d'oeil de bisc-en-coin.

—Tu vois... le long de cette rivière court l'histoire. L'histoire de la terre et celle des hommes. La géologie. La végétation. La faune. Les Indiens. Les rebelles américains. Dans une seule journée près de cette rivière après avoir lu quelques bons livres sur les sujets que je viens de te dire, tu t'enrichis plus que dix ans dans un bureau d'affaires ou vingt dans le béton d'une ville. Le problème, vois-tu, c'est que la business et l'urbanisation vont nous bousiller tout ça dans vingt, trente ans, un demi-siècle au plus. Comme elles en savent des choses, ces pierres! Et comme on peut leur en faire révéler! On croit qu'il n'y a plus d'or dans cette eau et pourtant, elle est remplie de pépites; mais on ne veut pas les voir. Il n'y a que les enfants pour les apercevoir qui brillent dans le sable au fond du lit... que les enfants...

Cette répétition du mot enfant fit frissonner la jeune femme. Car la seconde fois, le personnage le prononça en regardant au loin et le son de sa voix devint caverneux comme s'il y avait eu dedans des secrets inavouables...

Elle ne dit rien. Il se sentit obligé de reprendre la parole:

—Et puis... je marche dans les pires conditions qu'on puisse trouver dans les environs pour que mes jambes non seulement redeviennent ce qu'elles étaient avant mon accident du jour de tes noces mais pour les rendre plus fortes, plus souples, plus endurantes.

—C'est une bonne idée!

Il se sentit dégagé et, pour la première fois, la regarda droit dans les yeux en s'exclamant:

—Sûr que c'est une bonne idée! Tu parles!

À son tour, Paula respira mieux. Il la contourna et s'éloigna de quelques pas. Puis il dit en tournant la tête mais seulement vers l'autre rive:

—Je sens que je suis un personnage qui t'inquiète, Paula, mais tu as tort. Le marginal qui vit seul n'est pas forcément fêlé. Pour peu qu'on accepte que les voies du

429

bonheur ne sont pas les mêmes pour tous, l'oeil que l'on pose sur lui devient plus... tolérant.

Il reprit son chemin difficile sans rien ajouter. Elle demeura silencieuse, le vit disparaître, coucha sa tête sur ses genoux: troublée... Quelque chose de neuf l'habitait. Quelque chose d'indéfinissable. Ce n'était ni dans sa tête ni dans son coeur mais dans sa substance profonde... Le diable en s'incarnant aurait pu s'habiller en Gaspard Fortier. Se cacher dans ses mains noueuses, dans son regard fuyant, dans ses mauvais augures... Mais le bon Dieu aurait pu lui aussi emprunter le même véhicule charnel...

*

Dans les jours qui suivirent, Paula dut couper de moitié son temps de travail au garage. À son grand regret et plus encore à celui de son patron, elle annonça qu'elle quitterait sa place définitivement le vingt décembre.

Éva lui fut d'un grand secours durant la période des Fêtes et la jeune femme put recevoir à son tour sans qu'il n'y paraisse de ses malaises physiques. Puis l'hiver la vit grossir et grossir. Elle en vint à se croire habitée par des jumeaux et cette pensée la décourageait. Par bonheur, ses malaises s'amenuisèrent et disparurent presque tout-à-fait.

Grégoire montra bonnes attitudes, patience et prévenance. Il était fort comme un cheval et brûlait de l'énergie en quantité. Au Vermont, il leur avait été dit qu'un cheval dispose de dix fois la masse musculaire d'un humain toutes proportions gardées et que pour cette raison la bête avait besoin de grands espaces, de tâches lourdes et quoi encore. Grégoire utilisait au maximum sa jeunesse sans la gaspiller. Il dormait bien, mangeait avec un appétit mesuré et Paula apprenait à lui cuisiner des mets sains et vivifiants.

La Chaudière secoua son gros dos le dix avril.

Un mois plus tard, le onze mai, Paula donna naissance à des jumeaux. Une fille qu'on appellerait Nathalie et un garçon qui porterait le nom de Christian. L'accouchement fut difficile et on décida d'attendre que la mère soit parfaitement rétablie pour faire baptiser les bébés.

Ce baptême eut lieu le vingt-neuf mai par une journée de soleil mais très fraîche et venteuse. Cyrille, Éva, Hélène et Rosaire furent appelés comme parrains marraines. Le jeune abbé Ferland oignit les fronts sur les fonts baptismaux. Éva en eut la larme à l'oeil. Une si belle cérémonie. Un si beau vicaire!

Durant la semaine, Paula rencontra son médecin. Elle se fit prescrire la pilule anticonceptionnelle. L'abbé Ferland ne l'en bénirait pas moins, songea-t-elle.

******

Chapitre 19

La jeune mère apprit vite et mille choses nouvelles dans les mois suivants. Et en tête de liste, à répartir ses énergies entre tout ce qui la réclamait. Il lui parut que la responsabilité familiale lui ayant échu au début de son adolescence ne lui avait pas demandé autant. Inconscience de l'âge? Ou alors son père et grand-père Joseph avaient-ils assumé bien plus de tâches qu'on ne croyait et avait-on surestimé son rôle de mère prématurée?

Les mois filèrent entre ses doigts comme du gravier de la rivière ou de l'eau claire. 1965 s'insinua dans ses jours sans tambour ni trompette. Grégoire et les jumeaux, chaque semaine, éclipsaient un peu plus les êtres chers de sa vie passée. Lucie épouserait Maurice en août et eux aussi s'installeraient sur une ferme, mais à Saint-Honoré.

Puis ce fut Michelle Caron qui lui téléphona pour lui annoncer son mariage prochain. Elle déclara tout son plaisir de pouvoir enfin le clouer dans son lit, le cher médecin plein comme un boudin. Puisqu'il avait du mal à supporter les grands soleils d'été, on avait fixé la noce en juin. Comme ça, il ne risquait pas de changer d'idée à cause d'une insolation. Saint-Georges exploserait le jour même de la Saint-Jean. Un mariage mémorable! À l'Arnold. Dans la plus grande salle. Et avec personne d'autre que

Grand Gilles comme maître de cérémonie. Le bouquet. Le paquet. Du jamais vu! Les grandes familles de la place en auraient plein le nez...

Et en effet, l'Arnold péta de ses plus glorieux éclats ce jour-là. Des Américains qui s'arrêtaient pour la première fois à cet établissement remirent en question leur piètre estime envers leur traître national. À l'exquisité de la cuisine, à la qualité du service, à la chaleur de l'accueil, à la rusticité québécoise des aires s'ajoutait la flamboyance d'une noce à grand budget. On était à la confluence des valeurs françaises, québécoises et américaines. Sans compter l'invisible sang abénakis roulant dans bien des artères de ce beau monde, y compris celles de la mariée. Il y aurait eu de quoi écrire un vaste roman sur cet événement aussi bien que sur le jour du quatre novembre 1775 où les cinq cultures nord-américaines d'alors se parlèrent deux milles plus loin à Sartigan lors d'une rencontre historique à nulle autre pareille et pourtant ignorée par l'Histoire.

(L'événement servira de phare dans l'affabulation du roman 'La Sauvage' par l'auteur.)

Paula aima cette noce extravagante qui se mariait parfaitement avec la personnalité de Michelle.

Et en août, elle aima autant et plus, mais pour d'autres raisons, celle de Lucie qui fut simple et belle. Très semblable à la sienne. Aux mêmes endroits. L'église s'habilla du même grandiose. Esther se montra plus éloquente encore avec tant de coeur à l'orgue. Et à l'hôtel, on bavarda entre parents, entre connaissances. Des défis automobiles furent lancés, relevés. Pas d'incident. Aucune bataille. Ni accident. Un autre beau mariage. Juste une toute petite lueur d'une toute petite angoisse au fond du regard de la mariée et que seule Paula fut capable de lire.

La semaine suivante, le dimanche, Paula et Grégoire retournèrent à Saint-Honoré. On y tenait la première exposition agricole de la Beauce. Une fête à l'organisation modeste mais qui attira trois fois plus de monde que le grand triomphe électoral de 1960, ce qui montra hors de tout doute que les vaches ont plus d'importance dans la profondeur des coeurs que les politiciens les plus populistes ou/et populaires, fussent-ils des Lesage, des Lévesque ou des Caouette. Question de respectabilité certainement!

On avait confié les jumeaux à leur grand-mère Poulin qui les gardait avec un plaisir immense. Et Cyrille monta avec son fils à Saint-Honoré. Tout le long du trajet, on regrettait de n'avoir pas préparé quelques animaux pour les jugements. La jument isabelle, grâce à quelques semaines de soins attentifs, aurait sûrement pu se mériter un prix. Des prix symboliques, on le savait d'avance, et qui n'épongeraient pas le dixième des coûts de préparation des animaux, mais possédant un incroyable effet stimulant chez les producteurs.

Dès la moitié du village, il y avait des automobiles stationnées le long de la rue principale. On put se rendre compte que les rues transversales étaient bondées elles aussi. Tous les stationnements du coeur du village, ceux de l'église, du couvent, du collège: pleins. On dut aller garer l'auto chez Rosaire et revenir à pied.

La foire avait lieu dans un champ sur la terre de la fabrique au-delà du cimetière. On s'y rendit à pied. Deux grands terrains là-bas contenaient plus de véhicules que tout ce qu'on avait vu jusque là. Quelqu'un dira que Tit-Georges Veilleux entra en dépression nerveuse ce jour-là. Des gens à pied affluaient aux entrées où les billets étaient vendus à un dollar pour les adultes et vingt-cinq cents pour les enfants de moins de douze ans.

Tout provoquait l'étourdissement. Des gens circulaient dans un sens ou l'autre mais en revenant sans cesse sur leurs pas. Des manèges étincelants d'un carnaval ambulant tournaient, dispersant à la ronde leurs couleurs multiples et les cris des occupants. Des enclos circulaires formés par des clôtures de corde recevaient des bêtes et des gens qui se présentaient à l'oeil exercé et sévère des juges impartiaux venus de loin. Seule la machinerie agricole exposée avait été disposée en rangées plutôt qu'en rond. Et cela valut aux organisateurs de nombreuses protestations de ceux qui se disaient trop loin, trop en retrait ou bien trop près.

Il se vendait des chapeaux westerns, des ballons, des billets de tirage. Des hommes retournaient à leur voiture parfois pour se prendre une bière bouillante. On s'était vu refuser un permis de vente d'alcool pour inexpérience tout comme un débutant a du mal à se trouver un premier emploi faute d'avoir travaillé déjà.

Cyrille prit son bord tout seul. L'homme sentait depuis le mariage de Grégoire la barrière qu'érigeait Paula devant lui. Ce devait être instinctif. Il ne s'en inquiétait pas trop. Elle finirait par le connaître mieux et saurait qu'elle n'avait rien à craindre de sa part.

Le couple fut attiré par la machinerie. On supposa que le garage Roy exposait. Il fut trouvé au milieu du groupe. Monsieur Roy s'y trouvait mais pas sa femme. L'échange avec les Poulin fut fort chaleureux. On ne s'était pas vu depuis une éternité.

—Toi, je te déteste, dit l'homme à Paula qui se composa un faux étonnement dans les sourcils.

—Ah oui?

—Depuis que t'es partie que je perds mes cheveux et beaucoup d'argent.

—Ça fait plaisir de l'entendre.

—Ah! et en plus, tu trouves ça drôle!

On rit un bon coup puis l'homme intéressa Grégoire avec un nouveau modèle de tracteur tandis que Paula allait fureter plus loin du côté des équipements d'érablière où le progrès se faisait très rapide maintenant, ce qui ennuya la jeune femme car elle se sentait dépassée par quelque chose...

Plus loin, de l'autre côté d'un chemin de circonstance, elle aperçut un abri de toile sous lequel des tables remplies de choses lui firent comprendre qu'il s'agissait de l'exposition des dames fermières. Des légumes, de l'artisanat, de l'art populaire, des conserves, des plats cuisinés, des beignes: le monde de la femme. Hélène devait s'y trouver. Elle la vit qui portait un chapeau de cow-girl et s'approcha.

On s'était dit la veille qu'on se verrait là mais on fit quand même des éclats pour se saluer.

—Hey, mais d'où ça vient, ça? s'écria Paula devant des choux d'une perfection indiscutable à l'oeil du profane.

—De mon jardin! fit Hélène avec des grands yeux satisfaits.

—Chez nous?

—Hum hum...

—Pas possible!

—Pourtant, c'est ça!

—T'as le pouce vert c'est vrai.

Il y avait aussi des concombres et des haricots sur la table.

—Ben, si y'a pas de médailles là-dedans, on va pendre les juges aux entraits de la grange, hein!

Puis on se parla des enfants, des travaux de ferme et de maison, de la fête du jour, cette exposition à grand succès évident et dont le penseur avait été un professeur, ce qui rendit Paula fort sceptique... Chacun son métier, pourtant?...

Où qu'on soit, les haut-parleurs rendaient l'âme de la fête. Parfois on annonçait des sommes perçues pour de la publicité, d'autres, on invitait les gens à s'approcher d'une aire d'exposition pour assister à un jugement spécifique. La Beauce focalisait tant sur Saint-Honoré que même Grand-Gilles se trouvait là, sur une estrade improvisée à même une remorque de camion, à redire sans arrêt à la radio avec des mots toujours nouveaux et séduisants que la journée du comté ne se passait pas ailleurs que là. Il fit même prononcer un laïus par le curé Ennis qui, la pipe bourrée de fierté, exhalant une fumée bleue comme le drapeau du Québec, rassura tout le monde sur l'incertitude du ciel. La pluie attendrait...

La pluie attendit.

Le peuple se crut béni de Dieu de façon toute spéciale.

Grégoire retrouva les femmes puis il les quitta. Il avait mieux à faire ailleurs, près des enclos des animaux devant être jugés ou déjà passés en jugement. Il ajouta à ses connaissances de plusieurs races et porta un intérêt particulier aux chevaux et poneys.

Sa femme poursuivit sa tournée. Elle serra des mains, rencontra plein de gens qu'elle n'avait pas vus depuis longtemps, des enfants de la paroisse revenus exprès pour l'occasion, d'autres établis à Saint-Honoré mais qu'elle avait perdus de vue ces dernières années.

Des conversations réveillèrent des coins de son passé. La nostalgie vint la frôler de son aile. Ses pas l'emmenèrent

436

comme à son insu à l'endroit du terrain le plus rapproché du cimetière. Et le cimetière appela son regard. Du remords s'avança la tête vers elle. Depuis plus d'un an elle n'avait pas visité la tombe de sa mère. Bernadette l'aurait fusillée, au moins par les yeux, si seulement elle avait appris cela.

Elle s'engagea sur le sentier qui y menait. À l'entrée, on lui tamponna une feuille d'érable sur le dessus de la main pour qu'elle ne soit pas obligée de payer à nouveau et elle se rendit saluer sa mère.

Quand elle repartit du cimetière, il lui sembla comme déjà quelques fois dans le passé, apercevoir une silhouette dans une fenêtre du presbytère, celle d'Esther Létourneau probablement, cette femme éclipsée par la vie, effacée par le temps... Devait-elle se rendre la saluer, la déranger dans le cours monotone de ses jours grisâtres? Mieux valait attendre, musarder en restant à vue; si Esther désirait sortir de son cocon, elle le ferait de sa propre volonté...

Rien ne se produisit. Elle apprendra même ensuite que la femme ne se trouvait pas au presbytère ces jours-là, qu'elle était partie visiter des soeurs de la Charité à Québec...

*

Paula continua de glisser peu à peu dans l'ombre de son mari. Au chapelet des beaux mariages de ces dernières années succéda un chapitre des morts qui relégua dans un grenier poussiéreux ses autrefois exaltants d'adolescente et de jeune femme.

La première frappa avec brutalité. Au coeur d'octobre et d'un après-midi beau et chaud, Grégoire trouva son père dans l'étable, terrassé par une crise cardiaque et déjà mort depuis au moins une demi-heure, présuma-t-on.

Une semaine plus tard, grand-père Gobeil fut à son tour rappelé par le Seigneur. Et en novembre, Cécile et Maurice perdirent leur fils de dix-huit ans qui mourut dans un accident de la route à deux pas de la maison à Saint-Côme. Un accident bête et inutile qui fragilise pour quelques jours tous les projets d'avenir de ceux qui se le font braquer devant le visage.

Et au printemps de 1966 mourut le curé Ennis qui venait tout juste de prendre sa retraite. Il fut exposé à la salle paroissiale de Saint-Honoré dans un cercueil noir entièrement ouvert.

La moitié de la paroisse s'y trouvait quand Paula et Grégoire y vinrent. "C'est bien lui." "Ça s'est fait vite." "C'est bien comme ça, il n'a pas souffert." "Le meilleur prêtre qu'on puisse avoir dans une paroisse." "Eh oui, un homme de progrès." "Justement, c'est lui qui a fait bâtir cette salle..." "Et puis, les deux députés, c'est un peu à cause de lui qu'on les a eus." "Oui, c'est vrai, ça." "C'est drôle, au confessionnal, il donnait toujours une dizaine de chapelet comme pénitence, que tu accuses un péché ou bien deux douzaines. Pour lui, c'était le même prix." "Ben oui, il venait de quitter le presbytère, ça faisait pas une semaine. C'est dangereux de prendre sa retraite, ça, c'est sûr." "Par chance qu'on a un bon petit vicaire!" "T'as vu la fille à Rosaire Nadeau... C'est son mari avec elle... Un bel homme, hein?" "Elle a toujours été une débrouillarde, celle-là." "Esther Létourneau, je l'ai pas vue pleurer. Des fois, on dirait qu'elle vit dans un autre monde, celle-là." "Ouais, mais écoute, c'est pas qu'elle manque de coeur, ben au contraire.." "C'est sûr!"

Les murmures glissaient d'une oreille à l'autre dans les longues rangées de chaises alignées le long des murs de la salle. On se disait des choses superficielles, mais derrière chaque façade, chacun savait qu'avec la mort du prêtre se terminait un grand chapitre de l'histoire de Saint-Honoré. D'autant que le hasard voulait qu'avec lui une époque s'en aille, s'éteigne, l'accompagne dans le commencement de l'oubli et de la désuétude.

Le couple de Saint-Georges s'assit avec les Nadeau, Rosaire et sa femme, Lucie et son mari. Des considérations respectueuses émaillèrent les propos bas presque chuchotés. Paula n'entendait guère et n'écoutait pas. Son esprit cherchait à sonder, à évaluer la distance qui la séparait maintenant de sa paroisse natale et de son passé.

Une femme du village frisée comme un mouton, maigre et bruyante vint les saluer, calepin noir entre les mains. Tout en jasant, elle y inscrivit des notes.

—Là-dedans, moi, j'ai tous les noms de tous ceux qui sont morts dans la paroisse -ou qui viennent de la paroisse- vingt ans en arrière. C'est mon troisième calepin. J'ai au-dessus de quatre cents noms. Pas rien que le nom... l'âge, le nom du conjoint... Comme les monuments au cimetière... Mais le curé, c'est difficile de lui donner la vieille mère à Esther comme conjointe... Ça me surprendrait qu'il ait déjà couché avec elle...

L'imagination des gens combinée au sans-gêne de la femme déclencha le rire... Et cela dérida plusieurs personnes assises de l'autre côté...

******

Chapitre 20

Bien que la mécanisation de la ferme augmentât d'une année à l'autre, Paula collaborait de plus en plus intensément aux travaux qui demandaient beaucoup de temps comme le train de chaque jour auquel la mort de son beau-père lui imposa de participer davantage.

Dans les débuts, le travail au garage puis les jumeaux ne lui avaient permis de ne voir qu'à la chose comptable mais le poids des tâches qui incombaient à Grégoire lui commanda beaucoup plus d'efforts à compter de 1966. De plus le cheptel augmenta de quelques vaches cette année-là; on prit la décision commune et enthousiasmante de travailler des bêtes afin de les classer à l'exposition agricole; et on fit l'acquisition de deux chevaux qui avec la jument isabelle constitueraient le point de départ d'un élevage.

Mais ce sera 1967, l'année marquante. La superficie de la ferme doubla par l'achat de celle d'un voisin. On agrandit la grange. Il y eut tant à faire qu'on fut parmi les rares à ne pas trouver le temps de visiter l'exposition universelle de Montréal.

Gaspard Fortier devint l'homme à tout faire et à beaucoup faire, et Paula le côtoyait comme s'il eût été un beau-frère sans jamais toutefois se départir d'une distance prudente, la même qu'elle avait toujours gardée entre elle et son beau-père.

La vie de la jeune femme se transforma à son insu en course contre la montre. La réalisation de son mari et de ses enfants s'installa au centre de ses préoccupations. Il fallut se serrer la ceinture cette année-là en raison de l'achat d'animaux pour lequel on ne pouvait obtenir de prêt directement et qui demanda une part des profits annuels de l'entreprise familiale. De plus, on devait envisager d'échanger la voiture de Grégoire qui avait l'air piteux à son grand âge de sept ans. Par bonheur, comme pour récompenser Paula à cause de l'arrivée des jumeaux en 1964 et pour lui insuffler du courage, Grégoire avait vu à ce que sa Pontiac soit échangée pour une voiture d'occasion mais de belle occasion, une Falcon de curé.

"Plus on possède de biens matériels, plus les biens vous possèdent", soupirait parfois Gaspard quand elle se plaignait de trimer trop d'heures. Langage de hippie qui ne saurait mener nulle part, se disait alors Paula en reprenant le collier.

En son âme s'installa, bien insidieusement aussi, la routine sentimentale. L'habitude. Mais pas l'usure. Une sorte de confort douillet et serein qui chaque jour lui faisait aimer le retour de Grégoire et le réveil des jumeaux. Mais aussi leur sommeil...

—Tu es une femme comblée, lui dit Michelle qui la visita au début du mois d'août, un soir au ciel douteux.

—C'est vrai, convint Paula.

Elles étaient au salon. Les jumeaux s'amusaient sur la galerie. Grégoire avait dû s'absenter pour aller à Saint-Martin à une vente à l'encan où il espérait trouver une ou deux bêtes à bon compte.

On buvait un Coke, un gros avec une paille dedans comme durant l'adolescence. Paula était confortablement installée dans son vieux lazy-boy de ses vingt ans et Michelle relaxait sur le grand divan en face du piano.

—Comme ça, ta décision est finale?

—Tu me connais, Paula. Quand je me décide, je mets mon chapeau et je lève le drapeau.

—Et ton mari?

—Il n'a jamais été contre l'idée. Ça fait qu'un bon matin, je lui ai dit: on s'en va à Montréal sinon JE m'en vais à Montréal.

—Il avait le choix?... sourit Paula.

—Comme toujours! Chez nous, c'est la démocratie, tu le sais.

Paula dit qu'elle n'avait plus de nouvelles depuis belle lurette des amies du commercial sauf d'Aubéline qui appelait de temps à autre.

—De toute façon, nous autres, toi et moi, c'est pas mieux, on se parle une fois par année. Le mariage, ma chère, fait que les hommes, eux, se solidarisent de toutes sortes de manières et que les femmes, elles, se divisent. Et c'est regrettable!

La voix gardait sa conviction et sa fermeté d'antan.

Puis Michelle tâcha de raconter les merveilles les plus évidentes d'Expo-67 mais somme toute, elle se montra plutôt tiède à l'endroit de la fête mondiale.

Dehors, le soleil baissait lentement. Paula s'excusa. Elle devait faire entrer les jumeaux. Mais elle ne les trouva ni sur la galerie ni à l'arrière de la maison, pas plus que dans le garage ou autour. Elle leur cria, longea les murs, explora du regard les environs immédiats : personne. Ils étaient pourtant avertis de ne jamais aller sur la route. Mais la route ne lui livrait pas leur image aussi loin qu'elle pouvait voir dans une direction ou dans l'autre.

Elle rentra et monta au deuxième étage tout en disant son petit problème à son amie. De là-haut, elle aurait une meilleure vue en tous sens. Rien encore. Restait la solution probable: ils s'étaient rendus chez leur grand-mère. Éva les avait particulièrement choyés la veille. De retour en bas, elle téléphona à sa belle-mère. Mais les enfants n'étaient pas là et la femme ne les avait pas vus de toute la journée.

Alors l'inquiétude s'inscrivit sur son front. Paula raccrocha. Michelle ne la questionna que du regard. L'autre cherchait dans sa tête. Elle se dit que, toute à sa conversation avec son amie, les enfants avaient pu entrer et aller au sous-sol... Elle ouvrit la porte, cria les noms. Rien. Descendit. Mais dut remonter avec son anxiété croissante.

Michelle se vit un rôle à jouer. Sans sa visite, les enfants n'auraient pas été oubliés. À elle de faire en sorte qu'on les retrouve.

—Ils sont peut-être cachés dans le foin quelque part?

—Il n'y a de foin long nulle part sauf dans les fossés de la route et ils ne se cacheraient pas là-dedans, c'est trop poussiéreux et étouffant.

Le pire traversa l'esprit de Michelle. Ils avaient pu s'engager sur la route, se faire heurter par un véhicule qui ne s'était pas arrêté... Elle en voyait souvent, du sang, au bureau de son mari. Mais il ne fallait surtout pas affoler Paula.

—Dans les bâtisses chez madame Poulin? suggéra-t-elle.

—Elle a entrepris de faire le tour et va me rappeler...

—Écoute... je vais aller faire une petite reconnaissance dehors le temps que tu attends son appel...

Michelle se rendit droit à la route et l'emprunta de son pas immense jusque devant la demeure des Poulin, scrutant aussi bien les fossés que les champs. Dix minutes plus tard, elle fut de retour. Et Paula avait reçu l'appel attendu. Néant partout!

On resta sur la galerie en arrière de la maison. Paula criait, écoutait, criait encore. Soudain, l'image de Gaspard Fortier apparut, nette, dans sa tête. Les jumeaux étaient familiers avec lui. Mais ils n'avaient pu se rendre là-bas; la distance était bien trop importante pour des petits de cet âge. Sauf que lui, à bicyclette...

Les sentiments se mirent à bousculer les idées et les images mentales de la jeune mère. Le souvenir de Julien et Herman perdus dans la forêt passa dans ce chaos de questions et appréhensions.

—Tu te souviens de Gaspard Fortier?

—Sûr! L'ai connu à tes noces. Avait eu un accident. Je le vois parfois au bureau...

—Il passe souvent en bicyclette... Il a pu... vouloir promener les enfants...

Michelle échappa une phrase malencontreuse:

—T'es folle, un homme responsable avertirait avant de faire ça et demanderait la permission. À moins d'être un imbécile, ce qu'il n'est pas, ou un maniaque...

Puis essaya de la rattraper:

—Les enfants sont assez grands pour ne pas se laisser faire par quelqu'un qu'ils ne connaissent pas...

—Justement, ils le connaissent très bien. Il travaille deux, trois heures par jour pour Grégoire à l'heure des trains. Et quand je vais aider, les enfants viennent. Il les taquine souvent...

—Je pense qu'on s'énerve pour rien, là, on n'a pas pensé ni l'une ni l'autre à regarder dans nos autos. La tienne, dans le garage et la mienne, là, dans l'entrée de cour. Moi, je n'ai pas refermé à clef. Allons-y...

Chacune courut jusqu'à sa voiture. Le vide encore! Et Paula perdit contenance un moment quand elles se retrouvèrent à côté de la maison.

—Mon Dieu, Michelle, mais qu'est-ce qui arrive donc?

L'autre lui prit les mains et les serra à faire mal:

—Bon... sont pas partis avec ton mari, là?

—Mais non... Il est parti pressé au souper et eux étaient encore à table.

—Il pourrait bien être allé à la ville et les prendre en repassant par ici.

—Non, il est parti vers Saint-Martin. L'encan des animaux était cédulé pour sept heures.

—Raisonnons. On est l'été. Pas de forêt proche. Pas de bêtes dangereuses...

Paula gémit:

—Les humains sont souvent des bêtes.

Michelle hocha la tête:

—Oui, oui, mais faut pas voir des maniaques dans notre soupe. Ça court pas les rues dans la Beauce, du monde de même. C'est pas Montréal, ici.

—Sais pas... cet homme là-bas... Depuis des années qu'il vit seul dans sa petite maison... Même sa maison ne regarde pas les gens en face et elle est cachée par des arbres... C'est pas normal...

—Écoute ma vieille, ça fait quinze minutes que les enfants manquent et tu les vois déjà enlevés, kidnappés, abusés et le coupable est tout trouvé... Bon, reprends-toi. Y'a peut-être dix autres possibilités auxquelles on n'a pas encore songé.

—Ou refusé de songer, dit Paula tout haut en jetant son regard en direction de la rivière.

Car la Chaudière ne lui ravirait jamais un enfant. Elle l'aimait trop, cette rivière qui lui ressemblait comme deux gouttes d'eau. Autoritaire parfois, violente rarement, tranquille le plus souvent. Et surtout, la Chaudière n'avait pas mauvaise réputation. Elle n'était pas une tueuse d'enfants, en tout cas pas dans le haut de la Beauce où son lit d'été était si peu profond...

La mère soupira:

—Je pense qu'ils ont pu se rendre là-bas, descendre vers l'eau et ne plus pouvoir remonter. La rive est abrupte. Je la connais.

—C'est là qu'il faut chercher. Faisons appel à des gens. Aurais-tu le numéro de ce Gaspard Fortier. Il est dans l'annuaire peut-être? Viens. Entrons!

Michelle avait raison. Gaspard devait connaître comme sa poche les moindres replis de terrain de la rive depuis chez lui jusqu'à hauteur de la Du Loup. Comme toujours, il saurait faire...

Paula tint à lui parler elle-même. Elle voulait lire dans sa voix.

—Faut du monde. La police. Grégoire. Des lampes de poche. Moi, je serai chez vous dans quinze minutes maximum. Ou bien venez me chercher en auto. Mais non, occupez-vous plutôt de ce que je vous ai dit. Les forces toutes réunies ensemble, on va les disperser de manière à obtenir du succès.

Paula raccrocha et se mit à fouiller dans les armoires de la cuisine en maugréant:

—Des lampes de poche, des lampes de poche... les piles sont toujours à terre... Ah! et puis c'est la police qu'il faut. Veux-tu l'appeler?

Michelle était déjà au téléphone. Éva entra, désespérée.

—C'est Grégoire que je dois appeler, dit Paula qui s'impatienta devant Michelle.

—Laisse-moi finir... C'est quoi, le numéro de porte, ici?

—On le voit pas du chemin; sont ben niaiseux eux autres!

—Dis-le quand même.

—1214

Paula pensa à sa chambre qu'elle n'avait pas visitée. Elle y courut. Les petits pouvaient s'être cachés sous le lit, dans la garde-robe ou s'être simplement endormis sur le lit. Son coeur fit un bond. C'était ça sûrement. Elle ouvrit, alluma la lumière pour être plus sûre. Rien là non plus, toujours le vide!

—Il faut appeler Grégoire, dit-elle à sa belle-mère.

—Où?

—Je le sais pas moi! Quelque part à Saint-Martin. Parti à une vente d'animaux...

—As-tu le journal? demanda Michelle.

—Il est là, dans le banc du piano.

On finit par trouver le numéro. On appela mais on n'obtint pas de réponse. La vente devait mobiliser toutes les attentions là-bas.

Gaspard fut le premier arrivé.

—La brunante commence à être sérieuse, dit-il en entrant.

Jamais Paula ne l'avait vu se présenter de cette manière, la tête aussi haute et le regard aussi droit. Devoir envisager trois femmes pourtant, et l'homme affichait une assurance tranquille exceptionnelle. Chez un personnage aussi fuyant, cela indiquait-il qu'il possédait des certitudes inaccessibles aux autres? Le doute revint habiter l'âme de Paula.

Il avait une grosse lanterne avec lui qu'il déposa sur le banc du piano.

—J'ai mon idée sur l'endroit où ils se trouvent, annonça-t-il à voix calme.

—Et c'est où, dirent ensemble Éva et Michelle pour Paula.

Il sortit un papier de sa poche de chemise, le déplia et le posa sur la table. Toutes les attentions s'y portèrent. C'était un tracé de la rivière fait à la main. Il en avait délimité un morceau qu'il pointa du doigt.

—Là.

—Pourquoi là? Pourquoi là? questionna Paula, le front barré de plis angoissés.

—Je... t'expliquerai plus tard. Dites à ceux qui viendront d'explorer ailleurs pour qu'on puisse couvrir le plus grand d'espace possible. Moi, je vais battre ce terrain-là tout de suite tandis qu'il reste encore un peu de pénombre.

Et il quitta la maison sans rien ajouter de plus. Grégoire fut enfin rejoint. Les policiers arrivèrent. Des voisins d'un peu plus loin s'amenèrent. On se partagea le territoire où forcément devaient se trouver les enfants. Même noyés dans un bassin, on verrait les corps. L'eau de la rivière n'avait d'épaisseur que bien plus loin, aux abords du barrage Sartigan. Il eût fallu une incroyable mauvaise chance pour que les enfants se soient dirigés par là. Mais s'il fallait, alors une réalisation pour contrer la destruction détruirait déjà, et bien plus que des bâtisses, avant même son inauguration... Gaspard avait critiqué vertement la construction de ce barrage...

Des trois femmes, Paula était la seule qui eût pu participer aux recherches sur le terrain. Elle voulut se faire confier un secteur. Le chef de police refusa. On avait assez de monde pour tout couvrir adéquatement. Son énervement pourrait lui être préjudiciable. Grégoire arriva sur les entrefaites et il approuva cette décision.

Les chercheurs se dispersèrent. Si quelqu'un revenait avec les enfants, on tirerait en l'air une fusée éclairante pour que tous abandonnent les recherches et regagnent la maison. Si l'on n'avait pas trouvé à minuit, on rentrerait et aux aurores, on se remettrait en campagne.

Aux abords de minuit, les sauveteurs revinrent. Tous bredouille. Et s'en allèrent. Seul Gaspard Fortier ne reparut pas. Paula et Grégoire voulurent demeurer seuls. Éva quitta l'avant-dernière. Puis Michelle partit sur la promesse ferme qu'on l'appellerait aussitôt les enfants retrouvés.

À la table de la cuisine, Grégoire jeta de l'amertume:

—Quand la Michelle est dans les parages, y'a toujours quelque chose de croche qui arrive.

—Pourquoi dis-tu ça?

—L'affaire de Lucie à Saint-Honoré en 60? Et là... Elle a quasiment jeté le trouble entre nous autres le soir de mon enterrement de vie de garçon...

—Je pourrais en dire autant de Gaspard Fortier...

—Non mais... comment ça se fait que tu surveilles pas les enfants mieux que ça?

—T'avais qu'à les emmener avec toi, si t'es si responsable que ça!

447

L'homme frappait la paume de sa main droite avec le poing de sa gauche pour y refouler ses larmes et sa rage. Paula soupira:

—À quoi ça sert de se chicaner? Ça va pas nous les ramener...

—C'est pas pour te chicaner, Paula, c'est pour faire sortir quelque chose de moi que je n'arrive pas à supporter, à retenir...

La jeune femme fondit en larmes et se précipita vers son mari qui la prit sur lui et l'entoura du mieux qu'il put.

—Faut pas s'inquiéter, ils sont quelque part endormis et au matin, on va les retrouver. Ça arrive souvent ces choses-là... quasiment dans toutes les familles un jour ou l'autre. Tiens, dans la tienne, tu me l'as déjà conté... Et les jumeaux à part de ça... C'est rarement grave, ces histoires-là...

Un quart d'heure plus tard, le téléphone sonna. Michelle appelait. Grégoire répondit. Il échangea quelques mots avec elle puis pensa qu'elle pourrait réconforter Paula à qui il passa le récepteur.

—T'inquiète pas, ma grande, je te prédis que monsieur Fortier va te les ramener...

Effectivement, les mots de Michelle aidèrent Paula pendant un temps. Puis elle entra dans un état de prostration que son mari respecta. Il se rendit dans leur chambre et s'allongea sur le lit où il posa un geste devenu rare dans sa vie: il pria le ciel de leur ramener vivants leurs enfants. Une voix intérieure le rassura. La somnolence l'envahit doucement...

Une autre voix le réveilla. C'était Paula qui chantait. Il se leva et la rejoignit au salon. Le visage en larmes, la gorge parfois tordue, elle tâchait de rendre avec toute son âme son chant-refuge de toujours: *La voix de maman*. Quand les mots se nouaient trop fort dans sa poitrine, elle écrasait les notes comme pour les arracher à sa douleur.

Ils se réconfortèrent du mieux qu'ils purent jusqu'aux premières lueurs de l'aube. Dès six heures, avec l'aide de Grand-Gilles à la radio, on formerait une grosse équipe de sauveteurs. Il fallait les attendre pour organiser la battue. On se mit debout à la fenêtre de la cuisine, le regard jeté vers la Chaudière que l'on ne pouvait voir qu'en aval ou en amont à cause de la distance et de l'inclinaison de la rive vis-à-vis de la maison.

Paula ressentit un bouillon de chagrin. Grégoire musela le sien. Ils s'enlacèrent pour s'apaiser. Et quand ils tournèrent à nouveau les yeux vers la rivière, le miracle leur sauta au visage. Gaspard venait en tenant chacun des jumeaux par la main.

Paula se tourna vers son mari, le visage brisé, souffrant à l'excès malgré l'immensité de la joie; il avait des larmes plein les yeux et une déchirure profonde dans la poitrine.

—Ils sont là n'est-ce pas? Ils sont retrouvés, dis...

—Ils s'en viennent; ils seront là dans quelques minutes...

On accueillit les enfants dehors, au pied de la galerie. Nathalie avait le visage poussiéreux et Christian ne comprit pas pourquoi on l'embrassait autant et si fort.

—Ils étaient là où je pensais qu'ils seraient... Pas loin...

—Où ça? demanda Grégoire.

—Dans le secteur de la coulée tout près de la grosse roche. J'ai dû passer à côté d'eux autres deux, trois fois cette nuit sans les voir.

—Pourquoi pensais-tu qu'ils seraient là?

Paula se redressa. Elle garda la main des enfants dans les siennes. Le question de Grégoire l'intriguait, d'autant que Gaspard lui-même avait refusé d'y répondre avant son départ.

—L'addition de choses... Un jour, pas longtemps après votre mariage, je t'ai vue là-bas, Paula, tu te souviens? Les jumeaux sont nés sept mois après, c'est donc que tu les portais déjà. Ils étaient alors dans un milieu aqueux. En plus, tu les as conduits au bord de l'eau. Et tu as vécu des choses, des sentiments, ne serait-ce que la peur que je t'avais infligée sans le vouloir, et ils ont vécu ces choses en intimité avec toi. Et hier, ils ont voulu sans savoir pourquoi, comme par instinct, comme des petites tortues, voir la rivière, y trouver la peur puis la paix... Par chance qu'on n'est pas venu me prendre au auto hier soir. Sur ma bicyclette, j'ai eu le temps de me souvenir et d'analyser...

L'émotion baissant, Grégoire redevint cartésien. Ce pauvre Gaspard recommençait sa dérive mentale. Paula hésita entre l'incrédulité et l'envie d'y croire.

—Incroyable, je sais. Surtout que je déduise que tu étais enceinte ce jour-là. C'est grâce à ma bonne mémoire si je l'ai fait. Mais j'aurais dû m'en rendre compte il y a quatre ans... Pour en revenir à la mémoire, beaucoup de choses renverseraient les gens dans leur vie si seulement ils se rappelaient plus loin que la veille...

—Mais pourquoi avoir pris la nuit entière pour les retrouver? demanda Grégoire.

—Je n'ai pas pris la nuit. Après minuit, comme je n'ai vu aucun signal, je me suis dit que les recherches avaient pris fin. Je me suis donc couché et j'ai dormi.

—Mais pourquoi tandis que la maison est si proche?

—Pour l'espérance... Si j'étais rentré, vous auriez su hors de tout doute que les enfants étaient seuls quelque part dehors dans la nuit. Tandis qu'en restant là-bas, j'entretenais l'espérance en vous deux... Non? Quand personne ne cherche, personne n'a de chances de trouver tandis qu'avec moi dehors, vous pouviez à tout moment me voir surgir avec les petits...

Grégoire se croisa les bras et regarda au loin en disant:

—En tout cas, je me demande bien comment te rendre ce que tu as fait pour nous.

—C'est déjà fait mon ami. Quand je les ai aperçus couchés ensemble, roulés comme des petites boules de chat dans le sable, cachés par le feuillage, que j'ai vu qu'ils étaient en bonne santé, j'ai eu ma récompense. Personne, pas même vous deux, ne vivra jamais de sa vie un tel moment. Tous vos biens actuels et à venir ne signi-fient rien à côté de cela, rien du tout.

Suite aux paroles de l'homme, Paula se demanda si sa peine le jour du massacre des chats dans une butte de gravier à Saint-Honoré et sa commisération d'alors n'avaient pas contribué à sauver la vie de ses propres petits...

Grégoire se rendit au téléphone. Il fallait avertir la police. Appeler Éva. Les voisins qui étaient venus. Et Michelle pour remplir la promesse de Paula. Il décrocha le récepteur, consulta sa montre. Et il dit à sa femme qui faisait raconter leur aventure aux enfants:

—C'est quoi, le numéro à Michelle Caron?

Et Gaspard redevint taciturne. Sa vieille culpabilité de vivre revint le hanter. Son regard crochit. Il sortit en se faisant le reproche de n'avoir pas retrouvé les enfants la veille au soir au lieu que de matin seulement...

Paula ne se rendit compte de son départ qu'après qu'il eut refermé la porte. Elle courut à sa suite, le rejoignit alors qu'il allait enfourcher sa bicyclette.

—Laissez-moi au moins vous embrasser.

Il demeura immobile. Elle l'embrassa. Puis colla sa tête contre sa poitrine un moment. L'odeur de dessous-de-bras lui parvint mais elle sentait la rose.

Il ne bougea pas, ne l'entoura pas, ne la flatta pas.

—Ma fille, l'affection, il faut garder ça pour ton mari, pour tes enfants. Moi, je ne suis qu'un accident. Il y a des mauvais accidents dans la vie et des bons. Et moi, pour toi, je ne suis peut-être pas un mauvais accident...

Il reprit la route. Plus coupable encore. Coupable maintenant d'avoir endetté ces gens-là envers lui...

******

451

Chapitre 21

Quelques semaines après la grande peur créée par la disparition des jumeaux, Lucie accoucha de son premier enfant. Quelque temps avant, elle s'excusa auprès de son père et d'Hélène et demanda à Paula et Grégoire d'agir comme marraine et parrain.

Tous la comprirent sans toutefois comprendre ses motivations profondes. Elle ne les connaissait pas elle-même? Dès qu'elle fut sur pied, quelques jours seulement après l'événement, on porta l'enfant sur les fonts baptismaux où il reçut les onctions du vicaire Plante et devint civilement quelqu'un sous le prénom de Marc.

Sur le chemin du retour à Saint-Georges, Paula et son mari se parlèrent d'un nouvel enfant. Le dernier. S'il avait fallu perdre les jumeaux. Et puis le bébé de Lucie éclatait de vie, de charme gauche, de vulnérabilité. On n'avait pas vraiment vu la toute petite enfance des jumeaux. Parce qu'ils étaient deux et demandaient tant. On ne peut contempler quelque chose quand on court sans arrêt. Celui qui viendrait, on prendrait le temps de le voir vivre... Sûrement!... Probablement!...

Et à Noël, Paula fut en mesure d'annoncer aux siens à la fête familiale à Saint-Honoré, qu'elle serait mère pour la troisième fois, en comptant les jumeaux pour deux, quelque part à la fin de mai, au début de juin.

Au coeur de la campagne électorale fédérale, en pleine trudeaumanie canadienne naquit Chantal, deuxième fille de Paula et Grégoire, couple au bord de la trentaine qui remarqua peu l'ébullition mondiale de cette année-là, ces frictions des schèmes de pensée qui, comme des plaques tectoniques se heurtaient en provoquant tremblements de têtes et éruptions politiques...

******

Chapitre 22

Au réveillon de Noël, Paula crut lire quelque chose d'étrange dans le visage de Lucie. Elle en glissa un mot à Hélène qui soutint que la jeune femme avait du mal à relever de son accouchement.

—Mais voyons donc, ça fait au-dessus d'un an!

—Ta mère ne s'en relevait jamais d'une fois à l'autre. Ton père me l'a raconté. Et tu l'as vu comme lui quand tu étais jeune.

—Mais c'était l'époque de la tuberculose! s'écria Paula dans une voix qu'elle étrangla pour qu'elle ne puisse traverser le mur de la chambre.

—Je sais bien, mais...

—Maurice est bon pour elle au moins.

—Il est bon, il a du coeur, c'est de la bonne race beauceronne, ça, je le sais.

—Je le sais aussi mais des fois, les apparences...

—Les apparences ne sont pas si trompeuses qu'on le dit.

—En matière de santé, en tout cas, il n'y a pas de fumée sans feu.

*

Les mois fondirent avec la neige. Et la Chaudière les emporta sans bruit. Le jour de la débâcle fut triste et rempli de nostalgie. Grand Gilles ne put se rendre sur un tertre et, tel un général américain, haranguer la foule et commander aux glaces. Il resta bien tranquille dans son studio, un barrage dans les propos pour une deuxième année déjà, et on se faisait le coeur à l'idée que Saint-Georges avait perdu une grande richesse destructrice. L'amour qu'on ressentait depuis toujours envers la tumultueuse Chaudière s'écoulait lentement dans le lit confortable de l'indifférence grandissante.

Et les politiciens, grands et petits, se faisaient claquer la ceinture sous la bedaine. Ils avaient maîtrisé le danger, la beauté, le grandiose...

Paula voyait sa soeur une fois par mois. Elle s'habitua à sa maigreur et à l'extinction de certaines lueurs dans la profondeur de ses regards. De plus, Lucie restait muette quand l'autre parlait santé. Comme si elle avait fermé volontairement les yeux sur un terrible secret!...

Et pourtant, ce n'était qu'une période préparatoire. Le grand mal frappa en mai. Poussée par son mari, Lucie vit le médecin qui la fit aussitôt hospitaliser afin qu'elle subisse tous les tests disponibles. Et la nouvelle tomba comme le couperet de la guillotine: leucémie.

Cancer, oui, dit-on, mais de moins en moins mortel. Il y avait la radiothérapie, la chimiothérapie, les transfusions, les médicaments stimulant les systèmes de défense naturelle et une alimentation repensée. Et par-dessus tout la volonté de survivre qui sans pouvoir tout pouvait beaucoup, combinée au reste.

Paula le sut par Maurice au téléphone. On était le dernier jour de mai. Ce fut pour elle le choc le plus brutal de sa vie. La maladie et la mort de sa mère s'étaient insinuées dans son inconsciente jeunesse, et le temps d'apprivoisement avait dilué leurs effets malheureux. Mais ce coup de gourdin assommait toutes ses autres pensées excepté sa révolte à l'idée que Dieu pouvait laisser tant d'événements insupportables briser une seule vie, comme s'il punissait les uns et récompensait les autres, mais toujours aveuglément.

Lucie méritait la vie.

La vie s'acharnait à la détruire.

Ce vendredi soir, Paula se rendit la visiter. Grégoire prit charge des enfants. Maurice en profiterait pour régler des questions financières à la caisse populaire du village. On eut quelques heures entre soeurs.

Seul le bébé de Lucie interviendrait. Mais son bonheur exubérant ne dérangerait pas les deux femmes.

On vivait dans une bonne maison d'autrefois, rénovée et solide. Lucie disposait du même confort matériel que sa soeur aînée malgré les moyens plus modestes de son mari. La cuisine jouxtait une salle de séjour qui servait aussi de salon. Elle aussi disposait d'un piano mais il était vieux et plus symbolique que pratique; elle n'en jouait pas mais il lui rappelait le passé et les inoubliables moments que savait choisir Paula pour réunir les coeurs en un bouquet musical dont les parfums demeureraient toujours.

Paula prit l'enfant sur elle et se rejeta vers l'arrière sur sa berçante moderne. Le petit lui souriait béatement de son regard si bleu, et il roulait sa grosse tête ronde et blonde d'elle à sa mère à demi étendue sur un divan en pyjama rose trop grand pour elle. Le garçonnet donnait l'air de se sentir aux anges.

Lucie savait que Paula savait. Et Paula ne dit mot quant à l'état de santé de sa soeur. Elle répandit de la joie, concentra toutes ses forces mentales pour 'énergiser' les choses, pour faire rire le petit et inonder les lieux de promesses d'avenir.

Le projet soutient la vie, avait souvent affirmé Gaspard devant elle.

Il fallait en créer, en inventer, en proposer à Lucie... Depuis l'enfance que Paula remarquait les difficultés du sirop d'érable. Immense problème de mise en marché. Beaucoup en parlaient. Mais personne n'y faisait quelque chose. Elle avait rencontré maints producteurs au garage, vendu beaucoup d'équipement. Et voilà que depuis quelques semaines lui trottait par la tête des idées de marketing du produit: du neuf question contenants, question publicité, question soutien gouvernemental à la recherche de marchés étrangers... Depuis cette nouvelle affreuse concernant Lucie, le projet s'était précisé avec beaucoup de netteté car elle voulait y intéresser sa soeur pour ainsi la clouer à la volonté de survivre.

—J'ai idée de fonder une compagnie l'année qui vient. Mais j'ai besoin de ton aide. Tu pourrais en faire partie.

Saint-Honoré, Saint-Martin, Saint-Benoît, Saint-Jean: ce serait ton territoire d'achat. Nous allons créer une jolie boîte... Peut-être qu'Hélène voudrait participer... et grand-mère Clara, elle qui est capable d'acheter ou de vendre n'importe quel cheval, elle pourrait couvrir tout le territoire de Saint-Éphrem, Saint-Victor, Beauceville, Saint-Alfred, Sainte-Clothilde, Saint-Méthode jusqu'à Thetford...

L'enthousiasme était si grand dans les paroles ininterrompues de Paula que ses genoux dansaient malgré elle et que sur eux, Marc riait comme un petit fou, ignorant et s'en fichant royalement, que le centre d'intérêt du moment n'était pas lui mais le sirop d'érable.

—Tu vois ça, ma grande, quatre ou cinq femmes à la tête d'une grosse entreprise de mise en marché de produits de l'érable? Le sirop Nadeau... non, ce n'est pas musical... Et puis ça fait médical comme le sirop Mathieu... Je ne sais pas, on trouvera...

Lucie souriait. En bonne santé ou malade, elle n'aurait pas touché à pareille entreprise sauf pour aider sa soeur en cas de besoin. Car les stylos du vicaire Labrecque enfouis au pied de l'érable grand seraient venus harceler son âme chaque jour au lieu que de temps en temps comme maintenant.

—C'est de valeur que Michelle ne soit plus là, tu pourrais en faire la vice-présidente de la compagnie.

—Tu parles! Si ça se réalise, elle le fera savoir à tout Montréal que les femmes de la Beauce foncent dans le tas. Peut-être même qu'elle pourrait nous établir des contacts avec les grandes chaînes d'alimentation...

Paula créait à mesure qu'elle parlait. Ses yeux pétillaient. Sa jeunesse lui revenait. Sa personnalité refaisait surface. Lucie retrouva pour quelques moments le goût de rire qui l'avait tout à fait désertée depuis quelques mois. Elle osa même une proposition:

—Les Produits Chaudière... ça va bien avec du sirop d'érable... non... la Reine de l'érable... avec un dessin de toi habillée en fermière d'autrefois... Qu'est-ce que t'en penses?

Déjà Lucie revenait à la vie, se dit Paula. Ses yeux s'agrandirent:

—Et nous serons, nous toutes celles qui se partageront la compagnie, des FEMMES D'AVENIR.

—Même seule, Paula, tu serais une FEMME D'AVENIR, toi.

—Ah! tu sais, je me suis laissé enterrer par le présent ces dernières années. Mais on va se cracher dans les mains... hein, mon garçon! Viens, viens, ma tante Paula va jouer du piano...

—Il y a plusieurs notes fausses, tu le sais.

—On va les corriger avec notre imagination.

Elle prit place sur le banc et fit asseoir l'enfant à côté d'elle. Elle souleva le couvert et le petit se rua aussitôt sur les notes.

—Attends, ma tante va te jouer un beau morceau...Et rien que pour toi...

Marc parut comprendre et il acquiesça en riant fort.

Paula se mit à chanter un air qu'elle trouvait d'une grande beauté et qu'elle avait pratiqué souvent: *À mi-chemin du paradis*, chanson de Claire Syril.

*

Sur le chemin du retour à la maison, il se passa un événement particulier dans la vie de Paula, une chose qu'elle n'aurait jamais imaginée, pas même trois jours plus tôt. Près du chemin étroit conduisant de la route à la chaumière de Gaspard Fortier, elle s'arrêta. Une force la poussait à frapper à la porte du philosophe solitaire pour obtenir un jugement sur sa vie et pour mieux comprendre le malheur de Lucie. Une seule barrière la retenait encore: fallait-il lui parler du viol qu'avait subi sa soeur un soir que lui-même se trouvait à Saint-Honoré au triomphe des libéraux? Elle se dit que la réponse viendrait d'elle-même et tourna résolument dans l'entrée où elle stationna sa voiture.

Pas de pelouse, beaucoup d'aulnes et de fardoches, tout était au naturel autour de la demeure, une sorte de bungalow petit et lambrissé de pierres des champs, ce qui le rendait affreusement laid.

—Mais facile à chauffer, dit-il comme pour répondre à ses objections esthétiques quand il lui ouvrit la porte.

L'intérieur l'étonna. Elle s'était imaginé entrer dans un capharnaüm; l'endroit était rangé, sombre puisqu'on était le soir et surtout fort bien aéré. Pas du tout étouffant comme anticipé!

—Des meubles simples en cèdre achetés d'une petite industrie de Saint-Benoît capable d'en produire aussi des luxueux, dit-il en l'invitant à s'asseoir sur une causeuse du salon.

—Ça doit vous surprendre de me voir arriver comme ça chez vous de but en blanc après sept ans de voisinage...

—Et de la crainte du vieux loup solitaire?

—Je dois dire, oui...

—Non, c'est justement chaque dix ans qu'il faut faire le point sur sa vie à la lumière des événements... Et toi, tu es plus rapide. Sept ans, dans ton cas, c'est normal... Et... je me dépêche de te dire que je sais que tu n'es pas venue pour ce que... l'humanité pourrait imaginer si elle te voyait ici... Veux-tu boire quelque chose? Mais je dois te dire, je n'ai que de l'eau. De la bonne, de la belle, venue de la nappe phréatique grâce à mon puits artésien. De la fraîche et désaltérante...

Elle acquiesça d'un signe de tête. Pendant qu'il allait remplir les verres, elle examina la longue pièce qui servait de cuisine et de salle de séjour comme chez elle ou chez Lucie. Des murs blancs. Pas un seul cadre. Pas une photo ni une peinture. Pas même un crucifix.

—C'est ennuyant de voir mes murs, trouves-tu? demanda-t-il en rapportant les verres qui tintaient sous les coups des glaçons. J'ai ajouté un zeste de citron, ça va?

—Hum hum...

Il mit un sous-verre sur le bras du meuble et y déposa l'eau de Paula puis il prit place dans un fauteuil quelques pas plus loin.

—C'est tout un honneur. La visite au vieux Gaspard se fait plutôt rare.

—Je peux savoir votre âge tant qu'à parler de cela?

—Cinquante-sept.

—Ah oui? Mais je vous croyais dans la cinquantaine l'année de mes noces.

—Je la frôlais... Pour en revenir à mes murs, je les remplis de tout ce que mon imagination peut produire chaque jour. Et c'est toujours différent... Tandis qu'une décoration n'inspire pas toujours... Si tu veux, je préfère être créatif que bourré. La satisfaction est bien plus grande et ça coûte bien moins...

Paula but un coup puis posa le verre.

—Vous devez nous trouver bien... consommateurs?

—Chacun se réalise à sa façon. L'important, en tout cas pour moi, c'est de ne pas me faire avoir par les biens matériels malgré la foule et le conformisme.

—Mais une peinture est une oeuvre d'art bien plus qu'un simple bien matériel!

—Vrai! Mais je n'ai pas les moyens de m'en procurer. De temps en temps, je vais me rassasier à visiter des expositions ou des musées.

Il fit une pause de transition et reprit:

—Mais ce n'est pas pour parler de murs que tu es là. Encore moins pour te rassurer sur ton mode de vie en comparant avec un... disons misérable... Aussi bien te dire que je suis au courant par ton mari: tu as subi un violent choc émotionnel à cause de la maladie de ta soeur et ça te pousse à te remettre en question...

—Tant mieux si le problème est déjà posé! Mais je ne suis pas venue pour demander conseil.

—Et j'en donne le moins possible. Je sais tu es là pour apprendre. Sur toi-même et sur la vie. Et tu sais que les regards neufs ne sont pas provoqués par les gens ordinaires, n'est-ce pas? Tu le sais instinctivement. Voilà pourquoi la société tolère les marginaux. Autrement, elle les pendrait tous ou les brûlerait comme autrefois. De nos jours, on se contente de leur souhaiter tout simplement la disparition...

—Le bien donne naissance au mal et le mal engendre le bien, dites-vous souvent, monsieur Fortier. Mais comment se fait-il qu'un être innocent qui n'enfante que le bien soit toute sa vie bousculé et brisé par les forces du mal?

—C'est l'esprit humain qui fabrique artificiellement le bien et le mal. Il n'existe ni bien ni mal mais une composition des deux. Jamais l'un ne va sans l'autre sinon il cesserait d'exister. La dichotomie est impossible entre ces deux éléments vitaux. Et chacun doit son existence à l'autre.

—C'est trop philosophique pour ma petite tête.

—Et pour la mienne tout autant, sois sûre de ça.

—Je ne le crois pas.

460

—Tu peux le croire. Philosopher, c'est délirer parce que c'est s'attaquer avec de la prétendue logique à la quadrature du cercle.

—Oui mais connaître et comprendre...

—Qui connaît? Qui comprend?

—Vous.

L'homme s'esclaffa.

—D'accord, parlons de couleurs et de sons, du temps qui passe et des saisons. La nature ne trompe pas l'homme, c'est l'homme qui trompe la nature. C'est pourquoi j'essaie... je dis bien essaie de lui obéir et de la respecter tout en l'utilisant pour ma survie. Je l'use mais n'en abuse pas...

Paula fit un coq-à-l'âne que les mots du personnage induisirent dans son état d'âme:

—Savez-vous pourquoi j'ai eu peur de vous? Votre solitude peut-être mais aussi un fait précis... Racontez-moi votre soirée au triomphe électoral de 1960...

L'homme avait l'habitude d'additionner à la vitesse de l'éclair. Par les trois phrases de Paula, il lui parut évident qu'une attaque, peut-être un viol s'y était produit. Mais il n'arrivait pas à rapprocher Paula d'un tel événement. Pas elle. Impossible. Trop forte. Elle n'aurait pas été là en ce moment. Si ce n'était pas elle, c'était donc quelqu'un de proche. Le mal de Lucie lui vint à l'esprit. Le visage de Lucie. Lucie...

Il mentit:

—Je ne me souviens pas. Neuf ans se sont écoulés.

—Vous buviez à cette époque?

—Non, mais j'ai pu boire ce soir-là. Il y avait beaucoup de bière. J'ai l'esprit de la fête comme les Québécois en général et le vingt-quatre juin, je bois.

—Et... si vous buvez, restez-vous un être humain?

—Je ne le suis toujours qu'à moitié, tu sais.

Paula se dit qu'elle n'avait pas peur. Il avouerait le viol qu'elle n'aurait pas peur davantage. Car depuis toujours, aucun homme n'était capable d'établir son pouvoir sur elle. Ni son père, ni ses amoureux, ni Grégoire, encore moins cet ermite excentrique. Elle avait bien eu peur déjà mais pour ses enfants, et avant même qu'ils ne soient au monde, pas pour elle. Et s'il avait cru cheminer vers ce pouvoir en retrouvant les jumeaux lors de leur fugue, elle le détromperait.

Et lui mentait maintenant pour qu'elle surmonte sa peur. Elle devait trouver la vérité en elle et non pas dans les faits extérieurs. Il ne fallait pas qu'elle soit cartésienne comme un homme mais cosmique comme une vraie femme. Ce qu'elle avait été le matin du retour des enfants en collant sa tête contre sa poitrine.

Une autre fois, elle bifurqua à cent cinquante degrés au moins et sauta à pieds joints dans son autre sujet de préoccupation:

—Croyez-vous que les femmes auront leur place en affaires dans une dizaine d'années?

—Celles qui le veulent ont déjà leur place.

—Oui? Qui par exemple?

—Ta grand-mère Clara. Ça fait cent fois que toi et ton mari m'en parlez. Et puis je l'ai vue à tes noces...

—C'était jadis. Et c'est pas parce qu'elle maquignonnait des chevaux ou bien qu'elle fumait le cigare... et le fume encore...

—Le cigare, c'était sa marque de commerce pour apprivoiser les acheteurs masculins. Une sorte de Calamity Jane... Et puis la femme du docteur de Saint-Martin, elle possède des moulins partout. Et qui encore? Mais tu connais très bien la réponse à la question. En fait, ce n'est pas la question que tu voulais poser. Tu veux savoir si Paula Nadeau-Poulin aurait sa place dans ce monde-là? Et malgré tout ce que la vie lui exige déjà? Malgré les ambitions de son mari? Malgré les soins et les morceaux de son âme qu'exigent les enfants? Et voilà une question à laquelle Grégoire Poulin ne saurait répondre autrement qu'en élevant un barrage Sartigan devant toi. Je suis incapable autant que lui de répondre à ta question. À toi de le faire! Tu sais, les femmes ne sont pas seulement piégées entre le poêle et la table, elles le sont aussi en elles-mêmes, par elles-mêmes, par leur indécision, par leur globalité, leur manie de mettre trop d'ingrédients pour réussir une recette... J'ai dit: pas de conseil mais je t'en donne un quand même. Bâtis-toi d'abord un projet et si le projet t'entraîne, alors suis-le! Car c'est toi-même et ton devenir que tu suivras.

Elle attendit en vain d'autres mots. Il se retint dans un mutisme qu'il étirerait ad vitam aeternam si elle ne brisait pas le silence. Ce qu'elle fit par un simple mot après avoir chargé les murs blancs de toutes sortes d'images débridées:

—Bon!

Elle se rendit à la porte sans rien ajouter, d'un pas final. Il courut et s'empara de la poignée devant elle. Ouvrit. Quand elle fut dehors, il cria:

—Paula, personne n'est responsable du mal de Lucie... Pas plus elle-même que quiconque...

La jeune femme se tourna et le regarda fixement. Elle se rendit compte que depuis son arrivée, jamais Gaspard n'avait baissé la tête ou montré des yeux de travers selon sa vieille habitude...

Et elle monta dans sa voiture l'âme quelque part au bord de l'étrange.

*

—Et puis en revenant, je me suis arrêtée chez notre penseur de Gaspard Fortier, avoua-t-elle à Grégoire quand ils furent couchés et à se parler à mi-voix de Lucie dans la pénombre.

Il en eut le souffle coupé mais fit en sorte de n'en rien laisser paraître sur le coup:

—Comment ça?

—Pour voir plus clair dans tout ça.

—Voir clair dans quoi, Paula? Lucie est malade de leucémie, un cancer grave. Peut-être qu'elle va mourir, peut-être qu'elle va revenir. Comment la médecine elle-même peut-elle y voir clair, hein? Et Gaspard est-il un devin quelconque? Je ne comprends pas...

—C'est plus compliqué que rien que les faits à vue de nez.

—Explique.

—Justement, si je comprenais...

Il haussa le ton d'un cran mais y ajouta un certain désabusement:

—On sait bien, tu as toujours eu besoin de conseils à gauche, à droite. Ce fut Michelle Caron pendant des années et voilà qu'un vieux schnoque têtu qui voit la vie à l'envers et tout de travers va devenir ton... conseiller spirituel...

463

—C'est pourtant par des gens comme lui que les changements sont initiés... Ils en sont la petite étincelle...

—Si tu veux des comparaisons, je vais t'en servir une moi aussi. Ce n'est pas en se regardant dans un miroir déformant qu'on se comprend.

—On en reparlera demain...

—Non, non, non, non... on vide la question maintenant. D'abord, il y a les apparences dont il faut parler. Ton auto dans son entrée de maison, quel air ça peut avoir aux yeux des gens qui passent...

—Hey, tit-gars... ça, je m'en fiche...

—Ben pas moi si tu veux savoir. J'ai l'air fin, moi, là-dedans, ma femme qui va visiter seule l'engagé qui vit seul quasiment dans le bois... D'abord, combien de temps es-tu restée là?

—Quelle importance?

—Combien de temps? insista-t-il avec éclat.

—Entre cinq et dix minutes.

—Vous avez dû le changer, le monde, en sept minutes. Le bon Dieu a pris sept jours, lui...

—La conversation était prête d'avance...

—Vous vous prépariez depuis quand?

—Depuis que tu me l'as fait connaître.

—Es-tu en train de te payer ma tête ou quoi?

—Il a fait en sorte que j'aille tout de suite au coeur des choses. Peut-être sans le vouloir, je le sais pas... Il savait pour la maladie de Lucie, tu lui en as parlé...

Grégoire lança n'importe quoi dicté par un sentiment incontrôlable, une phrase qu'il rattraperait au besoin et qui rendrait sa femme plus terre à terre:

—C'est pas parce que le bonhomme a sauvé les jumeaux en 67 que tu dois aller coucher dans son lit...

—Écoute Grégoire, si tu descends à ce niveau-là, c'est pas la peine de continuer...

—J'ai pas dit coucher avec lui, j'ai dit coucher dans son lit. C'est une façon de dire...

—Tu veux des réponses claires? Je n'en ai pas. Mais j'ai trois questions claires par exemple à poser à la vie et ce bonhomme-là peut m'aider à trouver mes propres réponses mais aussi, il fait partie des questions...

—Clair, clair, clair...

–O.K.! D'abord, cet homme-là m'a toujours fait peur. Il est déjà arrivé quelque chose de très grave à Lucie et il pourrait bien en être le responsable. Je sais que ce n'est pas lui au fond, mais le doute me revient tout le temps. Et tu sais quand est-ce que le doute me revient? Quand je me mets à raisonner, quand je deviens raisonnable... C'est une des questions, mais je ne peux tout de même pas la lui poser directement. La deuxième: la maladie de Lucie et même toute sa vie. Pourquoi fut-elle régulièrement frappée par le sort? Pourquoi le destin s'acharne-t-il sur elle et pas sur moi? Je ne suis pas meilleure qu'elle; je suis moins bonne qu'elle. Et les explications de la religion ne me satisfont pas, mais pas du tout...

Elle fit une pause-éclair afin de reprendre son souffle et poursuivit:

–Troisièmement: moi, Paula Nadeau. J'ai le goût de me réaliser avec toi, avec mes enfants, dans tes ambitions comme je le fais depuis sept ans, mais j'ai aussi celui de bâtir par mes propres mains, de réaliser un projet après l'avoir rêvé...

–Y'a Deschamps qui te donnerait la réponse...

Il s'apprêtait à ironiser, mais elle ne dit rien et il lui fallut procéder sans question:.

–T'as tout; c'est pas ça que tu veux.

–Si tu crois que tu es tout, tu te trompes, fit-elle en 'mesquinant' exprès sur le ton.

Il changea le sien et se montra plus conciliant mais c'était pour enrober dans un cocon leur opposition qui deviendrait une chicane larvée.

Il tâcha de lui démontrer paisiblement qu'elle avait agi sans réfléchir. Elle lui parla encore de son besoin d'être un peu plus elle-même.

Le froid dura plusieurs jours. Grégoire décida de ne plus engager Gaspard. Puis il se ravisa de crainte d'être pris pour un jaloux, un peureux... Il contrôlerait la situation; il en avait la force morale, il en avait l'énergie et l'assurance.

Paula lui exposa son projet de mise en marché des produits de l'érable. Il montra qu'il le prenait très au sérieux. Et il trouva des objections, oh, bien surmontables quand prises une à une mais... à toutes fins pratiques insurmontables dans leur ensemble...

Elle se rendit à l'évidence, à ses évidences à lui... Pour tâcher de niveler leurs différences de longueurs d'ondes...

******

Chapitre 23

Chimiothérapie, radiothérapie, administration de tous les médicaments appropriés: tout fut fait et tout fut accompli selon les règles de l'art.

Et Lucie connut un répit de plusieurs mois. Chèrement acquis mais prometteur. Les métastases hibernèrent. Ils dormirent même alors que le printemps éveillait toute la nature. Ils se rebâtissaient d'hypocrites énergies et une mouvance potentielle aussi brutale qu'aveugle.

Le soleil, ce grand guérisseur selon les hommes, ne discerne pas forcément les bonnes cellules des indésirables. Mais ce n'est peut-être pas lui non plus qui donna le feu vert à la résurgence de la maladie même si ce fut en son meilleur temps des grandes chaleurs de juillet-août 1970 qu'elle revint en force.

Il restait quand même de l'espoir dans le coeur des proches de la malade et on la convainquit de se faire hospitaliser. La perspective de voir sa soeur chaque jour lui sourit. Et Paula ne manqua pas un seul soir de visite et parfois, elle se rendait lui 'piquer une jase' en plein après-midi.

Souvent, elle lui parlait de son grand projet de la 'reine de l'érable' qu'elle achevait de planifier dans sa tête et de peaufiner sur papier. Elle cacha ses craintes sur le sujet, n'avoua pas que le rêve risquait de demeurer toujours un rêve. Quelle importance puisque l'aliment de l'espoir, c'est le rêve!

Mais la pauvre femme était vaincue. Quoi qu'il arrive, la partie devenait chaque jour moins gagnable que le précédent. Chacun le savait maintenant, Lucie la première qui demanda son congé pour aller finir le principal de son temps chez elle à rêver à ses propres futurs imaginaires qu'elle ne vivrait jamais. Quand la souffrance deviendrait insupportable, elle rentrerait à l'hôpital pour y mourir... en souriant peut-être...

La veille de son départ, elle fit approcher Paula le plus près possible de son lit, de sa tête... Afin de lui livrer des secrets...

—J'ai quelque chose à te dire... Prends une chaise... Ce sera long parce que je suis fatiguée et que je ne vais pas parler bien vite...

Elles étaient seules dans la chambre, une pièce blanche et aseptisée comme toutes les chambres d'hôpital. Paula poussa le montoir et installa sa chaise qu'elle occupa ensuite tandis qu'une fois encore pour la millième, elle détaillait le visage perdu.

La maigreur sculptait les orbites de l'oeil qu'accentuait le bistre les entourant. Le front n'était pas moins taillé et les pommettes saillaient comme des couteaux soutenant un mince tissu. La pâleur décharnait encore plus son visage et elle révélait la mort et sa cruelle attente de façon plus saisissante et effrayante que l'amaigrissement. C'était pourtant, l'endolorissement de l'âme qui se pouvait lire au fond du regard qui affligeait sa soeur plus que tout. Paula prit la main sèche entre les siennes chaudes.

—Comme tu es belle... et forte! murmura la malade dans un demi-sourire.

Paula eut un bouillon de larmes qu'elle étouffa de rires composés.

—C'est ça, ta confidence? Je le sais que je suis belle et forte, je le vois dans mon miroir tous les matins que le bon Dieu amène...

Lucie dit:

—J'ai eu de la chance d'avoir une soeur comme toi...

Paula se révolta. Son regard durcit.

—Toi, de la chance? Quand t'es venue au monde, le bon Dieu t'a abonnée à la souffrance. L'annale de sainte Lucie! Tu as perdu ta mère, tu n'avais pas la meilleure santé...

Paula hocha la tête, une larme à l'oeil:

—Non, je ne continue pas...

—Toi, Hélène et papa, Maurice, Marc... et maman autrefois même si je ne me souviens pas: c'est pas trop des malheurs, ça... Quant à cette maladie, il se peut fort bien que je la mérite, tu sais...

Jaillit de la poitrine de Paula un cri qui comme un os resta de travers dans sa gorge:

—Tais-toi! Tu mérites la vie, la vie, entends-tu?...

—Fais-moi la promesse de garder éternellement pour toi ce que je vais te confier... Tu me le jures, petite soeur?...

Et Lucie se délivra enfin de son épouvantable secret sur l'identité de son agresseur de 1960 et sur sa mort qu'elle n'avait pas causée ni empêchée non plus.

—C'est comme si... je l'avais tué. Sa mort m'a libérée pendant un temps mais quand je suis tombée malade, elle m'est revenue sur l'âme comme un poids écrasant. Tu sais, Paula, on ne peut pas escroquer le ciel...

Paula parla pour la première fois et, le visage ruisselant, elle le fit avec toutes ses forces vives:

—Le ciel, non. Non, c'est vrai, on ne peut pas escroquer le ciel, mais on peut et on doit escroquer l'enfer. Et c'est exactement ce que tu as fait. Et si Dieu t'en veut, alors qu'il aille au diable parce que c'est un dieu mauvais. Mais Dieu n'est pas contre toi. Il ne peut pas l'être. Personne ne peut être contre toi, Lucie, personne au monde ni en dehors du monde matériel...

Lucie savait bien depuis la mort du prêtre que telle eût été la réaction de sa soeur aînée. Nonobstant, une force plus grande et indéfinissable lui avait toujours commandé de rester muette.

Cette certitude totale de Paula la réconforta et son état de déréliction disparut. Sa soeur devenait son plaideur devant le ciel. Une lueur se ralluma au fond de son regard. Elle dit:

—Suis chanceuse d'avoir eu une soeur comme toi...

—Arrête-moi ça!

—Et maintenant, je veux te demander deux choses...

—Tout ce que tu voudras.

—Je ne peux pas te demander de me les promettre parce que ce serait malhonnête mais...

—Dis, dis, on verra.

—D'abord, je voudrais que tu gardes toujours un oeil sur mon petit garçon... Je ne sais pas ce qu'il adviendra de lui... Peut-être que les parents de Maurice vont continuer à le garder pour le temps qu'il me reste et après... en attendant qu'il refasse sa vie et qu'il le reprenne. Mais je voudrais que tu le surveilles de loin, du coin de l'oeil, jusqu'à ce qu'il soit grand...

—Tu sais bien que oui, tu sais bien que oui, petite folle, s'écria Paula, le visage tordu par la souffrance et abîmé par ses larmes.

—Et maintenant que je t'ai fait pleurer, je vais te faire rire...

—Dépêche parce que... ça fait mal, c'est vrai...

Lucie prit une longue respiration tandis que Paula essuyait tant bien que mal son visage. Et elle dit:

—Je voudrais... je veux de toutes mes forces que tu fasses l'impossible et plus encore pour devenir... la reine de l'érable.

Paula riait à travers ses larmes, sans pouvoir s'arrêter ni de rire ni de pleurer...

*

Lucie mourut en octobre.

On l'enterra un lundi de grand vent.

Il y avait des feuilles partout qui jonchaient les lots du cimetière. Beaucoup s'étaient collées les unes aux autres à cause de la pluie, et de leur pourriture qui donnait au lieu des odeurs prononcées. D'autres erraient encore avant de s'empêtrer la tige dans le foin sec de ces vieux lots d'autrefois piqués de croix de guerre penchées par les années et de monuments de bois gris torturé dont le temps faisait larmoyer les inscriptions au grand âge.

On avait décidé d'enterrer Lucie auprès de sa mère dans le lot des Nadeau. Approbation générale. C'était dans l'ordre des choses, car Maurice, un homme au début de sa vie rebâtirait son existence avec une autre compagne un jour ou l'autre...

Le vicaire achevait les prières devant la fosse entourée du noir attroupement silencieux. On avait laissé Chantal chez sa grand-mère. Grégoire gardait les jumeaux auprès de lui. Paula tenait la main du petit Marc. Maurice le lui avait confié pour quelques minutes à leur arrivée au cimetière.

L'enfant portait une casquette noire trop petite pour sa tête, et que Lucie avait fabriquée de ses propres mains. Et un manteau court à fins carreaux noirs et blancs. Les gémissements douloureux de son père lui échappaient aussi bien que la mort de sa mère. Il était bien, là, auprès de cette jolie tante qu'il aimait, sans savoir que le sentiment lui avait été insufflé depuis sa naissance par sa maman.

Il leva la tête vers Paula et répéta ce qu'on lui avait dit, la voix tout juste audible:

—C'est maman qui est endormie dans la tombe?

Paula se pencha sur lui et souffla une réponse:

—Oui... et on va revenir la réveiller, tu veux bien?

L'air perdu, le garçonnet fit des petits signes affirmatifs en portant son doigt à sa bouche...

Quand la cérémonie fut terminée, Maurice le reprit et s'en alla en le portant haut dans ses bras. Paula et Grégoire restèrent les derniers près de la fosse. La jeune femme voulut partir seule et son mari emmena les jumeaux avec lui. Alors Paula dit quelques mots mentalement à la disparue:

"J'ai parlé à Grégoire. On va offrir à Maurice de garder ton fils. Et qui sait, peut-être qu'il va rester définitivement. Et comme ça, au lieu de le surveiller de loin pour toi, je vais essayer de lui donner ce que tu lui aurais donné... Dors tranquille et dors bien ma grande, on n'est pas loin derrière..."

Puis, les cheveux fouettés par le vent nerveux, elle partit en regardant ses pieds dans l'allée rubigineuse aux feuilles mortes.

Elle s'arrêta à la sortie du cimetière et releva bien haut la tête. Des voix du passé surgirent. Des visages apparurent parmi les images réelles... Il y avait André Veilleux sur le court de tennis et qui pestait contre Martine Martin incapable de relever le moindre service. L'aveugle avec sa canne blanche qui picorait sur le coffre arrière de la décapotable de Gaétan. Lucie entraînant la petite Nolin vers un nouveau sac de sucre. Mère Saint-François s'entretenant à mi-voix avec Esther Létourneau sur le chemin du presbytère. Le curé Ennis fumant sa pipe en assistant de sa galerie à la soirée triomphaliste de 1960 qui avait peut-être coûté bien plus qu'elle ne rapporterait jamais.

Elle tourna la tête à droite et aperçut l'endroit à peu près exact où Lucie avait subi cette attaque barbare de la part d'un saint présumé. Au loin, par-dessus les maisons, elle pouvait voir la tôle brillante de la cabane à sucre où Dieu avait rendu justice à Lucie... Plus près, devant la salle paroissiale, le salon funéraire lui mit en mémoire les réactions des gens au corps de Lucie, et qui tous se montraient bien plus secoués par la mort du ministre Laporte et ce qu'on appelait déjà la crise d'octobre que par la disparition d'une simple et humble jeune mère de famille sans autre mérite particulier...

D'autres souvenirs quittèrent les bâtisses et les environs pour allumer les yeux de la jeune femme. Là-bas, sous la rafale passaient deux petites filles, Huguette Larochelle et elle-même, et qui couraient vers le couvent, et qui se signaient en croisant la devanture de l'église... Et Tit-Georges Veilleux avec son boyau d'arrosage qui cherchait à assassiner toutes les autos de la paroisse... Et Philias Bisson qui tirait à boulets rouges sur tous les saints du ciel après s'être fait asperger d'huile en saignant des freins par la faute du curé et de son pied inopportun... Et un cortège funèbre longeant l'église, et s'amenant vers le cimetière pour y reconduire sa mère...

—C'est toi, Paula, je me demandais aussi...

La voix sidéra la jeune femme qui se croyait seule au cimetière; et elle n'était pas le fruit de son imagination. L'arrivante, venue par derrière de son pas feutré, apparut à côté d'elle en poursuivant:

—Je suis allée ramasser les feuilles sur le lot des Grégoire après la cérémonie pour ta petite soeur... Je pensais que tout le monde était parti, tu comprends... Je ne t'ai pas fait peur toujours...

C'était Bernadette, l'éternelle, invisible et partout à la fois, elle sans qui Saint-Honoré n'aurait pas eu le même visage, femme sans enfants et qui n'avait plus de famille à part les neveux et nièces nés ailleurs et donc d'ailleurs, personnage qui avait passé sa vie entière à répandre des fleurs aux quatre vents, qui avait servi pendant des années au magasin général, dépaqueté aussi longtemps la malle au bureau de poste, l'oeil bourré d'erreurs derrière ses grosses lunettes, pensionné des travailleuses de la manufacture, presque marié Hélène et Rosaire, fait ériger une grotte à la Vierge Marie sur son terrain, enduré les gamins terribles qui ne la craignaient pas parce qu'elle était femme et qui, pour lui 'jouer des tours', piétinaient parfois la précieuse et rare ciboulette de son jardin...

Mais Bernadette pas plus que Lucie Nadeau n'aurait jamais d'importance dans la vie du pays, car jamais elle ne passerait à la télévision...

—Ben sûr que je ne vais pas te demander comment ça va! C'est pas drôle, mourir si jeune... J'aime ben le bon Dieu, les saints, la sainte Vierge, tu le sais, mais aujourd'hui, je me suis posé la même question que souvent dans ma vie comme à la mort de ta mère Rita... Pourquoi que le bon Dieu arrange ça de même... Moi, juste bonne à placoter d'une porte à l'autre et je suis partie pour vivre jusqu'en l'an 2000 que ça me surprendrait pas pantoute... malgré que j'aurai les affaires pas mal plissées...

Elle s'esclaffa, les bajoues ballottantes et souleva une jambe à l'arrière puis reprit aussi subitement son sérieux:

—C'est trop vrai. Et pense pas que je dis ça pour me faire plaindre ou me faire dire que je suis meilleure que les autres, c'est pas ça pantoute...

—Je sais, je sais.

—En tout cas, il doit savoir ce qu'il fait... mais je voudrais qu'il me l'explique rien qu'un peu... Pis toi, t'as deux enfants? Des jumeaux comme ta mère en avait eus. Je pense que je les ai vus avec ton mari tantôt. C'est un petit gars et une petite fille. Ils doivent avoir... pas loin de six ans, là? Ton mari, sais-tu que c'est un vrai bel homme. J'en reviens pas... Tu dois me trouver grossière de te dire ça, hein?...

—J'en ai trois. J'ai une petite fille de deux ans.

—Trois! s'exclama Bernadette. Ça te fait une rôdeuse de belle petite famille, ça...

473

La vieille demoiselle fit quelques pas vers la barrière ouverte pour sonder l'intérêt de Paula qu'elle ne voulait pas importuner dans son chagrin.

—Mais ça va s'arrêter là... malgré qu'on va peut-être prendre le petit gars à Lucie avec nous autres...

—Hé que ça serait un beau geste de votre part! Je te le souhaite. Ça va te rapporter des beaux dividendes de bonheur, tu verras... Je m'ennuie pas mais faut que j'aille servir le repas aux filles. J'en ai encore trois qui pensionnent chez moi. Ça fait de l'ouvrage... Ben salut, pis ça m'a fait plaisir de te voir.

La femme reprit son pas boiteux. Quand elle fut au pied de la côte, Paula lui cria:

—Mademoiselle Bernadette?

L'autre s'arrêta, se tourna à moitié.

—Vivez longtemps! dit Paula avec en elle un grand bien-être qui noyait la tristesse et la nostalgie.

—Va ben falloir! fit Bernadette en riant et l'air étonné.

La jeune femme promena alors un dernier long regard panoramique sur les environs. Tout était calme. Immuable. De chaque côté de l'entrée, il y avait un érable dénudé. Un moineau solitaire vola d'un arbre à l'autre à la recherche d'insectes engourdis. Un léger bruissement du vent dans les herbes couchées se fit entendre...

Paula murmura à Lucie:

—Tu m'as dit que je pouvais être une femme d'avenir et tu voulais que je devienne la reine de l'érable... eh bien, ma grande, me voilà!

FIN

La suite de la vie de Paula, sa prise d'autonomie, son ascension dans le monde des affaires, sa réalisation en tant que femme et le devenir des siens seront racontés dans un prochain ouvrage au titre de:

FEMME D'AVENIR

L'Été d'Hélène

roman

Une femme qui s'est mise en quête de
son identité propre malgré
l'enfermement conjugal y perd sa
famille par les soins de son mari et de sa
maîtresse.

Pour réaliser enfin un vieux rêve
'défendu', elle part pour la Russie, pays
qui exerce sur elle depuis toujours une
fascination aussi mystérieuse
qu'envoûtante.

C'était en 1980, bien avant la 'perestroïka'.

Là-bas, elle cherche à se libérer d'elle-même dans un pays gris fer
emprisonné dans une toile d'araignée géante qui contrôle les gestes, les
pas, jusqu'aux regards des individus et leurs pensées même.

Un nouvel amour naît.

Les combats du coeur et de la raison la conduisent aux eaux sombres de
la Moskova où un muret établit la ligne de démarcation séparant l'amour
de la liberté, la vie de la mort...

*L'Été d'Hélène est un voyage dans l'âme d'une femme et
dans celle d'un pays.*

AURORE

La seule photo connue d'Aurore. À 1 an. Première à gauche.

Aurore Gagnon, dix ans, mourait le 12 février 1920 après un martyre cruel.

L'histoire fait partie à jamais du légendaire national.

Mais pour la première fois, la voilà située dans une fresque d'époque allant de 1905 à 1920. Pour la première fois, l'âme de chacun des acteurs de ce tragique événement, 'bourreaux', victime(s), proches et témoins, est fouillée et vue de l'intérieur.

L'affaire d'Aurore et ce qu'en firent le cinéma et le théâtre ont rendu meilleur tout un peuple en épargnant des souffrances à des milliers d'enfants par la suite. Car quand l'être humain est ému, il réagit dans le sens du bien.

Loin du mélodrame ou de l'aride compte-rendu judiciaire, ce roman porte un regard nouveau, **panoramique**, exhaustif et moderne, sur le drame le plus pathétique de notre passé collectif.

Il contient aussi plusieurs photos dont l'une du lieu précis où repose la fillette dans le cimetière de Fortierville.

Jamais à ce jour ouvrage sur ce sujet ne fut plus complet et détaillé, aussi bien documenté que ce roman réaliste qui s'alimente au quotidien de l'époque et puise abondamment dans l'actualité du temps: écroulement du pont de Québec, guerre de 14, ralliements politiques etc...

Achevé   Imprimerie
d'imprimer Gagné Ltée
au Canada Louiseville